빛나는 졸업장

빛나는 졸업장

정진문 장편소설

전출판

• 책머리에

이 책은 휴전협정으로 전쟁이 중단된 휴전 5년 후인 1957년 3월 5일 초등학교를 졸업한 같은 반 학생들을 배경으로 쓴 책입니다.

선생님은 월사금을 걷기 위해 학생들을 모욕을 주면서 닦달했다. 그것은 인성교육을 하는 게 아니었다. 형사가 죄인을 잡아다 놓고 조사를 하는 건지 면서기가 호구 조사를 하는 건지 모를 정도의 닦달을 했다.

한 반의 학생이 55명인데 다섯 명이 초등학교 때 월사금을 못 내서 1957년 3월 5일 졸업식 날 졸업장을 못 탄 사건이 벌어집니다. 중학교도 못 간 다섯 명의 아이들은 사회 밑바닥의 생활을 시작합니다. 돈이 없어서 학용품을 사지 못했던 주인공 중, 두 명은 교실 마루 아래 밑바닥을 기어 다니며 학용품을 구합니다.

초등학교를 졸업한 뒤 40여 년이 흐른 후 다시 총 동문회 회의장에서 만나면서 40~60년 전의 각자 이야기가 초등학교 동창회 모임에서 펼쳐집니다. 어른 초등학생이 된 것이다. 사회의 계급과 부富와도 상관없이 그저 막말로 별명을 부르며 살자며 초등동창들은 친목계를 조직한다.

월사금 때문에 지독히도 모욕을 당했던 제자가 초등학교 때의 담임 선생님을 스승님이라 칭하며 만나고 싶어 했을 학생들은 과연 얼마나 있었을까?

여기에 초등학교 졸업 후 40~60년 후 만난 동창들의 이야기와 월사금 때문에 그 지독한 모멸감을 겪으며 초등학교를 졸업하며, 졸업장도 못 받은 5명의 기구한 생활상과 성공하기까지의 그들에 생활상과 동창들의 이야기가 펼쳐집니다.

2021년 5월

저자 정 진 문

초등학교 졸업식 노래

1946년 문교부에서 제정한 초등학교의 졸업식 노래이다. 1절은 재학생이, 2절은 졸업생이, 3절은 다 함께 부르도록 작사 되었다. 1절의 가사는 다음과 같다.

1절
빛나는 졸업장을 타신 언니께 꽃다발을 한 아름 선사합니다.
물려받은 책으로 공부를 하여 우리는 언니 뒤를 따르렵니다.

2절
잘 있거라 아우들아 정든 교실아 선생님 저희들은 물러갑니다.
부지런히 더 배우고 얼른 자라서 새 나라의 새 일꾼이 되겠습니다.

3절
앞에서 끌어주고 뒤에서 밀며 우리나라 짊어지고 나갈 우리들
냇물이 바다에서 서로 만나듯 우리들도 이다음에 다시 만나세

왜? 이 노래가 가슴 깊은 곳을 이리도 두드릴까?

그랬다. 초등학교 졸업 후 가난하여 중학교도 못 간 아이들은 아무도 거들떠보지 않았다. 나이 어린아이들 스스로 일어나지 않으면 안 될 그런 시대가 1950년대이다. 가난한 집의 13세의 어린아이들은 그저 직접 먹고살 것을 찾아야 했다. 이 노래를 부르고 초등학교를 떠났던 13세의 어렸을

적 친구들은 40년이 더 지나서 다시 만났다. 너무나 어려웠던 어린 시절의 추억이 다시 생각나며 감회에 젖어 다시 굳게 손을 잡을 때 함박웃음과 반가움이 앞섰지만, 그간 친구들이 어찌 살았는지가 제일 궁금했다.

초등학교 4~6학년 때 동창들의 별명은 재미있고도 잊혀지지 않는 추억의 별명들이다. 40여 년이 더 지나 다시 만나고 보니 빡빡 깎았던 머리가 길어지고, 얼굴의 윤곽은 조금 변했어도 이름보다 별명을 들으면 단번에 그를 기억해 냈다. 또 놀라운 것은 초등학교 때 아이들의 별명이 거의 그 별명에 비슷하게 직업이 선택되었다는 사실이다. 태어날 때 너는 네 직업을 어떤 것을 하라 한 神도 사람도 없었는데….

대갈장군이라 불리던 동창생은 장군은 못됐어도 육군 대령이 되었고 목탁이라 불리던 동창은 불교 법사가 되었다. 태권이라 불리던 동창은 체육대학장을 거쳐 대한민국 국기원 원장까지 했다.

얌전이는 천주교 신부가 되고, 땡기는 경찰 경정이 되고, 공부를 잘하던 친구들은 다 선생님이 되었다. 초등학교 시절 연실 배가 고프다며 도시락의 밥을 넘보던 돼지는 식당을 하고 있다. 그저 힘들게 학교에 다니며 월사금 때문에 담임선생님으로부터 상상 이외의 인격 모독을 당했던 반 친구들도 많았다. 초등학교 졸업 후 50여 년이 지난 후에 본 동창들의 생활상. 공직에서 편하게 있다가 퇴직한 동창들보다, 매일 교단에 서서 지독한 인격 모욕을 당했던 동창들이 더 성공하여 상위 중산층이 되었다.

● 초등학교 동창생 등장인물의 별명과 졸업 후 마지막 직업

맹물이_ 조영식 (월남전 참전, 소 방목장 사장)

찌기미_ 이병철 (양계장 사장)

원생이_ 김원순 (외항선 승선, 활어 상인)

살모사_ 오영훈 (월남전 참전, 서기관)

돼지_ 이원호 (월남전 참전, 식당경영)

찔찔이_ 이병태 (월남전 참전, 양복점 경영)

얌전이_ 이상수 (천주교 신부)

목탁이_ 윤일호 (불교 법사)

쌍안경_ 유일신 (교회 목사)

욕쟁이_ 오영남 (건축업)

신용쟁이_ 이철수 (평교사)

공부벌레_ 유준호 (학교장)

은행이_ 한호남 (학교장)

코쟁이_ 이철호 (비뇨기과 개업 의사)

자전거포_ 곽일신 (자전거 대리점)

대갈장군_ 김의섭 (전, 육군 대령)

변또_ 박태섭 (전 남대문상인연합회 회장)

땡기_ 윤갑영 (전, 경찰 경정)

무술이_ 이일섭 (합기도 관장)

마빡이_ 민영기 (회사원, 무직)

거북이_ 유익태 (식당 사장)

두더쥐_ 김민석 (젖소 목장 경영)

태권이_ 정호섭 (전 체육대학장, 전 대한민국 국기원 원장)

쏠다리_ 정재석 (평교사, 공인중개사)

깍쇠(1회 선배)_ 유00 (경천 동지날 교통사고로 사망)

알꾸지_ 박기태 (노인대학 강사)

각설이_ 유경일 (식당 경영)

찌질이(코피)_ 김태영 (건축업자)

촛싹이_ 곽신호 (개인택시)

기마대_ 이승민 (한국전력)

도토리_ 김재천 (전업사)

* 이름은 가명

차 례

1부. 초등학교 시절의 추억

2부. 동창들의 인생사

<들어가면서>

온몸에 소름이 돋을 만큼 감동적인 것은 무엇이 있을까? 크리스마스 때에 듣는 헨델의 알렐루아일까? 몽테크리스토 백작의 복수극일까?

맹물이는 찬란한 가을빛 속으로 들어가 잠자리처럼 날개를 접고 회상에 잠겼다.

우리가 태어나고 초등학교에 첫발을 디딜 때 그것은 두려움이었다. 딱딱하고 높아만 보이는 천정이 있는 콘크리트 교실이 살기 위한 첫걸음이라는 것을 인식한 아이들은 없었다. 그저 그렇게 지내는 것이라는 것 외에는 생각나는 게 없다. 난생처음 회초리를 든 선생님을 만났다. 처음 받아든 책은 너무나 좋았다. 받은 책을 소중하게 가슴에 병아리를 끌어안듯 살포시 껴안았다. 가슴이 떨려왔다. 바둑아 바둑아 이리와 나하고 놀자. 영희야 영희야 나하고 놀자. 나오는 콧물을 훌쩍이면서 수도 없이 쓰고 외우고 하면서 한글을 배우기 시작했다.

50여 년이 지나고 보니 잘 살기 위한 노력이 시작되는 초등학교 시절은 물들지 않은 하얀 도화지 위에 그림을 그려나가는 첫 체험이었다.

지난 80년 전의 우리나라에서는 가난한 집에 아이가 태어나면 장수를 빌고 "저 먹을 것은 제가 가지고 태어난다."라며 자식의 생애를 하늘에 맡겼다. 80여 년 전의 우리나라는 지금과는 동떨어진 천지 차이의 세상이었다.

여기에 그때의 이야기를 펼칩니다.

1부

초등학교 시절의 추억

한이 맺힌 초등학교 졸업식

대갈장군과 찌질이의 싸움

맹물이와 찌기미의 학용품 조달창고

초등학교 동문회와 동창회 시작

초등동창들의 40년 만에 첫 만남

친목계 탄생

한이 맺힌 초등학교 졸업식

월사금이 뭐 길래

1950년대 초등학교 6학년은 젖먹이가 아니었다. 중학교를 앞둔 어린아이들이었으나. 지금의 초등학교 아이들과는 사뭇 다른 철이 든 아이들이었다.

1950년대는 전쟁의 시작과 전쟁의 후유증이 함께할 때이다. 뜻하지 않았던 전쟁을 겪고 휴전 중인 가난한 나라의 빈곤층은 충격이고 배고픔의 시절이있다. 나라의 어려움을 국민들이 고스란히 떠안았다. 시내에는 깡통을 든거지들이 넘쳐났다.

그 어려웠던 초등학교 시절을 보내는 동안 1957년 3월 5일 00 초등학교 졸업식 날이 되었다. 날씨는 맑았지만 조금 추웠다.

2천여 명의 학생이 다니는 초등학교 운동장은 축하객까지 합하여 3천 명도 넘는 인원이 모였다. 대형 스피커 소리는 00 초등학교 교가와 졸업식 노래가 끊임없이 귀청을 때리고 있다. 넘쳐나는 스피커의 큰소리는 학교 운동장 밖으로도 튀어 나가서 동리를 온통 졸업식장으로 만들어 놓았다. 졸업식을 기다리며 운동장에 서 있는 것 자체가 아이들에게는 고역이다. 아이들은 바지 주머니에 손을 넣고는 검정 고무신을 신은 발을 동동 구르면서 있었다. 그 많은 학생 중 운동화를 신은 학생은 몇 명이 안 된다. 그것은 바로 사회 밑바닥의 증거였다.

상장을 탄다고 미리 귀띔을 받은 졸업하는 동창 외에는 교단의 졸업식 축하 인사와는 아무 상관도 없는 '소귀에 경 읽기' 그런 자리가 졸업식장의 학생들이다.

졸업생을 축하하러 온 친인척들에 손에는 작은 꽃다발이 들려 있는 사람이 듬성듬성 있다. 아이들에게 졸업식 선물로는 꽃다발보다는 자장면이 최고다. 친인척이나 부모님으로부터 자장면을 사주겠다고 약속을 받은 친구들은 어서 빨리 졸업식이 끝나기를 고대한다.

졸업하는 아이들은 운동장 식장에 모여 서서 집에서 누가 왔나를 찾느라고 머리는 누에고치처럼 사방을 향해 돌리고 있다. 다행히 부모님을 찾으면 손을 흔들어대며 여기에 있다며 자기 표시를 했다. 그러나 맹물이(조영식) 찌기미(이병철) 돼지(이원호) 쓸다리(정재석) 찔찔이(이병태) 각설이(유경일) 원생이(김원순)는 사방을 쳐다볼 필요가 없었다. 그들의 집에서는 누구도 오지 않을 것이기에….

꽃다발은커녕 자장면도 먹지 못할 것을 그들은 안다. 반 아이들은 중학교에 간다는데 같은 반의 55명 중 15명 그들은 다 입학금 때문에 중학교 원서도 못 냈다. 중학교 시험에 떨어진 3명과 합하면 18명이나 된다. 중학교 시험에 떨어진 아이들은 돈만 있으면 보결로 중학교에 갈 수 있다고 한다.

'다른 애들은 중학교 모자를 쓰고 다닐 텐데….'

중학교를 못 가는 맹물이는 아쉬움이 하늘만 하다. 졸업식장에서 그냥 주저앉아 울고만 싶다.

졸업을 축하한다는 교장선생님과 내빈의 축하 인사가 끝났다. 사친회장님 또 교장선생님의 상장과 상패가 호명한 몇몇 졸업생들에게만 수여되었다.

교가를 지은 김0명 음악 선생님이 교단에 오르시자, '이제는 졸업식이 끝나는구나!'

"다 같이 졸업식 노래를 시작하겠습니다."

지휘봉이 텅 빈 하늘에서 춤을 추기 시작했다.

"빛나는 졸업장을 타신 언니께 꽃다발을 한 아름 선사합니다."

아이들은 그저 3월의 차가운 바람이 싫으면서도 입을 한껏 벌려 노래를 소리 높여 끝까지 불렀다. 졸업식 노래가 끝나자 운동장 교단에 교감선생님이 오르셨다.

"오늘 졸업하는 학생들 축하합니다. 사회에 나가서 다들 성공하기를 바랍니다. 졸업생들은 각자 교실로 들어가서 담임선생님한테 졸업장과 상장을 받아가세요."

대형 스피커에서 교감선생님이 졸업식이 끝났다는 마지막 그 말씀이 울려 퍼지자. 졸업생들은 각자 교실로 달리기 선수들처럼 뛰어 들어갔다. 졸업식 날이라고 소사님이 조개탄 난로를 안 피운 교실이 춥기만 하다.

중학교에 합격한 친구들은 참새처럼 재잘거리며 옆 친구들과 이야기를 한다. 반 학생 55명 중 중학교를 못 가는 18명의 친구는 입을 다물고 시무룩했다. 돈이 있어 보결로 중학교에 갈 친구들도 표정이 좋지만은 않았다. 시작종이 울리면 모두 선생님이 언제 오시나 교실 통로로 귀를 기울이던 평소의 날과도 비슷한 졸업식 날이다. 표정이 좋지 않은 친구는 부모님도 오시지 않아 자장면도 못 얻어먹을 동창들이다. 교실로 들어온 친구들은 선생님이 슬리퍼를 끌며 교실로 오시는 소리를 들으려고 진돗개처럼 귀를 쫑긋 세우고 앉아 있다. 선생님의 슬리퍼 끄는 소리가 복도에서 들리자. 교실은 단번에 조용해졌다. 졸업장과 앨범 그리고 각종 상장을 두 손으로 한 아름 들고 들어오셔서는 교단 앞 책상에 올려놓았다. 그리고는 교실의 제자들을 한 번 쓱 훑어보셨다. 교단에 올라서신 선생님의 표정은 전날의 공부할 때와는 사뭇 다른 표정이셨다. 호랑이 선생님이 등장하자 숨소리도 들릴 만큼 교실의 공기는 응고된 듯 흐름이 멈추었다.

"지금부터 호명하는 사람들은 한 사람씩 교단 앞으로 나온다."

반에서는 제일 먼저 은행이와 신용쟁이인 두더쥐가 졸업장과 상장. 개근상 또 앨범을 받았다. 친구들은 다음은 누구를 부를까? 학생들은 귀가 당나귀 귀가 되었다. 담임선생님은 한 사람씩 호명하며 졸업장 및 우등상 개근상 등을 나누어 주었다. 학생들은 자기 이름을 부를 것을 들으려고 눈을 동그랗게 뜨고 귀를 세우고 있다.

그런데 맹물이, 찌기미, 돼지, 쓸다리, 원생이는 선생님이 끝까지 이름을 안 부른다. 맹물이가 손을 번쩍 들고

"선생님 저는 왜 이름을 안 불러요?"

크게 소리를 지르자, 교실은 조용해졌다.

"지금 이름 안 부른 다섯 명은 월사금이 밀린 사람이야, 월사금 가져와서 졸업장을 찾아가라. 그리고 앨범도 돈 안 낸 사람은 돈 가지고 와서 가지고 간다. 알았나?"

선생님의 그 말씀이 교실의 공기를 흔들었다. 다섯 명은 선생님의 얼굴을 빤히 쳐다보았다.

'네에?' 맹물이는 믿어지지 않았다. 앨범은 그렇다 치고. '졸업식 날 졸업장을 안 주다니? 상상도 못 한 말씀이시다.' '오늘은 선생님이 때리지는 않겠지!' 작심하고. 선생님 눈치를 봐가며 맹물이는 마른 입술에 침을 발랐다.

"선생님, 민영기(마빡이)도 월사금 다 안 냈잖아요!"

선생님은 평소 교탁을 막대기로 두드리며 질러대든 기차 화통 소리와는 다른 화가 난 목소리를 팽개쳤다.

"영기 어머니가 가져왔다."

그리고 선생님은 차가운 얼굴로 맹물이를 쏘아보았다. 맹물이는 숨

이 딱 멈췄다. 봄 방학 전만 해도 월사금 때문에 마빡이를 닦달했으니 그게 선생님의 약점일 텐데….

더 할 말이 없다. 맹물이는 졸업장을 못 탄 5명의 친구를 돌려가며 쳐다보았다. 그들의 눈은 맹물이의 입을 주시하고 있었다. 졸업식 날 졸업장을 못 받는다는 것은 생각지도 않은 일이다. 침을 꿀꺽 삼키고는 목청을 돋우고 마지막으로 가시 돋친 말을 뱉어냈다.

"선생님, 다른 반 애들도 월사금을 안 낸 사람은 오늘 전부 졸업장을 못 타나요?"

그 소리는 숨쉬기도 어려운 무거운 공기를 뚫고 선생님 귀속으로 쏙 들어갔다.

선생님은 맹물이를 흘끔 쳐다보았을 뿐 못 들은 척했다. '내가 왜 그 대답을 너희에게 해야 해' 그런 투였다. 맹물이는 입술을 지그시 깨물었다.

아무래도 이건 아니다 싶다.

졸업장을 못 받는 것이 월사금을 못 내서라면 개근상은 주어야 맞는 이야기가 아닌가?

맹물이는 선생님의 얼굴을 다시 한번 쳐다보았다. 왜 그런지 모르지만, 가슴이 덜덜 떨렸다. 그것은 알아챌 수 없는 선생님과 제자 사이인지도 모른다.

당나귀 귀가 되었던 졸업장을 못 탄 아이들의 얼굴은 보통 보던 얼굴이 아니었다. 입을 꼭 다물고, 눈은 앉아 있는 교실 책상을 보고 있었다. 호랑이 선생님이 무서워서 하고 싶은 이야기를 얼굴이 대신하고 있었다.

"다들 잘 가라, 중학교 가는 애들은 가서 공부를 잘하기를 바란다. 이상."

중학교를 못 가는 학생들에게는 한마디도 없었다.

"젠장." '중학교 못 가는 애는 사람도 아닌가?'

반장이

"일어섯 차렷. 경례."

"안녕히 계십시오."

선생님은 교실 문을 확 열어 재치고는 볼 장 다 봤다는 듯 돗자리 매는 풀로 만든 슬리퍼를 "탁" "탁" 소리 나게 끌며 교무실로 가시면서 뒤도 안 돌아보셨다.

우등상장과 개근 상장 졸업장 앨범을 탄 반 친구들은 자장면을 먹으려고 또는 꽃다발을 받으러 친인척들이 기다리고 있는 교실 밖을 향하여 총알 같이 교실을 빠져나갔다.

맹물이가 복도로 나오려니 코피가 손을 붙들었다. 참으로 안 됐다는 표정이었다. 맹물이는 월사금 때문에 친구들에게도 기를 못 펴고 있었지만, 코피도 월사금 때문에 많은 고초를 당했던 친한 친구였다.

"잘 가."

"그래 너도 잘 가."

중학교에 합격한 코피는 맹물이의 손을 아프도록 꼭 잡아 주고 밖으로 나갔다. 코피는 맹물이가 너무 어려워 공책 살 돈도 없고 학용품도 못 사는걸. 보고서. 어머니 몰래 새 공책과 새 연필을 준 적도 있다.

쓸다리가 선생님이 교무실을 향해 걸어간 복도를 쳐다보며 아쉬운지 네 명을 불렀다.

"잠깐만 서봐. 우리 다섯 명 교무실로 선생님을 찾아가서 말을 한 번 더 해보면 안 될까?"

침통한 표정의 돼지가 모인 친구들을 쳐다보며 말했다.

"뭐라고 말을 할 건데?"

"며칠 내로 부모님이 돈이 생기면 학교에 가져다준다고 하면 안 될까?"

맹물이가 그런 말은 하나 마나라는 듯
"우리들은 신용쟁이도 아니고 말씀드려봤자 들으시려고 하지도 않으실 거야. 봤잖아 다른 반 애들도 월사금 안 내면 졸업장 안 주느냐고. 물어보니 대답도 안 하셨잖아."

원생이도 불가능한 이야기라는 듯
"이미 끝난 이야기야. 졸업장을 타기는 글렀어. 그냥 가자."

돼지는 못내 아쉬운지 울상이 된 얼굴로 "나는 어머니가 밀린 월사금은 돈이 생기는 대로 주신다고 하셨는데…."

그들 다섯 명은 비행기가 지나간 하늘을 쳐다보듯이 선생님이 교무실을 향해 지나간 복도를 한 번 더 쳐다보았다.

네 명은 맹물이처럼 용감하지는 못했지만, 마음속에는 하지 못한 말이 앙금이 되어 자리를 잡고 가라앉았다.

맹물이가
"잘 가 우리는 이제 헤어지면 언제 만날지도 몰라 그렇지?"

맹물이가 이야기하자. 찌기미, 돼지, 원생이, 쓸다리가 맹물이 앞으로 왔다. 다섯 명 그들은 일일이 손을 돌려가며 잡고는 얼굴을 한 번씩 번갈아 뚫어지라 쳐다보았다.

찌기미가 손을 흔들며
"잘 가"

"그래 다들 잘 가"

졸업식 날 집에서 아무도 오지 않은 그들 다섯 명은 머리를 푹 숙이고 교문을 향해 터벅터벅 걸어 나갔다.

맹물이는 '오늘부터 그 지겨운 담임선생님을 안 본다는 게 오히려 편해.' 찌기미의 어깨를 한번 치고는
"가자."

맹물이와 찌기미는 한 동리 바로 옆집에 살기도 하지만 제일 친한

친구이다. 학용품이 없어 교실 마루 아래 밑바닥을 기어 다녔던 친구이며. 월사금을 안 가져온다고 6학년 내내 담임선생님께 제일 많이 닦달을 당했든 두 사람이었다. 아침에 학교에 오면서 부모님이 안 오신다는 것을 잘 아는 두 사람은, 월사금을 다 내고 졸업장을 타가는 한 반 아이들이 부럽기만 했다. 맹물이는 한 동리에 사는 욕쟁이를 찾아보아도 그는 보이지 않았다. '부모님과 자장면을 먹으러 갔나 보다.' 그가 부러웠다. 그는 중학생 복을 입고 중학교 모자를 쓰고 다닐 것이 아닌가! 월사금을 못 내 졸업장을 못 탄 6학년 같은 반 친구 부모님들은 교문을 나올 때까지도 한 분도 안 보였다. 교문을 나서자 학교 앞 자장면집 음식 냄새가 코를 찌른다. 맹물이는 침이 고이는 걸 속울음과 함께 그냥 꿀꺽 삼켰다. 그리고 보니 화도 난다.

"졸업장, 앨범은 그랬다 하더라도 개근상은 줘야 할 거 아냐."

하자. 찌기미가 맹물이 말이 맞는다는 듯

"그려 졸업장을 안 주려면 개근 상장은 줘야 해. 선생님은 확실히 돈 없는 우리를 차별한 거야."

'졸업장을 찾는다는 것은 생각지도 말아야 할 거야.' 화가 더 난다. 교문 앞 도로에 널려있는 돌 하나를 그냥 검정 고무신 발로 후려 찼다.

"아이쿠."

맹물이는 털썩 주저앉아 발을 쥐고는 주물러댔다. '너무 세게 찼나 보다!'

발가락을 몇 번을 주물러도 얼얼하다. 찌기미가 손을 잡아 일으켜 세웠다. 나오는 눈물을 참으며 집으로 향하며 찌기미를 쳐다보았다.

'나는 선생님보다 더 돈 많은 부자가 꼭 될 것이다.'

찌기미도 속이 상한지 아무 말을 안 하고 땅을 쳐다보며 걷기만 했다.

맹물이와 찌기미 두 사람의 어머니는 하루를 먹고 살기 위해 시장 또는 주택을 다니며 행상을 하시니 학교에 올 수도 없고 또 월사금을 낼 돈도 없다. 점포주들에게 쫓겨 가며 이리저리 다니며 하시는 노점 행상 그 사정을 맹물이와 찌기미가 모를 리가 없다. 어머니가 버는 돈은 전 식구가 보리밥 먹기도 버거울 때이다. 그래서 선생님한테는 그 어려운 자리를 모면하고자,

"내일 오신대요. 며칠 후에 오신대요. 바쁘셔서요."

두 사람이 그렇게 거짓말을 한 것은 거의 매일이다. 처음에 선생님이 부모님을 모시고 오라고 할 때는 집에 가서는 얘기를 했다. 매일 그렇게 닦달을 당하자, 아예

"선생님이 부모님 모시고 오시래요."

그 말도 하지 않고 매일 교단에 불려 나가 머리를 파일이나 막대기로 한번 맞고는 벌쓰는 것이 일상처럼 됐었다.

교문을 나오면서 맹물이와 찌기미는 자장면을 먹을 친구들이 너무나 부럽다. 찌기미가 맹물이를 쳐다보며

"나는 돈을 많이 벌면 자장면을 실컷 사 먹을 것이야. 매일 월사금 때문에 시달린 것도 평생 잊지는 않을 거야."

"나도 자장면이 먹고 싶다."

맹물이는 침과 함께 있든 울음을 꿀꺽 삼켰다. 그리고는

"이제 월사금 때문에 호랑이 선생님께 혼날 일은 없을 거야 그렇지?"

"맞아 이제는 호랑이 선생님 볼일도 없을 거야."

맹물이는 집으로 가면서도 졸업장을 못 받은 것이 마음에 걸렸다. 집에 가서 월사금 때문에 졸업장을 못 타 왔다고 하면 부모님은 뭐라 하실까? 중학교 원서도 못 내게 했으니 아무 말씀을 안 하실 것 같다. 같은 반이라도 돈이 있는 집 동창과 가난한 동창 간에는 드러내지 않는 갈등이 있었다. 그것은 담임선생님의 가르치심이셨다. 누구든지 알

아볼 수 있도록 차별을 당했다. 가난한 집 동창들의 마음에는 선생님의 분명한 차별에 앙금이 가라앉았다. 신용쟁이 그들을 보면 부럽기도 하지만 얄미웠다. 맹물이와 찌기미 두 사람은 담임선생님께 최고로 미운털이 박힌 것을 같은 반 친구들이 모를 리가 없다.

한 반 아이들은 같은 반이라는 것이 창피한 듯 가끔은 맹물이와 찌기미를 "따"(따돌림)를 하기도 했다. 그것은 지우개를 안 빌려준다든지 연필 깎는 칼을 안 빌려준다든지 그러면 다른 아이들에게 빌려달라기가 어렵다.

맹물이가 집에 와보니 다들 나가고 아무도 없다. 부엌엘 가보니 보리밥도 먹을 게 없다. '아침에 다 먹었으니 점심 먹을 게 없나 보다. 이제 뭘 하지?' 점심을 먹기는 다 틀렸다. 저녁때나 되어야 어머니가 오셔서 보리죽이라도 끓여주실 것 같다. 방 천장을 보며 벌러덩 누웠다, 마음이 허전하다. 무엇을 잃어버린 것만 같다. 벌떡 일어났다. '찌기미 누나가 번데기 공장(남한 제사)을 다니니 먹다 남은 번데기가 있으면 좀 달래서 먹을까.' 생각하고. 바로 옆집에 사는 친한 친구인 찌기미집으로 갔다. 일요일에는 가끔 가서 번데기를 한주먹씩 얻어먹었다. 찌기미는 마루에서 술지게미를 먹으려고 사카린을 타고 있었다.

"일루 와 이거 같이 먹자."

"번데기는 없니."

"다 먹고 없어. 아마 토요일 돼야 기요꼬 누나가 가져올 거야."

술지게미는 찌기미 아버지가 양조장에 가서 얻어온 것이다. 한 종지를 먹어보니 아주 맛이 있다. 찌기미가 맹물이에게 줄 것은 그것뿐이었다. 배고픈 김에 두 종지씩을 먹었다. 두 사람의 얼굴은 금세 술이 얼근하게 올라와 뺨이 볼그스레해졌다.

"가슴속이 얼얼하지?"

"응."

"어째 눈이 자꾸 감겨."

두 사람은 술에 취했다. 스르르 눈을 감고는 마루에 누워서 잠이 들었다. 그것이 아주 진한 졸업식 날의 추억으로 남았다.

1946년 개교한 초등학교는 1950년 6·25 때에 학교는 잠시 등교 중지를 했지만 1951년에 다시 학교가 문을 열었다.

2,000여 명의 학생들이 학교에 모이니 초등학교는 교실이 부족하여 1, 2, 3학년은 오전반 오후반으로 나누어서 공부했다. 한 반에는 55명에서 60명이나 되는 콩나물시루였다.

한 반에는 잘사는 학생은 5~6명 정도이고 나머지는 거의 가난한 아이들이다.

전쟁 때문에 농촌에서 생활할 수 없는 가난한 사람들이 도시로 몰리고 피난민들까지 합치니 도시는 먹고살기 위한 전쟁터였다. 아침부터 밥을 얻으러 나니는 거지들이 넘쳐났다. 아침 식사 때가 되면 보리밥을 얻으려고 거지들이 최하 세 명은 왔다 간다.

밥이 조금이라도 남으면 주지만 없다고 하면 그냥 돌아서는 거지들도 있다. 그래도 그 거지들은

"내일 또 올게요"

하고 인사까지 하고 간다. 그 어려운 가운데도 사람들의 인심은 좋았다. 점심 먹을 게 없어도 거지들에게 먹던 밥도 조금이라도 덜어서 주었다. 그런 어려운 가운데 그래도 버티며 1학년에서부터 6학년까지 간 것이다. 월사금 이야기는 6학년 때만은 아니었다. 2.3 학년 때에는 월사금 때문에 정학당하거나 퇴학을 당한 아이들도 있고 스스로 학교를 그만둔 친구들도 여러 명이 있었다. 그들은 선생님의 월사금 독촉 닦달을 이겨내지 못했고 또 돈을 낼 수도 없는 아이들이었다. 그래도 맹물이와 찌기미는 그 닦달을 참고 견디며 6학년까지 버텨낸 것이다.

초등학교 같은 반 6학년 아이들은 이름 대신 거의 별명을 부를 때가 많았다. 누가 지었는지 거의 별명은 한 개씩 있었다. 별명은 참으로 많았다. 초등학교적 배가 고팠던 영식이는 학교에서 일주일에 두 번씩 점심때 주는 압맥죽(우유에 납작 보리쌀을 섞어서 끓인 죽)을 다 먹고도 배가 차질 안 해서 죽 그릇인 빈 도시락통에 물을 부어 우유 물이 약간 섞인 것을 그냥 꿀꺽꿀꺽 마셨다. 그걸 본 반장인 호남이가
"야 그렇게 하면 그게 우유 죽이니? 맹물이지."

그것을 생각한 반장인 호남이가 영식이를 부를 때
"야. 맹물아"

했던 것이 조영식의 별명은 '맹물이'가 돼 버렸다. 찌게미를 먹고 학교 왔다 하여 찌기미. 부잣집 아버지를 둔 신용쟁이, 은행원 아들 은행이, 찔찔이, 대갈장군, 태권이, 무술이, 코피, 쓸다리, 마빡이, 살모사, 촛싹이, 원생이, 쌍안경, 목탁이, 알꾸지 얌전이, 자전거포, 변또, 땡기, 욕쟁이 등등. 두 명이나 있었던 보육원 아이는 그들의 별명은 없었다. 별명도 짓지 않았다. 누구도 보육원 아이들을 건드리지 않았다. 그 애들에게 듣기 싫은 소리라도 하면 그들은 떼거지 몰려와서 행패를 부렸다. 보육원 아이들은 월사금도 안 낸다. 그러니 선생님에게 불러나가 교탁에 서 있을 일은 없다. 중학교도 입학금을 안 내도 그냥 들어간다. 맹물이와 찌기미는 그들이 한없이 부러웠다.

아침에 등교하여 시작종이 땡땡땡 울리면 담임선생님이 한 손엔 반 아이들 명단을 들고 한 손엔 막대기를 들고 슬리퍼를 "탁""탁" 소리가 나게 끌며 복도를 통해 교실로 오신다.

선생님을 본 반장은 일어서서 있다가 선생님이 교단에 서시면
"일어섯. 차렷. 경례."

하면 선생님은 교실을 호랑이 눈으로 쓱 휘둘러 본 다음
"앉아."

하신다.

반장의 임명은 선생님의 고유 권한이다. 선생님이 들고 다니는 그놈의 막대기로 오늘 몇 명이 머리 또는 몸통을 맞을지는 아무도 모른다. 그 막대기는 원래 칠판에 글을 써놓고 칠판의 글자를 가리키려고 만든 것 같은데? 그런 생각을 했다면 오판이다. 그 막대기는 나무를 깎아서 만든 길이가 50cm쯤 되는 막대기인데 머리통, 종아리는 물론 어깨, 등도 때리는 선생님의 막강한 법 집행 도구이다. 어떤 날은 아이들을 때리다가 그 막대기가 부러지기도 했다. 머리통을 맞으면 화끈하면서 눈물이 찔끔 난다.

첫 교시는 이름을 부르며 월사금 이야기로 시작된다. 교실의 분위기는 웃는 얼굴과 울상인 아이들 두 패로 나뉜다. 월사금을 다 낸 친구는 웃음을 띤 얼굴이지만 못 낸 친구는 오줌부터 마렵고 빨리 시간이 가기를 고대하는 오만상이다. 얼른 시간이 가기만을 바랄 수밖에 없다. 이제 아이들은 선생님의 월사금 이야기에 귀를 기울이고 닦달하는 이야기를 귀속에 담고 있기 시작했다. 그것은 집안 모든 일을 반 아이들이 다 알게 하는 일종의 신상명세 털기 즉 개인 정보였다.

"조영식(맹물이)"

"네"

"너 오늘도 월사금 안 가져 왔지?"

"네"

"네. 라니 너 그렇게 말한 게 벌써 언제부터야? 매일이잖아 어머니는 오신데?"

"네"

"언제 오신데?"

"바로 오신데요"

"어머니가 바쁘시면 아버지라도 오실 수 있는 거 아녀?"

"아버지에게도 말씀드렸었어요. 근데 바쁘시다고…."

"이리 나와. 너 오늘도 거짓말했지."

맹물이가 선생님 눈치를 보며 선생님이 서 계신 곳에 와서 서자 "너는 항상 거짓말만 해. 네 작은형은 중학교에 다니며 큰형은 고등학교엘 다닌다며?"

"네"

"그런데 너는 왜 월사금을 안 가져와."

"집에 돈이 없대요."

들고 있던 반 명단 파일이 음속으로 맹물이의 머리를 강타했다.

"너희 형님은 돈이 있어서 고등학교에 보내고 너는 돈이 없어서 월사금도 못 준다니?"

"저는 몰라요. 어머니가 돈이 없대요."

"너희 아버지는 학교는 어디까지 나오셨나?

"모릅니다."

"직업이 뭔데."

"목수 유."

"오영문(욕쟁이)이 아버지도 목수라던데 그 애는 월사금이 밀리긴 해도 잘 가져오잖아."

"오늘 가서는 내일 어머니 모시고 같이 와. 알아들었어?"

"네"

"너는 매일 매일 대답만 네 그렇게 말하는 게 매일이잖아."

"네"

"대답은 잘한다. 너 선생님한테 거짓말만 할 거야? 그러면 너는 퇴학이야."

이런 말은 보통이고 밥 먹는 것까지도 물어본다. 저녁엔 거의 죽을 먹는 맹물이는 참, 말하기가 창피하다.

파일 모서리로 머리를 맞은 맹물이는 눈물이 찔끔 나왔다. 그날 막대기로 안 맞은 것만 해도 다행이다.

"저기 교단에 가서 손들고 서 있어."

아침 첫 시간은 월사금 독촉 시간이다. 한 달이라도 밀리면 누구든 그런 벌을 받아야 했다. 선생님의 질문은 날카롭기만 했다. 전 가족에 대해서도 일일이 물어본다. 반 학생들까지 다 아는 이야기인데 매일 같은 이야기를 또 묻고 또 묻고 하신다. 가족 사항을 유리알 같이 꿰고 계신다.

여름방학과 겨울방학이 끝나고 학교에 가는 날. 그날은 호랑이 선생님을 보기 싫어 학교 가기가 아주 싫은 날이다. 또 월사금 문제로 시달리기 시작할 날이기 때문이다.

월사금을 한 달 치라도 가져간다면야 기분이 틀리겠지만 괜히 심통이 나고 몸도 찌뿌듯하다. 쌀과 보리쌀을 되풀이(한 되. 800g)로 사 오시는 어머니한테 월사금 이야기를 할 수가 없으니 어깨에 멘 몇 권의 책 보따리도 천근만근같이 무겁다.

맹물이의 아버지는 천자문을 배우시고 동몽선습까지 배우셨다고 하신다. 한글은 언문이라며 여자들이나 배우는 것이라고 했다. 어른들은 한글을 체계적으로 배우시기를 안 하여 대충은 읽어도 잘은 모르신다. 어머니는 셈법만 아시는 문맹이셨다.

맹물이는 그것을 친구들이 들을까 봐 꼭꼭 숨겼다. 아버지는 항시 큰아들은 기둥이니 큰아들이 잘되어야 가정이 산다며 모든 것을 큰아들한테만 투자하셨다.

"먹고사는 것은 제가 가지고 태어나는 거야."

"그게 사주팔자여."

라고 하셨다. 그 말씀이 무슨 말씀인지 맹물이는 이해하지를 못했다.

월사금이 밀린 아이들은 누구나 다 맹물이 같이 한 번씩 파일로 또는 막대기로 머리를 얻어맞는다. 그리고 가정사를 선생님께 다 이야기해야 한다. 맹물이, 찌기미, 쓸다리, 돼지, 원생이는 아침 조회시간은 칠판 앞 교단의 단골손님이다. 선생님에게 찍힌 월사금을 못 낸 아이들은 그 시간이 얼른 지나가기를 고대한다. 시간이 갈수록 교단에는 월사금이 밀린 아이들의 숫자가 늘어난다. 교단 위에 서 있으면서도 월사금이 밀려 교단에 올라온 옆에 서 있는 친구를 보고는 '너도 안 가져왔지?' 혀를 조금 내밀었다가 얼른 집어넣는 "메롱"이다.' 너도 오늘 혼났지! 라는 표시이다. 월사금을 안 가져온 아이들은 언제 가져올 거냐? 부모님 모시고 와라. 등 아버지 직업이 뭐냐? 어머니 직업은 뭐냐? 나이 많은 형은 있냐? 누나는 있냐, 동생은 있냐. 학교는 어디를 다니느냐, 별소리를 다 물어본다. 형사가 죄인을 잡아다 놓고 닦달을 하는 것인지 면서기가 호구 조사를 하는지 구별이 안 될 정도이다. 반 아이들은 반 친구들의 가족 사항을 매일 들어서 훤히 안다. 그렇게 한 시간여를 시달린다. 15명 정도가 올라설 수 있는 교실 교단은 월사금 밀린 반 아이들의 모임 터이다. 거기에 인원이 거의 차야 닦달은 대개 끝난다. 어떤 날은 교단 위로 올라가 설 자리가 없는 날도 있다. 원생이 차례가 왔다.

"김원순 너 또 거짓말할 거지?"

"아닙니다. 어머니가 오신댔어요."

"또 거짓말이면 혼난다."

호랑이 선생님의 큰 소리가 교실이 쩡쩡 울린다. 그러자 교단에 벌을 받기 위해 서 있든 마빡이가

"선생님은 아마 기차 화통을 삶아 먹은 게 틀림없어,"

작은 소리로 옆에 손을 들고 서 있는 맹물이에게 말을 하자. 그 소리를 들으셨는지.

“뭐야? 내가 기차 화통을 삶아 먹어? 너 이리 나와.”

당나귀 귀 호랑이 선생님이 그냥 넘어갈 리가 없다. 막대기로 머리를 한 번 강타했다. 당시에 아이들은 머리를 박박 깎고 다녔기에 그놈의 막대기가 춤을 추고 나면 맞은 자리마다 조금 있으면 붉은 혹이 훤히 보인다.

“무릎 꿇고 손들고 앉아 있어.”

얻어맞은 마빡이는 눈에 눈물이 범벅이 되었다. 친구가 닦달당하는 것을 보고는 ‘선생님께 기차 화통을 삶이 먹었다니 너는 바로 죽음이야.’ 이제 너는 찍힌 놈이야. 친구들이 “킥, 킥” 하며 고개를 숙이고 속웃음을 웃는다.

그걸 본 호랑이 선생님이 또 그냥 넘어갈 리가 없다.

“웃은 놈들 이리 나와. 뭐가 우스워서 웃었어?”

불려 나간 아이들은 겁이 나서 말을 못 한다. 한 차례씩 맞고 손을 들고 서 있든지 무릎 꿇고 손들고 있든지 둘 중에 하나다. 무릎을 꿇고 손들고 있으면 다리에 쥐가 난다. 그 벌도 참 힘든 벌 중에 하나다. 움직이면 맞을까 봐 몸만 비틀어댄다.

머리가 길어도 불려 나가 선생님이 준비한 바리캉으로 머리 한가운데에 고속도로를 낸다. 선생님은 어떤 때는 가위로 머리를 쥐가 파먹은 것같이 해놓는다. 교복에 단추가 떨어져도 얻어맞는다. 숙제를 안 해온 아이들은 교실 밖 복도에서 무릎 꿇고 손들고 있어야 한다. 복도를 다니는 선생님이나 여학생들 보라고 그렇게 망신을 줬다.

매일 진행되는 일이지만 월사금이 밀린 아이들은 그 자리를 모면하기 위해선 언제까지 부모님을 모시고 온다고 선생님과 약속을 하고도 교단 행이다. 비록 교단에 손을 들고 서 있긴 하지만, 그래도 선생님 앞에서 얼굴을 붉히며 닦달당할 때 보단 났다.

그렇게 하다 보면 15명 정도는 매일 교단에 가서 손들고 서 있다. 교단이 좁아 더 큰 교단을 만들어야 할 판이다. 나머지 아이들도 한 달만 월사금이 밀려도 꼬치꼬치 따진다. 55여 명의 이름을 다 부르기 전에도 '땡땡 땡땡' 1교시 끝 종이 울리기도 한다. 거의 한 시간은 월사금 독촉으로 시간이 다 간다. 선생님은 집안에 일들을 자세하게도 묻는다. 그래서 각 개인의 정보를 친구들은 다 듣고 있다. 부모님의 직업이며 하루 얼마를 버느냐는 등 집 사정을 다 이야기해야 하는 아이들은 창피하기도 하다. 모른다고 하면 또 혼난다. 대충 얼버무린다. 그것도 바로 들통이 난다.

"어저께 이야기한 것과는 다르잖아."

"딱." 박박 깎은 맨대가리에 혹이 하나 난다.

1교시 끝 종이 땡땡 땡땡 울린다. 이제 숨을 크게 쉬어도 된다. 닦달은 바로 끝날 것이니까.

한 시간여의 긴장은 오줌통을 불룩하게 만들고 배가 아프다. 1교시가 끝나고 선생님이 교무실로 가시면 교단에 있던 아이들을 변소를 향해 뛴다. 소방차보다 급하다. 변소에는 농약을 안 먹은 왕 파리가 반상회를 하는지 엄청 많다. 아이들은 거의 오줌을 파리에다 조정하고 배에다 힘을 주어 갈긴다. 파리는 "메롱" 하는 듯 오줌이 파리에 닿기 전에 먼저 홀짝 난다. 여기저기다가 갈겨대며 화가 나서 파리를 쳐다보지만, 오줌이 모자란다. 그래도 오줌통이 꽉 차서 아팠던 배가 가라앉아 시원하다.

"18 너희들 내일 보자. 내일은 네 대가리에다 내가 오줌을 확 갈겨줄 테니까. 기다려."

하고 생각을 하며 파리를 쳐다보니, 왕 파리가 "앵 앵" 거리며. '선생님한테 맞고 와서 왜 내게 분풀이여 하는 것 같다.'

문제 풀이 시간이 되면 제일 먼저 손을 드는 게 신용쟁이 또는 월사금을 다 낸 아이들이다. 월사금 닦달을 받은 맹물이는 손을 드나 마나

니 아예 안 든다. 연일 반복되는 일이지만 산수 암산 문제를 선생님이 내고는

"아는 사람?"

맹물이는 그날 월사금을 한 달 치라도 가져온 날이다. 기세등등하게 손을 번쩍 들고

"저요. 저요."

아주 씩씩하게 큰소리를 질렀다. 그러나 선생님 얼굴을 보니 오늘은 아닌 것 같다. 무서워 보인다. '시키지도 않을 것 같다.' 맹물이는 오랜만에 한 번 든 손을 슬그머니 내렸다. 그런데 선생님이

"조영식(맹물이)"

하며 이름을 부른다. 요즈음 한 번도 이름을 부르지도 않더니 갑자기 불러대니 깜짝 놀랐다. 호랑이 선생님을 쳐다보니, 계산은 했는데 답이 금방 생각이 안 난다. 멍하니 서 있으니

"손을 들었으면 답을 말해야지."

큰소리에 더욱 주눅이 들었다. 맹물이는 눈을 깜박거리며

"선생님 문제를 다시 한번 불러주시면 안 되나요."

"뭐야? 금방 불러줬는데 또 불러줘?"

호랑이 선생님은 갑자기 날쌘돌이가 되었는지 슬리퍼 끄는 소리도 안 들린 것 같은데 벌써 맹물이 앞에 와 섰다. 키가 작은 순서대로 앞자리에 앉았으니 맹물이는 칠판 앞 교단 앞에서 세 번째 자리였다. 교단에서 세 발짝 정도 떨어진 곳이다.

"임마. 그것도 몰라?"

반에서 7등 안에는 항시 들어가는 맹물이가 답을 몰랐던 게 아니었다. 선생님 얼굴을 쳐다보자 말문이 막힌 것이다.

선생님법 집행 막대기가 하늘로 올라가자. 그걸 막으려고 오른손을 들었으나 "딱" 소리가 먼저 났다. 막대기가 가는 길은 따로 있었다. 일

은 빨리도 끝났다. 그 빠르기는 초음속만 같다. 머리통엔 금방 혹이 날 것이다. 그걸 보고 있던 아이들 '손으로 막아봤자다. 임마. 선생님 손은 음속보다 빠르니 경기가 있다면 금메달감이야.'

"다음 사람."

오영남(욕쟁이)이 선생님 바로 옆에서

"저요."

하며 손을 번쩍 들었다. 그도 교탁에 한두 번 불려 나간 게 아니다. 선생님이 쳐다보자. 그는 엉겁결에

"십팔입니다."

그리고는 '아이쿠.'

"뭐야? 십팔? 그게 왜? 십팔여. 그거 욕 아냐?"

"욕 아닙니다."

"임마 그럼 답이 틀렸잖아. 암산 연습을 집에 가서 많이 하라고 했잖아."

몇 번을 더했다 뺐다. 곱했다 한 문제다.

"아."

그냥 지나갈 호랑이가 아니다. "딱-딱" 그는 머리통에 두 대를 한꺼번에 맞았다.

미운 놈 떡 하나 더 준 셈이다.

"아야"

그걸 막는 자는 없다. 선생님이 쥐고 있는 막대기의 빠르기는 제트기 할아버지 같다. 얻어맞은 욕쟁이 영남이는 선생님이 교탁을 향해 돌아서자, 입에 발린 작은 소리로

"조또시팔."

그 작은 소리를 당나귀 귀, 선생님이 알아들었나 보다. 교탁으로 가려던 선생님이 뒤로 확 돌아서더니

"뭐야? 조또씨팔? 너 이리 나와."

눈을 뜨고 있는 호랑이의 수염을 잡아당긴 꼴이다. 호랑이의 눈치를 슬슬 보면서 친구들을 한번 쓱 둘러봤다. 내 꼴을 보라는 듯이, 큰일은 난 거다. 선생님의 법 집행 막대기는 한번 허공을 가르며 휙 소리가 나고 바로 "딱. 딱" 엄청나게 빠른 막대기가 두 번이나 바람을 가르고도 다시 막대기를 들자. 손을 들고는

"아니 저어,--- 만화에-- 일본어로--- 시팔은--- 아!--- 그러니까 '조또마떼'가 '조또시팔'이 된 겁니다. 잠깐만 있다가 때리시면 안 되나 해서요."

눈물을 글썽이면서

"맞은 데 또 맞으면 더 아프거든요,"

오만상을 찌푸린 호랑이 선생님이 주춤했다. 그러더니

"여기가 일본말 배우는 데야? 너 영남이 앞으로 한 달 동안 변소 청소 당번이다. 알았냐?"

그저 얼굴을 들고는 입속으로 '18' 하고는

"네."

선생님은 물론 만화깨나 본 아이들은 '조또마떼'가 뭐라는 것은 다 안다.

"앞으로 그런 소리 하는 놈은 맞는다. 알았어?"

"네."

욕쟁이는 머리가 얼얼하여 의자에 펄썩 주저앉았다. 머리에 바로 혹이 두 개나 올라왔다.

선생님은 문제를 내고는 항시 같은 식으로 아이들을 대했다. 그러나 신용쟁이들에게는 한없이 너그러워만 보였다. 그것을 모를 아이들은 아니다. 지겨웠어도 시간은 멈추지 않고 때깍거리고 "땡땡" "땡땡" 교시 끝 종이 울린다.

신용쟁이들을 빼놓고는 거의 반 아이들은 선생님의 법 집행 막대기에서 벗어나는 것은 있을 수 없는 일이다. 야간 수업에는 종을 치는 소사님이 없기에 선생님 마음대로 공부시간을 정하신다. 오줌이 마려우면 그게 참 곤란하다. 자습을 시키고는 호랑이가 책상에 떡 버티고 앉아 있으니 소변보러 간다고 말을 하기가 어렵다. 아주 많이 죽겠을 때만 손을 들고

"선생님 저 소변보러 가고 싶어요."

모깃소리로 말씀을 드리면 눈을 크게 뜨고 째려보다가

"전부들 소변보러 갈 사람은 지금 다녀와. 자주 왔다 갔다 하면 안 돼."

"냇물이 바다에서 서로 만나듯 우리들도 이다음에 다시 만나세."

코흘리개 시절 동창들을 40여 년 만에 만나고 보니 졸업식 노래 끝 구절이 가슴에 와 닿는다. 우리나라 동쪽 육지 냇가에서 험한 바다를 향하는 연어 새끼는 두려움과 무서움을 이기며 수만 리 러시아 캄차카 반도를 횡단하며 다시 돌아오는 8~9년의 여정을 거친다. 잔잔한 냇가에서 바다를 향해 떠났던 자리를 떠나며 다시 올 곳이라 머릿속에 새기고 떠났다. 연어도 고래나 상어 밥이 되지 않고 오랜 시간을 버티며 산다는 게 표현 못 할 정도로 어려운 일이다.

연어 새끼가 어미 품인 냇물을 떠났다가 다시 그 냇물에서 친구들을 만난 것과 초등동창들이 졸업식 노래를 부르고 떠났다가 다시 만난 것은 연어들과도 같은 게 아닌가?

가시 울타리 울 비집듯 그 힘들었던 보릿고개도 넘었다. 황폐한 나라에서 살았던 꿈같은 추억들이 이 노래가 더욱더 마음속에 와 닿는다. 이제 걱정은 묻으라고 반백이 된 지금 어릴 적 친구가 무엇이었나.

이 세상 인연 중에서 아마 최고의 인연인 것 같다.

만났다 헤어지고 헤어졌다가는 다시 만난다는 철칙이 새삼 느껴진다.

가난은 죄가 아니라고 했지만….

맹물이의 초등학교 시절 가난은 확실히 죄 같기만 했다. 부자가 되는 것은 하늘에 달려 있다고 했다. 하늘을 쳐다봐도 부자를 하늘에서 만들어 주지는 않을 것 같았다.

초등학교 시절 보리밥도 모자라 점심 도시락 보리밥에 감자를 넣어 주면 점심때가 되기도 전에 배가 고파 감자부터 몰래 꺼내 먹었던 시절이 생각이 난다.

쉬는 시간에 배고픈 아이들은 도시락을 한 숟갈씩 퍼먹는다. 양은으로 만든 도시락은 높이가 5cm 폭이 15cm 길이가 25cm 되는 큰 도시락이다. 그걸 먹어도 금방 또 배가 고프다. 점심 전에 밥은 거의 다 없어지는 아이들이 많다. 그것도 선생님 몰래 먹어야 한다. 들키면 머리에 혹이 날 각오를 해야 한다. 간식은 생각지도 못한 시절. 집에서는 오직 보리밥에 된장국 하나다. 저녁에는 거의 보리죽을 먹는다. 길거리에는 거지가 많이 보이던 시절 보리밥도 황송했다. 그런 어려웠던 시절의 친구들 그들은 어찌 살았을까? 참으로 궁금하기도 하고 보고 싶기도 했던 초등학교 동창 친구들이다.

맹물이는 초등학교 때 시험을 보면 반에서 5~7등 안에는 사뭇 들었다. 상위권이다.

"빛나는 졸업장" 그 졸업식 노래를 부르고 세상을 향해 떠났던 한 반 친구 55명 중 그들이 초등학교 졸업 후 어떻게 견디며 살았을까? 그중에 15% 정도는 평범한 길을 걸으며 살았지만 약 85%는 너무나 어려운 생활을 했던 동창들이다. 만나서 지난날의 어려움을 솔직히 털어놓고 말할 수 있는 친구.

정말로 어려운 시절에 태어나 세상 쓴맛 다 보고 살아온 동창의 마음속에는 무엇이 똬리를 틀고 들어앉았을까? 그저 평범하게 살아온 친구도 있다. 과연 어느 누가 인생의 경험을 많이 해서 인생이란 무엇인가를 깨달았을까? 자주 만난 동창들은 어려운 친구의 사정을 알면 조금이라도 도움을 주려고 노력한 친구도 있었다. 그게 초등동창들의 마음이었다.

어려운 살림에 환경마저 깨끗하지 못해 장티푸스에 걸려 한번 가면 다시 못 올 길을 간 친구들도 있다. 친구들은 그들도 보고 싶다고 이야기한다. 6·25전쟁의 피해를 가장 많이 본 세대가 70대 후반인 현재 세대들이다. 지나간 세월은 먹고 살기 위한 전쟁이었다. 아이들은 어린 시절 배고프면 맹물을 벌컥벌컥 마실 때의 생각이 어렴풋이 난다.

힘든 어려움을 헤치고 자수성가한 동창들 그들은 초등학교 때의 추억을 잊지는 않았다. 지금 생각해봐도 어떻게 그 어려운 시절을 보냈는지 기억이 가물가물할 때도 있다.

당시의 월사금은? 초등학교 때 1955년도 월사금은 확실한 것 같지는 않지만 200환쯤으로 생각된다. 그게 1962년 화폐개혁이 되면서 20원으로 된 것 같다.

(1953년 2월 17일 100원이 1환으로 화폐개혁을 했고 1959년도에 50환, 100환, 10환 화가 발행되고. 1962년에는 10환은 다시 1원으로 화폐개혁을 하였다. 전쟁 때문이었다.)

대갈장군과 찌질이의 싸움

초등학교 6학년 시절 또래 중에서 키가 좀 크고 머리가 큰 김의섭(대갈장군)이는 항시 키가 작은 김태영이(찌질이)를 항시 무시했다. 그러면서도 찌질이가 가진 지우개나 연필깎이를 연실 빌려 달라고 하면서는 빌려 가면 계속 나중에 준다고 한다. 그것 때문에 찌질이와 대갈장군은 자주 톡탁거렸다.

당시에 아이들은 지우개나 연팔 깎는 칼은 가지고 있었으나 연필을 깎는 기계인 미제 연필깎이를 가지고 있는 아이는 거의 없었다. 국산품 칼. 그것은 연필도 좋은 재질이 아니라서 연필이 잘 깎여지지 않는다. 향나무 연필이어야 좋은데 반은 향나무고 반은 일반 소나무로 맡붙인 연필이 많다. 그러니 찌질이가 가지고 있는 미국제 연필깎이를 자주 빌려달라고도 하였다. 국산 연필은 품질이 안 좋아서 일반 칼로 깎다 보면 연실 연필심이 부러지기 때문이다. 어떤 때는 새 연필이 거의 반까지도 깎아야 심이 조금 나오는 것도 있었다. 그것을 아이들은 연필이 "개" 먹었다. 라고들 했다. 연필심도 질이 좋지 않아 글씨를 공책에 쓰려면 연필심에 혀로 침을 발라가며 썼다. 찌질이 삼촌은 문방구 도매상에 다니고 계셨기에 찌질이에게 가끔 좋은 학용품을 가져다 주었다. 미국제는 연필도 아주 좋지만, 연필 깎는 것도 돌리면 아주 잘 깎아지니 참으로 좋다. 고무 지우개도 글씨를 잘못 쓴 것도 잘 지워진다. 우리나라 지우개는 공책에 잘못 쓴 글을 지우려고 박박 문대면 종이 질이 나쁜 공책은 찢어지기도 한다. 지우개나 크레파스도 우리나라

것보다는 미국제가 너무 좋다. 대갈장군은 제 공책에 잘못 쓴 것이 있으면 지우개도 쓰고 준다며 찌질이에게 빌려 달란다. 빌려 달라면 찌질이는 아깝지만 안 빌려줄 수가 없다. 달라면 연신 조금 더 쓰고 줄게 "임마" 하며 놀려대다가 주고는 했다.

그러던 어느 월요일 날 1교시 전에 대갈장군은 연필 깎기를 찌질이에게 빌려달라고서는 이리저리 핑계를 대며 안 준다. 계속 시간을 끌며 안주자. 찌질이도 성질이 났다. 3교시가 끝나고 점심시간에 선생님이 교무실로 간 다음 화가 머리끝까지 난 찌질이가 대갈장군에게 대들었다.

"18 놈아, 내건 데 연필깎이 왜 안 줘."

그러자 항시 우위에 섰던 대갈장군이 그냥 있을 리가 없었다.

"너 나한테 18 놈이라고 했어?"

"그려. 이 새끼야."

친구들이 보는 앞에서 찌질이에게 욕을 얻어먹었으니 이거 보통 창피가 아니다. 대번에

"뭐야? 18 놈? 줄 거야. 이 자식아. 너 학교 수업 끝나고 보자."

찌질이는 대갈장군에게 꿀밤 한 방을 맞았다. 약이 바싹 오른 찌질이가 독이 오른 독사가 됐다.

"18 놈아 왜 맨날 내걸 가지고 그래. 그리고 왜 때려. 한번 붙으려면 붙자. 너는 이제 내 학용품 안 빌려줘."

하자. 친구들은 귀를 의심하였다.

"뭐라?" 찌질이가 대갈장군에게 대들어 싸우자고?

대갈장군은 찌질일 쳐다보고 히죽히죽 웃으며

"너 진짜 나하고 한번 붙을 거야?"

"그래 붙으려면 붙자. 그 연필 깎는 것은 내 꺼야 내놔."

"너하고 싸워서 네가 이기면 내가 그거 두 개 더 사서 준다. 걱정하

지 마."

"진짜여? 그건 미제고 어디서 사는 곳도 모를 텐데?"

"그럼 진짜지 여기 다 듣는 애들이 있잖아? 걱정하지 마."

"싸우려면 싸우자고 내가 뭐 겁낼 줄 알고."

하고서는 찌질이는 가슴이 콩닥콩닥 뛴다.

"좋지 언제든지 대신 너 나한테 지면 그 연필깎이는 내 거야 알았지?"

"18 그래도 그건 내 거다."

당시에는 초등학교래도 중학교 시험을 보기 위해 6학년이 되면 저녁 식사 시간이 한참 지난 후에야 집에 갈 수가 있었다. 요즈음의 고3같이 학교에서 늦게까지 공부를 시켰다.

싸움은 보나 마나일 것 같은데 찌질이가 대갈장군에게 대들다니 이건 참 보통 일이 아니다. 재미도 있을 것 같다. 대갈장군보다 찌질이의 키는 10cm 정도는 작아 보였다. 두 애의 말을 듣던 반장인 은행이(한호남)가 나섰다.

"야. 너희들 다 들었지? 대갈장군과 찌질이가 한판 붙는다는데 재미있지 않겠니? 우리가 전부 모여 보이는 데서 싸우라고 하자."

이마가 툭 튀어나와 별명이 "마빡이"라고 붙은 민영기가

"야. 그 싸움은 보나 마나 아냐? 저 쪼그만 찌질이가 어떻게 키가 큰 대갈장군을 이기니? 그만둬라."

그러자. 별명이 '촛싹이'인 곽신호가

"싸움은 말이야 붙어봐야 아는 거야. 너 마빡이, 대갈장군 이길 수 있어? 못 이기지?"

"하긴 그럴지도 모르지만 싸움은 붙어봐야 알아."

반 아이들은 이구동성으로 찌질이와 대갈장군의 싸움은 보나 마나라고 하지만 누가 이길지는 해봐야 한다는 쪽도 있었다. 반장인 은행

이가

"그러면 다들 모여서 보는 앞에서 둘이 붙는 걸 보자. 평일은 너무 늦게 끝나니 조금 일찍 끝나는 이번 주 토요일 오후가 어때?"

언제부터 아이들의 싸움 판정이 그렇게 됐는지는 모르나. 초등학교 때 아이들 싸움의 승자는 코피를 터트리는 자가 승자였다. 대갈장군과 찌질이의 싸움도 그렇게 할 것이라고 은행이가 이야기할 것이 확실하다.

대갈장군이

"그거 좋지 원래 싸움이란 구경꾼도 있어야 하니 야. 찌질아 반 아이들이 보는 앞에서 싸우면 어때? 코피가 먼저 나는 놈이 지는 거로 하기로."

찌질이는 약이 바싹 올랐다.

"내 연필 깎기를 안 주려고 그러지? 좋아 그래 한번 싸우자. 내가 뭐 겁낼 줄 알고?"

그러면서도 찌질이는 싸움에 질게 뻔해 보여 가슴이 콩닥콩닥 뛰었다.

"야 그 싸움은 보나 마나 아냐?"

동창들 대부분이 그렇게 생각했다.

코쟁이(이철호)가

"찌질이 네가 먼저 싸움을 걸었으니 지금이라도 포기하려면 포기해. 싸워 봤자 아냐?"

"싫어 나는 내 연필 깎는 것이 더 중요해. 그것은 내 것이야. 싸울 거야. 너도 네 것 뺏기면 그냥 그만둘 거야?"

"너 싸워 보나마나 질 텐데?"

…….

운동장에서 반 아이들이 모두 보는 앞에서 싸움하기로 하자는 것에,

반 아이들이 거의 찬성을 했으나 맹물이와 원생이 쓸다리 땡끼는 반대를 했다. 키 차이도 날 뿐만 아니라 잘못은 대갈장군이 한 거니까. 대갈장군이 사과를 해야 한다고 땡기는 주장했다. 그러나 싸우는 것을 보려고 찬성하는 쪽이 더 많았다. 싸움의 결과를 확실히 하려고 반장인 "은행이"가 심판을 보기로 하였다. 은행이는 싸움에서는 코피를 먼저 터트리는 사람이 이긴 것이라고 아주 대못을 팍팍 박았다. 그런 결정이 나자 반 아이들은 토요일 오후가 기다려졌다. 재미도 있을 것 같다.

"시끄러워 왜들 떠드는 거야?"

떠들다가 선생님 슬리퍼 끄는 소리를 못 들었다.

이크! 선생님 오셨다. 이야기에 끼어들려던 반 아이들은 선생님 등장에 입이 꿰매졌다.

드디어 반 아이들이 기다리던 토요일 늦은 오후가 되었다.

구경 중에서 제일 좋은 것은 불구경이고 싸움 구경이라 안 했나. 반 아이들이 운동장으로 새새 거리며 몰려들었다. 찌질이는 어깨에 멘 책보를 끌러서 내려 땅에 놓고 학생복 윗도리를 벗었다. 그러자 대갈장군은 책보를 끌러 땅에 내려놓고는

"어쭈 쎄게 나오는데. 나는 윗도리 안 벗고 그냥 붙을게."

책이래야, 얇은 국어, 산수, 자연, 도덕, 사회 책과 공책 몇 권 또 필통이 다이다. 두꺼운 전과 책은 돈 있는 아이들이나 가지고 다녔다.

대갈장군과 찌질이가 어떤 말을 할지 친구들은 게눈을 뜨고 쏘아보며 두 사람 사이를 바삐 오갔다. 그러다가는 은행이의 입을 쳐다보았다. 시작이라는 말이 나올 때를 기다렸다.

찌질이와 대갈장군의 싸움 구경을 하기 위해서 가운데에 대갈장군과 찌질이가 싸울 공간을 만들어 놨다. 심판이 "시작" 하면 싸움이 시작되는 것이다.

맹물이는 찌질이의 손을 잡고

“키가 크다고 쫄 필요는 없어 한 대 맞으면 한 대를 때리면 되는 거야.”

반 아이들은 대갈장군 편과 찌질이 편으로 두 패로 갈렸다. 그들은 대갈장군과 찌질이의 응원군들이다.

찌질이 편을 드는 친구들이 찌질이를 응원하려고 옆에 여러 명이 섰다. 그들은 가끔 대갈장군에게 욕도 얻어먹고 꿀밤도 한 대씩 맞은 아이들이다. 대갈장군 편을 드는 아이들이 찌질이 편보다 적었다. 그걸 볼 때 대갈장군은 반 아이들에게 횡포를 부린 것이 확실해 보였다.

“걱정하지 마! 싸워 보면 알겠지.”

찌질이 편을 드는 아이들이 찌질이 등을 두들겨 주며 눈짓을 하며 응원을 했다.

여러 사람이 모이자 대갈장군은 히죽히죽 웃으며 뭐 이런 게 나한테 대드냐는 표정이었고 찌질이는 입을 다물고 이빨을 물고 대갈장군을 광기 어린 눈으로 쏘아보고 있었다. 찌질이는 전쟁에 나가는 병사만 같다. 반 아이들이 거의 다 모이자. 심판인 은행이가 두 사람의 거리를 좀 더 떼어놓고는 또다시

“레슬링 하는 식으로 멀리 떨어져 그리고 코피를 먼저 나게 하는 사람이 이기는 거다. 더 싸우기는 없는 거야.”

다짐하고는, 은행이는 두 사람의 간격을 좀 더 멀리 떼어 놓고는 “시작.” 했다. 말이 떨어지자마자 찌질이는 코를 안 맞으려고 머리를 약간 구부리고 대갈장군을 향해 돌진하는가 싶더니 대갈장군의 사타구니 급소를 발로 냅다 걷어찼다. 그것은 순식간에 일이었다.

“아이쿠” 소리와 함께 대갈장군이 두 손으로 사타구니를 쥐고는 허리를 구부렸다. 찌질이는 대갈장군이 얼굴을 때리게 좋게 구부리자 그냥 주먹으로 연타로 갈겨댔다. 대갈장군 손은 코를 쥐고 비틀거리면서 쓰러졌다. 대갈장군의 코에서는 코피가 줄줄 흐른다. 놀라운 일이었다. 그것은 생각지도 않았던 이변이었다.

"야아 찌질이 정말 대단하다."

대갈장군은 으스대며 뻣뻣하게 주먹을 쥐고 서 있다가 찌질이의 빠른 동작에 사타구니 급소를 맞고는 한 방에 당한 것이다. 키하고는 아무 상관도 없었다.

승부는 한 번에 끝났다.

순식간에 끝난 싸움을 쳐다보던 친구들은 서로들 두리번거리며 너무 싱겁다는 표정이 역력했다.

은행이가

"이 싸움은 찌질이가 이긴 거야."

입을 다물고 있던 친구들은 심판의 판정이 나자 그때야 입은 다문 채 고개들을 끄덕거렸다.

친구들은 너무나도 간단하게 끝난 싸움이 이해가 되지 않는지 멍하니 그들을 쳐다보고만 있었다. 대갈장군의 코에서는 코피가 줄줄 흘러내린다.

대갈장군은 코를 만지고 얻어맞은 머리를 만지니 맨대가리 머리통과 얼굴에도 피가 발갛게 묻었다.

심판은 다시 한번 "찌질이가 확실히 이긴 거야."

대갈장군 편도 거기에 반대하는 사람이 없었다. 심판은 공정했다.

주먹 몇 방에 코피가 줄줄 흐르지만 대갈장군은 약속은 지켜야 했다. 찡그렸던 눈을 동그랗게 뜨고는 사방을 쳐다보고 찌질이 그놈을 쳐다보고 '다음에 한번 보자.' 일단은 이를 으드득 갈았다.

대갈장군의 그 꼴을 본 찌질이편은 찌질이를 둘러싸고 엄지손가락을 치켜세웠다.

찌질이는 개선장군처럼 두 주먹을 쥐고는 친구들을 한번 쭉 쳐다봤다. 내가 대갈장군을 이긴 거야, 또 대들 놈 없지 하는 듯이.

찌질이가 이기게 된 것은 삼촌의 덕이었다. '돌아오는 토요일 어떻게 하면 대갈장군을 이길 수 있을까?' 아무래도 힘이 달릴 것 같다. 고심하다가 삼촌에게 물어봤다.

"삼촌. 나보다 키가 큰 놈하고 돌아오는 토요일에 싸우기로 약속을 했어. 그 대갈장군 놈이 나를 맨날 괴롭히고 삼촌이 갖다 준 학용품도 제 것같이 달래다가 써. 그래서 그 자식과 싸우기로, 반 아이들이 보는 앞에서 약속했어. 코피를 먼저 터트리는 애가 이긴 것으로 한다고 했어. 어쩌면 좋지?"

"그놈이 키가 크면 빨리 달려들어서 사타구니를 냅다 발로 차. 그곳은 급소야. 급소를 맞은 그놈은 사타구니를 두 손으로 쥐고 허리를 앞으로 구부리지. 구부리는 얼굴은 주먹으로 때리기가 아주 좋지. 그때 코를 주먹으로 강타하면 코피가 난다. 학교 끝나고 저녁에 나하고 며칠 동안 연습을 하자."

집 앞마당에서 삼촌이 대갈장군이 되어주고 찌질이에게 대들라고 했다. 대갈장군이 유치원생이라면 찌질이 삼촌은 중학생일 정도로 대갈장군보다 훨씬 키가 크고 덩치도 크다. 삼촌 코치를 받으며 3일 동안 연습을 했다. 삼촌은 찌질이가 달려드는 속도가 늦다며

"더 빨리" "더 빨리"

하면서 급소를 발로 차는 것을 가르쳤다. 어느 정도 인정이 되는지 삼촌은 이제 됐다며 걱정하지 말고 싸우라고 하셨다. 삼촌의 말씀은 딱 들어맞았다. 사타구니는 급소였다. 급소를 맞은 대갈장군은 달려들기는커녕 얼굴을 때리기 좋게까지 대주지 않았던가? 대갈장군을 이긴 찌질이는 단숨에 삼촌에게 달려갔다. 삼촌에게 대갈장군을 한 번에 이긴 이야기를 했다. 삼촌은 하하 웃으며

"앞으로 키 큰 놈이 대들면 그리하면 되는 거여 알았지?"

"네. 고맙습니다."

삼촌은 잘했다며 코피의 등을 두드려 주었다.

대갈장군을 당당히 이긴 찌질이는 그때부터 별명이 "코피"로 바뀌었다.

그 뒤로는 한 반 아이들은 키가 크다고 키가 작은 아이들을 건드리지 않았다.

대갈장군은 졸업 때까지 코피에게 미안하다는 이야기를 안 했다. 싸우기 전에 편을 보니까. 찌질이 편이 훨씬 많은 게 확연히 보였다. 아무래도 안 될 것 같다. 그냥 재 싸움을 포기했다.

미국에서는 유니세프를 통하여 초등학교 시절 구호물자로 우윳가루를 100kg 종이 드럼통으로 보내줬다. 맹물이네 반도 15일에 한 번 주는 배급량은 100kg이다. 그것을 여럿이 달려들어 낑낑거리며 굴려서 반으로 가져오면은 학생 일 인당 한 번에 한 됫박 약 2kg 정도를 배급하는데 반장은 양재기로 대충 퍼서 반 아이들에게 나누어 준다. 담임선생님은 우윳가루를 나누어주는 것을 반장에게 맡겼다. 나누어 주는 반장이 더 주고 싶은 애는 더 줘도 반 아이들 공짜로 주는 것이니까 불만은 없다. 100kg의 우윳가루는 반장이 55명에게 나누어 주었다. 우윳가루를 준다고 할 때는 전날 미리 그것을 집으로 가져갈 그릇을 가져오라고 했다. 집에서 가져온 것은 보자기가 대부분이다. 그것을 배고픈 아이들이 보자기에 싸기 전 한 움큼씩 입에 넣는다. 얼굴이나 코. 머리나 교복이 온통 우윳가루 범벅이 된다.

오영훈이는 우윳가루 배급을 받은 그 이튿날 오전 수업시간에 설사를 하여 빤스는 물론 겉 바지까지 오물이 묻자 냄새가 지독했다. 선생님은 영훈이를 조퇴를 시켰다. 하루 전날. 우윳가루를 한꺼번에 많이 먹었나 보다. 그래서 영훈이의 별명은 "설사"가 되었다. 우윳가루 배급을 하는 겨울날에는 전교생의 검은 교복이 하얗게 되고 일부는 머리털이 하얗게 되었었다. 드럼통에 조금 남아서 붙어있는 우윳가루를 더 가지려고 거꾸로 드럼통 속을 들어가서 손으로 그 가루를 휘휘 저으니 옆에 서 있든 애도 가루를 뒤집어쓴다. 머리털은 흰 염색이 되어 아이들은 서로 쳐다보며 깔깔댔다. 당시 그 우윳가루를 학교에서는 보리쌀 누른 것(압맥)과 함께 끓여서 일주일에 한 번씩 점심때 준다. 그것은 정말로 꿀맛이었다. 우유 죽을 주는 날은 그릇을 한 개씩 가져오라고 하였다. 그런 날은 동창들은 거의 빈 도시락을 가져왔다. 거기에다 한 국자씩을 퍼준다. 그러면 도시락 반 정도의 양이다.

보자기에 싸서 집으로 가져온 우윳가루는 대부분 가정집에서는 어떻게 먹을지를 몰랐다. 대개 밥하는 솥 속 법 위에 보자기를 깔고 밥하는 솥 안에 우윳가루를 올려놓으면 우유 떡이 된다. 금방 먹으면 말랑말랑하여 맛있게 먹을 수 있지만, 그것이 식으면 딱딱하게 굳어서 돌덩어리처럼 딱딱해진다. 그러면 망치로 좀 부수어서 그걸 주머니에 넣고 다니며 입에 넣고 혀로 굴리다가 그 덩어리가 아주 작을 때는 깨물어 먹는다. 그 맛은 일품이었다.

당시에는 아이들은 간식이라는 것은 생각도 못 할 때이다.

1950년대 빨간색 돈 십 전이면 비과라는 엿과 땅콩을 섞어서 만든 것을 10개를 살 수 있는 돈이다. 그 십 전을 부모님에게 얻어서 과자 붕어빵 또 번데기를 사 먹는다는 것은 가난한 아이들에게는 꿈같은 이야기이다. 잘하면 한 달에 한 번은 얻을 수 있었고 설날 세뱃돈을 받는 날은 몇십 전도 받았다. 아이들에게 설날은 최고의 날이다.

아이들이 선호하는 것 중에는 껌이 인기였다. 껌을 사면 그것은 어떤 때는 일주일도 씹을 수 있다. 씹다가 잘 때는 집 방 벽에 붙여 놓았다가 그 이튿날 또 씹을 수 있으니 돈이 없는 아이들에게는 최고의 인기 식품이다. 그것도 친구가 조금 달라면 입에 있던 것을 조금 잘라서 주기도 했다. 처음에는 입안이 '화' 하다가 오래되면 냄새도 다 없어진다.

그 껌도 살 수가 없는 아이들은 마른 밀을 깨물어 껌같이 씹으며 다녔고. 가을철에는 학교에 가는 길가에 있는 밀밭에 가서 익은 밀을 뽑아서 껍질을 손으로 비벼서 알곡을 만든 다음 입에 넣고 진짜 껌 같이 씹고 다녔다. 그런데 그 가짜 껌은 씹으면 씹을수록 작아져서 한 시간도 씹을 수가 없으니 아이들은 친구가 씹는 껌이 진짜인지 가짜인지 바로 알아냈다. 진짜 껌은 오래 씹고 벽에다 붙여놨다가 다시 씹어서 새까말 때도 있다. 가짜 밀 껌은 하얗고 물렁거리기에 바로 들통이 났다. 가짜 껌을 씹다가 들통이 난 애는 좀 창피했다. 그러나 그것도 사뭇 할 수 있는 게 아니다. 통밀이 있던지 밀대가 익었을 때만 가능하니까.

입을 오물거리며 껌을 씹고 다니는 것도 당시에는 나 돈 있어. 하는 표시이었다.

6학년 한 반인 맹물이, 마빡이, 찌기미, 돼지, 각설이, 찌찔이, 원생이는 비과는커녕 껌도 살 돈을 얻어 본 적이 가물가물한 친구들이다. 그런 사치스러운 군것질을 할 돈을 어머니에게도 달랄 수도 없는 아이들이다. 아버지가 어디 일자리가 있어 벌어 올 때는 월사금도 잘 주시는데 얼마나 속상해하시면서 돈이 없다는 그런 말씀을 하실까? 어린 학생들이라도 그때 아이들 지금 아이들과는 천지 차이 철이든 아이들이다. 월사금이 1개월만 밀리면 독촉이 시작되는데 2개월 밀린 애들도 여러 명이다. 선생님에게 연일 불러나가 닦달을 당하는데. 방학 전엔 꼭 내야 한단다. 안 가져오면 정학을 시키겠다고 으름장을 놓으셨다. 3개월 월사금을 못 낸 아이들은 정학이든지 퇴학당할까 봐 걱정이 앞선다.

가난한 친구들은 항시 점심때 또는 저녁때 태섭이(섭섭이)의 도시락을 구경했다.

그 부잣집 섭섭이의 도시락은 거의 쌀밥이었고 보리쌀은 별로 섞여있지를 않았다. 반찬도 달걀부침. 또 소고기 장조림. 무장아찌 등 당시로써는 태섭이의 도시락은 최고였다. 한번은 두 개 싸 온 도시락 중 도시락 한 개의 밥이 다 없어졌다. 그렇게 된 것은 섭섭이가 변소에 갔을 때 배가 고픈 이원호가 "섭섭이" 도시락을 꺼내 한 숟갈을 먹자 몇 명이 숟갈을 들고 달려들어 한 숟갈씩 퍼먹었다.

섭섭이는 선생님에게 도시락밥이 없어졌다고 일렀다.

"뭐야? 도시락밥이 없어졌다고? 어떤 놈이야 나와."

당장 불호령이 떨어졌다. 도시락밥을 먹은 자는 한 명이 아니었다. 그래도 제일 먼저 섭섭이 도시락을 꺼내서 한 숟갈을 먹은 원호가 눈짓 끝에 혼자 나갔다.

"너 도둑놈이야? 왜 남의 도시락을 훔쳐 먹어. 바늘 도둑이 소도둑 된다고 했잖아."

바로 종아리를 올리고 다섯 대를 맞았다. 그런데 얼마가 지난 후 점심시간에 짝꿍 원호가 아닌 옆에 마빡이(민영기)가 섭섭이(박태섭)의 도시락을 열고 한 숟갈을 퍼먹었다. 그걸 본 옆 아이가 또 달려들어 한 숟갈을 퍼먹었다. 섭섭이는 안된다고 밀치다가 도시락이 바닥으로 떨어져 먹지 못하게 되었다. 그것을 옆 짝꿍인 이원호가 손으로 주워서 먹었다. 보나 마나 그것은 모래가 묻어 으직으직 했을 것인데, 잘도 먹는다. 섭섭이가 흘린 도시락을 손으로 주워 먹자, 원호의 별명이 "돼지"로 돼 버렸다. 엎어진 도시락 이야기는 선생님에게 고자질할 일은 못 되었다.

가난하여 도시락을 못 싸 온 친구들도 많았다. 태섭이의 원래 별명은 "섭섭이"였다. 아이들은 점심에 싸오는 밥을 도시락이라고 하지 않고 변또라고 했다. 도시락 사건 때문에 섭섭이의 별명이 "변또"로 바뀌었다.

점심을 가져왔니? 할 때 너 변또 가져왔니? 할 때이다.(벤또:일본어 도시락) 선생님이 점심을 드시러 교무실로 가면 아이들은 섭섭이의 도시락을 한 순갈이라도 먹어보려고 섭섭이 앞으로 몰려들었다.

대갈장군(김의섭) 전직 대령, 살모사(오영훈) 전직 서기관, 경찰 경정이 된 땡기, 윤갑영 교장이 된 은행이(한호남), 원생이, 욕쟁이 등 대부분이 "변또"의 밥을 다 한 순갈씩이라도 얻어 먹어본 자들이다. 그만큼 변또의 도시락에 아이들은 군침을 흘렸다.

맹물이와 찌기미의 학용품 조달창고

맹물이와 찌기미는 피난민 수용소 부근인 주택가 바로 옆집에 살고 있다. 욕쟁이는 400여 가구가 밀집된 모충동 피난민 수용소에 산다. 청주시에서 임시로 급조한 피난민 수용소는 방 한 칸에 작은 부엌이 달린 집이다. 너무나 조잡한 집이었다. 브루크로 담을 쌓고 지붕은 계피쪽으로 덮고 그 위에 아스팔트를 살짝 입힌 두꺼운 종이가 지붕이었다. 옆방에 말소리도 다 들리는 그저 눈비를 피하는 곳이다.

여름 장마철에는 천정에서 비가 새는 집이 많다. 수용소는 한 칸이 약 6평 정도이다. 그곳에 1.5평 정도의 부엌도 있고 4.5평 정도의 방이 있으니 식구들이 많은 사람이 살기에는 너무나 협소했다. 그런 곳은 사직동에도 있었고 모충동에도 있었다. 학교에 갈 때는 밥 먹는 시간 때문에 세 명이 같이 가지는 못했다. 하지만 맹물이와 찌기미는 바로 옆집에 사니 학교에 갈 때 항시 붙어 다녔다. 저녁에 늦게 올 때는 셋이 같이 집으로 온다. 욕쟁이는 맹물이나 찌기미보다도 덩치가 조금 컸다. 욕쟁이가 욕을 해도 맹물이와 찌기미는 그와 입씨름을 하지 않고 그냥 넘어갔다. 욕쟁이는 가끔 어디서 돈이 나는지 비과도 사서 맹물이와 찌기미한테도 한 개씩 준다. 욕쟁이는 확실히 욕쟁이였다. 어디서 들어서 그런지 18은 욕도 아니다. 말을 시작하기 전에 벌써 18부터 들어가고 말을 하니 그러려니 하고 두 사람은 그냥 넘어갔다. 그래야 다음에라도 비과를 한 개라도 얻어먹을 수 있으니까. 맹물이와 찌기미는 정말로 가난한 집 아들이다. 맹물이의 아버지는 명색은 목수이시지만 일이 별로 없는 분이다. 욕쟁이 아버지는 목수로서 돈을 많이 벌 때도 있는지 욕쟁이가 월사금을 밀려 벌쓸 때도 있지만 욕쟁이는 두 달 치를 한꺼번에 가져오기도 했다. 그도 가난했지만 맹물이와 찌기미네보다는 조금 더 나은 생활을 하고 있었다.

항시 학용품이 부족했던 가난한 집 아이들은 고무 지우개가 손에 안 잡힐 정도까지 쓰고 연필은 깍지에 끼워서 연필심이 안 보일 때까지 사용했다. 항시 고무 지우개, 칼. 연필 공책 등이 부족했다.

일제강점기 때 일자리가 없는 한국은 참으로 가난했다. 찌기미 아버지는 농촌에서 토지도 없으니 먹고 살기가 너무 힘들었다. 이장님이 일본에 가면 취업 자리가 있다고 하여 신청했다. 일본은 태평양 전쟁을 할 때이다. 찌기미 아버지가 부산에서 바다를 본 것도 처음이었고 그처럼 큰 배를 타본 것도 처음이었다. '일본은 대단한 나라구나.' 잘 먹고 잘 살을 줄만 알았다. 지원한 것을 내내 잘했다고 생각했다. 현해탄을 건너면서 어디로 데려가는지가 궁금도 하다. 같이 가는 사람들에게 물어봐도 본인들도 모른단다. 배에서 주는 큰 주먹밥 4개를 받고 이틀에 걸쳐서 허기를 때웠다. 의문은 꼬리를 물고 일어났으나 시집간 새댁이다. 시키는 대로 할 수밖에 없다. 호박덩이만 한 봇짐을 들고 배에서 내려 일본에 도착하니 트럭을 타란다. 내린 곳은 바다가 붙은 군함도 탄광이었다. 방을 배정받고는 바로 탄광 안전 교육을 하고는 탄광으로 집어넣었다. 참으로 어처구니가 없었다. 그게 강제징용일 줄 꿈에도 생각하지 않았다. 한번 들어가면 절대 다른 곳으로는 갈 수 없는 곳이었다. 바다로 헤엄을 쳐 도망을 갔던 사람이 붙잡혀 오면 사람들을 집합시켜놓고 많은 사람이 보는 앞에서 기절할 때까지 몽둥이를 물에 담가 가며 매질을 한다. 감옥보다 더 환경이 나쁜 곳이었다. 탄광 막장 그것은 말대로 막장 인생이었다. 캄캄한 굴속은 공기가 희박해 숨쉬기조차도 힘들고 땀으로 범벅이 된 옷은 탄과 합작을 해 몸을 고통스럽게 했다. 옷을 홀랑 벗는 게 그나마 나았다. 곡괭이질 하기도 힘든 좁은 굴속은 들어간다는 자체가 정말 싫다. 그 일을 안 하려면 자살을 하는 수밖에 없다. 그 일을 견디다 못해 자살한 사람도 점점 늘어났다. 일하는 동료들을 보면 그들은 사람같이 안 보였다. 눈과 입만 보이는 새까만 짐승 같았다. 나도 그럴 것 아닌가?

그것은 취업이라는 속임수로 강제징용이고 전쟁 물자를 만들기 위한 일본의 작전이었다. 산다는 것 그 삶은 완전 노예이다. 정말 죽지 못해서 사는 것이었다. 후회해 보아도 소용없다. 다시 나갈 수도 없다. 감옥이나 마찬가지이다.

탄광에서는 하루 일을 하면 전표를 준다. 할당량을 못 채우면 전표라고 하는 돈표도 삭감해서 주었다.

탄광에서 일하는 옷값까지 계산하니 그 남은 전표는 혼자 먹고살기에 빠듯한 금액이다. 그런데 회사에서는 기숙사에서 잠자는 것까지도 전표를 거두었다. 그것뿐이 아니다. 식사 대는 물론 탄광에서 신는 신발도 전표로 내라고 하였다. 일을 시키고 주는 전표는 거의 다 뺏어가는 작전이었다. 배가 고파도 참아야 돈을 조금 모을 수 있다. 찌기미 아버지는 몇 년 동안 탄광에서 일하니 폐도 정상이 아니었다. 몸은 더 마를래야 마를 수 없는 바싹 마른 명태같이 되었다. 그래도 전표를 받기 위해 일은 해야 했다. 일하다가 탄 더미에 깔려 다리를 다치자, 그제야 탄광에서 내보내 주었다. 탄광에서 나와 햇빛을 보고 산다는 것은 참으로 좋은 세상에서 사는 것이다. 땅 위에서 산다는 게 좋았지만, 탄광에서 나와서는 어디 취업할 곳이 없다. 다친 다리를 끌고 남의 집 점포에서 하인 노릇을 하는 것도 다행이었다. 그 집에서 나이 어린 한국인 여자와 결혼식도 안 올리고 냉수 한 그릇 떠놓고 맞절을 하고 동거를 했다. 그리고서는 두 사람이 부자인 주인집 일을 해주며 겨우 연명을 했다. 찌기미 아버지는 그 집에서 운전을 배워서 운전수 노릇을 하고 살았다. 아내가 된 그 여자도 찌기미 아버지가 좋아서 같이 산 것은 아니다. 그녀도 일본으로 차출되어 갔다가 탈출하여 부잣집인 주인의 비호 아래 식모 노릇을 하고 있었다. 그녀도 동남아나 군 직속 위안대에 안 가기 위해 아키라 아버지와 결혼을 한 것이다. 일본인들이 연일 "조센징" 조센징(한국 사람을 폄해하는 말) 하는 소리에 아키라 아버지는 아주 많이 질려버렸다. 그래서 일본 이름으로 개명을 하고 태어나는 아이들 이름도 다 일본 이름으로 지었다. 그래도 그들은 한국인이라는 것을 알고는 또 조센징이라고 불렀다. 그래서 조국에 가면 조센징 소리는 안 들을 것 아냐. 하며 기다리다가 6·25 한국전쟁이 휴전하자, 그냥 맨몸으로 무작정 아이 셋을 데리고 한국으로 왔다. 식구들을 데리고 20여 년 만에 고향엘 찾았으나 어디 발붙일 곳도 없었다. 아키라 아버지를 모르는 고향의 젊은 애들은 이름까지 일본어로 바꾼 아키라네 식구를 이방인 쳐다보듯했다. 돈이 없으니 고향도 갈 수가 없었다. 고향 친구들도 아키라네를 도와줄 만한 형편이 있는 사람도 없었다. 그저 보따리 몇 개를 들고 청주 피난민 수용소 부근으로 이사를 왔다. 가난하고 돈이 없는 가족이었다. 이북에서 온 피난민이 아니라 수용소 배정도 못 받았다. 수용소엘 들어가면 청주시에서는 적더라도 보리쌀 또는 밀가루 배급을 사람 수에 비하여 조금이라도 받을 수가 있었다. 그 배급을 받기 위하여 반장과 통장에게 사정했다. 동사무소에서 허락을 받고서야 배급을 조금이라도 탈 수 있었다. 찌기미의 원래 이름은 이병철이가 아니라 일본 이름인 "아키라"였다. 우리나라에 와서 이름을 바꾼 것이다. 동리 사람들은 "아키라" '네' 라고 해야 그가 누군지를 알았다.

아키라는 5살 위 누나인 기요꼬를 졸졸 따라다녔다. 모든 일을 기요꼬에게 상의하고 학용품 문제도 그녀와 상의 했다. 기요꼬는 일명 번데기 공장(사직동 남한제사공장)에 취업을 했다. 그것은 아키라네 집의 목숨 줄이었다. 월급날이나 돼야 아키라의 학용품을 사줄 수 있었다. 아키라 아버지는 탄광에서 오래 일을 하셔서 그런지 폐가 점점 나빠지셨다. 평소 기침을 자주 하신다. 건강이 좋지 않으시니 운전수 일을 하러 다니실 수가 없는 분이셨다. 돈이 없으니 폐병 치료 약도 못 사 먹고 남문로에 있는 도립병원이라는 곳에 가서 가난한 사람들에게 무료로 나누어주는 폐병약을 타다가 먹었다. 당시에는 탄광에 안 다녔어도 폐병을 앓는 사람이 많았다. 기요꼬가 벌고는 있지만 다섯 식구의 생활비로는 턱없이 모자랐다. 그래서 아키라 어머니께서 난닝구, 빤스. 새로 나온 나일론 치마 등을 보따리에 이고 다니시며 팔러 다니셨다. 시장에서 노점상도 하다가 그 장사가 잘 안되면 가정집을 다니며 팔기도 했다. 그 장사도 잘되는 게 아니다. 아키라네 집은 너무나 가난했다. 아키라는 어느 날 아침에 밥 대신 좁쌀밥과 찌게미를 먹고 학교에 왔다. 병철이(아키라)에게서 술 냄새가 나자, 아이들은 바로 알아차렸다. 그래서 병철이에게 붙은 별명이 "찌기미"였다. 그 당시 가난한 집 아이들은 그 술 찌게미를 안 먹어 본 사람은 거의 없다.

피난민 수용소는 작은 면적에 400여 호가 넘게 살았다. 인구가 갑자기 늘어 북적대니 한 동리라도 어른들끼리도 이름을 잘 몰랐다. 아이들을 또는 어른들도 그 직업에 따라서 별명들을 불렀다. 이름 대신 씨앗을 파는 사람은 씨갑씨, 함석집에 다니는 분은 땜쟁이, 이발소에 다니는 분은 깍쇠, 목수, 칠쟁이, 미장이, 똥방개장사, 야먀시꾼, 군고구마, 애꾸눈, 풀빵장사, 지개꾼 등 이렇게 어른들도 불러야 누구를 지칭하는지를 서로 알았다.

수류탄으로 고기를 잡으려다가 다쳐서 진짜 상이군인같이 된 가짜 상이군인도 있었다. 그는 상이군인 노릇을 하며 시내 또는 버스정류장. 상가를 다니며 돈을 뜯어 가며 사는 사람이었다. 병철이 아버지도 아키라 아버지라고 해야 그가 누구인지를 동리 사람들은 알았다. 한 동리 사람들은 아키라 아버지의 폐병이 옮는다며 사람들은 그를 가까이하지 않았다.

피난민 수용소 그곳에 머문 일부 사람들은 도둑질, 쓰리꾼, 노름꾼 등을 하며 먹고살기 위하여 잠시 머무는 곳이었다. 그들은 돈을 벌면 수용소를 떠난다. 그래도 그들은 먹을 게 생기면 이웃의 어려운 사람들과 나누는 것을 잊지 않은 사람들이다. 굶주림의 고통은 사흘 굶어서 도둑질 안 하는 사람 없다는 속담도 만들어내지 않았는가? 거지들은 비록 얻어서는 먹지만 행실은 좋은 사람들이 많았다. 그들은 얻어온 음식도 나누어 먹었으니 마음은 천사가 아닌가?

맹물(조영식)이는 생각했다 어찌하면 부모님께 돈을 안달라고서 연필 고무 지우개 연필 깎는 칼을 구할 수 있을까? 생각다 못해 짝꿍인 찌기비(이병설:아카라)에게 속삭였다.

"야! 무술이(이일섭)가 아까 연필을 교실 바닥에 떨어뜨렸는데 교실 바닥으로 굴러가다가 틈새 구멍으로 들어가는 바람에 발을 구르며 씩씩거리는 것을 내가 보았어."

귀띔하자. 찌기미는 고개를 갸웃거리며

"그걸 꺼내면 좋을 텐데 어떻게 그걸 꺼내지?"

생각 끝에 맹물이가

"우리가 교실 밑을 기어들어 가면 안 될까?"

하자. 찌기미가 가만히 생각해보니 찔찔이(이병태)도 연필을 마루 구멍으로 떨어트리고는 안달하는 것도 보지 않았던가!

찌기미가 맹물이에게

"맞아 나도 보았어. 마루 틈새 또 옹이구멍으로 연필, 지우개, 칼을 떨어뜨리는 애들이 있었어."

맹물이가 고개를 갸웃거리다가

"야 우리 어떻게 한번 교실 밑을 들어가 볼까?"

그러자.

"그래 한번 마루 밑에만 들어가면 연필을 꺼낼 수 있을게 아냐?"

하니 그도 반색한다.

"그래 그거 좋은 생각이다."

그래서 맹물이와 찌기미는 교실 밑바닥을 들어가기로 했는데 그게 시간이 문제였다.

"그런데 언제 그것을 하지?"

"우리가 토요일은 반공일이라 오후 3시면 끝나니 그 시간에 기어들어 가면 밖이 훤하니 바닥도 잘 보일 거야."

"그려 그렇게 하면 될 것 같다."

두 사람은 토요일 학교가 끝나기만을 기다렸다. 그렇게 빨리 끝나던 마지막 종을 기다리는데 그 시간이 너무나 길다. 토요일 마지막 시간 종이 땡땡 울렸다. 선생님은 오시지도 않고 대리로 반장이 집에 가란다. 모두 책 보따리를 싸 어깨에 메고는 총알같이 교실 밖을 향하여 뛰어나갔다. 마침 그날은 분단 별로 하는 물걸레 청소와 변소 청소는 오늘 숙제 안 해온 애들이 하니 안 해도 된다. 변소에 가면 그놈의 파리들이 얼마나 많은지 아무리 빗자루를 휘둘러대도 날랐다가는 다시 와서 앉는다. 변소에는 누런 오줌 때가 덕지덕지 끼어있고 농약을 안 하던 시절이니 파리의 세상이 바로 변소이다. 푸세식 변소는 더 말할 것도 없이 파리들과 구더기의 낙원이다.

변소 청소는 냄새 때문에 누구나 하기 싫은 일이다. 변소 청소도 안 하니 빨리 교실 밑바닥을 들어갈 수 있다. 맹물이와 찌기미는 밖으로 총알같이 튀어 나왔다.

바로 그곳 교실 밑의 환기 구멍 그곳을 한 사람은 누가 오나 망을 보고 있고. 한 사람은 그 안을 들어가려는 것이다. 아이들이 운동장을 통해 교문을 거의 다 나가자. 이제는 됐다면서 두 사람은 교실 옆으로 갔다.

교실 밖 밑 벽에 붙어있는 아주 작은 바람이 통하라고 뚫어놓은 구멍이 한 교실에 두 개씩 양쪽에 있다. 그곳에 들어가기만 하면 교실 마룻바닥에 뚫린 옹이구멍이나 마루가 벌어진 틈새를 찾으면 될 것 같다. 교실 안쪽 마룻바닥 틈새로 떨어진 쓰다가 바닥으로 떨어진 몽당연필 지우개 칼 등이 있을 것이 분명하다. 그 당시 교실 바닥은 나무 마룻바닥이어서 뒤틀려 틈새가 벌어져 있는 곳이 여기저기 있다. 옹이구멍도 있고 하여 그리로 연필이나 지우개를 빠트리고 발을 동동 구르던 애들이 여러 명 있었다. 그래서 애들은 필통을 아주 조심히 다룬다. 필통을 책상에서 떨어트리면 그 속에 연필 지우개 칼 등이 쏟아져 구르다가 그 구멍으로 빠지는 것이다. 바로 교실 밖을 나가 이리저리 보니 교실 바닥 밑으로 들어가는 곳은 가로세로 약 40cm 정도가 될까 말까 하는 환기구가 교실 양쪽에 네 개가 있을 뿐이다. 겨우 머리만 들어가니 몸통이 들어가지 않는다.

우선 맹물이가 머리를 그 구멍에 넣고 몸통은 찌기미가 뒤에서 밀기로 하였지만. 허탕이다. 고민 끝에 한쪽 팔을 먼저 넣고 머리를 집어넣으며 몸을 움직여 대니 겨우겨우 들어는 갔는데 앞이 어둑어둑해 잘 보이지를 않는다, 그 연필이 흘러 들어간 곳은 교실 중간쯤인데 도대체 그곳이 어디인지 감이 안 잡힌다. 머리를 들어 쳐다보면은 알 수 있을 터인데 그 좁은 환기구와 교실 마룻바닥이 높이가 50여cm밖에 안되니 머리를 위로 들 수가 없다. 머리를 옆으로 보면서 기어가야만 되는 데 좀 있어 보니 앞이 조금 보인다. 더 있다가 보니 좀 더 잘 보인다. 그래 저기쯤이구나 하고 가는데 가슴에 뭐가 걸린다. 손으로 만지니 아니? 쓰다가 빠진 것인데 그게 아주 기다란 연필 아닌가! 신이 났다. 짝꿍 찌기미에게 소리를 질렀다.

"여기 연필 큰 게 있다."

했는데 이게 어쩐 일이야, 맹물이는 말을 하는 바람에 입김에 먼지가 날려 입으로 코로 먼지가 사정없이 들어오는 게 아닌가? 거기에 쥐가 있는지 쥐똥 냄새도 나고 아주 죽을 맛인데! 그래도 연필 하나는 건졌다. 또 앞으로 가다 보니 이게 웬 횡재래요. 옹이구멍과 마루 틈이 벌어진 곳 아래에 연필 지우개 칼 등이 보인다. 그곳은 마루 청소할 때 내려가 쌓인 먼지와 범벅이 되어있었다. 손으로 만져보니 먼지와 섞인 연필 고무 칼 등이 너무나 많다. 맹물이가 기쁨의 소리를 지른다.

"엄청 많아."

"그려? 있는 대로 다 가지고 나와."

교실 마룻바닥 밑에서 바싹 마른 먼지는 그야말로 움직이기만 하면 날려 숨을 못 쉴 정도이다. 구멍이 뚫려 환한 곳을 향하여 엉금엉금 기어가서 머리가 구멍 앞에 이르자 숨을 쉬니 살 것만 같다. 그 구멍을 나갈 것도 걱정이다.

"우선 주운 연필이나 칼 고무 지우개. 삼각자를 밖으로 던져."

"그래. 그런데 나갈 수가 있어야 나가지."

"들어갈 때처럼 왼쪽 팔을 먼저 내밀고 머리를 내밀어. 그러면 될 거야."

찌기미가 시키는 대로 하고서 겨우 나왔다. 참으로 많은 수확을 하였다. 가지고 나온 것을 둘이 나누어도 몇 달도 더 쓸 것 같다. 이렇게 한 번 정도만 다른 교실 밑바닥까지 뒤지면 부모님에게 학용품 값은 공책 살 돈만 달라면 될 것 같다.

맹물이와 찌기미는 보물창고를 발견한 셈이다. 기분이 좋아진 두 사람은 한 달 후 다시 다른 교실 밑바닥을 뒤졌다. 그곳을 들어가면 먼지가 일어 온몸은 먼짓가루 범벅이 되니 옷 꼴은 말이 아니다. 옷이 그게 무어냐고 꾸중을 들을 것이 뻔하다. 살살 움직여도 그 먼지는 사정없이 코로 들어올 뿐만 아니라. 그 냄새도 엄청 심한 썩은 냄새가 난다. 그런 곳을 살살 기어가면 작은 구멍이 조금 밝게 보이는 곳이 있다.

그런 곳을 두 곳이나 발견하다니. 횡재했다. 학용품은 남아돌 정도이다. 연필은 큰 것만 가지고 나왔다. 집에 가면 어디서 싸움질이나 하고 다니는 줄 아실 것 같다. 단별 학생복이라 걱정이지만 내일이 일요일이니 세탁을 하면 된다. 집에는 아무도 없으니 세숫대야에다 물을 퍼 넣고 빨랫비누로 옷을 칠한 다음 옷을 넣고 발로 밟았다. 그리고 물로 헹구어서 빨랫줄에 널었다. 그리고 찌기미네 집을 가보니 찌기미의 옷은 큰 누나가 빨래를 하고 있었다.

교실 밑바닥을 뒤진다는 그런 정보는 맹물이와 찌기미가 가슴속에다 넣고 다음을 기약했다. 그곳을 들어가면 얼굴이고 옷이고 엉망진창이다. 그래도 그 귀한 몽당연필 칼 지우개, 삼각자 등을 얻은 마음의 충족은 환희였다 왜? 이제 부모님에게 연필 지우개 칼 등을 산다고 돈을 달라지 않아도 되기 때문이다. 그것은 맹물이와 찌기미만 아는 비밀이 되었다. 재미가 있으니 일 개월 후 둘은 다시 토요일에 속삭였다.

"야! 맹물아 우리 또 들어가자! 더 추워지면 그곳엘 들어갈 수가 없을 거 같다."

"어딜? 아이고 그 구멍!"

"그래."

두 사람은 이제 구멍에 들어가는 법과 나오는 법을 알았다. 교복이 아주 더럽게 되니 윗도리는 벗고 들어갔다. 처음에는 거위. 바위. 보로 누가 들어갈지를 결정했는데. 이번엔 한꺼번에 둘이 다 들어갔다. 들어가는 법과 나오는 법을 아니 밖에서 망을 볼 필요도 없고 또 잡아당겨 줄 필요도 없어졌다. 그렇게 두 사람은 학용품을 구했다. 오히려 남아 돌아갔다.

두 사람은 졸업 때까지 부모님에게 연필, 지우개, 칼 등을 사달라고

는 안 했다. 자급자족하고도 남는 것은 오히려 친구들에게 연필 또 지우개를 주기도 했다. 그러면 친구들은

“이거 훔친 거 아니지? 너희들이 연필을 나에게 주다니.”

반에는 농토가 많아 집에 머슴을 두고 있는 아이도 있었다. 부모님이 공무원이든지 직장인을 빼놓고는 다들 어려웠다.

담임선생님의 월사금 독촉에 시달리지 않은 사람은 그 시간은 천국이고 시달리는 사람은 지옥이었다. 맹물이 찌기미 두 사람에게도 천국은 있었다. 바로 여름. 겨울방학 그 기간 안에는 월사금 독촉에 시달리지 않으니 그들에게는 방학은 정말로 좋은 날들이었다. 방학 동안은 숙제만 하면 된다. 그래도 또 하나 걸리는 것은 2학기 교과서 대금이다. 그것도 돈을 내야 학교에서 선생님이 책을 준다.

겨울방학이 되자 쥐꼬리를 한 사람당 5개씩 끊어 오라는 숙제가 있었다. 쥐는 많이 보지만 그것을 잡을 방법이 없다. 철망 쥐차귀는 돈이 없어 못 사고 용수철 쥐차귀를 누가 쓰레기장에 버린 것을 주어다가 두 사람이 그럴듯하게 만들었다. 그리고 날 감자를 하나 구해다가 거기에다 꼬여놓고 기다려도 쥐가 잡히기는커녕 감자만 쥐한테 뺏겼다. 그래도 한 달여 쥐를 잡은 것이 세 마리나 되었다. 두 마리 꼬리는 맹물이가 한 마리 꼬리는 찌기미가 가졌다. 다섯 마리를 채워야 하는데….

동리 어른들이 이야기를 해줬다. 그거 옛날 일제강점기 때에도 그랬어. 쥐를 못 잡으면

“물오징어 다리 굵은 놈을 잘라서 빨판을 긁어내고 아궁이 재에다 살짝 묻혀서 신문지로 살짝 태워 그러면 되는 거야.”

대번에 실행해서 숙제 걱정을 덜었다. 쥐꼬리 숙제 확인은 반장이 했다. 확인하고는 오징어 다리는 쥐꼬리가 아니라고 제쳐놨다. 그래도 맹물이는 두 마리 찌기미는 한 마리 숙제를 한 것으로 반장이 기록했다.

초등학교 동문회와 동창회 시작

초등학교를 1957년 같은 반에서 졸업한 그들 중 생존하고 연락이 되어 한데 모이기까지는 40여 년이 넘었을 때이다. 초등학교 동창회가 시작된 것은 00 초등학교 회기별 동문 모임이 시작되고 7년 후에 차례가 된 기수별 동문회 모임에서였다. 기별 졸업생은 여자 반까지 합쳐서 약 160명이었다. 4학년 때도 그랬지만 5학년 때 1반과 2반을 섞어서 6학년을 만들었기에 6학년 1반이나 2반 남자애들은 서로들 거의 다 안다. 3반은 여자반이다. 기별 동창회에 차례가 왔다.

청주에 사는 동창들 중 가끔 만나서 술도 한 잔씩 하던 초등학교 졸업장을 못 받았던 맹물이, 찌기미, 돼지, 쓸다리가 주가 되어 은행이를 시켜 담임선생님을 초빙하고 선 후배들을 초청했다. 기별 행사를 하기 위해 몇 달간을 동분서주하며 모금을 위해 동창들을 찾아다녔다. 맹물이 한 반에서만 연락이 되어 모인 사람이 40명이나 되었고 다른 반에서 온 사람과 여자반까지 합치니 80명이나 되었다. 3반인 여자반 동창들은 결혼하여 다른 지역으로 간 사람이 많은지 여자반은 15명 정도만 연락이 됐다. 동문회 때 남자들은 사정 때문에 여자는 결혼해서 못 온 사람들이 대부분이다.

뜬소문은 들었지만 다니면서 보니 동창들의 직업은 정말로 다양했다. 군인, 경찰, 목장, 신부, 법사, 의사, 교장, 대학장 등 여러 가지의 직업을 가진 동창들이다. 우리나라 직업 전시장 같다는 느낌이 들었다. 전부들 많은 돈을 기꺼이 내어놓았다. 그중에서도 월사금 때문에 지독한 모욕을 당한 맹물이 본인이 제일 먼저 삼백만 원의 거액을 제일 먼저 내놓았다. 초등학교 시절 지독하게 월사금 때문에 닦달을 당하고 졸업장도 못 받은 찌기미, 돼지, 쌀다리도 많은 돈을 냈다. 원생이는 부산에 살기 때문에 전화로 연락하니 직접 청주로 와서 찬조금을 많이도 냈다. 동문회에도 꼭 온다고 했다. 맹물이, 찌기미, 돼지, 원생이 그들은 보통 사람들보다도 더 잘 사는 상, 중류 정도의 가정을 꾸리고 있었다. 그랬다. 눈물의 빵을 먹어본 자만이 세상을 알고 베푸는 것도 배운 자들이다. 80여 명의 만난 동창들은 반갑게도 맞아주고 후원금을 많이들 냈다. 그렇게 많은 돈이 걷어지리라고는 생각지도 못했다. 그래서 행사에 줄 선물이 큰 트럭으로 3차나 될 정도로 많이 준비됐다. 대형 냉장고 2개. TV 5대. 세탁기 5개. 쌀. 세제. 자전거 30대 등 그 외 수많은 선물을 참석했던 동문들에게 또는 초대한 선생님들이 누구나 가져갈 수 있게끔 준비를 했었다. 점심도 소고깃국을 끓이고 소주 맥주 막걸리 등도 많이 준비했다. 술안주도 천여 명이 넘어도 먹을 만큼 돼지도 한 마리를 시켜서 준비했다. 행사는 1회부터 시작했으나 5회째가 되고서야 초등학교 동문회부터 자리를 잡았다. 7회 동문회는 지금껏 보지 못한 거창한 동문회였다. 대형 냉장고. 세탁기들을 제비뽑기에서 뽑힌 동문들은 픽업 차를 불러 싣고 갔다.

후배들은

"우리는 어떻게 하라고 선배님들이 그런 엄청난 선물을 준비하셨어요."

항의성인지, 칭찬인지는 모르지만, 행사의 준비 사항 및 진행은 정말 잘되었다.

초등동창들의 40년 만에 첫 만남

동창들이 총동문회에 모이는 운동장에서의 첫날. 코흘리개 초등학생 때의 추억을 더듬으며 60여 명의 동창들은 누구 손을 먼저 잡을지 모를 정도로 그저 만나자마자 별명을 부르며 환호했다. 맹물이, 찌기미, 살모사, 돼지, 찔찔이, 얌전이, 목탁이, 쌍안경, 욕쟁이, 신용쟁이, 공부벌레, 은행이, 코쟁이, 자전거포, 대갈장군, 땡기, 무술이, 태권이, 마빡이, 거북이, 두더쥐, 쏠다리, 각설이 촛싹이 등이 모이니 완전히 초등학교 때 운동회 때만 같다. 초등학교 때의 동창들은 전부 머리가 까까중이었다. 성인이 되어 머리털이 길고 보니 완전 다른 사람이 된 것 같지만 별명 하나면 단번에 그를 기억해 냈다. 얼굴은 약간 변했으나 어린 시절의 윤곽이 그대로였다.

퇴역 육군 대령 대갈장군이 기별 동문회 운동장에서 오랜만에 코피를 만났다. 코피와 대갈장군 두 사람은 악수하면서 40여 년이 지나서 만났다. 초등학교 때의 싸움이 떠올랐는지

"야. 코피 내가 초등학교 때 너한테 되게 당했지. 약이 올라서 며칠을 속이 상했지만, 코피가 줄줄 나며 머리가 아프니 널 당해낼 수가 없을 거라고 생각이 되어 포기했지. 참 창피했었다."

40여 년이 넘어서야 대갈장군이 속심을 이야기 한 것이다.

"나는 너 때문에 별명이 코피로 바뀌었잖니."

두 사람은 악수하며 피식 웃음을 웃었다. 코쟁이가 지금 보니 대갈장군과 코피의 키가 별로 차이가 안 난다.

코가 하도 커서 별명이 코쟁이가 됐던 철호는 공부를 잘하여 의대를 졸업하고 의사가 된 동창이다. 거의 다들 정년을 맞이하고 있는 터인데 그는 서울에서 비뇨기과를 개업하고 있기에 정년이 없다. 아직 한참 더 의사 생활을 할 수 있을 것이다. 그는 옛 생각이 났는지,

"야 김의섭 대령 김태영 사장 오늘 날씨도 좋고 하니 어때 40여 년 전으로 올라갔다고 하고서 한판 붙지. 이 운동장이 너희들이 그때 붙어서 싸웠던 곳이니 감회가 깊겠지?"

그러자 김 대령(대갈장군) 그는

"당시 찌질이는 내 상대도 안 되는 애였잖아? 그런데 그때 얄미웠든 놈은 맹물이었어. 찌질이 편을 들면서 나를 꼬나봤었거든, 내가 찌질이와 싸워서 이겼으면 맹물이도 한번 혼내 줄려고 했는데 내가 지는 바람에 다 틀렸었지."

"웬 맹물이 이야기?"

"야 맹물아 너 그때 찌질이 편을 들었니?"

맹물이가

"그랬었지, 덩치는 큰놈이 약자인 찌질이를 놀리는 게 나쁜 놈 같았거든."

대갈장군이

"참으로 기억력이 대단하다. 사십 년 전의 일을 기억하다니."

그러나 사십여 년이 흐른 지금은 대갈장군은 무직이고 연금생활자이지만 맹물이는 대갈장군 연금의 10배 이상 월 수익을 올리는 사장님이다. 그 이야기를 동창들을 통해서 알고 있는 대갈장군은 맹물이가 대단해 보였다.

사십여 년 전 00학교 부근은 청주 체육관과 야구장이 없었다. 그게 생긴 것 외는 학교 앞은 공원이라 개발이 안 돼서 변한 게 없다. 그저 학교 앞을 지나가는 대로변에 헌 점포들이 2, 3층 정도로 올라갔다는

것 이외는 변한 게 거의 없다. 대갈장군은 당시를 회상하며

"그 당시에는 옆에 체육관이 없었지."

코쟁이가 슬슬 옛이야기를 떠올리며

"오늘 한판 더해 봐. 재미있을 것 같은데."

"그런데 재 코피는 정말 무서운 애야. 오늘 건드렸다가는 그때보다 더 얻어터질 것 같다. 코피는 키가 나하고 거의 비슷하니 내가 질 것 같다."

"하. 하. 하. 맞아 그때는 진짜 쪼그매 보이던 코피가 지금은 키가 거의 너하고 같잖아. 덩치가 많이 컸어."

모인 동창들은 지난 초등학교 때 일들이 새롭게 느껴졌다. 이구동성으로

"자. 모두 정말 반갑다. 오늘은 제대로 한 잔씩 덜 하는 거다."

머리통이 커서 대갈장군이라던 별명답게 장군은 못되었어도 무궁화가 세 개인 연대장까지 했으니 돈은 못 벌었으나 그도 성공은 한 셈이다. 그의 아버지는 원래 씨름 선수였다. 단오 때 청주 장사 씨름대회에서 일등을 하여 소를 한 마리 상으로 받은 분이다. 대갈장군 그는 청주 고등학교를 졸업 후 1963년 제18회 육군사관학교에 들어갔다. 그가 연대장까지 올라갔다. 가족들은 장군은 따놓은 당상이라며 느긋해 했다. 그러나 그가 연대장 시에 그 연대에서 총기 사고로 세 명이 죽었다. 지휘 책임을 물어 진급 심사에서 떨어졌다. 그리고는 계급 정년에 걸려 일찍 퇴역했다.

모인 동창들은 한 사람 한 사람 반가워 악수를 하는 손을 너무 꼭 쥐는 바람에 손이 다 아플 정도였다.

오전 10시가 되자 동문 친목운동회가 시작됐다. 전부들 운동장으로 모여서 동기별로 줄을 섰다. 교단에는 교장 선생님, 학교 사친회 이사

장님. 역대 동문회장. 기타 초청한 내빈분들이 앉아 계셨다. 교장선생님 또 이사장님의 인사가 있었고 동문회장도 감격 어린 축사를 했다. 그리고 주최 측 7회 임시 동기회장인 은행이의 인사가 있었다. 사회는 동창 신용쟁이(이철수)가 보았다.

식순에 의하여 모인 사람들은 전부 초등학교 교가를 큰 소리로 불러댔다. 모두 그저 반갑고 매일 같이 있고만 싶다. 그래서 고향이 그리운 것은 친구들이 버티고 있기 때문인 것도 같다. 족구를 시작으로 훌라후프 오래 돌리기, 풍선 터트리기, 신발 던지기, 배구. 과자 따먹기, 피구 등 각종 게임이 시작됐다. 게임을 하여 우승한 팀에게 상품이 수여됐다. 운동장은 기별 동창들이 텐트 안에 모여 점심 식사 전부터 술 파티가 벌어졌다. 초등학교 때의 추억들을 회상하며 맘껏 마셔댔다. 동창들이 초청한 맹물이의 당시 담임선생님이셨던 호랑이 선생님이 총동문회에 오셔서 교단 귀빈석에 앉아 계셨다.

총 동문회 운동장에서 뵌 호랑이 선생님은 월사금 때문에 졸업장을 못 준 기억은 잊었을까? 선생님의 얼굴은 거짓말 같이 늙었다. 하긴 수십 년이 지났으니 세월을 감출 수는 없었겠지! 막대기를 들어 머리통을 두들겨 패던 손은 너무나 작아 보인다. 맹물이는 “선생님” 하고 고개를 구부리고 큰 한숨을 쉬는 것으로 인사를 대신했다. 시선을 부딪치기가 싫었다. 징그러운 뱀을 본 듯 자리를 벗어나고 싶다. 짧은 순간이지만 미소를 짓는 선생님의 모습이 이중인격자만 같다. 옛날이야기를 질펀하게 쏟아 놓는다면 선생님의 얼굴은 어떻게 변할까? 선생님의 눈동자에서 나오는 시선은 회피하는 게 틀림없어 보인다. 감춘 의도인지도 모른다. 옛일이 기억나나 보다. 선생님의 작은 미소 속에는 지난날은 학교에서 그렇게 시킨 거야. 그 말이 들어가 숨을 쉬고 있는 것만 같다. 뒤로 돌아서며 느끼는 씁쓸한 마음 그런 마음을 가진 것은 맹물이 뿐일까? 선생님은 어떤 생각을 가지고 제자들을 쳐다보셨을까? 치매만 걸리지 않았다면 강산이 네 번 바뀌었어도 생각은 났을 것 같다. 얼른 그 자릴 떠났다. 다른 동문들 속으로 쏙 들어가 '후유' 하고 한숨을 쉬었다. 소나기가 때리고 간 땅에 햇볕이 난 것만 같다.

그에 제자라는 사람들이 운동장에 수백 명이 있어도 그를 찾아가 인사하는 사람은 불과 몇 명에 지나지 않았다. 수재라서 선생님을 한 분인데 그런 분위기를 전혀 눈치채지 못했을까?

술을 얼근하게 마신 제자들은 영화 필름 돌아가듯 초등학교 시절의 호랑이 선생님이라 불리던 그 분과의 추억이 생생하게 머리에서 재생되고 있었다.

6학년 때와는 전연 다른 모습의 호랑이 선생님은 등도 굽고 키도 작고. 안경까지 쓰니 완전 극 노인이 돼 있었다.

약 15m 정도 떨어진 그곳을 쳐다보던 찌기미가 호랑이 선생님에 대해 말문을 열었다.

"호랑이 선생님이 우리에게 안 준 졸업장은 어디에 있을까?"

하자. 돼지가 비아냥거리는 소리로

"그게 여직까지 있겠니? 아마 솥에 넣고 푹푹 삶아서들 맛있게 먹었겠지."

원생이도 그 생각이 떠올랐는지

"하여간 그놈의 월사금 때문에 손을 들고 교단에 서 있을 때 정말로 친구들에게 얼마나 창피했는지 몰라."

쓸다리가 끼어들었다.

"월사금은 그렇다 쳐도 선생님은 왜 그렇게 아이들을 차별했는지 몰라. 학생들을 그것을 보고 뭘 배웠을까? 나도 선생이지만 그렇게는 안 한다."

호랑이 선생님 이야기가 나오자. 한마디씩 거들었다.

"신용쟁이 몇 명 빼놓고는 얻어맞지 않은 사람은 거의 없지. 지금 생각해보면 동창들이 두들겨 맞을 일은 아닌데. 하여간 호랑이 선생님 별명답게 우리를 고양이가 쥐 잡듯 한 것은 틀림없어."

"온종일 호랑이 선생님과 공부를 한다는 게 너무 어려워 아이들은 꼼짝도 못 했지."

"요즈음 아이들이라면 그 부모님들이 난리가 났었을 테고 학교는 뉴스 깜이 되었겠지."

"조금만 잘못해도 그놈의 막대기가 춤을 추니 그게 너무 무서웠어."

"맨대가리에 그놈의 막대기가 한번 지나가면 왜 그렇게 아프든지. 눈에서 불이 번쩍 났지."

"그리고 교단에만 가면 왜 그렇게 오줌이 마려웠는지 몰라."

"공부하는 중에는 변소도 잘 안 보내줬잖아. 그래서 오줌을 바지에 싼 애도 있었고."

"지금 생각해보면 당시 선생님이 가르치던 수준은 형편없었어. 구구단도 3학년 때에 시작했으니. 4학년 때에도 구구단을 못 외워 변소 청소를 연실 하던 00이도 있었잖아."

"그려 6학년 때 담임선생님은 아이들을 확실히 차별했어. 지금에는 상상이 안 갈 정도로. 가난한 아이들을 따뜻하게 안아주고 어루만져주는 선생님이 아니었어. 그저 성깔깨나 있어 보이는 호랑이만 같았지."

그렇게 선생님에게 모질게 당한 아이들은 가슴속에 무엇이 쌓여 있었기에 오랜 시간이 지났는데도 모인 동창들은 쓴소리를 한마디씩 해댔다. 그것은 어린 마음에 깊숙이 박힌 상처였다.

6학년 때 호랑이 선생님은 키도 엄청나게 커 보였는데 지금 보니 동창들보다도 오히려 키가 작다. 반가웠으면 단박에 달음박질을 하여 뛰어가 인사를 했을 텐데….

옆 15m 정도의 거리 교단에 앉아계신 호랑이 선생님을 일부 동창들은 흘끔거리며 쳐다보고는 술잔을 들어 홀짝 마시고는 못 본 체하고 앉아 있는 것이다. 그것은 마음 한구석에 자리 잡고 앉아 있는 추억이 그렇게 시킨 것만 같다.

호랑이 선생님과 동창들 사이에는 가까이 다가가서 인사를 드리고 싶은 생각은 탄탄하고 오래된 시멘트벽이 가로막고 있다. 교단 쪽을 흘끔거리며 쳐다보던 쓸다리가

"야. 차가 많이 밀린다더니 재들 그래도 빨리 왔구나."

서울에 있는 동창들이 소형버스를 대절해서 온 것이다. 교문 앞에 여럿이 함께 걸어오는 것이 보이자 동창들은 일제히 일어섰다. 동창들이 모여 있는 장소까지 걸어오자, 먼저 와서 앉아 있던 동창들은 웃음을 함빡 머금고 그들을 맞이했다.

나이 먹어서 만나는 동창들이 호랑이 선생님보다 더 반가웠나 보다.

"야 맹물이 네가 이번에 제일 많은 일을 했다며?"

만나는 동창들마다 칭찬을 했다. 전부들 어렸을 적 기억을 더듬으며 만나는 사람마다 별명을 불러댔다. 변또는 맹물이의 손을 잡고

"네가 성공했다니 반갑다. 성공하기까지의 고충을 나는 잘 안다. 나야 부모님 재산이 있었으니 그저 편안하게 살았다. 너는 혼자 자수성가한 것이니 그 어려움이 얼마나 많았겠니?"

머릿속 깊은 곳에 파묻혀 있다가 그 친구를 보자 바로 떠오르는 별명. 신기하기도 하다. 기별 운동회가 시작됐을 때의 만남은 현직에 있는 사람도 있었지만, 직장을 퇴직한 사람도 있었다.

땡기도 동문회 운동장에 뒤늦게 나타났다. 마빡이한테 땡기 소식을 들은 쓸다리가

"야 땡기야 너 서장이라며? 그런데 옷이 서장 옷이 아니네?

"서장 아냐. 경정이야."

마빡이가 선뜻 끼어들어

"재 사복하고 온 거야. 정복을 입고 운동장에 오는 게 그러잖아. 퇴직

전 아마 서장이 될 거야.”

“야. 쓸다리 너 반갑다. 넌 선생이라며.”

“그래 이제 얼마 안 있으면 퇴직이야.”

“나도 바로 경찰 퇴직이야.”

두 사람은 손을 아주 반갑게 잡았다.

“그래 지금 있는 데가 어디여?”

“ 00 경찰서야. 시간 있으면 한번 놀러와.”

“야 난 초등 때 네가 땡기집을 건드리는 것을 구경하다가 벌에 쏘여 혼났지. 너 그거 기억하니?”

“그럼 그때 거북이(유익태)하고 너하고 나와 함께 벌에 쏘였지.”

“참 기억력도 좋구나.”

“쓸다리 너는 퇴직할 때는 교감이라도 하는 거 아녀?”

“나는 점수를 잘못 받아서 안 돼. 은행이나 신용쟁이나 공부벌레는 지금 교감이야. 재들은 아마 교장을 하다가 퇴직할 것 같다.”

“나도 경찰 정년이 다 됐어! 바로 퇴직할 거야.”

모인 동창 중에 땡기가 경정이 된 것을 알고 있는 사람은 몇 명 안됐다. 모인 동창들은 지난날을 회상하며 서로들 악수를 돌려가며 하였다. 다들 그랬다. 태권이가 대학교 교수가 된다는 것을, 또 코흘리개 시절 공부를 좀 잘했다 해도 공부벌레가 학교 교감이 될 줄은 생각도 못했으며 코쟁이가 의사가 될 줄도 생각 못 했다. 또한, 땡끼가 경찰 경정이라니 참으로 놀라우며. 얌전이는 또 천주교 신부이며 목탁이는 법사라니 정말로 꿈에도 생각지 못했던 일들이 40여 년간 벌어진 것이다. 그것뿐만도 아니다. 맹물이, 찌기미, 원생이, 변또, 쓸다리, 돼지가 다 상위 중산층이 됐다니 정말 놀라운 일이다. 10년이면 강산도 변한다더니 강산이 네 번이나 바뀐다는 게 실감이 안 난다. 만나는 동창들의 손을 꼭 잡고 한참씩을 흔들어댔다.

초등학교 시절부터 성당엘 나가던 이상수(얌전이)는 말이 없고 누구하고 말싸움도 안 하고 착실하기만 하더니 천주교회 신부가 되었다. 그의 동생도 신부가 되었다. 얌전이 그도 땡기처럼 어릴 적 초등동창들이 꽤 보고 싶었나 보다. 중견 성직자이지만 동창들끼리 모여서는 그저 야, 자로 통했다. 누가 중견 신부님에게, "야, 얌전아" 이렇게 불러줄 사람이 있겠는가? 초등동창들이니 가능한 이야기이다. 촛싹이가 얌전이의 손을 잡으며

"야. 사람이면서 동정남으로 아내 없이 산다는 것 얼마나 어렵냐?"

얌전이는 그냥 빙그레 웃고 만다. 나를 버리고 남을 위해 기도하며 봉사하고 산다는 것, 보통 사람들로서는 정말로 이해하기 어려운 일이다.

얌전이가 신부가 될 줄은 전부들 몰랐었다. 로만칼라를 하고 총동문 운동회에 왔기에 그때야 그가 신부라는 것을 알았다. 야! 너 정말 신부가 된 거니? 처음 보는 동창들은 그가 신부가 된 것에 놀라움을 표시했다.

"신부가 되려면 개고기하고 소주 3병은 한 번에 해야 한다던데 그게 정말이냐?"

쓸다리가 묻자. 그는 싱긋이 웃고만 만다. 웃는 게 대답인가 보다.

"자 이리와 한 잔 받어,"

얌전이는 술 한 잔을 기분 좋게 마셨다. 그리고는 잔을 들고 짝꿍이었던 두더쥐에게 술잔을 권했다.

땡기를 본 각설이는

"야 땡기야 너 서장으로 퇴직하면 국회의원 한번 출마해 봐. 우리 초등생 동창들의 영광이지."

"그래 고맙다, 역시 초등친구가 최고여."

땡기집을 잠자리채로 떼고도 땡기벌에 쏘여 된통 고생한 땡기는 경찰시험을 보아 합격하고 교육을 받고는 청주경찰서로 발령받았다. 얼

마 후 경장이 되고 시간이 지나면서 경사가 되었고 간부인 경위가 되었다. 경찰 투신 20년 경정으로까지 올라갔다. 경찰에서의 특수수사대의 활약상이 고속 승진의 열쇠가 되었다. 퇴직 시까지 순경에서 진급도 못 한 만년 경찰이 많은데 땡끼의 승진은 눈부신 활동 덕이다.

동창들 일이던지 누가 부탁하는 일을 법이 허용하는 한 그는 나 몰라라 하지는 않았다. 그에 덕을 톡톡히 본 동창은 마빡이였다. 술을 먹다가는 싸움이 잦았던 마빡이는 파출소의 단골손님이었다. 그걸 해결하는 사람은 땡기였다. 호랑이 선생님은 교단 아래에 마련된 텐트에서 이사장님과 또 초청한 선생님들과 함께 음식을 들고 계셨다.

총동문회가 끝날 때까지 동창 몇 명을 빼고는 호랑이 담임선생님에게 인사도 하러 가지 않았다.

가난한 어린아이들에게는 월사금 닦달을 당한다는 것은 참으로 창피했다. 눈물로 범벅이 된 얼굴을 들기가 힘들었다. 선생님 책상 앞으로 불려 나가는 것은 정말 싫은 일이다.

토요일은 내일이 일요일이라는 것이 좋고 일요일은 내일이 월요일이라는 것이 싫었다. 그저 여름방학 겨울방학이 최고로 좋은 나날이다.

40여 년만의 만난 동창들은 희미한 기억을 떠올리며 그저 별명들을 서로 부르며 환호했다. 너무나 반갑고 보고 싶었든 초등학교 동창들이다. 서로들 술을 따라주고 안주도 집어 입에 넣어 주며 반가움을 표시했다.

그날 행사에 쓰고 남은 돈은 거금인 1,300여만원이나 되었다. 상의 결과 동창계를 조직하자고 하였다. 준비위원장에 맹물이가 추천됐다. 모임은 한 달에 한 번씩 만나기로 했다.

친목계 탄생

동문회 친목 운동회 모임이 성황리에 끝났다. 한 달 후 모임에 참석한다고 서명한 동창들 50여 명이 만나려면 연회장을 겸한 대형 식당이 필요했다. 인원이 많다 보니 마땅한 장소 구하기가 쉽지 않다. 돼지와 거북이, 각설이가 식당은 하지만 그 많은 사람이 한꺼번에 모이기에는 작다. 맹물이와 동창 친구들이 선택한 곳은 북문로의 00식당으로 50여 명이 들어가서 식사도 할 수 있는 마이크와 오디오도 갖춰있는 중대형 홀이다. 방음장치가 잘 되어있어서 옆방에 별로 방해를 받지 않는 식당이다. 서명한 친구들이 다 모이니 완전 초등학교 교실만 같았다.

친구들은 여기저기서 손을 들어 친구들을 인사로 대신했다. 그리고는 초등시절 친했던 친구가 오면 반가워서 자기 옆으로 오라고 손짓을 한다.

각자는 친구들에게 하고 싶은 이야기나 또 자기의 지난날 이야기를 서슴없이 털어놓는 자리가 됐다. 그저 서로들 술을 권하고 다들 지난 이야기 하기에 바쁘다.

동창 모임을 주선한 맹물이, 찌기미, 쓸다리, 돼지는 동창들로부터 수고했다는 큰 박수를 받았다. 은행이가 마이크를 잡고

"우리가 이렇게 다시 만나 모임을 할 줄은 정말로 상상도 못 했던 일이다. 이 모임을 하기 위해 동분서주하며 수고를 하여 준 조영식(맹물이), 이병철(찌기미), 이원호(돼지), 정재석(쓸다리)에게 큰 박수를 한 번 칩시다."

전부 기립하여 박수를 쳤다.

"기별 모임을 처음 시작한 1회 선배들에게 감사한 마음이 든다. 정말로 반갑고 옛날로만 돌아가고 싶다. 그러니 우리는 옛날 초등학교 학생으로 다시 돌아간 셈 치고 지금의 현 직업과 전 직위는 다 버리고 무조건 초등학교 학생으로 돌아가 그때와 똑같이 지내는 게 어떨까?"

하자. 다들 이구동성으로 그게 옛날을 생각하기에 아주 좋은 추억 깜이 될 것 같다며 다들 박수를 치며 환호했다. 그래서 아주 만날 적마다 어떤 말을 해도 절대 화내지 않고 오해도 하지 않고 서로 잘 지내기로 단단히 약속했다. 그리고 집행부를 선출했다. 회장은 경제력이 있는 사람이 해야 한다며 은행이는 회장을 하라고 해도 극구 사양했다.

방목장 사장인 맹물이(조영식)가 초대 회장으로 뽑히고 총무는 쓸다리(정재석) 감사에는 두더쥐(김민석)가 하기로 했다. 세 사람은 일어서서 인사말을 하고 맹물이가

"처음에 이야기했던 우리끼리는 서로 반말과 어떤 욕을 해고 절대 화를 내거나 오해를 갖지 않기로 서로들 다시 한번 약속을 지키자."

하고는

"자 다들 일어서 앞에 따라놓은 술잔을 들고, 자 건배."

전부들 그러자고 하며 소리 높여 "건배 건배 건배" 건배 제의를 하고 싶은 사람은 일어나서 또 건배를 외쳐댔다.

그리고 매월 15일 오후 5시에 만나자고 날짜와 시간도 확정했다.

회칙과 회의록은 총무가 만들어서 다음 회의에서 통과시키기로 하였다. 다음 월례회에서부터 김 대령, 조 사장, 오 서기관, 윤 경정, 유교장, 원장님, 목사, 신부님 등의 호칭을 아주 안 쓰고 초등학교 시절의 별명을 쓰기로 하였다. 별명을 안 쓰고 존댓말을 하면 아예 먹은 밥값을 내는 벌금을 물리기로 했다. 그래서 그 초등동창들의 악의 없는 진한 농담이 봇물 터지듯 터져 나오기 시작하는 모임이 시작되었다.

모은 돈이 충분하여 월 회비는 은행 이자만 해도 연 25%나 되니 하나도 걷지 않기로 했다.

첫 모임은 성황리에 끝나고 다음 월을 기약했다. 헤어지기가 싫은 친구들은 2차를 가기도 하였다. 서로들 다음을 기약하며 손을 굳게 잡기도 했다. 맹물이는 코피를 따로 만났다. 그리고는 코피를 껴안았다. 코피의 지난날을 알았기에 그를 위로해 주고 싶었다.

"정말 힘들었었지? 오늘 와줘서 참으로 반갑다. 대전으로 왔다니 이제는 자주 만나자. 나는 네게 꼭 해줄 말이 있었어. 그것은 졸업식 날 졸업장도 받지 못한 나에 손을 잡아 주고 눈으로 위로의 말을 해준 거였다. 정말로 고마웠었지. 이제야 기회가 돼서 네게 말을 한다. 내가 따로 한잔 살게. 언제 한번 만나자."

"그래. 네 말대로 네가 그때 심정이 어땠을까. 어린 내 마음도 참 안됐다 싶었지. 그걸 여태 잊지 않고 있었구나. 나는 너보다도 내가 더 고마운 게 있었잖어 우리 호성이 분윳값도 없을 때 네가 프린트 사에 다닐 때 월급을 타서 가져와서 준 걸 나도 잊지는 않았다. 내가 과일장사를 할 때도 너는 그 먼 길을 찾아오지 않았느냐. 며칠 후에 한번 만나자. 내가 독특히 한 잔 살게."

두 동창 친구는 지난날을 회상하며 더욱 반가워하며 손을 꽉 잡고 흔들어댔다.

어린 시절이 그리운 친구들 정말 귀한 친구들이다. 청주에 거주하지 않는 사람들은 가끔 모임에 참석했으며 시간이 있는 동창들은 매월 모여 동창들의 이야기꽃을 피웠다. 서울 근교에 사는 동창들은 서울에서 모임을 하기로 하여 서울에도 변또를 회장으로 하는 동창계가 생겼다. 그 모임은 일 년에 한 번씩은 청주 모임과 같이하기로 회칙에 명시됐다.

초등 졸업 후 다시 만난 친구들 중 좋은 직장을 다니며 편히 살은 사람도 있었다. 계급이나 직장에서 높은 자리에 올라 높다 해도 코흘리개 친구이다. 돈이 많은 사장도 동창끼리는 서로 반말이고 욕질도 어렸을 적처럼 해댔다. 참으로 다시 만난 별난 세상이다. 만날 적마다 각기 살아온 사연들을 숨김없이 탁 털어놓고 이야기를 하는 사이도 되고 동창 친구들의 삶도 다 이야기를 들어 알게 됐다. 친구는 역시 초등학교 친구여! 다들 그렇게 이야기한다. 입에 씹던 껌도 나누어 먹던 사이들이 아니었나!

초등학교 졸업 후 다시 만나 보니 부모님이 돈이 있어 학교를 제대로 보낸 친구들은 그저 선생님 또는 편한 직장 생활을 하였다.

그러나 가난하여 학교도 못 간 친구 중 아무리 어려워도 참고 견디며 노력한 동창들은 거의 다 부자가 되어있다. 그것은 무엇을 말함인가? 고생 끝에 낙이 온다고 했던가?

초등학교를 졸업 후에 가난한 집 아이들이 만난 세상은 도저히 감당할 수 없는 일들이 앞을 가로막았다.

어떻게든 취업을 해야 하는데 좋은 자리는 없다. 할 수 있는 직업이란 전부 최하층의 심부름꾼이었다. 그렇다고 놀 수는 없는 일이다. 부자 이외의 동창들은 본인 스스로 개척을 해서 먹고 살아야 한다. 그래서 내몰린 곳이 신문 배달. 이발소 심부름, 구두닦이. 아이스케이크 장사. 야간 찹쌀떡 장사. 타이어 빵구집. 양철땜집. 시장 심부름꾼. 사무실 청소부. 공업사 심부름꾼. 양복점 심부름, 금은방 심부름. 철공소 등이다. 그곳을 다닌다고 해도 무슨 월급이 나오는 곳은 극소수이다. 거의 점심만 얻어먹고. 기술을 배우는 정도이다. 그중에서 제일 많이 했던 일은 구두 닦기가 제일 많았다. 그것은 자본도 필요 없고 약간의 기술만 있으면 되기에 아이들은 그것을 선호했다. 두 번째가 여름에는 아이스케이크 장사였다. 겨울에는 한밤중에 엿과 찹쌀떡 장수도 했다. 구두닦이나 아이스케이크 장사 그거라도 잘하면 점심에 자장면도 사먹을 수 있고 안 되어도 굶지 않고 맹물 국수라도 사 먹을 수 있었다.

맹물 국수란 밀가루를 반죽하여 가닥을 기계에서 뽑아낸 것을 맹물에 삶아 거기에 파를 송송 썰어 넣고 미원을 조금 넣고 간장을 한 순갈 넣은 국수를 말한다. 처음 나온 미원은 아주 맛을 내는 데는 최고였다. 소가 입을 빨듯이 혀로 입술까지도 빨아댔다. 또 돈을 벌면 집에 갖다 주어 보리쌀이라도 살 수 있게 했다. 중학교에 간 친구들도 30%는 도중하차를 하고 야간 학교에 갔든지 아니면 사무실 심부름이나 신문 배달원 우유 배달원 등으로 밀려났다. 중학교를 졸업하고도 고등학교 입학금이 없어서 가지 못한 동창들도 많았다. 그들도 사회 밑바닥에서 노동을 하기 시작했다. 그런 시절을 보낸 동창들은 성년이 되자 군인을 다녀오고 나서는 각자 스스로 회사에 들어가 노동을 하든지 상업을 하든지 자기가 배운 기술을 살려 직업을 선택하고 살기 위한 대열에 참여했다.

동창의 월 모임에서 이야기를 듣는 동창들은 술을 한 잔씩 해가며 숨을 죽이며 실세 이야기를 듣고 어려움을 당한 당사자에게는 위로와 축하의 술을 따라주기도 했다.

6·25의 참상으로 거지가 천지였던 시절 그냥 맨발로 세상을 뛴 것이다.

가슴 속으로 파고 들어오는 속세의 가난을 달랜답시고 술에 찌들어서 망나니짓을 한 동창들도 있었다. 그들은 근심 걱정과 술독에 빠져 아우성을 치던 때가 정말로 많았다. 그들 중 일부는 젊은 나이에 간 경화라는 치명적인 병이 들어서 죽고 장티푸스라는 전염병에 걸려 죽은 친구도 있었다. 돈이 없는 것은 죄가 아닌데 왜 죄인처럼 살았을까? 어렸을 적 가난의 부끄러운 날들은 훨훨 날려 보내고 싶었든 동창들이 대부분이다. 중학교도 고등학교도 진학 못 한 아이들의 삶은 환멸과 구역질이 나는 사회 밑바닥은 전쟁터였다.

그렇게 어려운 시절에 기른 자식이 행복과 평화만을 주는 게 아니라 괴로움과 걱정도 한 보따리에 싸서 안겨준 자식들도 있었다.

삶의 탁류 속에서 기나긴 여정을 고뇌와 환희가 뒤섞여 만신창이가 된 가난했던 친구들, 지나간 세월을 돌이켜보니 그 많던 걱정은 나이 뒤로 밀려났으나 자식 걱정이 또 새로운 걱정을 만든다. “인생은 고해다”라는 철언이 절실하게 다가온다.

모인 모두가 눈에 힘을 주고 건강하게 잘 살자며 손을 더욱 꼭 쥐었다.

반장이었던 은행이는 아버지가 은행에 다닌다고 해서 얻은 별명이다. 그의 가족들은 전부 기독교 신자이다. 은행이는 공부도 잘했지만, 그는 커서 무엇일 될래. 선생님이 물으실 때

“저는 교회 목사가 될 겁니다.”

그렇게 했던 동창인데 공부를 잘하니 집에서는 사범학교에 가라고 해서 사범학교로 간 친구이다. 은행이는 초등학교 교감이다. 일찍이 사립 초등학교 교장이 된 공부벌레(유준호)가 어디서 소문을 들었는지

“은행이 너 아들이 서울대 졸업했다며? 축하한다.”

“그래 고맙다. 어서 그 얘기를 들었어?”

“소문으로 들었지, 너한테 자식들이 잘하니?”

“자식 자랑은 팔불출이라고 했어. 인사들이나 끝나면 술이나 같이 한잔 하자.”

말하고 싶지 않은지 그 말만 하고는 입을 다물었다. 뭔가 아들에게 서운한 게 있어 보인다. ‘하기사 어느 자식이 부모를 연인같이 대해줄 자식이 있을까!’

공부벌레는 자기 자식보다 잘된 은행이의 자식은 어떻게 은행이를 대하나 궁금했던 터였다. 다들 친구의 자식들이 어떻게 사나 궁금하기

도 하다. 만나는 친구마다 손을 붙들고 자녀들에 대한 것을 물어본다. 또한, 현재 친구들의 삶도 궁금하여 이것저것을 물어댄다. 평범하게 살아온 친구들도 자식 이야기에는 입을 다물었다.

자식들 이야기를 하면 거의 다가 입을 다물었다.

북문로 식당에서 모임을 다섯 차례 이상을 하니 전부들 친해지고 완전 초등학교 시절로 들어간 것과 똑같았다. 전부들 임의로웠다. 욕을 해 쟀겨도 웃으며 들어 주었다. 불교 법사라는 직함을 가진 같은 반이었던 목탁(윤일호)이 술병을 들고 다니며 한 잔씩 권했다. 전부들 한 잔을 받아먹고 권하는 바람에 친구들 거의 술이 만취했다. 목탁이 무선 마이크를 잡고 천주교 신부와 대화를 나누어 보려고 얌전이(이상수) 신부에다 대고

"야. 너는 신부가 되고 나는 법사가 되었으니 도찐 개찐이다. 안 그래?"

하자. 얌전이는 소주는 몇 잔을 마셨지만, 그저 말없이 그를 쳐다보고 빙그레 웃고 만다. 얌전이는 파리를 날름 삽아먹고는 안 먹은 척하는 꼭 두꺼비만 같다.

초등시절같이 똥침을 놓기 전에는 얌전이의 입을 벌리게 할 사람은 없는 것 같았다.

목사인 쌍안경 (유일신)이 일어났다.

"법사와 신부는 엄연히 다른 겨 신부는 동정남으로 살지만, 법사는 부인이 있잖아!"

법사는 내 편을 들어줄 사람은 없는 겨. 하듯이 좌중을 들러보고는

"뭐야? 야 쌍안경(일신) 너는 마누라가 없냐?"

"너희는 비구니도 있지만 장가가는 대처승도 있잖아."

두 사람이 입씨름이 시작되고 남자 고추 이야기까지 나왔다.

마빡이가 나서서 퀴즈 같은 이야기를 했다.

"신부. 법사. 목사. 세 사람 물건 중에서 어떤 게 제일 오래 써먹을 것

같냐?"
쓸다리가 그런 것쯤은 다 안다는 듯이
"그거 보나 마나 신부께 제일 오래갈 것 같다. 샘뻥이고 많이 안 써먹었을 테니까. 그런 거는 코쟁이 의사가 잘 알거 아녀?"
돼지가 고개를 갸웃거리며,
"야 코쟁이(의사) 그걸 보는 과도 있냐?"
코쟁이는 시침을 뚝 떼고.
"새로 생긴 자지과가 있는 거길 가봐야 돼."
식당만 하고 병원에 대하여는 잘 모르지만 자지과라니 좀 이상하다.
"응? 자지과? 짜식 그런 과가 있냐?"
"놀래긴 잠지과가 자지과로 바뀌었어. 종합병원에 전화를 해봐. 산부인과만 있고 그런 과가 없다면 그게 병원여? 남녀평등에 문제가 있는 거지."
"아니 진짜 그런 과도 있어?"
돼지는 눈을 감았다 떴다 하며 고개를 갸웃거리자.
쓸다리가 기가 막힌다는 듯
"강아지, 풀 뜯어 먹는 소리하고 자빠졌네."
하. 하. 하. 하.
코쟁이가 의사답게 점잖게 한마디 했다.
"나이 먹으면 입으로 양기가 오른다더니 다들 쓰지도 못하는 고추들을 달고 있나 보구먼. 고추도 종류가 있는 겨."
쓸다리가 큰소리로 받아쳤다.
"야 고추가 뭔놈에 종류가 있냐? 스냐 안스냐 그거 둘 중에 하나지."
아주 욕에 道가 튼 욕쟁이(오영남)가 고추 명칭의 돌을 던졌다.
"ㅈ들을 까요. 야. 18 신부는 자지고 스님은 ㅈ이고 목사는 조깐애여."

목탁(일호)이 욕쟁이 말도 끝나자마자 말을 가로채

"뭐? 그게 무슨 소리여?"

찔찔이가 끼어들어 한 수 놨다.

"욕쟁이 너 언제 철날래? 초등학교 졸업한 지가 수십 년이 되었는데도 장 쌍욕을 해대니 넌 죽어야 네 버릇 고칠 것 같다. 하 하 하."

"뭐야? 염병할 놈아. 욕하며 다시 초등학교 시절로 가자며."

"아이고 저런 욕쟁이 정말 평생 욕만 하다가 뒈지겠다."

쌍안경(일신)이 손을 번쩍 들고는,

"야 아무리 초등동창이래도 그건 너무 심한 말이 아니야? 노가다들과 같이 사니 느는 게 욕밖에 안 늘었구먼."

제대로 쌍안경이 욕쟁이한테 걸려들었다.

"정말로 조까내 답다. 18 놈아"

"이 자식들 말이야 먼저 약속한 호칭이나 존댓말은 안 쓰기로 했잖어?"

쌍안경은 욕쟁이 말 한방에 기가 죽었다. 돼지가 궁금한 듯,

"쪼까내는 또 뭐냐?"

"짜식아 그것도 몰라? 포경 수술한 놈이 조깐애 아녀?"

하하하 그럴 듯도 하다.

"신용쟁이"라 불리던 이철수가

"야 그래도 목사 동창 친구한테 18 놈이 뭐냐."

"진짜 조까내. 그걸 해야 자손이 퍼지는 거 아녀? 그게 왜 나쁜 소리여 아주 좋은 소리여 잘 음미해 봐"

"아이고 저놈하고는 말 상대가 안 돼. 누구든 보기만 하면 욕질을 해대니 어디 뱃속에서부터 욕을 배웠나 보지?"

"뭐야? 너 말 잘했다. 18 그게 뭔데. 그래서 장가가고 시집가고 하는 겨"

다들 입씨름에 웃음보가 터졌다.

욕쟁이가 의자에서 벌떡 일어나

"자 내 말을 들어보라고. 목욕탕엘 가보면 누가 목사고 누가 신부고 누가 스님인지 다 나와 있어."

대갈장군도 무슨 소린가 생각이 드는지

"뭐? 목욕탕에 가면 신부, 목사, 스님 직업을 안다고?

"그래 그거 홀딱 벗은 거 보면 대번에 알지."

양복점을 하는 찔찔이(병태)가 나섰다.

"아이고 저 욕쟁이 말을 누가 믿어, 초등 때부터 저 지랄을 하더니. 세 살 버릇이 여든까지 간다는 말이 딱 맞다, 저놈은 말이야 우리 라사점엘 오면 미싱으로 입을 꿰매야 해."

"뭐시라 내 입을 꿰매? 자쌰 맨날 초등동창들한테 얻어터지고 처운다고 해서 찔찔이라고 별명이 붙은 놈이 내 입을 꿰매? 나한테 한방 얻어맞으면 또 눈물이 나서 앞이 안 보일 텐데? 언제 내 입을 꿰매 기생 오래비 같은 놈아."

하. 하. 하. 하. 전부들 웃으며 욕쟁이를 쳐다보았다.

그러자 변또(박태섭)가 의자에서 벌떡 일어나

"저 욕쟁이 놈은 동대문 시장에다 놓고서 주둥이만 잘라서 판다고 하면 아마 누가 살 사람이 나올지도 몰라. 어떻게 목욕탕에 가면 신부 목사 스님을 알아보냐고?"

전부들 웃으면서도 욕쟁이가 무슨 소리를 하려나 귀를 쫑긋 세웠다.

"허 참 등신동생 병신과장 같은 소리 하네. 야. 목욕탕엘 가서 보면 신부 잠지는 포경이고 아주 하얗지, 그리고 목사는 홀라당 까진 게 좀 시커멓고. 스님 것은 잠지 끝이 뭉텅해."

동창들이 저게 무슨 소린가 하면서도 욕쟁이의 말에 귀를 기울인다. 저 욕쟁이 말이 진짠가? 촛싹이(신호)가 나섰다.

"너 네가 한 소리가 뭔지 알아듣게 이야기를 해야 네 말을 믿을게 아녀?"

"좋다. 내가 설명을 해주지, 신부 잠지는 써먹을 필요가 없으니 포경 그 자체여 그리고 조개비에게 독하게 안 물려서 아주 하얀 거여. 그리고 스님 잠지는 매일 앉아서 방바닥이나 마루에다가 뭉개대며 박아대니 끝이 뭉텅해진 거고. 그리고 목사 잠지는 하도 조개비에게 물려서 상처가 아물질 안 해, 그래서 조개물이 들어 시커먼 거여. 뭘 들 알고들 지껄여."

하. 하. 하. 하. 쓸다리가 크크 거리며 웃다가

"네 이야기는 그럴듯하지만 궤변이야."

전부들 배꼽을 쥐고 웃었다.

하 하 하 하. 전부들 초등학교 때의 어린 시절만 같다.

욕쟁이 오영이는 욕은 잘해도 마음이 따뜻한 친구였다. 그를 동창들은 다 잘 알기에 그에 농담을 질 빋아들이고 또 그에게 욕질도 해댔다. 대다 수 동창들은 욕쟁이가 경박스럽다고 생각은 했으나 밉다고는 생각하지 않았다. 오히려 욕쟁이의 욕을 듣고 싶어 하는 동창들이 더 많았다.

마빡이가 옛 초등학교 시절 추억을 떠올리며

"야 욕쟁이 너 '조또시팔' 한 번 더 해봐라. 여기는 그 호랑이 선생님도 없다. 초등학교 때 담임선생님한테 '조또시팔'이라고 했다가 곤욕을 치르던 욕쟁이였잖아! 요즈음은 푸세식 변소는 없거든 다 좌변기야 그러니 변소 청소하는 게 훨씬 쉽다."

다들 깔깔댔다. 조또시팔 때문에 변소 청소를 한 달을 하며 곤욕을 치렀던 욕쟁이였다.

철 대문 속에 입을 감춰둔 것 같았던 얌전이가 입을 열었다.

"욕을 별로 안 하는 사람과 욕을 해대는 사람과는 정반대인 것 같지만 속을 들여다보면 누구든지 욕을 해대고 싶을 때가 있는 것 아녀? 다만 꾹 참고 욕을 안 할 뿐이지! 그래서 욕쟁이가 욕을 하면 속으로는 시원해서 웃음이 나오는 게야."

전부들 얌전이의 말에 수긍했다.

"역시 얌전이는 틀리는군. 그래서 신부가 된 거여."

"재는 철학을 배워서인지 말하는 게 한 수 위다."

"얌전이가 한소릴 또 했다."

"친한 친구가 욕을 해대면 그게 더 친한 친구를 표시하는 거여. 항시 존대만 하면 같이 어울리지를 못하지. 그게 친함과 친하지 않은 것의 표시야."

술도 밥도 먹을 만큼 먹고 이야기도 많이 했는지 한둘씩 자리를 일어났다.

대령 군복과는 어울리지 않은 점퍼를 입은 대갈장군 그는 술잔을 들고 내내 놓지 않고 있다. 알코올 중독이 아니면 진급 못 해 장군이 못 된 서운한 것이 가슴팍에서 뛰어노는지도 모른다. 정도를 넘은 알코올이 알코올을 더 달라고 소릴 벅벅 지르나 보다. 고주망태가 되어 다리는 제 맘대로 휘청거릴 것 같지만 목소리는 여전히 대령답다. 눈썹을 추켜세우며

"야 한 잔씩 더 하라고. 요거 한 잔이 약여."

술이라면 남에게 안질만 한 마빡이가 한잔을 훌쩍 마시고 입을 써억 쓸은 다음 한 수 놨다.

"기운이 있어야 술을 많이 먹는다는데 넌 참 술도 쎄다. 내가 너는 못 당할 것 같다."

"그럴지도 모르지 폭탄주에 쩔을 때가 많았으니까. 이건 술이 아냐 거의 맹물이지."

"그렇담 좋다, 오늘 2차 하자."

2차를 가자고 하는 마빡이의 얼굴을 쳐다본 공부벌레도 손가락을 말아 OK 표시를 했다. 공부벌레도 술이라면 말술이 아니던가. 셋은 주거니 받거니 어둠에 묻힌 시간과는 아랑곳하지 않고 2차 타령을 했다. 돼지가 슬그머니 옆자리로 와서 똥똥한 배를 툭툭 치며 술은 이곳에 더 넣어도 된다는 투로

"나도 2차 같이 가자. 오늘 2차는 내가 낸다."

"호오 물주 사장님을 만났군. 굿, 베리굿이야."

그들도 일어서서는 어깨동무를 하고는 2차로 향했다. 초등친구들 만나면 그렇게 헤어지기가 싫은가 보다.

2부

동창들의 인생사

욕쟁이의 기네스북 감 프러포즈

동창계 모임

모임에서의 교회 이야기

쌍안경 목사의 비밀

살모사 오영훈

기마대 이승민, 도토리 김재천

알꾸지 박기태

코피의 기막힌 인생사

자전거포 곽일신과 찔찔이 이병태

경정이 되기까지 윤갑영(땡끼)

민영기(마빡이)와 감옥 이야기

욕쟁이 오영남의 기네스북 감 프러포즈

동창들 중에 욕쟁이 그는 초등학교 시절부터 성격이 활발했다. 욕은 잘하지만 친구가 어려움을 당하면 나서서 해결해주는 해결사 노릇도 하였다. 욕쟁이 아버지는 목수이셨다. 힘든 일을 하다 보니 그분은 술을 아주 좋아하셨다. 매일 곤드래 만드래 하니 가정에서는 부부싸움이 잦았다. 술을 많이 마시고 여러 가지 실수를 하는 아버지이셨다. 어머니는 욕을 섞어 바가지를 긁으며 아버지에게 제발 술 좀 끊으라고 잔소리가 심했다. 저녁에는 분명히 아버지가 고래고래 소리를 지르시며 어머니를 윽박지르면 어머니는 꼼짝도 못 했는데, 아침이 되어 어머니의 잔소리가 시작되면 아버지는 꿀 먹은 벙어리였다. 욕쟁이는 그게 참으로 이상했다. 그것을 보고 자란 욕쟁이는 어려서부터 자연히 욕과 접하게 되었고 일터에서도 인부들은 18 ㅈ ㄸ 라는 것은 욕도 아니었다. 욕이 아주 입에 뱄다. 욕이라고 생각하고 가만히 생각을 해보니 욕이라는 건 사실이지만 좋은 말이 많았다. 좀 듣기가 싫을 뿐이지. 고등학교 졸업 후 공무원 시험은 낙방했다. 은행은 엄두도 못 냈고. 취업이 안 되자 아버지의 목수일 심부름을 했다. 그러다가 건축일을 맡아 집을 지어주는 일을 아버지와 같이했다. 아버지는 건축일 오야지를 하신 것이다. 군인 제대 후에는 다른 사람들과 건축일을 하면서 설계 도면을 보고 목수 일을 할 정도가 됐다. 설계 도면대로 건축할 수 있으면 새끼 오야지에서 총괄 오야지도 할 수가 있는 것이다. 고등학교를 나왔으니 도면은 실제 일을 하고 생각해보면서 배웠다. 몇 년 후에는 진짜 목수 오야지가 됐다. 부분 부분 일을 맡아서 하는 업자들도 일꾼들이 제대로 일을 하지 않으면 데마찌가 난다. 노가다에 나와 날 일을 하는 사람들은 건축주와는 상관없는 사람들이다. 그저 하루하루 일하고 보름이 되면 일한 만큼 계산된 간조라는 돈만 각 담당 업자에게 받아가면 그만이다. 날 일을 하는 그들의 세계에서는 "노가다에 땀을 흘리면 삼대가 빌어먹는다." 해가며 업자의 눈치를 슬슬 봐가며 하루를 때우면 돈을 받을 수 있는 것이다.

애가 제일 많이 타는 사람은 총 일을 맡아서 하는 오야지이다. 그걸 도면을 보는 목수가 맡는다. 일이 진척이 안 되면 데마찌가 난다. 각자 일을 하기로 약속한 날에 일을 할 수가 없는 환경이 된 것을 데마찌가 난다고 한다, 20여 종류의 건축일이 서로 일할 날짜를 만들어줘야 하는 것도 오야지 몫이다. 성격이 불같이 급한 욕쟁이는 건축일을 하며 노가다라는 일꾼들과 일을 하니 욕은 한층 더 심한 욕질도 해댔다. 건축일을 하다 보면 데마찌는 날씨 때문에도 나고 앞에서의 일이 빨리 진척이 되지 않아서도 난다. 그리고 노가다 꾼들이 술을 먹고 출근을 안 할 때가 있다. 일이 진척도 안 되고 다음 일을 할 사람들이 데마찌가 난다. 그러면 건축주는 목수 오야지에게 한 소리를 한다. 건축주에게 잘못 보이면 곤란한 일이 많다. 돈을 주는 것을 미루는 것이 제일 어려운 일이다. 업자들 돈은 줘야 하는데 돈을 안 주면 어쩔 도리가 없다. 그저 살살거리며 건축주 비위를 맞추어 주는 수밖에 없다. 그리고는 오야지는 일을 하는 사람들에게 욕으로 화를 푼다. 오야지가 되면 다른 노가다 일하는 사람들보다도 돈을 많이 번다. 그것은 일을 맡을 때 건축도면을 보고 몇 평이냐에 따라서 목수와 건축주와 계약을 하기 때문이다. 오야지는 각 분야의 담당자들에게 다시 계약하고 그들에게 돈을 지불해야 한다. 그러니 잘만 하면 오야지는 공무원 월급쟁이들보다도 더 많은 돈을 번다.

연애결혼이 적고 중매결혼이 많던 시절인데 욕쟁이는 결혼 적령기가 넘어 이십팔 세가 다 되었어도 누구 하나 욕쟁이 중매를 서는 사람이 없었다. 또한, 욕쟁이는 버릇이 되어서 툭툭 튀어나오는 욕 때문에 여자 하고도 연애도 성공하지 못했다. 성격도 급하지만, 여자들 앞에서는 벙어리가 되는지 말도 잘 못 했다. 결혼은 해야 하겠는데 모든 사정이 여의치 않았다. 욕쟁이는 맡아서 짓는 집 건축이 늦가을이 되자 거의 마무리가 되었다. 장가가기 작전을 시작했다. 내년 봄이나 돼야 일이 있을 것 같다. 시간이 난 것이다. 트럭 운전을 하기에 면허증은 있으나 오토바이도 125cc가 되면 원동기 면허를 따야만 된다. 오토바이가 흔치 않던 시절 오토바이 운전면허를 취득하고는 멋진 효성 125cc 오토바이 신품을 샀다. 누가 보아도 탐이 날 만한 번쩍번쩍 빛이 나는 오토바이였다. 오토바이에 치장도 하고 옷도 아주 가죽옷에 긴 장화를 신고 한껏 멋을 냈다.

그는 시내 변두리를 다니며 혼자 걸어가는 처녀들을 사귀어 보려고 맘을 먹었다. 사귀려고 오토바이에 태워 준다고 해도 뒤에 타려는 처녀가 없다. 돌아다녀 보아도 욕쟁이의 오토바이를 타려는 처녀들이 없었다.

한 달을 그렇게 시내를 다니다가 버스가 잘 안 다니는 시외를 선택했다. 오근장 쪽, 문의 쪽, 회인 쪽을 다녀봐도 처녀들이 별로 안 보인다. 다시 선택한 곳이 가덕 쪽이었다. 청주에서 15km 정도 떨어진 가덕에서 한계리 산 쪽으로 가는 길은 차도 없다. 미원 가는 버스를 타고 가덕에서 내리면 약 4km는 걸어서 가야 한계리이다. 약 한 시간 걸어야 할 거리이다. 가덕 그 부근을 며칠을 다니다가 한계리 쪽으로 가는 한 처녀를 발견했다. 바지를 입고 구두를 신었는데 옷 입은 폼을 보니 시골 처녀 같지는 않았다. 그녀에게 접근했다. 그러자 그녀는 힐끗 쳐다보더니 그냥 앞으로만 간다. 또 앞으로 가서 집에까지 모셔다드릴게요, 해도 그녀는 그저 살짝 미소만 짓고는 사양한다. 다시 오토바이로 그녀의 앞을 막았다. 그녀도 걸어갈 길이 4km를 걸어가야 하는데 태워 준다니까. 그 오토바이는 번쩍번쩍 빛나는 고급 오토바이였다. 욕쟁이의 오토바이를 보고 호기심이 발동하였는지 마지못한 듯이 오토바이 뒤에 탔다.

"떨어지면 다칩니다. 제 허리를 꽉 잡으세 유. 어디 갔다가 오시는 길이예 유?"

"청주 양재학원 유."

"제 허리를 꽉 잡으세 유. 잘못하면 떨어져 다쳐 유."

그녀가 오토바이를 타고 욕쟁이가 시키는 대로 올라타고 뒤에서 욕쟁이 허리를 잡자. 한계리 쪽으로 조금 올라가다가는 우측 샛길로 들어가며 미원 쪽으로 방향을 틀었다.

"아이 글루 가면 안 돼 유, 앞쪽으로 바로 가야 해 유."

"뭐라구 유? 헬멧을 써서 잘 안 들려 유."

"다시 돌아서 우측 편으로 가야해 유."

안 들리는 척하고는

"제 허리를 꽉 잡아 유."

오토바이에서 떨어질까 봐 허리를 꽉 잡고는 무서운지 천천히 가라며 소리를 질러댄다. 말은 다 들리면서도 엉뚱한 소리를 해댔다.

"오토바이 탄 곳까지만 다시 데려다 줘 유."

"뭐라구 유? 바람 소리 때문에 안 들려 유. 한 바퀴 돌고 가도 되잖아 유,"

"안 돼 유. 울아부지 한테 혼나 유."

"걱정 마 유. 안 혼나게 해 드릴께 유"

손을 놓으면 오토바이에서 떨어질 것 같고. 그녀도 어쩔 도리가 없다.

'뭐 처녀 임자가 따로 있나! 만들면 되지. 옛날엔 보쌈도 했다는

데….'

그녀를 싣고 보은 쪽으로 가려다가 마음을 바꿨다. 미원에 가서 그녀의 환심을 사보기로 했다. "앵, 앵" 대며 달려서 15분여 만에 미원에 도착했다.

오토바이를 미원 불고기 식당 앞에 세웠다.

"저기 시오야끼 어떠 유."

….

얼굴을 수그리고 말이 없다.

"들어가지 유. 바로 모셔다 드릴께 유"

그녀는 도저히 걸어갈 수 없는 먼 곳까지 온 것이다. 오토바이를 탄 것이 후회된다. 머뭇거리다가 할 수 없는지 식당으로 따라 들어왔다. 생전 처음 타본 오토바이인지 그녀의 얼굴은 상기되어 있었다. 볼이 볼그스레하니 볼수록 더 예뻐 보인다. 그녀도 남자 등허리에 여자 젖가슴을 비벼 대고 15분 이상을 달렸으니 얼굴이 상기될 만도 했다.

시오야끼 3인분을 시켰는데 젓가락도 안 든다. 빨리 집으로 가고 싶은가보다. 그냥 앉아만 있다. 고기 익는 소리가 지글지글한다.

욕쟁이도 침이 입안에 잔뜩 고였다. 그래도 참고 고기를 뒤집으며 막걸리 생각이 간절하다.

"에이 이왕 시킨 거니 좀 드세 유."

그녀가 다리를 꼬고 앉아 있는 것을 보니 엄청 불안한 눈치다. 얼굴을 보니 얼른 가고만 싶은가 보다. 어찌 표정도 좋지 않다. 예의를 깍듯이 지키며 그녀를 안심시켰다.

"정 안 드신다면 그냥 모셔다드릴 게 유. 일어나세 유."

계산하고 그냥 나오니 그녀는 그 다 구워놓은 불고기가 아까운지 뒤를 돌아다본다.

그것은 '나 돈 있는 사람이여' 하는 일종의 작전이었다.

그냥 태우고 한계리 쪽으로 다시 향했다.

한계리 동리 입구 삼거리에서

"어디로 갈까 유."

"그냥 여기서 내려주면 돼 유."

"쬐끔만 더 바래다 드릴게 유."

"더 가면 안 돼 유."

이제 한계리 마지막 입구까지 왔다. 오토바이를 세웠다. 그녀는 한숨을 푹 쉬고는 얼른 내렸다. 그리고는 십여 호가 보이는 곳을 향해 뛰기 시작했다. 그녀가 듣거나 말거나

"언제 한번 만나 줄래 유?"

말이 없다. 말을 듣거나 말거나 큰소리로

"내가 내일 가덕 버스 정류장에서 기다릴께 유."

하고서는 그녀가 가는 곳을 눈여겨보다가는 쫓아가 보니 열린 큰 대문 안으로 들어가는 게 보인다. 옳다. 이 집이 그녀의 집이구나! '열 번 찍어 안 넘어가는 나무 없다.'

쾌재를 부르며 청주로 향했다. 작전이 잘됐는지는 모르겠고 그녀가 내일 가덕 버스정류장에서 언제 내릴지는 모른다. 내일을 기약하고 휘파람을 불며 청주로 왔다.

그렇게 한번 만나서 헤어지고 나서 그 이튿날 가덕 정류장에서 기다려도 그녀는 나타나지 않았다. 양재학원은 진짜 다니는지 어디를 다니는지 집에 있는 사람인지 도대체 감이 안 온다. 이틀을 그녀를 만났던 부근을 왔다 갔다 해도 그녀는 나타나지를 않았다. 궁금증은 더했다.

욕쟁이는 세련돼 보이는 그녀가 맘에도 들고 보고 싶고 꼭 다시 만나고 싶었다.

정 못 만나면 용기를 내서 직접 집으로 찾아갈까도 생각해 봤다.

그 처녀의 아버지가 동리 입구에서 오토바이에서 내리는 여자를 먼발치에서 보았다.

딸 같다. 자세히 보니 딸이 맞다. 딸이 집으로 들어가자 뒤듯이 집으로 들어갔다.

아버지의 불호령이 처녀의 귀청을 때리기 시작했다.

"다 큰 처녀가 어떤 깡패 같은 자식 오토바이 뒤에 타고 다니느냐고? 너 언제부터 그랬어?"

"깡패 아니예 유."

"그럼 양재학원 다니면서 몰래 연애를 했다는 거여?"

"그것두 아니예 유."

"그것두 아님. 어째서 깡패 같은 놈 오토바이를 타고 집까지 오느나구. 동네 망신 다 당하게 생겼다."

"망신은 유. 아무 일도 없었구 유. 오늘 처음 오토바이를 탄 거였어유."

"그걸 어떻게 믿어. 너 앞으로 청주 시내로 나갈 생각은 하지도 말어. 양재학원도 그만두고."

"그래두 학원은 가야 되는데 유. 배우는 중이라 중단하면 안 돼 유."

"안 돼, 그만두라면 그만 둬."

소리를 버럭 지르시며 화를 내신다. 얼굴까지 벌겋게 달아오르며 큰 소리를 지르는 그런 아버지의 무서운 얼굴을 본 것은 처음이다.

"진짜 아무 일두 없었어 유."

"아무 일두 없다는 게 남자 허리를 끌어안고 오토바이 뒤를 타고 다닌 거냐?"

아버지에게 한바탕 혼을 나고서 앉아 있는 그녀의 귀에서는 오토바이 소리가 앵앵댔다. 아무 일도 없었다고 항변은 했다. 그 남자를 끌어안고 젖가슴을 비빈 생각이 나 얼굴이 달아올랐다. 그게 항변의 양심이었나 보다.

한 시간 이상을 닦달을 당하니 차라리 그 남자가 있다면 그와 나가고만 싶다. 깍듯이 예의를 지키는 그 남자와 만약 중매로 만났다면 허락을 했을 것 같기도 하다. 집에서 꼼짝도 말라시니 어쩔 도리가 없다. 집안에 갇혀 있으니 숨이 막히는 것만 같다.

내내 속을 끓이며 삼 일을 보냈다. 그 남자가 저녁때는 버스 정류장에서 기다렸을 것만 같다.

그런데 그 남자가 4일 만에 오토바이를 타고 대문 밖에서 앵앵댄다.

깜짝 놀랐다. 그는 오토바이를 타고 앉아서 "앵" "앵" "앵" 하더니 클랙슨을 두 번을 "빵" "빵" 울린다. 생각지도 않은 일이다. 아버지와 어머니는 마지막 늦가을 걷이에 머슴들과 집을 비우신 참이다. 조금 있으면 오실 것만 같다. 집에서 갇혀 있었는데 내심 반갑기도 하다. 얼른 마당으로 나갔다.

"지금 여기 있다가 아버지한테 보이면 큰일이 나유. 얼른 가세 유."

"저 유. 아주 혼날 각오하고 왔시 유. 이틀을 시내버스 정류장에서 오래 기다렸었시 유."

그 남자를 쳐다보니 가라고 해서 갈 사람이 아녀 보인다. 할 수 없이 보내기 위해

"그러면 동구 밖까지만 잠깐 같이 가 드릴께 유. 여기서 얼른 나가 유."

"그럼 뒤에 타세 유."

그녀는 그 남자의 오토바이를 타 보았기에 믿고서 남자를 보내기 위하여 오토바이 뒤에 집에서 입던 치맛바람으로 두 다리를 붙이고 옆으로 올라타고 욕쟁이를 끌어 앉았다. 이제는 됐다, 싶은 욕쟁이는 그녀를 뒤에 태우고는 큰길 가덕쪽으로 기분 좋게 쌩쌩 달렸다. 가덕 시내버스 정류장 가까이 왔다. 그녀는 떨어질까 봐 욕쟁이 허리를 더욱 끌어안고

"이제 그만 가유. 여기서 그냥 가세 유."

"뭐라구 유? 안 들려 유."

천천히 커브를 도는데 그녀가 "아악" 소리를 지른다. 급브레이크를 밟는 중에 큰일이 벌어진 것이다. 그녀의 치마가 오토바이 뒷바퀴 살에 감기였다. 빨리 달릴 때는 치마가 휘날려서 괜찮았나보다! 커브를 돌려고 천천히 가자, 날리던 치마가 뒷바퀴 살에 감긴 것이다. 바퀴가 몇 바퀴를 돌았는지 급히 내려 보니 그 처녀의 빤스가 다 보인다. 그녀는 오토바이가 치마를 붙들고 있는 옆에서 얼굴이 사색이 됐다.

쭉쭉 늘어나는 나일론 치마이기에 다행이다. 큰 사고가 날 뻔한 일인데 천만다행이었다. 오토바이가 치마를 붙들고 놓아 주질 않는다. 오토바이 바퀴에 감긴 옷을 꺼낼 수가 없다. 오토바이 연장함에서 드라이버와 칼을 꺼냈다. 드라이버로 쑤시고 칼로 그어서 치마를 찢어낼 수밖에 없다. 연장함에 기본으로 가지고 다니던 수건과 칼과 드라이버가 제 몫을 했다. 그리고 몸을 잡아당겨서 내렸다. 얼른 오토비이 함에서 수건을 꺼내서 아랫도리를 감게 하고서는 가죽점퍼 윗도리를 벗어 입으라고 주자, 그녀는 동리 사람 누가 볼까 봐 그 점퍼를 입지 않고 머리에 써서 얼굴을 감추고는 빤스 바람으로 쪼그리고 앉았다. 땅에 쪼그리고 앉아서 칼로 찢어내는 치마를 덜덜 떨면서 쳐다보고 있다. 그녀의 찢겨진 치마는 넝마가 됐다. 그녀도 도로에서의 일이니 별수가 없다. 치마를 찢어내니 그것은 치마가 아니었다. 그 찢어진 치마로 몸을 감싸고는 보니 꼴불견이 바로 그것이었다. 동리 사람이라도 본다면 정말 큰 일이다. 서늘한 늦가을 날씨 때문에 덜덜 떨면서 그녀의 얼굴은 공포와 수치심으로 일그러져 입을 벌려 말할 기운도 없어 보인다.

"죄송해 유. 지가 오토바이를 빨리 회전시키다 그렇게 되었나 봐 유. 시내에 가서 빨리 옷을 사 올 테니 저기 가까운 모텔에 가서 잠깐만 있으시면 안 될까요?"

그녀는 할 수 없다는 듯 말없이 고개만 주억거렸다. 그녀는 남자가 잘못했다고는 생각이 안 들었다.

오토바이를 치마를 입고 탄 자신의 잘못이라고 생각했다.

욕쟁이는 그녀의 허락이 떨어지자, 그녀를 우선 가까이 보이는 대로변 옆 모텔 앞까지 데리고 갔다. 모텔에서 열쇠를 받아들고 문을 열고 서 있자. 멈칫거리든 그녀가 별수가 없는지 방으로 들어간다. 욕쟁이는 일부러 그렇게 한 것이 아니니 오히려 잘됐다 싶다. 욕쟁이는 그녀 등 뒤에서 실사래 웃음을 웃고는

"모텔은 안에서 잠그고 있으면 누구도 열 수 없으니 안심하세 유. 밖에서 많이 추우셨지 유. 미안해 유."

두 사람은 모텔 방으로 들어갔다.

"청주 가서 옷을 사서 오려면 아무래도 한 시간 이상은 걸릴 것 같어 유."

……….

"우선 따뜻한 물에 들어가 추위를 녹이세 유."

……. '어쩔 도리가 없다. 다 찢겨진 치마를 걸치고 집으로 가봤자 좋은 소리 들을 리가 없다. 욕쟁이는 예의를 착실히도 잘 지키는 남자만 같다.'

그는 욕실에 물을 가득 채워 놓고는 밖으로 나가며

"걱정하지 마세 유. 빨리 갔다 올 테니까 유."

그리고 욕쟁이는 문 잠그고 여는 법을 알려주고는 밖으로 나갔다.

훈훈한 방에서 조금 있으니 기가 질려 하얗던 얼굴이 따뜻한 여관방에 와서 그런지 집에 걱정 때문인지 그녀는 얼굴이 화끈거린다. 거울을 보니 얼굴이 홍조를 띠고 있다.

욕쟁이는 신이 났다. 뭔가 일이 잘 풀릴 것만 같다. 은행에서 돈을 찾아서는 시내로 옷을 구하러 갔다. 막상 시내로 가서 옷을 파는 상점엘

가보니 어떤 것을 사야 그녀의 마음에 들을지 감이 안 온다. 이곳저곳을 다니다 보니 시간이 꽤 걸렸다. 비싸면 되겠지 하고 값비싼 치마와 윗옷을 두 개씩을 샀다.

그녀는 불안하기도 하고 집 걱정도 났지만 엎드러진 물이다. 손만 잡아도 결혼을 허락한 거나 마찬가지인데. 외간 남자에게 빤쓰까지 다 보여 줬으니 창피하기도 하다. 한 시간 정도 걸린댔으니 맘 놓고 목욕을 해도 된다. 그러나 불안하기는 하다. 문을 안에서 걸어 잠갔다. 얼른 씻고 나오려고 욕탕엘 들어가서 앉아 있으니 물이 따뜻하고 좋다. 가끔 가는 목욕탕보다 혼자 맘대로 씻으니 알몸을 보는 사람도 없어 좋다. 비누 거품을 한껏 만들어 몸을 깨끗이 씻기 시작했다. 비누가 몸에 닿자 허벅지가 조금 쓰리다. 그래서 알몸을 목욕탕 거울 앞에서 들여다보았다. 치마가 찢기면서 허벅다리에 쓸린 자국이 선명하다. 그렇게 자기의 알몸을 거울 앞에 드러내 놓고 본 적도 처음이다. 추위가 달아났다. 이제 집에 언제 갈지도 모르니 걱정이 가슴을 졸인다. 미원 식당에서도 예의를 지키는 것을 보니 욕쟁이가 나쁜 사람은 아녀 보였다. 목욕은 했겠다. 그가 오면 문을 열쇠로 열고 들어오겠지 하고 안에서 걸은 걸고리를 풀어 놓았다. 다 찢어진 치마는 쓰레기통에 버리고 팬티 차림으로 침대에 누웠다. 공포와 추위에 떨다가 더운 방에서 목욕하고 침대에 누우니 나쁘지는 않다. 남자의 등을 껴안고 젖가슴을 한참을 비벼 댔으니 흥분이 살살 일기도 했었다. 지금쯤 집에는 어머니와 아버지가 일을 끝내고 오셨을 듯도 한데 걱정이 태산이다. 욕쟁이를 기다려도 오지를 않는다. 나가려도 옷이 없어 빤스 바람으로 나갈 수도 없다. 걱정이 홍수처럼 가슴으로 밀려온다. 할 수 없이 침대에 이불을 덮고 누워서 눈을 감고 기다렸다.

욕쟁이가 한 시간 이상을 돌아다니다가 모텔 방문을 열고 들어가 보니 그녀는 잠이 들어있는 것 같다. 눈을 감고 누워있다. 조금 기다려도 잠이 들은 것만 같다.

'응? 문을 따고 들어오는 소리가 분명 들렸을 텐데! 이건 이불속으로 들어오라는 신호 아닌가!'

욕쟁이는 얼굴에 미소를 띠고는 고양이가 됐다. 고양이가 쥐를 잡을 때처럼 소리 안 나게 옷을 살살 벗고 침대 이불을 살며시 들고 침대로 올라갔다. 그러자, 그녀는 벌떡 일어나더니 침대 밑으로 욕쟁이를 냅다 떠다밀었다. 순식간이었다. 잠들은 게 아니었다. 갑자기 당하기도 했지만, 그 떠미는 힘이 얼마나 센지 그냥 알몸으로 바닥으로 굴러떨어졌다. 얼른 벗은 옷을 집어 몸을 가리고는 침대 밑에 꿇어앉았다.

"예의를 지키시기에 따라나섰는데 이런 사람일 줄은 몰랐어 유. 내 옆에 올 생각은 꿈도 꾸지 마 유. 옷이나 주고 택시비나 주세 유."

"한번 보고는 저는 아주 정신이 나갔어 유. 정말 보구 싶어 잠두 잘 안 왔어 유. 진짜여 유. 정말루 좋아해 유. 난 이제껏 여자란 사귀어 본 적이 한 번도 없어 유. 진짜루 저와 결혼 해줘 유."

남자는 홀딱 벗은 채로 무릎을 꿇고 침대 아래에서 프러포즈를 했다. 여자는 침대 위에서 윗도리와 빤스만 입고 이불로 몸을 가리고는 프러포즈를 받은 꼴이 됐다.

홀딱 벗고 하는 욕쟁이의 프러포즈와 그것을 듣고 있는 빤쓰 바람의 처녀. 그것은 기네스북 감이었다. 그들은 그걸 아는지 모르는지….

그렇게 말을 한번 해놓고는 서로 먼저 말을 할 수가 없었다. 한참을 그렇게 앉아 있다가는 얼굴이 상기가 된 그녀가 입을 열었다.

"저 하구 사귀려면 시간을 두고 몇 번을 만나야 하는 거 아닌가 유?"

욕쟁이는 신바람이 났다. 경칩 개구리 입 떨어졌다. 입이 함박 만하게 커졌다.

"그럼 유, 내일부터 자주 만나기로 약속을 해줘 유."

무언가를 결심한 듯 그녀의 입에서 욕쟁이가 정신이 확 나는 이야기가 새어 나왔다.

"지가 만나기로 약속을 하면 다른 여자와는 절대 안 만난다고 약속할 수 있어 유?"

그것은 여자가 마음이 든다는 이야기가 아닌가!

"그래 유. 꼭 약속 하깨 유. 평생 다른 여자는 절대 안 만날깨 유. 진짜 유."

그렇게 말을 하고도 두 사람은 입을 닫은 채 우스꽝스럽게 침대 아래위에서 그렇게 앉아 있었다. 욕쟁이는 남자들에게는 욕두 잘 해쟀졌는데 여자에게는 욕은커녕 말도 잘 안 나온다.

그녀도 말이 없이 가만히 앉아 있다.

욕쟁이 머리에 번개가 쳤다.

"응?" '그럼 결혼을 허락하겠다는 거 아녀?'

에라, 모르겠다. 하고는 벌떡 일어나 침대 위로 올라가 거의 알몸인 그녀를 껴안았다. 그녀는 거센 반항은 하지 않았다. 그녀는 손으로만 뿌리치는 척만 하지 완강히 저항하지는 않았다. 10여 분 이상을 그렇게 하자. 몸을 밀치며,

"안 돼 유." "안 돼 유."

입으로만 그리하던 그녀는 남자를 이기지도 못했지만 큰 저항 없이 욕쟁이의 거시기를 받아들였다.

"안 돼 유."

하던 소리는 도로 꿀꺽 삼켰다. 일이 끝나자.

"나두 몰라 유."

그리고는 욕쟁이의 등을 때리고는 끌어안고 울었다. 큰일은 벌어진 거고, 어떻게 집으로 가야 할지 생각이 안 난다. 아무리 생각해도 그녀는 부모님의 노여움을 받아낼 자신이 없다. 그녀의 몸은 엎질러진 물이었다. 집으로 갈 수가 없었다. 손만 잡아도 결혼을 승낙한 거나 다름

이 없는데 참으로 큰일이다. 남자와 몸을 섞고 보니 그 남자가 다른 사람으로 보였다.

그녀는 평생 다른 여자를 사귀지 않는다는 약속한 것을 지킬 거냐고 다시 한번 다짐을 했다. 그리고는

"이름은 뭐예요?"

"네. 오영남이라고 해요."

"직업은 뭐예 유?"

"저 건축일 오야지예 유."

"오야지가 뭐에 유?"

"집을 지을 때 총괄하는 사람을 말해요. 먹고 사는 것은 걱정 없어요. 일도 많구 유. 그런데 이름이 뭐예 유?"

"한호순이예 유."

"학교를 청주로 다니셨나유?"

"00 여고를 작년에 졸업했어 유. 지금은 양재학원엘 다니고 있어 유."

남동생이 둘 있는데 큰동생은 고등학교 2학년이고 막내는 중학교 3학년이라는 것도 알았다. 동생 둘은 청주 시내 우암동 학교 앞에서 하숙하고 있다는 것도 알았다. 시골에서 잘사는 집의 딸이 분명했다.

욕쟁이는 새벽에 일어나서 화장실에 가서 보니 어찌 손에 뭐가 묻는다. 자세히 보니 선홍색의 피였다. 욕쟁이는 그게 무슨 뜻인지를 알았다. 그녀를 일어 내키고 침대에 깔아놓은 침대보를 보고는 깜짝 놀랐다. 침대보를 버려 놨으니 모텔 주인에게 걸리면 큰일이 날 것만 같다. 빨리 나가자며 밖으로 나와서는 도둑놈 도망치듯 오토바이를 타고 청주 시내로 향했다. 그녀는 얼굴을 세워 들지도 못하고 울어서 통통 부은 얼굴을 수그린 채 말도 고분고분 들었다. 시내 모텔로 데려갔다. 그리고 식당에서 밥을 사 먹으며 한 달을 지냈다. 살림을 시작한 거나 마

찬가지였다. 욕쟁이는 삶에 활기를 찾았다. 세상이 달리 보였다. 호순씨에게 평생을 잘해주겠다고 재삼 약속했다.

한계리 집에서는 오토바이 타는 놈이 나타나지도 않고 딸이 없어졌으니 부부는 속만 부글부글 끓지 어쩔 도리가 없었다. 분명 오토바이 타고 다니든 놈이 딸을 데려간 것만 같다. 경찰에 신고하려다가 확실하지도 않으니 그만뒀다. 오히려 소문만 더 퍼질 것 같다. 딸을 너무 다그친 것도 후회가 됐다. 매일 동구 밖을 쳐다보며 딸을 기다렸다.

욕쟁이는 한 달여 만에 한호순씨에게 메이커 정장 옷을 사 입혀 한껏 멋쟁이로 만들고는 같이 결혼을 허락받으려고 한계리 그녀의 부모님 집을 찾아갔다. 집 대문은 소 마차가 벼를 가지러 왔었는지 큰 대문은 열려 있었다.

집 대문을 들어온 오토바이가 앵앵거리며 굉음을 내자 그녀의 부모님이 문을 박차고 뻥튀기 튀어나오듯 튀어 나왔다. 욕쟁이는 오토바이에서 얼른 내려서 맨땅에 무릎을 꿇었다.

오토바이 건달보다는 한 달 만에 들어온 딸을 쳐다보는 호순씨 아버지의 눈은 불이 붙은 듯 화염이 쏟아져 나왔다.

딸을 쳐다보는 눈초리가 매서웠다. 딸에게 배신감을 느낀 얼굴은 일그러지고 당장이라도 몽둥이찜질을 할 모양으로 몽둥이가 어디 없나 이곳저곳을 쳐다본다. 대빗자루가 손에 들렸다. 그 빗자루는 개구리가 어디로 튈지 모르듯 누구를 향할지는 모른다.

욕쟁이는

"나는 이 자리에서 맞아 죽어도 효순씨를 포기 못 한다."

입술을 꽉 깨물고 고개를 숙였다. 효순씨 아버지의 얼굴을 쳐다볼 수가 없다. 효순씨를 진정 사랑해서일까? 정말 장가가기 위하여 나는 난폭자가 되었든 걸까? 가슴이 발발 떨려 온다. 호순씨는 뒤따라 나온 엄마 팔을 두 손으로 붙들고는 뒤로 숨었다. 얼굴만 조금 내밀고 아버지의 행동을 보고 있었다.

욕쟁이는 어디서 그런 용기가 났는지 아주 대담하게 말을 했다.

“잘못했습니다. 그러나 호순씨 하고 죽을 때까지 살겠습니다. 호순씨도 저와 살기로 약속했습니다.”

“뭐야. 이놈아? 어디서 약속을 해?”

벼락 치는 소리보다도 더 커서 정신이 없다. 욕쟁이는 얼떨결에 대답한다는 게

“여관에서 유.”

불난 집에 부채질한 꼴이 됐다.

“뭐야? 아이고 이놈을 그냥.”

하고는 뿔난 황소처럼 콧바람을 푸우욱 푸우욱 쏟아낸다. 한참을 째려보고 서 계셨다.

어머니를 뒤에서 붙든 효순은 아버지의 무섭도록 빨개진 얼굴을 보며 살이 발발 떨려 오기 시작했다.

결혼을 허락받는 것은 두 번째 일이고 이 시간을 잘 넘어갔으면 좋겠다고 생각하며 맨땅에 무릎을 꿇고 있는 영남씨가 불쌍해 보인다. 하룻저녁에 만리장성을 쌓는다더니 참으로 남녀 관계란 부모를 배신할 만큼 한 번의 관계가 중요한 건가? 그게 사랑일까? 사람은 동물에 지나지 않는 걸까? 안타까운 마음이 하늘만 해졌다. 입을 꼭 닫고 있으니 숨이 콧속에서 나올락 말락 하며 1초가 너무 길다. 긴장은 시간 속을 들어갔다 나왔다 했다.

아버지의 닦달이 언제 끝날지 모른다. 얼른 이 자리가 끝났으면 좋겠다.

효순은 “잘못했어요”라는 말이 입에서만 뱅뱅 돌지 나오지 않았다.

아버지는 어찌할 수가 없는지 빗자루를 내 던지고는

“에이 썅것들”

하시고는 가슴을 주먹으로 탁탁 치고는 찬바람을 일으키며 휑하고 밖으로 나가셨다.

욕쟁이는 어른의 말씀을 침과 함께 꾹 삼켰다. 가슴속에서는 제발 호순씨와 살게만 해주세요. 눈으로만 말을 했다. 맨바닥에 무릎을 꿇고 있으니 작은 돌이 문제다. 정말 돌이 무릎을 뚫고 살로 들어오는 것만 같다. 얼른 일어나고만 싶지만, 결혼 허락을 받기 위해서는 참아야 한다. 무릎이 저려 온다.

호순씨 아버지가 밖으로 나가시자 살판이 난 줄 알았는데, 어머니는 딸을 쳐다보고는 딸의 등판을 손바닥으로 한 대 쳤다.

"어찌 그렇게 경솔한 겨."

딸을 방으로 데려가더니 다그치는 소리가 마당까지 들린다.

한 달이나 집안을 쑥밭으로 만들어 놓은 딸 도둑놈의 얼굴을 보기가 좋을 리는 없다.

딸이 연애해서 사귄 사람은 분명히 아닌가 싶은데 어떻게 된 것인지 궁금하기도 했다. 딸이 입은 옷부터 달라졌으니 뭔가가 있는 것은 틀림없다. 딸에 등을 한 번 더 치고는

"이것아 가만히 있으면 좋은 혼처가 여러 곳에서 들어올 텐데 워째서 그렇게 달뜬 행동을 했냐구."

....

호순씨 어머니도 기가 막혔다. 딸을 구슬릴 일은 이미 늦었다는 것을 눈치챈 어머니는 딸의 등을 한 대 더 때렸다.

"어쩔 겨?"

....

"처녀가 애를 배도 할 말은 있다던데, 입은 봉한 겨?"

....

"집에 꼼짝 말고 있어."

말은 그리하지만 이미 딸은 남자와 한 달이나 생활하고 온 게 아닌가?

"어떻게 할겨?"

"엄마 조금 시간만 주면 안 될까 유?"

"시간이 되돌아 온다더냐."

"그럼 어떻게 해 유."

"네가 저질은 일이니 네가 책임져야지?"

'그럼 영남씨와 살라는 말씀이 아니신가?'

"그럼 제가 책임질 게 유."

"이것아 어떻게 책임을 진다는 겨"

"그냥 그 사람과 살면 되는 거 아녀 유?"

"아이고 미치겠네. 혼인하기 전에 동거는 절대 안 된다."

그렇게도 고분고분 말을 잘 듣던 딸이 마음이 변한 게 틀림없다. 한 달이나 남자와 같이 살고 온 딸자식을 호순씨 어머니도 어찌할 수가 없다.

딸이 같이 산다는데 더 이상 버텨 받자일 것만 같다. 마당에서 무릎을 꿇고 있는 욕쟁이를 방으로 불러들였다. 욕쟁이는 살판이 났다. 무릎이 너무 아프고 다리도 저려서 참기가 너무 힘들었다. 벌떡 일어나 방으로 들어가서는 또 무릎을 꿇고 앉았다. 맨땅에서 무릎을 꿇었을 때는 눈물이 찔끔 나와도 참았는데 방바닥은 그래도 견딜만하다. 앉혀 놓고는 집안 사정을 몇 마디 물어봤다. 그리고는

"허락한 건 아녀. 집안 어른이 허락해야 하는 겨. 그만 가봐."

"네."

아주 큰 소리로 대답을 하고는 호순씨를 쳐다보았다. 호순씨의 눈망울에는 눈물이 고였다. 그렇게 됐어도 잘하면 결혼 허락을 받을 것만 같다.

욕쟁이는 장차 처갓집이 될 집에 하루가 멀다고 꿀벌 드나들 듯 선물 공세를 하며 점수를 땄다. 그래도 장차 장인이 되실 분은 호순씨를 외출까지 금지하고 한 달 이상을 욕쟁이를 쳐다보지도 않았다. 어떻게 해야 장인어른의 마음을 돌릴까를 생각 끝에 무릎을 '탁' 쳤다. 정화조를 마당에 묻고 시내 부잣집에서나 사용하는 양변기를 안방 옆에 놓아 드렸다. 그리고 낡은 담도 헐어 다시 만들고 녹슨 대문도 스테인리스 대문으로 갈아 드렸다. 장차의 장인어른은 동면을 한 곰처럼 입도 안 벌리셨다. 6개월 만에 드디어 장인이 욕쟁이를 방으로 불러들였다.

"자네 정말 우리 호순이를 평생 잘해주며 같이 살 수 있는가?"

"네. 정말 그렇게 할게 유."

"혼인한다면 살 집은 어찌할 건가?"

"우선은 부모님이 계신 집에서 살다가 살림을 나겠습니다."

"그 살림을 나려는 기간이 얼마냐고?"

"2년 안에 저의 집을 장만하겠습니다."

"어떻게 하여, 무슨 돈으로 집을 짓는단 말인가?"

욕쟁이도 어떻게 해야 잘 살 수가 있을까? 하나 뾰족한 수는 없었다. 그저 한 푼 한 푼 모으는 수밖에 없었다. 오야지를 하며 6년여 동안 모은 돈이 80만원이 되었다. 아버지에 20만원의 도움을 약속받았다. 100만원은 은행 융자를 받으면 된다. 그렇게 하여 집 장사를 시작할까 생각했다.

개발지역의 땅값은 일반 토지보다도 배는 비쌌다. 그래도 판매를 하려면 개발지역만 다니는 업자들을 보았기에 가격이 높아도 수곡동 토지를 50평을 계약을 했다.

개발지역의 땅값이 높은 이유는 수도라든가 도로가 잘 정비돼 있고 전기까지도 다 해결되니 일을 하는데 훨씬 수월한 걸 알기 때문에 업자들은 그런 땅을 선호하고 매수하려는 사람들도 편의 시설 학교 등이 장차 들어올 테니 장래를 보고 그런 곳에 집을 짓는다.

"제가 건축 일을 하니 모든 재료는 도매로 살 수 있구요. 제가 건축을 하면서 6년을 저축한 것이 80만원이 있었습니다. 아버지가 20만원을 보태 주신다고 했습니다. 청주 제2지구 개발지역인 수곡동에 땅 50평을 계약하면 100만원은 은행에서 융자를 해준다고 했습니다. 그래서 그 땅을 200만원에 계약을 해놓은 택지가 하나 있습니다. 아직은 그 일대가 정리가 다 안 된 곳이지만 계약한 곳은 바로 집을 지을 수가 있습니다. 그곳에 집을 지어 2년 안에 분가하겠습니다."

"자네 말을 믿어도 되나?"

"네, 걱정하지 마세요. 제가 살 집을 짓는다면 저와 함께 일하는 사람들이 많은 도움을 줄 것입니다."

"자네가 계약했다는 그 토지 문서를 가지고 와 봐."

"호순씨 아버지는 부자답게 철저하고 빈틈없이 욕쟁이를 검사했다."

그렇게 하여 욕쟁이는 장가를 갔다. 부모라 해도 자식을 이길 수는 없다. 한계리 그 동네 사람들은 지금도 욕쟁이를 보면 처녀 도둑놈이라고도 부른다. 그녀의 집은 전답이 많은 시골 부자였다. 그녀의 집에는 머슴도 두 사람이나 있었다. 욕쟁이에게 호박이 넝쿨째 들어온 것이다. 욕쟁이와 그녀는 삼 남매를 낳았다. 그녀는 양장점을 운영하다가 맞춤옷을 사려는 사람이 많지 않자 지금은 준 메이커 옷 장사를 하고 있다. 욕쟁이는 목수에서 건축업자로 탈바꿈을 했다. 집 장사를 시작했다. 처갓집 덕분이었다. 욕쟁이는 많은 돈을 벌자 한계리 시골집을 신식 집으로 지어 드렸다.

맹물이가 집을 지어 달라고 하자. 그는 초등동창을 잊지 않고 성심을 다하여 좋은 재료를 써서 맹물이가 만족하도록 집을 잘 지어 줬다. 맹물이네 집에 대들보를 얹던 상량식 날엔 돼지머리도 사다가 고사도 지내주며 축하를 해줬다. 지난날 초등학교 시절의 이야기꽃을 피우며 제대로 한 잔을 했다.

욕쟁이 프러포즈 이야기는 가끔 만나던 초등동창들에게 이야기하였기에 여러 명의 친구가 금세 알았다. 욕쟁이의 프러포즈 이야기를 들은 초등동창들은 동창계에서

"야 이 욕쟁이 놈은 홀딱 벗고 프러포즈를 한 놈여, 기네스북 감여."

하면 전부들 배꼽을 쥐고 웃었다.

친구 결혼식장에서 같이 만난 친구들과 술좌석에서 '18 나한테는 왜 여자가 생기지 않는 거야.' 늘 그런 이야기를 하던 욕쟁이이었다. 친구들이 농담으로

"저기 곰보가 하니 있다는데 소개해 줄까?"

하면

"야. 곰보면 어때 돼지 인물보고 잡아먹니."

했던 욕쟁이를, 약을 올리려고

"인물 없는 돼지도 상관없다더니. 넌 예쁜 돼지하고 살던데?"

그 말을 하면 욕쟁이는 입을 꿰맸다. 욕쟁이가 제일 듣기 싫은 소리였다.

"18 어쨌든 결혼만 하면 됐잖아. 조선 시대에는 보쌈도 했다."

하며 항변을 했다.

동창들 중에 결혼을 못 한 사람은 한 사람도 없다. 짚신도 짝이 있다고 아무리 가난해도 짝이 있게 마련인가 본데 여자들이 쳐다보지도 않던 욕쟁이 결혼 작전은 그렇게 성공했다.

동창계 모임

초등 동창월례회에 모이는 인원은 작게는 삼십 명에서 많게는 사십 명 정도가 모였다. 모임의 회원은 초등동창이면 누구든 들어올 수 있게 문을 열어놓았다.

초등학교 동창 모임은 날짜 15일로 약속돼 있고 장소도 한곳을 정해 놓았기에 공지를 안 해도 특별한 일이 없는 한 거의 다들 온다. 못 온다는 친구는 미리 연락하니까. 모임을 주관하는 회장 총무는 참석 인원을 파악하느라 어려운 것이 없다. 초등학교 동창회가 잘 될 수밖에 없다. 또한, 애경사가 있을 시도 마찬가지였다.

당시 연락은 삐삐가 담당했다. 어른 목침처럼 큰 휴대전화의 가격은 삼백만 원이나 가고 통화료도 비싸니 큰 회사 사장님이나 가지고 있던 때이다. 고위 직장인들의 월급의 10배 정도나 되는 금액이다. 그리고 휴대전화는 도시 부근까지만 통화가 되고 시외로 나가면 통화가 되지 않을 때이다. 1985~90년에는 삐삐가 유행처럼 번져나갔다. 모든 연락은 총무가 삐삐로 연락을 했다. 애경사 시에도 연락만 하면 동창 회원 거의 전원이 참석했다.

미리 와서 앉아 있던 친구들은 식당에 들어오는 친구들을 맞이하느라 일어서서 이 친구 저 친구의 손을 잡고 반가워한다.

친구들이 거의 다 모였다 싶으면 맹물이가 다시 만나서 반갑다는 인사를 하고 자리에 앉았다. 이제는 모인 날도 수년이 흐르고 정말로 만나면 초등학생으로 돌아가 쌍소리도 해대며 초등 때보다도 더 친해졌다. 오늘 모임에서는 보안사에 있다가 육군본부 군무원으로 가서 서기관까지 간 살모사(오영훈)가 제일 먼저 입을 열었다.

"자 한 잔씩들 하자고 다들 자기 앞자리에 술잔들을 채워. 오늘 건배는 체육대학장을 하는 태권이가 한번 해라."

태권이는 초등학교 때부터 태권도를 배웠다. 그는 중학교 3학년 때 태권도 유단자가 되었다. 그리고 00대학교를 나와서는 교수가 되었다가 00대학교 체육 대학장이 되었다.

태권이(정호철)가 일어서서

"또 만나니 기분이 좋다. 자 우리 다 함께 건강하게 살기를 위하여 건배."

"건배."

짝짝 짝짝. 기분 좋게 각자가 좋아하는 막걸리 소주 맥주들을 마셨다.

동식한 무술이(이일섭)는 술은 미시지만, 말없이 그저 친구들을 묵묵히 쳐다보고만 있었다. 무술이는 중학교 때부터 합기도장을 다녔다. 태권이와는 항시 거리감이 있었다. 태권도는 사람이 많이 다니지만, 초창기의 합기도장은 사람이 많지 않았다. 태권이는 승승장구하다가 교수도 하고 체육대학장까지 하니 그와는 너무나 차이가 난다는 것을 느꼈다. 무술이는 합기도 그 끈을 놓지 않고 버티다가 지금은 합기도장을 운영하는 친구이다.

서울에서 온 의사 코쟁이(이철호)가 눈치를 채고 무술이 에게도 잔을 권했다.

무술이는 코쟁이가 따라주는 맥주를 숨도 안 쉬고 한숨에 마셨다. 그러자

"술은 적당히 천천히 마셔야 해. 너무 많이 빨리 먹으면 몸에 안 좋다."

"그래 고맙다. 앞으로는 천천히 마실게."

그러면서도 코쟁이 그는 맥주병을 직접 들고 다니며 술을 권했다. 동석한 친구들이 한마디씩 거들었다. 코쟁이의 병원은 서울이라 서울 동창들과도 잘 어울렸지만 일 년에 총동문회와 정기 총회에는 꼭 왔다. 코쟁이의 의원은 수요일 토. 일요일에는 휴일이기에 월 모임에도 초등동창들이 보고 싶다며 날짜가 휴일이면 자주 왔다.

"술은 조금만 먹어야 한다면서 너는 아주 술병을 차고 다니는구나."

"맞아 의사 행셀 하려고 하는 소리지? 짜식 너나 술 좀 작작 처먹어라. 너 술 많이 마신다는 건 청주 친구들이 다 알아."

하. 하. 하. 하.

"그려 술을 제일 많이 먹는 놈이 지놈이면서 말이야."

각설이가 코쟁이를 보고

"야 너 물건 좀 한번 보자. 딸을 줄 때 사위 코를 보고 준다며."

그는 정말 아주 코가 컸다. 어릴 적 모습이 지금도 똑같다. 그래서 친구들은 너 진짜 물건도 큰가 보자며 농담을 하면 그는 싱긋이 웃기만 했다. 그러더니

"코가 크면 물건도 큰 거라는 것은 틀린 이야기야. 물건이 싱싱해야 좋지. 내 거는 벌써 한물갔다."

"그려? 야 코피는 초등 때 아무에게나 물건을 보여줘서 처음 별명이 ㅈ 대장이었잖아. 네 말이 진짠가 보자."

여럿이 달려들어 코쟁이의 다리를 붙들려 하자, 코쟁이는 술병까지 집어던지고는 친구들의 장난을 벗어났다. 히죽히죽 웃고만 있던 쌍안경이

"그렇게 강제로 보려면 되니? 야 코쟁이 너 포경이지? 그래서 창피하니까 안 보여 주려고 하는 거지?"

"지랄하네! 의사가 포경이겠니?"

"아니면 벗어 보여줘 봐."

"아이고 저것들이 내 잠지 못 봐서 안달이 났나. 나 확실히 포경 아냐."

쌍안경도 코쟁이 잠지 보기 작전은 실패했다.

입에 자물쇠를 채웠던 코피가

"야 친구들 저거 코쟁이 코 크다고 잠지 큰 거 아녀."

코피가 초등학교 때 코피 물건을 본 친구들은 고개를 끄떡였다. 꼭 초등학교 때 아이들만 같다. 대갈장군이 고개를 돌려 친구들을 쳐다보고는

"그 물건은 나이 먹으면 다 시들어서 장정 세 명이 일으켜 세우려 해도 안 돼, 술이나 먹자. 그런데 이게 술이니? 물이지! 술은 폭탄주가 진짜 술이야. 맥주 이깟 것은 많이 마셔 대도 괜찮아."

역시 대갈장군답다. 그는 오랜 군 생활 탓인지 몸 동작은 절도가 있었다.

술에 약한 변또가

"너는 군대에서 그랬는지는 모르나 사회에서 폭탄주는 많이 안 마신다. 그저 막걸리가 최고지."

"나는 막걸리만 먹으면 배탈이 나서 못 먹겠더라."

"그런 사람도 있다고 들었다. 안 먹든 종류의 술을 먹으면 그런 사람도 있나 봐."

술이 올라 얼굴이 벌건 자전거포가

"그래도 술은 적당히 마셔야 해. 내 아는 사람 한 분이 술을 많이 먹고 자전거를 타고 가다가 자동차와 추돌해서 죽었어. 진짜여."

"야 너 그렇게 이야기하면 자전거 하나도 안 팔려 그러면 너는 거지 되는 겨."

"그런가? 참, 그럴 수도 있겠다. 하지만 걸어가는 것보다는 자전거를 타고 가는 게 좋아서 사갈 걸."

자전거는 거의 생활필수품이 되어 자전거 종류도 많고 장사도 잘된다. 그래서 자전거포도 돈을 많이 벌었다.

선생 출신 공부벌레 또한 술꾼이다.

"야 술은 술이 술을 먹는 거야. 술은 취하라고 먹는 거지 쬐끔 먹으려면 아예 입에 대질 말든가."

"하긴 술을 먹기 시작하면 2차 3차까지 가니 술이 술을 먹는 거라고,"

말술도 자신 있다는 목탁이가

"술은 선약이야 마시면 하늘로 올라가서 둥둥 떠서 다니니 그보다 좋은 약이 어디 있겠나? 그래서 술을 보고 약주라고 하는 거야."

"취하면 술이 더 먹고 싶더라고."

사실이다 술은 술을 먹는다더니 취하면 더 먹고 싶은 게 술이다.

여기저기서 술 이야기를 하자 돼지가 끼어들었다.

"선생들은 술고래들이야. 그들은 학교 끝나기가 무섭게 술집으로 달려가지. 내가 많이 봤어. 엄청 많이 먹어 대고 갈지자로 걷는 사람을 보면 대개 선생들이야. 우리 집 식당에도 선생님들이 많이 와. 선생님이 많이 오셔서 식당 영업이 잘된 것도 사실이야."

각설이가 거들었다.

"선생님들은 여럿이 와서 식사하고 술을 마시고는 꼭 분빠이야. 미국식인가 봐."

"월급만 나오니 그렇게 나누어 내는 게 서로 편할지도 몰라."

돼지가 말을 받아

"솔직히 초등선생님들 말이야 자기 월급만 가지고 술 먹느냐고 돈 계산을 할 때면 어떤 선생은 봉투에서 돈을 꺼내더라고, 돈을 봉투에다 넣고 다니는 선생님들 봤어?"

그러자 교장 선생 출신인 은행이가 표정이 좋지 않다. 퉁명스럽게

"야 선생들도 선생 나름이지 몽땅 묶지 마."

교장 출신 공부벌레(유준호)도 끼어들었다.

"솔직히 말해서 학부모들한테 봉투 하나도 안 받았다는 선생은 거짓말쟁이야."

거북이도 끼어들어

"맞아. 선생님들이 봉투 하나 안 받았다는 건 진짜 거짓말이여. 공부벌레 너 확실히 솔직해서 좋다."

두더쥐도 가만히 있지를 못하고

"선생치고 봉투 이야기라면 찜찜한 구석이 없는 사람은 없을 거야. 안 그래? 우리 어머니가 학교를 자주 오셨던 건 봉투야."

내내 입을 다물고 있던 원생이도 나섰다.

"그게 똥구멍으로 호박씨를 깐다는 거여."

하자. 맹물이가 모처럼

"다들 선생님에 대해 말하는 게 틀린 말은 아니야. 봉투에 관한 이야기라면 공직에 높은 사람 또는 정치인들에 비하면 그것은 새 발에 필 거야. 선생님들을 너무 폄훼하지 마."

맹물이가 구원 투수만 같다. 선생 출신들은 그의 입술을 쳐다보고는 다행이라 생각하며 속으로 미소를 지었다.

대갈장군이 술잔을 들고는

"야 그런 얘기는 그만하고 앞에 있는 술잔을 들어 그리고 원샷. 술 안 먹고 떠들기만 하는 애들하고 놀면 재미가 없어, 선생은 사람이 아닌가? 선생도 술에 취해야 사는 맛이 나는 겨. 자 앞에 있는 술잔을 들어 한 잔씩 더 해."

그들의 말을 듣고 있던 욕쟁이가

"술은 취하라고 먹는 거니까 좋지. 그러나 선생이나 군인 그놈들이 제일 재수 없는 놈들이야. 맨날 아이들과 있는 선생은 혓바닥이 굳었나.

반말 짓거리이고 지가 무슨 대통령이나 된 줄 알고 까불지. 하긴 아이들한테는 대통령이지. 군인 생활 오래 한 사람도 보면 그도 경어를 쓸 줄 몰라. 맨날 졸병하고만 상대하니 뭐 배운 게 있겠어? 욕이나 해댔기고 군홧발로 걷어차고 하는 그런 짓이나 했으니 제 버릇 개 줄까?"

"야 그런 소리를 쟤들 있는 데서 하면 되니? 그렇게 안 사는 사람도 있잖아."

"염병을 떠네. 저 친구들이 뭔데. 동창 아냐? 그러면 솔직히도 말하면 안 되나? 선생 똥은 개도 안 먹는다고 했어 왜? 속담도 틀려? 야 18 말이야 그런대로 살다가 뒈지면 썩는 거야, 지랄 덜 마 초등친구 만나서 반갑고 좋지. 그러나 고기는 씹어야 맛이 난다고."

"욕쟁이 너 술 취했구나, 말은 좀 조심해야 하는 거 아녀?"

"ㅈ들을 까내. 이제 되질 날도 멀지 않았고 되진 동창도 많은데 뭘 가려 가리기는."

그 말을 듣는 군인 출신 대갈장군과 살모사 또 교장 출신 선생들은 미소는 띠지만 얼굴이 좋은 표정이 아니다.

욕쟁이가 약을 올려놓고는 누런 금이빨을 내보이며 "약 올랐지" 하는 표정으로 따라놓은 술을 들고는 홀짝 마셨다. 모인 동창들이 생각해보니 욕쟁이 그에 말이 맞는 말 같기도 하다.

다들 수준 높은 평을 듣기는 고사하고 욕쟁이한테 욕이나 한 바가지 얻어먹지 않으면 다행이다, 생각하며 앞에 따라놓은 술잔을 들고 홀짝들 마셨다.

봉투 이야기 때문인지 은행이는 헛기침을 토해냈다. 그리고는 마시던 막걸리를 치우고 소주를 잔에다 가득 부었다. 어설픈 미소가 그에 입을 일그러지게 했다. 홧김에 서방질한다고 약이 오르니 그냥 술을 벌컥벌컥 마셔댔다. 알만도 하다.

욕쟁이가 던진 말. 그것은 은행이의 덜 굳은 상처의 딱지를 건드린 것이다.

참 입담치고는 지독하지만 틀린 말은 아닌 것 같다. 욕쟁이 말을 가로채 분위기를 바꾸려고 찌기미가 나섰다.

“변또, 너 말이야 초등 때 네 밥을 내가 훔쳐 먹었는데 지금 배상해 달라고 할 생각은 없냐? 배상하라면 아주 이자까지 듬뿍 얹져서 줄게.”

변또 부모는 변또가 고등학교를 졸업하자 서울로 보냈다. 친척이 서울 남대문 시장에서 옷 장사를 하는데 돈을 잘 벌자 아예 변또를 취업을 시키지 않고 그 친척에게 부탁했다. 그곳에서 장사를 배웠다. 변또는 옷감장사(포목점)를 하기로 굳히자. 변또 아버지는 점포 하나를 임대해 주었다. 그렇게 포목점을 하면서 많은 돈을 모은 친구이다. 부산도 들락거리며 무역에도 손을 댔다. 중국에서 오는 비단(실크)도 가격이 저렴했지만 인도에서 배로 오는 비단은 가격이 더 저렴했다. 그렇게 열심히 살은 덕으로 지금은 남대문 시장에 건물을 가진 사장님으로 변신했다. 돈이 많이 벌리자 그는 국제봉사단체에 가입하고 회장도 했다.

시장번영회 회장도 했다. 변또는 서울에 초등동창 모임에 회장이다. 그래도 청주 친구들이 보고 싶어서 모임에는 자주 온다.

“야 찌기미 너 정말 성공했다더니 진짜인가 보네? 맹물이가 좀 도와줬다며? 암만 그래도 내 변또 그것 몇 개를 가지고 45년 정도의 이자를 따지면 넌 거지가 될 텐데?”

전부들 그 당시 변또를 훔쳐 먹고서 나는 한 숟갈밖에 안 먹었다고 변명하던 생각이 난 친구는 그 시절을 떠올렸다.

“한 번 따져보자 언제 시간 나면 말야”

찌기미가

“야 진짜 변또의 도시락은 진짜 최고였어. 보기만 해도 군침이 났으니까.”

(찌게미는 양조장에서 술을 거르고 남은 찌꺼기를 말한다. 양조장은

술을 거르고 남은 찌꺼기는 누구든지 와서 좀 달라고 하면 무료로 나눠 주었다. 그가 찌기미가 된 것은 찌게미를 먹고 학교에 온 이력 때문에 붙은 별명이다. 당시에는 배고픈 아이들도 양조장에 가면 찌게미를 무료로 주었다. 가난한 사람들은 그냥 주니 그것을 돼지에게 주거나 집에 가지고 가서 사카린과 함께 물에 타서 마셨다. 그러면 그것을 먹은 사람도 술에 취하지만 돼지도 그것을 먹으면 술에 취해 눈알이 벌겋게 되어서 꽥꽥대다가 쓰러지기도 했다.)

마빡이가 화제를 돌려 재미있게 하려고

"야 오늘 자리도 좋고 하니 우리 저 각설이에게 타령 한번 하자고 하면 어떠니."

하자.

전부들 손뼉을 치며 환호했다.

키가 큰 각설이(유경일)가 자리에서 벌떡 일어나

"하라면 해야지 내가 빠지면 술판이 재미없어."

전부들 손뼉을 치며 얼른 각설이 타령을 하라며 각설이의 얼굴을 쳐다봤다.

각설이는 40~50명이 한군데 모일 수는 없는 현재는 작은 식당을 한다. 그러나 그도 많은 돈을 벌어 대형식당을 할 참이다.

초등학교에서 소풍을 갔을 때 장기자랑 시간이 있었다. 그때 그는 곱사춤에 각설이 타령을 아주 재미있게 해서 다른 반 학생들까지도 배꼽을 빼게 웃겨서 인기를 끌었던 친구이다. 수십 년이 지났는데도 역시 그는 각설이 타령을 잊지 않고 정말 잘한다.

기별 운동회 운동장에서 마이크를 든 그는 곱사춤 또 각설이 타령으로 운동장 사람들이 배꼽을 쥐고 웃게 했다. 완전 코미디언이 따로 없을 정도였다.

각설이가 일어났다. 그는 일어나자마자, 윗옷을 뒤집어 입고 한쪽 다리 바지를 걷어 올리고, 식당에 있는 방석을 등허리 옷 속에 넣고는 곱사춤부터 시작하는데 전부들 그에 타령이 듣고도 싶다. 그는 아주 각설이 달인같이 목소리도 변성을 해 부르는 타령이 아주 재미있다.

그는 재미있게 하려고 가사를 제멋대로 바꾸어서 부른다.

"어얼 씨구씨구 들어간다. 저얼 씨구씨구 들어간다.
며칠 전에 왔던 각설이가 뒈지지도 않고 또 왔네."

각설이 타령이 시작되자 술이 얼큰해진 친구들 전부 일어서서 엉덩이를 흔들어대며 합세했다. 기분이 별로 좋지 않았던 무술이도 흥에 겨웠는지 일어나서 꼬꼬 닭 춤을 췄다. 양손을 닭 주둥이처럼 내밀고 머리를 끄덕끄덕하며 닭의 흉내를 내며 춤을 추니 그것 또한 색다른 볼거리 춤이었다. 그저 웃음꽃이 활짝들 피었다.

"핵교 선생이 아버지이지만,
난 요 모양 요 꼴이 됐네.
돈 주는 양반은 천당 가고
돈 안 주는 양반은 지옥 간다네.
얼씨구 씨구 들어간다. 절 씨구씨구 들어간다.
막걸리통이나 먹었는지 목소리 한번 좋구나.
기름통이나 먹었는지 미끈미끈 잘한다.
시전 서전을 읽었는지 유식하게도 잘한다.
앉은 고리는 동고리.
선 고리는 문고리.
뛰는 고리는 개고리.
다는 고리는 귀고리

일류포수가 다 모여도
늑대 한 마리 못 잡고
뒷걸음치던 장님이
늑대를 잡았다네.
키 쿠구 늙은 중놈
아랫목에 똥 싸놓고
웃목으로 올라간다.
여기 모인 동창 친구
똥 쌀 때까지 살지 말고
건강하게 살다가소.
한 푼 줍쇼.
………
………
………
하. 하. 하. 하."

전남 무안은 각설이 타령의 본고장이며 품바의 고장이기도 하다. 각설이(유경일)의 아버지는 집에서 엿을 만들어 시장을 다니며 엿을 파는 엿장수였다. 그는 각설이의 본고장 무안엘 가서 각설이 타령을 배워서 왔다. 엿장수로서는 청주에서는 최초로 무안에 가서 각설이 타령을 배워서 온 분이다. 그리고 엿을 팔러 다니며 그 노래를 부르며 시내를 다니니 그분을 모르면 청주 사람이 아니라고 할 만큼 유명인이었다. 각설이 타령이라는 품바는 원래 거지들이 동냥하기 위해 부른 노래이지만, 사실 그 각설이 타령은 명시(名詩)였다. 먹고 사는 게 조금 나아지며 거지들이 많이 없어지자 엿장수들이 가위를 치며 흥을 돋우기 위하여 많이 부른 노래이다. 각설 이는 아버지의 각설이 타령을 어렸을 때부터 많이 접해 보아 그 타령을 잘하는 것이다.

진짜 각설이가 울고 갈 것 같다며 전부들 배꼽을 쥐고 실컷들 웃었다.

"야 각설이 너네 식당 치우고 각설이 하면 더 좋을 것 같다. 그러면 너도 신나고 다른 사람도 즐겁게 해주니 얼마나 좋은 직업이냐."

"각설이는 내가 좋아서 하는 것이지만 직업으로 하기는 싫다. 아버지는 각설이 타령을 하며 우리를 길렀지만 연일 마셔 대는 술 때문에 돈을 모으지는 못하시고 연일 쪼들리셨다."

각설이 타령은 분위기를 180도로 돌려놓았다.

"다들 일어나서 옛날 트위스트 춤을 한번 춰보자고."

트위스트 오디오를 크게 틀었다. 거기에 괴상한 몸짓의 살모사가 어울려 흥을 돋우고 땡기도 트위스트 춤을 제법 잘 추었다. 엉거주춤 춤은 공부벌레가 추고 찔찔이도 다리 절뚝 병신 모양을 하며 트위스트 춤을 추는데 친구들을 웃기는네 한몫을 했다.

마빡이는 언제 춤을 배웠는지는 모르지만 아무나 붙들고 돌아 붙인다. 춤을 못 배운 친구는 그저 마빡이한테 끌려만 다녔다. 땡기 빽을 믿고 술타령을 맘껏 하다가 감옥도 갔다 온 마빡이다. 술을 자주 하다가 사고를 친 마빡이는 이제는 운전대를 놓았다. 살모사는 군대에서 먹은 술좌석을 생각하는지 맥주에다 소주를 타서는 한잔 씩 돌린다. 그러면서

"폭탄주는 양주가 있어야 제격인데."

그는 옛날 유행하던 트_위스트 춤으로 동창들 간에 인기 짱이 되었다.

친구들은 그의 몸짓이 얼마나 웃기는지 웃다가는 고개를 돌리고는 배를 쥐고 캑캑 대기도 했다.

육군본부 정보부 서기관으로 있던 살모사는 군이 세상을 장악했을

땐 장관급 부서에 파견을 나갔던 살모사다. 술이 얼큰하여지자 술을 한잔 따라 들고서는

"야 대갈장군 너 내 술 한 잔 받아라. 이거 이는 폭탄주라는 거인디 먹고 자빠지면 뒤진다. 정말이야. 내래 이거이 퇴고로 티지"

어디서 주워들었는지 이북 사투리 흉내도 잘 낸다.

"하이 친구 좋지. 내가 술을 마다할 사람이 아니지. 고마워"

전직 육군 대령 대갈장군은 얼른 술잔을 받았다. 현직에 있었다면 대령은 살모사와는 어울릴 수도 없는 직위였다. 혀에 가서 철썩 달라붙은 약한 폭탄주는 내장을 마비시키고 머리까지 몽롱하게 만들었다. 앞에 있는 자가 누구인가는 따질 필요도 없었다. 만취한 그들은 세상만사는 다 잊은 사람들만 같다.

코도 마취가 되어 막걸리에 소주에 맥주에 섞인 냄새가 진동해도 그들 코는 어떤 냄새도 안 나는 그런 세상이었다. 그저 술을 주는 대로 마셔대니 사람 뱃속이 아니라 술통으로 봐야 정상만 같다.

술꾼들이 술을 먹기 시작하면 의자와 엉덩이가 착 달라붙어 일어날 수가 없나 보다. 방금 짓거린 말을 또 하고 또 하면서도 술은 전연 안 취했다고 항변한다.

마빡이가 술에 곤죽이 됐는지 의자에서 일어나더니 바닥에 드러눕는다. 친구들 여럿이서 일으켜 세우려 해도 그냥 드러눕는다. 축 처진 그를 일으킬 재주가 없다.

그러자 알꾸지가 짓궂이 미소를 띠고는

"야 그건 내가 책임질게 걱정하지 마."

하더니

"야. 마빡아 2차 가자"

하니

"응 가야지."

하더니 비틀거리며 일어섰다. 술이 덜 취한 친구들은 배꼽을 쥐고 웃었다. 술은 모인 동창들이 두 사람씩 어깨동무를 하게 하고, 오디오는 혼자서 꽥꽥 소릴 질러대며 놀고 짝지어 노는 친구들은 술에 취해 비틀거리는 춤을 연출하며 친구들을 웃겼다.

사람들은 영원히 살 것 같이 욕심을 갖고 살지만 계급이 없는 나라. 재산을 따지지 않는 나라. 욕을 해도 웃고 마는 나라 썩은 냄새가 안 나는 나라. 법이 없어도 되는 나라 바로 그 나라가 오랜만에 새로 생긴 초등동창 친구들의 나라가 아닌가, 싶다. 각설이 바람에 또 트위스트 춤 덕분에 분위기가 화기애애하게 되고 오래간만에 만난 친구들 헤어지기가 아쉬웠다. 그저 몇 시간을 이야기꽃을 피우다가 다음 월례회를 기약하며 헤어졌다. 2차를 가는 사람들은 손을 붙들고 나갔다.

다음 모임에는 어떤 일들이 벌어질까? 참 재미있는 초등동창 모임이다.

욕쟁이라 별명이 붙은 오영남이는 욕을 잘하지만 잘 생각해보면 욕이라는 그 자체는 욕이 아닌 좋은 이야기가 될 수 있는 것이 많다. 오히려 그 쌍스런 욕이 사람의 마음을 시원하게 해주기도 한다.

언젠가 청주에서 욕쟁이 할머니가 가난한 사람들을 몰래 도와줬다고 신문에 대서특필된 적이 있었다. 그 욕쟁이 할머니는 00동 해장국집 노인이었다. 그는 직업이고 뭐고 따지지도 않고

"뭐 처먹으러 왔어, 새벽에 온 거 보니 술깨나 처먹고 마누라 속깨나 썩이는 놈이구먼. 주문 혀. 선지여 내장여. 뼈여. 매운 겨 안 매운겨."

"오늘 욕은 좀 심하지 않네 유. 아주 심한걸 루 해봐유."

"해장하러 왔으면 해장국이나 처먹을 것이지 웬 새벽부터 또 술을 처먹어."

"잘못했시유. 다시는 안 그럴게 고기나 듬뿍 주시 유."

"하 그놈 참 말하는 거 보니 마누라 속은 썩이겠지만. 미꾸라지 새끼군."

“여기 쐐주 한 병 더 줘요. 두꺼비로 유.”

“잘한다. 잘해. 그 지랄로 술 처먹고 다니면 안내 빼 마누라는 하나도 없다. 정신 차리고 술 좀 작작 처먹어. 소주보다는 막걸리를 처먹어 그래야 내장이 빵구가 안나.”

이런 소리를 듣는 사람은 욕쟁이 할머니로부터 융숭한 대접을 받은 편이다.

“아이참 할머니---이 술은 취했을 때 먹어야 제맛이고 지집은 품어야 제맛이라고 유.”

“뭐여? 그래서 딴 지집을 많이 품어보니 임금이 부럽지 안 해 것 구만. 똥을 판재기로 싸고 자빠졌네. 늙은 년 방귀나 처먹어라.”

사람들은 배꼽을 쥐고 웃는다.

남자와 여자가 해장국을 먹으러 왔다. 그 욕쟁이 할머니가 어떤 욕을 하나 궁금하기도 한 손님들이다.

“뭐 처먹으러 왔어. 선지여 내장여. 뼈여?”

“저기 선지하나 내장 하나만 주세 유.”

“같이 살면 똑같은 걸 시키는데 틀린 거 보니까. 딴 지집이군.”

“아이고 할머니 그게 아니에요. 앞으로 같이 살 분입니다.”

“잘한다. 잘혀. 같이 산다면서 밤새 술 처먹고 또 해장국 먹으러 와? 집안 꼴 잘 되것다. 정신 차려 멍청한 놈아 그래야 돈 버는 겨.”

그 소리를 듣고는 배알이 꼴려서

“할머니 그럼 돈 버는 비결 좀 알려 주세요.”

“ㅈ 차고 있는 놈치고 지집질 안 한 놈 없다더니 웬 새벽에 지집하고 와서 해장국을 처먹는다. 지 마누라는 아니었지. 그 짓만 안 하면 돈 번다.”

듣는 당사자야 얼굴이 화끈거리겠지만 듣는 이들은 속이 시원한 사람도 있다.

"아이 할머니 저분은 이혼하고 다시 사실 분과 온 거예요."

"한번 이혼 한 놈은 두 번은 이혼 안 한다? 호강단지 불난 년 놈들이지."

처음 듣는 사람은 정말 기가 차서 뭐 이런 놈의 해장국집이 있어 하며 발길을 돌리기도 했다. 그러나 그 할머니는 욕을 멈추지 않았다. 그래서 욕쟁이 할머니라 소문이 났다. 따지고 보면 그분은 다정다감한 분이셨다.

그곳 해장국집에 현직 도지사가 수행원들과 새벽에 같이 왔다. 폭우로 물난리가 난 곳을 가기 위해 아침 일찍 모인 것이다.

"뭐 처먹으러 왔어! 밤에 술깨나 처먹었구먼. 주문 혀 매운 겨 안 매운 겨. 선지여? 내장여? 뼈여?"

도지사님의 수행원들이 깜짝 놀라며

"할머니 이분이 도지사님입니다."

"도지사 놈은 안 처먹어도 산다?"

"아이고."

"국밥은 내가 푸는 겨 국자 쥔 년 맘대로여. 처먹을 겨 안 처먹을 겨. 말만 혀."

국자를 번쩍 들고는 소리를 냅다, 지른다. 잘못하면 국자로 한 대 때릴 기세다.

그 당시의 현직 도지사는 정00님이었다. 순경부터 시작하여 경찰 총수가 되고 도지사가 되신 분이다. 관운뿐만 아니라 우리나라 경찰 계급사회에 기록을 가지신 분이다.

비위가 상했지만 그 할머니의 말을 받아 도지사가

"맞습니다. 도지사 놈도 처먹어야 삽니다."

그 할머니의 지독한 농담을 들은 도지사님은 아예 해장국집 단골손님이 되셨다.

그분과 욕쟁이 할머니와의 이야기는 바로 퍼졌다. 소문이라는 건 참 무서운 것이다.

욕이란 것은 따지고 보면 그 속에 철학이 담겨있다. 욕을 비틀어서 자기에게 붙여보면 그 욕이 자기에게도 해당한다는 것을 느낄 때가 있다. 그럴 때 본인은 욕의 본질을 이해하게 된다.

욕쟁이 할머니는 욕은 마구 해댔기지만 마음은 따듯하다는 것을 손님들은 알았다. 손님들은 앉을 자리가 없을 정도로 새벽부터 몰려들기 시작했고 그분은 큰돈을 벌었다. 그 할머니는 당시에 나이가 75세라는데 얼굴은 아직도 팽팽하다 본 나이보다 15년은 젊어 보이신다. 짓궂은 손님이

"욕쟁이 할머니, 너무 오래 사시면 벽에 똥칠한다는데요. 오래 사시는 비결 뭐예요?"

하자

"왜? 너도 벽에 똥칠할 때까지 오래 살고 싶나?"

"아이고 할머니 환갑만 살아도 오래 사시는 건데 75세이시라니까. 여쭈어보는 겁니다."

"나같이 욕을 팍팍 해버려라! 그러면 오래 산다."

"에이 할머니도 농담도 잘하시네."

"야. 이 썩을 놈아 너한테 농담해서 밥이 생기냐. 술이 생기냐."

"그래도 욕해서 오래 사신다는 건 좀 뻥 같아서 유."

"모르면 해장국이나 처먹고 가."

연세가 75세면 당시로써는 정말 장수하신 분이다.

사람에게는 스트레스가 모든 병을 유발한다고 의사들은 말한다. 그 욕쟁이 할머니의 말대로 욕을 해댔기면 속이 후련해지니 스트레스가 없어질 만도 하다.

욕쟁이는 어떻게 해서 욕쟁이가 될까?

아기가 언어를 배우는 것은 어릴 때이다. 어머니와 아버지의 대화에서 언어가 자란다. 한번 길들여지고 맛 들여진 언어는 고치기가 쉽지 않다. 그러나 좋은 인연과 만나면 언어는 거짓말 같이 변하여 삶에 활력이 될 수도 있다고 본다.

동창인 욕쟁이도 자세히 보면 다정한 면도 많다. 쌍욕 같아 보여도 상대방이 그 욕을 이해하게 한다면 그것은 예술이다. 상대를 이해시키는 예술의 경지에 도달하지 않고서 욕을 하면 진짜 욕이 되기 때문이다. 할머니가 처음부터 욕쟁이는 아니었다. 할머니는 그걸 좋아하고 들으려는 사람들이 있다는 것을 알아챈 것이다. 욕을 들으면 금방은 화가 나지만 그것을 이해하면 웃음거리 코미디가 되기 때문이다.

모임에서의 교회 이야기

은행이가 쌍안경에게

"나는 목사가 되는 게 소원이었는데 학교 선생으로 가는 바람에 목사가 된다는 꿈을 버렸지. 목사는 퇴직도 없다며? 너는 목사가 됐으니 참 좋겠다. 성경 공부는 많이 했지?"

"성경 공부 뭐 그냥 읽어보고 설교하는 글을 써서 보고 신자들에게 이야기하는 게 다지 뭐. 목사도 퇴직제도가 있어."

그러면서도 쌍안경은 속으로는 뜨끔했다. 욕쟁이가 쌍안경을 흘끔 쳐다보더니

"쌍안경이 목사면 뭐해 쓸다리가 가보니 신도 그저 몇 명 앉혀놓고 반상회 하는 거나 마찬가지라던데."

쌍안경은 얼굴을 붉히며

"그 쓸다리는 참, 개척 교회는 거의 다 사람이 많지 않은 거야."

"개척 교회는 기간도 없냐? 넌 오래됐잖아."

은행이는 욕쟁이 이야기를 듣고는 안됐다는 표정으로

"아니 성도님들이 그렇게 없어. 그러면 안 되지. 목사는 성경을 잘 알아야 해. 성경 안에 있는 구절을 잘 이용해야만 되는 거야. 그중에서 특히 요한 계시록을."

쌍안경은 갑자기 할 말이 생각이 안 나자.

"어느 목사든 성경을 인용하지 않는 목사는 없지."

"다른 성경도 읽어보고 해야 하는 거 아냐?"

"우리가 읽는 성경은 하나인데 뭐 특별한 다른 성경이라도 있냐. 공동 번역한 성경 하나면 되지?"

목탁이가 교회를 아주 잘 안다는 투로

"애 목사라는 애가 성경이 하나라고 하니 재 언제 목사 된 거여? 신학대학에서 뭘 배운 겨."

목사가 발끈했지만 생각해보니 성경이 하나라고 한 것은 실수였다. 공동 번역한 가톨릭용도 있다는 게 언뜻 생각이 났다.

"왜 내가 가짜로 목사 된 줄 알았어?"

대들자 욕쟁이가 비웃음을 웃으며

"진짜 목사는 신도들이 많아. 가짜 같으니까 신도가 안 모이는 거지."

은행이가 욕쟁이를 쳐다보며 나무라는 듯이

"그거는 목사를 폄훼하는 말이야."

그 말을 들은 쌍안경은 속이 뒤집혔다.

많은 사람은 나름대로 종교를 갖고 있다. 그리고는 자기가 믿는 종교에 대하여 말하고 싶고 그 이유가 합당하다고 생각한다. 남의 종교를 이해하여 주려고는 생각하지를 않는다. 그런 이유로 종교 이야기가 나오면 침을 튀기면서 자기의 이야기를 하고 싶어 한다.

남자들이 모이면 여자나 군대 이야기에 침을 튀겨가며 이야기하고 싶어 하지만 교회 이야기도 완전히 빠지지는 않는다.

모처럼 만난 동창들이 종교 이야기가 나오니 교회도 안 다녀 본 친구들이 서로 아는 척을 하며 끼어든다.

동창회 월 모임에서 만나기만 하면 쓸다리와 쌍안경은 교회 이야기로 입씨름을 자주 한다. 그것을 보아 왔던 찔찔이가 쓸다리에게

"야. 쓸다리 너 말로만 목사를 폄훼하지 말고 그에 관한 이야기를 확실히 해봐라."

학교 선생을 하다가 퇴직하고 공인중개사를 하는 쓸다리를 양복점

을 하는 찔찔이는 항시 그에게 열등의식이 있었다. 이참에 쓸다리를 꺾을 기회를 만들어야겠다고 생각한 찔찔이는 은근히 쓸다리와 쌍안경을 싸우게 만들려는 속셈이 있었다. 쓸다리보다 쌍안경이 대학원까지 나와 목사가 됐으니 쌍안경이 쓸다리를 이길 것으로 생각하고 싸움을 붙인 것이다. 쓸다리는 기회를 잡은 듯,

"뭐? 하라면 내가 못 할 줄 알고? 내가 쌍안경 교회에 가보니 신도라는 분들이 10여 명이 둘러앉아서 주일 예배를 보는 거야, 야 그게 어디 교회니 동내 계를 해도 그보다는 인원이 많겠다. 그러니까 목사가 아니라 10명 계모임 계 회장이지. 쌍안경은 사람들을 꼬시지 못해서 그저 명함만 찍어서 주머니에 넣고 다니며 나 목사 유일신입니다. 그랬겠지! 그 소리를 듣는 사람이 어찌 생각하겠나? 유일신? 그러니까 지가 유일한 신이라는 거지. 그것부터가 틀린 거지. 목사란 말이야 일단 여수를 빙자하여 거짓말을 그럴듯하게, 사기가 아닌 것 같이 잘 쳐야 신도가 모이는 것이야.

거짓말도 20번을 해대면 그게 진짜인지 가짜인지 헷갈리다가 30번을 들으면 그것을 진짜로 믿는 거야. 그게 철학이라고."

쌍안경이 발끈했다.

"그게 어디 철학이니 궤변이지."

찔찔이가 입씨름을 부추겼다.

"그래? 그러면 네가 목사라고 하고서 설교를 좀 한번 해보시지."

"야. 여기는 지금 밥 먹고 술 먹는 자리인데 그런 이야기가 들리겠니? 여기 모인 친구들이 다들 좋다고 하면 내가 교회를 본대로 내 의견을 이야기할 수도 있지."

약이 오른 쌍안경이 한껏 목청을 높여

"어이 친구들 저 쓸다리가 나를 아주 많이 업신여기는데 지가 목사를 하면 나보다 낫게 할 수 있다는 거야. 우리 쓸다리 얘기 좀 들어볼까?"

은행이가 부추겼다.

"야. 우리 한 번 쓸다리 이야기 한번 들어보면 어떻겠냐? 쓸다리는 사범학교 졸업 후 선생을 하다가 아이들하고만 노는 선생질을 오래 했잖아. 그러니 사회생활은 쌍안경이 더 많이 해 지식이 풍부할 것 같은데? 쓸다리는 공인중개사이지만 대학원까지 나온 목사가 훨씬 더 배웠는데 목사를 왜 우습게 보나, 한번 들어보는 게 어떠니?"

동창들 대부분이 가난하고 먹고살기 바빠서 교회를 다녀 보았던 사람은 목사 신부를 빼놓고는 쓸다리 은행이를 포함해 네 명뿐이다. 모인 동창들이 쓸다리가 어떤 설교를 할지 궁금도 하다. 전부들 박수를 쳐대며 한번 들어보자고 하였다. 쓸다리가

"못할 것 없지. 허지만 내가 이야기를 시작하면 조금 길을 걸."

동창회 모임은 교회 이야기로 화재가 바뀌었다. 은행이가

"야 길어봤자 얼마나 길겠니. 여기 있는 사람들 거의 시간이 많으니 상관없을 것 같다."

동창들이 이구동성으로

"간단히 요점만 이야기 해봐."

"못할 건 없지. 내가 이야기하는 것이 다 맞는다고는 나도 생각을 안 해. 다들 그렇게 이야기하니 내가 본 대로 느낀 대로 생각 한 대로를 이야기할게. 오해는 하지 마."

"처음 교회를 차리면 신도가 없어 그러니 목사 자격을 딴 다음 큰 교회에 빌붙어서 신자들을 사귀어. 따르는 자의 숫자가 50여 명이 넘는다고 생각이 들 때 그들을 살살 꽤서 같이 교회를 하나 하자고 하는 거지, 미끼는 장로나 권사를 시켜준다고 하면서 말이야. 그래야 하지. 생판으로 교회를 차리면 신도가 있겠어? 그리고 교통이 좋은 곳을 골라서 교회를 차리는 거야. 목사를 하려면 제일 먼저 교회를 그럴듯하게 꾸미는 거야."

찔찔이가 목사 편을 들며
"야. 교회를 차리는 게 뭐니? 세운다고 해야지. 너도 선생질 잘못한 것 같다. 말은 똑바로 해야지."
찔찔이 한테 한 방 먹었다.
"짜식 너는 잠깐만 빠져 내 얘기 끝나걸랑 말을 해."
은행이가 쓸다리의 의도를 알아들었다는 듯이 추임새를 놓았다.
"돈이 좀 있어야 한다는 이야기네?"
찔찔이가 동의하는 눈초리로
"돈 없이 무슨 일이 돼. 다 돈이 있어야 하지."
쓸다리는 찔찔이를 흘긋 쳐다보고는
"돈도 중요하지만 중요한 건 목사가 설교하는 제단의 높이야. 그 제단을 높게 해서 신자들이 설교하는 목사를 볼 때는 목을 쳐들어야 보이게끔 만들어야 하는 거야. 너희 불교 제단 못 봤어? 설법을 하는 스님들은 자기 자리를 아주 신도보다 높게 만들지. 그게 첫째 요령이야. 신도들이 우러러보게 말이지. 우러러본다는 게 뭔지는 알지? 위로 쳐다본다는 뜻이야. 눈을 뜨고 위를 보면 그 사람이 높아 보이고, 그의 종이 되고 싶고 내가 위에 있는데 어떤 사람이 아래에 있으면 깔보게 되는 거야. 그리고 요거 하며 멸시한다는 뜻이야. 우러러 보이는 게 좋으니 깔 보이는 게 좋으니? 그래서 교회나 사찰에는 설교 제단을 높이 만드는 거야. 제단을 높이랬다고 그냥 너무 높이면 신자들이 설교 듣다가 목디스크 걸려 그러면 안 되니 아주 적당하게 하여야 한다."
거북이가 처음 듣는 이야기라며
"아 그랬구나. 나는 뒤에 있는 사람이 목사가 안 보일까 봐 그런 줄 알았는데. 넌 전공도 아니면서 별걸 다 아는구나."
목탁이가 슬그머니 끼어들어 아는 척을 했다.
"목을 쳐들고 있다고 목디스크 걸린다는 건 좀 그렇다, 야. 불교 설교단은 그렇게 높지 않아."

이야기를 하고 불교 제단 높이를 생각해보니 쓸다리 말이 맞는다. 입을 다물었다.

그러거나 말거나 쓸다리는

"두 번째는 목사가 여수님처럼 보이게 옷을 디자인해서 입고 설교를 해야 한다는 사실이야. 평범하게 옷을 입고하면 신도들이 너나 나나 도찐 개찐이여 하거든. 옷을 아주 여수님 빰치게 입고 목을 빳빳하게 하고 설교를 하면 그를 우러러보게 되지."

"야 여수님이 뭐니 예수님이지."

"내비 둬. 쓸다리가 이야기하는 중이니."

"나는 그들이 교회에 나오라고 해도 여수교라며 안 나갔지, 내가 생각해 본 교회와는 다르기 때문이야. 친척이 하도 졸라서 할 수 없이 몇 번 나갔더니 한 달에 헌금을 얼마를 낼 것인가를 적어서 내라는 거야. 참 곤란했지. 가만히 있자. 내 친척이 옆구리를 쿡쿡 찌르며 한 달에 최고 적은 금액이 5만원이라는 거야. 할 수 없이 그런다고 하고 그 용지에 이름을 쓰고 사인을 해줬는데 그것은 바로 내야 한다는 겨. 그러면 왜 잠자리 잡는 채를 들고 다니며 또 돈을 걷느냐고? 그리고 뭐 내 생일날 또 식구 생일날 특별 기도를 한다며 또 헌금을 따로 내야 한다는 겨, 그리고 크리스마스 헌금. 무슨 기념일 등 다 돈이야. 어떻게 해. 할 수 없이 없는 돈을 쪼개서 좀 냈지."

쌍안경이 말도 안 되는 소리라는 듯

"원래 교회는 신자들의 형편에 따라 월내는 돈이 있고 헌금은 주일에는 꼭 하는 거야. 그래야 교회 운영을 할게 아녀?"

"야 쌍안경 그것까지는 내가 참을 수 있었어. 뭐 교회 다닌 지 일 년도 안 되어서 나를 집사를 시킨다는 거야. 집사님 집사님 해서 그게 뭔지도 몰랐어. 평신자보다는 더 위래. 참 별 수없이 또 집사 감투를 쓰고 나니 집사님은 월내는 금액이 3만 원은 더 내야 한대. 그것까지도 참았는데 또 뭐 구역장을 시킨다며 날마다 무슨 집회니 가정 방문이니 하도 볶아서 때려치웠지. 내 할 일은 하나도 못 하고 교회에만 매달려도 바쁘겠더라고. 그냥 문을 닫아걸었지. 매일 교인들이 쫓아와서 나오라고 난리를 쳐서 그거 끊는데도 일 년은 걸렸다."

쌍안경이 잠시 생각을 하더니

"쓸다리 너 생각해봐라. 일반 신자보다 열심히 하려면 교회를 위해 돈을 좀 더 내는 게 맞잖아? 그리고 교회에서는 인지도가 있는 사람이 필요하니 너는 선생님이니 신도들이 좋아할 것 같지 않니?"

"야. 쌍안경 나도 집안에 살림을 하는데 당시에는 매월 십만 원은 나에게는 거금이라고."

"집사라면 그 정도는 내야지. 그것을 많다고 하면 안 되지 예수님을 믿고 하늘나라 천당엘 가려는 사람이 그것 가지고 따지면 되니?"

"친구들에게 다 물어봐라. 천당이 어디 있어 보여야지, 안 보이는 천당이 어디 있냐? 그리고 말야 술도 한 잔씩들 해야 하는데 교회는 술을 안 먹는다니 교인들과는 술좌석은 없어. 도둑도 아닌데 술을 그냥 몰래 먹게 되더라고."

"너는 아직 믿음이 부족해서 그래. 술 먹는 돈을 교회에 내봐. 그리고 예수님만 꼭 믿으면 천당엘 간다. 지금 우리가 사는 곳에서 좋은 일을 많이 해야 천당엘 가는 겨."

"그래 쌍안경 너는 목사니까 천당엘 간다고 하자, 그런데 천당에 갈 사람이 주일날 10여 명 모아놓고 설교를 해 지나가던 개가 웃는다. 야. 너는 목사로선 거의 빵점 수준이야."

목탁이가 실실 웃으며 쌍안경 편을 든다.

"야. 쓸다리 너 쌍안경한테 그렇게 드려대면 안 되지. 그는 어쨌든 목회자 아니냐?"

그러자 이 신부는 말없이 싱긋이 웃는다. 욕쟁이가 아주 팔을 걷어붙이고 나섰다.

“일부 교회를 보면 돈을 걷어서 뭐 사랑을 베푼다면서 돈을 걷어서 건물이나 크게 올리고 어디에 쬐끔 기부를 하고서는 맨날 돈 타령이지! 천당. 부처. 빙자 거짓말쟁이일지도 몰라. 성당은 어떤 부분에서 조금은 틀리는 것 같지만.”

목탁이가 얼굴을 붉히며 발끈했다.

“야 불교는 틀려. 신자들한테 돈을 달라거나 강요하지는 않고 거짓말은 안 해.”

욕쟁이가 가만히 있을 리가 없다.

“염병하네. 18 놈. 등(燈) 다는데 등의 크기에 따라 또 어디에 등을 배치하느냐 에 따라 돈을 받는 사람들이 불교 아니야?”

목탁이는 속이 불편했다. ‘어라 저게 별걸 다 아네.’

“그리고 말여 절에 가면 부처가 있기는 하냐? 내가 절에 가보니까 돌로 만든 불상만 있지 부처는 안 보이던데?”

쓸다리의 말에 목탁이는 주춤하며 변명했다.

“그게 부처지.”

“뭐라고 돌로 만든 불상이 부처라고 너 법사 자격 정말로 없다. 법사 자격 반납하고 공부 좀 더해라.”

목탁이는 거기에 대하여 대답할 말이 없다. 돌을 보고 부처라고 하려니 무언가가 틀린 것도 같다. ‘돌부처도 있잖아 하려다,’ 입을 다물었다.

은행이가 나서서 화제를 바꾸려고

“야 쓸다리 너 쌍안경을 그렇게 약 올리지 말고 네가 도와주는 셈 치고 쌍안경에게 도움이 될 이야기를 좀 해라. 그게 좋을 듯싶다.”

"하라면 내가 못할 것 같아? 내가 목사라면 이렇게 할 거다. 사람들은 틀에 박힌 것을 따라 하는 것을 안 좋아해, 큰 양철북을 하나 준비하는 거야."

"할렐루야."

여러분 다 함께 크게 할렐루야를 한번 외칩시다. 일동,

"할렐루야."

"요개 바로 000이 처음 신자들을 동원한 수법이지."

"북은 부드러운 소리가 나는 양철북이 좋아, 다른 음악 기구로 협연을 한다면 그보다 좋을 순 없겠지만. 자 성도님들 다 함께 북소리와 맞추어 손뼉을 치며 찬송가 000장을 큰 소리로 부릅시다. 저도 함께 부르겠습니다. 북소리에 맞추어서 속이 시원하도록 불러주세요. 그렇게 해서 입 다물고 가만히 있는 사람들을 전부 하나가 되게 만드는 거야. 찬송가 중에서 보면 사람이 그럴듯하다고 느끼는 노래가 많거든 거기에서 몇 개를 골라 돌려가며 찬송가를 크게 부르는 거야. 원래 북이나 꽹과리나 장구나 징이나 다 굿을 하기 위한 도구일 수도 있다. 사람의 마음을 흩트려 놨다가는 한데 뭉치는 위력이 바로 음악이야. 그중에서 양철북은 은은하면서도 사람의 감정을 편안하게 하면서도 고막을 부드럽게 두드려 흥도 나게 하거든, 사람들은 말이야 몸이나 목소리를 크게 지르며 노래를 하다 보면 자기도취가 되어 본인도 모르게 신이 나게 되어있는데 북소리가 흥을 더 돋우니 이제 분위기가 살아나지, 슬슬 눈치를 봐가며 꼬시기 시작해야 하는 겨. 요 개 000식이거든."

신용쟁이가 그런 이야기를 해서는 안 된다는 투로 "꼬신다는 이야기는 좀 그렇다 야."

"성도 여러분 우리가 오늘 여기에 모인 것은 하나님을 찬양하고 여수님이 말씀하신 모든 사람에게 사랑을 베풀라고 하신 거룩한 말씀을 실행하기 위하여 모인 것입니다. 제 말이 맞으면 '아맹.'이라고 해주십

시오."

신용쟁이는 답답하다는 듯이 쓸다리를 쳐다보고는

"아맹이 아니야 아멘이지."

"모르면 가만히 있어. 아멘이란 아맹도 될 수도 있어. 아맹이란 약자야."

신용쟁이가 잠깐 눈을 감았다 뜨고는

"뭐야? 약자 그게 뭘까? 하. 하 .하. 하."

"목사는 지 말끝에 지가 먼저 '아맹.' 하면서 전부들 따라 하라고 해. 그러면 모인 성도들은 전부 아맹이라고 할 거 아녀?"

"그렇지."

"여수님은 모든 사람에게 사랑을 베풀라고 하셨습니다. 사랑이란 말로만 해서는 안 되는 것입니다. 실천해야 합니다. 사랑을 베풀려면 내 목숨도 버릴 만큼의 용기가 있어야 사랑을 베풀 수 있습니다. 하며 책상을 '탕' 하고 쳐. 그리고 신도들을 쳐다봐. 그것은 응답을 요청하는 것이지.

성도님들 사랑을 베풀 수 있지요? 여수님은 우리의 죄를 대신해서 목숨을 버렸습니다. 누가 목숨을 버리고 사랑을 베풀겠습니까? 가난한 자들에게는 빵을 주어야 하고 교회를 부흥하게 하여 모든 사람이 교회에 들어와 사랑을 실천하게 하여야 합니다. 사랑이라는 것은 혼자 하는 것이 아닙니다. 보십시오. 부부가 되려면 남녀가 동시에 사랑을 해야 부부가 되지 않습니까? 그것이 바로 사랑의 열매입니다만 우리는 더 큰 사랑의 열매를 만들어야 합니다. 오직 여수님만을 믿고 살아가는 동안 사랑을 베풀고 교회의 부흥을 위하여 전력을 다해야 합니다. 여수님은 하늘에서 우리의 행동을 저 높은 곳에서 다 보고 계십니다. 그 사람이 사랑의 치적을 또 교회를 위하여 얼마나 희생정신으로 헌금을 했는가를 여수님은 치부책에다 다 적어 놓고 계십니다. 그러니

사랑의 치적을 쌓은 성도님들은 안심해도 됩니다. 여수님이 다 알아서 천당으로 모실 것입니다. 탕탕

나는 하느님을 내 친아버지보다 더 중요시하기에 나를 천당으로 꼭 데려가실 것을 믿습니다. 죄를 지은 자들은 여수님이 지옥으로 데려갈 것입니다.

하느님의 은혜를 받으려면 새벽기도를 해야 합니다. 새벽기도를 꼭 참석해 주십시오.

아픈 사람들을 위하여 나는 매일 그들을 위해 새벽기도를 했습니다. 교회를 부흥하게 하기 위하여 십일조도 정확하게 배분했으니 성경 말씀을 잘 따른 겁니다."

"아맹"

"성도 여러분. 진짜 기도는 마음속에서 우러나는 기도를 해야 합니다. 십일조가 필요한 것은 교회의 부흥을 위하여서이니 꼭 내셔야 합니다. 그리고는 교회 치부책을 만들어 누가 얼마를 냈는가를 막대그래프를 그려서 교회 입구에 아주 크게 붙여. 그리고 오늘부터라도 성도가 될 분을 한 사람씩만 더 모시고 와 주세요. 가난하고 사회에서 인정받지 못하고 불쌍하다고 생각되는 사람을 포섭하세요. 그들은 어디 기댈 곳도 없으니 끌어들이면 들어옵니다. 그리고 그들에게 돈을 좀 써. 맛있는 음식도 사주면서 우리 같이 잘 살자면서 말이야. 돈 그것은 마약과 비슷하거든 몇 번을 얻어먹으면 할 수 없이 교회를 나옵니다. 그러면 교회에 많은 도움이 됩니다. 우리가 사는 시간은 길지 않습니다. 사랑은 사는 동안에만 베풀 수 있습니다. '탕 탕.' 누가 죽어서 사랑을 베풀 수 있을까요? 지금, 이 교회에서 예배가 끝나면 성도님들은 어떻게 하면 천당에 갈 수 있을까를 생각해야 합니다. 한 성도님께서 열심히 노력해서 많은 돈을 저축했다 합시다.

그는 교회에도 십일조를 착실히 한 사람입니다. 그런데 그가 갑자기

죽었습니다. 하늘나라에 가서 하느님께 항의를 했습니다. 내가 힘들게 돈을 많이 벌었는데 왜 쓰지도 못하게 하고 저를 부르셨나요? 하자. 하느님께서는 '쓸 기회를 충분히 주었는데도 그 기회를 생각지 않고 살았기 때문이야.'라고 말씀하시자. 그는 억울하지만 별수가 없었습니다. 그렇게 생각해보면 내가 가진 것이 아무것도 아닌 것을 깨닫게 됩니다. 재물이란 것은 살아서 내가 쓸 수 있고 못 쓰고 죽으면 그것은 내 재물이 아니며 내가 죽어서 여수님한테 천당엘 보내 달라고 하기에는 이미 늦은 것입니다. '탕 탕.' 가지고 있는 것을 교회에 내어 주시면 그 재물은 사랑을 베푸는 곳에 쓰여질 것입니다. 그리고 구원을 받을 것입니다."

"구원이 뭐니? 그걸 이야기해야지."

마빡이가 수학의 천재라도 된 듯

"짜씩들 말야 방정식은 하나도 안 배웠군. 십원에서 일원 빼면 구원이지."

"뭐라구? 구원이 그거라고?"

하. 하. 하. 하.

"그려 방정식을 안 배운 너희들은 그 깊은 뜻을 모르지."

하. 하. 하. 하.

"웃지 말어. 지금 목사님이 설교 중이라고. 그런 좋은 일을 하시는 분들을 여수님께서 다 알고 계십니다. 하늘이 얼마나 넓고 큽니까. 여수님은 그 넓은 하늘이 공책입니다. 성도님들의 모든 행적이 낱낱이 기록되어 있을 것입니다. 지금이라도 늦지 않습니다. 여러분 재물은 가지고 있어 봤자 별거 아닙니다. 먹고살 것만 있으면 여수님을 만나 천당으로 함께 갈 것을 준비해야 합니다. '탕 탕.' 현금이 없으면 성도님들이 끼고 있는 반지라도 빼어 교회에 헌금으로 하면 그게 바로 천당으로 가는 길 입구임을 잘 아셔야 할 것입니다. 반지 그까짓 거 있으나

마나 아닙니까? 그냥 폼으로 끼고 있는 것이니 헌금으로 대신해도 됩니다." '탕 탕.'

하. 하. 하. 하. 친구들을 모두 깔깔거리며 웃게 한 쓸다리의 말이지만 그럴듯하다.

"야 너 목사 해도 될 것 같다. 그렇지만 잘못하면 얻어터질 수도 있겠다."

"아무래도 반지까지 뺏는 건 그렇다. 야."

"반지만이 아니라 집까지 뺏는 사이비 교회도 있어. 일부 교회는 세금도 한 푼 안 내면서 말야. 세금을 교회에서 걷는다면 우리나라는 금방 부자가 될 수도 있어. 안 그래?

아직 안 끝났어. 이게 아주 중요한 겨. 신도 중 그 가족에 부모님 초상이 나면 그냥 가서 엎드려 자빠져, 지에미 애비 죽었을 때보다 더 눈물을 흘리며 우는 거야."

"아이고! 아이고! 저는 죄인입니다. 살아 계실 적 한 번도 제대로 모시지 못하였으니 제가 목사지만 어떻게 천당 문을 열고 들어갈 수가 있을까요. 용서해 주세요."

"아이고! 아이고."

"야 눈물이 뭐 배우같이 갑자기 나올 수 있냐? 슬퍼야 나오지."

"너는 머리는 뒀다 어디에 쓰려고 그러냐? 머리를 써야지 옛날 같으면 어른들이 뭐라고 했는지 아니?"

"뭐라고 했는데."

"머리가 안 돌아가는 놈은 평생 고생하고 살며, 대가리는 똥장군 마개나 해야 딱 맞는다고 했다."

"야 그건 옛날 이야기고 눈물이 안 나면 어떻게 하느냐고?"

"너 마술사 안 봤어? 눈물이 안 나면 엎드렸을 때 잠깐 마술사가 되는겨. 아주 슬프게 하면 그 상주들이나 그 가족들이 호감을 느끼게 되지 고걸 노리는 겨."

"아이고를 영어로 번역해 봐."

"간단하지 나는 간다지."

"아이고 아이고 하고 슬쩍 나오면 되는 겨."

"야. 쓸다리 엉터리 같지만 너 진짜 목사 해도 되겠다. 쌍안경보다 더 잘할 것 같다."

"아맹 만 빼고 말이야."

전부들 배꼽을 쥐고 웃었다.

"야 아맹이 약자라며 그 말의 뜻은 무엇이야?"

"멋대로 생각들 하라고."

하. 하. 하. 하.

"너 어디 가서 그런 소리 하지 마 교회에 가서 예수님을 철석같이 믿는 사람들에게 걸리면 그 자리서 욕을 바가지로 얻어먹을 수도 있어."

욕쟁이가 어찌 끼지 않나 했더니.

"야 우리나라는 언론에 자유가 있어. 아맹이라고 했다고 죽이는 법은 없어. 누구든지 자유롭게 이야기할 수도 있잖어. 아멘 이라는 말은 어느 나라 말이야? 한글로 아맹이라고도 할 수도 있는 거지."

은행이가 말참견을 했다.

"그래도 그렇게 이야기하면 안 돼. 교회 다니는 사람들을 폄훼하는 소리야. 그 말은 취소해."

"ㅈ들을 까요. 교회 간판을 걸고 사기 치는 사람들이 '사기꾼입니다' 라고 마빡에 써 붙이고 다니냐? 아니잖아. 우리나라에서 길가에 있는 돌멩이만 걷어차면 교회 지붕에 떨어진단다. 배운 기술도 없고 직업도 마땅한 게 없는 사람들이 목사 안수를 받고서는 하나님이 어쩌고저쩌고하며 신도 몇 명 앉혀 놓구서 돈을 긁어서 저 편히 살라고 하는 그런 교회가 많아 보이던데. 아니야? 어떤 새끼가 직업도 좋은 걸 가지고 있는데 목사를 한다며 교회를 할 사람이 있느냐구. ㅈ또 돈 안 생긴다면 교회를 차리겠니. 재벌들 교회 다니는 사람이 있어? 거의 없잖어."

"야 욕쟁이 너 그런 말은 너무한 거 아니니?"

"너무하긴 뭐가 너무해. 기막힌 두 얼굴을 가진 목사도 있던데. 내가 TV에서 여러 번 보았어. 사이비 종교인들. 많잖아. 집 뺏고. 무임금 노동시키는 목사들도 있고. 교회 다니면서 봉사한답시고 집에 중풍 걸린 제 어미 아비는 방에서 똥을 싸거나 말거나 밖에 나가서 봉사한다는 사람도 있잖아. 그게 진정한 교인이 할 일이냐고?"

"하긴 욕쟁이 말이 틀린 말은 아니야. 봉사라는 것은 집안에 일부터 해놓고서 해야 하는 거 아녀? 어떤 교인은 아침 9시만 되면 길거리를 다니면서 전도를 하는 교인도 있더라고. 길을 가는 내게 종이쪽지를 내밀기에 밥 먹고 아침 설거지나 하고 나왔냐고 내가 물어본 적도 있어."

"다들 그게 봉사이고 하느님 타령인 줄 알지만 진짜 봉사는 그렇게 하는 게 아녀."

"성경에서 이야기하는 봉사란 왼손이 하는 일을 오른손이 모르게 하는 게 봉사야."

"집에 일은 팽개치고 교회 모임에서 보고할 것을 만드느라고 그리들 한다고 하더라."

"그러니까 교회 내에 여수 제자 12개의 지파 모임을 만들고 서로 경쟁을 시키는 교회도 있잖어. 돈 모으기. 신도 모으기. 요새 크게 방송 또 신문에도 나는 교회 있잖아."

여기저기서 교회에 관한 이야기가 쏟아져 나왔다.

"TV에서 방영했다면 사실이겠지만 욕하지 말고 쓸다리 이야기 좀 더 들어보자. 욕을 얻어먹어도 쓸다리가 먹지 우리는 욕 안 먹는다."

땡기가 잠잠히만 있더니 종교를 마약에 비유했다.

“마약은 무엇인가? 그것은 인간의 뇌 속을 파고 들어가서 인간을 파괴하는 약이다. 그와 마찬가지인 것이 바로 사이비 종교의 세뇌 교육이다. 뼛속까지 박혀 들어간 세뇌 교육은 부모고 뭐고 다 버린다. 오직 마지막 정신까지 마셔버린 마약을 한 사람과 똑같아지는 것이다. 그래서 자식이 그런 곳에 빠지면 부모는 한탄하며 땅을 치지만 자식은 그러거나 말거나 마약 속을 헤매듯 헤어나지를 못해 사이비 종교로 인해 집안이 쑥대밭이 되는 거지. 종교란 무엇인가를 알고들 종교를 믿어야 하는 거야. 어떤 종교든 과하면 탈이 나게 돼 있어.”

“그게 무슨 소리야?”

“광신도가 되어서는 안 된다는 이야기야.”

“그래 네가 경찰을 하면서 느낀 것을 이야기하니 틀린 말은 아닌 것 같다.”

쏠다리가 구원군을 얻은 듯 목청을 돋웠다.

“싱도님들은 우리 교회 부흥을 위하여 노력해야 합니다. 성경을 보면 거짓말을 하면 지옥엘 가는 게 확실하니 거짓말을 하지 맙시다. 요렇게 하면서 살살 거짓말을 시작하는 거야. 거짓말을 안 했다는 사람이 거짓말 대회 나가면 1등인 거여, 금메달 깜이지. 여수님은 모든 사람을 사랑으로 대하라고 합니다. 그래서 나는 부모님보다 여수님을 더 사랑합니다. 먹을 것도 여수님이 주신 것이니까요. 성경을 살짝 이용하는 거야 요렇게, 굶어 죽어가는 이스라엘 백성을 황야에서 “만나”를 주신 분이 바로 여수님이 아닙니까? 이때 침을 튀기면서 교단을 크게 주먹으로 치면서 아주 강력하게 이야기를 해도 돼. 그러면 아주 열심히 살은 목사가 되는 거지. 사실 따지고 보면 먹을 건 부모님이 노력해서 나를 먹인 건데. 그냥 여수님이 준거라고 우겨. 30번만 우기면 그건 진짜가 돼. 안 그래?”

하. 하. 하. 하.

"내가 학교에 다닌 것도 여수님이 보내준 겁니다. 밥도 여수님이 주신 겁니다. 거짓말을 밥 먹듯 해야 그게 통하는 겨."

"거짓말도 30번 하면 진짜 같은 거여. 북한에서 핵을 만들면 내가 책임진다는 새빨간 거짓말을 하고서는 책임진다더니 하늘로 간 사람도 있잖아. 어디 천당 가서 책임질 건가? 지옥 가서 책임질 건가? 그러니까 맘 놓고 지껄여도 돼. 누가 천당까지 쫓아올 사람은 없을 것 아녀? 성도들의 마음이 상하지 않게 기술 것 하면 되는 거여."

"사기 치는 것도 기술이냐?"

"그럼 고도의 기술이지."

"하 하 하 하. 야, 쓸다리 너는 아는 것도 많다. 그러나 네가 지금 하는 말은 사이비 종교 목사들이나 하는 짓일 거야."

욕쟁이가 벌떡 일어나더니

"우리가 태어나면 부모님의 극진한 보호 속에 먹여주고 입혀주고 편히 재워주고 하며 사랑을 듬뿍 받으며 자랍니다. 그런데 다 예수님이 주셨다고? 사기를 치려면 똑바로 쳐야지."

"나는 친구 쌍안경만을 폄훼하려고 하는 것은 아니야. 종교를 가질 때는 역사부터 배우고 자기 자신의 종교 영역을 잘 설정해야 광신도가 안 되는 거여. 그래서 종교는 필요악이라고 할 수도 있는 거야."

"그래 쓸다리 그 말은 맞는 말 같다."

욕쟁이가 술을 한잔 홀짝 하고서는

"자식 잘되면 뭐해 교회 다닌다면서 제 부모 제사도 안 지내는 사람들인데. 저희들을 기르느라고 피땀을 흘린 부모님을 헌신짝 같이 버리는 사람이 그런 부류의 사람들이야."

욕쟁이가 제사도 안 지내는 부류들이라고 하자. 쌍안경이 반기를 들었다.

"제사는 뭐 꼭 지내야만 하는가? 제사 대신 기도를 하면 될 거 아녀?"

"그래 너 목사 말 잘했다. 너 어머니 돌아가신 날이 몇 년 몇 월 며칠이여?"

쌍안경은 생각이 안 나는 듯 눈알을 굴리다가

"응, 그거야 내 식구가 달력에 동그라미를 쳐 놓은 날 기도를 하지."

"에라이 정신 나간 놈. 지에미 제삿날도 기억하지 못 하는 놈이 무슨 목사여."

쌍안경은 멈칫했다. 얼굴이 화끈거리고 할 말이 없다.

욕쟁이가 은행이 한테도 화살을 돌렸다.

"야 은행이 너 너희 아버지 어머니 제사는 안 지내지? 제삿날을 기억하고는 있냐?"

"우리도 그날 기도만 해."

"그날이 언제여. 날짜를 기억하느냐고? 너는 장손이니 조부모 기일도 기억해야 할 것 아닌가."

"응?"

하더니 생각이 안 나는지 눈알을 돌리며

"우리도 달력에 동그라미를 쳐 놓고 그날 기도를 해."

"그렇다면 교장을 했던 너조차도 달력이 없으면 기억을 못 한다는 이야기 아녀?"

"대충 몇 월은 알지."

욕쟁이가 한심하다는 투로

"너도 똑같은 놈여, 야, 노가다에 오는 사람들 보면 지에미 애비 제사 지낸 날이라며 밤, 대추, 떡, 과자도 가져오더라. 그 사람들은 할아버지 할머니 제삿날도 훤히 알고 있다, 배웠다는 놈들이 하는 짓이 거의 다 그려 옛말 그른 거 하나 없다. 못 배운 자식이 효자라고. 했잖아. 너희들 어려서 부모가 생일상 차려 줄 때 달력에다가 동그라미 해놓고 해주대? 헛소리들 하지덜 마. 구원이라는 것은 10원 빼기 일원이 아니던 맞든 그런 방정식 없었어도 예수를 안 믿어도 우리는 35대째 잘 살고 내려오고 있어 천국 같은 건 잠꼬대에 불과해. 나 어릴 적에 교회에서 종말이라며 지랄을 떨어서 동내 돼지, 소, 다 잡아먹으니 종말은커녕 소 돼지만 잡아먹었던 적이 있었잖아. 나 같은 무신론자가 보면 다들 꾸며서 하는 짓거리 같아 종교를 안 믿으면 될 것 아닌가?"

은행이나 쌍안경도 욕쟁이한테 제대로 한 방 먹었다.

대갈장군이 그들이 당하는 걸 보고 민망했든지

"요새 제사 가지고 그렇게 심각하게 생각하는 시대는 지나갔어. 많은 사람이 교회를 다닌다며 제사는 안 지내거든"

욕쟁이가 한껏 입을 벌려

"떡을 할 놈들이지. 제사는 한 가족을 화목하게 하는 자리이며 조상님들에 대한 예의야. 제사를 지내는 우리나라를 보고 서양 사람들은 '동방예의지국'이라 했어. 얼마나 듣기 좋은 말이며 제사를 계속 모신다면 그 칭송은 우리나라를 한껏 세계만방에 날릴 것 아닌가?"

듣고만 있던 맹물이가 제사 이야기가 나오자 입을 열었다.

"쓸다리와 욕쟁이 말이 전연 틀린 말은 아니야. 나도 큰형님이 제사를 지내기에 사뭇 제사를 지내려 사뭇 다녔는데 어머니 제사를 지내려고 제물을 좀 준비를 해 가지고 가보니 음식 냄새가 전연 나지를 않는 거야. 나를 쳐다보는 것도 다른 날과도 틀려, 분위기도 좀 이상했지. 한참을 거실에서 말도 안 하고 앉아계셨던 형님이 무거운 입을 여시더니

"나 교회 다닌다."

그러니까 제사를 안 지내겠다는 말씀이지. 교회를 핑계로 봉건 왕조시대의 독재 형님이 되신 거야, 동생과는 아무 상의도 없이. 형님의 얼굴을 보고 아버지 생각이 나더라고. 오직 장자만을 위한다며 큰 형님에게만 투자했는데. 아버지는 장자에게 뻰찌를 당하신 거지. 황당해서

그냥 아무 말도 안 하고 그냥 나왔지. 그때부터 내가 제사를 지내기 시작했어. 부모님은 전 힘을 기우려 큰아들만 키웠는데 결과가 그거야."

촛싹이가 한 수 거들었다.

"맹자나 공자 시대 같으면 아마 주리를 틀었을 거야. 시묘 살이 삼 년을 한 사람도 청주시 강내면 연정리에 조00이라고 아직 살아 계셔. 우리와 나이가 비슷해 대학 며느리 얻으면 밥 얻어먹을 생각 하지 말고, 자식 대학교 보내면 제삿밥 얻어먹기 틀렸다는 이야기도 있어. 잘난 놈으로 키워봤자지. 효자는 거의 가방끈 짧은 자식이야."

쓸다리가 말을 이어갔다.

"교회에 다니는 사람들이 세뇌를 받은 말은 '죽은 자가 제사를 지낸다고 해서 그 밥을 먹고 가느냐.'이다. 그리고 죽은 부모님을 기억하기 위한 제사 음식도 다른 신이라 생각하며 먹질 안 합니다. 그리고 절도 안 합니다 그저 서서 기도만 합니다.

무슨 기도를 했니? 참으로 빗대놓고 하는 어정쩡한 이야기에 그저 목사가 하느님인 양 그에 말은 무조건 맞는 말이라며 사회에 집안에 퍼뜨립니다. 그러다가 교회와는 담을 쌓고 있는 사람들에게는 망신을 당하기도 하고 동조자를 만나기도 하고 그런다. 그래 제사를 지낸다고 해서 죽은 자가 와서 밥을 먹고 가는 것은 아니지만 제사라는 것은 조상님을 기억하고 최대의 예의를 갖추어 음식을 마련하여 나를 낳아준 조상에게 감사하며 자손들이 모여 앉아 조상을 생각하는 날이야. 즉 부모에게 또 조상에게 예의를 차리는 날이야, 너 죽었을 때 네 자식이 노래나 하고 즐기면서 네가 벌어 놓은 돈을 서로 가지려고 싸움이나 한다면 그것은 어떻게 생각할 건데? 내 자식은 절대 아니라고? 아주 착실히 너 죽은 날 자식들이 기도할 거리고? 어떻게 앉아서 또는 서서? 글쎄? 두고 보면 알 일이지. 개떡 같이 이야기하지만 찰떡같이 알아들어.

뻐꾸기 알지? 다른 새의 둥지에 알을 낳고 도망가는 놈 바로 그거와 마찬가지이지. 내 말이 틀려? 다른 새의 둥지에 들어가서 그 자식들은 다 죽이고 저만 살아서 도망가는 그것과 다른 게 뭐가 있냐?

부모가 어렵게 다 키워 놓으니 세뇌받은 뻐꾸기가 밥을 먹여주고 학교도 보내주고 했다고 하는 것을 믿는 것들이 바로 교회를 제 부모님보다 더 찬양하는 교인들일 거야. 누가 그게 아니라고 하면 손가락을 들어 뻐꾸기가 했다고 할 참이냐? 그게 너희들 양심이라면 왜 자식은 낳고. 자기 묘지를 보살필 사람을 생각은 전혀 안 하고 있다고 할 셈인가? 나는 너희들처럼 배우지를 못했지만 아무리 생각해봐도 철부지 거짓말쟁이들만 같아. 나는 너희들이 믿는 그 신들에 구역질이 나서 욕이 입에서 튀어나올 뻔한 걸 주먹으로 틀어막았어."

쓸다리가 말을 하고 미소를 지을 때 쌍안경은 불쾌했다. 그랬다 교회를 다니는 사람과 안 다니는 사람의 차이는 바로 그것이었다. 누구든 교회에 대하여 비평을 할 수도 있다. 그러나 남의 종교를 무리하게 비판하는 것은 삼가야 할 것이다.

쌍안경의 얼굴은 벌레 씹은 얼굴이 됐다.

눈치를 챈 쓸다리가

"야 오늘은 그만 헐란다. 돈도 안 생기는데 저 목사가 눈을 흘기는 것 같다."

약이 바싹 오른 쌍안경이 한껏 목청을 올려

"야 정말 너는 쓸다리 없는 소리만 하니 별명이 쓸다리 아녀? 까불기만 하지 말고 네가 목사가 되어 실제로 교회를 한 번 운영해 봐라."

"저거 봐라 이제 실토하는구먼. 교회는 운영하는 거라 이거지?"

"얼씨구 운영이라는 것은 무슨 사업체를 말하는 거야. 그러니까 너 목사 말 잘했다. 교회를 한답시고 사업을 한다 이거 아녀? 구원을 핑계 삼아서 말야."

친구들은 쓸다리의 그럴듯한 이야기에는 고개를 끄떡이고 아닌 말에는 웃음으로 대신했다. 쌍안경이 망신살이 낀 날이다. 쌍안경은 삼십 명도 안 되는 교회 인원을 생각해보니 쓸다리 말도 일리는 있다. 쓸다리의 말 중 세금 이야기가 나오자, 쌍안경은 속셈이 드러나니 얼굴이 푸르락 내리락 했다. 목사 체면상 욕은 안 했다.

쓸다리는 친구 목사만을 비방하려고 말을 한 것이 아니라는 말도 말 속에 있었다. 신자 몇 명 앉혀 놓고 나는 목사네 하고 다니는 사람도 많다는 말을 한 것이다. 쌍안경과 쓸다리는 견원지간은 아니지만 만나면 톡탁거린 것만은 사실이다. 본 대로 느낀 대로를 코믹하게 섞어서 말을 했다. 고정관념에서 벗어나야 자기 직업도 보이며 내 생각만 옳다고 생각하는 것은 무지라는 것을 이야기했다. 신도도 별로 없는 교회 목사는 그냥 자기만족을 하며 사는 사람일까? 쓸다리는 쌍안경의 목적이 무엇인가를 어느 정도 짐작하고 있었다. 쌍안경은 세금 문제까지 알 것 같은 쓸다리가 두려운 것이다. 코피가 이야기했다.

"보이는 것만으로 세상을 보는 눈을 가졌다면 우물 안 개구리일 뿐이다. 평범한 사람들이 생각하는 세상적인 일이 현실적이지만, 하지만 비현실적이 있다는 것도 알아야 한다. 종교란 필요악일지도 몰라. 종교를 빙자하는 사이비가 많으니까. 나는 종교는 본인의 마음속을 선하게 만드는 것이 바른 종교라고 생각해."

쓸다리가 바로 말을 받았다.

"그래 너는 산사에서 불경을 읽었으니 네 깊은 뜻은 모르겠지만 일리는 있다."

은행이가 화제를 돌려 쌍안경에게

"야 쌍안경 너 성경 내용은 모든 것이 진짜라고 생각하는 거야?"

쓸다리 또 맹물이 때문에 속이 뒤집혔어도 대답을 안 할 수는 없다. 기어들어 가는 목소리로

"그럼 진짜지, 예수님의 말씀이니까. 귀중한 하나뿐인 성경이지. 우리는 하나만 선택하여 읽고 있지."

은행이가 성경에 대해서는 한소릴 했다.

"성경은 역사상 매우 중요한 책이지만 성경에는 비밀이 많아, 성경 내용에 들어갈 것이 숨겨진 것도 많다. 쌍안경 네가 생각하는 성경이 하나라고 하는 것은 기독교의 구약, 신약을 이야기하는 것 같은데?"

"당연하지 기독교에서 보는 성경은 공동번역 그것 하나야."

욕쟁이가 또 한 번의 분위기를 흔들어댔다.

"저렇게 고지식하니 신도가 몇 명밖에 없는 거야. 나는 무종교지만 들은 이야기라면 성경은 전 세계에 성경을 빙자한 성경이 여러 권이라고 하더라. 목사라니까 한번 물어보자, 기도한다면서 눈을 감는 이유는 뭐니 눈뜨고 기도하면 누가 잡아가니?"

"그거는 에--- 그러니까. 명상하면서 기도하는 거지."

"엥? 명상, 그거는 불교에서 이야기하는 소리 아녀?"

"아냐. 눈을 감고 깊이 생각하며 기도하느라고 눈을 감는 겨."

여기저기서 말들이 쏟아져 나왔다.

"사이비 교회 때문에 집안이 풍비박산된 사람들도 있어. 쓸다리 말대로 교회는 필요악일지도 몰라. 재벌들치고 종교 믿는 사람이 있어? 거의 없잖어. 그들은 목표가 뚜렷하니까 보통 사람들과는 좀 달라. 마음도 굳세고. 교회를 믿는 사람은 마음이 연약한 사람들이 거의 다야. 내 밑에 와서 노가다를 하는 사람들을 보면 마음이 약해 제 것 다 자식에게 빼앗기고 그 일을 하는 사람도 있어."

"창세기에서는 하나님이 흙으로 남자를 먼저 만들고 남자의 갈비뼈로 여자를 만들었다고 한다. 그러나 영자 역학에서 주장하는 글은 여자가 먼저라고 한다. 구약 성서의 창세기를 영원히 강조할 수 있을까?"

"거짓말을 하려면 입술에 침을 바르는 건 당연한 짓이다. 사이비 교주는 거짓말을 늘어놓고 장사를 하는 것과 똑같다. 그것이 자기의 올가미였다는 것을 알았을 때 그를 기다리는 것은 빠져나올 수 없는 양심이라는 감옥으로 들어간 마음일 거다."

종교에 대하여 성경을 무조건 다 믿는다는 건 무리가 있다. 종교학 박사들이 연구한 내용은 들어볼 만한 이야기이다.

성경은 역사책이기도 하지만 각 파벌로 쓰고 있다. 성경은 각파의 편찬위원회에서 통과된 내용만을 수록하였기에 약간씩 다른 면도 나온다. 천주교회의 교리서는 오래전에 신학 전문가 7명으로 선정된 추기경과 주교님들이 9번의 의안 과정을 세계 주교님들로부터 자문도 받고 하여 신중하게 검토된 뒤에 확정한 것이다.

킹제임스 성경은 66권(개신교) 가톨릭 성경은 73권 에티오피아 정교회는 81권을 쓰고 있다.

성경에는 정경과 외경이 있어 정경은 성서에 포함되었지만 외경은 그 말 자체로 숨겨지거나 비밀스러운 가르침을 담고 있는 것을 말함이다.

숨겨진 성경 중에는 에녹서라는 게 있는데 그 내용이 충격적이다. 그래서 기독교 지도자는 특별한 의도를 가지고 성경에서 삭제한 것인지도 모른다. 어쨌든 삭제됐으니까.

신약성서에도 "로마 복음서", "빌립보 복음서", "애굽인 복음서" 그리고 "진리의 증언", "마리아 막달라 복음서" 베드로 계시록 등 아주 많은 20여 권의 복음서들이 성경에서 빠졌다. 1세기 2세기 3세기 기독교는 굉장히 다양했다. 이후 우리가 믿는 것에 대하여 각 종교 단체에서는 타협을 하기 시작했다. 정치가 종교에 개입하고 돈이 종교에 개입하자, 서기 367년에 애굽의 이타나시우스 대주교가 처음으로 신약성서의 목록을 작성할 때 영지주의 성서는 이단으로 분류하고 가지고 있는 모든 성경은 다 불태우라고 하고 이제부터는 구원의 샘인 성서 27권을 따르라고 했다. 이단으로 분류한 그 복음서를 가지고 있는 사람은 처형했다. 그런데 그 성경을 불태우지 않고 나그함마디에 숨겨놓은 문서가 있었다. 그것은 질항아리에 양피지로 쓴 것인데 그중에서 가장 중요한 건 도마 복음서이다. 예수의 백여 개 명언을 모아놓은 복음서이다. 신성한 존재로 묘사하는 예수가 여전히 인간적인 모습을 하고 있기 때문에 그 복음서를 삭제했는지도 모른다. 성경은 인간의 손으로 쓰여진 것은 틀림없다. "진리의 증언 복음서"에서 하느님이 너희를 사랑하신다면 "왜 선악의 지식을 숨기셨을까?" 왜 이 지식을 금기시하시며 아담과 하와에게 말씀을 안 하셨을까? 아담과 하와의 생애도 창세기에서만 잠깐 나오고 에덴동산에서 쫓겨나는 것으로 끝난다.

기원후 1세기 문서로 추정되는 히브리 성서 원고가 바탕이 된 "아담과 하와의 생애"는 비록 사라졌지만 수많은 언어와 이름으로 전해 내려온다. 이 이야기는 에덴동산 추방 이후 아담과 하와의 삶을 보여 준다. 그리고 이 가족에 대한 흥미로운 일화도 담겨있다. 창세기에는 추방이 후 아담의 삶에 대해 930년간 살았다는 정보만 기록되어 있다. 아담과 하와에게 셋이라는 첫째 아들을 주신다. 이후 아들 30명 딸 30명 총 60명 이상의 자녀를 낳는다. 전통 성경에 나온 것보다 훨씬 많은 숫자이다.

성경은 그 내용에 관한 연구와 치열한 논쟁이 수천 년간 끊이지 않았던 것도 사실이다. 그렇게 연구되어 정경이란 공식적으로 인정받은 경전 기독교의 구약, 신약 성경이다.

어쨌든 성경은 하늘에서 뚝 떨어지지 않았을 터이니 사람의 손으로 쓴 것임은 틀림없다. 사람이 신성한 영감을 받아서 쓸 수도 있겠지만….

고대 기독교에는 비밀이 있다. 민족과 집단에 따라서 성경이 달랐다고 로버트 R. 카길 박사는 그의 저서에서 밝혔다. 또한 데일 마틴 박사 예일대 종교학 박사도 에녹이라는 인물은 구약 성서에 나온다. 논란이 많다가 에녹서가 성경에서 빠진 것은 기이하고 터무니없는 내용 때문에 정경 또는 공식 본문에서 고의로 빠졌다고 한다. 에녹서가 쓰인 기간은 기원전 300년에서 기원후 100년 이 사이로 추정되고 있다. 에녹은 종말을 예언하고 메시아가 올 것이라고 하며 또 모든 전쟁과 전투를 예언한다. 그리고 거인족 순찰자를 이야기한다. 순찰자는 변절한 천사를 가리키며 그를 네피림이라고 한다.

[구약 성서 창세기에 보면 아담과 이브의 이야기가 나온다. 하느님은 남자(이브)의 갈비뼈를 하나 꺼내서 여자(아담)를 만들었다고 한다. 남성이 인간의 원형이고 여성은 부수적인 존재라는 이야기이다. 그 성서를 인류는 2000년간 믿고 읽어왔다. 그러나 과학이 발달하고 보니 그것은 과학적으로 틀린 역사책이라고 주장하는 학자들이 있다.]

[태아는 남성 호르몬이 안드로겐에 노출되지 않으면 여성이 된다. 생물학적으로 여성이 되기 위해서는 여성 호르몬인 에스트로겐이 필요하다. 하지만 이것은 젖가슴과 엉덩이를 만들고 월경 주기를 조절하는 데 필요할 뿐이다. 이런 관점에서 생각하면 인간의 원형은 여성이다]. -(떨림과 울림. 김상욱 양자역학 박사. 일부 발췌)

"이런 글도 있다는 것을 알아두는 것도 나쁘지는 않을 거야."

우리나라는 개신교만 해도 2만여 개가 넘는다고 한다. 세계 종교 백화점이랄 만큼 수많은 종교가 난무하고 있다. 그 수는 계속 늘어나고 종교 간에 갈등과 대립 현상까지 나타나고 있다. 충남 계룡산과 전라도의 모악산 무속신앙을 빼고도 우리나라의 신흥 종교 수는 약 400여 개에 이르고 있다. 그래서 외국에서는 한국을 신흥 종교의 왕국이라고까지 부르고 있다. 외국계인 이슬람교나 힌두교도 또 일본계 남녀 호랑갱교 등도 있다.

사회적 현상이라고는 하지만 제사는 유교적 가치이다. 유교에 의하여 동방예의지국이라는 우리나라의 명칭이 생긴 것이다.

제사를 배제하려는 것은 유교 사상을 없애려는 시도이다. 그래야 교회에서 주장하는 유일신을 신봉할 수 있으니까. 종교가 그렇게 많다는 것을 아는 사람을 얼마나 될까? 그러니 길가에 돌멩이만 차도 교회에 떨어진다는 이야기가 나올 만도 하다. 유일신만을 강조하는 개신교와는 다르게 천주교회에서는 조상의 제사를 허용한다.

세계의 전쟁사를 따지고 보면 대부분이 종교 전쟁이다. 힛틀러의 광적인 전쟁사를 빼고 보면 그만큼 종교는 필요악일 수도 있다. 모임 체에서 믿는 종교가 아니면 이단으로 몰아세운다. 신흥종교를 이단 유사종교 사이비 사교 등으로 무조건 몰아가는 것은 옳지 않다.

신흥종교란 기성 종교에 대한 상대적인 용어일 뿐이다. 신흥종교가 발생하는 원인은 연약한 사람이 미래에 대한 불확실성에서 느끼는 무력감에서 새로운 것을 찾다가 발생하는 것이다. 거기에는 사회적 요인이 한몫한다. 사회 정의가 올바로 서고 안정된 사회에서는 신흥종교가 자리를 잡지 못한다. 신흥종교에 빠지는 것은 권력과 부. 지식 등에서 떨어진 농민이나 하류계층으로서 상대적으로 박탈감을 가진 사람들이다.

신흥종교의 창시자들은 대부분이 다 어려운 환경에서 자란 자 들이다, 동학의 최재우의 아버지는 벼슬이 없었다. 세 번째 부인으로부터 63세에 낳은 아들이 최재우이다. 여섯 살에 어머니를 잃고 열일곱 살에 아버지가 돌아가시자 몹시 어려운 생활을 하던 사람이다. 천주교에 배반하여 유불선을 근본으로 삼고 동학을 세웠다. 증산교의 강일순은 신분상으로는 높았지만 극도로 빈곤한 생활을 한 사람이다. 보천교를 만들어 수백만의 신자를 이끌었던 차경석은 그의 아버지가 동학 혁명군으로 활동하다가 체포되어 처형당하자 아버지의 원수를 갚는다며 증산교를 만들었다. 박태선은 빈농에서 태어나 조실부모한 사람으로서 전도관을 만든 사람이다. 통일교의 문선명은 형과 누이가 정신 이상이 걸린 것이 계기가 되어 개신교에 귀의하고 통일교를 만든 사람이다. 그분들은 다 불우한 환경 속에서 자란 사람들이다. 그들은 빈농이거나 불우한 성장 과정을 가진 사람들이다. 신흥 종교에 빠지는 자들은 사회에서 소외되고 억눌린 자들이 많다. 기성 종교를 빙자하고 위장한 경우도 있고 신흥종교는 창시자의 죽음이나 개종하여 소멸되는 경우도 있다. (노길명의 한국의 신흥 종교에서 일부 발췌)

요즈음 유럽에 어느 국가를 보면 신부님이 되기 위해 지원하는 사람이 없어서 신부님 나이가 90이 다되어도 복사도 없이 혼자 미사를 드린다고 한다. 나라가 평안하고 살기가 좋으면 종교에 빠지지 않는다는 증거이기도 하다.

요한 계시록은 성서학자들이 연구는 하고 있지만 현 인류의 숙제이다. 폼페이가 지진으로 없어질 당시의 요한이 쓴 계시록은 인류의 미래를 예측한 것 치고는 문구만 바꾸면 현시대와 거의 맞아 가는 글이 있다. 요한이 말하는 철의 메뚜기 떼는 현 인조인간을 말함은 아닌지? 어찌 그 당시 사람이 인류의 병에까지 그렇게 자세한 이야기를 했는지 정말 감탄할 만한 이야기이다. 사이비 종교 창시자들은 요한 계시록을 가장 많이 노렸다. 자기들 입에 맞게 해석을 해서 신흥종교를 만들고 떠드는 것이다.

쓸다리는 친구가 모인 자리에서 친구 목사만을 비방하려고 말을 한 것이 아니었다고 이야기를 했다. 그의 주장은 고정관념에서 벗어나야 자기 직업도 보이며 내 생각만 옳다고 생각하는 것은 무지라고 했다. 전문 분야를 연구하고 생각하는 사람은 항시 그 부분에 남의 우위에 설 수가 있다고 이야기했다. 연구하면 세상은 달리 보이는 것이며. 무엇에 도전하려면 우선 책상에 앉아 그 분야를 공부하는 것이라고 강조했다. 온갖 잡일에서 귀를 떨치고 머릿속에 지식을 넣는 공부를 하여야 한다고 강조도 했다 다만 쓸다리의 실수라고 한다면 친구들에게 최대한 밝은 미소와 성의가 담긴 말투로 이야기를 했다면 이해할 사람이 더 나왔을 것이다. 쓸다리는 너무 직설적으로 표현을 하니 쌍안경이 오해할 수도 있었을 것이다. 쓸다리는 쌍안경이 돈이 많은 부자이니 성도들이 없어도 그만, 있어도 그만인 교회를 하고 있다고 어렴풋이 짐작하고 있었다. 그것은 사실이었다.

쓸다리가 이야기하는 것은 이 세상 사람이면 거의 다 아는 사실이다. 종교 정말 어려운 문제이다. 떠도는 이야기가 아니라도 종교를 빙자해 사이비 종교가 등장하여 사기를 치는 교회가 있다는 건 사실이 아닌가?

동창들의 결론은 한군데로 모아졌다.

종교란 필요악일지도 모른다. 다만 교회를 크게 짓기 위하여 십일조를 전부 사용하는 것은 옳지 않다. 십일조로 받은 돈 중 반이라도 가난한 사람들을 위하여 쓴다면 그 종교는 신임할 수가 있으며 좋은 일이다. 종교를 빙자한 교회는 배척해야 한다. 그것은 오히려 사람을 병들게 하기 때문이다. 종교에 맹신하는 자는 오히려 본인에게 혼란을 줄 것이다. 종교 지도자들은 엄격한 잣대를 가지고 신자들을 대하고 성경을 오도는 하지 말아야 한다.

우리는 기억해야 한다.

우리 지구는 광신도들의 아픈 역사를 가지고 있다. 말만 들어도 어지러운 광신도들의 모임. 인민사원 그 사이비 종교의 창립자인 짐 존스는 감리교 신자였다. 감리교를 탈퇴한 짐존스는 그만의 종교를 만들었다. 1978년 11월 18일 인민사원이라 불리는 가이아나의 존스타운의 집단 살인극과 집단 자살극. 그들의 신도는 강제 노역자였으며 집단을 떠나려는 30여 명의 사람을 무차별 총격을 가해 살해하였다.

또한, 우리는 지구에서 화려한 문명을 꽃피웠던 남아메리카의 마야 문명을 기억하지 않을 수 없다. 그들은 새로운 문명을 탄생시켰으나 살아있는 사람의 심장을 뽑아 피를 신에게 바치는 그런 행위를 했다. 그것을 본 스페인 가톨릭이 경악했다. 결코, 성공할 수 없는 광신도 집단이기에 스페인에 무릎을 꿇었다. 인민사원도 광신도 사이비 종교의 종말이었다. 인민사원이나 마야 문명 그것은 크게 돌출된 것이고 얼굴을 드러내지 않은 숨어있는 광신도 집단은 많이 있을 것이다.

쌍안경 목사의 비밀

쌍안경(목사) 그의 어머니는 20세 때부터 실성을 했다고 소문이 나면서 총각들이 얼씬도 안 했다.

쌍안경 할머니는 딸이 병원에 가도 치료가 되지 않자, 마지막으로 점이라도 쳐보려고 점쟁이를 찾아갔다. 점쟁이는 그녀를 자세히 보더니 신을 내리면 된다면서 신들의 천국이라 일컫는 계룡산에 보내라고 했다. 쌍안경 할머니는 점쟁이 말을 믿고 딸을 데리고 200여 개 이상의 사이비 종교 집단이 몰려있는 그곳에 유명하다는 무당을 찾아갔다. 딸은 일 년 만에 신내림을 받았다. 신내림을 받은 그녀는 무당이 되면서 굿을 하며 점까지 치는 사람으로 바뀌었다. 25세가 되자, 유명한 처녀 무당이며 점쟁이라고 소문이 났다. 점을 잘 친다고 소문이 나자, 집에는 항시 손님이 아주 많았다. 바로 그 유명한 서문동 촛불 점쟁이가 쌍안경 어머니였다. 어머니가 굿을 할 때 대잡이를 하던 시력이 좋지 않던 30세의 남자는 어머니의 비밀스러운 애인이었다. 같이 동거를 하고 일 년 만에 일신이를 낳았다. 그 뒤로부터 신장 막대기는 다른 남자의 손으로 넘어갔다. 돈이 많이 생기자 사직동 넓은 집으로 옮겼다.

아침 일찍부터 사람들이 점을 치려고 쌍안경 어머니 집으로 모여들었다. 얼마를 내야 하는지 가격이 없는 점치는 금액과 부적은 부르는 게 값이었다. 마당도 넓고 집도 두 채가 있고 사랑채까지 있는 집은 사람들로 항시 북적댔다. 손님이 많으니 쌍안경 아버지는 그저 집에서 놀면서 돈을 얻어다가 술타령이나 하셨다.

쌍안경 어머니는 선견지명(先見之明)이 있는지 점을 쳐봐서인지 많은 돈이 생기자 사직동 집 부근과 운천동의 논밭을 사들이기 시작했다. 가격이 정해져 있지 않은 굿을 하면 돈은 날이 갈수록 엄청나게 늘어나고 땅도 늘어났다.

술타령 꾼 남편에게 재산을 주면 금세 다 날릴 것을 염려한 쌍안경 어머니는 일부를 외아들인 쌍안경에게 증여를 하여 등기를 해주었다.

쌍안경은 그의 아버지의 시력이 유전됐는지 시력이 안 좋았다. 그는 초등학교 때부터 부잣집 아이들이나 쓰는 안경을 쓰고 다녔다. 유일신이라는 이름은 어머니가 지은 이름이다. 유일한 신이라는 뜻이다. 쌍안경은 집에 어떤 친구들도 데려가 본 적이 없기에 그의 어머니가 무당이라는 사실도 아는 친구들은 없었다. 그저 친한 짝꿍 친구만 쌍안경 어머니가 점을 친다는 것만 어슴푸레 알았다. 6학년 내내 호랑이 선생님에게 불려가 교탁에 한 번도 서 본 적이 없었다. 그가 쓰고 다니는 비싼 안경의 도수가 높으니 그것을 보고 아이들이 쌍안경이라 불러서 그의 별명은 "쌍안경"이 되었다. 초등친구들을 그저 월사금 잘 가져오고 도시락도 쌀밥을 싸 오니 부잣집 아들쯤으로만 알았다.

쌍안경은 초등학교 시절에는 몰랐지만, 고등학교에 들어가서부터는 촛불을 켜놓고 머리를 흔들며 점을 치는 어머니가 좋지 않게 보였다. 며칠씩 굿을 할 때는 더욱더 어머니가 안 좋아 보였다. 어머니 몰래 고등학교 때 교회를 다니다가 들켰다. 마귀가 들었다며 쌍안경을 방안에 가두고 며칠씩 밥을 안 주고 굶겼다. 쌍안경은 교회에는 다시는 안 가겠다고 싹싹 빌고서는 용서를 받았다. 방과 후에는 집에서 꼼짝 말고 있으라는 엄명이 떨어졌다. 그러나 사춘기가 된 쌍안경은 교회에 가서 남자나 여자 친구들을 만나고 싶었다. 어머니의 지시에 쌍안경은 어머니와 갈등의 싹이 생기기 시작했다.

매일 소주를 마시고 곤드래 만드래가 됐던 쌍안경 아버지는 술 때문인지 50세도 못 사시고 간 경화로 일찍 돌아가셨다. 많은 돈을 병과 바꾼 셈이다. 쌍안경은 고등학교를 졸업하고는 대학교는 시험에서 떨어져 못 들어갔다. 시력 때문에 군도 면제되자, 북문로 00 운수에 사무원으로 취업을 했다. 사무원을 핑계로 어머니 몰래 교회를 또 다니기 시작했다.

쌍안경이 교회에 가고 싶어 했던 것은 하느님을 믿으러 간 것이 아니다. 처녀들과 만날 수 있는 연애 장소로 딱 맞기 때문이다. 눈치 빠른 어른들은 교회를 연애당이라고도 칭했다. 눈을 뜨나 감으나 용솟음치는 젊은 혈기를 무당인 어머니가 신력으로 막는다는 것은 여드레 삶은 호박에 도래송곳도 안 들어갈 이야기이다.

자신의 생각과는 어긋나는 어머니가 굿을 하는 행동을 물끄러미 바라보다가는 어머니는 정상이 아닌 것 같다는 생각이 들었다. 구렁이 담 넘어가듯 감시인의 눈치를 봐가며 교회로 갈 생각만 앞섰다. 교회에서 한번 본 처녀에게 온통 마음을 빼앗겼다. 저녁 예배가 끝나는 시간 교회만 가면 그녀가 있다. 대화를 해보지는 못했지만, 그녀를 보는 것만으로도 행복하다.

도망가려는 자와 막으려는 자는 누가 이길 것인지는 빤했다. 교회를 몰래 가면서 미소를 짓고는 "날 잡아 봐라." 어릴 적 술래잡기 생각이 났다.

아들이 교회를 다닌다는 것을 알게 된 어머니는 직장도 못 나가게 하고 쌍안경을 방에 가두고 밖에서 자물쇠를 채웠다. 어머니는 정말 무서운 사람이었다. 무당 일을 거드는 새로 들어온 대잡이 남자는 쌍안경이 어디로 옷가게 막는 감시인이었다. 감시인은 밥을 가져다주고 그릇도 가져간다. 아예 방에다가는 요강까지 갖다 놓고 꼼짝도 못 하게 했다.

쌍안경을 방에 가두고는 방 사면에 부적을 한 장씩 넉 장을 붙여 놓았다. 그걸 찢었다가는 난리가 날건 뻔하다. 문종이에 벌건 인주를 바른 게 무슨 효험이 있을까? 방안에 갇혀서 쳐다보니 쳐다볼 건 그것뿐이다, '저걸 돈 주고 사가는 사람들은 제정신이 아닐 거야!' 속으로 그렇게 생각도 해보지만 부적 그게 궁금하기도 하다.

방안에 갇힌 지 삼 일째가 되는 날 어머니는 무당 옷을 입고 칼을 들고 남자 두 명과 함께 방으로 들어왔다. 감시인 두 사람은 징과 꽹과리를 가지고 들어왔다. 감시인과 한 남자가 강제로 팔을 몸에 묶어 앉혀놓고 꼼짝도 말란다. 어머니는 사방팔방에 칼을 들고 휘두른다. 칼로 무엇을 하려는지 겁도 난다. 감시인 그는 징을 업어놓고 두드리고 또한 사람은 꽹과리를 업어놓고 두드린다. 어머니의 칼이 쌍안경을 향했다. 칼이 목 앞을 어른거리고 아랫배를 그냥 꽉 찌를 것만 같다. 오금이 저린다. 칼로 어디든 꼭 찌를 것만 같다. 휘두르는 칼이 무섭기도 하다. 묶인 몸은 사시나무 떨 듯했다. 귀청이 살려달라고 아우성을 쳐대는 방안은 난리 벅구녁이 되었다. 정신이 하나도 없다. 한 시간도 디 무당춤을 추고는 방안 사방에 절을 하고는 부적을 여기저기 덕지덕지 붙여놓고는 나가시며

"꼼짝도 말고 있어 다시 교회만 가면 그냥 안 둘껴."

굿이 끝나니 한숨이 다 나온다. 그 징 소리와 꽹과리 소리만 안 들려도 살 것만 같다. 방안에서 보이는 건 요강과 이불과 벽에 붙은 부적뿐이다. 저 부적이 정말로 나를 교회에 못 나가게 할까? 어떻게 해서든지 이 방을 빼져 나가야 하는데 뾰족한 방법이 없다. 감시인이 몸에 묶일 줄을 풀어주고는 열쇠로 방문을 덜컥 잠가 놓았으니 열 방법이 없다.

문을 발로 걷어차면 부서지면서 문은 열리겠지만 그보다 더한 벌을 받을 수도 있을 것 같다. 어머니가 귀신이 씌웠다며 젊은 여자를 꽁꽁 묶어놓고 싸리 빗자루로 물을 뿌려가며 기절할 때까지 때리는 것도 보았다. 나를 다시 밧줄로 안 묶는다는 보장은 없다. 생각다 못해 밥을

굶고 죽은 척을 해보기로 했다. 그렇게 오 일을 밥도 안 먹고 버티니 문이 열렸다. 일어날 힘도 없는 것 같다. 죽은 척하고 꼼짝도 안 했다. 어머니가 들어와서는 이불을 들춰본다.

"너 일어나 봐."

눈을 감고는 꼼짝도 안 했다. 오 일이나 굶었으니 배에서는 꼬르륵 소리도 그쳤다. 입술은 바싹 말라 터졌다. 진짜 다 죽어가는 환자 꼴을 연출했다.

감시인을 보고 일으키라고 한다. 그가 몸을 일으켜 앉히자 쓰러지는 배우 연기를 했다. 일으키면 또 쓰러지고 했다. 어머니는 밖으로 나가시더니 죽을 끓여 가지고 들어오셔서는 입에다 억지로 퍼 넣으려고 한다. 입을 꼭 다물고는 '이걸 받아먹으면 나는 여기서 못 나간다.' 입을 안 벌리자. 살살 꼬드기기 시작한다.

"이거 한 숟갈만 받아먹어 봐."

'젠장 죽으라고 방에 가두고서는 왜 죽을 쑤어 가지고 오냐고.' 배는 고프지만 꾹 참기로 했다. 입에 억지로 죽을 퍼 넣으면 입에 물었다가는 토하는 연기를 했다.

신의 눈으로 바라본 건지 무당의 눈으로 바라본 건지는 모르나 죽는 시늉의 연기는 누가 보아도 배우 뺨치게 훌륭했다. 이틀 동안을 어머니와 아들은 기차를 타고 평행선을 달렸다. 어머니 쪽 한쪽 바퀴가 삐거덕대며 기차는 섰다.

어머니가 항복 문구를 꺼내 놓았다.

"방문 안 잠글게 밖으로 나가 돌아다녀도 좋다. 교회만 가지 마. 돈은 너 쓸 만큼 많이 줄게."

'그래도 그 말 한 번 가지고는 안 되지. 죽은 척하고 더 버텨야지.'

항복문서에 도장을 꾹 찍을 때까지 버틸 셈이다. 감시인이 일으켜 앉혀도 눈을 뒤집어쓰고 그냥 쓰러지는 연기를 또 했다. 일주일이나 굶었으니 연기는 힘도 안 들게 잘되었다.

"아이고 안 되겠다. 차 좀 불러라. 병원으로 가게."

'헤. 헤. 헤. 내가 이겼지롱.' 부적은 종이쪽지 아무 효험도 없이 끝났다. 병원에서 5일을 있다가 퇴원했다. 독한 어머니가 항복하고 방에 열쇠를 철거했다. 의심의 끈을 꽉 쥐고 있는 어머니를 속이기 위해 태권도를 배우러 간다고 하고는 전에 살던 집 옆에 있던 서문동 태권도에 가서 등록도 했다. 그렇게 감시인을 따돌렸다. 집에서 좀 떨어진 서문동에 큰 교회인 00 교회를 몰래 나가기 시작했다. 교회 그곳엘 가면 처녀들을 만날 수도 있고 남자 친구들도 만날 수 있다. 쌍안경은 돈을 달래다가는 만두. 찐빵. 닭튀김. 자장면도 친구들에게 잘 사줬다.

쌍안경은 교회가 좋았다. 인연이 되려는지 교회에 같이 다니던 한 처녀와 손을 잡고 갈 정도까지 사귀었다. 그에게는 어머니가 무당이라는 이야기는 입 밖에 내지도 않고 만나기 시작했다. 그녀에게 집에 대한 것은 아무것도 알려 주지 않았다. 집에 들어가는 것도 담 없는 옆집을 통해 들어갔다. 돈은 달라면 넉넉히 주니 그녀에게 선물 공세를 하며 돈을 물 쓰듯 했다. 그녀는 쌍안경네 집이 무당이라는 것은 몰랐지만 부자라는 것을 감지했다. 그녀의 집안은 가난했다. 그녀가 보기에 쌍안경이 돈이 많은 집 아들이 틀림없는 것 같았다. 쌍안경은 목사님한테도 어머니의 직업을 말하지 않았다. 목사님에 가정 방문을 한다고 하실 때 교회를 다닌다면 못 다니게 할 것이라며 쌍안경은 강력히 반대했다. 대신 십일조를 많이 했다. 사귀는 그녀를 만나기 위해 그런 위장을 했다. 그녀도 가난을 면하고 부자로 살고 싶었다. 그래서 쌍안경을 만나기 시작하였다. 손을 잡고도 다녔다. 처녀가 총각과 손을 잡고 다녔다는 것은 결혼을 허락한 것이나 마찬가지였다.

쌍안경이 아무리 생각해도 그녀와의 결혼은 어머니가 허락을 절대 안 할 것은 뻔하다. 어머니의 이야기는 쏙 빼고 부모님이 우리의 결혼을 절대 허락을 안 할 것 같으니 같이 며칠만 같이 도망을 가자고 설득을 하였다. 그녀는 쌍안경이 돈이 많다는 게 좋아 생각해본다고 했다. 그녀는 가난에서 벗어나고 싶었다.

쌍안경은 돈을 훔쳐서 그녀와 도망을 가려고 어머니가 돈을 어디에다 감추나 유심히 살폈다. 돈은 굿당 뒤편에 목함에 있었다. 돈을 넣을 구멍만 뚫려 있는 목함은 큰 열쇠로 꼭 잠가 놓았다. 기회를 엿보다가 빠루와 망치를 가지고 상자를 뜯어냈다. 많은 돈과 각종 금은 패물을 보고는 쌍안경도 깜짝 놀랐다. 돈이 그렇게 많은 줄은 정말 몰랐다. 돈과 패물을 몽땅 훔치는 데 성공을 했다. 자물쇠를 잠글 수 없는 인간은 행복하다며 쌍안경은 돈을 훔치고 나서는 싱긋이 웃었다.

그녀도 엄청난 금액을 보고 깜짝 놀랐다. 쌍안경의 제안을 동의했다. 그걸 가지고 그녀와 서울로 도망을 쳤다. 그리고 훔쳐 간 돈으로 여관방을 전전하며 신나게 국내 여행도 다녔다. 그녀가 임신 5개월이 되어 배가 부른 것이 확실히 보이자. 방을 한 칸 얻어서 동거를 시작했다. 쌍안경에 대해 궁금한 것을 자꾸 묻는 그녀에게 어머니가 무당이라고 사실대로 말하였다. 그녀도 다시 돌릴 수 없는 강을 건넜기에 쌍안경의 말을 따르지 않을 수가 없었다. 그녀가 출산할 때가 가까워져 오자, 쌍안경은 그녀를 데리고 집으로 가서 어머니에게 사실대로 말하였다. 노발대발하던 어머니는 쌍안경에게 또 항복했다. 무당이래도 자식을 이기지는 못했다.

사직동 일대가 재개발이 되었다. 무당인 어머니가 매수해 놓은 토지 부근에 시외버스 주차장이 들어오고 상업지역인 그 일대를 대토로 받았다. 쌍안경 어머니는 쌍안경이 35세 때인 나이 65세에 많은 재산을 남기시고 돌아가셨다. 상속받고 증여받은 사직동 주차장 부근의 땅은 상업지역으로 변하니 엄청난 재산이었다. 여관을 지으려는 사람들이 여럿이 찾아와 땅을 팔라고 졸라댔다. 부동산에서도 연실 찾아와 땅을 팔라고 한다. 안 판다고 하면 돈을 더 준다고 하니 안 판다고 하며 슬슬 피했다. 그러자 터무니없는 값을 준다는 사람에게 땅을 분할하여 이백여 평만 팔았다. 상업지역이라 그것도 큰돈이다. 그 돈으로 사는 집을 헐고 새집을 지었다. 또 다른 땅도 팔아서 돈을 흥청망청 쓰며 호화롭게 살았다. 누가 말린 사람도 없으니 교회를 다시 나가기 시작했다. 운천동에 사놓은 땅도 엄청 많이 올랐다. 당시에 흔하지 않던 외제 중고 포드 자가용도 사서 타고 다녔다. 상업지역 이천여 평의 재산과 운천동의 3천여 평은 세금이 아주 많았다. 현금이 많지 않고 땅만 많으니 어떻게 하면 세금을 덜 낼까를 생각하다가 교회는 세금이 없다는 말을 들었다. 아내와 상의하고 목사가 되기로 생각을 굳혔다. 그것은 일종의 세금 도피성이었다.

놀고먹으니 이따금 이웃들에 눈치도 보이고 직업이 없다는 게 항상 마음에 부담도 됐었다. 목사가 되기만 하면 세금 문제도 해결되고 이웃에 눈치가 안 보이니 안성맞춤이었다.

고등학교는 졸업했으니 신학대학에는 시간과 돈만 있으면 들어갈 수가 있었다. 신학대학엘 들어가 졸업하고서는 45세에 목사 안수를 받았다. 그리고 어머니에게 상속받은 사직동 일부 땅에다 교회를 세우고 교회 이름으로 나머지 전 재산을 이전하여 세금을 안 내도 되었다. 그러니 신도에 관해서는 별로 신경을 안 쓴 것이다. 돈도 있으니 교회는 그럴듯하게 지었다. 각종 자재는 고급으로 쓰고 오르간은 외제를 샀다. 신도가 없으니 교회를 다닐 때 친했던 몇 사람을 포섭했다. 그리고 교회 건물 관리인을 모집할 때 신자가 되기로 한 사람 두 부부와 아이들 그리고 아내의 친구들 몇 명. 학자금을 좀 보태준다고 모집한 대학생 몇 명이 전 신도 이다. 돈이 많으니 교회 십일조는 신경도 쓰지 않았다. 일요일 10시에 모이면 그저 형식적으로 예배는 적당히 했다. 그리고 축일에는 신도들을 모아 요릿집에서 음식 대접을 했다. 세금 도

피성이니 구태여 소문낼 필요도 없었다.

매일 예배는 없고 명목상 일요일은 낮에 한 번 그리고 수요일 저녁에만 한 번 예배를 보았다.

친구들은 쌍안경의 이런 속사정을 알 리가 없다. 쓸다리만 쌍안경의 속내를 대충 짐작하고 있었다. 쌍안경은 쓸다리의 공격을 받으면서도 내내 입을 봉하고 있었다. 쌍안경은 6학년 때 쓸다리와 짝꿍이었다. 그래서 초등학교 때는 다른 친구들보다는 좀 친한 편이었다.

그런 쌍안경의 속을 모르는 쓸다리는 호기심으로 쌍안경의 교회를 한 번 가보았다.

그리고 쌍안경의 교회 일요일 예배를 드리는 것을 보고 교회가 좀 이상하다는 생각을 했다. 주일 예배를 보는 신자들의 수를 보고는 더 실망했다.

살모사 오영훈

0.5초의 순간, 뱀을 잡는 데는 그 순간을 잘 이용해야 뱀에 물리지 않고 뱀을 잡을 수 있다.

살모사(오영훈)는 원래 낭성 시골이 고향이다. 그의 아버지는 땅꾼이라고 하는 전문 뱀잡이였다. 아버지는 농촌에 땅이 없어서 청주 시내 변두리 사직동에 작은 점포를 하나 얻고서 이사를 와서 살았다. 고향인 낭성 집에서 약 8km 정도의 태봉산이라는 높은 산으로 뱀을 잡으러 다니셨다. 태봉산은 임금님의 태를 묻었다고 해서 지어진 산 이름이다. 명당인 셈이다. 뱀은 봄이 되면 굴에서 나와 산 아래로 내려와서 개구리나 쥐 등을 잡아먹는다. 그러다가 가을이 되면 산으로 올라가 굴속에 자리를 잡고 겨울을 난다. 뱀이 들어갈 수 있는 바위 밑 굴이 크면 그곳에는 각종 뱀들이 엄청나게 모여 뭉쳐있다. 어떻게 독사와 구렁이 능사 등이 함께 어울려 겨울을 나는지 참으로 신기하다. 그것을 아는 살모사 아버지는 늦가을에 뱀을 잡으러 부댓자루와 곡괭이를 메고 뱀잡이 집게를 들고 산으로 가신다. 굴이 큰 것만 하나라도 발견을 하면 일 년 농사나 다름이 없다. 잡거나 매수한 뱀을 고아 파는 지금의 건강원과 비슷한 일을 하는 분이셨다. 뱀은 당시에 많은 폐병 환자들에게 인기였다. 그래서 영훈이를 대학교까지 보낼 수 있었다.

영훈이의 처음 별명은 호구였다가 설사로 바뀌었다. 우윳가루 배급시에 날 우윳가루와 물을 많이 먹고 학교에 와서 옷에 설사를 했다 해서 붙은 별명이었다.

오영훈이는 집에서 뱀을 많이 보아서 그런지 그는 학교 주변이 산이라 뱀이 많이 있는데도 전혀 개의치를 않았다. 학교와 붙은 북쪽은 야산이다. 점심을 먹고 밖으로 나와 잠깐 쉴 때이다. 그곳에서 하루는 뱀이 교실 부근에 나왔다. 전부들 도망을 치는데 오영훈이는 그 뱀을 잡겠다고 한다. 하더니 긴 소나무 막대기를 주어서 들고는 뱀의 몸통을 한번 때렸다. 그러자 뱀은 도망가지 않고 혀를 날름거리며 똬리를 틀고 물려고 노려보고 있다. 뱀 대가리를 빠른 동작으로 막대기로 꼭 눌렀다. 그 뱀을 진짜 잡았다. 그리고 머리를 손으로 잡아서는 꼭 쥐고 친구들에게 꿈틀거리는 뱀을 흔들어대기도 했다. 친구들은 무섭고 징그러워서 도망을 쳤다. 선생님께 보여드리니 그것은 아주 독이 많은 살모사라면서 앞으로는 그런 뱀이 나타나면 잡으려다가는 죽으니 그냥 도망치라고 하셨다. 그는 선생님이 그러거나 말거나 그 후로도 뱀을 잘도 잡았다. 그래서 오영훈이의 별명이 "설사"에서 또 별명이 바뀌어 "살모사"가 된 것이다.

그가 뱀 잡는 기술을 안 것은 아버지께서 뱀을 다루는 기술을 본 것도 한몫했다. 아버지는 뱀을 많이 잡아 왔을 때는 넓은 나무통에다 넣어 놓는다. 잡은 지 오래되고 팔리지를 않으면 쥐를 잡아다가 넣어 주기도 한다. 그러나 뱀은 배가 부르면 쥐가 있어도 먹지를 않는다. 쥐가 옆에 있어도 물지도 않는다. 뱀을 손으로 만져보면 차가운 느낌이지만 머리를 잡으면 물지를 못한다. 만져보면 몸통은 아주 부드럽다. 뱀이 동물이나 사람을 물 때 그 속도는 무척 빠르다. 영훈이는 0.5초의 시간에 1m를 튀어 오른다는 것을 알기 때문에 뱀을 제압할 수 있었던 것이다. 뱀을 자주 만져보았기에 징그럽다고는 생각하지 않는다. 뱀은 눈 깜박할 사이에 다른 동물들의 몸을 물어 독을 집어넣는 것이다. 뱀이 느리게 간다고 생각하는 것은 착각이다. 독사가 도망을 갈 때는 무척 빠르다. 하지만 싸우려고 대들 때는 똬리를 틀고 노려보며 혀를 날름거린다. 느린 것은 구렁이이다. 같은 뱀 종류도 구렁이와는 싸우려 하지 않는다. 구렁이는 덩치가 크고 벌릴 수 있는 입이 크기 때문에 일반 종류의 뱀은 구렁이를 상대하려고 하지 않는다. 구렁이를 잡아서 다른 뱀들과 섞어 놓으면 구렁이는 배가 고프면 다른 뱀도 잡아먹는다.

그는 대학 2학년을 다니다가 군인을 가서 훈련을 받고는 당시의 높은 학력 때문에 보안사로 발령을 받았다. 당시 훈련을 받을 때 대학생은 드물었다. 근무를 해보니 사회보다도 더 좋은 곳 같아 보이니 아예 직업군인을 선택했다. 영외 거주를 할 수 있었기에 근무하면서 야간 대학교를 졸업했다. 보통 군인들 하면 딱딱해 보이지만 보안사 직원들은 아랫사람들에게도 존댓말을 쓰며 특별히 잘못이 없는 한 인격을 중시해 주는 곳이었다.

군인에 있을 때도 사복을 입고 다니니 그에 계급을 아는 사람은 보안사 직원뿐이었다. 그리고 하사 때에 월남을 지원하여 갔다가 귀국하고 군무원을 하기 위하여 중사 때에 전역했다.

군무원이 꼭 되리라고 생각한 것은 중사인 현역 때이다. 군인 생활도 편하고 아주 좋았기 때문이다. 시험은 무시험이고 추천제라는 것도 알았다. 평점은 바로 위 상관부터 3단계 통과면 군무원이 된다는 것을 알았다. 보안사의 군무원이 된다는 것은 쉽지 않은 일이다. 군무원 한 사람이 나가든지 TO도 있어야 하고 기회가 있어야 하는 것이다. 살모사 그는 항시 성공은 0.5초라는 것을 잊지 않았다. 순간이라는 것에 잘 대처했기에 그는 인생을 편히 살은 셈이다. 높은 분들에게 환심도 샀다. 앞으로의 일을 예상한 것은 딱 맞아떨어지고 보안사령부 군무원 7급이 되었다. 대학을 졸업하고 월남을 갔다 온 경력도 참작이 되었겠지만, 평소 그의 활동이 빛을 발한 것이다.

그리고는 5급 사무관을 거쳐 4급 서기관까지 올라간 친구이다. 육군 대령이 장군이 되려면 보안사의 평점이 필요했다. 그곳에서의 서기관이라는 자리는 장군을 떨어트리기도 할 수 있는 막강한 자리였다. 살모사는 육군본부에서 근무하다가 퇴직했다. 관운이 대단히 좋은 친구였다.

그는 동창회에서 술이 얼근해지면 군대에서 먹은 술좌석을 생각하는지 맥주에다 소주를 타서는 한잔 씩 돌린다. 그러면서 그는 옛날 유행하던 트__위스트 춤으로 동창들 간에 인기 짱이 되었다. 친구들은 그의 몸짓이 얼마나 웃기는지 웃다가는 고개를 돌리고는 배를 쥐고 캑캑 대기도 했다.

그리고 군대에 대한 많은 정보가 있을 터인데 비밀 사항이라며 일절 금했다. 그래서 그의 군 생활을 알 수가 없다.

기마대 이승민, 도토리 김재천

초등학교 5~6학년 때에 친구들로부터 부러움을 독차지한 승민이는 아버지 때문이었다. 승민이의 아버지는 당시 기마대라 불리던 특무부대에 다니고 계셨다. 승민이가 초등학교 5학년 때에 그에 아버지가 학교에 오셨었다. 운동장에서 조회할 때인데 승민이가 아버지 말이 타고 싶어서 꾀병을 부리며 학교에 안 가려고 하자, 승민이 어머니가 부대에 연락을 화여 아버지가 말에 태워 학교로 온 것이다. 번쩍번쩍 빛나는 긴 가죽 장화를 신고 하얀 장갑을 끼고 말채찍을 들고 말에서 내리는 것을 본 친구들은 승민이가 너무나 부러웠다. 승민이도 말을 타고 다니는 아버지가 너무나 좋았다. 가끔 무심천 곡마당에서는 말을 태워줬지만, 학교까지 태워다 준 적은 없었다. 승민이는 외아들이다. 말을 타고 학교에 가고 싶어서 꾀병을 부린 승민에게 어머니가 항복한 것이다. 당시에 서문동과 남주동 사이의 무심천 옆에는 평평한 모래밭이었다. 지금보다는 넓은 모래사장이었다. 가끔 '엘나인틴'라는 군용 경비행기도 내렸다가 떴고 말 타는 연습장으로 사용을 할 때였다. 그곳을 곡마당으로 부르기도 했다. 바로 옆 서문대교 밑에는 피난민들이 천막을 치고 밥을 얻어다 먹고 있을 때이다.

학교 운동장에 말이 오자 전 학년이 운동장에 모여 조회를 하던 초등학교 어린이들은 말을 타고 학교에 온 아이가 너무나 부러웠다. 동창들이야 더 부러웠겠지만…

그래서 승민이의 별명은 기마대라는 별명이 붙었다. 말은 영리하여 주인을 너무나도 잘 알아보고 주인의 말을 순종한다. 그러려면 말의 주인은 말에게 신임을 얻어야 한다. 말에게 신임을 얻지 못한 사람이 말에 올라타면 말은 사람을 내동댕이치던지 등에 태우기를 거부한다.

승민이의 여름 방학은 정말로 아버지가 타고 다니는 말을 타볼 기회이기도 했다.

기마대는 남문로에서 약수터 쪽으로 가는 탑동 쪽으로 올라가는 도로 옆에 있었고 그곳을 특무대라고도 했다. 기마대는 원래 일제 강점기 때에 헌병들이 근무했던 곳이다. 그것을 경찰과 군에서 인수하여 사용한 것 같다.

승민이는 공고를 들어가서는 악기를 다루는 밴드부가 좋아서 밴드부에 들어가서는 클라리넷 부에 들어갔다. 그리고 방과 후나 토요일 오후, 일요일에도 학교에 가서 클라리넷을 열심히 배웠다. 공고를 졸업할 시에는 기본으로 따는 자격증을 두 개나 합격했다. 그것은 전업사를 할 수도 있는 자격증이었다. 기마대 승민이는 한전에 임시직으로 들어갔다가 20세가 되어 군인을 갔다. 도토리 재천이는 전업사에 들어가서 심부름을 하다가 군인을 갔다. 초등학교 때 재천이는 늘 상 도토리 팽이를 가지고 다닌다고 하여 붙은 별명이 도토리가 됐다.

아버지가 좋은 직장엘 다니시니 돈 걱정 없이 살은 승민이는 군인 갈 때도 적지 않은 금액을 가지고 갔다.

군부대 근무 희망지를 선택할 때 군악대가 좋아 보여서 바로 신청을 했다. 시험 결과는 학교 밴드부를 했던 것이 가산점이 되어 바로 합격하여 011병과 번호를 받았다. 승민이는 고교 동창인 초등학교 시절 별명인 도토리 김재천도 같은 날 군대에 갔다. 전기 자격증도 둘이 두 과목을 다 합격을 했다.

논산훈련소에 입대를 하자 그곳은 인간개조 시장만 같았다. 내무반장이라는 일등병은 장군보다도 더 높아 보였다. 그저 말 한마디 하고는 작은 곡괭이 자루를 들고 다니며 훈련병들을 개 패듯 한다. 어떻게 하든지 그에게 두들겨 맞지 않으려고 온갖 노력을 했다. 논산 훈련소 연병장에서는 배가 아프다면 배꼽에 머큐롬을 발라준다. 연병장을 열 바퀴 뛰라는 처방전은 효과가 있었다. 뛰기 힘이 드니 거의 기권했으니 몽둥이와 머큐롬이 명약인 셈이다. 다리가 아파도 머리가 아프대도 기관병들은 아프다는 데에 머큐롬을 발라주고는 몽둥이찜질을 해댔다. 시범으로 걸린 훈병은 원산폭격이 기본이며 누워 취침도 훈련과목처럼 많이도 했다. 일등병 계급장을 단 내무반장을 부를 때는 선임 하사님이라고 해야 했다. PX는 특무상사의 돈주머니고 막걸리라는 맹물을 돈 받고 팔았다. 기마대는 맹물 막걸리도 사서 먹었다. 빵은 부르는 게 값이라 PX에서는 폭리를 취하고 있었다. 배가 고프니 제일 싼 것은 이동 주보들에 사 먹는 5원에 2개짜리 고구마이다. 보리밥에 맹물 배추 소금국이 전부인 식사는 쌀을 위에서 떼어먹었는지 쌀은 거의 없는 보리밥이다. 그 양은 정말로 집에 세 살짜리가 먹어도 다 먹을 만한 양이었다. 머리칼을 뜯는 이발은 한 사람당 3분이면 끝이다. 어떤 불만도 표시할 수가 없다. 야간 8시에 취하는 점호는 훈병들을 두들겨 패는 시간이다. 어떤 트집을 잡아서라도 패대니 정말로 훈병은 사람도 아니다 싶다. 일주일에 두 번 하는 목욕은 물 두어 번 몸에 뿌리면 그만이다. 그래서 목욕탕을 훈병들은 토끼탕이라고 했다. 그래도 생각해 보면 독일 나치의 감방보다는 나은 것 같다. 명색이라도 있으니 말이다. 아침마다 점호 시에 모자 뺏기는 일상이 되어 도둑질하고도 가슴도 떨리지 않게 될 때야 훈련이 끝난다고 한다. 연병장에서 소대 구분이 다 되고 내무반으로 들어온 사람 중에는 집안에 대령 이상이 있는 사람들 기관병들이 와서 데리고 갔다. 그들은 훈련을 받는 것인지 안 받는 것인지 다시 돌아 오지 않고 다른 사람이 들어와 40명의 인원을 채웠다.

가져갔던 돈은 15일 만에 내무반장의 공갈에 겁을 먹고 반도 더 빼앗겼고 배가 하도 고프니 변소에서 처녀나 아줌마들에게 고추를 보여주고 고구마를 사 먹는데 거의 다 들어갔다. 돈이 떨어지고 근 이십여 일은 너무나 배가 고파서 물로 배를 채운 적이 한두 번이 아니다. 삼팔선 부근에는 공비가 출몰하여 연신 사고가 난다며 훈련을 철저히 시켰다. 탈영병이 생길까 봐 연실 모이기만 하면 인원 점검인 앉아 번호를 시켰다. 새벽에 일어나서 아침 점호를 한 후에는 약 2-3km 되는 훈련장까지의 구보는 훈병들을 기진맥진하게 하였다. 막사는 브로크 벽돌로 담만 쌓고 그 안은 침상이 양쪽에 20명씩 누울 수만 있는 좁은 곳이다. 훈련이 끝나는 날은 정보부에서 나와 종이를 한 장씩 나누어 주고 소원수리를 쓰면 조사해서 해결해 준다고 한다.

정보부 사람들은 바보만 같다. 내무반 일등병 선임 하사는 미리 선수를 쳤다. 소대원 전부를 모아놓고 소원 수리를 쓰면 그거 조사하다가 발령도 못 받으니 그냥 아무 일도 없었다고 백지를 내란다. 생각해보면 그럴 듯도 하다. 두들겨 맞는 것은 다 알 터이고 돈 뺏긴 것도 모포를 감추고 돈을 갈취한다는 것을 정보부에서 모를 리가 없을 것이다. 그러니까 내무반장 일등병이 미리 손을 썼을 것이다. 내무반장이 정보부 병장을 모시러 갔다 왔으니 그 중간에 무슨 수작이 있을 게 뻔하다. 짜고 치는 화투판만 같다. 그렇게 소원수리 시간은 눈만 껌뻑이다가 끝났다. 도토리 재천이를 보충 중대에서 만났다. 그는 1사단 공병대로 발령을 받았다고 한다. 말로만 듣던 골병대로 발령을 받은 것이다.

그래도 아무 사고 없이 36일의 훈련이 끝났다는 것은 다행한 일이다. 승민이는 이제 그토록 가고 싶었던 군악대로 갈 것이라는 희망이 마음을 기쁘게 했다.

103보 춘천으로 두 사람은 발령이 났다. 그곳에서 이틀을 보내고 승민이는 1사단 군악대로 가고 도토리는 공병대로 갔다. 경기도 가평이었다. 기마대는 군 트럭을 타고 사단 군악대로 발령이 난 두 명과 함께 갔다. 군악대원들이 나와서 같이 발령이 난 3명을 박수로 맞이했다. 너무나 기분이 좋았다. 훈련받느라고 고생했다며 15일간은 푹 쉬란다. 사단에는 보충 중대, 수색 중대, 본부 중대 군악대가 식사하는 대형 식당이 한 군데만 있었다. 식권을 가지고 식당에 입장해야 밥을 타 먹을 수 있다. 배가 엄청 고팠을 거라며 선임자들은 신입 병들에 식권을 두 장씩을 주었다. 그것도 훌떡 먹어치우면 어디서 구했는지 밥을 더 타 먹으라고 식권을 한 장 더 가져다준다. 배가 고프니 3인분을 먹어 치웠다. 선임자들이 너무나 고마웠다. 그러다가 15일쯤 되고 훈련을 안 받으니 받은 식권 한 장으로 밥을 먹어도 배는 고프지 않게 되었다. 저녁 점호에서도 15일 동안은 빼주었다. 점호에서 얻어맞는 걸 보고는 훈련소 생각이 났다. 15일 동안의 군악대 생활은 천국이었다.

군악대에 온 것이 천운이라고 생각이 들 정도로 선임자들은 신병 3명을 친절히도 보살펴 주었다. 15일이 지나고 저녁 점호가 끝난 다음 신병 3명의 신고식을 한다고 한다. 훈련소에서는 일등병이 하늘만 같았는데 자대 배치를 받고 보니 뭐 별거 아닌가 싶게 그저 상병님, 일병님 거의 반말 조로 말을 하며 동지의식으로 대해주었다. 영외 거주자인 중, 상사들은 다 퇴근하고 주번 하사 주관하에 신고식이 시작됐다.

신고식은 신고 조장과 시범 조교로 구분되고 보조자 3명을 하사가 임명했다.

신입 3명은 신고식이 어떤 것인지도 모른다. 그저 시키는 대로만 하면 되겠지 하고 마음은 긴장되면서도 태평한 쪽이 더 많았다.

신고 조장의 목소리는 아주 부드러웠다. 신고식 시범 조교가 나왔다.

"그동안 너희들은 훈련을 받고 와서 신고식을 치르지 않아서 너희들은 정식 군악대원이 아니야. 그러니까 오늘 신고식을 잘 치른 이등병만 정식 대원이고 신고식을 잘 못 치른 이등병은 며칠이 되든 신고식을 마쳐야 한다. 알았나?"

"네."

"너희들 군에 오니 어때 먹고 싶은 게 많지? 그러니까 한 사람씩 자기가 먹고 싶은 것을 말하면서 코를 왼손으로 쥐고 오른손은 뒤꽁무니를 쥔다. 그리고 거지가 밥을 얻으러 다니는 것처럼 콧소리를 내며 먹고 싶은 것을 한 가지씩 말을 하며 침상을 한 바퀴씩 뱅뱅 돈다. 이게 먹고 싶다는 건데 잘못하여 자빠지면 다시 해야 한다. 만약에 다시 하게 되면 다른 사람 신고식이 끝날 때까지 원산폭격이다. 원산폭격 많이 해봤지?"

"네."

선임 서 일병이 신고식의 시범을 보이는데 뭐 별거 아니다 싶다.

"짜장면도 먹고 싶고,"

하고 승민이는 코를 쥐고 한 손은 엉덩이 허리띠를 잡고 한 바퀴를 돌았다. 그러자 엉덩이에서 불이 났다.

"짜식 그렇게 느리게밖에 못해 빨리빨리 돌아야 할 거 아녀."

신고 조장이 빨리 안 한다며 몽둥이를 휘둘렀다. 그놈의 훈련소에서 지겹게 얻어맞던 곡괭이 자루가 군악대에 있을 줄은 꿈에도 몰랐다. 그냥 최고 좋은 보직을 맡았다며 싱글벙글했던 승민이다.

아니 그런데 첫 번에 호출된 승민이가 해보니 그게 아니다. 탕수육도 먹고 싶고 통닭도 먹고 싶고. 잡채밥도 먹고 싶고 세 바퀴도 돌기 전에 어지러워서 몸이 휘청거리더니 침상 밑으로 꼬꾸라졌다. 몽둥이 찜질을 당하고 겁이 나서 무엇을 먹고 싶다고 지껄였는지도 생각이 안 난다.

비틀거리며 다시 일어나

"탕수육도 먹고 싶고."

하니

"얼씨구 놀고 있네. 짜식아 아까 처먹은 거 또 처먹어? 같은 음식이라도 두 번 먹으면 맛이 없는겨."

몽둥이가 사정없이 날아든다. 얼굴은 사색이 되고 몸은 바싹 얼었다. 그렇게도 너그럽게 보였던 신고 조장님이 나를 보고 싱긋이 웃던 생각이 난다. 그리고 '아. 그렇구나! 안면을 바꾼다는 게 이런 거구나!'

"못 일어나?"

몽둥이가 온몸을 가리지 않고 구석구석 춤을 추어댄다. 어지러워 비틀거리면서도 일어났다가는 도로 쓰러졌다. 대원들도 한마디씩 한다.

"야. 너 이제 신고식 시작인데. 너 군악대에서 나가야 될 것 같다. 신고식을 통과해야 정식 대원이 된다고 했잖어."

울면도 먹고 싶고. 찐빵도 먹고 싶고. 하다가 또 쓰러졌다. 얻어맞아 아파서 눈물도 나지만 어지러워서 정신을 차릴 수가 없다.

"너 아무래도 안 되겠다. 침상 밑에 대가리 박아. 다음 차례 나와."

신고 조장의 목소리가 내무빈에 찌렁찌렁 울렸다. 세 명의 신입들은 숨도 못 쉴 만큼 바싹 얼었다. 훈련소 몽둥이 그것은 약과였다. 그렇게 3명은 오지게도 두들겨 맞으며 먹고 싶다를 끝냈다. 정말로 선임자들이 무서웠다. 다음은 선임자들이 다 웃을 때까지 어떤 행동으로든 웃기는 짓을 하란다. 그리고는 신고 시범 조교가 시범을 보이는 데 정말로 기막히게도 잘 웃긴다.

여자가 홀딱 벗고 목욕을 하는 거란다. 홀딱 벗고 수건을 아래 종아리에 넣어서 꽁무니로 빼면서 몸을 뒤트는데 그 동작을 보고서는 신입 세 명은 된통 두들겨 맞았으면서도 깔깔대며 웃었다. 어떻게 해야 선임자들은 웃길지 정말로 대책이 안 선다. 그 힘든 중에 승민이는 웃길 수 있는 게 언뜻 떠 올랐다. 각설이 타령이었다. 윗도리 옷을 뒤집어 입고 바지는 벗어서 몸에 두르고 팬티 바람으로 되어 각설이 타령을 하며 밥을 달라는 거지 흉내를 그럴 듯도 하게 하여 2차는 통과를 했다. 그리고 신입 한 명은 풍장을 치는 흉내를 내면서 입으로 그 소리를 재현하여 그도 이 차를 통과했다. 마지막 남은 한 명은 웃기지를 못하자 그 벌로 삼천 근 들기를 한단다. 그게 뭔지 궁금도 했다. 참으로 큰일이다. 취침 나팔이 울린 지도 한참이 지났다. 불침번까지 세우고서 하는 신고식은 언제 끝날지도 모른다. 신고 조장이 나와서 일장 연설을 했다.

"나는 말이여 사회에서 장사 소리를 들은 사람이여 울 아버지는 호랑이를 맨손으로 깨려 잡은 할아버지의 아들이여. 그래서 그런지 나는 이 새끼손가락으로 삼천 근을 들 수가 있어. 거짓말인지 아닌지는 너희가 직접 봐. 내가 시범을 보일 테니."

신고 부조장이 웃기지 못한 신입을 침상에 누우라고 했다. 그는 할 수 없이 시키는 대로 해야 했다.

그러자 신고 보조 네 명이 누워있는 신입의 팔과 다리에 한 사람씩 붙어 신입을 꼼짝도 못 하게 위에서 누르자 대원들이 전부 웬 아리랑을 부르는 게 아닌가? 그러니까 신고 조장은 새끼손가락을 들어 허리띠에 걸고서는 올리는 척하더니 신입의 아래 바지를 내리고 팬티까지 젖히자 고추가 옷 밖으로 나오자 아리랑 소리는 더 커졌다. 이게 웬일 신고 조장은 고추를 만지작거리며 빨리 물을 싸라고 한다. 안 나오면 나올 때까지 고추를 흔들어 댄단다. 쳐다보는 사람들은 깔깔거리고 신고를 당하는 자는 꼼짝도 못 하고 울상을 짓고 당하고만 있었다. 그 여러 사람이 있는데 고추가 잘 안 서니 한참이나 애를 먹였다. 그리고 일이 끝나자 삼천 근 들기는 성공이라고 했다. 신임들의 입은 봉해지고 선임들은 깔깔거리며 신입들 신고식은 이렇게 하는 거라고 하며 삼천 근 들기를 안 한 두 명은 행운이라고 했다. 신고 거리는 아직도 많은데 시간이 오래됐으니 그만하기로 하고 내일 더 있다고 했다. 그게 뭔지도 너무나 궁금했다.

선임들은 신입 길들이기를 그렇게 했다. 신입들은 창피하여 얼굴만 붉어졌다. 그 이튿날이 되자 아침에 신고 조장이 신입 세 명을 집합시키고는 '너희들 앞으로 군악대에 있으려면 군화가 파리가 낙상을 하도록 닦아야 한다. 그러니 내일까지 24시간 안에 구두통을 하나씩 만들어 온다. 만약에 구두통을 못 만들어 오면 그에 적당한 대가가 따를 것이라고 엄포를 놓았다.' 그러자 신입이

"조장님 구두통을 만들려면 나무와 못과 망치 또 톱도 있어야 하잖아요?"

묻자.

"야 군대서 만들라면 만드는 거야 뭔 잔소리가 있어. 어떤 수를 쓰던 만들어와."

참으로 난감했다. 군악대는 군기가 세다고 하더니 15일이 지나자 그 편해 보이던 선임들은 호랑이로 변했다. 훈련소 일등병 내무반장의 벌은 이도 안 낳다. 군악대에 괜히 온 듯도 싶다. 어떻게 삼 년을 지내나 걱정이 태산같이 밀려온다.

세 명은 일단 밖으로 나가 사단 이곳저곳을 다녀도 구두통을 만들 만한 나무 판대기도 없고 못도 없다. 어떻게나 몸이 다는지 오줌이 마렵다. 기마대는 사단 사령부 공중변소에 가서 앉아서 담배를 꼬나물고 변소에 앉아 있다가 보니 변소 문짝이 나무가 아닌가! 옳다 됐다 싶다. 두 명에게 바로 연락을 했다. 세 명이 상의했다. 밤에 몰래 가서 문짝을 떼어 오기로. 취침 나팔이 울리자 세 명은 벌떡 일어나서는 밖으로 나가서 돌멩이 큰놈을 하나 가지고 가서 그 문짝을 부수기 시작했다. 문짝을 한 개, 떼어서 도둑고양이처럼 살금살금 부대로 들어왔다. 누구도 만난 적이 없다. 일단 나무는 구했다. 구두통만 어떻게든 만들면 된다. 나무 판대기를 돌로 내려치기를 두어 시간 동안 하여 들쑥날쑥한 구두통 모양을 만들었다. 24시간 전에 그렇게 만들자 합격이라고

했다. 사단 사령부 변소 문짝을 부수어서 구두통을 만들었으니 걸리면 엉덩이에 불이 날 게 뻔하다. 그래도 세 사람은 붙들리면 동지의식으로 다 같이 했다고 하기로 약속을 했다. 며칠이 돼도 소식이 없으니 얻어맞을 일이 없어졌다. 그리고 이틀이 지나자 부식 창고에 가서 일주일에 한 번 나오는 생닭을 최하 다섯 마리를 훔쳐 오라는 명령을 닭 나오기 전날 받았다. 사단 부식 창고는 산에 방공호를 파고 밖에는 나무로 문을 달아 걸고리로 걸고 묵직한 자물쇠로 잠가 놓았다. 참으로 큰일이다. 도둑질을 시키는데 안 할 수는 없고 어떻게 그 자물쇠를 풀고 사단 병력이 먹을 닭을 훔쳐 오느냐이다. 신입 세 명은 상의 끝에 야간을 이용하기로 했다. 야간 순찰 표식을 팔에 차고 총을 메고 순찰을 도는 척하며 부식 창고를 배회하다가 나무문에 걸고리를 부수고 닭을 훔치기로 했다. 단단한 차돌을 몇 개 준비하고 가보니 그곳에는 경비병이 왔다 갔다 하며 창고를 순찰하고 있었다. 세 명은 경비병을 따돌릴 궁리를 했다. 소리를 내면 경비병이 쫓아올 것이 분명하니 그런 작전을 펴기로 하고 한 사람이 몽둥이로 땅을 퍽 퍽 치면 한 사람은 으윽 소리를 지르라고 했다. 창고지기 경비병이 쫓아오면 한 사람은 자물쇠를 부수고 닭을 훔치기로 했다. 그런데 첫 작전은 성공했나 싶었는데 경비병이 두 사람을 보고는 그냥 자기 자리로 가는 바람에 실패했다. 할 수 없이 군악대로 가서 보고하자. 선임들이 닭 훔치기 작전에 나섰다. 그들이 간지 두 시간도 안 돼서 그들은 생닭을 여섯 마리를 갖고 왔다. 그 닭을 가져와서는 신입들 한테 보라는 듯 구경을 시켜 주었다. 어떻게 했는지 참으로 수단도 좋다. 그 닭은 내일 하기식에 갔다가 막걸리 두 통을 얻어와서 군악대원의 술안주가 될 것이다. 닭이 나온다고 하여 식당에 가보면 닭이 장화 신고 걸어간 맹 국물만 나온다. 돼지고기가 나온다는 날도 마찬가지이다. 군악대원들은 훔치는 데는 도가 텄다. 400여 명이 식사를 하는 본부 중대 수색대 군악대 식당은 닭

여섯 마리쯤 없어졌다 해도 그게 그리 큰일은 안되니 1종계는 눈치를 챘으면서도 눈감아 준다. 닭이 나오면 1종계는 제일 먼저 검문소에다 몇 마리를 주어야 한다. 닭이 나온다 해도 이것은 선임 하사 몫 중대장 몫 따지며 1종계가 먼저 배분을 하고 보면 닭이 적어질 수밖에 없다. 식당에 가서 꼴찌 대열에 서면 닭이 아니라 맹물뿐이다. 그 맹물도 아지노모도를 넣고 소금을 섞어 먹으면 맛이 있을 때다. 하기식은 연대별로 하기 때문에 월요일에서 금요일까지 다섯 번을 하는데 각 연대에 가면 연대 사령이 수고했다며 막걸리를 두 통을 군악대 차에 실어 준다. 그것을 먹을 때 안주로서는 빼찌까에 구운 닭이 최고다. 닭의 요리 솜씨도 일류 요리사가 안 부럽다. 생닭을 물에 씻어서는 잘게 썰어서 달아 오른 빼치카 세 곳에 신문지를 깔고 신문지가 타기 전에 얼른 닭을 두 마리씩 얹기만 하고 양은 바껫스를 뒤집어씌우고 시간을 재며 기다리면 된다. 빼치카에 깔아 놓은 신문지는 습기 때문에 절대 안 탄다. 선임자들의 놀라운 지혜였다.

닭을 구워서는 소금만 찍어 먹어도 일품이다. 도둑질은 군대에서 배운다더니 도둑질을 하고서도 양심에 가책은커녕 내가 잘난 사람이라고 자위를 할 때가 군대 시절이다. 얻어맞지 않으려는 고육지책이 군대 도둑질이다. 나중에 안 사실이지만 선임들은 대바늘 두 개만 가지면 어떤 열쇠도 딸 수 있는 기술을 전수해주고 있었다. 기가 막힌 사실이었다. 도둑질을 군에서 가르치다니…. 공군 안주가 없는 날이던지 육군 안주가 없는 날은 해군 도루묵을 먹는다. 도루묵은 천지이니 그것은 본부 중대 식당에서 남아 돌아간다. 언제든 달라기만 하면 많이도 준다. 그것을 끓이든지 굽든지 하면 막걸리 안주로서는 괜찮다.

승민이는 신고식을 그렇게 끝냈다. 신고식이 끝나고서는 선임자들의 말 한마디가 얼마나 무서운지 알아차렸다. 선임자들의 말은 바로 법이었다. 행사복 옷을 빨리 입는 훈련도 연실 해댄다. 군화는 한 번만 잡아당기면 조여지게 끈을 그렇게 해 놓았다. 5초면 군화를 신는다. 옷을 입고 벗고 하는 것도 처음에는 너무나 어려웠다. 시간이 약이었다. 배정반은 클라리넷 파트는 네 명인데 바로 위 상병인 김 상병의 당번을 하라고 한다. 군악대는 상병만 되면 당번을 둔다. 후임 중 한 사람 이등병이나 일등병의 시중을 받는다. 시중은 토요일 상병의 밥을 식당에서 가져다가 주는 것 또한 본부 중대 1종계에게 무슨 수단을 쓰든 쌀을 얻어다가 일요일에는 항고에다 밥을 해다 줘야 하고 아침에 상병이 일어나면 세숫물을 떠다가 바치고 치약 칫솔 수건을 들고 상병이 세수할 때를 기다렸다가 세수를 다 하면 수건을 드려야 한다. 그리고 상병의 클라리넷도 잘 닦아서 반짝반짝 빛이 나게 해드려야 한다. 그것은 전통이었다. 군악대 상병 일반 부대 소대장이 부럽지 않다. 행진곡은 학교에서 많이도 불어 봤지만 학교와 군악대의 연주와는 거리가 있었다. 특히 스탁 카토에서… 행진에서도 두부모가 돌아가는 것처럼 해야 하기에 신입들은 밥만 먹으면 일 개월 동안 운동장을 도는 연습을 해야 했다. 정확하게 반듯한 길에서는 한 발짝 사이가 50cm가 되게 걸어야 하는데 빨리 가느냐 아니냐에 따라 보폭도 바뀌어야 한다. 콘닥의 지시를 보고 보폭을 맞추어야 한다. 그래야 둥그렇게 돌아가는 행진이 흐트러지지 않는다. 처음에 행사를 나가서는 정신이 없다. 콘닥을 보아야지 옆 사람과 보폭을 맞추어야지 악보도 보아야 하지 그게 잘 될리가 없다. 반 박자라도 틀리며 삑 소리라도 났다가는 그날 군악대는 행사 후 초상집이 된다. 6개월 이상 된 선임자들은 눈 감고도 하지만 이등병은 발을 맞추는 것조차도 쉽지 않다. 그것은 선임자의 몽둥이가 해결한다. 행진할 때면 콘닥을 보아야 하고 악보를 외우지 않으면 콘닥의 지시를 못 보니 그것 또한 얻어맞는 일이니 행진곡 악보는 전부 외워야 한다. 악보를 외우는 것도 행진곡 한 곡을 주고는 일주일 시간 밖에 주지 않는다. 그것이 바로 군악대의 군대였다. 사단장쯤 되면 행진곡을 하도 들어서 어떤 악기가 잘못했는지도 금세 알아낸다. 군악대장이 사단장에게 불려가는 날은 군악대는 초상집이다. 전원이 모진 기합을 받고 또 바로 위에서 지시를 하며 기합을 받다 보면 졸병 차례가 오면 최하 4번의 선임자들로부터 엉덩이가 움직이기 힘들 정도로 맞는다. 군대 모포에는 이가 얼마나 많은지 온몸이 항상 근질근질하다. 토요일 외출을 안 나가면 이 잡기가 시작된다. 모포 한 장을 뒤지면 작은 페니실린 병에 3분의 일은 찬다. 디디티를 주머니에 넣어 차고 다녀도 소용이 없다. 석회라는 이 알이 왜 그렇게나 많은지 죽일 도리가 없다. 겨울에는 두꺼운 내의에 더 많은 이가 공생을 한다. 그러면 빨래를 한다며 냇가에 가서 물을 묻혀서 얼려도 보았다. 그러나 이는 죽는지 몰라도 석회는 안 죽는다. 바위에다 내려치기를 한참 한 후에 그냥 가지고 부대로 들어온다. 빨랫비누를 옷에 칠할 일은 없다, 그것은 모았다가 밖에 구멍가게에 가서 사제 라면과 바꾸어 먹을 참이다. 그게 군대식 빨래다. 일주일마다 바뀌는 군인 극장 프로그램은 군악대원들이 제일 좋아한다. 그것은 외상이기 때문이다. 외상이면 소도 잡아먹는다는데 봉급날 도망을 다니든 어찌하든 하여간 극장 갈 사람 하면 손을 들고 따라 나간다. 그러면 서무계가 이름을 적었다가 봉급날 공제하고 봉급을 준다. 이등병 봉급은 70원인데 극장 구경 한 번이 20원이다. 한 달에 4번 정도만 가면 봉급을 타기는커녕 돈을 서무계에 가져다주어야 한다. 그런 데다가 외출을 나가서 구멍가게 외상값도 내야 하는데 봉급날은 도망을 다녀야 한다. 선임자들에게 달러 돈을 빌리는 수밖에 없다. 그 돈을 보충하는 것은 본부 중대 1종계만 삶으면 가능하다. 선임자들 밥을 해준다며 하루에 쌀을 반 항고씩만 달라면 준다. 그것을 모았다가 극장 구경을 나갈 시에 차에 몰래 가지고 나가서 구멍가게에다 넘기면 되는 것이다.

군악대가 보기에는 좋을지 몰라도 그 속은 지옥이나 다름이 없었다. 그것을 견디지 못한 선임 일등병 한 명이 탈영하자 군악대에는 비상이 걸렸다. 군악대장이 만약, 사단에 탈영 보고를 한다면 군악대장은 사단장에게 불려가 발목 아래를 군홧발로 차는 쪼인트를 맞을 게 뻔하다. 군악 대장은 상병 한 사람과 하사 한 사람을 휴가증을 끊어 주고 그를 잡아 오라고 탈영한 일병의 서울 변두리 집으로 보냈다. 잡으러 간 사람이 일주일이 돼도 오지를 않는다. 당시에는 연락 방법이 따로 없어서 기다릴 수밖에 없다. 군악대 안은 숨도 쉬기 어려울 정도로 하루하루가 지옥이었다. 특별 휴가 기간이 끝나고도 삼 일이나 지나서야 탈영한 일등병을 잡아 왔다. 기한이 지나간 휴가증을 가지고 어떻게 검문소를 통과했는지 궁금했다. 상병이 돼서야 알은 사실인데 그것은 귀신도 곡할 위조 휴가증이었다. 도장이 안 찍힌 휴가증은 부관부에 가면 얼마든지 서무계가 가져올 수 있다. 사단장 도장과 사단 사령부 고무인 그것만 위조하여 파란 스탬프로 찍고 비표만 찍으면 진짜와 똑같았다. 선임들은 암암리에 토요일 서울로 외출을 나가는 병들에게 그것을 산 땅속에 깊이 감추어 두고 거래를 하고 있었다. 탈영병 그는 군에서 도망쳐 나와서 동리 부근 이곳저곳을 다니다가 큰 하수구 통에서 자리를 잡고 열흘 이상을 숨어 지냈다.

선임자들은 인근 동리를 샅샅이 뒤지고 그의 소식을 듣기 위해 잠복을 하고 있었다. 돈이 떨어져 집으로 돈을 얻으러 왔다가 선임자들에게 붙잡힌 것이다. 탈영한 일등병 그는 선임자를 보자 몸이 굳어 고양이 앞의 쥐가 되었다. 그는 순순히 선임자의 말에 항복하고 군에까지 따라왔다. 바로 전 대원이 보는 앞에서 군에 들어온 그를 군악 대장이 직접 두들겨 패는데 눈 뜨고는 못 볼 광경이었다. 참나무 몽둥이가 준비되고 물이 가득 담긴 바깨스가 준비되자. 큰기침을 두어 번 한, 대장은 몽둥이를 바깨쓰에 담가 놓고 있다가 탈영병에게 엎드려 뻗쳐 시키고는 엉덩이를 때리는데 몽둥이를 들고는 엉덩이 아래에서부터 위로 돌려친다. 참으로 처음 보는 광경에 대원들은 온몸이 굳어오며 사시너무 떨 듯했다. 그는 다섯 대도, 맞기 전에 쭉 벋으며 똥을 쌌다. 지독한 똥 냄새가 내무반에 퍼졌다. 누구 하나 입을 벌려 말을 하는 사람이 없었다. 20여 차례를 그렇게 때리며 대장도 힘에 부치는지 때리는 것을 중단하고는 쭉 뻗은 탈영병 앞에서 일장 연설을 했다. 중점은 앞으로 탈영을 하는 놈은 반은 죽여서 의무부대로 후송을 보내면 그만이라는 연설이었다. 당시에는 그랬다. 어떤 사고가 나면 그 사실은 비밀에 부쳐지며 부대에서 꾸민 사고 조사가 끝이었다. 조사는 부대 내의 사정에 따라 진행되며 허위 사실로 꾸며댄 종이 한 장이면 조사 끝이었다. 지금으로서는 상상도 못 할 이야기이다. 그렇게 좋아 보였던 군악대가 참으로 인간개조 장이나 다름없는 곳이었다. 그렇게 얻어맞은 탈영병은 10여 일 동안 변소도 못 가고 대소변을 후임들이 받아냈다. 엉덩이는 피투성이였다. 의무중대에서 얻어온 진통제와 소염제가 치료약이었다.

그렇게도 모진 군악대의 삼 년의 시간을 보내고 승민이는 제대했다. 그리고 바로 한전 변전소에 취업했다. 군악대의 악몽이 떠올라서 그렇게 좋아서 배웠던 클라리넷을 다시는 손도 안 잡았다. 그리고 직장이 생기고 월급을 타니 결혼을 중매로 하게 됐다. 변전소 그곳은 위험한 곳이었다. 아차 하는 순간에 감전 사고가 나면 반병신이 되거나 사망을 하거나 둘 중의 하나이다. 몇 년을 근무하는 동안 동료들이 여러 번 사고가 나는 것을 목격했다. 동료의 초상집은 위로하러 간 게 아니라 술타령하는 집으로 변한다. 나도 언젠가는 저런 꼴을 당하겠지 하는 압박감이 직장에 대한 회의를 갖게 했다. 당시에 한국전력 직원들은 월급을 탄다 해도 그 돈이 공무원보다도 적으니 생활에 어려움이 많았다. 한국전력 직원들은 퇴근 시만 되면 술집으로 달려가 술을 퍼마시는 사람들이 아주 많았다. 술집은 각자 거의 단골집이 있었고 술집마다 술을 따라주는 아가씨들이 있어서 술집을 니나노 집이라고도 했다. 회사의 사정을 모르는 집 식구들은 한전이 좋은 직장이라며 걱정들을 안 했지만 실제로 변전소에 근무하는 사람은 항상 안전 불감증에 걸려 있었다. 군대에 같이 갔던 고교 동창 도토리 재천이는 제대하여 전업사에서 안전한 근무를 하고 있었다. 제대 후 10여 년이 되자 그는 조그만 사무실을 세를 얻어 전업사를 차리고 사업을 시작했다. 그는 한전에서 발주하는 사업에 입찰을 하여 당첨이 되어 돈을 아주 잘 벌고 있었다. 참으로 부러웠다. 퇴직하고 전업사를 해보려 했으나 그게 쉬운 일이 아니었다. 그동안에 부모님은 노인이 되어 기마대를 도와줄 사람도 없다. 돈도 필요하고 노하우가 필요한데 그런 경력이 없으니 막막했다. 모든 게 잘 안되니 술독에 빠져들기 시작했다. 월급은 술값으로 탕진되니 아이들의 학비도 대지 못하여 중퇴하는 꼴까지 가자. 아내의 잔소리가 시작되고 가정에는 불화가 그칠 날이 없었다. 매일 마셔 대는 술 때문에 기마대 승민이는 48세도 안 돼, 간 경화라는 최악의 병에 걸렸다. 직장도 알콜 중독 때문에 손이 떨려서 일을 못 하니 그만두어야 했다. 직장을 그만두자 집에서는 난리가 났고 알콜 중독에 빠진 기마대 승민이는 집에도 들어갈 수도 없이 몸과 마음이 피폐해졌다. 먹고는 살아야 하니 다시 얻은 직장은 목욕탕의 지하 보일러실 전기 담당으로 들어갔다. 그것도 자격증이 있으니 가능했다. 그는 지하 보일러실에서 월급을 타서는 술만 먹고 살았다. 그것도 오래 가지 못했다. 48세에 지하실에서 쓰러져 있는 그를 청소원이 발견하여 병원으로 옮겼으나 그는 일어나지 못하고 숨을 거두었다. 그러나 같이 자격증을 취득하여 전업사를 운영하는 도토리 재천이는 승승장구하여 큰돈을 벌었다. 도토리는 초등 동창 월모임에도 잘 참석한다. 기마대 승만이의 소식은 도토리를 통하여 초등학교 동창회에서 알려지게 됐다. 초등학교 때에 반 아이들로부터 큰 부러움을 안고 자랐던 기마대 승민이는 초등학교 친목계도 참석하지 못하고 그렇게 생을 마감했다. 안타까운 일이다.

김민석(두더쥐)이 기마대의 논산 훈련소의 이야기를 하며 그게 사실이라고 하자. 두더쥐의 이야기를 듣고 있던 일반병으로 간 동창들은 우리도 다 그렇게 훈련소 생활을 했다고 하자. 대갈장군이 한소릴 했다. "야. 훈련이 고되고 힘들다는 것은 알지만 아무려면 내무반장이라는 병이 돈을 뺏기 위해 그런 짓을 했을까?" 하자. 병으로 갔던 동창들은 한결같이 "두더쥐 말이 맞아 나도 두더쥐처럼 거의 그랬으니까."

한 반에 있던 동창 중 장교로 간 사람은 딱 두 명이었다. 대갈장군과 일반 평교사로 고등학교 선생님을 마친 신용쟁이(이철수) 밖에 없었다. 신용쟁이는 대학교 2학년 때에 1968년 시작한 육군 제3사관학교로 들어가 훈련을 받은 후 장교로 입대했다. 중위로 제대 후에 교사 시험에 합격하고 고등학교 교련 교사를 했다.

대갈장군이 한소리를 붙였다.

"훈련을 받으니 너무 힘들어서 배가 고팠겠지. 아무리 그래도 식사량이 그렇게 적었겠니?" 하자. 욕쟁이가 나섰다.

"야 대갈장군 너는 높은 곳에서 배부르고 등 따시니까 잘 몰랐는지도 모르지만 두더쥐 말이 사실이 아니라는 놈들은 지옥을 갈 꺼다. 당시 장교로 간 놈들 전부 도둑놈들 아니었어? 18 내가 대대 본부중대 일종계였어. 쌀이나 부식 또 닭이나 돼지고기가 나오면 일종계는 이건 중대장 몫. 두 마리. 이건 상사님 몫 한 마리. 이건 중사님 몫 한 마리 일종계는 이렇게 해서 먼저 떼어 놓아야 돼. 일종계가 그 짓을 안하면 기압을 주고 다른 곳으로 발령을 낸다는 거야. 전임한테 들은 이야기지! 그러니 일종계를 내세워서 도둑질을 시킨 거지. 왜 내가 말한게 틀려? 쌀이나 부식을 수령해 오면 차는 제일 먼저 검문소 헌병들에게 좀 줘야 해, 그리고 쌀을 수령해다가 창고에 넣어 놓고 식당에 필요한 양을 주는데 그때 일종계도 쌀을 수령해 올 때마다 약 반말씩을 따로 모으지 그걸 가지고 민간인들에게 팔아서 군인극장 또는 구멍가게에서 라면, 막걸리를 사 먹을 수가 있었거든. 헌병들에게 조금 주는 것은 나중에 쌀이나 부식 등을 팔 때 차를 무사통과시키거든, 그러니 자연히 훈련병들이 먹을 밥이 모자란 게 확실하지."

무술이가 나섰다.

"맞아 내가 중대장님 집에서 숙식하며 당번을 한 적이 있었어. 연대에 쌀이나 부식 또는 고기가 들어오면 중대장님 집으로 일종계가 가지고 왔어. 많은 양은 아니지만, 중대장님 부부가 먹는 데에는 많은 도움이 되었겠지. 중대장님 아이들은 학교 때문에 부모님이 봐주니까, 두 명이 먹기는 충분한 양이었어, 내가 봤다니까! 그것을 중대장이 돈을 주고 사 오지는 안 했을 것 아녀?"

촛싹이도 연대장 운전병을 했기에 무술이에 말에 맞는 말이라고 동조를 했다.

욕쟁이가 의기양양해졌다.

"대갈장군 야. 여기 증인도 있는데 그게 아녀? 높은 놈들이 도둑질을 안 했을까?

18 처음부터 네가 말똥 세 개 된 것도 아니고 너도 상관한테 아양도 떨고 네 마누라 시켜 상납도 안 했냐? 말똥 세 개 되기 전에 장교부인 모임에서 그저 장군들 마누라에게 또는 상관 마누라에게 네 마누라가 설설 기어서 말똥 3개까지 된 거지 뭐 네가 그냥 쑥 자라듯 그렇게 말똥 3개가 됐냐?"

"남편 계급대로 마누라도 따라간다며."

이야기를 듣던 대갈장군 그게 사실일 수도 있었으니까! 얼굴이 붉게 변하며 변명을 안 할 수가 없었다.

"일반 병으로 논산훈련소를 갔을 시의 이야기가 사실일 수도 있을 것 같다. 나는 장교로 군인을 갔기 때문에 훈련 시에 그런 사실은 몰랐다. 솔직히 장교로서 군대에 부식을 가족이 조금이라도 안 먹었다면 그건 거짓말이지! 그랬던 것은 군인 월급이 너무나 적기 때문에 벌어진 일이야."

신부 얌전이는 그냥 미소를 짓고 목탁이는 대갈장군이 한 소리 듣는 것이 시원한지 고소하다는 표정이다. 왜? 목탁이도 군 훈련소에서 그렇게 당했으니까. 쌍안경이 휴우 한숨을 쉬더니 인제 그만 하라는 듯 "야. 설령 그랬다 하더라도 육군 대령 앞에서 그렇게 말하면 되냐?"

살모사(오영훈)가 나섰다. 살모사 그가 처음에 "호구"라는 별명이 붙은 것은 그는 참 어수룩하기도 했다. 동창 친구들이 영훈 이의 학용품을 빌려달라고서 그냥 안 줘도 달라 소리도 못 하여 아이들은 영훈이를 처음에는 "호구"라고 불렀다. 그러다가 "설사"가 되고 살모사 한 마리를 잡고서는 별명이 "살모사"가 됐다. 뱀집에 아들은 역시 틀렸었다.

그는 훈련소에서 이등병 때 보안사로 발령을 받자, 그 자리가 편하고 좋으니 아예 직업군인을 선택했다. 중사로 제대한 후에 제대하여서는 7급 군무원으로 각처를 다니다가 서기관까지 올라갔다. 대전 육군본부 정보부 감사관실 서기관으로 있다가 정년퇴직을 한 친구이다.

"두더쥐 말이 맞아 그 당시에는 정말 부정이 많았거든 그걸 조사한 게 보안사 아녀. 내가 잘 알지."

대갈장군도 살모사 앞에서는 말을 잘 못했다. 부정할 수도 없었으니까. 보안사 하사에게도 대령이 반말을 못 하던 시절이었으니 현직에 둘 다 같이 있다면 보안사 서기관은 대갈장군에게는 하늘이다.

쌍안경이 대갈장군 편을 들어주려고
"당시에 직업군인은 월급도 적고 하니 부대 내에 일종 계에 관심을 전연 안 가질 수가 없었을 거야. 너희들도 생각해봐. 큰 게 아니라면 좀 봐줘야 하는 거 아냐?"

눈치 빠른 변또가 화제를 돌리려고 나섰다. 목사 이야기를 꺼냈다.

"목회자들은 부정은 없을 거야."

"조까내 넌 누구 편드는 겨? 이샤꺄 까마귀가 흰 칠 했다고 백로가 되냐? 목사는 한 번도 부정을 안 한 목사가 있을까? 일부 몰지각한 목사도 있을 거야. 물론 교회를 운영하려니까 운영자금도 필요하겠지만 어쨌든 교회를 크게 하려면 하느님을 어떻게 빙자하느냐가 신도들을 모으는 성공의 관건이라고도 본다. 목사가 다들 그렇다는 건 아냐."

변또는 욕쟁이에게 한방에 당했다.

알꾸지 박기태

코피가 월례회에 대전에 사는 초등동창을 하나 데리고 왔다. 코피가 알꾸찌를 소개하기도 전에 월례회에 모여 있던 동창들은 대번에 그를 알아봤다. 복대동 살던 "알꾸찌" 박기태였다. 초등학교 졸업하고서 처음 보는 동창이다. 동창들은 그를 만나자마자.

"야 이거 얼마 만이야. 정말 초등학교 졸업 후 너는 처음이니 정말 오래간만이다."

"야 알꾸찌 재는 여자들 고무줄놀이 하는 데를 쫓아다니며 끊어 놓고 내빼든 놈 이녀."

"맞아 알꾸찌가 나타나면 여자애들은 고무줄을 얼른 걷어서는 도망을 갔었지."

"한 번은 고무줄을 끊고 도망치다가 많은 여자들에게 둘러싸여 도망을 못 가고 잡혀 창피도 당한 적도 있고,"

"여자들도 여럿이 뭉쳐 둘러싸고 붙드니 나올 수가 없었지. 참 그때 알꾸찌는 왜 그렇게 여자들을 괴롭혔는지 몰라."

"표창은 참 기가 막히게 잘 던졌는데."

이구동성으로 옛일을 회상해 냈다. 그저 동창들은 앉았던 자리에서 일어나서 그에 손을 잡고는 흔들어대며 반가워했다.

"자 우선 앉아 그리고 한잔하자고. 여기 모임 우리는 벌써 몇 해째 모임을 해서 그동안 살았던 이야기도 하여 다들 잘 알고 있어. 네 이야기를 한번 들어볼 기회가 있겠구나."

“참 방갑따.”

알꾸찌는 술 상무도 했으니 술을 좋아하는 친구들에게는 말 술친구가 하나 더 늘은 셈이다.

알꾸찌의 아버지는 공무원이셨다. 알꾸찌 그는 중학교에 다니다가 대전으로 이사를 하였기에 동창들은 초등 졸업 후 알꾸찌를 만나본 사람은 거의 없다. 알꾸지의 할아버지는 대전에 많은 농토를 가지고 사시다가 돌아가셨다. 알꾸찌 아버지가 상속받은 그 재산은 천석꾼이라고 소문이 났던 고조할아버지로부터 물려 내려온 많은 재산이었다. 아버지는 상속받은 대전에 있는 토지와 방앗간을 관리하러 공무원을 그만두시고 대전으로 이사를 하셨다. 당시의 공무원 월급은 정말 적은 금액이었다. 그 바람에 알꾸찌는 대전 중학교로 전학을 하였다.

알꾸찌라 하니까 다들 금방 알아봤다. 알꾸찌의 말을 들어보면 말소리가 말린듯한 소리가 약간 난다. 사람의 음성은 어렸을 때 성대가 바뀌면 그 성대는 어른이 돼도 변하지 않는가 보다. 알꾸찌의 말을 듣고서도 친구들은 대번에 알꾸찌를 알아봤으니까.

알꾸찌는 항상 작은 칼에다 헝겊을 돌돌 말아서 가지고 다니며 여자들 고무줄놀이하는 데로 가서 고무줄을 끊어 놓고는 내빼는 데 선수라 여자들로부터는 아예 말썽꾸러기로 통했다.

그는 작고 뾰족한 칼을 가지고 다니며 나무판에다 던지면 신기하게도 나무판에 정확하게 박힌다. 친구들이 그걸 달래서 해봐도 알꾸찌의 실력을 따라갈 수가 없다. 그러니까 그것은 일종의 표창이었다. 그것을 더 작게 만들어서는 끝을 숫돌에 갈아서 뾰족하게 하여 알꾸찌를 만든 것이다. 큰 것도 아주 날카롭게 만들어서 그걸 가지고 연습을 해서 아주 표창 던지는 기술자가 됐다. 그것은 일종의 자기방어 무기도 될 수 있는 것이다. 당시에 아이들은 그런 것을 만들어서 다니는 아이들도 여러 명이 있었다. 그러나 다른 아이들 것은 알꾸찌가 만든 것과는 확연히 차이가 났다. 알꾸찌는 7남매 중 막내아들이었다. 아들 형제에 딸 다섯인 가정에서 막내아들로 태어난 알꾸찌이었다. 막내라 귀여움을 혼자 독차지하고 살았다. 세상 어려움도 모르고 귀여움을 혼자 독차지하며 초등학교에 다녔다. 알꾸찌는 아버지가 공무원이니 6학년 때 월사금을 못 내 교단에 불려간 적은 한 번도 없었다. 변또가 사는 동리의 이웃사촌이었다.

그는 항시 작은 칼을 갈아서 헝겊으로 손잡이를 말아서 가지고 다니는데 그게 어떤 날은 두 개도 가지고 왔다. 누가 까불면 찌른다고 하며 겁을 주고 다녔다. 그래서 기태의 별명이 "알꾸찌"가 되었다.

그는 자주 그 알꾸찌를 보여 주며 누구를 찌르고 도망을 왔다든지. 누구든지 나에게 대들면 알꾸찌로 찌른다고 엄포를 놓던 동창이다. 아버지가 공무원이라 어려움 없이 자란 알꾸찌는 초등학교 때도 아이들과 싸움을 하면 코피 터트리기 선수였다. 연실 동내 또래 그렇지 않으면 형들이래도 저를 나쁘게 이야기하면 가만히 있지를 못하고 알꾸찌로 찌르든지 그러잖으면 주먹질을 하기 일 수였다. 그 몫은 아버지의 부담이었다. 그만 큼 알꾸찌는 남에게 지는 것을 싫어했다.

알꾸찌와 대전 경로당에서 만난 코피는 정말로 반가웠다. 그리고 코피는 청주 소식을 알꾸찌에게 들려주고 모이는 날 같이 청주엘 오게 된 것이다.

두 사람은 청주에 오기 전에 술도 한잔하면서 지난날의 이야기도 했다. 코피는 초등동창이니 알꾸찌에게 지난날의 이야기를 다 털어놓았다. 두 사람은 금방 친해졌다. 알꾸찌도 지난날을 이야기했다.

알꾸찌는 고등학교 3학년 때에 이웃집 고등학생을 사귀어 임신을 시켜 놓았다. 코피는 지난 일을 생각하며 "나보다야 더 늦은 거야."

코피보다야 2년이나 늦게 자식을 둔 거지만 코피나 알꾸찌나 두 사람의 혼전 동거는 그 당시로는 그렇게 흔치 않은 일이다. 그 문제는 둘이 비슷하다.

말썽꾸러기 알꾸찌가 고3 때 여고생을 임신시키자. 아버지는 "기태야 너 어쩌려고 그렇게 말썽을 부리니 어쩔 셈이냐."

알꾸찌가 아무 소리도 안 하고 앉아 있자.

"말해봐 어떻게 해서 너 장가가서 둘이 먹고 살을 겨?"

"아부지가 재산을 좀 주면 되잖어 유. 그게 싫으면 취직을 시켜주든지 유."

"뭐야. 이놈아?"

어릴 때 같으면 야 종아리를 걷고 싸리대로 좀 때려 줬는데 그러려고 하면 도망갈 게 뻔하다. 그냥 홧김에 방 빗자루를 들었다. 알꾸지에게 빗자루를 빼앗겼다. 알꾸찌가 어렸을 적에는 힘으로 제압을 해서 종아리를 때렸는데 이놈이 덩치가 커졌으니 아버지도 알꾸찌에게 힘이 달린다. 알꾸찌가 그곳에 있다가는 늘씬하게 맞을 게 뻔하다. 꼭 쥐고 있는 빗자루를 빼앗아서는 방에 던지고는 그냥 꽁무니가 빠지게 도망을 쳤다.

알꾸찌 아버지가 아무리 생각해도 어찌해야 좋을지 생각이 안 난다. 그것도 이웃집 여학생을 배가 남산만 하게 해놓았으니 참으로 난처하다. 그 여학생의 부모도 모르는 사람이 아니다. 한 동리 이웃사촌이다. 할 수 없이 그 여학생 부모님을 찾아가 상의를 했다. 아기는 그냥 낳기로 하고 알꾸찌가 고등학교만 졸업하면 기회를 보아 예식을 올려주기로 합의를 하였다. 참으로 어려운 일이지만 알꾸찌 아버지가 부자라는 걸 아니 이웃사촌은 반대도 하지 않고 알꾸찌 아버지의 청을 들어줬다. 알꾸찌는 대전에서 고등학교에 다닐 때도 자주 쌈질을 하고는 누나네 집으로 도망을 다녔다.

제멋대로 살아가니 알꾸찌를 말릴 사람은 하나도 없었다. 웬만한 사고는 아버지가 처리해주니 연실 싸움질을 하고는 여러 명인 누나네 집

이곳저곳으로 도망을 하여서 숨었다. 큰 누나부터 작은 누나들까지 할아버지가 지정해주는 사람과 결혼을 했기에 누나들은 전부 대전에서 살았다.

알꾸찌가 대전 고등학교 3학년 때이다. 다른 아이들이 떼거리로 몰려와서 싸움을 거는 것을 보고는 일곱 명이 모여 클럽을 만들었다. 알꾸찌는 싸움도 잘해 그 클럽에 캡틴(오야붕)이 되었다. 그는 쌈질을 많이 해서 싸울 때 사람의 급소를 잘 알았다. 운동을 하는 것과 쌈질과는 별개였다. 급소를 먼저 공격하면 상대방은 즉시 쓰러진다. 그러나 떼거리로 몰려올 때는 알꾸찌도 그들을 이겨 낼 수가 없다. 대전에서는 그렇게 클럽을 만들어서 자기들이 누구한테 맞지를 않으려고 친구들을 모아 모임을 만든 소 클럽이 아주 많았다, 그런데 알꾸찌 클럽에 한 친구가 다른 클럽의 애들한테 두들겨 맞았다. 캡틴으로서 가만히 있을 일이 아니다. 그들은 눈엣가시 같았던 다른 학교 아이들이다. 지피지기면 백전백승이라는데 싸움 연습도 산에 가서 며칠을 했다. 그리고 너희들이 먼저 우리를 건드렸으니 한번 붙자고 연락을 했다. 그러니까 패싸움을 하자고 한 것이다. 알꾸찌의 패는 연일 붙어 다니는 일곱 명이다. 그들도 나름대로 싸움꾼이라 별명이 붙은 아이들이다. 토요일 오후 싸움장은 대전천 변 공터를 잡았다. 서로 만나고 보니 상대편이 3명이나 많은 10명이었다. 알꾸찌는 편에 수가 적으니 걱정도 됐다. 그러나 엎드러진 물이다. 싸움이 붙었다. 엎어 치고. 주먹으로 갈기고, 발로 돌려차고, 난투가 벌어졌다. 그야말로 난장판이 되었는데 누가 신고를 했는지 사이렌 소리와 함께 경찰차가 도착하고 경찰들이 싸우는 패거리들을 몽땅 트럭에 신고 경찰서로 데려갔다. 경찰서 유치장에 다 갇혔다.

"이놈의 자식들 유치장 안에서 쌈질하면 그거 알지? 막대기를 무릎 속에 넣고 밟는 거 그걸 할 테니까. 주딩이도 꿈쩍하지 마라."

그런 쌩 엄포는 몇 번인가 받아 봐서 공갈쯤으로 알아들었다. 그래도 사람이 자유를 박탈당한다는 것은 큰 어려움이 바로 따라 들어온다. 우선 가슴이 답답하다. 그리고 왜 그렇게 오줌이 마려운지 알다가도 모를 일이다. 형사 한 사람이 한 사람씩을 불러내 조서를 받았다. 맞기만 했지 끝까지 한 대도 안 때렸다고 손도장도 안 찍고 우겼다. 경찰서 유치장에서 하룻밤을 보냈는데 환갑이 지난 아버지가 아침에 일찍이 경찰서로 찾아오셨다.

고개를 푹 수그리고 입을 열쇠로 잠갔다. 경찰은 한 번 더 조사할 게 있다고 했다. 아버지께서는 신원보증을 서시고는 집으로 가자고 하셨다. 알꾸찌는 집에 가면 무슨 일이 일어날지 안다. 아버지와 같이 집으로 가다가는 냅다 도망을 쳤다. 그리고 시내버스를 타고 큰누나네 집으로 도망을 갔다. 알꾸찌는 패싸움뿐이 아니라 평소에도 쌈질하여 아버지로부터 회초리도 맞았다. 쌈질하다 들키면 여기저기 있는 누나네 집으로 도망을 가서 숨었다. 그중에서 알꾸찌보다 나이가 20살이나 더 많은 알꾸찌 큰누나가 아버지를 설득하는 데는 제일이다. 아버지는 큰누나 말은 잘 들으신다. 싸움꾼이 된 알꾸찌는 정말 말썽꾸러기이다. 누나가 여러 명이니 숨을 데는 여러 곳이다. 싸움을 하고 나면 아버지가 해결하시니 그렇게 누나네 집으로 살살 도망을 다녔다.

싸움을 한 것은 쌍방이 합의하면 중상이 아닌 한 거의 벌금이 나온다. 이번 사건은 패싸움이라 틀릴 것 같다. 큰 누나네 집으로 도망을 갔다. 유치장에 온셈 치고 사건이 끝날 때까지 며칠을 골방에서 버텨 볼 셈이다. 매형은 사람을 여러 명을 두고 양계장을 하신다. 그곳으로 출근을 하셨는지 안 보인다. 매형은 작은아버지와 동갑이다. 누나한테는 아버지와 매형한테 내가 왔다고 절대 하지 말라고 단단히 부탁을 했다. 입은 옷과 얼굴을 보더니

"아이고 또 쌈질했구나. 참 큰일이다. 공부를 해야 대학교엘 갈 텐

데….”

흙투성이가 된 찢긴 옷과 얼굴을 보고는 누나 얼굴에 걱정이 이글거렸다.

누나네 집은 단독주택이라 낡았지만 부지런한 누나 덕에 집은 깨끗하고 깔끔했다.

알꾸지가 제일 만만하게 여기는 큰누나네 집이다. 아버지가 오시면 큰 누나가 막아주니 숨기에 제일 좋은 집이다.

일단은 숨고 보려고 골방문을 열자 전연 생각지 않던 냄새가 ‘너 가만 안 둬’ 하며 콧속을 비집고 들어와 인사를 했다. 몇 달 전에 숨어서 맡아본 냄새와는 사뭇 다르다. 냄새와 쌈질을 해야 할 판이다.

파리채로 파리를 쫓듯 손을 두어 번 내 저었다. 그래봤자 소용없다는 걸 깨닫고는 방바닥에 널려있는 물건들을 옆으로 밀고 뱀이 똬리를 틀 듯 웅크리고 앉았다.

전등불 빛으로 보니 고구마 통발에는 감자가 들어있고. 계란이 판채로 20여 판이 쌓여 있다. 양계장을 한다니 이웃 사람들이 집으로 사러 오나 보다. 냄새들의 집합 장소인지 청소를 안 해서인지 계란이 썩은 게 있는지 한 가지 냄새가 아니다. 코를 벌름거리며 이게 무슨 냄새일까?

싸우다가 얻어맞은 몸통 여기저기에서 진통제를 안 먹으려면 약이라도 발라 달라며 아우성을 친다. 내 탓이 아니라고 하면 욕을 바가지로 해댈 것 같다. 가만히 생각해보니 아버지가 골방문을 열고 들어오실 것만 같다. 문고리를 잡아당겨서 문을 걸었다. 딸네 집 문짝을 부수고는 들어오시지는 않겠지! 믿는 구석은 그것뿐이다. 이제 어떡하지? 에라 모르겠다. 그냥 통나무 쓰러지듯 골방 바닥으로 누웠다. 밖을 향한 네모진 작은 창문이 도배되어 있었다. 그래서 냄새가 빠져나가지 않았나 보다. 몇 달 전에도 하루를 이곳을 들어와 숨었을 때는 단독으로 치고받고 한 것이라 까짓것 될 대로 되라 이었는데 이번에는 아니다. 패싸움했으니 상대방이든 우리 편이든 많이 다쳤을 듯도 하다. 경찰에서는

"네가 그 패에 오야붕이라며 짜식 거짓말하면 죄가 두 배로 늘어나."

그 소리가 가슴앓이가 됐다.

밖에서 사람들의 목소리가 들린다. 누가 여기까지 찾아온 겨? 본능적으로 일어서려다가는 '아. 참. 난 지금 도망자이지' 도로 누웠다. 배에서는 밥을 달라고 난리다. 배가 정말 고프다. 다른 친구들에게는 없는 그 귀한 시계도 싸우다가 잊어버렸으니 시간을 알 수 없다. 시계의 귀중함을 알았다. 경찰서에서 나와 아침도 못 먹었지만 누나에게는 먹고 왔다고 너스레를 떨었다. 아버지가 바로 쫓아오실 것만 같아서 거짓말을 했지만 괜히 그랬나 싶기도 하다.

'자식들 말이야 왜 하필이면 얼굴을 발로 찼느냐고' 얻어맞은 자리가 봉분처럼 동그랗게 부어올랐다. 만져보니 아프다. 눈 가장자리도 아프다. 주먹과 발로 몸 여기저기를 얻어맞았나 보다. 후회도 된다. 싸움만 안 걸었으면 아무 일도 없을 터인데 그놈들에게는 절대 지고 싶지 않으니 벌을 자초한 셈이다. 누나가 방문을 두드리며

"죄를 짓긴 졌구나. 문 잠근다고 죄가 없어지나?"

자장면을 시켜서 골방으로 들어왔다. 그려 큰 누나가 제일이여! 아버지가 오실까 봐 얼른 나가라고 하고는 문을 꼭 잠갔다. 그냥 젓갈로 뒤집어 세 젓갈에 자장면을 마시듯 먹어 치웠다.

화가 잔뜩 나신 아버지는 이놈이 도망가 봤자 누나네 집일 터인데 두어 집에 전화를 해봐도 안 왔다고 한다. 어디 가서 또 큰 사고를 칠까 봐 아버지는 내심 걱정이 되어 알꾸찌를 찾아 나섰다, 그때 알꾸찌는 큰 누나네 집 골방에 숨어있었다. 알꾸지는 답답해서 그냥 밖으로만 튀어 나가고 싶다. 그래도 경찰서 일이 어떻게 됐나 궁금하기도 하

다. 싸움질이 한두 번이 아니니 아버지에게 붙들리면 회초리가 문제가 아니라 이번만은 좋게 넘어갈 것 같지가 않다. 귀가 마당에 가서 진을 치고 있었다. 귀를 마당으로 내보낸 게 효과가 있었다. 마당 밖에서 아버지 목소리가 나는 게 아닌가! 이거 큰일 났구나, 하고 심장이 쪼그라 들었다.

"여기 기태 그놈 안 왔냐?"

"아부지 기태 여기 안 왔어유. 왜 찾으시는데 유."

시침일 뚝 떼는 큰 누나가 구세주만 같다.

"여기는 안 왔단 말이지. 여기로 안 왔으면 어디로 갔을까? 전화를 해보니 네 동생들도 안 왔다던데."

"모르지유 뭐. 기태 또 쌈질했어 유? 지가 어디 갈 데나 있남 유. 누나네 집으로 왔다가는 붙들릴 것 같으니까 친구네 집으로 갔겠지 유."

거짓말도 하면 는다는데 눈 하나 깜박이지 않고 하는 소리만 같다.

"그놈의 자식 또 어디 가서 사고나 안 치는지."

"아부지 오신 김에 식사나 하고 가셔 유. 김 서방이 어제 바다낚시를 갔다가 고기를 엄청나게 큰 놈을 잡아 왔시 유. 회 떠서 술 한잔하시고 가셔 유."

'아이고 죽겠네. 아니 없다고 했으면 그냥 가시라고 하지 왜 아버지를 붙드냐고. 구세주 같던 누나가 웬수만 같다.'

숨을 죽이며 밖의 소리를 들으려고 귀를 쫑긋 세우고 있어도 그 뒤로는 안방으로 들어가셨는지 들리지 않는다. 아버지가 식사하시고 가시려나? 집안을 뒤지려나?

아버지가 골방을 뒤진다면 꼼짝없이 붙들려 갈 판이다.

골방에서 더 숨으려니 감자가 들어있는 고구마 통발뿐이다. 옆엘 보니 단지에 이불이 덮여있다. 무슨 냄새가 독하게 난다. 코를 킁킁거리며 냄새를 맡아보니 틀림없는 술 냄새다. 시계가 없으니 시간이 얼마나 지났는지 모른다. 밖에서도 아무 소리도 없다.

시선은 단지를 떠나지 않고 있었다. 어떡한다? 저놈을 먹으려면….
'야 머리는 뒀다. 어디다 쓸래. 바가지를 만들어! 인천 앞바다가 사이다래도 고뿌 없으면 못 마신다고 했잖아.'

맞아, 고뿌를 만들면 될 게 아닌가? 사방을 둘러보아도 없다. 눈을 두리번거리다가 보니 계속 벽지를 발라 두툼해진 방 한쪽에 벽지가 벽에서 떨어져 불룩하게 배를 내밀고 있다. 무릎을 '탁' 쳤다. 고뿌를 만들면 되지! '헤헤 내 머리는 이 정도라고 난 쌈만 잘하는 게 아니라고!' 스스로 자화자찬을 하고서는 우쭐해졌다. 벽지를 손으로 눌러보니 꿀렁꿀렁한다. 손톱으로 박박 긁어 돌려가며 찢어내 고뿌를 크게도 만들었다.

한 고뿌 해보니 참으로 기가 막히게 맛이 있다. 안주는 날계란이 있으니 걱정이 없다. 몇 잔인지도 모르게 마셔대니 여기저기서 쑤셔대든 통증도 가라앉았다. 역시 동동주는 명약이야! 모든 것이 정지되고 몸이 둥둥 뜨는 느낌이다. 앞은 구름이 깔리고 아무것도 보이지 않는다. 졸음이 쏟아지며 눈까풀이 무거워졌다. 그냥 스르르 쓰러졌다.

얼마가 지났는지 모른다. 탕. 탕. 탕. 탕. 문 두드리는 소리가 요란하다.

"야! 기태야 문 열어 왜 문은 안에서 잠그고 난리야. 일어나. 아부지 너 때문에 속이 상하셔서 회하고 술 한잔하고 지금 가셨다."

동동주를 먹을 때는 달착지근하기만 했는데 어질어질하다. 비틀거리며 잠긴 문고리를 잡아당겨 문을 열었다.

갈증이 물을 달라고 애걸을 한다. 방문을 따주자 누나가 쏘옥 들어왔다.

"그런데 얘가? 뭔 짓을 한 거여? 술 냄새가 진동하네!"

술 단지에 덮인 이불을 열어보고는 큰 누나 입이 보쌈을 먹을 때처럼 벌어지고 눈이 똥그랗다.

"어라? 용수에 고인 동동주가 얼마 없네! 아니 너 동동주 퍼마신 거 아녀? 이건 추석에 제사상에 올리려고 한 건데 네가 먼저 마셔? 큰일 났다 이거 물을 부을 수도 없고. 매형 보면 난리가 나 그러니 당장 집으로 가."

"누나 속이 울렁울렁하는데 뭐 국 좀 끓여주면 안 될까?"

"뭐야? 국 같은 소리 하네. 집에 연락할 거야 당장 나가."

소리를 버럭 지른다.

"너하고 싸운 놈들이 패거리로 몽둥이를 들고 집으로 쫓아와서 너를 죽인다고 난리를 쳤다. 아버지가 경찰에 넘길 거라며 엄포를 놓아 쫓아 보냈다 이놈아. 왜 그렇게 말썽을 부리니, 네가 먼저 싸움을 걸어오고 먼저 때렸기에 반대편 애들은 정당방위라고 경찰이 아버지에게 말을 했다, 이놈아. 빨리나가."

착한 누나가 그렇게까지 심하게 쫓아낸 줄은 정말 몰랐다. "젠장" 하고는, 약이 바싹 오른 심장을 빼내 마당에 팽개치고 둘째 누나네 집으로 향했다.

둘째 누나네 집엘 한 시간을 걸려서 힘들게 걸어갔는데 어찌 반가워하는 눈치가 아니다. 누나는 보자마자.

"너 패 쌈질했다며 아부지 속을 좀 작작 썩여 들여 이놈아."

"누나 나 술국 좀 끓여줄랴?"

"뭐야? 이거 봐라 얼굴이 얻어터져서 말이 아니네."

"국이나 끓여 달라니까."

"언니네 집에서 쫓겨났다며?"

"엥? 누가 그랴."

"언니가 그랬다. 너 오면 아부지한테 연락하라구."

"아이고. 나, 국 안 먹어 갈껴. 누가 여자 아니랄까 봐 그렇게 금방 전화들을 해."

성난 황소가 콧김을 푹푹 대듯 성깔을 부리고 그냥 밖으로 나왔다. 막상 나와 보니 갈 곳도 없고 뱃속은 자장면 한 그릇을 먹은 것밖에 없다. 술이 깨는지 배가 허전하다. 맞은 자리도 욱신거린다. 친구네 집으로 가 봤자 그 집도 난리가 났을 게 뻔하다.

시내 중국 사람이 운영하는 단골 만두 빵집으로 한참을 걸어서 갔다. 이젠 기운도 빠져서 더 걸을 힘도 없다.

"아저씨 저 지금 돈은 없는데요. 빵 좀 외상으로 줘요."

"책가방 가져 왔다 해?"

"아이 아저씨 오늘은 그냥 왔으니까, 외상으로 좀 주세 유."

"왜 그래. 외상은 책가방 맡기고 먹는다는 걸 다 알어 해? 가방 없으면 책이라도 맡겨라 해."

"단골이니까 한 번만 봐줘 유."

"얼굴은 어디서 얻어터졌나 해?"

"한판 붙었는데 나는 딴 애들에 비하면 다친 것도 아닙니다. 상대편은 일어나지도 못하게 패댔어 유. 내가 얻어맞을 사람은 아니니까 유."

책가방을 몽땅 맡기기 전에는 어림도 없다던 짱괘는 알꾸찌의 살살거리는 언변에 그만 넘어갔다. 삼 인분을 알꾸찌 앞에 내밀고는 특유의 한국어로

"내일은 꼭 가져온다 해."

"알았슈. 걱정 말랑 깨 유."

외상은 소도 잡아먹는다는데 거짓말도 살살 보태가며 아양을 떨고 통 사정을 해서 빵과 만두를 외상으로 3인분을 배가 불룩하게 먹었다. 이제 살 것만 같은데. 잠잘 자리가 문제였다. 아무리 생각해도 갈 곳은 누나네 집뿐인데 생각이 안 난다. 버스 탈 돈도 없다. 셋째 누나네 집엘 갈까, 넷째 누나네 집에 갈까. 넷째 누나네 집은 가깝지만 셋째 누

나네 집을 택했다.

넷째 누나는 입이 싸니 아무래도 아버지에게 연락할 것만 같다. 어쩌면 벌써 누나들끼리는 쑥덕거렸을 것 같기도 하다.

셋째 누나네 집까지 4km를 터덜거리며 걸어가니 밤 10시가 넘었다.

대문을 두드리자 셋째 누나가 나왔다.

"어? 너 쌈질했다며? 이 밤에 어떻게 여기까지 왔어."

"잘 데가 없어서 왔어. 그냥 잠만 자고 갈게 밥은 안 줘도 돼."

"얘가? 어디서 밥은 먹은 거냐?"

"먹었다니까. 잠만 자고 갈게."

"들어와."

"아부지한테는 얘기하지 마."

"알았어. 걱정 마."

그렇게 해서 집으로 들어갔다. 역시 셋째 누나는 착해. 얻어맞은 자리가 욱신거려 이리저리 돌려 누우며 방에서 새우잠을 잤다. 자고서 아침을 먹고 밖으로 나가려니

"너 그 옷을 입고 어댈 가겠냐. 또 돈도 없는데 어떻게 다니려고 해. 기다려. 집에는 돈이 하나도 없어, 내가 은행에 갔다 오면서 옷을 하나 사 올게 방에서 가만히 있어. 교복도 빨아서 줄게. 우선 벗어."

그려! 역시 셋째 누나여! 그렇게 고마울 수가 없다. 나중에 돈 벌면 셋째 누나에게 큰 선물도 할 거라고 마음을 굳세게 먹었다. 교복을 벗어서 주니 누나는 그 옷을 가지고 방을 나갔다.

빤스 바람으로 방에서 이불을 뒤집어쓰고 있었다. 어찌 시간이 한참 간 것 같은데 누나가 안 온다. 밖으로 나가려니 옷이 없어 나갈 수도 없다. 아마 돈을 듬뿍 찾아와서 많이 줄 것만 같다. 내심 기분이 좋다. 차고 다니던 시계가 없으니 참 답답하다. 돈을 주면 싸구려 시계라도 한 개 사야지 하고 맘을 먹었다. 한 시간도 훨씬 더 지나간 것 같은

데 "삐거덕" 하며 철 대문 여는 소리가 난다. 얼씨구나, 하고 방문을 조금 열고는 눈이 똥그래졌다.

"아이고."

아버지와 누나가 함께 대문으로 들어오는 게 아닌가. 돈도 없고 빤쓰만 입고 도망갈 수도 없다. 꼼짝없이 붙잡혔다. "젠장" 하고 누나를 쳐다보고 눈을 한번 흘긴 다음. '셋째 누나에게 돈 벌면 큰 선물을 한다? 그건 다시 생각해봐야 할 것 같다.'

그냥 아버지 앞에서 빤쓰 바람으로 무릎을 꿇었다. 화가 잔뜩 나신 아버지의 눈에서는 불길이 솟아나는 것만 같다.

"너 이제 한 번만 더 사고 치면 집에서 아주 내쫓고 족보도 파버릴 거야."

아이고 아버지한테 처음 들어보는 말씀이다. 집으로 붙들러 갔다. 날 죽여 주슈 하고 냉큼 무릎을 꿇었다. 다시는 안 그런다고 빗자루로 얻어맞으면서 파리가 싹싹 빌듯이 양손에 불이 나도록 빌었다. 교복에 묻은 흙먼지가 싹 털렸다. 그래도 집에 가니 어머니가 약도 발라주고 보신탕인 백숙도 한 그릇 사다주니 역시 집이 최고다. 연일 쌈질 덕분에 대학교는 아이들 말로 꿩새 울었다.

고등학교 졸업 후 여기저기를 다녀봐도 일자리가 맘에 안 들어 빈들거리다가 군대에 갔다. 사고를 쳐서 두 살짜리 아기와 예식도 안 올린 아내가 있었다. 고등학교를 졸업하면 결혼을 시켜준다더니 아버지는 약속 위반이다. 그래야 돈도 좀 물려받아 결혼생활이 편할 것 같은데….

영장이 나와 군인을 갔다. 정신 못 차리게 달달 볶던 훈련소에서 엉덩이 타작은 기본이었다. 이유는 없다. 해라 하면 해야 한다. 일등병 내무반장이 그렇게 높은 사람인 줄을 깨달았을 때 아버지 생각이 났다.

친척 중에 고위 장교가 있는 바람에 다른 사람들은 훈련을 받고 대개 전방으로 가는데 부산 군수기지 사령부에 행정병으로 발령을 받았다. 그래도 매일 마주치는 선임자들에게 잘못하면 눈엣가시가 되고 엉덩이가 편히 잠잘 날이 없다. 그저 선임자들이 시키는 대로 고분고분 말을 들어야 했다. 사회에서와 같이 까불다가는 엉덩이에 불이 나는 것만 아니라 싸대기도 화끈하게 맞기도 한다. 군대에서는 사정을 봐주는 법은 없다. 선임에게 대들었다가는 점호시간에 선임들로부터 계급순으로 두들겨 맞는다. 바로 위 선임자는 졸병을 잘못 가르쳤다고 엉덩이가 피가 나도록 맞는다. 그러면 그게 보복이 되어 바로 알꾸지에게로 온다. 이등병과 일등병과는 하늘 차이라는 것을 군대에서 배웠다. 하물며 부모님이면 어떤 계급일까? 생각도 해 봤다.

알꾸찌는 근무하던 군수기지 사령부에 월남전 참전할 사람을 모집하자. 군 생활이 어려우니 월남은 전쟁터이니 패는 건 없을 것 아닌가? 휘파람을 삼삼 불며 '요건 모를걸' 하며 몰래 신청을 했다. 군수기지 사령부 부관 참모인 감시인의 레이더망에 딱 걸렸다. 중대장에게 불려가 엉덩이가 살려 달라고 머리끄덩이를 끌어당길 때까지 보리타작을 당했다. 엉덩이에 뿔이 난 송아지가 단단히 교육을 받았다. 꼬랑지를 내려뜨렸다. 친척인 부관 참모님이 얻어맞는 자리에 오셨다.

"야 임마 네가 낳은 새끼하고 네 식구는 어떡하라고 월남을 몰래 지원해. 당장 여기다가 도장 찍어."

참 친척도 믿을 게 못 된다고 하늘에다가 눈을 흘겨봤자다. 친척인 부관 참모님을 쳐다보며 도장을 안 찍으면 안 되느냐는 표정으로 쳐다보니, 여드레 삶은 호박에 도래송곳도 안 들어 갈 것 같은 표정이다. "젠장" 하고는 중대장이 내민 서류를 읽어보지도 않고 손도장을 꾹 찍었다.

그 바람에 월남은 못 갔다. 그래도 그는 친척 덕분에 다른 친구들보다는 편한 군 생활을 하고 제대했다.

제대한 알꾸찌는 인맥으로 00 출판사에 영업직 사원으로 취업했다. 우리나라 유일의 큰 00 출판사이다. 출판사에 취업하고서는 사람이 달라졌다. 군대에서 상관한테 제대로 교육을 받은 효과이다. 남에게 지고는 못 사는 알꾸찌는 제대 후 취업을 하고는 실력을 발휘하기 시작했다.

취업한 지 2년쯤에 알꾸지는 계장이 되고 6년 차에는 과장이 되었다. 00 출판사에서는 대학교는 안 나왔지만 알꾸찌 그에 능력을 인정했다. 15년 만에 출판사에서 그는 가장 어려운 회사 책임자급인 상무까지 올라갔다. 대학교를 졸업하고서도 얻기 어려운 자리였다. 그의 열정이 사업가로 변신이 된 것이다. 그리고 대전 지사장을 맡아 충청 전라 지역권을 맡고 바쁘게 살았다. 할부 판매가 시작되던 초창기라 00 출판사에서 만든 세계명작집은 인기 품목이었다. 또한 열심히 여러 학교를 방문하여 도서담당 선생님들과 만나서 아동 학습교재와 세계명작집을 학교에 납품도 하였다. 출판사에 큰 공헌을 했다. 당시에 김찬삼 세계여행기는 칼라 전집으로 아주 잘 팔렸다. 충청 전라 지역을 잘 관리하고 판매를 많이 하였다. 회장님으로부터 표창장과 상품으로 전자계산기(당시에는 수판을 가지고 계산하던 때라 그것은 귀한 것이었다)도 받고 상금도 본사에 가서 받았다. 알꾸찌의 특성은 계획을 하면 그것을 꼭 달성하기 위하여 끊임없이 노력한다는 점이다. 끈질긴 싸움과도 같은 사회생활을 그는 잘 이겨냈다. 알꾸찌 그도 지난날을 회상하지 않은 것은 아니다. 다른 사람과 비교하여 이기심이 강했다. 누구에게 지고는 못 사는 그런 것이 젊음의 혈기와 합작하여 지난 일이 생긴 것만 같다. 나이 먹고서 사람들과 싸우려는 사람은 없다.

일종의 편견이나 우매에서 전연 벗어나지 못해서 내가 부정하고 있는 낡은 편견에 찬 말 행동. "너는 돼먹지 않은 놈이야" 군대에서의 선임자들의 소리가 귓가를 때리며 왜? 내가 진작 그 말을 깨닫지 못했을까? 부모님에게 너무나 죄송했다.

그는 아버지가 돌아가시고 알꾸찌도 나이가 들자 큰사랑이 아버지였다는 것을 새삼 느끼고 제사 때가 되면 그저 무릎을 꿇고 절을 하고는 바로 일어서지 못했다. 부모님에게 너무나 죄송했다. 아버지를 너무나 힘들게 한 자신이 부끄러웠다. 죄송한 마음이 깊은 곳에 와서 박혔다.

무엇을 하지 않으면 못 배기는 성질을 가진 알꾸찌는 독서 때문에 인생의 확고한 위치를 잡았다.

출판사에 다닐 적 책과 항시 가까이했던 알꾸찌 그는 책이라는 건 지식의 寶庫라는 것을 그때야 알았다. 한번 일을 시작하면 끝장을 보려는 성미 때문인지 알꾸찌는 독서에 취미가 붙었다. 책을 끌어안고 다니며 시간이 날 적마다 읽었다. 그것이 끈이 되어 그는 지금은 노인대학에 강연을 다닌다. 머릿속이 지식으로 꽉 찬 것이다.

한 시간이 넘게 이야기를 해도 노인들이 그의 강의가 너무 짧다고 했다. 인기 강사가 된 것이다.

코피가 알꾸찌의 강의 내용이 무언지가 궁금하여

"야 너 노인대학을 다니면서 강의하고 다닌다던데 그 주제가 뭐냐."

알꾸찌의 입에서는 엉뚱한 것 같은 말이 튀어나왔다.

"사람은 말이야 주책바가지로 살아야 하는 것을 이야기하지."

"그게 뭔 소리여?"

"똑똑한 척을 하면 사람들이 다 끊어져, 그래야 사람들과 친해지는 거여. 맑은 물에는 고기가 안 모이는 거여."

"그려? 하긴 붕어도 맑은 물에는 안 산다더라."

"또 다른 이야기는 안 하니?"

"남의 뒤통수를 때리는 일은 하지 말라고 하지."

그렇다 뒤에서 남의 이야기를 해대며 욕을 하는 것이 뒤통수를 때리는 것이 아닌가?

인생이란 극심한 고통과 인내를 거치고서야 참 인생을 아는 것이다.

산다는 것을 고해라고 한 철학자들의 글은 극심한 고통을 인내한 뒤에 나온 것이다.

코피는 지난날을 회상하며 술잔을 들고 두꺼비 파리 잡아먹듯 마셔대는 알꾸찌를 그윽이 내려다보았다. 그는 아직도 쌈꾼일까?

누구에게든 지지 않겠다는 알꾸지의 욕망은 참회로 바뀌고 이기고야 말겠다는 쌈꾼의 응어리는 그것을 사회에 적용했을 것이다. 쌈을 멈추게 한 것은 군대가 확실하고. 항의가 통하지 않는 군 생활은 그에게 큰 시련이었을 것이다.

시간이 가고 나이가 들자 알꾸찌 그는 깊은 잠에서 깨어나 도전이라는 새 싸움에 희망을 걸고 세상을 본 것만 같다. 그러니 지난 삶이 큰 거울 되는 강연이 됐을 것이다.

강연이란 삶의 깊은 곳을 파헤쳐야 듣는 사람이 시원한 것이다. 짧고 반복이 없고 주제가 분명해야 동질감을 느낄 수 있으며 박수를 받는 것이다. 라는 것을 그는 마음속에서 하나씩 꺼낼 것이다.

그는 쓸데없는 이야기를 강연에 끌어들이지 않을 것 같다.

"다음 달에 청주 모임 갈 거지?"

"그래 같이 가자."

코피의 기막힌 인생사

초등학교 시절 대갈장군과 싸워서 이겨 별명이 코피가 된 그(김태영)의 인생은 철학자들의 말마따나 고해苦海였다. 그 시대에 산다는 것은 힘들고 어려움은 다 있었지만 코피의 인생은 좀 특별했다. 친한 친구들만이 알던 비밀이 동창들 입을 타고 소문이 났다. 그에 삶은 시장 밑바닥 인생에서 수십억 부자가 되고 망했다가 다시 삶을 찾기까지 정말로 파란만장한 고뇌의 삶을 살았다.

5남매 중 둘째로 태어난 코피(태영)는 호적을 늦게 신청하여 초등학교도 남보다 1년 늦게 들어갔다. 초등학교 친구들로부터는 처음에는 "ㅈ대장"이라는 별명으로 불렸다.

오줌을 눌 때면 그는 자랑스럽게 남보다 월등히 큰 그의 성기를 친구들에게 보여줬다. 초등학교 때 키는 보통 키보다는 좀 작았지만 다른 아이들에 비하여 성기가 아주 컸기에 붙은 별명이다.

코피는 고등학교 2학년 때에 동갑인 여자고등학교 3학년인 이영숙. 그녀를 자주 만나다가 일을 저질렀다. 외로웠을 여학생이 임신하고 만삭인 배를 끌어안고 코피의 집을 찾아왔다. 살림살이가 어려워 행상을 하면서도 코피를 고등학교까지 보냈는데 코피 어머니는 기가 막혔다.

"그래 참 잘했다. 고등학교 다니는 놈이 공부는 안 하고 딴짓했으니 네가 다 책임져야 할 것이야. 그것도 친척 하나 없는 애를 사귀다니 참 좋겠다."

코피는 부모님 앞에 무릎을 꿇고 처분만 바랄 수밖에 없었다. 배를 보니 아기를 분만할 때가 다 된 것 같았다. 학교에 다니던 이영숙이 임신을 알자, 고아원에서 있을 수가 없었다. 눈물을 흘리며 찾아온 여학생을 부모님은 아기만은 집에서 낳게 해준다. 그러나 아기를 낳으면 너희들끼리 나가서 죽든 살든 맘대로 해라. 그러셨다. 그리고 여학생을 받아 주었다. 초등학교 때 키가 좀 작았던 코피는 중학교 때 훌쩍 컸다. 대갈장군과 싸울 때와는 완전히 다른 사람이 되었다. 장정이 된 것이다. 고등학교 3학년 때에 아기 아버지가 되었다. 다시는 쳐다보지도 않으신다던 코피 어머니는 집 부근에 흙벽돌로 지은 허름한 월세방 한 칸을 얻어주고는 먹고 사는 것은 너희들이 알아서 하라고 코피를 내쫓았다. 그에게는 그것도 감지덕지했다.

코피 아버지께서는 손자 이름을 "김호성"이라고 하셨다. 친구들한테도 소문이 났다. 친구들은 코피를 애기 아버지라며 놀려댔다.

집에서 쫓겨난 코피는 다니던 고등학교도 중퇴해야 했다. 먹고는 살아야 하니 코피는 돈이 생기는 일이라면 다 쫓아다녔다. 집도 가난하니 도와줄 것이 없다. 누구에게 도와달라고 할 사람도 없었다. 처음에는 양철로 물받이나 지붕을 고치는 함석집이라는 곳에 가서 일을 다녔다. 워낙 월급이 적어 그곳에서 받는 돈으로는 둘이 먹고살기에는 많이 모자랐다. 그런데 아기까지 있으니 우유를 사서 아기 먹이기도 어려웠다. 코피가 다니던 함석집 옆에는 초등동창인 자전거포(곽일신)가 자전거 점포를 하고 있었다. 그에 아버지는 6·25전쟁 시 입은 후유증으로 돌아가셨기에 점포를 물려받은 것이다.

코피와는 매일 보는 사이였다. 코피의 사정을 누구보다도 더 잘 알았다. 자전거포는 코피의 어려운 사정을 알고 아기의 분윳값을 좀 보태주기도 하였다.

맹물이가 자전거포를 찾아왔다. 그는 자전거가 고장이 나서 새것을 사기 위해서 왔다. 맹물이는 프린트 인쇄소에서 학습지를 배달하는데 자전거가 자주 고장이 나니 프린트 인쇄소에서 새로 사준다고 하여 자전거포를 찾아온 것이다. 자전거포가 바로 옆에 코피가 있다며 그를 불러 왔다. 세 명은 아주 반갑게 만났다. 코피의 사정 이야기를 들었지만 맹물이는 어떻게 코피를 도와줄 방법이 없었다. 너무나 안됐다. 셋이 만나서는 자장면 집엘 가서 오랜만에 그동안의 살은 이야기들을 했다. 코피의 어려운 사정을 안 맹물이는 월급날을 기다렸다. 아기 분윳값도 없어 쩔쩔맨다기에 월급을 받아서는 코피를 찾아왔다.

"태영아 이거 얼마 안 돼. 아기 분윳값에 보태 써. 자전거포한테 이야기 들어 알았지만 돈이 없어 그날은 그냥 갔어. 오늘이 내 월급날이야. 작지만 이거 아기 분윳값이라도 해."

맹물이는 월급의 4분의 일이나 되는 돈을 코피에게 주었다. 초등학교 시절 맹물이는 코피에게 학용품도 얻어 쓴 적도 있었다. 그 생각이 나서 코피를 도와준 것이다. 다른 동창들보다는 두 사람은 가깝게 지낸 터이다.

"정말 고맙다, 은혜는 꼭 갚을게."

"아냐 초등학교 때 내가 너무 어려워 연필조차 살 수 없을 때 너는 내게 연필도 새것도 가끔 주고 공책도 주어잖아."

"정말로 고맙다."

"신혼인데 너무 힘들어 보인다. 열심히 살아 이제 우리는 조금 있으면 군대에도 다 가야 하는데 아기와 식구가 있는 네가 어떻게 될까 걱정이 된다."

여러 가지 이야기를 하다가 셋은 헤어졌다. 초등학교 친구 세 명은 바로 군대에 가야 한다. 세 명 중에 가장 힘든 사람은 코피이다. 군대에 가면 아들인 호성이가 어찌 될 것인가가 항시 마음을 무겁게 했다. 그러나 그렇게 생각만 하고 있을 때가 아니다. 일을 해야 식구와 아기가 먹고산다는 절박감이 코피의 가슴을 쥐어짜고 있었다. 코피는 일자리를 알아봐도 일할 곳이 없었다. 집을 짓는 곳이나 수리하는 곳엘 다니며 막노동을 하니 그 수입은 좋았으나 그 일은 한 달에 일주일도 안 된다. 다시 직업을 찾아간 곳이 통나무를 제재하는 제재소이다. 제재소 사장님은 통나무를 메어 날라야 하니 기운이 세야 한다고 했다. 사장님은 코피에게 실제로 통나무를 메어 나르는 일을 시험했다.

통나무는 무척 무거웠다. 그래도 온 힘을 다 들여서 통나무 나르는 시험에 합격하였다. 출근하라고 하였다. 통나무가 아주 큰 것은 네 명이 목도로 메었다. 그러나 혼자 멜 수 있는 것은 혼자 메어다 돌아가는 둥근 대형 톱 앞에다 쌓아 놓아야 했다. 그리면 그 통나무를 기술자들이 큰 소리로 윙윙거리며 돌아가는 둥근 톱에다 두 사람이든 혼자든 밀어 넣어서 나무를 각개목과 송판을 만드는 작업을 했다. 제재소 작업은 젊은이들도 힘이 든다며 오래 버티지를 못하고 그만두는 사람들이 많았다. 코피는 아무리 힘이 들어도 내색도 안 하고 꾹꾹 참으며 일을 해야 했다. 일을 해야 아기 분유도 사고 보리쌀도 사고 쌀도 좀 살 수 있기 때문이다. 그렇게 하여 좀 안정된 생활을 할 수 있었다. 아기는 무럭무럭 자라 3살이 되었다.

코피에게 영장이 나왔다. 군대에 가야 하나, 말아야 하나 많은 고민을 했다. 집에서 부모님은 가야 한다고 하신다. 코피가 군대에 가기 전 모아서 호성이 엄마에게 준 돈은 너무나 적은 돈이었다. 호성이 엄마는 고아원 친구들 보기에 창피하고 막심한 후회를 했지만 아기와 먹고는 살아야 했다. 고아원에서 자랐으니 어디 기댈 데가 없었다. 또 아기 때문에 어디든 들어갈 곳이 없었다. 군대에 들어간 코피는 집에 돈이 떨어지고 없을 터인데 걱정은 되지만 그도 별 뾰족한 수가 없다.

호성이 엄마는 할 수 없이 호성이를 등에 업고 호성이 할머니를 따라다니며 시장바닥에서 행상을 시작했다. 호성이 엄마는 고아원에서 자랐으니 부모도 모르고 친척도 없다. 다만 고아원 원장님을 아버지라고 불렀을 뿐이다. 호성이 할머니가 같이 다니며 물건을 사고팔고 하는 것을 가르쳐 주니 장사를 할 수 있었다. 세 살짜리 아이를 등에 업고 시장 길가에서 계절 따라 함지박에 떡을 파는 장사며 과일 장사며 닥치는 대로 일을 하며 아기와 함께 살았다. 밤이면 아기를 끌어안고 얼마나 울었는지 모른다.

코피의 논산훈련소 생활은 너무 힘들어서 집 생각이 끼어들 시간도 없었다. 정신없이 지나갔다. 혹독한 선임들의 기압도 집 생각을 하며 견뎌냈다. 그리고 자대 배치를 받았다. 집안에 아는 사람도 없어서 103 보충대를 거쳐서 최전방인 1사단 수색 중대로 발령을 받았다. 당시 1사단은 교육사단이었다. 기간이 정해져 있어 철원 9사단과 교대를 하면 철책선을 지켜야 하는 부대이다. 캄캄한 밤 초소에 2인조 야간 경계를 서면 보이는 것은 까만 하늘에 셀 수 없이 많은 별빛만 보인다. 수색 중대에서 온종일 훈련을 받고 또 야간에는 돌려가며 부대 경계근무도 서야 한다. 그 근무의 교대시간을 정해주는 것은 소대 내무반장이다. 경계근무 시간이 한참 자는 시간인 새벽 2. 3시에 걸리면 참으로 피곤하다. 내무반장에게 잘못 보이면 정말로 피곤한 군대 생활의 나날이 된다. 다른 사람들은 외출 시 내무반장에게 줄 담배라든가. 사제 삼양라면이라도 사다주고 좋은 시간대를 배정받는데 코피는 그럴만한 여유도 없었다. 월 나오는 월급 70원 돈도 너무나 귀한 돈이었다. 경계근무에는 연실 순찰을 하는 장교나 중사 이상의 분들이 있다. 졸다가 걸리면 그 소대는 그 이튿날 난리가 난다. 집 생각이 가장 많이 날 때가 경계근무를 설 때이다.

코피는 그저 아내한테 정말 미안하고 보고도 싶었다. 탈영도 생각해 보았다. 그러나 그것은 일을 더 크게 만든다는 것을 알았으니 그럴 수가 없었다. 군 생활 중 내내 가족 생각에 애를 곯였다. 군대에 올 때 방긋거리든 아들도 보고 싶었다. 그러나 휴가는 일 년에 한 번 15일이다.

군대에서 주는 일등병 월급이 70원이다. 70원이면 막걸리 두 주전자에 삼양라면 세 그릇을 사 먹을 수 있는 돈이다. 말이 봉급이지 나라 형편이 어려우니 용돈이 될 리는 없다. 국수만 먹다가 새로 나온 삼양 라면은 정말로 맛이 있었다. 사 먹고 싶지만 돈이 아까워서 모아서는 휴가 올 때 집으로 가지고 왔다. 다른 사람들은 토요일, 일요일이면 외출을 나가서 막걸리와 라면도 사 먹고 오지만 그럴 수가 없었다. 이틀에 한 갑씩 나오는 화랑 담배도 모아서 팔았다. 군인극장에 영화 관람을 하러 가려면 20원씩 하는 극장 구경도 가지 않았다. 그래서 부대에서는 코피를 짠돌이라고 불렀다. 집에 휴가를 와서도 가난한 부모님께 도와달라는 말씀도 드릴 수가 없다. 어머니께서 호성이 엄마를 데리고 다니며 장사를 도와주는 것만 해도 감사한 일이다. 15일 휴가를 나와서도 놀 수가 없었다. 막노동을 해서 돈을 집에 다 주고 갔다. 군 생활 하루하루가 가족 생각뿐이다.

26개월이 넘어서 병장이 되고 보니 월급이 270원으로 올랐다. 처음 나온 삼양 라면은 정말 사 먹고 싶었지만 그래도 군것질 한번 안 했다. 병장 봉급이 270원인 것도 모아서 집으로 가져와 호성이 엄마에게 주었다. 시집살이가 고추보다 맵다고는 하지만 군대 생활은 그보다도 더 매운 것만 같았다. 주는 밥도 넉넉하지가 않아 늘 배가 고팠다. 같은 내무반에서 배고픈 동료가 그릇 씻는 곳에 모인 음식 찌꺼기를 먹고 "염병"이라는 장티푸스에 걸렸다. 부대에는 바로 비상이 걸렸다. 수색 중대에는 아무도 못 들어오게 금줄이 쳐졌다. 훈련도 중지됐다. 무언지 모를 하얀 가루가 부대 부근에 엄청 많이 뿌려졌다. 장티푸스는 수인성 전염병이었다. 무섭게 전염이 되었다. 부대 내에서 몇 사람이 죽어 나갔는지는 아무도 모르는 비밀이었다. 두 달이 지나고서야 다시 훈련이 시작됐다. 살아 제대한 것만도 다행이었다. 집에 오자 끌어안고 우는 아내가 너무나 애처로웠다. 먹고사는 문제가 발등에 떨어졌으니 잠시도 쉴 틈이 없다. 월남을 지원할까 하다가는 아기 때문에 포기했다. 하루가 열흘만 같았던 군 복무기간 만 3년 동안, 3번만 휴가를 왔었다. 군 생활 3년이 십 년만 같았다. 그렇게 군 36개월 생활이 끝났다.

코피는 제대하자마자 다시 제재소엘 들어가려니 그곳은 벌써 다른 사람이 일하고 있었다. 들어갈 곳이 마땅치가 않다. 몇 개월 기다리면 자리가 있겠지만 기다릴 여유가 없다. 그는 고심하며 다니다가 청주 사직동 주차장 부근 길가를 보니 포장마차가 낮이고 밤이고 성시를 이루고 있었다. 버스 주차장이 서문동에서 이전한 지 얼마 안 되어 그 부근엔 건물은 없고 공터엔 포장마차가 많았다. 지금의 사직시장이다. 주차장 부근이라 사람들이 항상 많이 오고 갔다. 그곳을 눈여겨보다가 그 포장마차 옆에서 과일 장사를 하던 사람이 점포를 얻어 다른 곳으로 이사를 한다는 것을 알았다. 그곳을 얻어서 장사를 하면 잘될 것 같았다. 호성이 엄마를 데리고 갔다. 호성이 엄마는 호성이 할미니를 따라다니며 함지박을 이고 각종 장사를 할 때 점포주인들로부터 앉은 자리에서 쫓겨나기가 일수였다. 그런 어려움을 겪어본 호성이 엄마는 자리를 잡고 점포 같이 장사를 할 수 있다니 너무나 좋다고 했다. 또한 그곳은 과일 장사를 하기에 목이 너무 좋아 보인다며 과일 장사를 하자고 하였다.

전에 포장을 치고 과일 장사하시던 분을 찾아갔다. 코피는 사정 이야기를 하고 헌 포장 값을 싸게 해달라고 하자 그분은 권리금도 없이 포장도 거의 공짜로 주었다. 그분은 점포로 들어가기에 그 포장은 필요가 없어졌지만 그래도 너무나 고마웠다. 그 땅의 주인이 누구냐고 물어 찾아갔다. 그 터 주인은 먼저 사람같이 월세를 내야 한다고 하신다. 보증금이 없으니 그것도 감지덕지했다. 코피는 그 포장 안에다 땅 주인이 언제든 치우라면 치워 준다는 조건으로 부르크로 벽돌을 쌓고 앉을 자리와 누울 자리를 조그맣게 만들었다. 그리고 겨울을 생각하여 연탄을 피워 눕거나 앉은 자리를 따뜻하게 할 수 있도록 했다. 덮고 잘 이불과 밥그릇 몇 개 수저 2개 그리고 사과 궤짝인 싱크대. 그게 살림이지만 아예 그곳으로 살림을 옮겼다. 사는 집에 월세가 안 들어가니 그것도 황송했다. 호성이를 데리고 함께 살 수가 있으니 너무나 좋았다.

호성이 엄마가 사직동에서 남주동 깡시장까지 가서 과일을 사 머리에 이고 온다는 것은 무리다. 채소, 과일 장사를 하는 사람들은 짐자전거가 꼭 필요했다.

코피는 자전거포를 찾아갔다. 과일을 사서 올 때 짐을 싣는 자전거가 꼭 필요해서였다. 초등동창 자전거포(곽일신)는 코피의 사정을 알기에 원가로 해주는 대신 조금씩 월부로 갚으라고 하며 짐 싣는 자전거 한 대를 코피에게 외상으로 주었다. 코피에게 외상으로 자전거를 줄 사람은 없다. 돈 없는 사람이 짐자전거는 살 수가 없는 큰돈이다. 그것도 참으로 고마운 일이다. 깡시장이라 불리는 남주동 과일 도매상회에 가서 아내와 같이 가서 사정을 했다. 돈을 있는 대로 다 주고 나머지는 과일을 팔면 준다고 하여 외상으로 과일을 구입하여 과일 장사를 하기 시작했다. 돈이 없으니 신용을 안 지키면 다시는 그 도매상에서 물건을 줄 것 같지가 않았다. 그저 온종일 팔면 목에 풀칠할 정도만 남기고 아침이면 전날 과일 판 돈 전체를 가지고 도매상을 달려갔다. 판돈을 거의 다 드리고도

"지금 재고가 있어서 돈을 다 지불하지 못하여 죄송합니다."

그저 굽실거렸다. 그렇게 하여 과일 도매상 여러 곳에 신용을 쌓았다. 여러 도매상에서는 코피의 성의와 노력에 더 많은 물건을 외상으로 지원해 주었다. 사람들은 물건이 많은 곳으로 과일을 사러 간다. 물건을 적게 놓고 파는 것과 많이 쌓아 놓고 하는 장사와는 차이가 난다.

호성이도 벌써 여섯 살이다. 방세가 안 들어가니 그만큼 살기가 좋

아졌다. 세 식구가 겨우 누울만한 시멘트 마룻바닥이나 식구들과 같이 생활을 하니 군대에 있을 때 보다 마음은 편했다. 그 어려울 때 초등학교 친구인 맹물이 촛싹이 찔찔이가 자전거포에게 소문을 듣고 먼 길인데도 찾아와서 과일도 사 가기도 했다. 코피는 맹물이에게 과일을 그냥 가져가라고 주면서 군대에 가기 전에 너무나 고마웠다고 이야기를 했다. 그러자 맹물이는 과일값보다도 더 많은 금액을 막무가내로 주고 갔다. 친구들이 너무나 고마웠다.

코피는 과일 장사를 하고는 있지만 연일 재고가 남는 바람에 돈을 모은다는 것은 꿈이었다. 버리기 아까운 과일로 끼니를 때우기도 하였다. 과일 장사는 생물이라 바로 팔지 않으면 재고가 됐다. 겉으로는 남은 것 같은데 재고를 제하면 큰 이익은 없다.

먹고 살기에는 지장은 없었지만 돈을 모으기에는 어려운 장사가 생물인 과일 장사이다. 과일가게 월세 낼 날은 정말 빨리도 온다. 과일 장사를 시작했으니 금방 다른 무엇을 할 수도 없어서 것이다. 과일가게는 호성이 엄마한테 맡기고 코피는 다른 무엇을 할 수 없을까 생각만 앞섰다. 과일가게 옆은 여인숙이 있었다. 여인숙을 하는 사장님은 과일가게에 하루에도 몇 번씩 오셨다. 오래되어 팔기가 좋지 않은 안 팔리는 과일을 드리면 그렇게 좋아하신다. 두 사람은 더욱 친근해졌다. 다른 곳에서 끌어다 쓰는 포장마차 안의 전기도 여인숙 사장님 집에서 끌어다가 쓰게 해주었다. 밤이라도 여인숙이 많은 주차장 그 부근에서는 과일을 사러 밤늦게까지도 오는 손님들이 있었다. 아내가 점포를 지킬 수 있으니 여인숙 사장님과 저녁에는 막걸릿집으로 같이 가곤 하였다.

포장마차 점포 월세도 꼬박꼬박 못 내고 조금씩 날짜를 넘기고 있는 코피의 사정을 여인숙 사장님은 잘 안다. 그러니 막걸릿값은 자연히 그 사장님이 부담하였다. 얻어먹는 것도 하루 이틀이지 참으로 미안하다. 팔다 남은 과일을 그냥 그분에게 주면 그분은 그게 좋다면서 잘도 잡수신다. 술좌석에서 그 여인숙 사장님의 지난날 이야기를 들었다. 나이 열일곱 살에 이북에서 징집되어 1950년 총알받이로 왔다가, 국군에게 잡힌 포로였다.

이승만 대통령이 포로들을 석방하자, 거제도 포로수용소에서 청주로 온 사람이었다.

그 부인도 피난민으로 국민학교도 못 다닌 분이셨다. 1933년생인 여인숙 사장님은 남보다 열심히 하여 돈을 모으고 헌 집을 사고팔고 하면서 돈을 모아 청주 시내 사직동 주차장 옆의 여인숙을 사신 것이다.

그 여인숙은 시외버스 주차장 근방이라 아주 좋은 자리였다. 전라도에서 대전을 거쳐서 주로 미역. 멸치 등 마른 해산물 또 대나무로 만든 각종 조리. 소쿠리 등을 가지고 와서는, 청주 부근에 다니면서 팔고 가는 행상들에게는 최고의 요지였다. 행상들은 많은 물건을 가져다가 여인숙에 맡겨놓고 팔러 다니니 여인숙은 단골손님도 많았다. 그래서 방 하나도 놀리지 않으니 자연히 돈을 많이 모았다. 여인숙은 3층 건물이었다. 그는 시간이 있는 대로 바로 옆에서 과일 장사를 하는 코피에게 자주 왔다. 그리고 저녁에는 막걸릿집에서 자주 만나 술을 먹다 보니 두 사람은 살면서 고생한 이야기도 서슴없이 할 수 있는 사이가 됐다.

여인숙 사장님이 거제도 포로수용소에서 나와서 떠돌아다니다가 만난 사촌은 말 마차꾼의 집성촌인 오자남(현, 사창동) 마을의 말 마차꾼이었다. 남의 말을 끌고 다니며 버는 돈의 일부를 가지고 형수님과 살고 있었다. 그 사촌이 소개해준 말 마차를 끌며 먹고사는 한 노인을 만났다. 그 노인은 식구가 하나도 없는 외톨이이셨다. 여인숙 사장님보다 나이도 많고 결핵 환자였다. 그 노인도 일하는 데 힘이 들으니 사람이 꼭 필요했다. 여인숙 사장님은 그 노인을 따라다니며 일을 배웠다. 어디로 가면 짐을 실을 곳이 있다는 것도 배우고 짐 신는 요령도 배우고 말 먹이도 어떻게 주어야 하는지도 배웠다. 그 노인이 결핵으로 죽자, 횡재를 했다. 여인숙 사장님은 죽은 노인이 살던 등기 없는 흙벽돌집 하나와 말과 헌 말 마차를 물려받은 것이다. 그 집터는 국가 소유였으며 가난한 사람들이 모여 무허가로 흙벽돌로 집을 짓고 사는 곳인 오자남 마을이었다. 늙은 말과 다 썩은 말 마차이지만 그래도 수리를 해가며 열심히 돈을 벌었다. 그리고 흙벽돌집을 팔아서 조금 더 좋은 집을 사고팔고 해서 이 여인숙이 된 거라며 부동산을 매수와 매도하면 최고라고 했다. 그렇게 말하면서 부동산 사무실을 하면 돈을 벌 수 있다며 부동산 사무실을 같이 하자고 제의했다.

부동산 사무실 임대할 돈도 다 부담할 테니까 같이 동업을 하되. 돈이 벌리면 반씩 나누자면서. 그동안 과일가게 월세 밀린 것도 빌려준다고 했다. 코피는 그 사장님이 부동산을 사고팔고 하면서 지금의 그 여인숙을 매수한 분이라 부동산에 대하여 아주 잘 아시는 분이라는 생각이 들었다. 그러잖아도 나른 무엇을 해야겠다고 생각하던 코피는 귀가 번쩍 뛰었다.

부동산에 문외한인 코피는 반신반의하면서도 부동산 사무실 보증금과 임대료도 부담한다고 하여 동업에 동의를 하였다.

그리고는 사창동 개발 지역인 1988년 올림픽 때 사용했던 지금의 쌍둥이 체육관(수영장) 부근에 그분의 명의로 부동산 사무실을 개설했다. 부동산 사무실을 운영하기 위하여 그 귀한 백색 전화도 한 대 사서 사무실에 놓았다. 그분은 왜 코피에게 그런 제의를 했을까? 그분이 부동산 사무실을 같이 하자는 데는 이유가 있었다. 그는 한글을 모르는 문맹이었다. 코피가 착실하고 고등학교를 다녔다 하니 부동산 계약서를 쓰는 데는 지장이 없을 것 같으니까 여인숙 사장님이 동업을 하자고 한 것이다.

과일 장사는 호성이 엄마가 혼자 맡아서 해도 된다. 코피는 과일만 사다가 주고 부동산 사무실로 출근을 했다.

여인숙 사장님이 여인숙집 월세를 받는 계산을 하는 것을 코피가 보았다. 큰 성냥곽 한 통을 들고 와서 책상 위에다 놓고는 탑을 쌓으면서 계산을 하는 데 한참 시간이 걸려서 그렇지 답은 맞았다. 성냥 꼬투리를 이리저리 놓고 그 위에 또 성냥 개비를 올려놓고 계산을 한다. 당시에 여인숙 방 1, 2층 12개에서 월 들어오는 금액을 계산하는데 30분도 더 걸려 계산하는데 그 답은 정확히 맞았다. 코피가 보니 참으로 신기했다. 여인숙 3층은 사장님 자택이었다.

부동산 사무실 운영이 처음이니 손님도 별로 없고 할 일도 없었다. 사무실 운영비는 모두 여인숙 사장님이 부담하였다. 간혹 손님이 찾아와 땅을 찾으나 물건도 없다. 그리고 경험이 없으니 어느 땅이 얼마나 나가는지도 몰랐다. 손님들의 이야기가 정보이고 팔아달라는 금액이 많이 차이가 나지 않은 것을 알게 됐다. 그래도 땅을 사서 집을 지으려는 사람들이 사무실엘 찾아와야 하는데 집 장사를 하는 사람이 아는 사람이 없으니 그저 놀고만 있을 수밖에 없었다.

그럭저럭 서너 달이 지났는데 전세를 찾는 손님 한 분이 오셨다. 그러잖아도 집에 돈을 못 갖다 줘서 걱정이 많은 코피는 너무나 반가웠다. 그것은 며칠 전 사무실 부근에 독채 전세가 600만원에 나왔기 때문이었다.

코피가 앞장을 서서 그 집을 보여드렸다. 집을 지은 지 1년도 안 된 새집이었다. 손님은 아주 맘에 드신다고 하며 당장 5십만원을 걸고 계약을 하자고 하였다.

계약하려면 등기부 등본이 필요하다. 코피가 등기부 등본을 떼러 간다고 하니 임대인인 집주인 여자는 내가 등기부 등본을 가지고 왔으니 보라고 줬다. 코피가 임대인 주민등록증과 등기부 등본을 대조를 해보니 그분 집이 맞다. 등기한 지도 한 달도 안 됐다.

당시에 등기부 등본을 신청하러 법원으로 가면 사람들이 엄청 많이 줄을 서서 기다리는 시절이라 시간이 두 시간은 걸린다. 잘됐다 싶어 등기부를 떼러 가는 것을 포기했다.

코피는 처음 쓰는 계약서라 손을 덜덜 떨며 쓰고는 몇 번이고를 읽어보고 임차인 임대인에게 계약서 한 장씩을 주고 한 장은 부동산 사무실 책상에 보관했다.

부동산 사무실을 열고 처음으로 임대인 임차인으로부터 소개비 3만원씩 6만원을 받았다. 3만 원은 당시 큰돈이다. 코피는 과일 30박스를 팔아도 3만원의 이익이 안 난다. 돈을 처음 벌은 기분은 날아갈 듯만 했다.

코피와 여인숙 사장님은 식당에서 돼지고기를 구워놓고 기분 좋게 술도 한잔 거나하게 했다.

한 달 후 계약대로 이사 올 날짜가 되어서 임차인이 짐을 가지고 이사를 왔다. 임차인은 부동산 사무실에서 잔금 오백오십만원을 임대인에게 주었다. 임대인 집주인이라는 여자분은 아들이라며 한 사람을 데리고 왔다. 그 아들은 걷는 것이 아주 불편한 중증 소아마비 환자였다. 그 여자에게서 잔금 영수증을 받아서 임차인에게 주었다. 그리고 임대인과 임차인은 부동산 사무실을 나갔다.

임차인이 이삿짐을 가지고 이사할 집에 간다며 나갔는데, 조금 후에 전세를 얻은 사람이 부동산엘 황급히 달려왔다. 현재 그곳에 세 들어 사는 사람이 아직 집주인에게 돈을 못 받았다면서 돈을 받아야 나간다며 집을 안 비워 준다는 것이다. 코피는 황급히 집주인이라는 사람에게 전화를 해도 전화를 안 받는다. 연락할 방법이 없다. 그래도 한참을 다이얼을 돌려대니 다른 사람이 전화를 받는다. 그곳이 어디냐고 물어보니 보험회사였다. 깜짝 놀랐다.

그 여인의 이름을 대자 그는 정식 직원이 아니고 임시로 와서 교육을 받는 사람이란다. 사는 곳을 물어보니 모른단다. 임차인은 부동산 사무실에서 돈을 도로 달라며 난리를 친다. 큰일이 난 것이다. 이삿짐을 우선 임차한 집에 마당에 내려놓게 하고 부랴부랴 코피가 법원에 가서 등기부를 확인해보고는 깜짝 놀랐다. 집 임대인이 가져왔던 것은 등기부에서 뒷장인 을구 저당권을 떼어버리고 부동산에다 제출한 것이다. 근저당은 주택은행에 800만원이 되어있으니 임대인은 그것을 노린 것이다. 그 집을 돈 한 푼 없이 500만원 전세 돈을 떠안고 1,300만 원에 매수해서는 전세든 사람을 나가라고 하고는 집을 부동산에 전세로 내놓아 600만원에 다른 사람에게 전세를 놓고 그 돈을 가지고 도망을 간 것이다. 일이 터졌다.

등기부에 적혀 있는 임대인 주소지를 찾아가 보니 그는 그곳에서 다른 곳으로 이사를 했다고 한다. 그 임대인은 전세 돈 받은걸 가지고 도망을 간 것이다.

이삿짐을 둘 곳이 없다. 인부를 동원하여 여인숙 마당으로 짐을 옮겼다. 그리고 임차인 부부를 여인숙에 거주하게 해 드렸다.

코피는 부동산 사무실을 처음 하니 등기부가 표제부. 갑구 소유권. 을구 저당권으로 된 것을 몰랐다.

임차인은 임대인과 부동산이 짜고 했다며 임차인이 먼저 코피와 여인숙 사장을 고소했다. 그리고는 짐을 다 가지고 어디론가 갔다.

경찰의 조사에 임했다. 여인숙 사장과 코피는 경찰서에서 조사를 두 번 받았다. 경찰 조사 중에도 임차인은 깡패들을 동원해 가지고 와서 무조건 육백만 원을 내놓으라며 연일 협박했다. 임대인과 부동산이 짜고서 그렇게 한 것이란다. 코피는 정말 그 돈이라도 있으면 주고 그 어려움에서 벗어나고 싶었다. 경찰에서는 여인숙 사장님과 코피의 은행 계좌까지 조사하고 돈을 어디에다 빼돌린 것이 아닌지 철저히 조사했다. 경찰은 부동산과 임대인이 짜고서 한 것이 아니라는 조서를 무혐의 의견으로 검찰로 보냈다. 검찰에서 두 번의 조사를 받고 무혐의 처리를 받았다.

당시의 법은 부동산중개업법이 아닌 소개 영업법이라 임차인도 부동산 등기부를 열람할 의무가 있었다. 고소 사건은 4개월 만에 검찰에서 마무리되었다.

그러나 임차인 측에서 임대인과 짜고 했다면서 법에서 판정한 것을 인정 못 한다면서 깡패들을 데리고 와서 돈을 안 주면 못 가겠다며 회 뜨는 칼까지 들고 와서는 부동산 사무실에서 진을 치고 있었다. 그야말로 처음 작성한 전세 계약서인데 어떻게 할 방법이 없었다. 부동산 사무실이 지옥만 같았다. 여인숙 사장님은 그들에게 법대로 하라고 하였다.

그러나 일이 풀리려는지 무혐의 처리되고 이 개월 후에 코피는 임대로 나온 서문동 00교회 옆의 작은 식당을 보여 주고 다시 사직동으로 오려던 참이었다. 그 시기꾼 여자의 아들과 시문동 00교회 앞에서 딱 마주쳤다. 그는 교회에서 막 나오던 길이었다. 그를 보자 코피는 가슴이 덜덜 떨렸다. 그 장애인은 코피를 알아보지 못한 것 같았다. 코피는 그의 뒤를 따라가기로 했다. 잔금을 받아 갈 시 그 여자가 아들이라며 같이 데리고 왔던 사람이다. 중증의 소아마비 환자라 금방 알아보았다. 그를 미행한 것은 당연했다. 그는 우암산 밑 동내인 수동에 골목으로 들어갔다. 골목 끝까지 가는 것을 분명히 보았는데 들어가는 문이 없다. 아무리 기다려도 나오지를 않는다. 그 부근을 지키다가 조금 후에 들어가 보니 그 골목은 막다른 골목이라 막혀 있었다. 들어가는 대문도 없다. 이상했다. 그래도 교회에서 나왔으니 분명히 교회는 다시 오겠지 하며 확실하지는 않지만 그래도 위안이 되었다. 여인숙 사장님에게 이야기하니 꼭 잡아야 우리가 그 어려웠던 일이 해결될 거라며 아예 아침부터 며칠이 가든 지키다가 그를 보면 미행을 하여 잡자고 하였다. 코피는 수동 부근을 지키고 여인숙 사장님은 서문동 00 교회 앞에서 지키기로 하였다. 코피는 삼 일째에 수동에서 다시 그 골목으로 들어가는 그 장애인을 보았다. 섣불리 잡으려 했다가는 놓칠 것 같아 조심하며 그 장애인의 동정만을 살폈다. 그러다가 들어가는 곳이 확실하여 경찰에 신고했다. 알고 보니 들어가는 곳이 표시가 안 나는 묘한 골목 집에서 숨어 지낸 것이다. 누구든지 그것이 문이라고는 생각하지 못할 그런 담에 뚫린 문이었다. 그 임대인 여자를 경찰에서 바로잡았다. 경찰은 임차인 회사에 전화하여 그들과 대면했고 사기를 쳤던 그 여인은 구속이 되었다. 그 후 일면식도 없던 남자 한 사람이 부동산엘 찾아와 그 임대인 여자를 살려 달라며 전세 금액을 조금만 깎아서 합의해달라고 사정을 했다. 그 남자는 교회 사람 같아 보였다. 돈 삼만 원을 받고 당한 수모는 엄청났는데, 부동산에서는 손을 댈 수가 없는 일이다. 코피가 볼 때 그 여인은 그런 사기를 칠 것 같지 않은 미인이었다. 옷도 아주 좋은 옷을 입었고 말하는 것도 예의 바르고 전연 의심을 하지 않은 게 실책이었다. 임차인에게 연락하여 합의하려고 온 사람을 대면시켜 주었다.

혹독한 경험을 한 코피는 부동산에 대하여 경험을 쌓으며 많은 것을 알게 되었다. 일명 집 장사라는 건축업자들이 부동산을 방문하면서 건축에 대해서도 잘 알게 되었다. 지금은 청주시 한복판이지만 당시에 사창동은 보리밭에 거의 구릉지였다. 그곳에는 그냥 불도저로 대충 평지와 구릉지를 만들고 도시 계획으로 도로만 포장해놓은 곳이었다. 지적정리는 해놓았기에 지리적으로 아주 좋지 않은 토지는 외상으로 사고팔기도 할 때였다.

토지 주인은 안 팔리는 토지를 팔아서 좋으니 외상으로 집을 짓게 하고 등기를 넘겨줄 때 돈을 받을 수 있으니 토지 주인도 손해 볼일이 없으니 누이 좋고 매부 좋고 하던 시절이었다. 지금 같으면 어림도 없는 이야기이다.

당시에는 대개 집 장사들이 200여 평의 토지가 있으면 4개로 나누어 집 네 채를 짓는데 속 터가 2개이고 두 채는 도로가 낀 것이 많았다. 그러면 그중에서 좋은 자리를 한 개를 골라서 짓고는 이사를 하며 살다가 팔고 또 다른 곳에 땅을 사고 그렇게들 하고 있었다.

초창기라 한 사람이 두 채씩을 지어서 파는 사람은 거의 없었다. 한 채를 지어서 그 집으로 이사를 했다가는 팔고 또 한 채를 지어서 그렇게 매매를 하는 집 장사들이 대부분이었다. 대지가 큰 집터에 집을 지으면 가격이 많이 나가니 그저 50여 평이나 최고 대지가 커야 60평에다 집을 짓는 곳이 많았다.

그렇게 해서 위치에 따라서 1,200만원 1,300만원을 받고 파는 것이다. 집 장사를 하는 사람들에게 집을 지어주러 다니는 목수를 그들은 "오야지"라고 부르고 그 오야지라는 사람 밑에는 각각 건축을 담당하는 사람들로 구성되어 있었다. 목수, 건축사, 미장, 벽돌공, 전기공, 등짐꾼, 수도설비, 보일러, 샷슈, 페인트공, 목재판매상 그들은 한 조가 되어 계 모임도 하였고 한번 집을 시작하면 일사불란하게 일이 처리되었다. 부동산 사무실을 하면서 눈여겨보았기에 그 속사정을 잘 알았다. 코피는 마음속으로 나도 언젠가는 집 장사를 해야지 하는 희망을 품고 오야지라는 사람들과 또 자재상이라든지 그 사람들과 자주 어울리며 거래가 된 후에는 자주 술판을 벌였다. 부동산 사무실은 오야지 밑에 있는 모든 사람의 모임터였다.

오야지들은 돈이 있는 집 장사는 돈을 바로 주지만 돈이 없는 집 장사는 외상으로 지어주고 그 집이 팔리면 집을 지어준 그들은 돈을 받아갔다. 부동산에서 집터를 사주고 팔아 주면서 집 장사를 하는 사람들도 눈여겨보았다. 코피는 집을 지으면 두 달도 안 되어 팔리는 것을 보았다. 그런데 그 업자들이 집을 짓고 팔고 간 속 터가 안 팔리니 땅 주인이 그것을 팔아달라고 부동산엘 오신 것이다.

코피는 이게 기회다 싶었다. 동업자인 여인숙 사장님에게 이자를 많이 준다며 땅을 매수할 계약금을 빌렸다. 여인숙 사장님께 차용한 돈 일백만원으로 집을 짓는 행운을 잡은 것이다. 속 터라며 가격도 더 깎고 은행 융자도 얻어서 속 터에 집을 건축하되 집이 팔리면 돈을 준다고 땅 주인과 계약을 하고 외상으로 건축을 하게 되었다. 부동산에서 있으면서 그 목수 오야지와 술자리를 많이 했기에 그 오야지의 승낙으로 외상으로 집을 짓는 것이 가능했다. 은행에서 융자를 땅 주인 명의로 받았다. 융자금액은 건축이 다 된 다음 잔금 납부 시 정산하면 되는 것이다.

그 당시에는 건축도 집이 팔리면 준다는 계약을 하고도 집을 지을 수도 있을 때이다.

부동산 사무실에 근무하면서 집 장사에 대하여 처음 눈을 뜨게 된 것이다.

일 층에 방을 네 개를 만들고 2층에 주인집을 만든 집은 다 완공되기도 전에 1,000만원에 팔렸다. 속터라 싸게도 샀지만 이백 여만원이 남은 것이다. 참으로 큰돈을 손에 쥔 것이다. 그것이 끈이 되어 3년 동안 집을 다섯 채쯤 지어 파니 코피는 은행 융자 없이 이제 자기 돈만 가지고도 집을 한 채 지을 수 있게 되었다.

코피는 돈이 생기자 제일 먼저 자전거포와 맹물이의 오두막집 소 기르는 곳을 찾아갔다. 쌀을 반 가마니씩을 사서 찾아갔다. 그리고 지난날 너무나 고마웠다고 했다. 맹물이도 그때는 소가 일곱 마리나 되니 자리를 잡아 가고 있을 때였다. 솟값을 따지고 보니 그것도 큰돈이었다.

코피는 꿈에도 생각하지 못했던 새집 한 채를 가진 부자가 된 것이다. 여인숙 사장님도 코피와 같이 집 장사를 했음은 물론이다. 집 장사라는 건축업을 코피는 그렇게 시작했다. 그 당시에는 집 장사들이 넘쳐났고 식당들도 호황을 누렸다.

무일푼에서 거금을 손에 쥔 것이다. 코피는 힘들었을 때 도와준 초등학교 친구들을 일일이 찾아서 그들에게 인사를 했다.

월남에 다녀온 찔찔이는 양복점을 하고 있었으며 자전거포도 삼천리 자전거 대리점을 하고 있었고, 촛싹이는 개인택시를 하고 있을 때이니 그 고생을 하던 초등학교 친구들이 자리를 잡아 나갈 때이다. 초등학교 시절 그렇게 고생을 하던 원생이는 부산에서 서울로 다니며 활어 생선 장사를 할 때였다.

암흑이었던 생활이 광명의 빛을 발하며 코피의 손을 흔들어 주고 있었다. 코피는 남들과 구별되고 남보다 우월하다는 생각도 들었다. 어느 정도의 편견을 가지고 세상을 바라보았다. 돈을 번다는 것은 쉬운 일이야…. 삶은 돈이 있을 때와 없을 때와는 전연 다른 세계가 지배하고 있었다. 그래도 건축 일을 하러 오는 사람 중 나이가 많은 분들에게는 좀 더 아량을 베풀어 임금을 조금이라도 더 주기도 했다. 가난한 자들을 보면 그들도 최소 한 번쯤은 돈을 축적할 기회가 있었을 터인데 측은 해 보이기도 했다. 코피는 돈을 벌자 부모님에게도 생활비도 드리고 새집을 지어 드렸다. 또한 코피는 고마웠던 친구들을 잘 대접하고 그들과도 잘 어울렸다.

호성 엄마는 남편인 코피가 돈을 많이 벌어오자, 기뻐하며 결혼을 잘했다고 이웃들에게 이야기했다. 그리고 남편을 하늘 같이 떠받들었다. 참으로 착한 호성 엄마였다. 그런 시기에 코피는 무엇을 했던가. 고급 술집에서 여자들과 질탕 놀아대며 그들과 아무런 죄의식 없이 몸을 섞지 않았던가? 호성 엄마는 돈이 많이 모이자. 남편의 외도는 다 알면서도 눈감아 주었다. 그런데 자식을 조정 못 할 지경까지 간 것을 코피나 호성 엄마도 전연 눈치도 못 챘다. 나가 돌아다니다가 집에 오면 그저 다 성장한 자식을 어찌할 수도 없고 돈이나 풍족히 주면서 그저 사고만 치지 않았으면 했다.

호성이는 코피 부부의 외아들이다. 경제적으로 너무나 어려워서 아기를 더 낳으면 안 되겠기에 예비군 훈련장에서 정관 시술을 공짜로 해주고 훈련도 빼준다고 하여 그에 응하고 아기를 더 낳지 않았다. 아기를 가지려면 고무줄로 묶은 정관을 풀면 되지만 그냥 아이는 포기했다. 어렵게 살다가 집 장사를 시작하면서 코피 부부는 호성이가 필요한 것이라면 그저 풍족하게 해주었다. 외아들이기도 하지만 코피가 너무 어렵게 살아서 그저 자식에게는 전철을 밟지 않게 해주고 싶어서 돈도 달라면 풍족하게 주었다. 그게 호성이를 잘못 가르친 것이다. 고등학교 2학년 때부터 집을 나가 며칠씩 안 들어오며 말썽을 부리기 시작했다. 코피도 고등학교 2학년 때부터 말썽을 부리지 않았던가! 시간이 가면 잘되겠지 하며 그냥 넘겼다.

전화를 놓으려면 돈이 있어도 전화국에 신청해서 추첨하여 당첨되어야만 전화를 놓을 수 있을 때이다. 그러면 전화를 놓은 집은 이웃에서 축하한다는 소리도 듣고 전화가 당첨된 사람은 이웃에 음식도 대접하고 막걸리도 돼지고기 연탄구이와 한잔 거나하게 사는 것이 통례였을 때이다. 백색 전화라고 하여 그것은 매매도 할 수 있고 가격도 아주 비쌌다. 건축하려면 전화는 꼭 필요했다. 당시만 해도 전화가 있는 가정집은 극히 드물었다.

경제적으로 여유가 있기에 가끔 담임선생님에게 인사도 했다. 아침에 학교 간다고 나갔는데 학교에서 담임선생님으로부터 전화가 왔다.

"안녕하세요? 여기 학교인데요. 호성이 담임입니다. 호성이가 어제도 학교에 안 왔고 오늘도 안 왔는데 호성이에게 무슨 일이 있나요?"

"네? 호성이가 학교에 안 갔다고요? 집에서는 학교에 간다고 갔는데요."

"학교에 안 왔습니다."

"아 선생님 감사합니다. 찾아서 바로 학교로 보내겠습니다."

"네 그러세요. 요즈음 호성이는 공부도 잘 안 하여 성적이 크게 떨어져서 주의도 좀 줬습니다. 죄송합니다. 제가 호성이에게 주의를 시킨 것이 학교에 안 왔나 하여 저도 걱정이 돼서요."

"아 별말씀을요. 학생이 잘못하면 당연히 주의를 시켜야지요. 오히려 저희가 죄송합니다. 걱정을 끼쳐 드려서."

큰일이 났다. 호성이가 가출한 것은 며칠 전 혼을 내준 것이 발단된 것만 같다. 이번에는 예감이 좋지 않다. 코피는 아들인 호성이를 찾아 나섰다. 호성이 친구들에게 물어봐도 전연 모른단다. 어디로 갔는지 알 수가 없다. 3개월 동안을 전 식구가 찾으러 다녔다. 찾다가 보니 술집에서 심부름하며 그곳에서 먹고 자고 있었다. 너무나 황당하여 일단 집으로 데리고 왔다. 학교를 3개월이나 안 갔으니 참으로 학교 문제도 난감했다. 성적도 꼴찌를 면하지 못하니 학교 가기가 싫었나 보다. 할 수 없이 담임선생님과 상의하여 군 단위 학교로 전학을 시켰다. 그것도 보결생이나 마찬가지로 돈을 좀 학교에 내고 들어갔다. 공부도 거의 꼴찌 수준이라 군 단위 고등학교엘 가서도 연실 학교를 빠지고 하여 코피 부부의 애를 태웠다. 호성이는 가출하면 열흘도 보통이다. 찾아내 봤자 또 나간다. 참으로 하나 있는 자식이 너무나 속을 썩여준다.

"너 고등학교라도 졸업해야 너 사는 데 힘이 되는 거야. 지금까지 네가 한 행동은 다 용서해 줄 테니까 어떻게든 고등학교만 나와라"

돈도 있겠다, 대학교를 꼭 보내고 싶지만 실력이 안 되는 걸 별도리가 없었다.

학교를 자주 빠졌어도 아는 사람에게 연통하여 고등학교 졸업장을 받았다. 돈의 위력이었다.

이제 집에서 어디 다니지 말고 공부를 하든지 기술을 배우든지 하라고 해도 공부는 하기 싫다고 한다. 건축을 해보니 중장비(굴삭기)가 하루만 일해도 많은 돈을 번다, 그래서 아들에게 투자하기로 했다. 중장비 자격증을 따면 칠백만 원이나 가는 대형 중장비를 한 대 사준다고 했다. 칠백만 원은 아주 많은 돈이다. 그 중장비를 가지고 있으면 큰 공사판에서 부른다. 큰 공사판은 몇 달씩 일하는 곳도 많다. 그런 곳에서 일하려면 기사도 한 사람 써야 한다. 그리고 두 사람이 일을 교대로 하는 것이다.

호성이는 학원을 일 개월을 다니다가는 또 어디론지 가버렸다. 군대에 입대도 해야 하는데 큰 걱정이었다. 부모로서도 도망간 아들을 어찌 찾을 수도 없다. 집 장사를 하니 그것에만 정신을 팔 수도 없었다.

코피는 늘어가는 부에 쌓여 있는 동안 미처 생각지 못한 일이 가정에서 싹트고 있었다. 그것은 흉한 얼굴을 쳐들며 일어났다.

저녁때도 지났는데 거실에 전화벨이 요란히 울린다. 아내가 거실로 나가며.

"무슨 일이 있기에 이 밤중에 전화가 온대?" '집 나간 아들인가보다 하고는 급하게.' "호성이냐?"

"아. 여긴 청주경찰서 00파출소입니다. 김태영씨 댁 맞지요?"

"네 그렇습니다. 제 남편인데요. 무슨 일이신지요?"

댁에 아드님이 김호성이 맞지요? "

"네. 맞는데요."

"댁에 아드님한테 전화번호를 알고 전화를 한 것입니다. 댁의 아드님이 다른 사람들과 싸움을 하다가 사람을 패서 그 사람 이(齒)가 3개나 빠지고 얼굴도 엉망이 되었어요. 그 사람 진술은 받았는데요. 현행범이라 파출소에서 그냥 내보낼 수가 없습니다. 조사를 해보니 댁의 아드님은 초범이니 보증을 서신다면 집으로 돌려보내 드리고 내일 진단서가 도착하면 조사를 시작하겠습니다. 내일 데리고 나오신다고 서약하시면 오늘 데려가십시오."

하늘이 무너지는 것 같다. 속을 썩이며 고등학교도 겨우 졸업시켜 놓으니 큰 싸움을 한 것이다.

코피 부부는 부리나케 옷을 갈아입고 차를 타고서 파출소엘 가니 호성이는 허리띠는 풀고 두 손엔 수갑을 차고 의자에 앉아 있다. 참으로 기가 막힌다. 고등학교를 졸업하고 가라는 대학은 성적 미달로 가지도 못하고 학원은 집어치우고 낮이고 밤이고 어디에 있는지도 모르든 호성이가 수갑을 떡 차고서 있으니 기가 막힐 뿐이다.

서약서에 자필로 이름을 쓰고 호성이를 파출소에서 부르면 즉시 데려가겠다고 약속을 하고는 집엘 데리고 왔다. 그리고는 호통을 쳤다.

"도대체 네가 뭣이 부족해서 밖으로 돌며, 하라는 학원공부는 안 하고 싸움질이야. 조금 있으면 군대에도 가야 하는데 어쩌려고 그러냐?"

"왜 싸움을 한 거야?"

말이 없다.

"왜? 싸움한 거냐고?"

대답을 안 하자 안식구가 오늘은 그냥 재우고 내일 다시 물어보자며 방으로 들여보냈다. 건축 일은 새벽부터 시작하기에 코피는 일찍 출근하며

"데리고 있다가 파출소에서 전화 오면 일단은 데려다줘. 큰 사건이면 변호사를 사야 해"

따르릉! 따르릉!

오전 10시가 되자 파출소에서 전화가 왔다.

"네 호성이 집입니다."

"여기는 00파출소입니다. 어제 오셨던 조사계로 데리고 오십시오."

"네 알겠습니다. 그리하겠습니다.

"호성아 일어났니? 경찰에서 오라니까 가보자. 아빠가 있으니까 걱정하지 말고 같이 가자."

대답이 없다. 방문을 열어보니 호성이가 없다.

'이것 참 큰일 났네. 보증까지 섰는데.'

급히 남편 사무실에 전화했다.

"여보 호성이가 없어졌어요."

"뭐야? 큰일 났군, 내가 대신 경찰서엘 갈게. 당신은 그냥 집에 있어"

아들이 대체 어디로 갔는지 알 수가 없다. 아들이 도망을 쳤으니 조사는 중지됐다. 보증을 섰으니 벌금깨나 물을 것 같은데 하여간 변호사를 선임하고 일을 맡겼다. 변호사는 우선 피해자와 합의를 하면 검찰로 넘어가서 기소 중지에서 풀려도 유리하다며 피해자와 합의를 종용했다.

변호사가 시키는 대로 할 수밖에 없었다. 피해자는 터무니없는 돈을 요구하였다. 이(齒牙)는 10년마다 해야 하니까 앞으로 살날까지 계산해서 돈을 달란다. 참으로 어찌할 도리가 없다. 그들이 무리하게 요구를 해도 조금만 깎자며 사정사정을 하여 겨우 합의를 했다. 그의 행방을 찾으려고 백방으로 노력하다가 호성이 친구로부터 이상한 소리를 들었다.

"호성이요? 그 애 조직에 들어갔어요."

"응? 조직? 무슨 조직?"

"거 있잖아요. 조직 폭력배 모임."

"뭐야? 호성이가 언제 그런데 들어갔데?"

"잘 몰라요."

코피는 깜짝 놀랐다. 조직이라니 그 애가 뭐가 아쉬워서 조직에 들어간단 말인가? 아무리 찾아다녀도 찾을 수가 없다. 어쩔 도리가 없다.

검찰은 호성이를 찾을 수 없자 변호사 말대로 피해자와 합의를 하자 기소 중지가 됐다. 호성이 군대 입대 영장이 몇 번이나 나왔다. 어디 있는지 찾을 길이 없다.

그 사건 기소 중지 후 몇 년이 지나자 또 다른 파출소에서 또 전화가 왔다.

이번엔 여자를 납치해 폭행하고 강제 추행을 해서 피해자는 전치 6개월의 진단이 나왔단다. 피해자가 신고하는 바람에 바로 경찰에 잡혔다. 전에 도망간 전력 때문에 바로 구속되었다. 자식이 한 일이지만 너무나 창피했다.

또 피해자와 합의를 해야 했다. 참으로 합의를 하려 할 때 느끼는 심정은 정말로 창피했다. 상대방의 부모를 눈을 뜨고 쳐다볼 수가 없었다. 정말 다시는 이런 일이 없기를 빌었다. 할 수 없이 변호사에게 또 합의를 맡겼다. 전에 폭력 전과가 있기에 유능한 변호사를 선임했어도 징역 2년을 선고받고 항소를 안 하는 것으로 마무리를 지었다. 참으로 아들 하나 있는 것을 오냐 오냐 하며 저만 받들어 준 것이 그 애를 그렇게 만든 것이다. 안타까운 건 호성이가 조직에 들어갔다는 사실이다. 누구를 탓할 수도 없고 그저 탄식만 나올 따름이다. 변호사가 호성이에게 왜 그랬는지를 물어봐도 그는 대답을 안 한단다. 조직 윗선에서 시킨 것 같은데 말을 안 하는 것이다. 호성이 친구들에게 들은 이야기는 조직에 들어갈 때는 서약을 하고 손가락을 면도칼로 그어서 피를 내고는 그것을 소주에다 타서 같이 마시고는 바로 윗선에서 모든 지시를 할 때는 목숨을 걸고서라도 지시이행을 한다고 서약을 한단다.

변호사의 이야기를 듣고는 정말로 기가 막혔다. 이일을 어찌 처리해야 할지 도대체 눈앞이 캄캄하다. 면회를 가 봐도 말을 안 한다. 아니 어떤 조직이기에 호성이를 그렇게 만들었나? 호성이 엄마는 그저 눈물만 흘린다.

기가 막힐 일이 교도소 안에서 또 일어났다. 출소할 날도 얼마 안 남았는데 조직을 몰라보고 까분다며 같이 입소해 있는 사람을 또 폭행한 것이다. 계속 말썽을 부리니 피해자와의 합의에 아주 질러버렸다. 또 변호사를 선임했어도 징역은 또 2년이 늘어났다. 군대에 가기는 다 틀렸다.

4년 후 석방이 되자 어디론가 사라졌다. 조직은 이권을 위하여 조직의 구역 안에 들어오는 다른 조직이 있으면 상대방을 수단과 방법을 가리지 않고 쫓아내던지 큰 싸움이 붙는단다. 변호사 이야기가 호성이가 별이 두 개라며 뭐 한 단계 올라갔다는 데 그게 무슨 뜻인지 코피는 모른다.

그것이 다 조직의 구역 내에 있는 유흥주점 노래방 살롱 등을 장악하여 월별로 그들에게 할당 금액을 정해주고 그것으로 조직을 운영한단다.

코피는 상가를 짓기 시작하면서 사장님 소리를 듣는 건축업자가 되었다. 청주 요지인 성안길에 4층 헌 상가를 매수하여 대수리를 하였다. 그 건물은 1층에서 나오는 임대료가 월 200만 원이 넘는 건물이었다. 엄청난 임대료이다. 앞날은 탄탄대로만 같았다. 그런데 또 안타까운 일을 호성이가 벌였다. 입에 올리기도 민망한 큰 사건을 또 일으켰다, '경찰의 조서에 의하면' 당시의 거금인 친구의 돈을 7백만 원이나 떼어먹고 도망 다니는 사람을 잡아서 돈을 받아 주면 받는 돈의 반을 주겠다는 제의를 받고 호성이가 그 일에 뛰어들었다는 것이다.

호성이는 일명 동네 깡패라 불리는 그 건달을 동료 조직들과 잡아다가 한밤중에 차로 대청댐으로 끌고 갔단다. 그리고는 조직원들과 합세하여 그 건달을 큰 자루에 넣고 입구를 줄로 감아 놓고는 물속에 그 건달을 집어넣었다 꺼냈다를 반복하면서 그 건달로부터 돈을 주겠다는 약속을 받고 풀어 줬는데 그 깡패라 부르는 건달은 돈은 다 쓰고 없다며 또 도망을 쳤다. 그를 찾으려 전국을 누빈 끝에 조직끼리 연계된 목포에서 그의 행방을 알아내고 그를 추적하여 잡았다. 그리고서는 그를 야구 방망이로 두드려 패서 다리가 부러지고 전치 6개월의 상해를 입혔다. 그런데 그를 폭행한 주범이 코피의 아들로 밝혀졌다. 살인 미수 교사죄가 적용되어 또 구속되었다. 몇 년의 형량이 선고될지도 모른다. 호성이의 사고는 끝이 안 보인다.

호성이 엄마가 아들 때문에 고민하다가 자기 잘못이라며 자살을 하려고 수면제를 얼마나 먹었는지 사흘 동안이나 병원에서 깨어나질 못했다. 아내는 몸져누웠다. 다시 건강을 회복하고서도 모든 게 귀찮은지 이번에는 수면제가 아니라 면도칼로 손목을 그은 사건이었다. 바로 발견했기에 망정이지 정말로 죽을 뻔한 사건이었다. 코피 자신도 호성이 일로 너무나 피곤하고 그 사건 당사자와의 합의에 아주 골머리를 앓을 때였다. 상상외로 불러대는 변호사비도 코피를 고통 속으로 끌어들였다. 고통은 지난 인생을 뒤돌아보게 했다. 아내는 계속되는 호성이의 사고 소식 때문인지 심한 우울증과 치매에 시달렸다. 내가 아내 옆에 없으면 그는 어떤 일도 할 수 없을 정도로 치매가 심했다. 건축업보다는 아내를 옆에서 보살피는 게 중요했다. 건축에 신경을 안 쓰니 그것도 접어야 했다. 각종 자재는 직원들의 잔칫상이 되었다.

코피는 계속되는 아들의 사고를 막느라 변호사비로 또 피해자와의 보상 문제 때문에 그가 평생 이룬 그 좋은 성안길 노른자위에 있는 그 비싼 건물을 급매물로 정리했다. 그리고 코피는 아내와 함께 청주를 떠나기로 했다. 어디 조용한 곳으로 가서 아내를 위해 살고 싶었다.

남보다 우월했다는 생각이 산산이 부서졌다. 이 고통에서 벗어나는 길은 모든 것을 정리하는 것이다. 자 떠나자. 이곳에 내가 머물 자리가 아니다. 이제 즐거움도 기쁨도 욕심도 버리기로 했다. 친척도 하나도 없이 그저 나만 믿고 살아온 철없을 때 만난 아내가 가엽기만 했다. 부산 부근을 다니며 수양하고 아내를 보살피기 위해 절을 물색했다. 맘에 드는 절이 있어서 시주를 하고 그곳에 자리를 잡았다.

코피는 부자가 된 후에도 어릴 적 같이 자랐던 친구들을 보면 반가워하며 박대하지 않고 음식도 대접하고 친구들을 소중히 여겼던 친구였다. 친한 친구 두 명에게만 장소는 말해주지 않고 떠난다고 말하고는 어린애가 된 아내를 데리고 부산으로 향하였다.

코피는 아내를 잃고

자식과의 재회.

환희의 세계에서 내 쫓긴 코피는 고뇌를 주는 것은 자식을 마음 안에 가두어 두려는 욕심과 금전욕이라는 것을 깨달았다. 다 잊으려고 하나 자식인데 그게 그렇게 쉽게 잊힐 리가 없었다. 산사에 머물면서 불경을 읽고 마음을 수련하면서 몇 년을 지냈다. 그의 아내는 우울증에서 헤어나지 못하고 있었다. 아내는 만사가 다 싫어 보이기도 했을 듯하다. 하루는 아내를 물끄러미 쳐다보다가는 옷을 입고 아내의 손을 잡고 부산 시내로 향했다. 좋아하는 음식을 사주고 싶었다. 절에서는 그 음식을 먹을 수 없으니 부산으로 동행을 한 것이다. 아내가 고등학교 때 제일 좋아했던 음식은 순대였다. 악몽에서 깨어나듯 나는 불현듯 옛날이 떠올랐다. 학생 때에 그리도 맛있게 먹어 대든 순대 그것이 생각이 났던 것이다. 비로소 아내를 인식한 것이다. 어린애가 된 아내는 순대를 보고서는 너무나 좋아한다. 주문할 줄도 모른다. 고등학교 때 그렇게 맛있게 먹었던 순대가 큰 접시로 한 접시 들어왔다. 역시 입맛은 안 변했는지 많이도 먹어 댄다. 그리고는 모처럼 만에 호성이 엄마의 얼굴에 미소가 떠올랐다. 그 미소를 본지가 얼마나 오래간만이던가? 코피 눈에 눈물이 고였다. 많이 먹었다 싶어, 가자고 손을 이끌자,

더 먹고 싶은지 손을 뿌리치며 자리에서 일어날 생각을 안 한다. 주인에게 부탁하여 순대를 그릇에 싸 달라고 하여 그걸 손에 들려주니 좋다며 일어섰다. 그는 그 순대 그릇을 들고는 어린애처럼 좋아했다. 산사로 들어가는 길이 사뭇 다른 여인의 발길이었다. 매일 내 곁에 붙어만 있던 아내가 부산 순댓집을 다녀온 며칠 후 어디로 갔는지 없어졌다. 부산 시내는 꽤 먼 거리이다. 산사에서 내려와 큰길까지 오는데도 30분 이상 걸린다. 또 버스를 타고도 20분 이상은 가야 부산 시내에 갈 수가 있는데 시내로 간 것 같지는 않았다. 혹시 산을 헤매지는 않을까 생각에 온종일 산을 뒤져도 흔적도 없다. 이틀을 찾아다니다가 경찰에 신고를 했다. 하루가 지나자 경찰서에서 연락이 왔다. 아내와 비슷한 사람이 부산 시내로 가는 길가 절벽 아래에 있다고 경찰에서 소식이 왔다. 코피는 바로 쫓아갔다.

헝클어진 머리에 퉁퉁 부은 얼굴이 아내인가? 옷을 보니 아내가 맞다. 처참했다. 여기저기 걸려 찢겨진 옷은 완전한 거지꼴이었다. 집을 찾으려고 여기저기를 헤매다가 그리된 것 같았다. 차디찬 손을 어루만지다가 그 앞에 푹 쓰러졌다. 지난 며칠 동안 아내를 찾아 헤매다 지쳤는데 처참한 꼴을 보고는 말을 할 기운도 없다. 순대 집을 찾아 헤맨 것만 같다. 괜히 부산엘 데리고 간 것 같아 후회막심했다.

코피는 정신이 없었는지 아내를 발견했다는 길가 그곳도 다녀 보았던 곳이다. 절벽 아래에는 안 내려 가보았기에 발견을 못 했다. 다행히 경찰에 발견되었다. 경찰에 도움을 받아 우선 시신을 병원 영안실로 옮겼다.

지쳐 빠진 생명 하나는 어디론가 사라지고 영안실 그 앞에는 부부라는 이미지가 울음을 삼키며 서 있었다.

연애하다가 아기를 가졌을 때도 다소곳이 어떻게 하느냐고 걱정스러웠던 그에 얼굴이 떠올랐다. 슬픔은 영혼을 감싸고 흔들었다.

이제 우울증 치매 환자에게 하여야 할 일이 하나 없어지고, 마지막 인사를 해야 할 일을 해야 했다. 자식에 대한 사랑 온몸을 바친 대가가 이것인가? 혼자 집을 찾으려 얼마나 애를 태웠을까!

아무리 치매라도 그는 나만은 가끔 알아보지 않았던가! 세상사 무상함을 다시 한번 느꼈다.

나를 망친 것은 자식이 아니라 바로 나였다는 것을 깨닫기까지에는 마음을 비우니까 보인 것이다.

자식을 낳아서 그저 돈만 충분히 주고 싶었던 교육 방식이 잘못된 생각이었다. 공부하라고 닦달할 필요도 없는 것이었다. 그저 아버지의 사랑이 호성이는 그리웠을 것이다. 본인 스스로 나쁜 일에만 빠지지 않게 인도하고 다정하게 대했으면 얼마나 좋아했을까! 이것저것 시시콜콜 따진 것의 결과는 참담하지 않았던가? 자식을 가지면 바보가 되고 마는 것이요. 이제 욕심을 버리니 세상이 보인다.

운명은 누구에게나 주어지는 과제이다. 그것을 극복하는 데는 사랑과 참회와 용서이다. 몸은 가만히 있는 것 같지만 항상 바뀌는 것이다. 그러니 어제의 나는 오늘은 어제의 내가 아니다. 자식은 한 사람의 분리된 영혼이지 내가 아니다.

자식을 위한 사랑 그것은 번뇌이다. 참으로 어려운 번뇌, 그래 지난 일은 잊자! 잊자! 잊자!

나는 죽은 것이다. 물거품이었다가 사라질 인생, 괴로움에 단식을 시작했다. 지난 세월이 아무런 가치가 없었던 것이라고 깨달았고 평생 걸어온 날의 회상이 가슴을 짓누른다. 부끄러웠던 나날들도 훨훨 날려 보내고 싶다. 자식은 행복과 평화만 주는 것이 아니고 괴로움과 걱정도 함께 가져다준다는 사실은 잊고 살았었다. 또한 자식은 부모를 바보로 만들고 비탄에 떨게도 한다. 자식은 목에 걸린 올가미이다.

단식하고 있는 방에 주지 스님께서 찾아오셨다. 이제 더는 단식을 하면 안 된다면서 죽을 가지고 오셨다.

"이 세상에 효자는 없는 거다. 지난 일을 잊는 것이 참선이야. 정진하도록."

그 말씀을 하시고는 뒤도 돌아보지 않고 나가셨다.

'맞습니다. 제가 효자를 원했나 봅니다. 그걸 몰랐습니다. 감사합니다.'

사춘기에 들어선 호성이는 집이 싫었다. 공부도 하기 싫었다. 집에 와 봐야 따뜻한 말 한번 해주지 않는 아버지와 아버지 말에 그저 순종만 하는 어머니가 싫었다. 사춘기의 반항이었다. 그가 선택한 것이 가출이었다. 가출해서 거리에서 술집에서 심부름하는 아이들과 하루 어울려 보니 마음이 편했다. 그 애들은 세상을 아주 편하게 살고 있었다. 사춘기의 아이들은 하루 심부름해서 먹고 자고 누구의 간섭도 없이 여자는 남사를 반날 수 있고 남자는 그런 부류의 여자를 만나 성욕을 채우기도 했다. 공부하느라 머리 썩일 필요도 없고 집에서 공부만 하라고 볶아대는 어머니의 잔소리를 듣는 것보다 훨씬 좋았다. 그리고 담배도 입에 물고 어른 흉내도 내니 재미있었고, 가출한 여학생들과 만나서 그 짓거리도 자유롭게 할 수 있었다. 그러다가 아버지에게 붙들려서 집에 가면 바로 또 가출했다. 문제는 그 가출한 여학생들과의 공동 생활비가 문제 되었다. 가출하여 여자들과 만나면서 호성이를 완전히 다른 사람으로 만들어 놓았다. 그들과 사귀려니 집에를 들어갈 수가 없다. 집에 가면 학교로 쫓을 것이 빤하기 때문이다. 집에서 돈이 필요하다며 달라면 주겠지만 학생으로서는 상상 못 할 돈이니 그것은 안 될 일이었다. 그렇게 지내다가 고등학교를 졸업하고는 아예 집에도 들어가기가 싫었다. 조직 일원들의 마수에 걸렸다. 그들은 조직에 들어오기만 하면 모든 것을 해결해준다고 했다. 조건은 위에서 시키면 시키는 대로 행동을 하는 것이란다. 여자를 만나려니 돈을 대주는 그 조직의 형들이 필요했다. 조직에 들어가는 조건이 그렇게 만만치는 않았다. 조직에 들어가기만 하면 호화로운 생활과 여자도 생겨 같이 사는 것이니 너무나 달콤한 유혹이었다.

조직에 들어가는 조건.

시험은 조직에서 명령한 행동을 어떻게 했느냐에 따라서 합격 여부를 결정한다.

합격한 자만 입회를 한다.

시험에 합격한 자는 손가락을 면도날로 그어 피를 내어 술 컵에 부어 조직원들과 함께 마시면서 각서를 쓰면 정식 조직원으로 인정한다,

조직에서 인정되면 여자와의 모든 생활비까지도 조직에서 부담한다.

1. 목숨은 조직의 것이다.
2. 오직 명령에 따른다. 항명은 없다.
3. 진급은 별 수대로 따라서 하되 조직에 큰 도움이 되는 일을 하였을 시는 진급 심사를 하여 진급을 시킨다.

별을 달고 올라가기만 하면 탄탄대로만 같았다. 먹고 마시고 질탕을 치면서 여자들과 놀아나고 그것은 별세계였다. 시키는 대로 만 하면 모든 일을 해도 조직에서 관리해준다니 걱정할 필요가 없었다. 부모 생각은 뒷전이었다. 첫 번째 폭행 사건도 조직에서 시킨 것이고 그 뒤 사건도 다 조직에서 시킨 것이었다.

호성이는 나이를 먹고 별이 다섯 개쯤이 되고 조직의 중진이 되어서야 지난날을 되돌이켜보는 계기가 됐다. 어머니가 돌아가셨다는 것을 조직을 통해 나중에서야 알았다. 그간 지낸 것을 생각하니 찾아갈 수가 없다. 부모가 어떻게 자기를 길렀나를 생각했다. 조직에 끌어들인

것은 여자의 꾐이었다. 알고 보니 그녀도 조직의 일원으로 호성이를 몸까지 주면서 끌어들인 것이다. 조직의 모든 것을 알고 호성이 자신이 부모님에게 한 일을 생각하니 죽고만 싶었다.

사춘기 아이들은 시한폭탄이다. 그것을 모르는 부모는 자칫 자녀에게 할 일을 잊어버린다. 사춘기에 빠진 아이들이 방황할 때도 그저 네가 지금 그럴 때가 아니라면서 공부만 하라고 닦달을 한다. 사랑을 심어주는 것을 잊어버린 것이다. 사람들은 자식이 잘못하면 자식이 삐뚤어진 것은 남편 탓이라고 하고 남편은 아내 탓이라고 서로 밀치기를 한다.

사춘기 때 반항한다면 그 이유를 한 번쯤이라도 물어봐 줘야 했는데 사업에 바쁘다며 검지손가락을 들어 하늘로 밀어붙이지 아니했던가? 자식이 정상으로 돌아올 수 없는 것을 스스로 만든 것이다.

사춘기는 청소년의 특권이다. 그 특권은 대학 입시라는 지옥으로 아이들을 내몬다.

아이들에게 사춘기는 아픔이다. 사춘기에 해당하는 자녀들의 고민이 무엇인지를 부모들은 모른다. 사춘기는 어디로 튈지 모르는 개구리와 같다. 사춘기의 성장통은 아이들에게는 성공을 좌우하는 기회이다. 그것을 모르고 오직 돈만 벌어 살면 제일인 줄 알았다. 사고뭉치의 학생을 만든 것은 절대적으로 부모인 나였다. 절에서 있으면서 생각하고 번뇌와 갈등 되씹어보고 책을 읽고 한 것이 깨달음을 얻게 된 것이다.

조직에 들어가 큰 별을 달고 중진으로 향하려는 생각에 빠진 자식에게 굴삭기를 사준다는 이야기를 했으니 호성이에게 얼마나 웃기는 이야기이었을까?

모든 것은 내 탓이었다.

부모 바람에 세상 구경을 톡톡히 한 것은 내가 아니라 호성이였다.

부산에 인도산 수입 원단을 흥정하고 매수하러 자주 가던 동창 변또(박태섭)가 머리를 깎고 걸어가는 코피를 길거리에서 우연히 만났다. 코피는 죽은 아내 제를 절에서 올리기 위하여 제물을 사러 국제시장을 가던 길이였다. 청주에서 친구들에게 코피 이야기를 들었었는데 변또에게 우연히 발견된 것이다. 변또는 서울 물건보다 무역상을 직접 만나 직거래를 하기 위하여 부산 국제시장엘 자주 들락거렸다. 인도산 비단은 중국산보다 가격이 더 저렴했다. 타향에서 만난 그들은 얼싸안고 반가움을 표했다. 변또가 오래간만에 만난 코피는 초등학교 때와는 완전히 다른 사람이었다. 코피는 그 좋아하던 술도 끊었다고 했다.

코피는 자식 중에 "조직폭력배에 들어가지 않은 사람만 없으면 행복하다고 생각하고 살라고" 변또에게 이야기했다. 변또가 청주 동창들에게 그 이야기를 전하자, 그렇게 잘나가던 친구가 궁금하기도 하고 자주 만났던 동창 몇 명이 그가 있는 곳을 알아낸 변또를 앞세우고 날짜를 잡아서 그를 찾아갔다.

오랜만에 친구들이 만난 코피는 스님 복장을 하고 머리를 깎고 있었다. 변또의 말이 맞았다. 코흘리개 친구들은 서로 얼싸안고 반가움의 기쁨을 만끽했다. 그러나 코피 그의 부인 얘기를 들을 때는 전부 숙연했다.

코피는 식구를 잃은 고통 또한 죽고 싶도록 고통스러웠다고 이야기했다.

자식에게 피해를 본 사람들에게 죄송하여 그는 지금 머리를 깎고 절에서 속죄의 기도를 하고 있으며 또한 자식이 다른 사람에게 피해를 주지 않기를 간절히 기도한단다. 그에 말을 들은 친구들 그저 무어라 그를 위로할 말을 못 찾았다. 부모 그는 자식에게 누구인가? 자식은 부모에게 평화를 주는 것이 아니라 괴로움과 걱정을 가져다주는 본체인 것을 깨달은 사람만 같았다. 그저 남의 말에 홀랑 정신을 빼앗긴 자식은 업일 뿐이며, 인생은 정말 고해라고 했다. 그는 생각하는 게 많이 변해 있었다. 수행해서인지 모든 것이 다 욕심이라고 했다.

그는 욕심을 비우며 사는 사람이 제대로의 삶을 사는 사람이라고 했다. 찾아간 친구들이 그를 꼬옥 껴안아 주었다. 남의 일 같지가 않아서 눈물을 흘리는 친구도 있었다.

코피 그는 친구들에게 많이 베푼 사람이다. 그러니 그의 불행을 알고 그를 위로하기 위해 먼길을 찾아간 친구들이다. 변또가 말했다.

"자식을 부모 마음대로 한다는 것은 옛날 시대에나 있을 법한 소리다. 성공했다고 자만하면 실패가 뒤에서 넘보는 게야. 다 잊어버려. 이제는 네가 스스로 행복을 찾아야 해."

코피가 오랜만에 고향인 청주로 와서 초등동문 총운동회에 친구들을 찾아왔다. 변또에게 연락을 받고 온 것이다. 스님 복은 벗은 상태였다. 친구들은 전부들 깜짝 놀랐다. 어떻게 부산에서 다시 청주엘 오게 되었는지 궁금했다.

"부산에서 사는데 아들인 호성이가 어떻게 알고 찾아왔어. 그래도 아들이 아니었든가, 내심 쳐다보고 싶지도 않았지만 그래도 단 하나의 아들이잖아. 호성이는 나를 보자마자 땅에 엎드렸어, 그리고는."

"죽을죄를 지었습니다."

"그렇게 이야기를 하고는 한 시간이 가도 일어나지를 않았어. 언제 일어날지도 모르게 엎드려 있는 자식을 흘끔 보니 호성이가 왼쪽 손에 붕대를 감고 있었다. 그게 무언지 궁금했지. 내가 물끄러미 쳐다보자 호성이는 그것을 풀어서 보여주는데 손가락이 네 개가 잘려져 있더라고. 나도 깜짝 놀랐지."

"아버지 용서해 주세요. 용서를 빌 자격도 없는 자식입니다. 어머님 소식은 돌아가신 후에야 들었습니다. 그리고는 조직에서 나오기로 했습니다. 아버지 소식을 듣고 바로 찾아오려 했지만 아버지 뵐 낯이 없어서 많이도 망설였습니다. 조직을 떠나려니 그들이 요구하는 대로 해 주어야 할 것 같았습니다."

호성이는 조폭의 손아귀에서 벗어나기 위하여 엉덩이가 너덜너덜하게 야구 방망이로 맞고 손가락 네 개를 작두로 잘렸다. 그는 나이가 들자 부모님 생각이 났던 것이다. 불효막심하니 어떻게라도 부모님을 위쪽으로 해 드리고 싶었다.

"병원에 입원했다가 아버지를 찾아왔습니다."

코피는 할 말을 잊었다. 눈앞에 엎드려 비는 자식을 보며 그는 죽은 아내와 싯달다를 떠올렸다.

코피는 그동안 절에서 속죄하며 틈틈이 책을 읽었다. 그중에서 싯달다를 감명 깊게 읽었다. 인도 계급 사회에서 최고 높은 바라문 가문의 아들로 태어나 그가 아버지를 떠나 자기의 세계를 향해 떠난다고 할 때 아버지는 그를 상대도 안 해주었다. 열흘이 넘게 그 자리에서 떠나지 않아도 싯달다 보고 네가 하고 싶은 대로 하라고 허락을 안 하다 결국 바라문은 입을 다물었다. 싯달다는 집에 대고 수없이 절을 하고는 그냥 떠난다.

그리고 그는 최상류층 계급인 바라문이라는 문중에서 떠나 자유로운 생활을 선택한다. 그리고 길거리에 앉아 수도를 하며 하루 한 끼의 탁발로 인도 각지를 돌아다닌다. 끝없이 진행될 것만 같았던 수도승 생활을 시작했다.

하지만 싯달다 그도 인간인지라 동물의 근성을 버리지 못하고 카마라라는 여자에게 빠졌다. 방탕 생활의 시작이었다. 부자인 카마라 여자 집에서 그녀와 함께 살았다. 아들도 하나 낳았다. 그러다가 홀연히 자기가 사문인 것을 생각하고서는 부잣집 그곳에서도 떠난다. 십오 년이 지나 싯달다는 연인 카마라와 아들 싯달다를 만났다. 만난 곳은 싯달다가 부에서 스스로 벗어나 뱃사공에 빌붙어 그의 심부름을 하며 사람들을 태워 강을 건네주는 일을 하고 있을 때이다. 카마라는 대수행 스님인 불타를 만나기 위하여 아들과 함께 강을 건너기 위하여 대기하고 있다가 그곳 강나루에서 싯달다를 만난 것이다. 그러나 카마라는 강기슭 숲속에서 나온 뱀에게 물리는 사고를 당하고 싯달다가 있는 곳에서 며칠 후에 죽는다.

부잣집인 카마라의 아들이 되어 호화롭게 살던 싯달다의 아들. 그 싯달다의 아들만 남기고….

싯달다는 그가 아들이라는 것을 알지만 그에게 해줄 것이 하나도 없었다. 싯달다의 아들도 아주 망나니로 제멋대로 살며 아버지에게 아주 심한 행패를 부려도 싯달다는 그에게 어떤 주의도 주지 않았다. 그의 아들은 아주 잘 사는 카마라가 거지 같은 수도승 싯달다의 인품을 보고 받아 주어서 낳은 자식이었다.

싯달다도 집을 나와서는 수도를 하며 길거리에 있으면 지나가는 사람들이 정성 들여 주는 한 끼의 밥으로 살지도 않았던가! 그리하며 세상을 돌다가 고대광실의 여자를 만나게 되고 수도를 집어치우고 그 여자와 음탕하게 살았으며 그녀와 낳은 아들이 뱃사공인 싯달다를 찾아와 만나서 갖은 행패를 싯달다에게 해도 받아 주었다는 그 글을 읽으며 코피는 얼마나 감동을 하고 눈물을 흘렸는지 모른다. 이제 눈앞에 엎드려 비는 자식을 볼 때 그저 머리가 멍하니 눈물만 난다.

'어쩌란 말이냐?'

진작 네가 그렇게 했다면 네 에미도 죽지 않았을 것 아닌가?

전부 그것은 뜬구름이었다. 아내를 잃고 깊은 시름에서 깨달음을 가진 코피는 호성이를 말없이 쳐다만 보고 있었다.

그에 입에서 다시 한번

"죽을죄를 지었습니다."

그렇게 이야기를 해도 그에게 해줄 말은 생각나지 않았다.

'너나 어디든지 가서 잘 살아라. 이 애비같이 살지 말고….'

호성이는 통장과 도장을 내어놓고는 땅바닥에서 절을 하고 일어섰다. 그리고 다시 찾아왔을 때는 아내라며 데리고 왔다.

"청주로 다시 가시기에는 너무 힘드실 것 같아 대전에다 거주하실 집을 마련했습니다. 모시고 가고 싶습니다. 바로 옆집에서 저희 부부가 살겠습니다. 허락해 주십시오."

바라문을 떠나 방탕 생활도 하다 정신 차린 싯달다와 어쩌면 닮은 이야기 같기도 하다. 이 불행한 인생사가 언제 끝날지는 모르겠다는 생각이 가슴을 파고 들어온다.

가슴이 멍하여 자식이나 며느리에게 뭔가를 이야기하고 싶어도 말을 하고 싶지가 않았다.

코피의 밀랍 인형처럼 창백한 얼굴에는 추억이 어른거렸다. 그는 눈가에 맺힌 눈물을 주먹 손으로 훔쳤다.

입을 다물고 내내 말을 안 하자, 아들은 다시 오겠다며 절에서 나갔다. 몇 번이나 찾아와 사죄하는 아들을 그냥 내치기에는 갈등이 많았다.

"자식을 이기는 사람 보았나?"

코피가 동창들에게 한 말이었다. 코피는 확실히 글을 많이 읽고 생각하는 사람이 되었는지 확실히 변해 있었다.

삶의 여정에 고뇌와 고통과 환희가 뒤섞여 만신창이가 된 영혼의 몸에서 오직 빛이 나는 곳은 코피의 눈이었다. 확실히 다른 사람이 되어 있었다.

코피는 아들이 준비해준 대전 단독주택에서 생활하는데 아들 호성이는 아버지를 위하여 파출부를 데려다주었다. 혼자서 살다가 집에 여자가 와서 청소도 해주고 빨래에다가 밥까지 해주니 혼자 사는 것보다는 참으로 사는 것 같았다. 아내가 죽고서 처음으로 여자가 한집으로 들어와서 일을 해주니 혼자 있던 절보다 집안은 화기가 돌았다.

외로움이란 놈이 삶을 포기하라고 얼마나 그간 나를 괴롭혔든가? 평생을 눈물 속 또는 아픔에 젖어 살 줄 만 알았던 삶이 여자가 한집에 생기면서 이제 갓난아이처럼 숨을 할딱이기 시작했다. 방 안에 있지 말고 밖으로 나가자. 앞이 확 트인 바다로 가자. 그래서 바다낚시를 한번 가보기로 했다. 처음 먼 바다를 향해 가는 낚싯배는 생각대로 환하고, 확 트인 바다는 큰 숨을 쉬게 해주었다.

바다낚시에 취미를 들이고 남해안 여수 통영 등지로 낚시하러 다녔다. 바다낚시는 보통 일박 2일이다. 1일 낚시는 대전에서 새벽 2시에 낚시꾼을 태우고 통영 쪽으로 가서 낚시터에까지 가면 4시간은 걸린다. 배를 타고 아침 9시경 통영 부근의 섬에 도착하여 낚시를 시작하면 저녁때가 된다. 그러면 다시 낚시 전용 버스를 타고 대전으로 온다, 집으로 오면 오후 10시는 된다. 집으로 오면 맞이해주는 사람이 있다는 게 참 감사하다. 집으로 와서는 잡은 고기를 회를 떠서 소주와 한 진을 한다. 기분은 참 좋은데 혼자 먹으려니 재미가 없다. 고기를 많이 잡은 날은 파출부에게 좀 주려고 집에 있으라고 했다. 집에 오면 파출부가 있어 그와 이야기도 하니 마음도 가라앉고 삶이 귀찮았던 우울증에서도 벗어났다. 그녀는 횟감이 싱싱해서 좋다면서 먹지만 술은 못 먹는다며 안 마셨다.

여수 쪽으로 가면 그쪽은 갈치낚시를 하러 갈 때이다. 제주도 쪽으로 간다. 고기를 못 잡고 빈 아이스박스를 가지고 올 때도 있지만 물때를 잘 만나서 많이 잡을 때는 아이스박스 외에 스티로폼 박스에도 담아 오기도 한다. 그러면 일하는 파출부에게 나누어 주기도 했다. 싱싱한 고기를 보는 파출부는 그냥 자기가 낚시를 해온 양 호들갑을 떨며 이웃집에도 자랑하고 다닌다. 나보다도 더 재미있나 보다. 두어 달 내내 파출부와는 별다른 이야기를 안 하고 지냈는데 아주 좋은 감성돔을 몇 마리나 잡았다. 다른 사람은 한두 마리 잡았는데 다섯 마리나 잡왔다. 대박이었다. 아주 기분이 좋은 날이다. 뱅어 돔이나 감성돔을 잡을 때 아주 스릴이 있다. 이놈이 낚시꾼과 내기를 한다. 좀 올라오면 줄을 빨리 감는데 이리저리 다니며 옆 사람 줄과도 엉키면 그놈은 거의 놓친 놈이다. 50cm만 돼도 놈은 힘도 아주 좋다. 10분간은 그놈과 싸워야 한다. 그놈을 놓칠까 봐 가슴이 통당 거리기도 한다. 그놈이 힘을 써서 당기면 줄을 풀어주어야 한다. 그냥 릴을 감으면 줄이 끊어져 고기를 놓치던지 낚싯대가 부러지기도 한다. 그렇게 힘들게 해서 다섯 마리나 잡았으니 옆 사람들이 신출치고는 아주 잘 잡는다고 칭찬도 한다. 기분도 좋아 파출부에게 집에 있으라고 전화를 하였다.

밤늦게 집에 와보니 집은 대낮같이 환하게 전등불을 있는 대로 다 켜놓고 기다리고 있었다.

어디 출근할 일도 없으니 천천히 감성돔을 회를 떴다. 그리고는 파출부와 둘이서 회를 먹다가 그에게 소주를 권하니 넙죽 받아 마신다. '아니 술은 못 먹는다더니 횟감이 좋아서인가? 둘이서 주거니 받거니 해가며 소주를 네 병이나 마셨다. 시계를 보니 새벽 2시가 넘었다. 미안해서

"집에를 어떻게 가시지요? 택시비를 드릴까요?"

"택시비는 안 줘도 돼요."

혀가 꼬부라진 소리라 자세히 보니 그녀는 술이 잔뜩 취해 있었다. 그냥 가라고 하기에는 안 될 것 같아서

"저기 작은 방에서 주무시지요. 어차피 몇 시간 후면 오실 것 아닙니까. 피곤하시면 오늘 안 오셔도 됩니다."

너무 취한 것 같아서 일으켜 세우려니 몸도 못 가눈다. 그냥 코피 몸을 끌어안는다. 아내 죽고서 여자를 끌어안은 적은 없었다. 그녀를 작은 방에다 옮기고 나오려니 그녀가 못 가게 한다.

그렇게 해서 그녀와 하룻밤을 보냈다. 이튿날 그녀는

"저를 그리도 모르셨어요?"

"무엇을요."

"아드님한테 이야기를 못 들으셨나요?"

"네. 아무 이야기도 못 들었는데요."

"사실은 저 혼자 사는 여자예요. 상처한 지가 10년도 넘었어요. 아이들은 다 커서 출가했고요. 제 나이 지금 55세예요. 혼자 살기에는 외로워서 힘든 나이입니다. 아드님이 큰돈을 내게 내밀며 아버지께서 상처하셔서 외로우시니? 맘에만 들면 함께 살면 좋겠다고 이야기를 하셔서 여기에 온 것입니다."

"네? 처음 듣는 소리입니다. 그럼 제가 맘에 들어서 어제 그렇게 술을 많이 드셨나요."

"외로웠어요. 선생님을 두 달째 모시고 봐도 아무 말이 없으시니? 저는 어찌해야 할까 고민도 했습니다. 다른 곳으로 갈가도 생각했는데… 파출부 해서 돈을 받아서 생활하려고 한 일은 아닙니다. 저도 먹고살 돈은 있습니다."

"그러면 저와 같이 생활을 해도 좋다는 말씀이신가요?"

"선생님 생각에 맡기겠습니다."

그렇게 해서 코피는 그 여자와 동거를 시작했다. 코피는 가끔 술을 하기 시작했다.

식탁에 마주 앉아 있는 그 여자를 보고는 코피는 소주잔 속에서 이글거리는 지난날의 생각을 없앨 듯, 눈을 지그시 감고 입을 크게 벌리고는 소주를 쏟아 그냥 부었다.

행복이라는 건 비슷비슷하지만 그것을 느끼는 사람에 따라 그의 생활에 따라 그의 사고에 따라 엄청난 차이가 날 것 같다. 그러니 아픔의 한세상이라도 싯달다가 되어 지난 삶을 잊어야겠다고 생각했다.

아버지에게 모셔다드린 아주머니와 안정을 찾자, 호성이는 죄책감에 어디론가 떠나 버렸다.

코피가 청주에 오게 된 것은 초등학교 총동문회에 참석하기 위해서였다. 초등학교 친구들과 안부 전화를 하다가 변또에게 총 동문회 소식을 들었다. 코피는 적잖은 돈을 동문회 때 쓰라고 동창회에 기부 하였다. 그리고 총 동문회에 참석한다고 했다. 총동문회에서 어릴 적 친구들을 만난 코피는 그들과 어울리는 게 너무나 좋았다. 동창회 월 모임도 빠지지 않고 청주로 꼭 왔다.

태풍 때문에 낚시를 못 가는 날이 여러 날이 돼서 경로당에 나 가볼까 하여 경로당엘 갔다가 경로당에 강의하러 온 동창 알꾸찌를 보았다.

알꾸찌에게 청주 소식을 전하고 월 모임에 같이 가지고 하여 두 사람은 초등 동창회 청주 월 모임에 꼭 참석하고 있다.

자전거포 곽일신과 찔찔이 병태

자전거포(곽일신) 그의 아버지는 자전거 판매 및 수리가 직업이었다. 일신이가 어릴 적에는 자전거는 비싸기에 시내를 다니는 자전거가 많지는 않았다. 과일 장사나 채소 장사 또는 짐꾼들이 주로 사용하였다. 시골에 사는 사람들이 청주 장날에 올 때면 빈 지게를 지고 와서 물건을 사서 갈 때이다. 짐 싣는 자전거는 가격이 비싸고 길도 문제라 시골 사람들은 자전거를 생각도 못 할 때이다. 자전거포도 청주에 많지가 않다. 돈이 있는 사람들이나 타고 다녔으며 자전거 종류도 신사용. 짐 자전거. 어린이용, 세 가지뿐이었다. 돈이 많지 않으니 점포에는 새 자전거는 몇 대 안 되고 중고 자전거가 많았다.

자전거포의 아버지는 6·25전쟁 상이군인이다. 왼쪽 다리를 잘린 그의 아버지는 의족을 끼고 다니셨으며 왼쪽 팔은 쇠갈쿠리다. 자전거포를 하면서도 팔과 다리 상처 때문에 일을 하기가 부자연스러웠던 장애인이었다. 마음씨가 착한 일신이는 어려서부터 아버지 일을 거들었다. 자전거포를 한다는 것은 큰 기술은 아니지만 아버지는 장애인이라 그것도 힘들게 일을 하셨다.

요즈음은 그런 자전거가 없지만 당시에는 자전거 타이어 안에는 바람을 넣는 주부가 있었다. 당시 자동차와 똑같았다. 펑크가 나면 그 주부에 바람을 넣어 어디에 펑크가 났는지를 물에 담가보아서 알아내고 그곳을 페퍼로 긁어서 고무에다가 고무풀을 칠하여 펑크 난 곳을 때우는 것이다. 장애인으로서는 하기가 쉬운 일이 아니다. 그 일을 자전거포는 토요일, 일요일 또 방학 때 도와 드리는 것이다.

자전거포의 친구들은 그의 아버지가 아주 훌륭하신 분이라는 것을 알지 못했었다. 나라를 위해 전선에 나가서 적과 싸우다가 중상을 입은 분인데 동창들은 자전거포(곽일신)를 그저 병신 아들쯤으로 생각하였다.

정부에서 상이군인에게 주는 전상 월 보상비는 쌀 한 말 값이다. 목에 풀칠할 정도이었다. 그래서 심한 장애를 입고도 자전거포라도 해야 먹고살 수가 있었다. 당시에 목발이라도 짚고서 걸어 다닐 수 있는 상이군인들은 떼거리로 몰려다니며 시장 상인들에게. 또는 주차장 버스, 기차 객차 칸을 다니면서 행패를 부리며 구걸을 하는 사람들도 많았다. 상점 등에 상이군인들이 나타나면 자리를 뜨고 숨거나 그들에게 돈을 조금이라도 줬다. 안 주면 목발을 들고 또는 쇠갈고리를 들이대며

"우리는 목숨을 걸고 싸우다가 이렇게 되었는데 후방에서 편히 지낸 놈들이 왜 돈을 안 주냐."

하며 행패를 부리는 자들이 많았다. 시장에 상이군인들이 나타나면 상인들은 불안해했다. 상이군인들은 먹고살기 위해서 하는 행동이다. 경찰들도 그들을 통제하려다가는 죽기 살기로 덤벼드는 그들을 어찌할 도리가 없었다. 경찰들도 그들을 큰일만 나지 않게 다독거려서 그들을 해산시키는 게 다였다. 가난한 정부는 그들이 살만큼의 돈을 주지 못했다. 그들은 정부에 대고 데모 한번 안 했으니 데모라는 게 무엇인지도 모를 때이다. 일신이 아버지는 그런 행패꾼들을 따라다니지 않고 힘들어도 자전거포를 하신 것이다. 자전거포(곽일신)는 고등학교 졸업 후에 아버지가 돌아가시자 자전거 점포를 물려받았다.

일신이는 초등학교에 다니면서도 그의 아버지 일을 돕지 않으면 안 될 형편이라 자연히 별명이 자전거포가 되었다. 자전거포라는 별명은 돈이 있다는 표시로 좋은 별명이었다.

그는 동창인 코피가 어려울 때 짐자전거를 싼값에 월부로 주기도 했으며 아기 우윳값도 도와주었던 친구이다. 동기별 모임에 자전거를 열 대나 기증한 친구였다. 그저 묵묵히 아버지 직업을 물려받고 착실히 살아온 덕에 그는 지금도 그 직업을 벗어나지 않고 평생 직업이 되었다.

별명인 자전거포. 동창들은 자전거포는 마음씨가 착한 좋은 친구라고 다들 그렇게 기억한다.

착실하게 손님으로부터 신용을 쌓은 것이 밑거름되었다. 국산품 새 자전거는 일제 중고 자전거만도 못한 게 사실이었다. 앵갱이줄이라고 하는 체인이 연실 벗겨지고 바퀴의 베어링도 국산은 얼마 가지 않아 닳아서 고장이 난다. 일제는 수입도 안 되지만 친일파라는 소리를 안 들으려고 수입상들은 일본제는 수입을 아주 적게 했다. 일제는 중고값이 국산 새 자전거보다도 값이 더 비쌌다. 돈이 좀 생기자, 그는 삼천리 자전거 회사를 직접 찾아가서 대리점 계약을 하고 한 우물만 파 성공한 친구이다. 국가 유공자의 아들로 긍지를 갖고 이제 그는 청주에서 국내 굴지의 자전거 대리점을 한다. 특수 수입 자전거에도 손을 대 매매를 하는 사장님이 되었다.

찔찔이(이병태)도 집안이 너무 가난했다. 그래서 맹물이와 같이 초등학교 월사금도 못 내서 매일 담임선생님으로부터 닦달을 받았던 찔찔이다. 초등학교 졸업 후 들어간 곳이 양복점 심부름꾼으로 들어갔다. 일하는 사람들은 거의 변또를 싸서 왔다. 월급은 없고 점심만 먹여주는 조건이다. 그것도 감지덕지했다. 시다 정도를 해야 월급을 조금이라도 받는데 찔찔이 부모님은 양복점 일은 평생 직업이며 굶고 살지 않으니 그 일을 배우라고 했다. 시다를 하려면 고등학교를 나와서도 양재학원엘 가서 일이 년쯤 배워야 양복점 시다 일을 할 수 있었다. 초등학교만 나왔으니 양복점에 들어가서는 처음 하는 일이 숯불을 피우는 일이다. 그리고 그것을 다리미에다 넣고 온도를 맞추어서 다림질하는데 갖다 주어야 한다. 그 일도 쉽지가 않다. 숯도 종류가 다양하고 좋은 숯을 사야 하는데 싸릿가지 통발 속에 든 숯이 위에는 좋은 숯이나 속은 덜 탄 숯도 섞여 있다. 불을 태워도 연기만 많이 나고 불이 제대로 붙지 않는 숯도 있다. 그것을 풍로에 넣고 풍구를 돌리면 처음 불을 붙이면 연기만 나면서 탁탁 소리가 나며 숯이 튀면 얼굴에 또는 손등 손에 화상을 입기도 한다. 눈에 그 벌건 숯을 맞으면 실명을 할 수도 있다. 그 일을 제대로 하지 못하면 다림질하는 선임자한테 대나무자로 얻어맞기 일쑤였다. 눈에 연기가 들어가 눈물을 흘리면서도 다리미에 넣을 불은 꼭 피워 대령해야 했다. 너무나 힘들어 그만두고 싶은 생각은 간절하나 막상 그만두려니 어디 마땅한 곳에 들어갈 자리도 없다. 찔찔이 밑에 사람이 들어오기 전까지는 그 일을 몇 년이고 해야 한다. 이를 깨물고 꾹 참아야 했다. 일 년 정도 그 일을 해야 시간이 나면 바늘에 실을 꿰어 단추를 다는 법을 가르쳐준다. 그것도 실제 손님 옷에 단추를 다는 게 아니라 일반 옷감에다가 연습하는데 손이 부르트도록 많이 시킨다. 손가락에 깍지를 끼고 바늘을 옷에 찔러대도 연신 바늘에 손이 찔린다. 어느 정도 단추를 다는 게 익숙해지니 이젠 손님 옷에 단추를 다는 법을 가르쳐준다. X 표시가 있는 곳에 정확히 달아야 한다. 틀리면 옷감에 상처가 나기에 아주 조심스러운 작업이다. 그렇게 3년이 되니 재봉틀 돌리는 법과 재봉틀에 실을 넣고 옷감을 꿰매는 작업을 시킨다. 그것도 손님 옷에 직접 하는 게 아니라 세월이 지나 유행에서 떨어진 양복감에다 연습을 시킨다. 그 연습이 합격하자 재단하는 법을 마분지를 갖다 놓고 가는 분필로 줄을 긋고 가위로 자르는 것도 가르친다. 그렇게 7년이 가니 겨우 고등학생들이 양재학원에서 배워 양복점으로 와서 일하는 재단까지 할 수 있게 되었다. 재단하고 재봉 일을 하여 처음으로 내 손으로 내 옷을 만들어 입게 되었다. 오랜

배움 끝에 양복을 만들 수 있는 기술자가 된 것이다. 참으로 어려웠던 지난 일이 생각이 난다. 시골 사람들은 거의 한복을 입고 다닌다.

처음으로 입어보는 양복은 정말로 찔찔이를 다른 사람으로 만들어 놨다. 찔찔이가 만든 옷을 입게 하고는 사장님은 축하하는 술자리를 만들어 줬다. 참으로 행복한 날이었다.

중학교에 못 간 한이 술잔에 따라놓은 맥주 알갱이처럼 부서져 내렸다.

나이가 만 20세가 되어서 군대에 갔다. 가난한 그도 양복점을 하기 위해 상병 때 월남전 지원을 했다. 바로 지원신청이 받아들여져 춘천 오음리로 발령이 났다. 맹물이보다는 월남전에 2개월 늦게 갔다. 월남전에 참가했던 사람 중 고엽제에 노출되지 않은 사람은 사단 사령부나 연대 본부 사무실 등에서 근무하는 사람 이외에는 거의 다 고엽제에 노출되었다. 고엽제가 병을 일으킨다는 뉴스의 본거지는 청주 사창동 현재 사직동 프르지오캐슬 아파트 201동 자리이다. 1980년대 석유와 쌀집을 경영했던 월남 참전자 집에 참전자들이 모이면서 일부 그의 자식들이 이상한 병에 걸리고 학교에도 갈 수 없게 되자, 충청일보에서 월남전에 대해 취재를 했다. 그리고 기사가 나갔다. 그게 월남에서 빨리 자라는 풀을 죽이기 위해 헬기에서 뿌려댄 에이전트오랜지(고엽제)에서 온 병이 틀림없다고 했다. 그런 기사가 나가자, 서울 중앙일보에서 대서특필하여 고엽제가 농약이고 인체에 심한 병을 일으키는 것이 확인된 것이다. 우리나라 정부에서는 그것을 알고도 쉬쉬하며 감췄다는 것을 십 년이 훨씬 지난 후에야 알게 되었다.

호주에서는 미리 조사하여 고엽제 제조사인 미국 케미컬 제약사에서 보상받아 참전자들에게 나누어 주었고 미국에서도 고엽제 질병에 대한 조사를 진행하면서 월남 참전자들에게 보상을 해줬다. 여론에 뭇매를 맞은 김영삼 정부에서 조사를 시작했고 월남 다녀온 사람들의 질병이 고엽제가 확실하다는 결론이 났어도. 월남전 보상은커녕 보훈처에서 월남 참전자들을 신체검사하고 고엽제 등급을 매겼다. 경도 월 20만원 중도 월 30만원 고도 월 40만원을 지급하다는 것을 보훈처가 각 개인에게 통보했다. 기가 막힌 것은 의사가 몸속은 보지도 않고 겉만 보고 종합병원 진단서와 기록 사본을 보고 등급을 결정했다. 고엽제는 악성 피부병도 일으킬 뿐만 아니라. 폐암. 간암 각종 암을 일으키며 심장에도 심각한 피해를 줘 관상동맥을 막히게 한다는 사실을 미국에서 발표하자. 그때야 한국은 폐병 등과 관상동맥에 대한 고엽제 조사를 하게 되었다. 그것이 국회 통과가 돼야 한다면서 질질 끌고 있었다. 노무현 대통령 때에 와서도 국회의 보사위는 관상동맥 질환에 대하여 미국이 그러면 우리는 그냥 따라가야 하는가? 하며 일부 국회의원들은 반대까지 하는 우를 범했다. 1965년부터 시작된 월남전에서의 고엽제 사건은 2003년에야 우여곡절 끝에 그 폐병 환자와 심혈관 관계 질환자 중 스텐트만 박은 사람만 국가 유공자 지정을 했다. 무려 월남전쟁 후 38여 년 만에 국가 유공자 지정을 한 것이다. 국회 일부 좌파의원들은 자유와 평화를 위해 목숨을 담보로 참전했던 파월 장병들을 대리전 용병이라고 칭하는 것을 서슴지 않았던 것이 사실이다. 월남 참전자들은 개밥에 도토리 신세였다.

호주에서는 월남만 참전하였어도 국가 유공자 지정을 하고 월 200여만 원을 지급한다는 뉴스가 1990년도에 신문에 났었다. 월남에 참전한 외국인도 호주엘 가면 국가 유공자 대접을 하면서 월 200만 원을 준다는 뉴스도 들었다.

찔찔이는 월남에서 귀국 후에 고엽제 증상인 입술이 파란 것은 없어지고 가끔 몸이 좋지는 않았다. 양복점 일은 힘든 일이 아니니 그래도 정상인과 같은 생활을 할 수 있었다. 큰 다행이라고 생각했다. 월남 참전 후 부산에서 수령한 그 돈으로 청주 성안 길에서 가까운 곳에 점포를 마련하고 00 라사점이라고 간판을 달고 영업을 시작했다.

맹물이가 결혼을 한다며 양복을 맞추러 왔다. 아주 고급스러운 베이지색으로 양복을 만들고 와이셔츠도 하얀색으로 조화를 맞추고 넥타이도 그에게 맞게 골라 주었다. 생전 처음 맞춤옷을 입어본 맹물이의 입은 함박만 하게 벌어졌다. 양복점도 잘되니 축의금 대신이라며 맹물이의 양복값을 싸게 해주고 와이셔츠와 넥타이는 무료로 주었다. 초등학교 친구이고 오랫동안 자주 만나다 보니 이제는 한 형제만 같다.

초등학교 졸업 후 갖은 수모를 견디며 배운 양복 기술은 평생 직업이 되었다. 장소가 좋고 기술이 좋으니 잠잘 시간도 없을 정도로 손님은 많았다. 요즈음에야 전기다리미가 나오고 스팀다리미가 나와서 일하는데 너무나 편하다. 그래도 양복점 일은 기성복에 밀려 사양 사업이 되었지만 지금도 일을 계속하고 있다.

경정이 되기까지 윤갑영(땡기)

땡기는 초등학교 시절부터 남을 배려하려는 의협심이 강한 학생이었다. 그런 마음은 아버지가 잘 가르친 것이 한몫한 것 같다. 공부도 잘했지만 누구하고 싸울 일을 만드는 일은 하지 않았다. 친구들도 땡기와 같이 앉는 짝꿍이 되는 걸 좋아했다. 땡기를 좋아하는 친구들의 이유 중 하나는 공부를 잘하는 땡기가 가끔 시험지를 슬그머니 보여주기도 하기 때문이다. 호랑이 선생님한테 들켜서 벌쓰기도 했지만….

윤갑영의 별명이 땡기가 된 것은 초등학교 교실 벽 바깥쪽에 붙어있던 땡기벌집 때문이다. 땡기벌은 땅벌보다도 무서운 벌이다. 땅벌과 땡기벌은 건드리면 떼로 달려든다. 웬만한 사람은 겁이 나서 그런 벌집을 건드리지 않는다. 의협심이 유달리 강했던 갑영이는 학교 소사님도 안 건드리는 단 호박보다 더 큰 땡기집을 제거하겠다고 나섰다. 그에 묘안은 잠자리채로 벌집을 떼어내는 것이다. 그는 집에서 잠자리채를 탄탄하고 길게 만들어서 학교를 왔다. 친구들은 갑영이가 벌집 제거하는 것을 보려고 모였다. 벌집을 잠자리채에 넣어 잡아당기고는 휘둘러대다가 벌집을 발로 비볐다. 땡기벌 애벌레까지 밟아 죽이는 도중 갑영이는 밖에 나갔다 돌아오는 땡기 벌에 이마를 한방 쏘였다. 친구들은 날 살려라 도망을 하였지만 구경을 하던 친구 중 쓸다리(정재석)와 거북이(유익태)가 땡기벌에 한 방씩 쏘였다. 금세 부풀어 올랐다. 땡기벌의 독은 대단했다. 쓰러질 정도로 아팠다. 갑영이는 이마에 한방 쏘인 것이 하루가 지나자 얼굴이 푸르뎅뎅하게 멍이 내려앉았다. 다섯 방만

쏘이면 죽을 수도 있는 독을 가진 땡기벌이다. 그래서 갑영이는 별명이 "땡기"가 되었다.

도박장 풍경

땡기는 경찰시험에 합격 후 첫 부임지를 연고지인 청주경찰서로 발령을 받았다. 경찰학교를 졸업하면 첫 부임지는 대개 면 단위 시골파출소나 읍 단위 파출소 근무를 하게 되는데 운 좋게도 첫 보직을 청주경찰서 특수수사대에 들어갔다. 선배들로부터 많은 사례의 이야기를 들었다. 서서히 맡은 구역을 파악해 나가기 시작했다. 시내에는 깡패조직들이 이권 다툼을 하느라 구역 사수를 위해 야구 방망이 또는 회칼 등을 동원하며 싸움질을 할 때가 많았다.

우선 여러 조직의 수장들 이야기를 듣고 그들과 접선을 시도했다. 그러나 소문만 들었지 수장들이 누구인지가 확실하지가 않다. 그것은 그들의 사회 비밀 사항이라 노출하지 않고 다만 별칭이 있을 뿐이다. 그 중간책을 알아야 하는데 그들도 돈을 벌려면 경찰이 필요한 자 들이다. 큰 도박사건. 폭행 사건. 도둑 문제 등이 생기면 경찰보다도 그들의 수장들이 먼저 알고 있는 게 많았다. 동료들에게 그런 이야기를 듣고 그들의 중간책을 포섭했다. 믿을 수 있는 정보원을 고용한 것이다. 그들에게 큰돈은 아니지만 정확한 정보를 주면 그들에게 경찰서 활동비에서 그에 합당한 사례를 해주었다. 그리고 그 정보원들에게는 약간의 작은 사건은 그냥 봐 줬다. 그들도 그것을 노리고 정보를 주고 자기들은 빠지려고 한다는 것을 알았다. 그 부서에서 땡기는 많은 활동을 하다가 도박장 전담 사건부로 자리를 옮겼다. 도박장 그곳에서 진행되는 사건들을 교육도 받았다. 경찰에서는 어디든 항시 정보원을 만들어 놓고 있었다.

비밀 도박장을 급습하면 그곳에 정보원도 함께 있다. 그 정보원도 함께 검거한다. 그래야 도박장 사람들이 그를 정보원이라 생각하지 않는 것이다. 그러면 그 사건에서 그 정보원은 도박을 같이했어도 그를 입건하지는 않는다. 그들을 경찰에서는 철저히 비밀에 부쳐 주어야만 한다. 그러려면 그들도 입건은 하는 척만 하지 그냥 내보낸다.

정보원 그들은 다른 돈을 벌기 위해 경찰에 협조를 해주는 것이다. 도박장에서 압수한 금액 중 정보원 것은 따로 빼주어야 다시 그 사람이 정보를 제공해준다. 그 정보원을 냉대하면 그들의 조직으로부터는 정보를 절대 안 준다는 것을 땡기는 선배들에게서 들었다. 그래서 여기저기에 정보원을 두고 도박장 사건을 처리하기로 하였다. 도박 사건은 대개 한밤중이나 새벽에 검거 작전을 한다.

한 정보원의 제보로 대형 규모의 도박장을 알아냈다. 도박은 며칠간도 계속된다. 보고를 하면 상관의 지시를 받는다. 급습하기 위해서는 미리 직원들이 배치되고 그들이 도망가지 못하게 그 부근의 경계를 철저히 지시한다. 그렇게 준비를 하고 도박 사건 현장을 새벽 3시에 급습했다. 그들은 경찰이 닥치면 도망갈 곳도 미리 준비해놓고 또 도박이 시작되면 아침까지 누구도 도박장을 나가지 못하게 약속이 되어있다. 건달들이 집 주위를 지킨다. 그들도 정보원이 따로 있는데 경찰 급습이라는 정보를 받지 못한 도박장이었다. 정보원으로부터 그들의 탈출로를 들었기에 직원들이 그곳에 배치됐다. 급습하면 도망을 못가 잡힌 도박범들은 꼼짝없이 경찰의 말에 순응해야 했다.

"전부들 손을 머리 위로 올리고 엎드려 반항하는 자는 총으로 쏜다."

그리하고는 10여 명의 직원과 함께 그들을 수갑을 채웠다. 우선 판돈을 전부 긁어서 누가 얼마를 가지고 있었던가를 메모를 하고 그 방안을 샅샅이 뒤져서 숨겨져 있는 돈도 다 압수했다. 큰돈이 거래됐던 도박장이었다. 도박장 그 방안에는 여자 두 명과 남자 한 명이 있었다.

9명 전부를 경찰차에 태워서 경찰서로 데리고 오니 새벽 5시이다. 초저녁부터 도박장 급습에 관한 브리핑을 하고 또는 준비를 하느라 밤잠도 한숨 못 잤다. 그들을 1차 조사를 하고 현행범이니 유치장에 넣고는 정보원은 조사하는 척하며 빼내서 밥도 사주고 밖으로 내보냈다.

조사하면서 여자들이 무엇을 하는 사람인 알았다. 남자는 건달이며 깡패라 불리는 자였다. 하룻저녁 돈을 싹쓸이하는 사람에게서 5% 정도를 받고 그들의 속임수를 감시하는 사람이었다. 일단 초저녁에 도박이 시작되면 그들은 방문을 걸어 잠그고 누구도 밖엘 나가지 못하게 한다. 방안에는 소변보는 요강 또 대변보는 용기까지 갖춰져 있었다. 유리창은 검은 커튼을 쳐 놓아 밖으로 빛이 새어나가지 못하게 해놓았다.

도박장에 웬 여자인가 이상하다 했는데 그 여자 중 한 명은 돈을 그 자리에서 꾸어주고 그날 즉석에서 10%의 이자를 받고 돈을 빌려주는 물주였다. 또한 한 여자는 방안에서 그날 필요한 물건을 파는 여자였다. 방 안에 있는 사람들의 심부름도 해주지만 그 여자도 감시인이다. 그 여자는 커피 한 잔에도 천원 담배 한 갑도 천원, 또 소주 한 병에 천원, 맥주 한 병에 천원, 그저 엄청난 폭리를 취하고 있었다. 그날 잡힌 도박범 6명 중에는 정보원도 함께 있다. 그리고 도박을 하는데 사기도박을 하나 안 하나 지켜보는 건달이 남자다. 도리짓고땡에서 벌어지는데 누가 속이면 그에 모든 돈을 압수하기로 약속을 하고 도박을 한다. 도박장을 급습하여 잡힌 사람들을 조사해 보면 전부 잃은 사람이지 돈을 수익을 올린 사람이 없다. 다시 세밀히 조사해 보니 초저녁에 시작할 때는 돈을 자기 앞에 쌓아 놓고 시작하는데 새벽이 되면 바닥의 총 돈은, 반으로 줄어든다. 그게 어쩐 일인가 따져보니 뒤에서 돈을 꾸어주는 사람들과 사기도박 감시자 또는 물건을 파는 여자한테 대부분이 그들에게 가고 집주인에게도 그들은 많은 돈을 지불하고 있었다. 도박꾼들이 잡혀가면 집주인도 도박장 개설 혐의로 입건이 된다. 그러기에 집주인도 하루 저녁에도 많은 돈을 그들에게 받아낸다. 아주 전문적으로 도박하다가 경찰이 급습하면 도망을 할 수 있게끔 장치를 해 놓은 곳도 발견되었다. 그렇게 한집에서 며칠이고를 하다가 완전히 돈이 떨어진 사람은 아침에 집으로 가서 다시 돈을 융통해서 가지고 또 온다. 그 장소가 발각될 성싶으면 그들은 암암리에 도박장을 옮긴다.

도박에 미친 사람은 며칠씩도 밤을 새워가며 노름에 빠진다. 낮에는 잠자는 시간이다. 그 사람들의 얼굴을 보면 눈은 충혈이 되어있고 눈은 졸린 눈이다. 정신은 온통 도박에 집중하느라 비몽사몽 간에 도박에 임하니 그들이 돈을 딴다는 것은 아예 처음부터 불가능한 것이다.

그리고 좀 규모가 작은 도박꾼들 그들이 노리는 곳은 초상집이다. 초상집에서의 노름은 웬만하면 경찰에서도 보아주니 이틀 동안은 도박꾼들의 최고 좋은 집합 장소다. 초상이 난 집을 그들은 용하게도 잘 안다. 그들도 다 끄나풀인 정보원이 있기 때문인데 그 끄나풀은 거지들이다. 거지들은 초상이 난 집을 보면 도박꾼들에게 바로 알려준다. 그러면 그들로부터 사례를 받기 때문이다.

도박범 그들 중에는 남의 집 담을 넘어가서 돈이 될 만한 것을 훔쳐다가 팔고는 다시 도박장을 찾는 사람도 있었다. 땡기는 그들을 조사하다가 도둑놈까지 잡는 성과를 올리기도 했다.

한번 경찰에 알려져 급습을 당한 집에서는 다시 노름을 안 하고 다른 사람들 집으로 가서 또 시작이다. 도박꾼들 잡혀서 재판을 받아본 사람들이 아주 많다. 그들은 큰 사건은 변호사를 선임한다. 큰 사건이 아니면 거의 집행유예이다. 집행유예 기간에 다시 잡힌 사람들도 감옥에 가보았자 일 년 미만을 살고 나와 다시 도박에 빠져든다. 이년 여 동안을 그들을 잡아들이고 쫓아다니고 하다 보니 큰 건도 있었다. 한두 번이 아닌 도박장 급습은 대성공이었다. 직원들은 작전 회의를 하여 치밀한 계획과 탈출로를 봉쇄하고 그들을 다 한꺼번에 검거한다.

도박하다가 자기들끼리 난투를 벌이다가 잡힌 사람들도 꽤 있었다. 제 발로 감옥행을 지원한 사람들이다.

열심히 실적을 올린 바람에 청장상도 탔다. 만년 순경도 감내하는 사람도 많은데 3년 만에 경장으로 진급했다.

도박의 타짜는 정말로 존재했다.

도박장 조사 중 보관된 서류에서 땡기는 도박 전과 9범의 신원을 알게 되었다. 그는 감옥생활이 지겨웠는지 도박에서는 손을 끊고 있었다. 무슨 정보를 얻을까 하고 그를 만나보았다. 깜짝 놀랄 이야기를 그에게서 들었다. 영화에서나 볼 듯한 타짜. 실험을 해보니 그것은 엄청난 사실이었다. 그를 조사하려 해도 현행범이 아니므로 조사는 불가능했다.

그의 동태를 감시하던 땡기에게 그 기회가 왔다. 그 타짜라는 사람이 마약 사건에 연루되어 경찰에 연행되어 온 것이다. 그 사건은 묻어둬도 될 만하기에 타짜의 비밀과 그 사건과 교환하자고 제의를 했다. 그러자 그 타짜는 비밀의 한 가지만은 안 된다고 한다. 그에 제의를 받아들였다. 그리고 그의 실연을 확인했다. 50세가 된 그는 정말 타짜가 확실했다.

그는 일명 도리짓고땡 타짜였다. 화투 20장을 다 알아내고 도박을 하는 기인이었다. 그가 화투의 기법을 실연해 보이는걸. 눈여겨보았다. 한두 번도 아닌 실연에서 그는 자기가 끗발(숫자)을 가지려는 것을 자유자재로 구성하는데 정말로 놀랠 일이었다. 그러니 그와 도박을 하는 자들은 한마디로 호구였다. 그가 돈을 따는 데는 그 시간을 언제 잡을 것만 있지 도박을 하는 사람들에게 돈을 일부러 잃어 줬다가 다시 거둬들이기를 마음대로 하는 자였다. 그의 수법을 알아내기 위하여 무진

장 애를 썼다. 그래도 그는 한 가지 그 비밀을 털어놓지 않았다. 그를 어떻게 조사할 것인가도 윗선에 보고도 했었다. 그 타짜는 사건을 일으킨 당사자가 아니니 강력한 조사를 할 수가 없었다.

큰 도박장에서의 도박은 화투를 박스로 사다 놓고 시작을 한다. 한 판을 하고는 그 화투를 버리고 다시 새것으로 시작을 한다. 그래서 화투 10개씩 들어있는 한 박스 즉 100개가 들은 한 박스 이상이 하루 저녁에 필요한 것이다, 그리고 그는 큰판은 고용한 경호원과도 동행한다고 했다.

기가 막힌 것은 화투의 뒷면에 모양을 보고 타짜가 앞면을 손으로 만져보면 숫자를 알 수 있다고 한다. 그것을 타짜는 손 감각으로 알아낸다는 거였다. 그러니까 뒷면을 훤히 보고 그 사람에게 어떤 숫자가 가는지를 다 알고서 도박을 했다는 것이다. 믿기지 않는 이야기였다. 두 번째는 자기가 갖고 싶은 숫자를 갖기 위하여 그 화투의 배를 살짝 눌러서 표시하는데 기리를 하는 상대편이 아무리 기리를 해도 타짜는 자기가 표시해 놓은 숫자를 가진 화투를 금세 알 수가 있단다. 그것을 자기가 갖고는 손기술로 밑장빼기 윗장 빼기 두 장 빼기를 하면 되는 것이다. 그리고 타짜의 손안에는 20장 중에 한 장인 화투가 전연 눈치를 챌 수 없이 늘 붙어 다닌다는 사실이다. 놀라운 사실이었다. 그에 말을 듣고 그에 손을 뒤집어 보고 알아낸 사실이다. 그리고 그 화투 뒷면을 이용해서 숫자 조합을 한다니 눈을 뜨고도 보고서도 믿어지지 않는다.

큰 판에 마지막 판에 돈을 긁는 수법의 시연은 돌이 짓고땡이라는 것은 화투장 20장을 가지고 4명만 그 판에서 도박을 한다. 그 판을 안 하려면 들어가면 그만이다. 초저녁에 화투를 시작할 때면 눈은 독수리 눈이 되지만 밤새도록 주거니 받거니 하다가 새벽이 되면 도박꾼들도 지친다. 그런 때를 노리고 타짜는 여유 있게 신경을 쓰지 않으며 그 판을 쉬면서 보낸다. 타짜는 중간에는 절대 돈을 긁지 않는다.

타짜는 새벽이 되어 날이 훤해지기 시작하면 기회를 보다가 선을 잡는다. 장자의 배를 살짝 눌러서 기리를 해도 알게끔 해놓고 그것을 마지막 타짜가 맨 밑에 넣어 타짜가 가질 수 있게 만든다. 기막힌 수법이다.

누가 마지막 기리를 해도 장자를 알아내는 것은 그에게는 아주 쉬운 일이었다. 그리고 장 자가 손에 잡히면 그것을 잡아서 손안에 넣었다가 다섯 장씩을 다 주기 전에 두 장 빼기로 한 장 빼기 밑장빼기로 본인이 장땡을 잡는 기술이다. 그러면 장땡은 타짜의 것이고 타인에게는 팔땡, 구땡을 준다. 화투 20장을 마음대로 주무르는 최고의 손 기술이다. 그러면 구땡, 팔땡을 잡은 그들은 있는 돈을 몽땅 건다. 그러면 판은 끝장이 난 것이다. 그게 새벽에 거의 날이 샐 무렵 (여명)에 하는 수법이란다.

그 타짜는 화투를 많이 사서 절에 들어가서 연습도 수없이 많이 했다고 했다. 하도 이상하여 그에 손을 만져도 보았다. 그의 손은 보통 여자 손처럼 보드라웠다. 농사일 하는 게 아니니 그럴 수 있다고 생각했다. 땡기는 그와 같이 앉아서 같이 도박 연습을 해도 그를 이길 수는 없었다. 그는 네 군데에 5장씩을 주고 누가 몇의 끗발을 가졌는지 훤히 알고 있었다. 그래서 도박의 타짜를 바로 앞에서 볼 수가 있었다. 그래도 궁금한 것은 화투를 만드는 회사가 몇 개나 되는데 어떻게 뒷면을 보고 앞면을 만져서 그 숫자를 알 수가 있느냐는 것인데 그 비밀은 죽어도 밝히지 못한다고 하여 그 비밀은 끝까지 캐지 못했다. 그리고는 도박자들에게 절대로 도박을 해서는 안 되는 거라고 이야기 해줬다. 한 동리에서의 타짜가 아닌 사람들끼리의 도박은 여러 변수가 있겠지만 타짜가 낀다면 그 판의 돈은 다 타짜 것이다. 타짜가 끝까지 안 알려주는 비밀 그것은 무엇일까?

타짜 그가 도박할 때와 그냥 포기할 때가 있다고 했다. 그것은 무슨 뜻일까? 지피지기면 백전백승이라. 앞에서 이야기한 비밀 외도 또 비밀이 있을 것이라고. 경장이 된 땡기는 어렴풋이 추정했다. 그 비밀은 인쇄가 아닐까?

도리짓고땡의 숫자는 1에서 10까지 두 장씩이다. 똥, 비를 뺀 20장. 그것을 마음대로 주무르는 그는 확실히 타짜였다.

마약 사범들

또 몇 년 동안의 눈부신 활약을 한 덕에 일 계급 특진하여 경사가 됐다. 정년퇴직 때까지도 순경으로 근무하는 사람이 있는데 경사 진급은 간부가 될 수 있다는 자리이다. 일 년 후부터는 마약 사범을 잡는 부서로 이동되었다. 마약 사범들에 대한 교육을 철저히 받았다. 도박꾼들과는 상대도 안 될 정도로 그들의 마약 거래 수법은 놀라웠다. 땡기는 교묘한 수법을 쓰는 마약 거래자들보다도 더 많이 연구해야 했다. 그래야 그들을 잡을 수가 있다. 땡기가 처음 마약을 단속할 때만 해도 마약 밀거래자들은 몰래 깊은 산에다 양귀비를 재배하여 양귀비가 몽우리가 생기는 가을에 면도칼로 몽우리를 그어놓았다가 며칠 후 등산객을 가장하여 그곳엘 다시 간다. 몽우리에 상처에서 나온 액체는 까맣게 변하여 굳어져 있다. 그러면 그것을 조금씩 면도칼로 긁어내어 나무로 만든 빈 성냥갑에 넣어 가지고 오기만 하면 그들은 큰돈을 버는 것이다. 만약에 그 양이 호두알만 하던지 감 한 개만큼만 된다면 그것은 엄청난 돈이 된다. 그것을 산다는 사람은 약재상뿐만 아니라 개인도 그것을 필요로 하는 사람도 있기에 양귀비 진액을 건조한 것은 엄청난 부를 안겨주는 황금보다 비싼 돈 덩어리이었다.

가정집에서도 몰래 재배를 하는 사람들도 있다. 정원에 몇십 그루를 심어놓고 그렇게 마약을 만들어도 그 당시에는 아주 많은 양이 아니면 경찰은 법에 따라 그냥 무마해 주었다. 그러나 그 수가 점점 늘어나자 개인들 집에도 양귀비를 두 그루 이외는 재배 못 하게 법으로 막았다. 그러다가 지금은 아예 한 그루도 심으면 마약류 처벌법에 따라 처벌을 받는다.

그 당시에도 필로폰은 있었지만 양귀비 단속이 심하여지자. 필로폰이 활기를 띠기 시작했다. 필로폰은 주로 중국이나 동남아에서 밀수 통로를 통하여 들어오고 있었다. 필로폰은 소금과 비슷하니 시내 거리에서 소금장수를 가장하여 소금 봉지와 마약 봉지를 섞어 놓고 대담하게 거리에서 거래하는 사례도 있었다. 거래가 성사되면 즉시 철수한다.

땡기는 경정이 되고 퇴직 시점이 가까우니 지난날들의 이야기를 소상히 밝혔다.

동남아시아의 마약 생산은 영국과 중국의 마약 전쟁에서부터 시작됐다. 수백 년의 시간이 지나면서 골든트라이앵글에서 생산되는 아편과 헤로인, 메스암페타민이 유명하다. 종류에 따라 다르지만, 정제된 마약은 당시 kg당 1억 원이나 받고 거래된다. 엄청난 금액이다. 현재 미국조차 마약단속반의 규모는 세계 최고 수준을 자랑하지만 마약 사범을 완전히 소탕하지 못하고 있다. 요즈음은 중앙아시아의 아편 생산지를 골든 크레센트, 동남아의 생산지를 골든트라이앵글이라 칭한다.

유통 시 기상천외한 방법이 많이 사용된다. 운반책의 체내에 숨겨서 들어오는 것으로, 캡슐이나 비닐, 콘돔 등으로 마약을 싼 뒤 먹거나 항문에 삽입, 위나 직장에 담고 운반하기도 한다. 빼낼 때는 구토제나 관장약을 사용한다고 한다. 운반 중에 포장이 손상되면 운반책은 즉사한다. 밀수범이 여성이면 음부를 활용하기도 한다. 또한 다른 사람의 비행기 가방에 슬쩍 끼워 넣고 돈을 주는 방법도 동원한다. 그런 사례는 있지만 그 사실을 알아내 경찰이 그 뒤를 쫓아 거의 잡힌다. 계속 잡히니 그런 일은 많이 줄어들었다.

한국에서 사용되는 현재 마약은 주로 대만이나 홍콩, 러시아나 북한에서 생산된 것이며 이들 국가는 한국 이외에도 일본 등에도 마약을 수출한다.

거래는 암호로 한다. '아이스, 작대기, 작대기얼음, 얼음, 차가운 술, 빙두, 크리스털'을 팔겠다는 글을 인터넷 게시판 같은 곳에 올려놓고 입금이 확인되면 판매자가 마약을 숨겨놓은 위치를 가르쳐준다. 그리고 판매자가 고용한 전달책은 판매자의 신상에 대해 전혀 모르는 점조직으로 운영한다. 그래서 운 좋게 전달책을 구속했다 하더라도 총책을 잡기가 힘들다. 전달책도 총책은 모른다.

한 번에 많은 양을 판매하는 경우 전달책이 구매자와 만나서 직거래하는 때도 있다. 이런 것을 알아내기 위하여서는 마약을 끊고 싶어 하지만 돈이 없는 마약 의존인을 이용한다. 그에게 신고에 대한 보상금을 많이 지불하고, 판매자를 유인하는 정보원 역할을 맡기는 것이다.

일반인들에게 있어서 마약은 극한의 쾌락을 불러일으킨다고 보는 것이 맞는다.

일반적으로 이해할 수 있게 표현하자면 마약에 의한 쾌락은 성적 오르가즘에 의한 쾌감에 비해 그 강도가 훨씬 강하다고 알려져 있다. 메스암페타민의 경우, 성적 쾌락과 비교한다면 10여 초 내외에 불과한 오르가즘보다 메스암페타민이 훨씬 더 강렬하게, 20분이 넘는 쾌감이 지속한다고 알려져 있다. 물론 그 이후의 후유증은 오르가즘과 비교할 수 없이 강력하여 다시 마약을 찾으며 삶을 망친다. 마약에 중독이 되면 그것을 헤어나기란 정말로 어려운 것이다. 일종의 정신병이다. 그래서 마약에 빠지게 되면 패가망신하게 된다. 중국이 망한 것도 영국과의 마약 전쟁이다. 그래서 중국은 100년 동안 홍콩을 영국 식민지로 하는 외교 문서에 서명하고 마약 전쟁을 끝냈다.

필로폰 마약이 대량으로 거래된다며 대전 경찰서에서 협조 요청이 청주경찰서로 왔다, 마약 단속 전문가가 필요했기 때문이다. 땡기는 대전으로 파견 근무를 나갔다. 대전 경찰서도 정보원들을 고용하고 있었다. 대형 마약 거래자들이 필로폰 거래를 한다는 정보는 대천 앞바다의 부두에 정박한 배속이란다. 땡기는 여러 번 단속을 나간 경험이 있다.

그들은 칼은 보통이고 권총도 가지고 있다. 증거를 없앨 수 있다고 판단되면 그들은 경찰이고 뭐고 싸 버리고 만다. 그리고 배에서의 일이라면 권총은 바다에 버린다. 증거 인멸이다. 그들을 잡는 데는 많은 어려움이 따른다. 마약 사범들을 검거하여 증거를 만드는 전문가가 필요한 것이다. 증거 위주의 재판에서 증거가 없으면 그 엄청나게 힘을 들여 잡아도 그들은 고위급 변호사를 선임하여 법망을 교묘히 빠져나간다. 땡기는 마약 사범들을 많이 검거하고 수훈을 올렸기에 차출이 된 것이다. 그들을 한꺼번에 일망타진한다는 것은 쉬운 일이 아니다. 땡끼는 대전에 가서 마약 합동 작전에 여러 번 참가했다.

정보는 중국에서 몰래 들여오는 필로폰을 어선을 가장한 배에서 주고받는 게 많다. 그들의 행방과 마약 거래 현장을 급습하고 증거가 있어야 하므로 전문가가 필요한 것이다. 현장을 들키면 그들은 죽기 살기로 칼을 들고 대든다는 정보도 들어서 알고 있다. 현장 사진을 찍어야 하기에 항시 사진기를 가지고 다닌다. 그들의 검거 작전 중에는 경찰서끼리도 공을 차지하기 위하여 먼저 뛰어들었다가 낭패를 당하기도 했다. 그들이 배에서 거래 현장을 잡히면 그 마약을 압수하기 전에 바다에 버린다. 그러면 고생한 것은 물거품이 된다. 그래서 마약 현물과 증거를 남기기 위해 사진기가 꼭 필요한 것이다. 경찰이 배를 포위했다는 것을 알면 그들은 바닷속으로 필로폰을 비닐이나 방수되는 그

룻에 넣어서 바다로 던진다. 경찰도 그것은 찾을 수가 없다. 경찰이 철수하면 그들은 잠수부를 동원하여 그 물건을 찾기도 하지만 필로폰 현물을 그냥 바다에 쏟아 버리기도 한다. 의협심이 강한 땡기는 지휘를 하다가 부두에 정박한 배로 먼저 뛰어들었다. 마약 사범들은 죽기 살기로 대들다가는 잡힐 것 같으니까 배에서 그냥 뛰어내렸다. 도망가는 자를 잡으려고 땡기도 같이 뛰어내렸다. 눈으로 보기에 높지 않은 것 같아서 뛰어내렸는데 그 높이가 아파트 2층 높이였다. 잘 뛰어내려야 하는데 잘못하여 왼쪽 다리가 부러지는 골절상을 당했다. 그 배에서 거래하던 사람들은 다 잡혔지만 헛수고였다 그들은 유능한 변호사를 선임하여 증거 부족으로 풀려났다. 땡기는 그 사건으로 6개월간을 병원 생활을 해야 했다.

마약 밀거래 사회 그곳은 경찰들도 무서운 사회이다. 그들은 암암리에 경찰과 거래를 하려고 정보원이 접선한다. 붙잡힌 마약 사범들을 많은 돈을 줄 터이니 눈을 감아 달라는 것이다. 한 번만 그들에게 돈을 받으면 그 경찰은 그들의 노예가 되어 경찰 옷도 벗어야 하지만 인생을 망치게 된다.

마약 사회 그들의 조직은 방대하고 그저 사람을 증거 없이 죽이기까지 하는 짓도 서슴없이 한다는 것을 알았다. 사람을 납치해서는 죽이기도 한다니 조심을 해야 했다. 그렇게 힘들게 해서 그들을 잡고 보면 그들은 하수인에 불과했다. 총책은 따로 있다는 것을 알았어도 증거가 없으니 그를 잡을 수도 없지만 잡아도 소용이 없다. 그들은 교묘히 법을 짓밟고 있다. 우리나라에서야 그런 일이 없겠지만 국제 마약밀매 조직에는 거물급 정치인 또 변호사가 그들을 대변하고 있다고도 교육을 받았었다. 그런 고생을 하다가 경찰에서 수사 능력을 인정받아 땡기는 경사에서 경위로 승진을 했다. 그리고는 현장 출동은 지휘자로서만 하고 그들과의 직접 검거하는 난투에는 다리 부상으로 인해 참가하지 않았다. 죽을 뻔한 사건이 여러 번 있었다. 경찰이라도 마약 사범들의 검거는 신중히 처리해야 했다.

정보원들은 아주 중요한 사람들이다. 소홀한 대접을 했다가는 그들이 경찰을 골탕을 먹이기도 한다. 땡기는 다리 부상으로 인하여 다른 부서로 이동되었다.

6·25가 만들어 놓은 두 군데의 피난민 수용소 그곳은 어떤 사람들이 살까? 우범자들이 우글거리며 사는 곳이다. 시내에서 범죄가 나면 우선 그곳을 뒤진다. 그리고 용의자 그들의 알리바이를 추궁한다. 먹고 살아야 한다는 절규가 그들을 범죄자로 내몬다. 그들은 쌀 한 되. 보리쌀 한 되가 필요하다. 반찬은 된장 고추장이면 된다. 도둑질. 퍽치기. 아리랑치기. 사기꾼. 소매치기들이 주로 사는 곳이다.

배에서 쪼르륵 소리가 사이렌을 울리면 그들은 썩은 송장에서 구더기가 쏟아져 나오듯 살기 위해 동리를 벗어나며 다시 그 짓을 하러 나간다.

부랑자들은 이제 갓 초등학교를 졸업한 아이들을 꼬여 교육을 받게 하여 소매치기로 만들기도 한다. 쫓아다니며 그 소매치기를 도와주고 돈을 챙기는 그런 부류의 사람 중에는 어른들도 있다. 저 살기 위해 아이들을 앵벌이로 이용하는 그런 자들은 용서받지 못할 사람들이다.

소매치기라고 소문이 난 한 사람은 나이가 50세가 넘었어도 그런 짓을 하다가 붙들려 들어가 감옥 생활을 하고 나와서도 또 그런 짓을 한다. 1970-1980년대에는 그런 부류의 사람들이 넘쳐났다. 가난에 찌들어서 밑바닥에서 그런 어려운 삶을 사는 그런 사람들을 보면 안타깝다, 감옥을 제집 드나들 듯 한다.

소매치기 그들도 퍽치기와 마찬가지로 여러 사람이 함께 행동한다. 버스나 열차에서 범행 대상자를 발견하면 그들은 그를 에워싼다. 그리고 밀치기를 한다. 한 사람이 지갑이 들은 주머니를 면도칼로 그어 찢으면 지갑은 아래로 떨어진다. 그 아래로 떨어지는 지갑을 동료가 받아서 바로 다음 정거장에서 내리면 동료들은 한 사람씩 다음 정거장에서 다 하차하는 수법을 쓴다. 그들을 잡는 것도 정보원의 연락을 받고 버스에 동승을 하여야 그들을 잡는다.

그들은 일망타진이 안 된다. 그런 사람들이 아주 많기 때문이다. 그런 것은 현장에서 잡지 않으면 다 인정을 하지 않기에 현장에서 잡아야만 된다. 형사들의 일과는 그런 일을 하는 것이다.

아리랑 치기는 주로 젊은 아이들이 하는 짓인데 길거리에서 싸움을 가장하여 돈이 있어 보이는 사람을 패고 그가 가지고 있는 돈을 빼앗아서 달아나는 수법이다. 경찰에 신고해도 그들이 다 달아났기에 붙잡기가 쉬운 게 아니다. 그들을 잡으려면 오직 정보원을 이용하여 그들을 잡을 수밖에 없다. 그리고 가장 중요한 증거를 수집하는 것이다. 아리랑치기를 하고서 잡히는 사람은 20%도 안 된다. 정보원이 알려주어도 증거가 없으면 헛수고이다. 그들이 잡히는 것은 거의 수표 등을 빼앗아서 사용하면 수표를 추적하여 그들의 정체를 알고 잡는다.

왜 그들은 그런 생활을 해야만 했는가. 일 안 하고 편히 살기 위해 그런 짓을 하는 사람도 있지만. 먹고는 살아야 하는데 그가 일할 만한 일자리가 없기 때문이다. 그들도 사람이다. 좋은 일자리가 있다면 그런 일을 하라고 해도 안 할 것이다. 그들도 그런 일을 하면서 많은 후회를 하며 알코올 중독자가 되기도 한다. 그러면 더 그런 일에서 벗어날 수가 없다. 그들이 다시 가는 곳은 감옥이다.

퍽치기는 주로 젊은 아이들과 나이 먹은 사람들이 함께 공동체를 이루고 한다. 땡기는 아랫사람 형사들이 잡아 오는 그런 사람을 수사해 보아서 그들의 수법을 알았다.

그들은 버스를 무대로 또는 장날 모인 사람들을 대상으로 핸드백이

나 돈 지갑을 뺏어서 가지고 내빼면 그놈을 잡는척하며 "도둑이야" 소리를 지르며 여럿이 쫓아가다가는 핸드백 주인의 다리를 걸어 넘어뜨리는 수법을 쓴다. 그러면 그 퍽치기는 안전하게 도망을 치는 것이다. 그들을 잡으려 해도 증거가 없다.

정보원 그들은 누구인가?

그들은 우범자들과 친한 척하며 같이 살며 그들의 이야기를 듣고 또 행동을 보고 숨어서 고자질하여 먹고 사는 것이 그의 직업이 된 자라고 하면 맞는 말이다.

냉혹한 시선으로 본다면 그들의 죄는 배고픔이다. 배고픈 그들의 눈은 광채를 발산하고 먹이를 찾는 늑대가 되어 입을 벌리고 으르렁댄다.

땡기는 수사과에서 그들의 하는 수법을 조사하기에 다 알 수 있다. 배고파 빵을 하나 훔친 사람과 별다름이 없는 사람들은 죄는 밉지만 사람은 미워할 수도 없는 사람이다. 그들을 감옥으로 보낼 때의 심정은 착잡하기만 하다. 그때에는 술집이 필요하다. 입을 크게 벌리고 독한 소주를 물 마시듯 벌컥 마시면 그 시간은 시간을 잊을 수 있기 때문이다. 입건을 하여 검찰로 넘기지만 그들을 놓아주고 싶다.

그 범죄자들은 가진 자와 없는 자와의 사이에서 갈등을 가지고 비참한 삶에 분풀이한 것이며 그들에게 감옥은 밥을 먹다가 체한 곳이다.

땡기가 근무하는 청주 시내에는 경찰서가 하나밖에 없다. 청주경찰서이다. 초등친구 마빡이 와는 바로 옆집에서 살았기에 친하게 지냈다. 마빡이 아버지와 땡기의 아버지와도 친한 친구지간이었다. 마빡이 아버지는 대머리로 이마가 시원하게도 생기신 분인데 군인 장교 출신이었다. 6·25전쟁에 참여했던 마빡이 아버지는 전쟁 중에 진급이 빨리 되어 이등상사로 있었다. 철원의 철의 삼각지 전투에서 소대장이 전사했다. 바로 그 자리에서 사단장으로부터 무전으로 소위로 임명이 되어 중대장으로부터 소위 계급장을 받은 사람이다. 그리고 대위로 제대하여 청주시 주성민병대 대장을 했던 분이시다. 한 달에 한 번씩 소집하는 민병대는 군인 갔다가는 꼭 가입해야 하는 곳이다. 휴전 중이니 전쟁 예비 병력을 담당하는 막강한 힘을 가지고 있었다. 마빡이 아버지는 국가 유공자이셨다.

땡기인 갑영이와 마빡이 영기가 사는 곳은 같은 남주동이었다. 당시의 초등학교 거리는 석교초등학교가 가까운데 왜 그랬는지는 모르지만 남주동에 사는 일부 아이들은 한벌초등학교로 입학을 했었다. 그때 두 사람은 한벌초등학교로 들어가게 된 것이다. 남주동에서 한벌초등학교까지는 약 3km는 되니 가까운 거리는 아니었다. 장마철 비가 오면 서문 다리를 건너서 학교에 가야 하므로 거리는 6km 이상으로 늘어난다. 당시에 남주동과 사직동 모충동을 연결하는 곳은 지금의 모충교 자리에 계피 쪽으로 만든 나무다리였다. 장마 때면 그 나무다리는 떠내려갔다. 물이 빠지면 나무다리를 다시 놓기 전에는 바지를 걷어 올리고는 신발을 들고 건너다녔다. 장마가 끝나면 나무다리를 목수들을 시켜 시청에서 또 만들었다. 연례행사였다. 당시에 무심천에는 지금 같은 다리는 석교동과 수곡동을 잇는 지금의 꽃다리가 있었고 지금의 서문대교만 있었다. 그러니까 서쪽에서 시내 쪽으로 들어오는 관문은 서문대교와 꽃다리 뿐이 없었다. 지금도 그 자리에 표식이 있다. 꽃다리 옆에 붙어있는 작은 다리는 수리해서 도로를 넓혔고 서문 다리는 지금도 대교 옆에 그냥 있다. 그 다리는 지금 도보(徒步)로만 사용한다. 지난날 그 다리는 풍물시장이라고 하여 1997년에서 2002년까지 포장마차가 있었던 곳이다.

마빡이 아버지와 한 이웃에 사는 땡기 아버지는 경사이며 술친구이다. 당시에는 순경도 끗발이 있다고 할 정도로 그 힘은 있었다. 그들의 친구나 아는 사람이 경찰에 무슨 일이 생기면 땡기 아버지가 나서서 처리했고. 민병대 소집에 빠질 일을 부탁하려면 마빡이 아버지가 해결사가 되니 그들의 친분은 더욱 두터워졌다.

그런 부모 사이에 낀 땡기와 마빡이다. 그들도 친했다. 마빡이는 농업고등학교를 졸업 후 담배제조창엘 다녔었다. 신분은 공무원이다. 마빡이는 술을 좋아했다. 퇴근 시에는 동료들과 막걸리도 매일 얼큰하게 마시고 집으로 왔다. 그러다가 문의 오가리에 차를 가지고 놀러 갔다 오다가 남이면 비포장도로에서 전신전화국의 전봇대를 추돌하는 교통사고를 냈다.

당시에는 음주운전이라는 법 자체는 없었지만 사고이기에 경찰서에서 조사가 진행되었다. 땡기의 힘도 작용했다. 전화국에 초당 따지는 통신료를 부담하고 해결을 했다. 그 금액은 시외통화가 전선 절단으로 손해가 난 것을 전화국에 보상해줘야 되는 것이라 그 손해 배상액이 엄청났다. 2개월 이상의 월급을 몽땅 주고 합의를 해야 했다. 그래도 그는 늘 술타령이었다.

친구 땡기가 경찰 경감이 되었을 때는 자동차가 많아지고 음주 사고가 잦았다. 음주운전 법이 생긴 지도 한참이 되었을 때이다. 그래도 마빡이는 음주운전을 계속했다. 걸리면 땡기에게 전화만 하면 끝이었다. 그래서 마빡이 동료들은 마빡이가 부러웠다. 땡기 때문에 마빡이는 음주운전 면허를 가진 사람이라고 소문이 났었다.

민영기(마빡이)와 감옥 이야기

술을 좋아하는 마빡이는 늘 음주운전을 하고 다녔다. 자동차는 기하급수적으로 늘어났고 음주운전 사고는 폭발적으로 늘어났다. 1990년 마빡이가 음주운전을 하다가 사망 사고를 냈다. 경찰에서 두어 번 조사 후 음주는 조금만 한 것으로 만들어서 검찰로 넘겼다. 구치감에 있다가 과실치사죄가 적용되어 1심에서 징역 6개월 판사의 주문이 낭독되고 구속이라는 말이 떨어지자. 바로 교도관 한 명이 들어와 바로 옆에 붙어있는 방으로 데려갔다. 거기에는 교도관이 여러 명 있었다. 한 교도관이 "양손을 내미세요." 그리고는 손에 수갑을 채우고 포승줄로 몸을 묶었다.

자유롭던 손이 묶이니 불편하다. 조금 움직이니 찬 수갑이 더 조여들어 아프다. 움직이면 더 조여드는 수갑이다. 그리고 다른 사람의 재판이 끝날 때까지 기다렸다. 큰 사망 사고인데 징역 6개월이면 변호사가 아주 잘한 것이다. 항소는 포기했다. 스쿨버스에 올랐다.

스쿨버스 안에서 밖은 전혀 보이지를 않았다. 학교에 도착하자 육중한 철문이 '끄으윽' 하며 기분 나쁜 소리를 내며 열렸다. 그리곤 '꽝' 하고 닫혔다. 차는 기침 환자처럼 툴툴대며 두리번거리다가는 큰 건물 앞에 섰다. 차 문을 열자. 환한 밖이 보이며 논산훈련소 선임 하사가 휘둘렀던 곡괭이 자루가 아닌 방망이를 찬 교도관 20여 명이 서 있다.

그들은 훈련소 그 장군보다 높아 보이던 내무반장 일등병만 같다. 분위기가 썰렁하다 못해 싸늘하다. 생전 처음 와 보는 학교 잠시 눈을 감았다 떴다. 아무래도 된통 걸린 것만 같다. 내가 왜 만취하여 그렇게 호기를 부렸는지 후회도 된다. 생각해 봤자 이미 엎어진 물이다. 포승줄에 묶여 몸은 자유롭지 못하다. 더듬거리며 차를 빠져나왔다. 땡기가 있어서 경찰서 조사는 든든했지만 아무래도 걱정이 태산이다. 합의금도 차용해서 줬다 한다. 그것도 마련해야 하고 얼마나 여기서 시달려야 나갈 수 있을까?

눈에 눈물이 가득 고여 마빡이를 보내던 아내가 생각이 난다. 정말 미안하다.

건물 안에 들어가니 긴장 탓인지 먹은 것도 별로 없는데 대변이 나오겠다고 신호를 한다.

"저기 선생님 변소 좀 가면 안 될까 유."

"누가 똥 마려울 짓을 하랬어. 아무리 바빠도 잠시 기다려 순서가 있어 바지에 쌀라면 싸고."

이상했다. 그 소리를 들으니 대변이 잠시 쉬러 방에 갔나. 참을 만하다. 뱃속이 놀랐나 보다. "젠장."

같이 수갑을 찬 사람이 나를 팔로 툭 치며

"선생님이 뭐여. 주임님이라고 하는 거야."

'훈련소에서는 일등병에게 선임 하사라 했는데 여기는 주임님이구나.' 사회에서 이야기를 들은 대로 그 주임님한테 잘못 보였다가는 빡세게 당할 것도 같다.

차례가 되어 신체 검사실 방으로 들어갔다. 그곳 옆방에 화장실이 있었다. 뱃속이 시원하다. 홀딱 벗고 온몸을 검사하고 군대에서 치질 검사를 하듯 똥구멍이 위로 보이게 엎드리란다. 항문 속에 무슨 약이라도 있을까 봐 그러는지 손가락으로 쑤셔댄다. 아이쿠! 하자, 왼쪽 엉덩짝이 불이 났다. 주임님이 시키는 대로 옷을 차곡차곡 더블 빽에 다 넣자, 붉은색으로 수형자 번호를 적고 그 주임님이 자물쇠로 잠갔다.

그리고 생활용품. 칫솔 치약 비누 등을 받고 왼쪽에 수형자 번호가 붙은 옷을 입고 주임님을 따라 수형자 방으로 향했다. 미결수 대기 방인 2.2.평짜리 방에 4명이 들어갔다. 선임자가 4명이 앉아 있었다. 거기는 나이가 상관없단다. 별이 많은 놈이 제일 좋은 자리를 차지한단다. 경찰서 유치장에서는 경감인 땡기가 있어 왕 노릇을 했는데 여긴 아니다 싶다. 방엔 수형자들이 쓰던 모포가 4장 있어 한 사람이 그걸 먼지가 나니 조심히 다루라며 한 장씩을 준다. 그가 하는 걸 보니 몇 번의 전과자가 틀림없어 보인다. 2.2평짜리 방에 4명이 들어가니 앉아 있을 공간밖에 없다. 너무나 답답하다. 8명이 눕기에도 빠듯하다. 숨통이 막혀온다. 로얄석은 철문 앞 식기 통이 들어오는 곳이라며 모포를 나눠주던 놈이 차지했다. 절에 간 색시가 된 마빡이는 냄새가 풍풍 나는 뼁기통 옆자리가 배정되었다. 발로 차인 강아지처럼 눈을 흘기며 낑낑 소리도 속으로 했다.

항소를 포기했으니 징역 6개월이 확정될 거다. 그러면 기결수 방으로 옮긴단다. 며칠인가를 지낼 곳치고는 너무나 좁았다. 공무원인 연초제조창 직장에서 잘릴 것 같아 두려움이 앞선다. 엎질러진 물이다. 끙끙 앓아봤자다. 밖에 날씨는 더운데 감방 안은 정말 찜통이다. 집 같으면 훌러덩 벗고 찬물로 샤워도 하겠지만 그건 꿈속의 이야기다. 경찰서 유치장과는 너무나 다른 느낌이다. 가슴이 답답하다.

밖은 훤한데 저녁 식사시간이란다. 콩밥이라더니 거의 콩이 몇 개 섞인 보리밥은 덜 익은 것 같이 입속에서 뱅뱅 돈다. 밥을 짓는 게 아니라 찐단다. 노인이 아니기를 다행이다. 모래알이 섞였는지 씹을 때마다 김치는 으지직으지직한다. 소금에 절인 왕 멸치가 나오고 돼지가 목욕하고 간 소금 국물이 나왔다. 하여간 배가 고프니 훈병처럼 일단은 다 먹어 치웠다. 그게 일식 삼찬이란다. 방에서 정신을 차려 보니 감방에 있는 사람들의 수의가 틀리다. 내가 입은 것은 고동색인데 파란 옷을 입은 사람이 한 명 있다. 파란색은 벌금형을 받고 벌금을 안 낸 사람들이 입는 옷이란다. 수형자 번호를 받자 내 이름은 없어지고 번호를 통했다. 몇 사람의 주임님이 찾아와 감방 동료를 찾아와 아는 체를 했다. 그는 유흥업소 사장이었다. 그러니까 술깨나 얻어먹은 주임님이 은혜를 갚을 셈인가보다. 특혜를 받을 것이 틀림없다. 나도 좀 잘 봐 달라고. 그에게 꼬리를 흔들며 아양을 좀 떨었다. 그게 통할지는 모르지만 외상으로 해주면 나가서는 한잔 톡톡히 산다며 술 먹던 입을 나불거렸다.

칠 일 후 확정이 됐는지 저녁 식사가 끝나고, 정식 입감 감방으로 간다며 번호로 호명을 했다. 2평은 될까 말까 한 방에 문이 열리고 들어가라고 하여서 들어가니 방에는 희미한 전구가 켜져 있고 저녁때가 지나서인지 6명이 다들 누워있다. 들어가자마자 땀 냄새인지 화장실 냄새인지 역한 냄새가 확 난다. 눈대중으로 방을 보니 8명이 겨우 앉을 만한 자리였다. 먼저 있던 자리와 방 크기가 같은 것 같다. 유흥업소 사장도 형이 확정됐는지 그 사람과 마빡이가 함께 들어갔다.

문을 닫고 교도관이 가자. 가슴이 또 답답하다. 아! 큰일이구나. 여기서 6개월이라니! 엉거주춤 고무신을 벗고 보니 어디 콩나물시루 같아서 들어갈 자리가 마땅치 않다. 인사받을 일도 없겠지만 눈을 감고 누워있는 그들이 통나무만 같다. 주임님이 문을 여는 소리도 "끄으윽" 하고 켰는데 누구 하나 눈을 뜨고 쳐다보는 사람도 없다. 앉을 자리를 내어 주는 사람도 없다. 방을 둘러보았다. 난닝구 사이로 온몸에 문신을 한 젊은 놈이 관물대 옆에 앉아서 째려보고 있다. 고무신을 벗고 문지방을 밟고는 발에 흙이 묻었나 보고 탁탁 털고는 들어갔다. 그리고 그냥 아무 데나 쑤시고 들어가 앉았다. 유흥업소 사장은 나와는 달리 뺑끼통 옆으로 스스로 간다. 누구에겐가 코치를 받은 것 같다.

방을 둘러보았다. 난닝구 사이로 온몸에 문신한 젊은 놈 그놈 인상을 보니 일자 눈에 주둥이는 꼭 돼지 같다.

재소자들 간에 그 좁은 방안에서 영역 다툼은 치열했다. 방의 자리는 감방장이 규칙에 따라 정한다. 오래된 선임자가 좋은 자리를 차지한다. 별이 많은 놈은 감방장도 마음대로 못한다. 뺑끼통은 신참 바로 옆자리이다. 그리로 가야 하는데 제일 좋은 문 앞에 덥석 앉았다.

이제는 죽치고 그 좁은 데서 6개월간 낮엔 앉아 있어야만 한다. 한 사람이 벌떡 일어나더니 친절히 소개했다. 잠을 잘 때는 모포를 삼 분의 일로 개어서 그 위에서 칼잠을 자야 한다고. 그리고 잘 자리를 뺑끼통 옆으로 지정해주었다. 워낙 공간이 좁으니까 각 사람은 머리가 반대로 칼잠을 자야 한다. 그러면 씻지도 않은 발이 코앞에서 냄새를 풍긴다. 땀 냄새와 오줌 냄새가 풍풍 풍기는 그 냄새가 엄청나게 죽을 맛이다. 코를 밖에다 떼어놓고 왔으면 좋을 듯도 하다. 이 생각 저 생각에 잠이 올 리가 없다. 눈을 감고 깊은 회의에 잠겨 가슴이 두근두근한다. 그냥 누워있을 때가 아닌가 보다. 밤 열 시가 넘은 것 같은데 한 사람이 누워있는 자들을 발로 툭툭 건어차며 일어나라고 한다. 참 젊은 놈이 어른을 발로 차다니 여기는 법이 없는 세상이구나. 잡범 방이었기에 나이 차이가 크게 나 보였다. 벌떡 일어났다.

부감방장이라고 자기소개를 한 놈이 어린놈(왈왈이)에게 눈짓을 하자.

"저기 앉아계시는 분이 덱기여."

덱기라니 처음 듣는 소리다. 그 어린애같이 생긴 놈이 덱기(감방장)라는 것이다. 무슨 죄를 지었기에 저 어린놈이 이곳을 제집 드나들듯하는 놈인가 보다. 부감방장이라는 놈이 더 어린놈(왈왈이)한테 또 다른 눈짓을 하자, 그는 일어서더니 모든 게 귀찮은 나를 쳐다본다.

"야 너 일어나, 똑바로 서. 너 뭐하다 들어왔니?"

"음주운전 사고로…."

"갸샤끼 주딩이는 밥만 처먹는 기가?"

어! 하기도 전에 귀싸대기를 한 대 맞았다. 빰이 얼얼하다. 기가 막히지만 어쩔 수가 없다. 이곳은 다른 사회가 아니던가!

"직장하고 이름도 대야 할 거 아녀?"

한 대 더 맞았다. 얼굴이 벌에 쏘인 느낌이다. 눈치를 슬슬 보면서
"저기 공무원이고 민영기라고 합니다."

"왜 수 번은 빼는가?"

"네? 아, 1855입니다."

"짜식."

잡범 방은 살인마, 성폭행범, 조직폭력배, 인신매매범 등 인간의 탈을 쓴 짐승들이 한데 모인 곳이다. 주먹은 가깝고 법은 멀다. 그들은 교도관들이 밤에는 안 온다는 것을 잘 안다.

"어이 꼰대 대학교는 어딜 나왔나?"

'저런 쳐 죽일 놈. 사회 같으면 너는 죽었어. 나도 만만하지는 않다고.'

그게 3번이나 감방에 온 신고식 조장의 신고식임을 마빡이는 몰랐다.

'아니 여기서 학력은 왜 따져. 나도 만만한 사람이 아녀, 나도 사회에서는 쌈쟁이고 왈왈대고 다녔어 내가 그렇게 호락호락하지는 않을걸.'
빰 맞은 얼굴을 한번 만지고는 빡세게 나가보자 하고는 공갈을 쳤다. 가 보지도 않은
"서울대학교 물리대."

그러자 그는
"주둥이가 고렇게만. 야기 하라고 했냐? 학번이 몇 번이냐?"

'학번? 농업고등학교만 나왔으니 4년만 더하면 될 것 같은데 그가 무슨 말을 더 물을지 모르니 들통이 날 것만 같다. 또 다른 것을 물어볼지도 모른다. 재치가 발동했다. 이왕 빡세게 나온 거 다시 한번

"여기서 그런 거 따져서 뭐합니까. 그걸로 죽을 쑬 겁니까, 밥을 할 겁니까?"

"어쭈 아주 쎄게 나오는데? 나도 서울대 물리대를 나왔다."

"그래요? 그럼 내 째까만 후배구먼."

이왕 시작한 것 거짓말로 밀어붙였다.

"그런가? 얼굴 나이를 보니 내가 15년 정도는 후배 같습니다."

반말이 경어로 바뀌었다. 그런 거짓말도 통하는 데가 여기구나. 하고 속으로 싱긋이 웃었다. 그러나 그것은 바로 들통이 났다.

"물리대에서 가장 어려운 과목은 뭐였나요."

'참 뭘 알아야 면장을 하지.' 얼굴이 벌겋게 달아올랐다.

"뭐 태양계 거리 계산 그런 게 좀 어려웠는데 교수님한테 잘못 보였든 게 그게 좀…."

"이샤 꺄. 돼지 오줌통 터지는 소릴 하고 자빠졌네. 공부 어려운 거하고 교수하고 뭔 관계가 있냐? 태양계 거리는 고등학교 물리책에도 다 쓰여 있어. 그게 뭐가 어려워. 이거 순 사기꾼이네."

모포가 마빡이 몸에 씌워졌다. 누가 패는지도 밟는지도 모르고 머릿속엔 지진이 났는지 전깃불이 번쩍거린다. 그저 두 주먹을 꼭 쥐고 두 손으로 머리통을 감싸고 이를 악물고 매를 참았다.

마빡이는 성난 개가 꼬리를 올렸다가는 몽둥이로 얻어맞고 꼬리를 내리듯이 만신창이가 됐다. 그의 머릿속엔 구더기가 우글거렸다. 그래 내가 사나이 짓을 한 번 해봤다. 그런 오만과 편견이 쓰레기통 속으로 처박혔다. '아야. 아이고' 입을 꿰매고 신음했다. 사람 살려. 그게 정답이었다. 집안 식구들과 작별인사도 못하고 이대로 가는 것만 싫었다. 그래 이를 악물고 참아야 했다. 술 그것이 병적인 것만 같다. 중독자 그 말은 꺼내기가 쉽지 않다. 그것은 자기를 수챗구멍에 넣는 것이기 때문이다. 끊임없이 밀려오던 불안은 오직 한 번만이라도 더 맞지 않으려는 꿈틀거림의 몸부림으로 변했다. 얼마나 맞았는지 모른다. 아픔도 없다. 그저 둔탁한 '퍽 퍽' 소리만 귀에 들려오고서는 정신을 잃었다.

"냅둬 좀 있음, 깬 다구."

어떤 놈인가가 말을 하는 게 귀속을 파고 들어왔다. 누구인가 발로 툭툭 걷어차며

"야 사기꾼 이제 정신 좀 드나?"

힘 나긴 눈동자는 그들이 무슨 안개 속 그림자만 같아 보였다.

몸이 말을 안 들을 정도로 얻어맞았다. 그들은 증거를 없애기 위해 모포를 씌운 것이다. 완전 그들의 노예가 됐다.

교도소에서의 신고식은 그렇게 시작되었다. 삼천 근 들기 군대 신고식은 저리 가라였다.

"야 이게 뭔지 알아? 문지방 밟고 들어온 죄여."

그 말은 귀속으로 쏘옥 들어가서 자릴 잡고 환청으로 남았다.

주먹은 가깝고 법은 멀다. 감방 법은 그런가 보다. 그렇다고 그 사람들에게 달려들 수는 없다. 그리고 죽거나 말거나 전원이 발로 차고 주먹질도 한다. 누가 때리고 발로 찼는지 알 수가 없다. 고소하려면 증거가 있어야 하는데 어느 놈이 날 때리고 발로 찼는지 알 수가 없다. 처절한 심정으로 방문을 쳐다보았다. 구세주가 될 만한 주임님이 왜 안 나타날까? 첫날에 당한 신고식은 차마 입에 담지 못할 치욕이었다. 고양이가 잡아다 놓은 쥐 신세가 됐다. 그저 나이가 10여 살도 더 어려 보이는 놈에게 굽실거리며 형님이라 불러야 했다. 세상 참 별세상이다. 그리고는 진통제라며 알약 2알을 준다. 그건 어디서 난 것일까? 유흥업소 사장이라는 사람은 하루 저녁을 자고 약하게 신고식을 치렀다. 단단한 빽이 그를 옹호하는 게 틀림없다.

가슴이 터질 것만 같은 압박감이 엄습했다. 밖에만 한 번이라도 나

갔다 왔으면 가슴이 좀 풀릴 것 같다. 이 심정은 어느 누구도 경험하지 못하면 느끼지 못할 것이다. 가슴이 터져 죽을 것만 같다. 주먹으로 가슴을 두드린대도 속이 풀릴 일은 없을 것이다.

그래서 일반 사람들이 범죄를 저지르고 감옥에 오면 어떤 것이라도 주고 밖으로 나가고 싶은 거구나! 오직 자유스러운 학교 밖이 사람 사는 곳이고 이곳은 묶어놓고 먹이는 돼지나 알만 낳는 닭 그런 짐승이나 살 수 있을 것 같다. 온몸이 멍이 들도록 두들겨 맞았어도 그들에게 미움도 원한도 없고 입씨름도 하고 싶지도 않다. 시간이 몇 시인지는 모르지만 정적이 쌓인 방은 여기저기서 코 고는 소리가 개구리 울음소리같이 끊어졌다가 다시 붙었다 한다. 코 고는 소리도 다 틀리다. 오케스트라가 그럴까. 이제 3일이 지났다. 술을 마실 때는 그리도 빨리 가던 시간이 하루가 너무나 길다. 개풀 뜯어먹는 소리 같은 것을 해가며 히히덕거리는 장기수들 그들은 숙달이 된 조교임에 틀림이 없다. 그들에게는 학교생활의 하루가 재미있을까?

마빡이는 눈을 바닥으로 깔고 귀를 막고 입에 탄탄한 열쇠를 채웠다. 그렇게 시작된 신고식 일이 끝난 후부터는 마빡이를 "사기꾼"이라 불렀다. 주임님이 수인 번호를 부르는 거보다는 나아 보이지만 그래도 부를 때마다 사기꾼 소릴 들으니 얼굴이 화끈거린다. 그 이튿날 저녁 식사 후에 덱기가 신고 조장을 향해 눈짓하며 손을 들자,

"야 사기꾼 오늘 영치금에서 통닭 좀 주문하지? 다섯 마리면 될라나?"

'조또씨팔' 하고는 눈치를 보며 "네. 다른 것은…."

"콜라하고 우유. 빵."

'누가 술 처먹고 운전을 하랬냐고, 저런 놈한테 반말을 들어도 싸다 싸.' 거짓말 들통을 나게 하고 또 패대고는 그렇게 우려먹는 그들이 개새끼들만 같다. 신고시킨 놈도 대학교도 안 나왔으면서 약점을 그렇게 잡아챘다. 나중에 안 일이지만 서울대 물리대를 나왔다고 한 놈은 지

방 대학교 인기 없는 학과 다니다가 여학생 몇 명을 겁탈하고서 강간죄로 잡혀 와 3년이 확정된 놈이었다.

거기 감방은 잡범 방으로 중졸이나 고졸이 거의 다인데 대학교를 나왔다니까. 그중에 대학교라도 다녀본 그놈이 껄끄러운걸. 물어보니 들통이 난 것이다. 마빡이를 쳐다보는 고양이 눈들이 고소하다는 표정이고 그저 영치금만 많이 넣고 너는 공무원이니 우릴 실컷 먹여 그 뜻이라는 걸 알았을 때는 며칠이 지난 후였다. 이것저것 막 시켜서 먹는다. 영치금이 금방 바닥이 났다. 한 사람이 만기가 되어 출소를 했다.

신참이 들어오자 덱기 또 부감방장과 왈왈이 그들의 눈은 반짝반짝 빛났다.

신참 신고식이 시작됐다. 차마 그를 때릴 수가 없어 눈치만 보고 있으니 왈왈이가 동참하라며 손짓을 했다. 그냥 시늉만 하니 눈깔을 뒤집어쓰고 쳐다본다. 가만 안 두겠다는 이야기 같다. 그것은 바로 영치금으로 간식을 시키는 것으로 마무리됐다. 만약 영치금이 없다면 별걸 다 물으며 면박을 줄 게 뻔했다.

신참이 처음 들어오면 그의 행동을 "덱기(방장)"가 저보다 강한 놈인지 약자인지를 세세히 살핀다. "덱기"는 첫눈에 신참을 알아본다. 신참은 먼저 들어온 자들의 먹잇감이다. 모포 씌우기 신고식은 별이 많은 놈은 하지 않는다. 신참도 모포를 씌우고는 된통 얻어맞았다. 신참에게 선임자들은 왕이었다. 영치금은 덱끼의 지시에 의한 식사자금으로 대부분 들어갔다. 그에게는 따로 음식을 대령한다. 신참이 시킨 통닭을 먹으면서 너무나 그에게 미안했다. 그도 영치금이 많아야 학교생활이 편할 것 같다.

재소자 자들이 금기시하는 것, 즉 문지방을 밟으면 안 되는데 마빡이는 그걸 모르고 밟고 들어간 것이다. 처음 들어가면서 그 문신을 한 "덱기"라는 방장한테 찍힌 것이다. 덱기는 마빡이를 한눈에 알아봤다.

초짜가 틀림없고 돈도 좀 있어 보였나 보다. 밥거리가 들어온 것이다. 또 신고식도 볼만할 거라고 부감방장에게 그들만의 암호인 눈짓을 했던 것이다.

입감 15일 후 땡기가 면회를 왔다. 그를 보자 눈물이 왈칵 솟아났다. 얼른 돌아서서 눈물을 훔쳤다. 그리고 감방 생활을 할만하다고 미소를 지으며 거짓말도 붙였다. 여기에 교도관 아는 사람에게 너 좀 잘 봐달라고 했다고 이야기한다. 부탁하려면 신고식 하기 전에 부탁해야지! 약이 오르지만 그래도 그가 구세주만 같다. 면회를 하기 위해 감방을 나간다는 것은 "덱기"의 시선에서 잠시 해방되는 것이고 시원한 바람을 쐴 수 있다는 것이 제일 좋다. 면회 온 땡기에게 영치금을 부탁했다. 와 준 것만 해도 너무나 고맙다.

유흥업소 사장 그도 그들의 밥이 되기는 마찬가지였다. 그래도 그는 돈이 있는지 연실 주임님들이 불러서 데리고 갔다. 그는 나가면 다른 사람이 다 잠자는 시간에만 오고 아침이면 주임님들이 불러서 데리고 나간다. 거기서도 돈 있는 놈이 역시 최고였다. 그 좁은 공간에서 앉아만 있다는 게 얼마나 어려운 것인지 잘 알게 되었다. 오죽하면 학교에서 자살하는 사람이 있을까.

마빡이는 덱기한테 찍혀서 뼁끼통 옆에서 자야 하고 설거지도 해야 하고 그들의 식성에 맞게 음식도 대령해야 했다. 울화통이 터진다는 게 무언지 아주 잘 알았다.

그들은 교도소를 학교라고 불렀다. 학교에서 학생은 뭘 배웠을까? 온종일 앉아 있으려면 그것도 고역이다. 그러면 그들이 겪은 이야기를 하며 지낸다. 그러니까 도둑놈의 수법 소매치기의 수법. 그런 것들을 잘도 알게 된다. 그걸 배우니 그곳을 학교라고 한다. 그리고 저희는 학생이라고 하고. 참으로 어처구니가 없다.

그 안에서 몇 년을 살라면 정말 자살하는 게 낫다. 그런데도 몇 년씩을 받은 놈들은 히히덕거리며 잘도 지낸다. 가슴이 답답해 죽을 지경인데 참으로 알 수 없는 일이다. 매일 먹고 싶은 것을 먹어대고 운동을 안 하니 배는 8개월 된 임산부 배가 되고 다리통은 살이 쪄서 디룩디룩하다. 참 별세상이다.

감방 규칙의 통제를 받으면서 온종일 무료하게 앉아 있는다는 게 보통의 끈기로는 버티기 어려운 일이다. 뺑끼통도 설사를 해대는 날 자주 열면 그것도 눈치가 보인다. 묶어놓고 먹이는데 음식을 타박할 수는 없다. 돼지가 음식 타박하는 거 본 일이 있는가? 돼지는 아무거나 먹고도 죽지 않는다는 것. 그게 사실이잖나. 그저 묶어놓고 먹이는 돼지가 됐으니 네 몸에서 받아들이지 못하면 설사가 나는 겨! 교도관들이야 음식 납품업자들이 가져다 준거니까. 법망에서 자유롭다. 다만 그걸 먹은 자가 책임을 져야 한다. 돈만 많다면 대법원장이라도 한 사람을 변호사로 수임하여 이 난관을 벗어나고 싶다. 감옥에서의 6개월 그것은 6년이다.

식사시간이 되어 밥을 먹을 때면 서로 이야기도 나누며 먹어야 하는데 이곳은 살기 위해 창자를 채우는 곳이라는 것이 생각난다. 그저 묵묵히 입에다가 맛은 상관없이 쑤셔 넣는 것이다. 만물의 영장이 아닌 최하의 동물 근성이 여기에서 보인다. 철학자들의 입씨름 궁금증은 대번에 풀렸다. "먹기 위해 사느냐 살기 위해 먹느냐."

인간은 살기 위해 먹는 것이다. 라는 것을 절실히 깨달았다. 그리고 인간은 머리가 좋은 것을 이용하여 악으로 쓰는 최악의 악질이라는 것도 생각했다. 가슴으로 파고드는 죄책감 또한 죽고 싶도록 내가 미워진다.

너희 아버지는 학교엘 다녀온 전과자야. 이 소리를 들을 자식을 생각하면 너무나 미안하다. 노동을 안 한 몸은 눈을 감아도 약한 불빛은 눈꺼풀을 뚫고 들어왔다.

잠 못 이루며 뒤척이는데 그 덱기라는 놈은 제 맘에 들은 놈을 골라다가 업어놓고 올라타고서는 히히덕거린다. 그것을 반항하는 사람은 없었다. 그걸 뭐라고 해야 할까? 동성연애? 연애라면 사랑이 있어야지 그건 아니다. 귀를 막아도 들리는 끙끙대며 히히덕거리는 소리.

아침이 되면 다 사그라져 먼 하늘로 떠나고 또다시 날이 바뀌면 다른 하늘의 소리가 들려온다.

"야이 18. ㅂ ㅈ로 못 빼라면 빼야지 잘 물어."

덱기의 소리가 인간이 아닌 것만 같다. 참 인간이 됐다는 게 창피스럽다.

뒤척이며 밤잠을 설치고 햇살이 퍼질 때 덱기 그놈의 얼굴을 보았다. 배 떠난 자리에 바닷물이었다. 저게 인간인가? 자세히 봐도 인간이 틀림없다. 그렇다면 나는? 생각할 여유도 없이 딸그락거리며 식사 배식구 통문이 열렸다. 그저 쫓아가 앉아서 거드름을 피우는 상사에게 굽실거리며 어서 맛있게 드시라고 진돗개가 된 꼬리를 흔들었다. 표면적인 불만은 쏘옥 들어가고 내면의 속삭임이 '나는 너희보다 빨리 자유를 찾을 거야. 고따위로 몇 번 더 와서 아주 학교에서 썩어라.'

같은 도시에서 울타리 하나 사이가 이런 세상이 있다는 것이 진절머리나게도 신기하기도 하다. 그 좁은 방에서 잠시라도 해방되는 시간은 하루 한 시간 답답함이 잠시 멈추는 시간 운동장엘 나가는 운동 시간이다. 거기에서도 고무신이 아니라 운동화를 신고 뻰대는 장기수들 그놈들이 있다. 거기에 가 보면 그가 어떤 사람인지를 다 알 수 있을 것만 같다.

시내에서 술을 마실 때 재는 별이 세 개여. 나는 그게 무슨 소리인지 몰랐다.

세상이 포기하고 싶을 정도로 인간 이하 대접을 받았던 학교.

별 세 개의 세상 그들은 수형 생활을 왕처럼 군림하면서 즐기는 것은 아닌지?

'삶은 이런 삶도 있었구나.'

6개월이 되어 학교를 나와서는 아내를 쳐다보고는 눈물이 앞을 가려 아무 말도 할 수가 없었다. 나 같은 사람과 살아준 아내가 너무나 고맙다. 가져온 두부를 먹고는 그 자리를 떠나기 전 학교 담을 힐끗 한번 쳐다봤다. 그곳에 대고는 오줌도 안 누리라고 침을 탁 뱄었다. 어떤 일이 있어도 참고 죄를 짓고 학교에 오지는 않을 것이라고 다짐을 했다. 담 하나 차이에 세상 참으로 다른 세상이라는 것을 진저리가 나도록 경험했다.

공무원 신분 그 좋은 직장에서 나와야 했다. 중소기업인 000타이어 공장으로 다시 들어갔다.

마빡이는 감옥에서 생각을 했다. 술도 원수지만 그것은 믿는 자리가 있어서였다는 것을 그제야 뼈저리게 느꼈다.

3부

초등학교 졸업장도 못 받은 5인의 성공기

맹물이. 찌기미, 원생이, 쓸다리, 돼지

경천동지의 날이 된 총 동문 체육대회

초등학교 졸업장도 못 받은 5인의 성공기

동창 중에서 네 명은 같은 시기에 논산훈련소에 입대하고서 훈련을 마친 후에는 춘천 103보로 발령을 받고 다시 경기도 현리 1사단에 배치를 받았다. 1사단 보충대에서 연대로 대대로 중대로 발령을 받고 각자 부대로 들어갔다. 고향 친구 겸 동창들이다. 이원호(돼지) 찔찔이(이병태) 맹물이(조영식)는 연대로 발령이 났고 살모사(오영훈)는 1사단 정보부로 발령을 받았다. 정보부는 너무 좋아 보이니 직업군인으로 선택을 했다. 직업군인으로 선택을 하니 진급이 일반병보다는 빨랐다. 일찍이 진급되어 하사로 있다가 월남을 지원했는데 백마부대 정보부로 발령이 났으니 얼씨구나 하고 갔다. 그리고 귀국 후에 중사로 제대하고 보안사 군무원이 되었다.

이원호(돼지), 찔찔이(이병태), 맹물(조영식) 3명은 월남을 지원해서 갔던 친구들이다. 월 모임에 월남에 다녀온 친구들의 이야기는 재미있는 이야기이다. 월남 이야기야 여러 사람에게 들어보지만 근무 부서도 틀리고 작전도 다 틀렸으니 모두의 이야기가 같을 수는 없다.

다른 이유도 있는 사람도 있었지만, 월남전 참가는 부대가 전부 떠난 백마부대, 맹호부대, 청룡부대 중에도 강제로 간 사람도 있지만, 세상에 돌아다니는 소문처럼 돈을 벌기 위해 간 사람도 있다. 그것은 목숨을 건 도박이었다. 가난한 집의 아들인 돼지, 맹물이, 찔찔이는 돈을 벌기 위해 지원을 했다.

이원호(별명 돼지) 그에게 "돼지" 별명이 붙은 것은 그도 집안이 정말 어려웠다. 그는 어떤 것이든지 잘 먹는다. 짝꿍인 변또의 도시락이 교실 바닥에 엎어지자 그것을 주워 먹었다. 그래서 돼지라고 불렀다. 그는 월남전 참전병 모집하는데 신청을 해서 월남에 간 친구이다. 그는 제대해 봤자 어디 취직할 곳도 없으니 그저 목숨 걸고 월남전 지원을 했다. 집안이 얼마나 살기 어려웠으면 목숨을 담보로 월남을 갔겠는가? 청룡. 맹호. 백마부대가 전부 월남전에 갈 때는 빽 있는 사병들은 빠졌다는 이야기도 들렸었다. 먹을 만큼 있는 사람들이 자식을 전쟁터에 보내겠는가? 어떻게 해서든 그들은 자식을 월남에 참전할 부대에서 빼내었을 것 같다.

맹물이

맹물이가 진급을 하여 26개월 만에 상병이 되었다. 이제 일 년만 있으면 제대를 한다. 지난 이십여 년을 생각해보니 이 세상은 돈이 지배한다는 것을 뼈저리게 느꼈다.

군대에서도 돈이 있는 자들은 중대장한테 뇌물을 쓰고 휴가든 외박이던 무슨 핑계를 대든 잘도 밖을 나다닌다. 돈이 법 위에 군림한다는 걸 많이도 느꼈다. 오직 돈만이 내 인생을 잘살게 할 것은 틀림이 없다. 소도 언덕이 있어야 비빈다는데 어떻게 해서 돈을 만들 수 있을까? 군대에 있으면서도 대책이 안 섰다. 제대하고 집에 가봐야 어떤 직장이 기다려 주는 것도 아니고 앞이 캄캄하였다. 프린트 사에 다녀 봤으니 잘돼야 신문사 활자 글판을 짜는 일은 할 수 있을 것 같지만 그것도 자리가 있을지 의문이다. 또한, 그 일도 돈을 생활할 만큼 주는 곳이 아니다. 제대하면 결혼도 해야 한다.

결혼은 꿈도 못 꿀 일이다. 낳은 자식을 잘 키우는 것은 선택의 여지가 없는 부모의 의무이다. 맹물이 부모님은 아무 대책 없이 아이들만 계란 꾸러미로 만들어 놓았다. 중학교도 돈이 없어 못 들어갔으니 살라면 살고 죽을려면 죽던지 맘대로지 먹고사는 것을 가난한 부모님이 대줄 리는 없다. 부잣집 자손이 아닌 한 어떤 일도 감수해야만 한다. 자신과 똑같은 생활을 자식들에게 물려 줘서는 정말 안 될 일이다. 가진 것은 희망 그거 하나밖에 없다. 그런 갈등 속에서 군 생활을 하고 있는데 본부중대에 월남 지원병을 모집하는 서류가 왔다고 지원할 사람은 지원하란다. 월남 그곳은 전쟁터가 아닌가? 많이도 망설여졌다. 제대하여 집에 가보면 보나마나 한 생활이 기다릴 뿐이라 생각이 난다. 제대가 1년 남았지만 고심 끝에 앞으로 남은 내 생애에 목숨을 걸기로 하고 지원을 했다. 월남을 떠나기 전에 7일의 휴가를 준다고 한다. 가족의 얼굴을 보고 싶었다. 춘천 오음리에 발령장을 받고서는 집에 가서는 총을 잘 쏴서 7일간 보상 휴가를 나왔다고 거짓말을 했다. 오는 날 가는 날을 빼면 집에서 이틀만 있으면 발령지인 춘천 오음리로 가야 한다. 집사람들은 그저 반가워했지만, 오음리로 떠나는 심정은 착잡했다.

"이제 제대하면 올 거예요."

차비로 하라며 손에 쥐여 주는 이백 원을 조치원 가서 군용열차를 타고 가면 된다며 사양하다가 받아 들었다. 이제는 둥지를 떠난 새이다.

춘천역에서 오음리행 군 트럭을 탔다. 트럭 뒤는 문이 없으니 뒤가 다 보인다. 험준한 산을 가면서 보니 낭떠러지도 많고 차가 다니기에는 매우 위험해 보였다. 두 시간여를 거쳐 오음리 입구에서 내리니 이국적인 풍경이 눈에 확 들어왔다. 그런 곳이 월남이란다. 야자수도 있고 훈련장도 보였다. 도착하자마자 내무반이 배정되었다. 봉급을 타러 오란다. 월남을 갔다 오는 일 년 동안의 군인 봉급을 준다고 하여 병장 봉급인 월 270원씩 12개월분을 받았다. 3,240원을 받으려니 막대 도장값 40원을 공제하고 3,200원을 받았다. 10원이면 족할 도장값이 40원이라니 씁쓸하다. 그곳의 PX는 샴페인 포도주 등만 있고 막걸리 같은 것은 없다. 비싼 것을 팔기 위한 작전 같았다. 그곳도 훈련소인지 돈을 받자마자 같은 내무반에 있는 상사가 여러 사람과 무슨 이야기를 하더니 일 인당 200원씩 돈을 걷는단다. 그것도 적은 돈이 아닌데 달라는 대로 줄 수밖에 없었다. 그 돈은 교육받을 동안 잘 봐 달란다는 뇌물이란다. 뇌물의 효과는 바로 있었다.

훈련장에 가면 앉아서 노는 것이 훈련이었다. 형식적인 일과 시간만 끝나면 술판이 벌어졌다. 중상사들을 훈련장에서는 본 적이 없으니 아예 훈련에서 빠진 것 같다. 배를 타면 한국 돈은 필요 없으니 오음리에서 다 쓰고 가란다. 따지고 보면 살아 돌아올지 죽을지도 알지 못하는데 돈이 무슨 필요가 있느냐도 싶었다. 훈련소 돈 뺏기 일인자들이 생각이 났다. 월남으로 떠나려는 장병들을 훈련시키는 곳이라는 오음리는 교육대라고 하기보다는 돈을 갈취하고 훈련은 안 하는 가짜 훈련소만 같았다. 돼지가

"나도 그렇게 하고서 월남으로 갔지, 지나고 보니 오음리는 있으나 마나 한 부대였어."

찔찔이도 옛날이 생각이 나는지 틈새를 끼어들었다.

"맞아 오음리는 부정부패의 소굴이었고 훈련이 아니라 술판이었지. 포도주를 돈 있는 대로 퍼마시고는 토하고. 부산 부두에서 배를 탈 때까지도 속이 쓰렸어."

"오음리에서는 월남엘 가면 한국 돈은 못 쓰니 다 쓰고 가라고 기관병들의 이야기를 듣고 보니 사실일 것 같으니까. 일 년분 월급 받은 것을 거의 다 쓰고들 부산으로 갔지."

부산을 향해 떠나려는 춘천역에는 많은 인파와 학생들이 태극기를 흔들며 배웅을 하고 대형 스피커에서는 "이기고 돌아오라 역전의 용사여" 군가가 귀를 때린다. 기차에 올라보니 기차 좌석마다 하얀 천을 씌워놓아 아주 깨끗하다. 청주에서 논산훈련소행 기차와는 판이하게 다른 그런 기차였다. 특실기차였다. 정말로 환대를 받는 느낌이었다. 그러나 기차 안의 분위기는 겨울 찬 바람이 횡횡 부는 것만 같다. 누구 하나 입을 벌려 큰 소리로 말을 하는 사람도 없다. 쉬지 않고 달리는 기차는 특별열차인지 속도도 빠르다. 따불빽을 매고 기차에서 내려 배

를 타기 전 집합해서는 담배와 라이터는 모두 압수당하였다. 배에서 불이 날까 봐 그러는 거라고 했다.

월남으로 떠날 배가 정박해 있는 부산 부두에는 학생들이 동원되어 흔드는 태극기 물결이 장관을 이루는 가운데 파월 장병들은 배에 타기 시작했다. 군가가 스피커에서 크게 들릴 때는 우쭐한 마음도 들었지만, 배에 타자마자 안위부터 걱정이 되었다. 배는 2만 톤급이고 높이는 13층이란다. 배를 타고 갑판 위에서 아래를 보니 수많은 사람이 한눈에 다 보인다.

몇 명의 인원이 탈는지는 모르지만, 배를 타는데 만도 몇 시간이 걸린 것 같다. 출발을 하려나 보다. 배가 고동을 '부우웅 부우웅' 울린다. 배가 서서히 움직이자 학생들은 더 세차게 태극기를 흔들어댄다. 그저 남의 일은 아니지 하며 머리가 복잡하다.

배에 방 번호를 배정받았다. 배정받은 방에 들어가려니 다시 라이터나 담배를 가지고 있다가 불이 나면 방에 철문을 닫아 버린단다. 몰래 가져온 것은 다 내어놓으란다.

처음으로 타보는 엘리베이터를 타고 지하 3층으로 내려갔다. 약 20여 평은 됨직 한데 침대가 쇠사슬에 매달려 있고 한 쇠줄에 침대 5개가 매달려 있다. 배가 움직이니 침대는 삐거덕 삐거덕 소리를 내며 흔들거리고 있었다. 그게 5층 침대이었다. 그 후로는 엘리베이터는 일부러 막아놓았는지, 층 번호에 불이 꺼져있다. 내려갈 때 한번 타보고는 신기해서 층마다 다니며 봐도 다 막혀 있었다.

사방이 철재로 꽉 막힌 배 안은 불은 있지만 아주 답답했다. 배 안에는 매달린 침대가 10개니 50명이 한방에서 자나 보다. 침대는 삐거덕 소리를 내며 계속 흔들거리고 있었다. 어지러울까 보아 침대에 오르기가 쉽지 않다. 그냥 맨바닥에 드러누웠다.

배가 부산항을 떠나고 얼마 있자 안내 방송이 식사시간을 알린다.

먹은 게 없는 배에서는 꼬르륵 소리가 연신 난다. 식당은 지하 5층에 있었다. 식당에 가기 위해서는 통로로 가야지 엘리베이터는 타지 못하게 막혀 있었다. 식당으로 가는 줄에 가서 섰다. 세 시간 이상을 줄을 서 있는데도 전혀 앞으로 사람들이 가지 않는다. 한 30여 분쯤이 지나야 앞 사람이 조금을 간다. 가다가 화장실 옆에 서게 됐다. 아이고, 코에 그 똥냄새가 코를 찌른다. 환기도 안 되는 것 같은 통로는 그 냄새가 역한지 숨쉬기도 어렵다. 변소 앞이니 별도리가 없다. 앞에서 걸어가야 갈 수 있으니까. 변소에서는 변기에서 똥이 철철 넘친다. 왜 그런가 보니 생전 그런 양변기에서 볼일을 봐본 사람이 없다 보니 양변기 위에 군홧발을 디디고 올라가서 변을 보고는 그냥 밖으로 나왔다. 똥과 함께 오줌이 줄줄 흘러내리고 있었다. 사람들은 누구 할 것 없이 어떻게 해야 변을 보아야 할지 걱정이 태산이다. 배의 통로는 두 사람이 겨우 지나갈 정도이다. 아주 좁다. 배 안에 직원인 듯한 미국 흑인 병사들이 비집고 다니지만, 화장실에서 나오는 오물을 치우지도 않는다. 어떤 담당이라도 층마다 몇 개씩 있는 그 많은 변기에를 다 찾아다니며 청소를 해 줄 수는 없을 것 같다. 복도에 서 있는 사람들 때문에 숨쉬기도 답답하다. 점심을 먹으려고 줄을 섰는데 벽에 걸린 시계를 보니 저녁때이다. 맹물이는 줄을 서서 기다리면서 가난 때문에 초등학교 졸업장도 못 탄 것이 다시 생각이 났다.

'돈을 벌러 가는 것이니 어떤 고난이 와도 참고 견디며 살아서 귀국한다면 돈을 모아 사장이 될 거야.' 살아온다는 보장이 없는 맹물이는 이빨을 지그시 깨물었다.

대형 식당엔 200여 명 정도가 식사를 하고 있었다. 앉을 자리가 없다. 기다려야 한다. 난생처음 보는 미깡? 그랬다. 그것은 어른 주먹보다도 크며 아주 맛있는 과일인데 한 번도 먹어보지 못했던 게 아닌가? 그게 오렌지이었다. 미깡이라던 그것이 식당 입구에 산더미같이 쌓여 있었다. 그것을 한 개 주머니에 넣고는 식판을 들고 앞을 보니 자기가 먹고 싶은 것을 식판에 담아서 자리에 앉는 게 아닌가? 바로 뷔페 식인데 그것은 처음 보는 신기한 식당의 풍경이었다. 그런데 반찬은 거의 햄 쏘시지 고기 콩. 같은 것인데 거기에 김치도 보인다. 내심 반가워 그 김치를 조금 덜어서 식판에 올려놓았다. 탁자에 앉아 그 김치를 먹으려니 맛이 희한하다. 날 양배추에 캐찹 같은 것을 버무려 놓고는 고춧가루를 벌겋게 뿌려놓았다. 그것도 상할까 봐 냉장고에서 갓 꺼냈는지 배추는 아주 싱싱했다. 맛은 보나마나였다. 그 맛이 어떨는지는 상상에 맡긴다. 식당에는 들어가는 곳과 나가는 곳이 따로 있었다.

이백여 명이 들어가서 밥을 먹고 한 사람이 나오면 그 자리를 줄을 선 한 사람이 들어가니 그렇게 시간이 오래갔나 보다. 2만톤 급 배에 탄 인원이 몇 명이냐고 물어보니 한국 군인이 삼천 명이란다. 밥을 먹고 나오지만, 시계도 없어 몇 시인지도 모른다. 다른 통로 밖으로 나오는데도 변소 앞은 역시나이다. 역한 냄새가 진동한다. 똥물이 깔린 통로에 줄을 서서 밖으로 나가는 줄도 서서 기다리니 참으로 고역이다.

맹물이도 변은 봐야 하겠기에 떡 본 김에 제사를 지냈다. 할 수 없이 다른 사람들과 똑같이 변기 위로 군화를 신고 올라갔다. 소변을 보자 대변과 함께 섞이며 통로로 바로 흘러내려 간다. 배가 흔들거리니 똥은 오줌을 타고 살랑살랑 흔들어댄다. 똥을 안 밟으려다 더 큰 덩어리를 꾹 밟았다. 아구야. 어쩔겨. 화장지를 뭉텅이로 끊어서 가지고 나오면서 군홧발을 닦으니 참 꼴불견이다. 어디에 버릴 곳이 없다. 그걸 둘둘 말아 들고 그 긴 줄을 지렁이 기듯 나와 뱃전을 향하여 갔다. 갑판에서 휙 던지니 그게 바람을 타고 다시 날라 들어온다. "젠장."

배정받은 방으로 가야 하는데 다 비슷비슷하니 어디인지도 잘 파악이 안 된다. 안 되겠다 싶어서 간판 위로 다시 올라갔다. 간판에도 사람은 만원이다. 방 번호는 외웠으니 다시 찾으면 될 것 같다. 그곳엔 따불백도 있다.

밖은 어둡다. 보이는 게 하나도 없다. 그래도 그곳은 숨쉬기도 좋고 불어오는 바람이 시원하기도 하다. 간판 위 스피커에서 나오는 안내 방송 소리를 듣고 화장실이 넘친 이유를 알았다. 그 뒤부터는 줄을 잡아당겨 물을 내리니 대변은 바로 내려갔다. 방 침대에 올라가 누워보니 답답하다. 흔들리는 소리가 삐거덕 대도 졸려서 잠을 조금 잤다. 누가 밥을 먹으러 가자며 통로로 간다. 어? 조식? 점심이라며 먹고 나오니 저녁때였는데! 날이 새려면 아직 멀었을 텐데! 벌써 조식을 먹으러 간다? 에라! 모르겠다. 그 줄에 가서 섰다. 점심때 줄을 섰던 것보다는 좀 더 빨리 간다. "비켜 임마 저리 비켜." 하며 해병대 복장을 한 군인들이 줄을 무시하고 앞으로 나아간다. 거기서는 육군과 해병대 차이가 난다. 해병대 애들이 밀려오면 그냥 자리를 양보할 수밖에 없다. 그들은 안 피하면 주먹질까지 해댄다.

"이 새끼들 말이야 해병을 우습게 아는 거 아녀? 이 땅강아지들아 저리 비켜."

그들은 배 위에서 강력한 힘을 행사했다. 육군들의 계급은 완전 무시 됐다. 깩소리도 못 하고 그들에게 길을 비켜줄 수밖에 없다. 해병대 그들은 깡패들만 같다. 줄을 서서 있는 시간이 몇 시간씩이니 하루 밥을 두 끼만 먹어도 다행이다.

뱃멀미에 지친 병사들이 간판 바닥에 축 처진 채 욱욱 거리기만 했다. 먹은 게 없어 토할 것도 없나 보다. 그냥 두면 죽을 것만 같다. 안 되겠다 싶어 식당에 가면 오렌지를 두 개를 몰래 주머니에 넣었다. 그리고는 나와서 그들에게 손으로 비벼 물이 나오게 한 후 그들의 입에 넣어 주었다.

배가 제주도를 한참 지난 것 같은데 그 큰 배도 추풍낙엽이었다. 식당에서 보니 식탁에 올려놓은 식판과 국그릇 등이 파도가 치면 순식간에 좌르르 죄다 식탁 밖으로 날아간다. 그런데도 신기한 것은 내동댕이쳐진 그릇이 하나도 깨어지지 않는 것이었다. 고국에 들어와 안 사실이지만 식당에 그 그릇은 영국제 본차이나 제품이라 내동댕이쳐도 깨어지지 않는다고 한다. 배에서는 필수품이라고 했다. 간판은 얼마나 더운지 뱃멀미하는 사람들은 다들 통로로 들어가야만 했다. 멀미를 안 한 사람들도 밤이 돼서야만 간판엘 서서 있을 수가 있었다.

배가 출발하고 뱃멀미를 시작했던 병사들은 갑판 그늘에 누워서 토할 힘도 없는지 배만 나왔다 들어갔다 한다. 햇볕이 안 쬐는 곳으로 굴러가다시피 하며 힘들어한다. 갑판 위도 토한 냄새가 진하게도 난다. 흑인 병사들이 와서 치워도 또 토하는 사람들 때문에 갑판은 역한 냄새가 난다. 그래도 배 안에 있기가 답답하니 잠을 자는 사람 외는 그늘이 있는 갑판으로 올라가서 망망대해를 보지만 바닷물 외는 보이는 게 없다. 간혹 낮에 돌고래 떼가 배와 달리기 시합을 하는 듯 앞으로 왔대 뒤로 갔다 한다. 배를 데리고 노는 것 같다. 돌고래의 속도는 배의 속도를 앞지르니 배보다도 훨씬 빠르다. 연신 물속을 들어갔다가 물 위로 튀어 오른다. 그리고는 배에서 나가는 음식 찌꺼기를 먹는지 한동안 쫓아오다가 어디론가 다 사라졌다. 다시 보이는 건 망망대해뿐이다.

배를 탄 지 7일이 지나자 멀리서 육지가 보인다고 하며 사람들이 뱃갑판으로 몰려들었다. 발 디딜 틈조차 없다. 다낭이었다.

빤히 보이는 곳을 가는데도 몇 시간이 걸렸다. 배가 다낭에 도착하려고 부두에 닿자 해병대원들만 내렸다. 대단히 위험한 지역을 해병들이 맡았다는데 따불빽을 메고 배에서 내리려는 병사들의 얼굴은 굳어 있다. 부두에는 그들을 싣고갈 트럭이 줄을 서 있다. 해병대원들이 다 내린 후에 배가 다시 출발했다.

하루가 훨씬 지나서 나트랑에 배가 도착했다. 배에서 내리는데 열대의 열기가 후끈거린다. 바로 입은 옷을 땀으로 적셨다. 같은 월남인데도 다낭과도 온도 차이가 크게 나는 것 같았다. 땀에 젖은 옷은 바로 마르며 하얀 소금이 등판에 새겨졌다.

맹물이는 배에서 내려 다시 트럭을 타고 두어 시간을 달려서 나트랑 지역 백마부대 사단 사령부에 도착했다. 그곳은 천막촌이었다. 눈앞에 200여 미터 떨어진 사단 사령부는 건물이었지만 신입병이 1차로 들어가는 보충 중대는 연병장의 천막이었다. 관리하는 부서만 조립식 건물이 있었다. 열대의 열기가 천막 안에서 후끈거린다. 대형 선풍기가 돌아가지만 있으나 마나다. 사병들이 입은 옷은 땀으로 범벅이 되고 바로 마르며 하얀 소금기가 등 쪽에 보인다. 그저 맹물로 한 번만 씻었으면 좋겠지만 그건 꿈이다. 그곳 보충 중대에 도착하자 먼저 와 있던 귀국 할 장병들이 몰려와서 혹시 고향 사람이 있나를 찾아보려고 북새통을 이룬다, 그곳에는 귀국할 사람 또 방금 온 사람들의 대기소였다. 부대 배치는 배에 있을 때, 다 되었는지 맹물이는 삼십 명과 함께 헬기를 탔다. 29연대 2대대 1중대에 배치를 받았다. 헬기는 시누쿠였다. 얼마나 프로펠러 돌아가는 엔진 소리가 큰지 귀가 먹먹하다. 사단에서 가까운지 헬기를 탄 시간은 얼마 안 된 것 같다. 시계가 없으니 시간은 모른다. 1중대 안에 있는 헬기 착륙장에 내리자 8명만 내리고 헬기는 굉음을 울리며 다른 중대로 바로 날아갔다. 이제는 갇힌 한 마리의 새였다. 죽느냐 사느냐의 자리에 온 것이다. 이를 깨물었다. 살아서 돌아가야 한다. 막사는 급조 되었는지 판넬과 나무로 가림막만 한 상태이다. 중대 둘레는 전부 호로 연결되어 있었다. 초소마다 경비병이 케레바 오공 앞에 서 있었고 방공호의 군데군데에는 케레바 오공이 설치되어있다. 각 초소 한곳에 쌓아 놓은 탄환은 수천 발은 됨직해 보인다. 비행기 공격용 대공 고사포 2문이 하늘을 향해 총구를 겨누고 있었다.

잠시 중대장 환영사가 있고 난 뒤에 4소대장인 소위가 여덟 명의 신입을 집합시켰다. 맹물이는 3분대 소속이 됐다. 더우니까 1인당 모기장이 지급되고 접는 목침대가 배당되었다. 언제든지 다른 곳으로 갈 수 있는 장비 같다. 전기는 자가 발전기로 쓰고 있고 식수는 헬기가 일일이 날라다 준다. 샤워하는 물은 2인당 하루 200L 드럼통이 배당이라 했다. 그러나 헬기로 날라다 주는 물이 실제로 배당되는 것은 50L도 안 되니 아껴 쓰라고 한다. 그 물은 간단히 샤워 한 번만 할 양이다. 물이 정말 귀하다는 것을 절실히 느꼈다.

여기에 온 병력은 매복 작전과 부대 경비를 교대로 담당하며 인근의 부대에서 지원요청이 오면 그곳도 가야 한단다. 철저한 교육을 받았다. 그리고 샤워부터 하고는 경계근무는 시간제로 철모만 쓰고 빤스바람으로 시작했다. 현지에 와서 보니 오음리 교육은 있으나 마나 한 장병 골탕 먹이기이었다.

현지에 가 보니 일 계급 차이의 사병 계급은 거의 무시됐다. 그곳에는 월남 온 지 오래된 작전 경험이 많은 사람이 선임자만 같았다. 일년이 거의 다되어 귀국을 기다리는 장병 그들의 입술은 파랬다. 왜 그런지는 모른다.

병사들의 입술 색깔로 그가 월남에 온 지 얼마나 되었는지 구분할 수가 있다. 상등병이 병장과도 반말하며 지낸다. 상병이 병장을 부를 때 어이 김 병장 이리 와 봐. 참 고국 같으면 그저 몽둥이찜질 깜이다. 그들은 여기 월남 사정을 훤히 알고 있었다. 그리고 매복 시의 요령과 경비를 설 때의 요령 크레모아를 터트리는 시점. 적이 철조망을 뚫고 들어올 시 조명탄을 쏘고 그들을 사격하는 연습 등을 자세히 설명해준다. 그리고 무조건 분대장의 명령을 따르라고 한다. 오음리의 훈련이 순 엉터리라는 것이 입증되는 순간이기도 했다. 산꼭대기에 있는 1개 중대를 만든 이야기를 듣고는 참으로 미국이라는 나라가 얼마나 부자인지를 실감 나게 했다. 155mm 포로 쏴서 산꼭대기를 평탄 작업을 한 후에 부대원을 들여보내서 철조망부터 치고 호를 제일 먼저 판단다. 맹물이 전에 부대에 온 병사들은 덥다 못해 뜨거운 날 삽으로 호를 팠을 것 아닌가? 노고가 얼마나 힘들었는지 알 것만 같다. 아이스크림은 냉장고 채로 온다. 더우니까 아이스크림은 잘도 먹는다. 그걸 먹고는 냉장고는 그냥 쓰레기통에 버린다. 중대에는 높이가 1.5m짜리인 철조망을 3개를 놓고 그 위에 2개를 올려놓고 또 위에 1개를 올려놓았다. 그 폭은 15m 간격으로 3줄이니 약 50m 정도였다. 잠을 자는 막사는 교대로 계속 공사를 하고 있었다.

정말 사람은커녕 짐승도 못 들어올 철조망이었다. 인근 작전을 나갔다 돌아오는 진출입로만 있다. 다른 곳의 작전은 헬기가 와서 데려가고 데려다준다. 각 참호는 흙이 든 포대를 쌓아 만든 참호였고 비상식량과 케레바 오공 기관총 탄약이 꽉 차 있었다. 일주일을 계속 쏴대도 되는 양이란다. 매복은 중대를 지키기 위한 매복도 있고 정보에 의하여 나가서 베트콩이 지나가는 도로 옆에 숨어서 그들을 크레모아 또는 M16으로 사격하는 매복 작전도 있었다. 7일간의 교육을 받고 매복 작전에 나갔다. 헬기를 타고 매복 작전에 나갈 때도 있었다. 매복 때마다 전투가 벌어진 것은 아니다. 덥다 못해 숨이 꽉꽉 막히는 정글은 밤을 꼬박 눈을 부릅뜨고 지새우기가 너무나 힘들다.

1중대의 임무 중 하나는 그 부근을 지나는 베트콩의 통로를 차단하는 것이며 이웃 중대와 서로 보완하여 백마 사단. 각 연대본부. 대대본부 등도 지원하는 것이었다. 중대에서는 매복 2개월째 베트콩 수색조 두 명을 크레모아로 사살하고 총은 두 정을 습득하여 보고했다. 좀 더 기다렸다가 크레모아를 터트렸으면 베트콩 본 대원을 많이 사살할 수 있었을 텐데 아쉬움이 많았다. 그 상으로 맹물이는 바로 병장으로 진급을 했다. 월 8불을 더 받았다. 그 후로도 매복은 자주 나갔지만 헛정보도 많았다. 매복에서 제일 힘든 것은 완전 무장을 하니 더위도 문제지만 모기들의 공격이다. 그렇게 6개월의 시간이 갔다. 빨리 일 년을 넘겼으면 좋겠다. 10월 초에 사단에서 중대에 차출 명령이 떨어졌다. 맹물이는 닌호아 휴양소 경비병으로 발령을 받았다. 베트콩들이 휴양소로 쳐들어올 것 같다는 정보에 휴양소 경비 병력을 늘린 것이다. 휴양소에는 작전 후에 많은 인원이 와서 쉬고 있는 곳이다. 경비에 조금이라도 실수가 있으면 큰일 나기에 근무수칙을 철저히 지키려니 그것도 쉬운 일이 아니다.

10월 말이 되자 휴양소에도 비상이 걸리고 백마 닌호아 작전이 시작됐다.

그 작전은 월남 나트랑 서북쪽 약 30여km 지점에서 벌어진 박쥐 2-5호 작전이었다. 그 당시 닌호아 작전에 참석했던 백마부대 29연대 수색 중대 또는 각 중대에서 차출된 인원도 닌호아 작전에 배치되었다. 한국군 전사자가 가장 많았던 작전이기도 했다.

작전 전에 비행기에서 방송을 하며 뱅뱅 돌아다니는 것을 처음 보았다. 닌호아가 근교이기 때문에 비행기는 몇 바퀴를 돌며 방송을 하고 다녔다. 그 내용을 잘 몰라서 용역으로 들어와 일하는 월남인들에게 물어보니 그들은 한국말을 잘 모르는 사람들이었다. 비행기가 무슨 말을 방송하고 다니는지 참 궁금했다. 맹물이는 도대체 전쟁하는데 방송을 하고 다니다니 의문을 안 가질 수가 없었다. 나중에 정훈부 소속 군인들에게 비행기가 방송한 내용을 물어보니, 기막힌 소리를 한다. 닌호아 시가지의 시민들을 보호하기 위하여 전투지역을 벗어나라며 했던 방송이란다. 아니? 전투하는데 언제 몇 시에 전투하니 피하라고 비행기가 방송을 하고 다닌다니 참으로 알다가도 모를 이야기이었다. 그러나 그것은 사실이었다.

맹물이는 경비병이라 닌호아 작전에는 참석하지 않았으나 실제로 전투장면을 야간에 볼 수 있었다. 휴양소에서 야간 교대 근무를 하는 날이다. 낮에는 콩 볶는 소리만 들리고 며칠 동안 밤에 전투 시에는 예

광탄이 하늘에 빨간 줄을 그리며 교환한다. 무슨 불꽃놀이를 하는 것만 같다. 가끔 박격포 쏘는 소리도 크게 들렸다. 들은 뉴스에 의하면 그 작전은 참으로 아군이 고전을 한 작전이기도 했다.

닌호아는 아주 작은 도시이다. 인구는 몇만 명인지는 자세히 모르겠으나 우리 청주 부근으로 비하자면 내수읍 정도가 아닌가 싶다, 해발 300m나 될까 말까 하는 낮은 산이 닌호아 시내 뒤에 있다. 국군들이 그 산에 숨어서 작전하는 베트콩을 섬멸하기 위하여 시내를 통과할 것이기에 닌호아 시민들은 피하라고 방송을 했던 것이라고 한다. 닌호아는 백마부대가 사령부가 있는 나트랑 부근에서 그렇게 멀지 않은 곳이다.

맹물이는 전투에 참여하고 휴양소로 들어온 동료에게 자세한 이야기를 들을 수 있었다.

전투의 시작은 백마부대 포 사령부의 155mm 포가 닌호아 뒷산을 향하여 맹렬히 포격을 가한 후에 백마부대 군인들이 투입되었다. 시내를 통과한 국군은 닌호아 작전 지역 산을 장병들이 올라가기 시작했다. 베트콩 그들은 굴속에서 숨어서 밀려오는 한국군을 보고 그들은 AK 소총을 들고 사격을 하기 시작했다. 소련제 AK 소총은 우리나라 군인에게 지급된 미제 M16 소총과는 비교도 안 될 만큼 조잡했다. 그 총은 따발총이라고도 했다. 자동 소총이다. 그래도 베트콩들은 굴에 숨어서 걸어서 올라오는 한국 병사들을 정확하게 쏠 수가 있었다. 한국군은 M16 소총으로 대항을 했는데 숨어서 쏘는 베트콩들을 감당할 수가 없었다. 특공대가 조직되어 그들이 쏘는 굴속을 향하여 가면 그들은 서서 오는 아군에게 총을 쏘고는 굴속으로 도망을 갔다. 그 굴을 장악하면 그들은 굴을 통해 다른 곳으로 도망갔다가 그 부근 다른 굴속에서 나와 총을 쏘고는 도망가고 하여 국군은 어찌할 수가 없었다. 사망자가 속출하자 사단에 비상이 걸렸다. 매복 작전도 아니고 그야말로 어찌할지를 모르는 전투였다. 화염 방사기가 동원되어도 그들은 두더쥐처럼 이리저리 굴속을 다니면서 아군을 괴롭히며 아군에게 큰 피해를 줬다. 대단위 특공대가 조직이 되었다. 그들을 섬멸할 특공대원들은 흔한 휘발유를 사용하고 버린 빈 드럼통을 용접하여 세 명이 들고 밀고 들어가서 화염방사기를 굴속에 쏘아대고 스페아 통에 휘발유를 가져다가 굴속에 붙고 불을 지르고는 하며 전투에 임했다. 베트콩 그들은 키도 작고 덩치도 작아서 좁은 굴속을 잘도 다니지만, 한국군은 총과 장비를 가지고서는 그 굴속의 입구가 좁아 들어갈 수가 없다. 참으로 난제였다. 그곳에서 한국군의 전사자가 가장 많이 났다고 한다.

닌호아 휴양소도 테프콘 쓰리 상태이지만 조명탄이 터져 비상이 자주 걸렸다. 경계근무는 철저히 해야만 한다. 경계초소가 여러 군데 있지만, 베트콩들은 철조망에 걸릴까 봐 옷을 홀랑 벗고 그 가시 철망을 넘어오기도 한다고 하여 밤새 긴장을 늦출 수가 없다. 베트콩이 넘어오다가는 설치해 놓은 조명지뢰를 건드리면 여기저기서 조명지뢰가 터지며 하늘을 대낮같이 밝힌다. 그러면야 베트콩을 잡는 것은 쉬운 일이다. 그냥 사살하든지 여럿이 달려들어 잡으면 되는 것이다.

작전 중에는 미군 전투 식량인 C레이션을 1인당 1박스씩 준다. 들척지근해서 입맛에 맞지도 않는다. 거기에는 별것이 다 들어있다. 완두콩 통조림. 소고기 통조림. 담배 5개피. 껌 2개. 과자 3봉지. 초콜릿 한 봉지 별사탕 등. 통조림은 조금만 먹어도 느끼해서 그냥 쓰레기통 행이다. 식당에서 주는 밥은 월남 쌀인 안남미라 '후' 하고 입으로 불으면 다 날아간다. 입에 넣고 씹으면 쌀알이 이리저리 구르는 것만 같다. 그런데 며칠 전부터 국산 K레이션이라는게 왔는데 보니 통조림 김치였다. 뚜껑을 따고 보니 속은 벌겋게 녹이 슬어 있고 김치는 삶아 놓은 것 같다. 그런데 그게 식초 맛이다. 그래도 그 김치 한 쪽을 먹으면 목이 시원하다. 고향 음식은 썩어도 맛이 있나 보다.

11월 초에 시작한 닌호아 작전이 20여 일 만에 끝났다. 경계근무 테프콘 쓰리가 풀렸다. 이제부터는 속에 쇠가 들어있는 정글화를 신지 않고 맨발로 팬티만 입고 근무를 해도 되는 것이다. 그것만 해도 감지덕지이다. 군화 속은 땀이 나서 썩은 냄새가 난다. 발도 퉁 퉁 부을 때가 있었다. 정글은 맨 가시 천지이다. 일반 군화 바닥을 뚫을 정도로 가시가 많기에 정글화는 작전 때 필 수 품이다. 휴양소는 바닷가이기에 모래 천지이다. 그곳도 그냥 맨발로 나가 돌아다니다가는 발에 화상을 입는다. 슬리퍼를 신고 다녀야 한다. 바닷물과 가까운 곳에서만 맨발로 다닐 수 있다.

휴양소 근무 중 1월 1일 여명의 시간인데 맹물이 담당 초소 옆에서 조명지뢰가 터져 비상이 걸렸다. 전원 다 팬티차림으로 자기 분담 경계호로 달려가야 한다. 맹물이는 경계호에서 케레바 오공을 잡고 쏠 준비를 하고 보니 그 물체는 사람이 아니었다. 송아지만 한 큰 개였다. 영리한 그 개는 휴양소 음식 찌꺼기 그걸 먹으려고 철조망을 밑을 파다가 두 번째 철조망에서 목이 걸린 것이다. 보고하고 개를 꺼내기 위해 철조망을 자르는 시간이 좀 걸렸다. 가보니 개는 철조망을 벗어나려고 하다가 몸통을 철조망을 더욱 조이고 있었다. 완전히 죽은 상태는 아닌 거의 죽은 상태였다. 만져보니 몸이 따뜻하다. 그날이 1월 1일이었다. 일단은 철조망에서 빼내야 부대 안으로 끌고 들어 왔다. 그걸 잡아 놓고는 어찌해야 할지 서로들 얼굴을 쳐다보았다. 확인차 당직사령이 오셔서는 지난달에도 이런 일이 있었다며 모래땅에 파묻으란다. 초소장은 '네' 하고 대답은 했다. 부 초소장 김 병장이

"야 이걸 왜 버려 아깝잖아? 어떻게 해보자고."

일곱 명이 모여서 봐도 살진 송아지만 한 놈을 그냥 땅에 묻기는 아까웠다. 그 개는 들개로 휴양소 철조망을 통과하기 위해 바다 쪽으로 헤엄을 쳐서 들어오기도 한다는데 부대에서 버리려고 드럼통에 버린

음식물 찌꺼기(잔반)를 먹고 컸기에 엄청나게 크다. 힘이 얼마나 센지 드럼통에 있는 잔반을 먹으려고 드럼통을 다 쓰러트린단다. 사람보다도 더 힘이 센 것이다. 초소장이

“이거 삶아 먹다가 중대장한테 들키면 어떻게 하지?”

그래도 전부들 그냥 땅에 묻는다는 것은 아깝다고 했다. 대책은 없었다.

아니 그 크고 잘 먹어서 통통하게 살이 찐 놈을 그냥 땅에 묻어? 초소장과 여섯 명이 상의하였다. 1월 1일이라 조금 꺼림칙은 했다.

맹물이가

“초소장님 이거 어떻게 해서든 보신탕을 해 먹읍시다.”

한참을 생각하던 하사인 초소장이

“책임은 우리 전부 공동 책임이다. 하여간 먹고 보자.”

초소장의 승낙이 떨어지자.

“개는 털을 거슬려야 하는데 어찌하지?”

“여기서는 그냥 물을 끓여서 털을 뽑자. 그래야 냄새가 밖으로 안 나가지.”

“뭐 양념이 있어야 할 것 아녀?”

같은 조의 이 상병이

“걱정 마요, 휴양소 식당 1종계가 고향 사람이니 내가 소금하고 월남고추 또 고춧가루를 얻어오겠습니다.”

“그려! 여기서 뭐 깻잎이나 파, 마늘을 얻기는 틀린 것 같으니 소금만 있어도 맛있게 먹을 수 있다.”

그래서 붙잡힌 개를 침대보로 싸서는 네 명이 들고 낑낑거리며 경비소대 식당으로 갔다. 땀을 뻘뻘 흘리며 뜨거운 물을 부어가면서 개털을 다 뽑았다. 1월 1일이라 조금 꺼림칙은 했으나 그냥 물을 끓여 개를 집어넣고 펄펄 끓였다. 나무는 C레이션을 가지고 오는 박스가 나무이

니 아주 많다. 대검으로 고기를 찔러보니 거의 다 익었다.

이 상병이 식당 1종계에게 고기를 삶아서는 그에게 나눠 주기로 약속을 하고 소금과 월남 고추와 고춧가루를 얻어왔다. 덤으로 고국 고추장까지 얻어왔다. 와아! 다들 함성을 쏟아냈다.

그것만 하면 충분했다. 그리고는 옆 초소장도 합석했다. 푹 익은 고기를 땀을 뻘뻘 흘리면서 소금에 또 고추장에 꾹 찍어서 먹는 개고기 맛이란 천하일품이었다. 월남 고추는 아주 작지만, 엄청 매웠다. 조금만 먹어도 입안이 얼얼하다. 끓인 국물도 소금을 타서 후 후 불면서 먹으니 정말로 맛있었다.

거기다가 캔 맥주까지 곁들였으니 내일 죽을지라도 참 좋았다. 베트콩 100명이 와도 겁도 안 날 것 같은 힘이 솟았다. 역시 여름에는 보신탕이 최고여. 아주 진수성찬이 따로 없었다.

맛있는걸. 먹을 때는 '둘이 먹다 하나 죽어도 모른다더니' 중대장님이 언제 왔는지 우릴 쳐다보고 서서 계셨다.

초소장은 사색이 됐다. 엉거주춤 일어서서는 "충성" 하고 거수경례는 했는데 이거 큰일이 아닌가? 전부들 일어서서 "충성" 했다. 어떤 벌칙이 내릴지 초소장의 얼굴이 굳어있고 그의 다리가 후들거리는 것 같다.

중대장님은 코를 벌름거리며

"야 이거 뭔 고기여. 보신탕 아녀?"

"네."

"개는?"

"새벽에 철조망 밑을 파고 넘어오다가 잡힌 놈입니다. 보고를 드렸는데요."

"나는 너희들이 묻은 줄 알았지. 재주들도 좋다, 아니 월남 고추. 고춧가루. 고추장은 어디서 난겨?"

1종계 이야기를 했다가는 기합받을 게 뻔하다. 초소장이 둘러댔다.

"네 고추장은 고국에 휴가 갔다 온 친구가 가져온 것 조금 얻었습니다. 그리고 소금과 고추가루 월남 고추는 식당에서 조금 얻었습니다."

당시에 전과를 올리고 훈장을 받은 사병이 휴가 신청을 하면 15일의 휴가를 비행기를 타고 고국엘 다녀오는 일반병도 있었다. 그 사람들이 고국의 고추장을 가지고 온다.

"맛있어 보인다. 나도 좀 먹자."

"네, 앉으십시오."

중대장님은

"야 이 상병 너 이거 2딸라 가지고 PX 가서 맥주 한 박스 사 가지고 와. 오늘 여기 있는 병들은 근무에서 빼준다."

대박이다.

"네."

그제야 긴장이 풀리고 초소장의 얼굴에 미소가 떠올랐다. 전부들 기분이 좋아 미소가 절로 난다.

중대장님도 먹고 싶었는지 고기를 맨손으로 집어 고추장에 찍어서 맛을 본다. 그리고는 "참으로 맛있다." 하시고는 아주 많이도 드신다. 몰래 먹으려다가 아주 살판이 났다. 말이 고추장이지 그것은 식초에 고춧가루를 넣은 것과 거의 비슷하지만 그래도 그것은 정말로 고기와 어울렸다. 매일 들척지근한 레이션 끓인 것만 먹다가 소금만 찍어 먹어도 맛있다.

분위기 다시 바뀌고 노래까지 불러대면서 진탕 먹었다. 더운 지방이라 캔 맥주는 세 개만 마시면 취기가 확 돈다. 근무에서 빼준다니 서로 돈을 걷어서 맥주를 두어 박스 더 사다가 실컷 마셨다.

양력설을 보신탕을 끓여서 지난 셈이다. 그걸 먹고는 중대장님과 분대원들이 1월 1일 양력 설날 기념 촬영을 했다. 사진기의 노출을 맞출

줄 모르니 그냥 셔터만 눌러댔다. 현상을 해보니 햇볕이 강렬한 날이라 찍은 사진은 하얗게 나왔다. 한 장씩 나누어 가졌다.

그 더운 데서 모인 사람들과 땀을 뻘뻘 흘리면서 먹은 보신탕은 잊지 못할 추억이었다. 맹물이는 혼잣말처럼 중얼거렸다. 그려 산다는 것은 먹는 것이여! 못 먹으면 죽는 거 아녀?

전투 식량으로는 C레이션 B레이션 K레이션 등이 있었다. C레이션에는 과자, 초콜릿류, 카멜담배 5개피, 바둑껌, 가루커피와 설탕, K레이션에는 고기 통조림류, 칠면조, 닭, 소고기, B레이션에는 콩 종류 통조림, 수프 등 우리나라 사람 입에는 안 맞아 뚜껑만 따고 먹는 거보다. 그냥 버리는 게 많았다. 아이스크림은 냉장고 채로 오는데 그것도 장병들은 잘 안 먹었다. 아이스크림을 다 먹은 냉장고는 그냥 쓰레기통에 버렸다. 너무나 아깝다는 생각이 들었다.

술은 휴양소에 온 장병만 PX에서 2불이면 12개 캔을 사 먹을 수 있다. 휴양소 근무자들은 B번일 때만 캔 맥주를 먹을 수 있다.

산속에 있는 일반 중대에서는 PX도 없지만 3.5도짜리 캔 맥주도 먹을 수 없다.

먹는 물은 대단히 중요해서 우물물이 있는 곳에는 소대 병력이 주둔하고 일일이 통제를 하고 있었다. 그곳에서 헬기로나 또 물차로 물을 공급했다. 휴양소 근무자들은 물차가 물을 가지러 갈 때 물차에 몰래 C. K. B레이션을 가져다가 팔고, 그 돈으로 월남 시장에 들러 월남 고추나 상추 등 채소를 사서 들어오고는 했다. 열대지방에서 기른 상추는 정말로 맛이 없다. 상춧잎 안에 거품이 들어있는 것만 같다. 무슨 거품을 먹는 것만 같다.

맹물이는 휴양소 근무를 끝내고 다시 자대 배치를 받고 작전에도 투입되었다. 7인조 야간 작전 팀은 분대장이 하사인데 경력이 많아서 현지에서 진급한 하사도 있고 작전에서 훈장 상신을 하고는 일반 병이 중사로 된 사람도 있었다. 경험이 많은 분대장은 분대원의 안전을 책임져야 한다. 작전을 나가서 제일 죽겠는 것은 산모기이다. 모기는 주둥이가 길은 지 군복을 입었어도 침으로 뚫고 피를 빨아댄다. 참으로 죽을 맛이다. 옷은 땀에 젖어서 물이 줄줄 흐르는데 그 땀 냄새가 모기의 표적이란다. 얼굴만 안 물려도 다행이다. 아침마다 먹는 소금 한 알과 말라리아 약 한 알을 먹기에 망정이지 그냥 작전 나가면 모기 밥이다. 초소에 근무라도 하면 그렇게 매일 소금을 먹어도 연실 물을 먹어대니 땀이 비 오듯 한다. 중대 안에서는 모기약을 몸에 바르고 팬티 바람으로 근무를 한다. 그렇게 철저히 말라리아 약을 먹어도 모기가 엄청 많으니 말라리아 병에 걸려 후송을 가는 장병도 있다. 맹물이는 이제 한 달만 잘 있으면 귀국이다. 그래도 마음은 졸였다. 기다리고 기다리던 발령이 났다.

참으로 일 년을 어떻게 버텼는지 스스로 장하다는 생각도 든다. 중대에서 연대 보충 중대로 가려고 헬기를 탈 때의 기분은 정말 환희이었다.

정글에서 모기보다도 더 무서운 것은 靑蛇(청사. 색이 아주 진한 녹색의 뱀)이다.

그것은 귀국 준비에 최고로 친다. 많이 잡히는 뱀도 아니지만, 그놈 한 마리만 잡으면 그것을 20불씩을 주고 거래를 한다. 한 달 병장 목숨수당이 54불인데 20불이면 대단한 값이다. 돈은 20%는 현지에서 찾을 수 있으니 20불을 모으려면 두 달을 모아야 한다. 청사의 몸은 그렇게 크지 않다. 우리나라 율무기 작은놈이라고 보면 된다. 그것을 사서 조금 큰 병에 못으로 구멍을 조금 뚫어놓아 공기가 통하게 하고 귀국 박스에 넣어 가지고 오면 대박이 난다고 소문이 났다.

우리 소대에서 작전을 나갔다가 베트콩을 세 명이나 잡아 특진하여 하사에서 중사가 된 분이 한 분 계셨다. 그분은 연기를 하여 2년 가까이 월남에서 있던 분이다. 소대 막사에서 그분이 슬리퍼를 신고 식당으로 가다가 청사를 보고 잡으려다가 청사에게 아랫종아리를 물렸다. 바로 헬기가 날아와서 연대 병원으로 이송되었다. 미군이 운영하는 헬기는 무전으로 신청만 하면 금세 날아온다. 일 년이 만기가 되어 맹물이는 귀국하기 전에 뱀에 물린 그분을 면회하려고 연대 병원엘 갔다가는 너무나 깜짝 놀랐다. 그분의 다리 한쪽이 몸통과 똑같게 부어 있었으며 나무에 매다는 그물에 매달려 누워있었다. 침대에 누워있으면 생살이 너무나 쓰라리고 아프니 그물에 몸을 얹혀 놓은 것이다. 그는 사경을 헤매고 있었다. 살은 붓다 붓다 못해 피부에 동그란 구멍을 뚫고 삐져나오고 있었다. 마약인 몰핀만 계속 맞고 있다 한다. 목숨만 붙어 있는 그를 보고 내내 발길이 돌아서지 않았다. 뱀에 물리고 헬기가 오기까지 30분도 안 됐는데 그런 현상이 나타나니 청사가 얼마나 무서운 뱀인지를 거기서야 알았다.

연대에서 사단 발령장을 가지고 사단 보충 중대에서 신고를 했다. 이제 안전하게 트럭을 타고 호송 책임 병력의 호위를 받으며 나트랑으로 가서 배만 타면 고향에 갈 수가 있는 것이다.

다시 배를 탔다. 귀국하는 장병들의 얼굴은 환희가 넘쳐흐른다. 그저 누구와도 이야기를 꺼내며 그간 있었던 월남에서의 일을 서로 이야기를 했다. 신기한 것은 월남을 갈 때는 대부분이 뱃멀미를 했는데 귀국 배에서는 질서도 정연하고 뱃멀미를 하는 사람이 하나도 없었다. 마음에 안도가 사람의 마음을 그렇게 바꾸어 놓으니 뱃멀미도 안 했나 보다.

부산에 배가 도착하니 태극기를 들은 환영 인파가 부두에 가득하다. 부대로 트럭을 타고 들어갔다.

2월 말경 부산에 도착하여 80%는 그 돈을 송금했으니 현금으로 받았다. 미제 C레이션도 4박스를 귀국박스에 넣어 가지고 왔다. 월남에서 탄피는 중대에 많이 쌓여 있다. 케레바 오공 탄피가 비싸다고 하여 귀국박스에 빈틈이 없이 꽉 채워서 가지고 왔다. 그것도 큰돈이 되었다. 귀국박스에 더 넣을 틈이 없었든 게 아쉬웠다.

맹물이는 귀국할 때 가지고 온 탄피 판돈까지 합쳐 모아보니 15만원이었다. 당시로써는 큰돈이다. 아침에 부산에서 출발하여 저녁때에 집으로 들어왔다. 연락할 전화가 없었으니 어머니는 "아" 소리를 크게 지르시고는 아들을 끌어안고 소리 내어 울음을 우셨다. 연락이 닿은 집 식구들이 모두 모였다. 이웃 사람들까지도 쫓아와서 고생했다며 위로의 말을 해줬다. 오랜만에 마음 놓고 휴식을 취할 수가 있었다. 탄피를 제거하고 다시 부산에서 붙인 귀국 박스가 일주일 후에 집에 도착했다.

C레이션 박스를 끌러 이웃에게도 미제 C레이션 맛을 보였다. 며칠간을 쉬고 제대를 하러 37사단 증평으로 가서 일주일 교육 후 3월 초에 제대증을 받아서 나왔다.

지나간 날들이 꿈만 같다.

아무리 어렵게 살아도 희망의 끈을 놓지 않고 있었다. 그것은 월남전으로 이어지고 살아서 돌아왔으니 마침내 기회가 온 것이다. 사람이 성공하려면 기회를 잡아야 하고 그것은 때가 있다. 때를 놓치면 절망이 앞을 가로막을 것이다. 희망은 방목장을 목표로 하고 돈을 벌 계획을 짰다. 소를 기르기로 한 것이다.

밤새 이 생각 저 생각을 하며 잠을 청했다. 거의 새벽녘이 되어서 잠이 들었다.

찌기미를 만났다. 두 사람은 어릴 적 자주 다니던 길을 따라 학교로 갔다. 운동장은 텅 비어 있어 교실로 들어갔다. 교실 문을 열고 들어가니 호랑이 선생님이 앉아 계신 게 아닌가? 깜짝 놀랐다. 다시는 보고 싶지도 않은 선생님이지 않았던가!

다시 문을 열고 복도로 얼른 나오는데, 선생님이 "조영식, 이병철. 이리와 봐."

깜짝 놀라 바라보니 호랑이 선생님이 맞는 것 같기도 하고 아닌 것 같기도 하다. 선생님이 부르니 할 수 없이 운동장으로 향하려던 발길을 돌리고 "네." 하고 들어갔다. 선생님 책상 앞에는 무슨 서류가 많이도 쌓여 있다. 그중에서 무언가를 꺼내서 들고는 "너희들 이리와. 이거 졸업장이야. 가져가."

그것을 받아 들고는 두 사람은 서로 얼굴을 쳐다보며 이해가 안 가는 표정으로 "선생님 저희는 아직 월사금을 안 냈는데 유."

"이제 가져가도 돼."

"감사합니다. 감사합니다."

맹물이는 코가 땅에 닿도록 선생님께 절을 했다.

졸업장을 받아 들고는 교실 밖을 나와서 운동장을 향하여 달리며

"나 졸업장 받았다."

소리를 지르며 이 기쁜 소식을 집에 알리려고 뛰어가는데 소낙비가 쏟아진다. 가는 길은 물길로 변하였다. 밑창이 다 달아빠진 검정 고무신은 헐레벌떡 숨을 쉬는 임종 시의 노인만 같았다. 신발을 벗어 양손에 한 짝씩 들었다. 그리고 빗속을 뛰었다. 배가 고팠다. 배고플 때 친구들 여럿이서 개구리를 잡아 다리를 잘라내 구워 먹던 생각이 난다. 침이 입에 고였다. 집에까지 얼마 안 남았다.

아니? 갑자기 햇볕이 쨍쨍 난다. 길은 언제 비가 왔는지도 모르게 바싹 말라 있었다. 이제는 탄탄한 길이다. 이상했다. 앞과 뒤를 보았다. 같이 오던 찌기미가 없다.

"야. 아끼라."

소리쳐 불렀다.

눈을 떠보니 부모님이 앉아 계신다.

"많이 피곤했나 보다. 아카라는 왜?"

참으로 이상한 꿈을 꾸었다. 자나 깨나 잊지 못하던 졸업장이었는데….

초등학교 때의 졸업장도 못 탄 것이 한으로 남아 있었던 것이 꿈으로 다시 나타난 것만 같다. 졸업장 그것을 항시 잊지는 않고 있었다. 사람이 사는 동안 돈을 벌 기회는 평생 세 번은 온다고 했다.

또 지금에 와서 졸업장을 받아서 쓸 곳도 없지 않은가? 5학년 때에도 담임이셨던 호랑이 선생님을 6학년 때 다시 만난다는 것 자체도 싫었었다. 이상하다! 왜 그런 꿈을 꾸었을까?

초등학교 졸업장을 못 받은 것이 마음의 한이 되어 영원히 없어지지 않을 것 같다. 중학교 모자를 쓰고 가는 아이들만 봐도 그것은 꿈틀거리는 뱀이 되어 혀를 날름거리며 꿈속에서도 괴롭혔었다.

중학교를 못 가고 프린트 사에서 학습지를 배달할 때에도 그 졸업장을 못 받은 꿈을 여러 번이나 꾸었었다. 이제 십 년이 지났는데 왜 그 꿈을 또 꾸었을까? 이제 사업을 시작하려고 준비 중인데 정신에 혼란을 주는 이 꿈이 좋은 꿈일까? 나쁜 꿈일까?

아버지의 얼굴을 한번 쳐다보았다. 아버지는 내가 초등학교 시절 월사금 때문에 엄청난 모욕을 당했던 것을 생각이나 하고 계실까?

"너는 우리 집의 희망 우리 집의 모든 것이다."

그것은 큰 형님에게 빼앗긴 줄이 끊어져 흩어진 바닥에 굴러다니는 염주 알일 뿐이다. 하늘은 스스로 돕는 자를 돕는다. 그 말을 믿자. 아무 데도 기댈 것 없는 자는 스스로 일어나야 한다.

큰 형님은 고등학교를 졸업 후 공무원 생활을 하고 계실 때이고 아버지는 작은 형과 목공소를 하고 계실 때이다. 목공소도 고리 사채인 장례 쌀을 얻어 운영하는 빚투성이였다.

월남엘 다녀와서 돈을 좀 번 사람들은 부모님에게 돈을 다 드린다는

데 맹물이는 당시 공무원 봉급 4달 치 정도 되는 3만원 정도만 드리고 12만 원을 가지고는 소를 기를 밭과 송아지를 사기로 했다. 그 돈은 병장 수당과 고물 탄피를 월남에서 가져왔기에 다른 사람들보다 5만원이나 더 받은 금액이다. 월남을 다녀오면서 15만원 정도를 부산에서 수령했다. 당시에 15만원은 큰돈이었다. 목숨을 걸고 다녀온 목숨 수당이 아니던가. 돈을 받으신 아버지께서는 네가 어렵게 번 돈인데 어떻게 쓸 수가 있느냐며. 도로 돈을 주셨다. 그럼 용돈이라도 쓰시라고 1만원만 드리니 그것은 받으셨다.

부모님은 서운하셨을 수도 있다. 꼭 성공하고야 말겠다는 생각만 앞서니 불효를 한 셈이다. 그리고 항상 마음속에 자리 잡고 있던 아버지 말씀. "사람은 태어날 때 저 먹을 것을 가지고 태어나는 거여."

그래. 제가 먹을 것을 제가 만들라는 말씀이지! 그냥 먹을 게 생긴다는 것은 아니라는 것이야! 가정의 기둥을 만들기 위하여, 라며 큰 형님에게만 투자하셨든 아버지께서는 내가 소를 기른다고 말씀드리니 "너에게 해 줄 것도 없는데 뭐라고 네게 할 말이 없다, 하셨다."

소는 당시에는 귀하기도 하지만 돈이 있는 사람들은 암송아지를 사서 농촌에 나누어주고 그 소가 새끼를 낳으면 어미는 가져가는 그런 시대였다. 소를 기르려고 했으니 땅이 필요했다. 한 달여를 복덕방을 다니면서 가격이 싼 땅을 찾아 돌아다녔다. 시내 아주 변두리인 산남동의 밭인데 맘에는 안 들지만, 돈에 비하여 많은 평수라 선택을 했다. 말이 밭이지 야산이었다. 큰 돌과 작은 자갈들이 널려 있어서 경운기로 평탄 작업을 할 수도 없는 밭이다. 그 밭은 도로도 없는 맹지였다. 평당 일백 원씩을 주고 900여 평을 9만원을 주고 매입했다. 쉴 틈이 없다. 4월이 오면 그곳에서 일하려고 준비를 시작했다. 더운 지방에서 있다가 오니 기온이 몸에 안 맞아서 감기에 걸려 고생 좀 했다.

밭에 있는 돌들을 치우고 움막을 짓기 위해 시장에 가서 평삽. 둥근

삽. 곡괭이. 쇠스랑. 호미 2개와 바위를 부수는 정과 바위를 들어 옮길 지렛대도 두어 개 준비했다. 그리고 리어카를 하나 구입하고. 제재소에 들려서 서까래 다섯 개와 계피 쪽도 좀 샀다. 누구 하나 도움을 청할 사람도 없지만 혼자 해나가기로 결심했다. 경운기가 있는 분에게 부탁하면 고생 안 했겠지만, 그 사용료가 2명 인건비라 하여 리어카를 사용했다. 산 밑에다 석가래 등을 갖다 놓고 어깨로 메어서 구입한 물건을 밭에까지 한 시간을 힘들게 날랐다.

땅 밑을 곡괭이로 여기저기를 약간 파보니 남향의 밭은 언 땅은 아니었다. 내가 구입한 내 땅이라 생각하니 너무나 기분이 좋다. 내일부터 일을 해야지. 본격적으로 작업을 할 준비를 끝냈다. 곡괭이로 조금씩 파기 시작했다. 우선 거처할 움막을 짓기 위해서이다. 그동안 혼자 먹고살 것을 어머니께서 꼼꼼히 챙겨주었다. 라면과 쌀. 국수를 사고 작은 냄비 하나와 수저 그리고 밥그릇과 국그릇 하나 물통과 그릇 닦는 수세미와 세숫비누 빨랫비누도 준비했다. 칫솔, 치약, 이불과 요도 하나 준비했다. 집에서 묵은김치와 동치미, 고추장, 된장도 먹을 만큼 준비해주셨다.

4월 초의 날씨는 서늘해도 일을 하니 땀이 난다. 2평 정도의 구덩이를 60cm쯤 파고 평평하게 했다. 그 위에 3m쯤 되는 서까래를 뿔사각형이 되게 철삿줄로 단단히 묶고 피라미트를 만들었다. 계피 쪽과 새끼로 고정한 다음 밭에 있는 바짝 마른 옥수숫대를 새끼로 묶어서 피라미트에 비가 안 들어오게 묶었다. 그리고 아래 논으로 내려가 마른 볏짚을 주워 다가 옥수숫대 사이사이를 막아 바람이 안 들어오게 막았다. 그리고는 새끼줄로 돌려가며 꼭꼭 묶었다. 마른 볏짚은 구덩이에 넣어 누울 자리를 만들었다. 그리고 드나들 문을 옥수숫대를 새끼로 매어 두툼하게 만들었다.

아침부터 시작했는데 점심때가 넘으니 너무 배가 고팠다. 500여m

떨어진 동리로 내려가서 우물물을 한 통 담아서 다시 산으로 올라왔다. 돌로 불 땔 곳을 작게 만들고 냄비에다 라면을 끓였다. 힘든 일을 하고 끓여 먹는 라면 맛은 이제껏 먹어본 중에서 최고로 맛이 있었다.

온종일 만든 움막 피라미트를 만들고 철저히 점검하고 보니 늦은 저녁때가 되었다.

밥을 하기에는 늦은 것 같아 다시 라면을 두 개를 삶아서 먹었다. 이제 오늘부터 내가 살 곳은 내 땅 위의 피라미트 움막이다.

마른 볏짚 그 위에 요를 깔고 이불을 덮고 누우니 온종일 일을 해서 그런지 나도 모르게 잠이 들었다.

수탉들이 목소리를 뽐내듯 홰를 치는 소리가 들린다. 잠은 깨어났는데 눈은 떠지지 않는다. 어제 온종일 너무 힘들었나 보다. 오줌이 꽉 찼는지 배도 아프다. 조금만 더 잤으면 좋겠다고 생각했는데 아래 동리 수탉들이 홰를 치면서 내 귀에 대고 소리를 지르는 것만 같다.

"일어나! 일어나!" 저놈의 닭이 시간을 모르지는 않을 터인데….

군대 가기 전서부터 바지를 뚫을 듯이 밀고 올라오던 놈이 새벽에 또 일어난다. 미스터 코리아에 나가면 1등은 못 돼도 3등은 될 것 같은 놈이다. 배가 빵빵하니 오줌이 그놈 대가리까지 꽉 찼나 보다. 너무나 오줌이 급하다. 오줌이 샐까 봐, 그놈의 대가리를 잔뜩 움켜쥐고 수숫대 문을 조금 열고 밖을 보니 아직 밖은 어둡다. 밖으로 나왔다. 소방차가 달려가듯 밭 가장자리 입구로 뛰어가서 여기가 내 땅이라는 구역 표시를 했다. 그리고 조금은 남았을 거야 하며 배에다 힘을 주고 여기까지가 내거여. 마지막을 장식하려는데 오줌이 모자란다. 하여간 시원하다. 볼일을 보고는 기차가 화통에서 연기를 '칙, 칙' 하고 내뿜듯 밤새 내 목덜미에 있던 뭉굴뭉굴한 덩어리를 '캑' 하고 뱉었다. '여긴 내 땅이야.'

맹물이는 밭을 돌아보며 여기가 내 땅이고 내가 살 곳이라 생각하니 기분이 좋다. 추운 줄 알았는데 전연 춥지 않게 잘 잤다. '일찍 일어나는 새가 모이 하나 더 먹는다.' 그 소리가 귀속을 살짝 밀고 들어왔다. 홰치는 소리를 매일 반겨야 하겠다.

볼일도 보았겠다. 다시 수숫대 문을 열고 피라미트로 들어갔다. 피라밑 안은 아직 어두웠다. 이집트의 피라미트는 아니래도 피라미트 안은 땅속을 파서인지 훈훈했다. 피라미트 안에 계란을 넣어 놓으면 잘 상하지 않는다는데 내 몸도 그리될 것 같다. 어두워서 더듬더듬 이불을 들치고 아는 집 들어가듯 기어들어 갔다. 머리맡에 둔 자명종이 뒤로 자빠지며 야광을 발하며 4시라고 시간을 가르쳐 주고는 조심 좀 하라고 '땡' 한다.

피라미트를 완성하고 고사를 안 지낸 것 같다는 귀신 씨나락 까먹는 소리가 귀에서 맴돌았다. 그러거나 말거나 해가 땅속을 헤집고 나오려고 폼을 잡는 여명이 서서히 걸어올 때쯤 일어날 참이다.

군대에서 졸병 때 밥을 항고에다 해서 선임자 시중을 들어보았기에 밥을 하는 건 이골이 나서 아주 누룽지까지 적당히 만들 정도의 실력이다. 내 밭을 여기저기 다니면서 나생이 비슷하기만 하면 캐서 된장국을 끓이니 그 냄새도 좋고 맛도 좋다. 냄비에다 밥을 해서 배가 불룩하도록 맛있게 먹었다.

소를 사다가 기를 생각하니 기분이 너무 좋다. 산 밑에 있는 밭이라 돌들이 여기저기 보인다. 우선 밭에 있는 큰 돌을 치우기로 했다. 한눈 한번 팔지 않고 큰 돌이 보이는 대로 곡괭이로 파고 지렛대로 굴려서 밭 가장자리로 옮기는 작업을 시작했다. 이틀을 그런 작업을 하고는 이제 작물을 키울 밭을 만들기 위해 밭에 있는 자갈 등을 전부 밭 가장자리로 옮기는 작업을 시작했다.

삼 일이나 집엘 안 들어가니 아버지와 어머니가 밭엘 찾아오셨다. 혼자서 자수성가할 테니까. 걱정하지 마시라고 했다. 걱정 어린 표정을 보이시고는 집으로 가셨다.

말이 900평이지 일을 하려고 하니 그 땅도 너무나 넓다. 근 한 달여를 밭에 있는 작은 자갈돌까지 밭 가장자리로 치우는 작업을 했다. 아주 일찍이 일을 시작했다고 생각했는데 바로 부근에는 사람들이 왔다 갔다 한다. 비닐하우스 속에서 일을 시작한 것 같다. 바로 이웃에 농사를 짓는 분이 경운기가 있어서 로터리를 쳐달라고 부탁을 하니 먼저 복합비료를 사다가 뿌리라고 하신다. 비료는 너무 많이 주면 오히려 작물에 해가 되니 아주 적당하게 주라고 뿌리는 양을 말씀해 주셨다. 초보 농사꾼이니 시키는 대로 하였다. 한 달여를 일한 보람도 있다. 어정쩡하던 돌밭은 정말로 제 모습을 갖추었다. 어떤 작물을 심을 것인가는 아래 동리 어른들에게 배울 작정이다. 이제 5월 초순이다. 밭 가장자리에는 여기저기서 새 풀이 돋아난다. 밭농사를 지을 준비를 하고 나면 5월 말이면 송아지를 사다 기를 수가 있을 것 같다.

부근의 밭에는 나생이 등 겨울을 난 풀들이 여기저기 잎이 커 올라온다. 새 풀싹들도 나온다. 송아지 울을 만들 나무가 필요했다. 리어카를 끌고 제재소엘 갔다. 웬만한 것은 부근의 산에서 조달하고 필요한 것만 사다가 울을 만들고 송아지가 비를 피할 지붕도 작게 만들었다.

밭에다 농작물을 키워서 새벽시장에 가서 팔 궁리를 했다. 경험이 없으니 그게 제일 걱정이다. 그래야 생활비와 먹을 것도 사고 소 사료도 살 수 있는데….

밭작물을 어떤 것을 선택해야 할지도 모르니 아래 동리 사람들을 찾아다니며 농사짓는 법을 배웠다. 동리에서는 벌써 농사일이 시작되고 있었다. 너무 일찍이라 생각했던 것은 오히려 열흘 정도는 늦은 셈이다. 바로 이웃에 있는 농사를 짓는 세 분에게도 조언을 들었다. 부근에서 농사를 짓는 분들은 작은 비닐하우스를 해놓고 매년 채소를 재배하여 석교동 도깨비시장에 팔러 다닌다고 하신다. 그 돈으로 생활도 하시고 아이들 학비도 마련한다고 하신다. 그분들에게 배우면 될 것 같다. 정말로 일이 술술 풀리는 것만 같다.

산 밑에 밭은 물이 잘 빠지니 고추나 옥수수가 제격이라고 하신다. 거름도 한몫한다고 하신다. 돌밭이라 그저 옥수수나 심던 밭이니 거름도 준 적이 없는 밭이었다. 복합비료를 적당히 뿌렸으니 잘 되겠지 하며 삽으로 밭고랑을 만들었다.

그리고 이야기 들은 대로 밭에 평탄 작업을 하고 갈퀴로 땅을 살살 긁고서 상추씨와 아욱 씨를 뿌리고 가지 씨 고추씨. 들깨 씨도 뿌렸다. 옥수수도 세 알씩 심고 밭 가장자리에는 호박씨와 완두콩과 동부도 심고 놀리는 땅이 없도록 할 판이다. 그것도 며칠이 걸렸다. 뿌린 씨는 보름이 넘자 여기저기서 그 작은 씨들이 흙을 머리에 이고 올라온다. 참으로 신기하다. 그 연약한 싹이 무거운 흙덩이를 머리에 이고 올라오다니 너무 예쁘다. 동리 어른들에게 배운 대로 모종이 좀 큰 후 듬성듬성 옮겨 심고 물을 주었다. 비닐하우스를 만들지 않았으니 대나무 활대를 사다가 꼽고 비닐로 덮었다. 비닐은 아침저녁으로 벗겼다 입히기를 해야 했다. 농사를 지을 줄 모르면 고구마 농사가 최고라고 해서 동리서 그 묘를 길러 파는 집에 가서 1000포기를 사다 심었다.

외딴 터에다 혼자인데 부근에 사람이 와서 농사를 짓는다는 것은 큰 보탬이 되었다. 그분들은 새벽에 와서 하우스 안에서 늦도록 일을 하고 간다. 이제 송아지만 사 오면 된다.

송아지를 사러 개신동 우시장엘 갔다. 어떤 송아지가 좋은지 감이 안 온다. 그냥 장날마다 몇 번을 다니며 거간들과 술도 한잔하면서 어떤 송아지를 사야 좋은지를 배웠다. 소를 처음 키우려면 비육우를 할 것인가. 그냥 소의 수를 늘리려고 할 것인가를 생각해서 하라고 한다. 소를 여러 마리를 키우려고 한다면 양순한 암소를 먼저 키워서 새끼를 낳게 해야 한다고 한다. 살이 찐 송아지보다는 좀 마르고 주둥이가 두

툼하고 다리가 길은 놈이 좋다고 했다. 그런 소는 값이 싸기도 하지만 먹이만 잘 먹이면 빨리 큰단다. 그런 소는 주인이 잘못 관리를 해서 먹이를 잘 먹지 못했기에 그리된 것이란다. 병이 든 송아지는 어떻게 생겼나 이야기도 잘 들었다. 좋은 정보를 들은 것이다. 거간들과 마신 술값이 아깝지가 않다. 있는 돈을 좀 남기고 거간 그들이 선택해 준 암송아지 두 마리를 끌고 산으로 향했다. 한 마리는 잘도 따라오는데 한 마리가 애를 먹인다. 어미가 보고 싶은가 보다. 연실 "매애앰. 매애앰" 하며 뒤를 돌아본다. 그럴 거야 정든 어미 곁을 떠났으니 얼마나 애가 탈까! 거간들이 이야기 한 대로 손가락을 그 송아지에 물리니 쪽쪽 빨면서 잘도 따라온다. 울안에 가두고는 이야기 들은 대로 미리 사다가 놓은 우유부터 먹였다. 먹으면서도 자세히도 나를 쳐다본다. 과연 성공할 것인가 두려운 마음도 들었다. 이제 성공과 실패는 내 손안에 달린 것이다. 송아지를 키우기 위해서는 사료도 사야 하고 생활비도 있어야 한다. 채소를 재배하여 팔려고 생각했는데 그게 잘될지 걱정이 앞섰다. 고구마는 팔 수 있을 것 같다.

매일 산 아랫동네 우물 샘에서 물을 지게로 지어다가 송아지를 먹였는데 너무 힘들다. 소에게 먹일 물이 문제였다. 또 밭작물도 물을 주면 더 잘 클 터인데….

송아지가 사람보다도 물을 더 많이 먹는다. 안 되겠다 싶어 리어카를 끌고 가서 물 담는 플라스틱 큰 통을 하나 사서 가지고 왔다. 물지게를 지고 하루 500여m나 떨어진 곳 우물에 가서 물을 두 번씩 길어오려니 그것도 힘이 든다. 어떻게 하면 물을 편하게 쓸 수 있을까? 곰곰이 생각해보니 밭 가장자리 계곡을 파면 물이 나올 듯도 싶다.

대번에 일을 시작했다. 처음엔 혼자 파다가 2m 정도를 파니 구덩이 밖에서 흙을 받아줄 인부가 하나 필요하다. 나무를 잘라 삼각대를 만들고 시장에 가서 밧줄과 도르래를 사다가 밧줄을 도르래에 건 다음

위에서 흙을 받아 줄 인부를 한 사람 고용했다. 두 사람이 닷새에 걸쳐서 땅속을 15m쯤 파자 물빛이 보이는데 저녁때라 구덩이 속은 어둠이 깔려 더 일할 수가 없다. 내일 일을 더 하자며 인부를 보내고 피라미드 속으로 들어갔다. 꿀잠이 들었다.

며칠째 이어진 고된 노동에 시달린 몸은 무거웠다. 어제 일을 마칠 즈음 물빛이 보이던 파놓은 구덩이 속이 궁금하여 일찍이도 일어나 쳐다본 구덩이 속은 흙탕물이 많이도 고여 있다. 놀람은 아! 라는 소리가 자동으로 나왔다. 고인 흙탕물을 처음 보니 믿기지 않아서 눈을 손으로 비비고 다시 쳐다보았다. 내가 잘못 본 것은 아니었다. 줄을 집어넣어 물 깊이를 재보니 물이 3m도 넘게 고여 있었다. 그것은 환희이고 희망의 샘이었다. 교회와는 100리도 더 떨어진 내 입에서 "아! 하느님" 소리가 저절로 나왔다.

흙을 퍼 올리던 두레박으로 물을 퍼보니 물은 땅속에서 나오는지 따뜻했다. 너무나 기분이 좋다. 물이 얼마나 나오는지도 궁금하여 두레박을 삼각대에 걸고 계속 퍼냈다.

그런데도 물은 잘도 나온다. 지하수 물길을 제대로 판 것이다. 이젠 됐다 싶다. 그냥 물을 두레박으로 퍼 올리기는 힘들 것 같다. 돌과 자갈을 3m가 되게 넣고 펌프를 사다가 고정하고 꼭꼭 밟아서 흙을 채웠다. 밭둑에 버려질 자갈돌이 아주 유용하게 쓰였다. 너무나 좋았다. 고인 물을 흙탕물이 안 나올 때까지 이틀을 펌프로 퍼내고 물맛을 보니 너무나 좋다. 이제 물지게는 필요 없게 됐다. 아직 아주 맑지는 않아도 이제 물 걱정은 덜었다. 이웃에서 농사를 짓는 분이 찾아와서 정말 대단한 사람이라며 추켜주었다. 그리고 그도 물을 쓰게 해달라고 한다. 당연히 같이 쓰자고 했다. 그분에게 새벽시장에 갈 때 송아지 좀 봐 줄 수 있느냐고 하니 그런 것은 걱정 안 해도 된다고 한다. 남자분은 옆에서 계속 일을 하고 여자분이 채소를 팔러 간다며. 걱정하지 않고 시장엘 다녀오면 될 것 같다. 생각지도 않은 어려운 것이 또 하나 해결된 셈이다. 나중을 생각해서 집을 지킬 진돗개 수놈 강아지 한 마리를 사다가 기르고 중병아리도 10여 마리 사다가 닭장을 만들어 줬다. 계란으로 반찬을 해먹을 생각이다.

졸졸 쫓아다니는 강아지가 귀엽긴 한데 비닐하우스도 물어 찢고 이제 올라오는 옥수수 싹도 밟아대니 끈을 사다가 매어놓았다. 말썽은 부려도 한 식구가 되었으니 소리 몇 번을 지르는 것으로 참아 주었다. 상추며 아욱 등을 팔러 가도 되게 자랐다. 이웃 사람들에게 배운 대로 저녁에 수확했다. 그리고 들은 대로 미리 사다가 놓은 옥양목 헝겊을 물에 적셔 덮어 놓았다. 3시에 일어나 여명의 시간에 석교동 도깨비시장에 도착해야 한다.

상추 아욱을 처음으로 수확해서 석교동 도깨비시장엘 갔다. 리어카를 끌고 한 시간 가까이 가면서도 이게 과연 팔릴까? 내내 궁금했다. 시장에 도착했다. 날이 좀 밝아 오자 사람들이 확실히 보이고 상인들과 손님들이 몰려들기 시작했다. 가격을 모르니 옆 상인들에게 물어보고 반값도 안 되게 준다니 상인은 그냥 다 달란다. 아. 싸게 주면 금방 팔리는구나. 초보 농사꾼이 시장엘 가보니 시장 사람들이 파는 채소와 내가 수확해온 채소는 차이가 났다. 그것은 채소를 가지런하지 않게 하고 크기를 적당히 안 맞춘 것이다. 좋은 경험을 했다. 도깨비시장 구경을 끝날 때까지 했다. 도깨비시장은 오전 8시 정도면 장이 끝이 나고 텅텅 빈다.

부근에 있는 해장국집으로 들어갔다. 한 그릇 사 먹고는 진돌이에게 줄 뼈다귀도 좀 얻고 시장엘 한 바퀴 돌아보니 닭집 앞 쓰레기통에 닭대가리가 들어있다. 버리는 것이니 그냥 가져가도 된단다. 진돌이에게 삶아 먹이려고 가지고 왔다. 첫 수확에 처음 판매한 돈은 적은 돈이나 그걸 받아든 기분은 최고의 환희였다. 고추 수확 철이 바로 올 것이며 옥수수도 좀 있으면 커 수확 철이 될 것 같다. 수확한 채소를 가지런히 하고 크기대로 차곡히 소쿠리에 담으려고 리어카 크기에 맞추어 대소쿠리를 여러 개 사서 왔다. 싸게만 팔면 되니 판로는 걱정 안 해도 되었다. 온종일 일을 하고는 저녁 어둡기 전에 채소를 수확하여 집 앞에서 소쿠리에 가지런히 정리해 놓았다. 물 적신 옥양목 헝겊으로 채소가 마르지 않게 덮어 놓았다. 3시에 일어나야 한다. 그리고 팔러 가야 한다. 많은 돈은 아니지만 매일 돈이 모인다. 채소 판 돈으로 송아지 사료를 준비하니 걱정거리가 하나 없어졌다. 고구마 줄기도 죽죽 뻗어 나가며 밭을 덮어 나갔다.

일하러 밭으로 가면 진돌이는 그저 목에 맨 끈을 풀어달라고 애원을 한다. 붙들고 아이들에게 훈계하듯 농작물을 망치면 안 된다고 거듭거듭 이야기해도 들은 둥 만 둥이더니 좀 커서 중강아지가 되더니 말귀도 알아듣는지 작물 밭을 쑥밭을 만들어 놓지는 않는다. 그래서 목줄을 끌러놓고 일을 하면 그저 쫓아와서 친구가 되어 주었다.

혼자 일하다가도 그놈을 한번 쓰다듬어 주면서 잠깐이라도 쉬면 기운도 난다.

고추는 꽃을 피우기 시작하더니 금세 고추가 크기 시작했다. 가지도 너무나 잘 큰다. 신기했다. 송아지도 풀을 베어다 먹여야지 농사도 지어야지 눈코 뜰 새 없이 바쁘다.

땅거미가 슬슬 걸어오기 시작했다. 하늘을 한번 쳐다보고는 이제 오늘 일은 끝이구나! 옷에 묻은 흙을 툭툭 털고는 샘가로 가서 손을 씻었다. 내일 새벽에 시장에 갈 채소를 다 정리한 것이다. 전깃불이 너무나 생각난다. 그러나 허가받은 건축물이 없어서 전기를 끌어 올 수가 없는 것이 내내 마음에 걸렸다. 시장기가 몰려온다. 아침에 해놓은 밥이 찬밥이 되어 굳어있다. 된장국을 끓여 밥을 말아서는 군대에서 먹던 식으로 입에다 긁어 넣었다. 이제 좀 눈을 붙이면 된다. 오늘 수확

한 것이 돈이 얼마나 될까? 돈이란 마약인가? 머릿속에서 구더기가 우글거리듯 돈 생각을 하다가는 자명종을 세시에 맞추고 잠을 청했다.

윤이 나게 큰 풋고추는 예쁘기도 하다. 풋고추와 가지도 수확해 다가 판매를 했다. 어느새 옥수수도 수확 철이 됐다. 각종 채소는 하루 한 리어카씩 수확을 해도 넘쳐난다. 시장엘 갔다가 돌아오면 진돌이가 제일 좋아한다. 내 리어카를 한 바퀴 돌며 코를 킁킁대며 뼈다귀를 가져왔나 조사를 한다. 냄새만 맡고도 그냥 펄쩍펄쩍 뛴다.

물을 걱정 안 하니 소가 더 잘 크는 것만 같다. 소를 안 키워 본 사람은 모른다. 그 커가는 소를 볼 때의 환희 그저 그 소가 나만 같다. 바쁘지만 틈만 나면 털을 골라주고 만져주고 하니 소가 사람도 알아본다. 소는 잘도 커 줬다.

윤기가 흐르는 소는 정말로 사랑스럽고 예쁘다. 소머리에 내 머리를 대고 목을 앉아도 줬다. 그것은 기쁨이었다. 피라밑에서 거지 같이 살아도 너무나 행복하다.

지루한 장마가 시작됐다. 비옷을 입고 채소를 팔러 다녔다. 피라미드 안에 물방울이 한 방울 두 방울 떨어지기 시작하더니 떨어지는 속도가 빨라진다. 처음 지어본 움막이라 비가 그렇게 새어 들어올 줄은 생각 못 했다. 비닐을 사다가 피라밑을 덮었다. 대충 수리를 했어도 안 되겠다 싶다. 장마가 끝나자마자. 피라밑을 벗어나기 위하여 짚을 섞어서 흙벽돌을 찍기 시작했다. 흙벽돌은 더위에 빨리도 말라줬다. 대충 흙벽돌로 방바닥 아래 구들 놓을 자리를 만들고 구들장을 사다가 얹고 작은방과 불을 땔 부엌을 만들었다. 서까래를 얹고 보니 두 평 정도의 집 모양이 완성됐다. 비가 오면 안 되니 서둘러 양철판 몇 개를 사다가 지붕에 얹었다. 양철지붕을 한 것은 비가 내리는 소리를 들으려고 그렇게 했다. 비가 오면 밤이라도 할 일이 있기 때문이다. 그동안 송아지도 좀 더 큰 것 같다. 옥수수를 수확하려고 보니 나무 하나에 두 개 달린 것도 있고 한 개 달린 것도 있으니 생각했던 것보다는 돈이 되질 않는다. 그런데 깜짝 놀란 것은 그 옥수수를 따고는 대를 작두로 잘라 소먹이로 사용을 하니 사룟값이 적게 드는 것이다. 소도 옥수숫대를 아주 맛있게 먹는다. 사탕수수가 아니래도 내가 먹어보아도 달다. 옥수수를 따고는 바로 옥수숫대가 마르기 전에 낫으로 베어서 쌓아 놓고 작두로 잘게 썰어서는 비닐로 덮어서 부드럽게 하여 소를 주니 너무나 잘 먹는다.

방의 가구래야 일기예보를 듣는 소형라디오 한 대가 방을 독차지하고 막대기를 잘라서 만든 헌 옷가지 몇 개를 거는 횃대가 전부이다. 또 명색이 부엌이라는 곳에는 소여물을 끓일 큰 무쇠솥 하나가 걸려있고. 남이 버린 사과 궤짝을 주어다가 신문지를 올려놓고 그릇 몇 개를 올려놓은 것이 다이다. 살림치고는 궁색해 보여도 쌀과 보리쌀이 있고 라면과 마른국수를 사다가 놓았으니 배고플 일은 없다. 행복이라는 것은 본인이 생각에 따른 것이지 내가 불행하다고는 생각지 않았다. 잠잘 곳이 있고 먹을 것이 있으면 행복이 아니던가? 피난민 수용소 옆에서 살면서 얻어먹으러 다니는 사람들 그들의 행복은 바로 잠잘 곳과 먹을 것과 식구가 있다는 것이 최고의 행복이라고 그들은 말했다. 난 참 행복한 사람이야!

일하고 내내 샤워를 할 수 있다는 것은 정말로 큰 행복이다. 겨울이 온다 해도 물을 데워 쓰면 되니 걱정이 없다. 장마가 끝나니 본격적인 여름 더위가 찾아왔다.

여름 저녁의 열기를 작은 창문 하나가 식히기에는 역부족 같다. 산에는 모기가 많다. 모기가 물어뜯거나 말거나 집 앞에 쑥을 뜯어다가 모깃불을 피워 놓고는 얼기설기 만든 간이침대에 누워 날 잡아 잡수했다. 새벽엔 바빠서 못 보고 몸이 근질근질하여 보니 밤사이에 나는 모기한테 많은 적선을 하였다. 모기 나라 천당이 있으면 아마 그들의 잔칫상인 나를 데려갈 것도 같다. "젠장" 하고는 피부 가려운 곳에 안티푸라민을 여기저기 발라 댔다. 안 되겠다 싶어 모기장을 사다가 방에 치고 방문을 활짝 열어놓고 잠을 청했다.

이웃에 농사를 짓는 분들의 덕도 톡톡히 보았다. 점심때가 되면 밥을 먹으러 오라고 하신다. 참으로 인심도 좋다. 그분들이 있으므로 안심하고 시장을 다녀올 수가 있었다. 풋고추와 가지가 크기 시작하니 그 양이 너무나 많다. 매일 리어카로 가득 담아 내다 팔아도 넘칠 만큼 가지는 잘 커 줬다. 가을까지 계속 나는 동부며 애호박. 풋고추를 팔러 다녔다. 값을 반값 정도로 싸게 하니 상인들이 서로들 사려고 난리다. 즉시 팔렸다. 밭작물이 너무나 많게 올라온다. 눈코 뜰 새 없이 바쁘다.

여름은 해는 이글거리는 뜨거운 불덩어리만 같다. 밭에서 나는 열기와 합쳐진 햇볕이 쬐는 밭은 한증막이었다. 얼굴은 인디언같이 누레지고 온몸에 흐르는 땀이 수건을 몇 개나 적시고도 남는다. 한증막과 흙과 싸우고 이긴 훈장 같은 손은 두더쥐 발 같이 갈라지고 굳은살이 박였다. 안티푸라민을 사다가 갈라져서 피가 나는 손에 발랐다.

고구마도 아주 많이 잘되었다. 시장에 가지고 가서 싸게 주니 금세 팔렸다. 고구마 줄기도 좀 가져오란다. 고구마 줄기는 소에게도 좋은 먹이었다. 옥수숫대. 고구마 줄기를 소에게 먹이는 동안은 사룟값이 조금만 들었다. 티끌 모아 태산이라더니 돈은 점점 많이 모였다. 송아지를 더 살 참이다. 소가 더 생기면 내년엔 옥수수와 고구마를 더 심기로 했다. 잘된 고구마를 부모님 집에 좀 갖다가 드렸다.

가을이 오자 부쩍 큰 진돗개는 너무나 영리했다. 집도 그렇게 잘 지킬 수가 없다. 가을이 되자 농약을 안 한 밭엔 들쥐들이 지렁이를 잡아먹으려고 아주 많다. 그걸 잡는다는 것도 쉬운 게 아니다. 시키지도 않았는데 밭고랑을 쑤시고 다니는 들쥐를 잡아다 연신 잡아다 놓고 장난도 한다. 들쥐들이 쑤시고 가면 작물은 뿌리도 상하지만 바로 시들어 버려 상품 가치가 없다. 진돗개는 두더쥐의 천적인 것만 같다. 첫해에 농사는 잘 짓지 못했지만 많은 것을 배웠다.

이제 늦가을이다. 수확할 것을 다 하고 채소를 팔 것도 없으니 소만 봐주면 된다.

소도 겨울에 추울까 봐 등허리 띠도 만들어서 동여매 주었다. 피라미트 옥수수 집보다 다시 만든 오두막 흙벽돌집은 불을 때니 너무나 따뜻하다. 아궁이에 남은 재에 고구마를 넣어 구워 먹으니 세상에 부러운 게 없다. 겨울에는 소여물만 주면 되니 좀 쉴 수가 있었다. 거지같이 살아도 정말로 마음이 편하다. 이게 행복인가 싶다.

고추 농사도 반타작은 했으니 첫 농사치고는 성공한 셈이다. 파는 것이 어렵다고 생각했는데 그것은 문제가 안 됐다. 진돌이와 옆에 농사를 짓는 분이 있으니 도깨비시장엘 가서 집으로 빨리 가야 한다는 조급증이 사라졌다. 단골 상인들과 막걸리도 한잔하고 올 때도 있었다. 아주 든든하다. 진돌 이는 나를 보면 그렇게 좋아할 수가 없다. 꼬리를 흔드는 게 아니라 엉덩이를 흔들어 댄다. 집 근처엔 사람은 얼씬도 못 하게 한다. 진돌 이는 호위 무사다. 공짜는 없다는 생각이 든다. 수백 미터에서 오는 주인도 알아보고 짖어댄다. 그리고는 마중을 나온다. 진돌이가 짖는 소리는 주인이 오는 것을 반기는 소리와 외부인이 왔을 때의 소리와는 아주 대조적이라 대번에 알 수가 있다. 주인이 시장에 가면 진돌 이는 쫓아오려고 난리다. “어서 가 소를 지켜야지” 하면 소 막사에 가서 소를 지키고 있다. 말귀를 알아듣는다.

겨울을 나고 보니 소가 많이 큰 것 같다. 봄이 되어 동물병원 수의사님을 찾아갔다. 언제 임신을 할 것이며 그런 증상은 어떻게 알아보냐고 물어보았다. 송아지를 산 날짜를 짚어보고 소를 보고는 11월이면 1년 반이니 임신을 할 수 있을 것 같다고 했다.

또 봄이 되어 씨를 뿌리고 다시 밭에서 나는 콩, 옥수수, 상추, 아욱, 시금치, 고추 등의 작물을 석교동 도깨비시장에다 팔기 시작했다. 작년에 배운 채소 농사짓는 법은 숙달이 되었다. 고구마를 5000포기를 심었다. 반 황토밭에서 재배된 고구마는 확실히 인기 있는 작물이었다. 고구마 색깔도 아주 좋다. 가져가면 그 자리에서 팔렸다.

그래서 작년에 5배를 심은 것이다. 입은 옷은 다 해져서 깡통만 들고 나서면 밥도 얻어먹을 것 같다. 거지가 따로 없다. 그저 시장에서 농부들이 입는 싸구려 옷을 사다가 입고 시장엘 다녔다. 부근에서 일하는 농부들은 참으로 부지런하다. 일찍이도 와서 일을 시작한다. 시장에 채소를 팔러 갈 때, 진돌이가 소를 지키기는 해도 그분들이 있어서 큰 도움이 되었다.

부모님은 몇 번을 오셔서 너무 고생이 많다고 하시고는 꼭 성공하라며 용기를 주시고 가셨다.

나는 여명의 시간 전에 일어나서 시장엘 다녀오고는 먼저 소에게 쫓아가 소에 목을 한번 쓸어주고 여물을 준다. 소가 배설한 똥을 한군데로 모으고 호밋자루 또는 괭이를 들고 밭에 풀들과 씨름을 시작한다. 소가 새끼를 낳아 많아지는 것이 내 희망이라는 것뿐이다. 황혼이 될 때까지 밭과 씨름한 나를 맞이해주는 흙벽돌집이다. 풋풋한 흙냄새가 나는 집은 나를 편안하게 잠재워 준다. 오전 3시에 일어나면 저녁에 거두어들인 채소를 리어카에 싣고는 시장에 뛰듯 가서 흥정하고 판다. 해장국 한 그릇을 숨도 안 쉬고 먹고는 내 땅으로 돌아온다. 그러면 진돌이가 몸통을 흔들며 안아달라고 뛰어오른다. 진돌이가 꿈을 잘 꾼 날은 닭대가리를 먹을 수 있다. 진돌이 등을 한번 만져주고는 소에게 가서 먹이를 주고 목을 껴안아 주고 눈인사를 하고 다시 풀들과 전쟁을 시작한다. 한낮의 이글거리는 불덩어리와 숨통을 죄어 오는 밭의 열기와의 싸움은 땀으로 대항했다. 펌프 물을 한참 퍼내면 찬물이 나온다. 몸에 찬물을 껴 얹으며 항시 내가 이겼다. 지칠 줄도 모르는 억센 잡풀이 나 있었다. 여름은 뜨거움의 시간이고 나를 편안하게 해줄 수 있는 먹이를 만드는 시간이다. 나에게 여름은 고마운 계절이다.

밭에서 난 작물 중에서 콩이 소에게도 좋다고 하여 콩을 콩깍지와 함께 삶아서 소에게 먹였다. 사룟값이 비싸니 더 부지런히 풀을 뜯어다가 소를 먹였다. 소는 정말로 영리했다. 주인도 잘 알아보고 주인의 말도 잘 알아듣는다. 소가 미련하다는 말을 하는 사람은 소를 모르는 사람들이 하는 이야기이다.

소 기르는 일과 농사 그 일은 내 생사가 달린 일이기에 누가 시키지 않아도 어둑어둑할 때까지 일했다. 빨리 도망하러 가는듯한 해를 쳐다보며 눈을 흘겨봤자다. 일은 산더미 같이 밀렸는데 서산 너머로 넘어가는 해는 얄밉기만 하다.

시간이 빨리 가는 만큼 소들은 빨리 커 줬고 밭작물 사이사이로 풀들이 차지하고 얼마나 빨리 크는지 작물보다도 더 잘 큰다. 쫓아다니며 호미로 풀을 매어주면 작물은 나를 보고 웃는 것 같다. 그것도 일부는 소먹이로 사용하고 썩혀서 비료로 만들었다. 밭 거름을 만들기 위해 바로 붙은 산 위로 갔다.

낙엽
시몬 너는 낙엽 밟는 소리가 좋으냐?
발로 밟으면 낙엽은 영혼처럼 운다.
가까이 오라 우리도 언젠가는 낙엽이리니.
…………
…………

인쇄소를 다닐 때 읽어보았던 시가 생각이 났다. 레미 드 구루몽의 명시이지만 소녀의 감성이 없는지 나에게 낙엽은 그냥 비료 원료로만 보인다.

낙엽을 갈퀴로 벅벅 긁어다가 소똥을 섞어 놓고 비닐로 푹 씌워 썩히면 최고의 비료가 된다는 것은 안다. 그래도 뭔가 낙엽에 미안한 마음도 든다.

잘 먹고 잘사는 사람들의 책갈피에 영원히 간직하지 못할 것이라면 천연비료로 만드는 게 훨씬 좋을 것이 아닌가. 감정이 메말라 없어진 나에게 보이는 것은 어찌하면 좋은 비료를 만드느냐이다. 오늘도 낙엽을 긁어다가 작은 산을 만들어 놓고 소똥을 위에 부으며 나는 뜬금없이 '시몬 너는 낙엽 밟는 소리가 좋으냐?' 그 생각이 나며 소똥을 낙엽 위에 펴 붙는 게 정말 미안했다.

내가 움직이지 않으면 내가 먹을 게 생기지 않을 것이다. 누가 나를 공짜로 먹여줄 사람이 있는가? 기분은 좋지만 일은 힘들다. 진돌이가 와서 꼬리를 흔들며 머리를 쓰다듬어 달라고 한다. 진돌이는 나에 친한 친구이다.

그놈을 번쩍 올려 앉고는 옛날에 어른들이 어린 나에 양쪽 귀를 잡고 서울 구경을 시켜 준다면서 귀와 빰을 함께 번쩍 들어 올리면 아프기도 했던 적이 생각이 났다. 진돌이의 머리통을 번쩍 추켜올렸다 내리기를 하며 서울 구경을 시켜줬다.

"진돌아 서울이 보이지?" "진돌아 서울이 보이지?" "진돌아 서울이 보이지?"

"끄으응 끄으응."

꼬리를 내 몸에 대고 흔드는 걸 보니 진돌이는 나에 어렸을 적처럼 서울이 보이나 보다. 진돌이는 내 친구이기도 하지만 우리 집의 호위무사다.

달걀을 먹기 위해 닭을 10여 마리 키웠는데 한 마리를 잡았다. 오늘은 내가 너에게 보신탕을 끓여줄게. 진돌이를 준다고 하고 만든 닭탕을 반쯤은 내가 아주 맛있게 먹었다. 제 배 속을 채운 것만 같다. 닭 뼈를 개에게 주면 개가 죽는다고 하여 뼈는 버렸다.

진돌이는 두더쥐 발 같은 내 손도 좋다고 받아들이며 핥아준다. 발톱은 깎아도 손톱은 한 번도 깎아본 적이 없다. 다 달아서 깎을 게 없었다. 한여름의 땀은 옆구리에 찬 수건을 적시고도 모자란 지 수건을 짜면 물이 뚝뚝 떨어졌다. 불덩이 같은 해가 무섭다. 한낮에 밭에 들어가면 어지럽다. 죽어라. 밭에 매달리던 첫해와는 다르게 최고로 뜨거운 오후는 낮잠을 조금 잤다. 잠은 활력을 다시 만들어 준다.

펌프로 물을 한참을 펴 올리면 시원한 물이 나온다. 그물을 온몸을 뒤집어쓰면 아주 시원하다. 한낮엔 진돌이도 혀를 내밀고 헉헉댄다. 불러다가는 시원한 물을 온몸에 뿌려 주면 아주 좋다고 꼬리를 흔든다. 한번 물을 뿌려 주니 내가 물을 온몸에 뿌려대면 쫓아와서 저도 그렇게 해달라고 내 옆에 와서 드러눕는다.

힘들어도 버티는 힘은 어디서 나오는 것일까?

아마 졸업장의 추억만 같다. 아들에게 가난의 비참함을 물려주고 싶지 않은 것도 한몫했을 것이고. 이를 악물고 일을 해야 한다는 압박감일 것 같다.

단짝이었던 찌기미가 대전에서 결혼한다고 연락이 왔다. 나는 결혼은 꿈도 안 꾸는데…. 소 때문에 떠날 수가 없다. 친구 편에 축의금만 보냈다.

송아지를 키우기 시작해서 18개월 만에 수의사님이 찾아오셨다. 소의 상태를 자세히 보시더니 임신을 할 수 있을 것 같다고 하신다. 다 크지 않은 소를 임신시키면 모지리도 낳을 수 있으니 20개월을 채워서 인공 수정을 해주시겠다고 하신다.

맹물이 눈에는 아직 어린 소 같은데….

인공 수정을 해주고 가신 후 여덟 달이 가까이 오자 소는 확실히 배기 부르고 새끼가 배 속에 있는 것 같다. 수의사님이 지정한 날짜가 되자 송아지가 진통이 오는지 뭔가 이상했다. 겁도 나고 바로 수의사님을 찾아갔다. 일이 잘되려고 그랬는지 수의사님이 계시는데 송아지를 낳으려고 양수가 쏟아져 내렸다. 수의사님과 다리를 잡아당겨 송아지를 받아냈다. 그걸 지켜보는데도 마음이 많이 조린다. 어미가 된 송아지는 아픔을 참느라고 눈물을 흘렸었다. 초산은 난산이 많은데 순산이라고 하셨다. 송아지를 낳자마자 수의사님은 송아지를 거꾸로 들고 코를 쑤시어 숨을 쉬게 하셨다. 새끼를 낳으면 그렇게 하라고 가르쳐 주셨다. 그만큼 소를 잘 먹이고 관리를 잘했기에 순산을 했다고 한다. 새끼가 새끼를 낳은 것만 같다. 우유를 사다 먹이면서 어미 젖을 물리라고 하신다. 그리고 다른 송아지도 보시더니 그 송아지도 곧 새끼를 낳을 것 같다고 말씀하시고는 징조가 보이면 바로 연락을 하라고 하신다. 낳은 송아지를 끌어안고 방으로 들어가서 닦아주고 추울까 봐 헌 담요를 찢어 배를 감싸 주었다. 그렇게 해서 송아지를 키우기 시작해서 3년 만에 어미 소가 2마리에 송아지까지 합쳐 4마리가 됐다. 1년 후에는 농사지은 돈을 모으고 하여 암송아지를 두 마리를 샀다. 송아지는 계속 늘어날 것이다. 다시 사 온 송아지도 너무나 잘 커 줬다. 어미 소는 모지리 송아지도 한 마리도 안 낳았으니 그것은 큰 축복이다. 어미가 송아지를 낳을 때는 정말로 힘이 든다. 소도 그 아픔을 참느라고 운다. 소가 새끼를 낳으려는 징조가 있으면 이웃 사람을 불러와야 했다. 다리가 먼저 나올 때도 있다. 밧줄로 묶고서 옆 밭에 농사짓는 분에게 좀 도와 달라고 하여 두 사람이 잡아당겨야 했다. 양수와 함께 머리부터 쑥 쏟아져 내린다면 얼마나 좋을까. 송아지를 낳은 어미에게 따뜻한 여물을 가져다 먹이고 고생했다며 머리를 쓰다듬어 준다. 수송아지를 낳으면 더 큰 경사이다. 수송아지는 암송아지와는 달리 빨리도 큰다.

가축병원 수의사님은 총각이 소를 아주 건강하게 잘 키운다고 칭찬을 하셨다.

"자네 지금 몇 살인가?"

"네 스물여덟 살입니다."

"자네 고향이 어디이고 사는 곳은 어디인가?"

"청주에서 나고 지금껏 청주를 벗어난 적은 군대밖에 없습니다."

"형제는 몇 사람이나 있나?"

"형님이 두 분 계시고 시집간 누나 또 동생들을 합쳐 9남매입니다."

"장가갈 생각은 없는가?"

"네? 제가 지금 장가갈 형편이 아닙니다. 저는 성공하고서야 장가를 갈 생각입니다."

"자네. 내가 중매를 선다면 선을 볼 생각은 있나?"

"좀 더 생각 좀 해보구요. 저는 지금 소와 결혼한 거나 마찬가지입니다."

"허허 참으로 대단하군. 자넨 성공할 걸세. 내가 참한 처녀를 하나 소개해 줄 터이니 맞선 한번 보게나."

맹물이는 그저 수의사님이 농담으로 하시는 말씀쯤으로 알아들었다. 먼 길에도 찾아오셔서 소를 보아 주시니 너무나 고마운 분이시다. 그런데 수의사님이 다시 찾아오셔서는 그 처녀의 사진을 보여주며 한번 만나 보라고 한다.

결혼은 꿈도 안 꾸었는데…. 수의사님이 중매를 선다며 나섰다. 날을 잡아 다방에서 맞선을 보았다. 내 꼴은 말이 아니었다. 얼굴을 아무리 깨끗이 씻어도 햇볕에 그을린 얼굴이 하얘질 리가 없다. 제대로 된 양복 한 벌 없으니 누런 점퍼를 입고 선을 보러 나갔다. 흙냄새만 맞다가 여자가 화장한 냄새를 맡으니 색다른 세상에 온 것 같다. 그녀는 사진보다도 예뻤다. 그녀가 내 손을 자세히 보았다면 10리는 도망갈 것 같다. 그녀가 내 손을 볼까 봐. 다방 탁자 아래로 손을 내리고 눈치를 보았다. 그녀의 얼굴을 아무리 봐도 개고생을 하며 소를 키우는 사람에게 시집을 올 사람은 아닌 것 같았다. 오두막집에 소 하고만 사는 데 퇴짜를 맞았다고 생각하고 포기했다. 수의사님은 기다려 보라고 하였다. 중매는 잘하면 술이 석 잔이요 못하면 뺨이 석 대라는데….

그 수의사님이 그녀 집안에 어떤 말을 했는지는 모르지만, 초등학교 졸업생이라는 것도 쏙 빼고 이것저것 거짓말을 했을 게 뻔하다. 앞으로 유망한 젊은 총각이라고….

그 사이에 맹지였던 밭이 청주시 도시계획에 의해 35M 도로가 개설되었다. 청주 제1 순환도로가 생긴 것이다. 행운이 따른 것이다. 이제 정식으로 집을 지을 수 있게 됐다. 건축허가를 받았다. 소는 키우려고 산 것이니 밭을 담보로 건축비 반을 은행 융자를 받았다.

목수인 초등동창 욕쟁이를 찾아갔다. 욕쟁이는 아버지와 같이 집을 지으러 다니고 있었다. 집을 지어 달라고 부탁하여 밭에다 작고 예쁜 집을 3개월 만에 아담하게 지었다. 문짝은 아버지가 만들어 주셨다. 흙벽돌로 대충 지은 두 평의 집에 비하면 그것은 호화주택이다. 전기도 없던 밭에 집을 짓고 전기가 들어오니 새로운 삶이 시작되었다. 펌프로 퍼 쓰던 물을 모터를 달고 물을 여기저기로 연결을 하니 너무나 편하다. 물맛이 달다는 느낌이 들 정도로 지하수는 정말로 좋은 물이었다. 밤에도 불을 밝힐 수 있으니 수확하는 채소의 손질도 늦게까지 해도 된다. 이제는 조바심도 안 나고 마음이 아주 편해졌다. 3시에 시계를 조정해 놓고 잠을 청했다. 홀로 누워서 천정을 보니 잡생각이 난다.

눈도 없는 놈이 바짓가랑이를 쳐들고 올라와서 말하는 것만 같다.

"그냥 수의사님께 매달리세요."

"왜 내가 수의사님께 매달려야 해?"

"아이고 참 능구렁이가 따로 없네. 정말 나한테도 거짓말할 것인가 유?"

"뭔 거짓말 말을? 말을 해야 알아듣지."

"아니 월남에서는 줄 Sex도 했잖아요."

'아이고 환장하겠네. 그건 진짜 극비밀인데.'

"그런데? 어쩌란 말이야."

"그러니까 수의사님에게 매달리라고요."

"수의사님?"

"그려 유. 장가를 보낸다고 중매를 섰잖아요."

"네가 그걸 어떻게 알아?"

"아이고. 그걸 모를까 봐요. 말이라도 한번 했나요? 벙어리 행세만 하구서."

그래 생각이 난다. 월남 전선에서 그 뜨거운 가운데서도 철모를 쓰고 M16 소총과 탄띠를 메고 거시기를 한 번 하려고 목숨을 걸고 임시 Sex 텐트촌에 줄을 섰었지.

바로 옆에는 미국 군인도 줄을 서서 있었고 미군들을 받는 여자들은 따로 있었다.

날씨가 너무 뜨거우니 몇십 분을 서서 그 차례를 기다린다는 게 정말 어려웠다. 줄을 서 있어도 앞으로 한 발짝 가는 게 참 시간이 길다. 안에다 대고 소릴 질러댔다.

"야 이 18 놈들아 빨리 끝내고 나와 기다리는 사람도 생각해야 할 것 아녀."

그랬다. 그 뜨거운 햇살 아래서 땀을 찔찔 흘려가면서 1분이라도 서 있다는 것은 고역이었다. 얼른 한 번 거시기를 하고 부대로 가야지만 생각이 난다. 그리고 위험 지역에서 잘못하면 베트콩들에게 잡힐 수도 있다는 것도 감내하고 줄 Sex를 하려 서 있었던 내가 아닌가? 이제 들어갈 차례가 거의 됐다. 내가 세 번째다. 텐트만 친 그 장소 입구에는 돈 받는 노파가 의자에 앉아서 2불씩을 받고 있다. 이제 텐트 안으로 들어갈 차례가 되어 2불을 내고 텐트 안으로 들어갔다. 그곳은 보지 말아야 할 풍경이었다.

여자가 그 거시기를 하고 나와서는 내가 보는 앞에서 물로 아랫도리를 씻고 있었다. 그리고 그녀가 나를 따라서 오라고 한국말로 "얼능 와 빨리하고 가" 한다.

정떨어지지만 2불을 낸 게 아까워서라도 그냥 갈 수는 없었다. 바람에 펄렁대는 커튼으로 막아놓은 침대에 들어가니 참 기가 막힌다. 홀라당 벗은 그 여인은 침대에 누워서 빨리빨리 오라고 또 손짓한다. 정말 아무리 여자래도 정나미 떨어진다. 그러더니

"다음 손님 받아야 하니까 빨랑빨랑해"

한다. 병이 옮겨붙는다는 소리도 있고 하여 참으로 망설여졌다. 그런데 더 당황한 것은 그 여자에게 가까이 가자 이상한 냄새가 난다. 그 냄새는 여자의 체취라기보다는 뭔가를 감추려는 지독한 향수 냄새였다. 그녀를 한번 다시 쳐다보았다. 줄 Sex 그것에도 존경이 살아 숨 쉬어야 욕구를 발산할 것 같다. 사람으로 태어난 게 창피하기만 했다.

남자는 여자의 그것이 감춰져 옷이 살랑거릴 때 좋지. 대놓고 홀라당 벗으면 재미는 없지만, 그놈은 세상 구경을 했다. 순간의 쾌락은 재미는커녕 후회스럽다.

"야. 너 입 달렸다고 그냥 나불거리면 안 되는거여."

"내가 뭐 잘못 했남요? 사실대로 얘기한 건디."

"쟈사 너 까불면 그냥 안 둬. 색시 깜이 있어야 널 살려줄꺼 아녀? 내 열통 건드리지 마."

"참 주인님은 겉과 속이 다른 동물과 같으네요."

"뭐시라. 너 까불면 그냥 안 둬."

"그래두 나두 썽깔두 있다구요."

"네 까짓게 썽갈 부려 봤자지 너 꼴리는대로 해봐."

"내가 하라면 못할 줄 알아요."

시계가 발광해서 일어나 보니 3시이고 빤쓰가 콧물 범벅이다. 그것은 젊음의 반항이었다.

"젠장."

결혼은 틀렸다고 생각했는데 수의사님이 다시 한번 나오라고 하신다. 그녀를 두 번째 만나서는 그녀의 집안 사정을 알 수 있었다. 그녀는 가난한 집에 둘째 딸이었다. 수의사님이 어떻게 설득을 했는지 그녀는 고생해도 좋다고 하였다. 결혼 승낙을 받은 것이다. 양가 인사가 끝나고 일 년 후로 결혼 날짜를 부모님이 잡으셨다. 수의사님이 너무나 고마웠다. 꿈도 못 꾸던 결혼이지만 예식장에서도 그녀의 손을 잡을 때 그녀의 손이 꺼끌거릴걸 느낄까 봐 흰 장갑을 끼고 손을 잡았다. 첫날밤을 이야기하면 너무나 창피하다. 충주 수안보 온천에서 온천욕을 하고 나와서 본 그녀는 너무나 아름답고 아주 보드라운 살결을 가지고 있었다. 두더쥐 발이 된 손으로 그녀의 어깨를 만지자. 그녀는 움칫하며 눈을 동그랗게 뜨고 나를 쳐다보았다. 그녀가 왜 놀랐는지 단번에 알 수가 있었다. 침실에 들어가서도 그녀의 몸을 만질 수가 없었다. 내가 그녀의 몸을 쓰다듬으면 그녀의 몸은 상처가 날 것만 같다. 손을 온천에 담갔어도 뻣뻣했을 손을 보고는 놀라지 않을 수 없었을 것이다. 그녀는 내내 손에 대해서는 아무 말이 없었다. 그러던 그녀가 집에 와서는 내 손을 만져주며

"열심히 살은 손이네요. 꼭 성공하실 거예요."

말 타면 종을 두고 싶다더니 땅을 사고 결혼을 하니 이것저것 생각나는 게 많다. 리어카로 채소를 팔러 다니던 것을 작은 포터 중고차로 바꾸었다. 시장을 다니는 게 너무나 편했다.

또 봄이 왔다. 감나무를 10주를 사다가 밭둑에 심었다. 십여 년만 가

면 밭에 경치를 즐길 수도 있고 어릴 적 그렇게도 먹고 싶었던 홍시를 아이들에게도 먹여주려는 속셈이다. 결혼한 아내는 소 먹이 주기 밭에 채소 기르기 등을 거들며 한몫을 톡톡히 했다. 고맙고 미안했다. 뭔가를 그에게 해주고 싶은데 마땅한 게 없다. 아내 생일날에 들에 핀 들국화를 꺾어다가 주려다가 피식 웃고 말았다. 지금 생각하니 여자를 모르는 돌머리가 분명했다. 아내가 생각하는 갈대라면 맹물이는 길가에서 밟히며 큰 잡초만 같다.

소를 끌어안고 얼굴을 비벼대는 나를 보고 아내는 소가 더 좋으냐. 내가 더 좋으냐. 물어볼 듯도 하다. 그러면 "그런 걸 뭘 물어봐." 하며, 엉뚱한 말을 할 것만 같다. 잔인하기로 따진다면 인간이란 천사의 탈을 쓴 악마인 것 같기도 하다. DNA를 개조하기 전엔 그냥 살 수밖에 없을 것 같다. 하늘을 우러러 한 점 부끄럽지 않게 산다는 것은 석가모니나 예수 또 간디에게나 물어볼 이야기 같다.

찌기미가 자주 찾아와서 밭에 찍어놓은 흙벽돌로 방을 하나 만들고는 대전에 있는 식구들을 데리고 다 이사를 왔다. 찌기미 그는 맹물이 마음의 고향이었다. 그가 약속대로 청주로 왔다. 반갑게 맞았다. 옮기는 짐을 거들어 주며

"야 잘 왔다. 환영한다. 같이 고생 좀 해보자."

찌기미가 소 일을 돌보며 찌기미도 송아지를 사다가 키우기 시작했다. 찌기미가 오자 새로운 식구가 생긴 것 같아서 참 좋았다. 일을 거들어 주니 힘이 덜 들고 소가 새끼를 낳으려 해도 걱정할 게 없다. 살 만하다. 소 막사는 활기를 띠게 깨끗해졌다. 아내도 소를 키우는 게 힘이 들 텐데도 잘 참으며 열심히 일을 도왔다. 사람이 늘어나니 밭엔 활기가 넘쳤다. 찌기미도 참 고마운 존재다, 그가 있으니 지난날보다는 참으로 편하다.

인간들은 고향을 잊어버렸는지 모르지만, 맘은 고향을 잊지 않고 있

었다. 찌기미는 맹물이의 어릴 적 고향이었다. 천둥 치듯 들려오던 초등학교 때 월사금 이야기가 기댈 곳은 찌기미 그에 얼굴이었다. 선생님에게 닦달을 당할 때마다 쳐다보던 찌기미 그것은 동지 의식이었다.

그를 쳐다보면 초등학교 생각이 난다. 눈시울이 붉어질 때도 있다. 비가 오는 날 학교에서 집으로 갈 때 누가 우산을 가져다가 줄 사람은 둘 다 없다. 하늘이 뚫린 것 같이 쏟아지는 비를 안 맞으려 남의 집 처마 밑에서 서서 기다려 보다가는 원망스러운 눈으로 하늘 한번 쳐다보고는 찌기미를 보고

"야 그냥 가자. 아무리 기다려도 비가 그칠 것 같지는 않다."

아무도 없는 집엘 오면 바짓가랑이로 물이 줄줄 샌다. 마루에 서서 옷을 홀딱 벗어서 짠다. 그리고는 처마 밑 빨랫줄에 걸고는 방으로 들어간다. 한여름에도 몸이 으슬으슬하다. 재채기를 몇 번 하고는 이불을 꺼내 덮고 좀 누워서 있어야 한다.

그렇게 비가 많이 오는 날은 책이 전부 젖어서 문제다. 전부 꺼내서 털고 신문지를 책 사이사이로 넣고 밟고는 숯불을 피우고 다리미질을 해야 한다.

밭이 있기에 두 집 식구는 한 식구 같이 살며 반찬은 자급자족하며 살았다. 소금 된장 간장 고추장만 있으면 됐다. 지금 생각해보면 그 음식은 사람을 건강하게 하는 웰빙 음식이었다. 아내도 찌기미 식구가 있으니 말할 상대가 되어 좋아했다. 수송아지를 사다가 비육우도 시작했다. 소는 계속 늘어났다. 돈이 벌리자 부근의 논에서 나는 볏짚을 사다가 쌓아 놓고 소먹이를 하며 겨울을 나고 옆에 산을 임대하여 작은 방목장을 만들었다. 축산 협동조합(현 축산농협)에 정식 조합원 가입을 하고 융자를 받아 옆의 땅도 좀 더 사들였다. 항시 생각나는 초등학교 졸업장의 추억이 이를 악물게 했다. 소가 늘어나자 농사짓는 밭은

점점 줄어들었다. 가을걷이가 다 끝나도 소먹이 주랴 막사 소똥을 치우랴 일은 항시 바쁘다. 송아지가 나올 때는 발부터 나오는 경우가 많다. 그러면 이웃에 농사짓는 분과 두 사람이 밧줄로 발을 묶어서는 잡아당겼는데 찌기미가 한몫을 톡톡히 했다. 어떤 날은 아침에 소 막사에 가보니 송아지를 낳은 소도 있었다. 미안했다. 혼자 송아지를 낳느라고 얼마나 힘이 들었을까.

암소보다 숫소가 빨리도 큰다. 키운 소를 팔러 갈 때가 됐다. 어미 소를 팔아 송아지를 다시 사야 한다. 수놈인데도 양순하여 정이 든 놈이다. 살이 쪄서 소 등허리를 만져보면 통통하고 아주 부드럽다.

소를 팔러 가기 전날. 저녁 나는 소 막사에서 서서 그 소 등을 만지며 괴로웠다. 소가 말을 하는 것만 같다.

"나를 돈 때문에 키우셨나요?"

"그렇다."

소에게 그렇게 대답을 해주고는 맹물이는 모래 속으로 들어가는 물처럼 소리 없이 어둠으로 들어가 숨고 싶었다.

소는 그 순한 둥그런 눈을 감았다가 뜨고는 미동도 하지 않고 그냥 쳐다만 보고 있었다. 소는 아주 영리한 짐승이다.

'미안하다.' 누구의 행복은 너의 목숨값이구나!

소를 팔러 가는 날 소는 자기가 죽으러 간다는 무슨 낌새라도 차렸는지 맹물이를 보고 눈물을 흘린다. 맹물이는 소를 보면 안다. 오늘 일을 소는 다 아는 것 같다.

속이 편할 리가 없다. 소는 차를 타지 않으려고 발버둥 친다.

그날 아내는 막걸리를 몇 병 사다 놓고 돼지고기도 사다가 올 시간을 보아 가며 구울 준비를 해놓았다. 자식 같은 소를 팔고 와서 그 막걸리를 물 마시듯 한 주전자를 홀짝 마셨다. 소가 있던 소 막사를 둘러

보면 그 정들은 소가 죽었다는 것을 생각하면 눈물이 난다. 그렇다고 땅을 치고 울 수는 없다.

인간이라는 것은 고약한 한 짐승일 뿐이라는 생각도 든다. 내가 살기 위해 살아있는 생명을 죽이다니….

자식같이 키우던 소를 몇 마리를 팔 때는 가슴이 휑했지만 그것은 묵직한 돈이 되었고 그 돈은 어린 송아지로 다시 태어난다. 아픔과 즐거움이 동시에 맹물이 마음을 아프게 할 줄은 정말 몰랐다. 소를 키우다 보면 수놈이라도 유별나게 정이 가는 소가 있다. 너무나 잘 컸고 뿔도 잘생기고 잘 먹여서 덩치도 최고로 크다 그런 소는 정말 팔고 싶지 않지만 팔아야 했다. 거간이 세어보고 준 돈을 내가 세어보아야 했다. 하나둘 셋 넷……. 소를 판 돈은 많아서 한참을 세어야 한다. 그리고 소를 사가는 사람에게

"예 돈 액수가 맞습니다."

그러면 그는 자식같이 키우든 소를 끌고 차에 태운 다음 도살장으로 향한다. 맹물이 눈에서 눈물이 난다. 이제 마지막이라는 듯이, 소가 쳐다본다.

그 소의 등허리를 만져주기에는 이미 늦었다. 그것을 운명이라 받아들였다. 그것은 맹물이와 식구의 생활비이고 먹이이기 때문이다. 뒤로 돌아서서 눈시울을 조금 적시고는 다시 웃어야 한다.

소 전에는 구걸하는 사람도 자주 보인다. 초등학교 때 졸업장 생각이 났다. 소를 판 날 눈을 딱 감고 그의 구걸 통에 적지 않은 돈을 넣어주고는 초등학교 시절 자장면 생각이 나서

"저기 자장면 한 그릇 사 드릴까요?"

그는 믿기지 않는다는 표정으로 "정말입니까?"

"세상에 이런 일도 있군요."

'그렇지요. 하늘은 공평한 게 아닌가. 봅니다.'

걸인들을 보면 옛 생각이 나서 마음이 울적하다. 걸인 그에게 울음을 보이기 싫어서 맘속으로만 울었다.

배에 찬 전대를 집에 가서 끌러놓으면 아내는 그렇게 즐거워할 수가 없다. 내 속을 모르는 아내는

"여보 우리 부자야 그렇지?"

"그래요. 우린 부잡니다. 당신이 너무 많이 고생했어."

아내는 모릅니다. 자식같이 키운 소를 팔아야 한다는 아픔을 그저 돈을 보고 좋아합니다. 세상이 그런 줄로만 압니다. 찌걱거리는 내 눈은 볼 필요가 없었겠지요.

소를 팔고 와서 물 퍼먹던 것과 같이 마신 막걸리는 입이 심심해서 마신 것은 아니다. 마음속에 남아있는 오늘 정말로 정이 든 소에 대한 장례식에서의 마신 술이라고 생각하며 눈을 적시며 꿀꺽꿀꺽 두어 병을 한꺼번에 마셨다. 다음은 어떤 정들은 소가 팔려나갈까? 그걸 고르는 게 맹물이라면 소에 저승사자가 아닌가! 소 막사 앞 어둠 속에서 앉아 괴로워할 때. 아내의 목소리가 귀속을 파고 들어왔다.

"여보 어디 있서. 술은 그만 마실 거예요?"

그 소리는 메아리가 되어 몇 번을 고막을 울렸다. 아내는 한없이 고마운 존재지만 맹물이는 힘든 것을 좀 잊어버리게 그냥 두었으면 좋을 것 같다는 생각이 들었다. 아내는 바로 쫓아왔다. 맹물이는 잽싸게 눈물을 닦았다. 아내에게 눈물을 보이지 않았으니. 어두움이 고맙기도 하다.

"곧 들어갈 게 술 좀 깨걸랑 들어갈게. 먼저 들어가."

한꺼번에 물 마시듯 마신 술은 답답한 뱃속을 빠져나와 밖으로 나왔다. 그놈의 시원하다는 표현은 '웩웩'인가보다.

아내는 맹물이의 맘속을 전연 눈치채지 못하고 있다. 가슴 속으로 파고 들어오는 무언가 허전함이 맹물이의 심장을 때렸다. 그것은 거부할 수 없는 양심인지도 모른다.

소와 인간 정말 사랑할 수 있을까? 그렇다! 인간도 소도 다 동물이니 서로 아껴주며 사랑할 수가 있다. 개는 덩치가 작으니 안아주고 쓰다듬어 주고 할 수 있지만, 소는 덩치가 크니 사랑의 표현으로 등허리 또는 목만 껴안고 만져 줄 수 있다.

맹물이는 소를 팔러 가는 날 눈물을 보이지 않고 울었다. 보이지 않던 이별이 너무 빨리 와서 울었다. 그게 사랑 일 줄은 정말 몰랐다.

"여보 이 돈 어떡하지?"

"그냥 장롱에 숨겨놔 둬. 장날 다시 소를 사러 가야지."

결혼 이듬해 바로 아들이 생기고 딸을 둘이나 낳았다. 학교에 가는데도 3km~6km가 넘는 먼 길인데 아이들은 불평을 안 하고 잘 다녀줬다. 고마웠다. 아들이 고등학교를 들어갈 때는 큰 소만 40여 마리가 되었다. 인근 동리에서 부자라는 소리가 들렸다. 월사금을 독촉받지 않게 뒷바라지도 잘해주니 1남 2녀인 아이들은 대학교를 다 졸업했다. 그리고 다 취업을 했다.

아들은 얼굴도 지아비를 닮고 키도 똑같다. 지아비의 복사판이었다. 그놈도 아끼고 노력하고 생각하며 사니 자랑스럽다. 대 기업에서 계장으로 승급하더니 바로 과장이 되었다. 일에 매달려 신경도 못 썼는데 지어미가 잘 키운 것만 같다.

마음이 흐뭇했다. 기적은 우연히 일어나는 것이 아니다. 노력해서 얻어지는 것이다. 기적은 내가 만드는 것이다.

고생 끝에 낙이 온다더니 월남에서 돌아와 받은 돈으로 매수한 땅은 40년 만에 50배 이상 뛰었다. 40여 년이 지나면서 샀다 팔았다 하며 키운 소는 지금 송아지까지 합쳐 100여 마리가 크고 있다. 이를 악물고 매달린 소 기르기 사업은 성공한 것이다. 소가 병도 없이 잘 커 준 것은 수의사님의 덕분이었다. 그 수의사님의 덕을 톡톡히 보았다. 웬

만한 것은 혼자서도 할 수 있게 도와준 분이시다.

지난날을 생각하며 소를 기르기로 작정한 것은 참 잘한 일이라고 성공을 자축했다.

소를 기르겠다고 결심한 날 꿈. 그것은 성공을 예지한 꿈이었다, 라고 혼자 해석을 했다.

수놈이 나오면 비육우를 하여 내다 팔았다. 갖다가 팔고 소를 늘리기 위해 또 암송아지를 사 오고는 했었다.

굳이 말을 안 해도 이겨야 한다는 여름의 시간은 두더쥐 발이 된 승자의 손을 가을에 들어줬다. 그 가을이 수없이 지나갔다. 맹물이가 소들의 저승사자가 되고서야 삶을 생각했다. 왜 사는지를 알았다. 이제 정상에 섰다.

뜨거운 여름은 밭 가장자리에 감이 하늘을 붉게 만들어줬다. 늦은 가을에 까치밥을 남겨 놓고는 수확을 해서 홍시를 만들었다. 자식들에게 먹이고 그동안 고마웠던 분들에게 골고루 가져다드렸다. 감사하다.

이 땅은 혼자 스스로 벌어서 산 땅이다. 아버지는 중농의 집에서 태어났어도 막내로 태어나는 바람에 맨몸으로 농촌을 나오시지 않았던가? 막내에게도 땅을 먹고 살만큼이라도 할아버지가 큰 형님에게 준 땅을 나누어 주셨다면 아버지도 고생을 덜 하셨을 것이며 맹물이도 중학교에 갔을 터이다. 그렇게 쫓겨나다시피 하셨어도 아버지는 할아버지 제사 때만 되면 쇠고기든 돼지고기든 사서 고향 집엘 꼭 가셨다.

아버지는 할아버지에게 그렇게 대우를 받으시고도 유교 사상 탓인지 큰아들만을 기둥이라며 최고로 쳤다.

열 손가락 깨물어 안 아픈 손가락 없다는데. 아버지는 큰 형에게만 관심이 있지 막내인 맹물이에게는 관심이 없어 보이셨다. 아버지는 그저 "먹고살 것은 자기가 가지고 태어나는 거여"이셨다.

그 와중에도 큰형님의 학비를 벌어 고등학교를 졸업시켰다는 것은 아버지의 노력이 헛되지 않아야 했을 터인데. 큰형님을 다 키워 잘 살게 해놓으니 몇십 년 동안 부모님 산소도 한번 안 오더니 10여 년 전부터 교회를 다닌다면서 제사를 뻰찌로 냉큼 잘랐다.

맹물이는 아버지께서 할아버지의 제삿날을 꼭 챙기신 아버지를 잊을 수는 없었다. 그것은 똬리를 틀고 미이라가 된 뱀처럼 풀리지 않는 윤리의식이었다.

옛말 그른 거 하나 없다. "못 배운 놈이 효자여."

맹물이는 모처럼 마음도 식힐 겸 찌기미와 같이 원생이와 쓸다리에게 전화를 하고 만났다. 초등학교 졸업장을 똑같이 못 탄 친구들 5명이 친목계를 하나 만들고 싶었기 때문이다. 그들의 어린 시절의 희망은 다 달랐다. 맹물이는 어떻게 하든 성공을 해야 하겠다는 일념만을 가지고 있었다. 그런 일념은 성공의 기회를 한 번에 잡은 것이다. 돼지는 어떻게 하면 밥을 먹을 수 있을까. 그게 희망이고 성공의 원인이었다. 찌기미는 술지게미 또는 좁쌀밥을 안 먹고 흰쌀밥과 자장면을 실컷 먹는 게 소원이었다. 쓸다리는 어떻게 하든 중학교에 꼭 가겠다는 생각만 머리에 가득 찼다. 원생이는 외아들로 크면서 항시 원생이만 챙겨주는 어머니를 생각하며 언젠가는 어머니를 편안하게 해 드려야겠다는 것이 머릿속에 박혀 있었다. 원생이도 이제 부산에서 고향으로 왔으니 다섯 명은 떼려야 뗄 수 없는 사이가 된 것이다. 그들은 이제 자주 만날 것이다. 그들 다섯 명은 어릴 적 희망을 다 이루었다. 이제 60세가 넘으니 어릴 적 생각의 고향을 찾고 싶은 친구들은 그저 만나고 이야기하고 즐기면 될 그런 여유도 생긴 것이다.

초등학교에서 받은 돈이 무엇인가를 뼈저리게 느꼈기에 그들은 다 성공할 수가 있었다. 그들을 성공으로 이끈 것은 꼭 성공해야 한다는 일체유심조가 항시 머리에서 떠나지 않았기에 독립을 하고 성공을 할 수 있었다. 희망은 성공의 어머니이다.

맹물이는 찌기미와, 원생이, 쓸다리에게 오늘은 내가 한 잔 살 거야. 동창회 모임은 모임이고 우리는 너무나 가슴 아픈 사연을 간직한 친구들이야. 이제는 우리 나이도 많이 먹었고 인생 경험을 톡톡히도 한 친구들 아닌가?

연락하고 돼지네 식당으로 갔다. 초등학교 시절 졸업장을 못 받은 다섯 명이 함께 모인 것이다. 다섯 명이 모임을 따로 가지려고 만난 것이다.

식당 입구에 들어서자 쫓아 나온 돼지는 반가움에 손을 내밀고 다섯 명은 서로 부둥켜안았다.

"이렇게 또 보니 새삼스럽게 반갑다. 오늘 귀한 친구들이 왔으니 마음껏 음식을 시키고 술도 먹어. 돈은 안 받을 거야. 주방장 여기 와서 다들 주문 받아 가."

식당으로 데려온 것은 맹물이인데 찌기미도, 원생이도, 쓸다리도 음식값을 서로 돈을 자기가 내겠다고 입씨름을 했다. 그들은 다들 탄탄한 중산층이다. 친구들에게 쓰는 돈이 아까울 게 없다. 친구에게 맛있는 음식을 먹게 해 주겠다는 그것은 추억을 간직하는 사랑이었다. 이제 쌓은 부는 즐기며 살아가자고 어린 시절처럼 손가락을 걸었다.

소를 파는 아픔의 시간이 지나가니 맹물이는 소들의 저승사자로 변했다. 소를 팔고 울은 기억이 희미해질 즈음 맹물이는 방목장 사장이 돼 있었다.

성공은 희망이고 환희는 그 부산물인가 보다.

돈을 벌어 놓으면 자식에게 자연히 가겠지만 동창 촛싹이의 자식들의 반란을 보았다. 너희들은 대학교까지는 애비가 책임진다. 그 후로는 애비한테 기댈 생각은 전연 하지 말아라. 자식이 캥거루 새끼가 되지 않도록 아주 귀가 따갑도록 교육했다. 1남 2녀인 자식은 스스로 알아서 잘 살아가고 있다. 고맙다. 초등학교 동문회 때는 중소 한 마리 값인 거금 삼백만 원을 선뜻 냈다. 몸과 마음이 편하기에 베푼다는 것은 오히려 반대로 돌아온다는 느낌을 받았다. 초등학교 시절 선생님에게 받은 모멸과 냉대는 어금니를 깨무는 성공의 발판일 수도 있었다. 아픔이 없는 세상을 살은 사람은 아픔을 모를 것이다.

세상은 보이는 것만이 다 아닐 것이다. 등 뒤에 숨겨진 세상도 있다는 것을….

눈을 감으면 너무나 어린 가슴에 대못을 박았던 추억이 항시 맹물이를 괴롭힌다. 그 졸업장의 추억을 쌩쌩한 이빨로 꼭꼭 씹어 꿀꺽 삼키고 소화를 시키면 안 될까?

"야. 그건 소가 소리 내고 웃을 일이야."

"그려 그런 것 같기도 해."

입으로 쑤셔 넣은 졸업장의 추억이 시시때때로 소화 안 된 회가 되어 뱃속을 뚫고 이리저리 다닌다. 간에 와서는 간질어 억지로 웃게 하고 배꼽에 와 붙어서는 손가락으로 쑤셔도 본다. 흠흠 거리며 기침을 해서 내쫓으니 쓸개에 가서 붙어서는 설탕을 달라고 아첨을 한다. 그러다가는 밤에 몰래 머릿속으로 기어들어 와 그 추억을 꿈으로 만들어 생생하게 재생시킨다. 추억이란 놈은 정말로 찰거머리같이 지겨운 놈이다.

추억 그 찰거머리 같은 놈을 속일 방법은 없는 것일까? 그놈은 저승사자 같으니까. 그놈을 속이려면 얼굴에 짙은 화장을 하고 변장을 하고 자면 아마 찾으러 다니다가 지쳐서 객사할지도 몰라.

해우소에 가서 시원할 때까지 앉아있다가 일어나서 구멍을 쳐다보니 거기에 추억이란 놈이 똥물을 쓰고 엎드려 추억을 일깨운다. 그랬다. 어릴 적 친구들은 밥을 많이 먹어야 똥이 굵다는 것을 알았다. 그래서 말다툼이라도 할 때는 "네 똥 굵어?"라며 내 똥은 굵다고 했다.

그랬다. 먹은 것이 얼마 없어 며칠에 한 번씩 대변을 보았으니 네 똥 굵어는 잘 먹은 애들만의 똥이다.

에이 지겨운 놈. 시간과 기억 그것은 영원히 없어지지 않는 것일까?

어릴 적 나쁜 추억은 다 기억에서 사라지고 좋은 추억만 생각나게 해달라고 천지신명께 기도해야 할까 보다.

꾸벅꾸벅 졸다가 시간을 잊어버렸다.

방에 궁뎅이를 붙이고 있다가는 훌훌 털고 일어나 소 막사로 갔다. 소 막사 앞에서 왕초 소를 쳐다보았다.

"우리 사적인 감정일랑 치우고 너는 소고 나는 사람이니 한번 진솔하게 이야기나 해보자."

소는 얼씨구나 하며 큰 눈알을 굴리며

"좋지요. 주인님 내가 먼저 이야기를 할까요?"

"해봐."

"나는 지금이 현실이지만 나는 전에 인도에서 왕족으로 태어나서 살았습니다. 지금은 소가 됐지만, 지난날 나는 당신보다 높은 사람이었습니다. 나를 죽이고 살리는 건 주인님의 자유일지는 모르나 그건 주인님의 횡포입니다. 나는 주인님에게 묶인 소입니다. 나를 지상에 풀어놓고 동등하게 서서 이야기를 해야 진실이 나옵니다. 주인님 내 모가지를 묶어놓고 이야기를 하는 것은 불공평합니다."

"네 말도 틀린 말은 아니다. 그러나 지금이 현실인 걸 바꿀 수는 없잖니?"

"내가 주인님보다 더 돈도 많고 높은 벼슬아치였을 때 나는 나보다 약한 내 먹이에 대고 주인님과 똑같은 이야기를 한 적이 있습니다. 바꾸어 놓고 이야기한다면 나는 어찌 말을 해야 하나요? 주인님의 말이 진심인가? 그걸 묻고 싶습니다. 내 눈이 왜 큰 줄 주인님은 아시나요? 큰 눈은 주인님의 마음속까지 다 볼 수 있습니다. 그러니 나에게 거짓말을 할 생각은 하지 마세요. 그러니까 사랑한다며 꼭 끌어안았다가는 백정에게 뒤도 안 돌아보고 파는 주인님이잖아요. 주인님은 천사를 가장한 악마입니다."

"나는 착한 인간이 되고 싶다고 너에게 양심고백을 할게. 제발 내게 미안해하지 말라고 이야기 해줘."

"내 눈엔 그렇게 안 보입니다. 주인님의 살가운 눈빛 속에는 저승사자가 웅크리고 앉아있습니다."

"나는 초등학교 졸업장도 못 받은 사람이다. 그러니까 배운 게 없는 사람이야. 그래서 나는 생애에 필요한 모든 책을 사다가 읽어본단다."

"주인님 호강단지에 불나는 소리는 하지 마세요. 저는 낫 놓고 기역자도 배운 적이 없습니다."

"내가 너와 대화를 하자는 것은 너와 나의 관계를 정립하고 싶어서이다. 사실 따지고 보면 인간은 하나의 원자로 시작되어 뭉쳐졌다가 다시 원자로 흩어져 다른 원자로 만들어지는 것이 분명하며 그것이 너와 나의 생이다.

영혼은 다시 살아서 다시 어느 여인의 뱃속으로 또 아니면 다른 동물의 뱃속으로 들어가 그 동물의 형상을 뒤집어쓰고 나온다. 네가 말하려고 하는 것은 이거지? 나는 안다. 네 말이 사실이라는 증거도 있다. 내가 TV에서 본 거야. 이 지구상에 존재하고 살아가는 인도의 샨티라는 여자가 바로 양자역학에서 주장하는 것을 증명해 줬다. 그것과 마찬가지로 인간은 죽어서 다시 원자로 흩어져 소로 태어날 수도 있는 것이야. 그러니 지금의 현실은 가시광선을 보고 사는 동물일 뿐이야. 네가 말하는 네 전생 그것은 틀린 말은 아니라고 생각해. 정말."

"내가 생명을 바쳐드리면 주인님은 좋겠지만 나는 몇 배나 힘듭니다. 인간들이 흔히 조금만 힘들면 "인생은 고해이다."라고 하지요? 소의 생은 인간보다도 더 형편없는 생을 삽니다. 그까짓 것 고해는 별거 아니잖습니까? 고통스러운 바다는 여인네가 아이를 낳는 진통과 같이 쉬며 오지만 인간이 칼을 들이대고 내 목숨을 끊는 것은 순간이잖아요?"

'소를 붙들고 울 수는 없지만 사실 따지고 보면 소의 말이 옳다.'

"주인님은 목적이 달성되면 가차 없이 저승사자가 되겠지요. 제 큰 눈은 그게 보인답니다. 나는 여기 오든 첫날부터 내게 주인님의 먹이 사슬이라는 것을 알았으니까요. 주인님이 나 말고 다른 친구를 팔려고 데려갈 때 주인님의 얼굴은 새까만 옷을 입은 저승사자로 보였습니다. 내 뿔로 그냥 짓이겨 주고 싶을 때입니다."

"너는 저승사자를 아느냐? 그는 법을 집행하는 자야."

"네 알지요. 명대로 살았다고 저승사자가 데려가면 그것은 세상 이치이니 할 말이 없지만, 아직도 명이 많이 남았는데 억지로 모가지를 끌고 가는 저승사자가 주인님이니까요. 천사의 탈을 쓴 악마이지요. 거짓말도 밥 먹듯 하고요."

"제발 나를 저승사자라고 하지 말았으면 좋겠다. 악마란 말도 빼고."

"내가 태어날 때 발굽을 가지지 않고 손가락 발가락을 가지고 태어났다면 나는 디지털 세상에서 큰 눈과 큰 뇌를 가지고 사람들보다 더 큰 지혜를 가지고 살았을 겁니다. 주인님의 원하는 것은 단 하나이지요. 나를 살찌우게 키워서 돈을 버는 것이지요. 어차피 나의 삶은 주인님에게 달려 목을 매 놓고 있지 않습니까? 사슬을 풀어놓고 우리를 못 먹이는 이유는 무엇인가요?"

"그렇다 그건 내 잘못이다. 내가 너를 좀 더 편안하게 해주기 위하여 방목장을 만들 것이야."

"약속을 지킨다면 주인님은 다시 태어난다면 아마 대학원 졸업장을 받을 겁니다."

"고맙구나. 약속을 지키려고 노력할게."

"묶어놓고 밥을 주는 곳은 감옥입니다. 새로운 삶을 선사해 주십시오."

전등불이 환하게 켜지며 갑자기 환한 세상이 눈꺼풀을 벗겼다.

"여보 일어나. 소가 새끼를 나려는 가봐. 얼른 일어나."

"응? 소가 새끼를 낳을 것 같다고? 양수는 터졌어? 알았어."

하루 저녁을 잔 인간은 진솔하다며 한 이야기는 휴짓조각이 되고 모가지를 움켜쥔 저승사자가 되어 싸늘한 시선을 감추고 너털웃음을 웃었다. 명예롭게 살지 못한다면 추한 인생일 뿐이지만….

'이건 내 탓이 아니다.'라며 맹물이는 검지 손가락을 들고 하늘을 가르치며 힘차게 세상에다 떠다밀었다.

비 오는 날은 공치는 날이라고 누가 말했던가? 소를 기르는 사람들에겐 비 오는 날은 방목장이나 밖에 있는 소가 생각이 나서 잠시도 방구석에 박혀 있을 수가 없다. 소들이 비를 맞으면 감기가 들린다. 감기는 인간의 전유물이 아니다. 소도 감기에 걸리면 콧물을 질질 흘리며 먹이를 먹지 않는다. 살을 찌우는 데는 몹시 나쁜 것이 소들의 감기이다. 방목장 안에 소들이 비를 피하려 막사로 들어오지만, 소는 한 차례, 비를 맞은 다음이다. 소 막사 안에 온풍기를 돌려 비 맞은 소를 따뜻하게 해줘야 한다.

소도 사람과 똑같다. 감기 기침도 하고 평소 안 먹든 쇠뜨기가 밭에 많이 날 때가 있었다. 그 풀을 많이 먹으면 설사를 하며 야윈다. 한때는 인간들이 쇠뜨기는 명약이라며 동산을 다니며 보이는 대로 다 뜯어가서 말리기도 하고 팔기도 하였다. 그러나 그것을 사람이 많이 먹으면 설사를 유발하는데 알다가도 모를 일이다. 어떻게 하면 소들이 감기도 안 들리고 설사를 안 하게 할까. 노심초사는 소도 인간이라고 생각하면 된다는 결론을 내렸다.

소는 인간에게 모욕감을 주지 않는다. 인간만이 인간을 모멸하고 모욕을 준다. 그것은 평생을 가슴속에서 떠나지 않는다. 큰 죄는 용서가 되지만 작은 모욕은 언제나 가슴속에서 헤엄을 치며 다닌다.

가슴속으로 차곡차곡 쌓인 월사금의 추억. 그것은 평생 잊혀지지 않는 마음의 부담이었다. 할 수만 있다면 큰 압력 물 호수를 들이대고 지난날들을 씻어내 버리고 싶다.

닭의 모가지를 비틀어도 새벽이 온다는 것쯤은 안다 해도 지난날의 졸업장을 못 탄 가난함을 숨기려는 압박감이 고등학교 졸업생만 보아도 기침을 자주 토해냈다.

선생님. 어린 가슴에 대못을 팍팍 박았다고 생각해본 적은 없나요? 초등학교 졸업 후에도 꿈에도 나타나 월사금 가져오라고 닭 모가지 비틀 듯할 때는 정말 부끄러웠습니다. 그것은 몸의 상처였다. 아픔 그 지워지지 않는 아픔 말입니다. 한 번의 생애인데 지독한 모멸감이 가슴 깊은 곳에 이렇게까지 쌓이지는 않았겠지요.

아버지가 월사금을 못 내 엄청난 상처를 입는 것을 자식들에게 물려줘서는 안 되겠지. 호미자락을 쥐고 손이 부러 터져 피가 나도 일을 했다. 갈라 터진 손 그것은 뜨거운 하늘의 불덩어리와 흙과의 전쟁에서 이긴 훈장이다. 소가 엄마 엄마 하며 부르고 진돌 이가 참으라고 꼬리를 흔들어 준 것은 큰 응원이었다. 수탉도 더 일하라고 일찍이도 홰를 쳐댔다. 그러면 암탉은 그게 맞는 말이라고 꼬꼬꼬꼬 했지요.

남들이 부자라고 했을 때야. 소꿉친구였던 옆집에 영희가 생각이 났다. 마당에 송판 쪼가리를 놓고 풀을 뜯어다가 그 위에 잘라서 놓고 김치라고 하며 고운 모래를 작은 사금파리에 넣어 놓고는 밥이라고 하였다. 성냥개비를 몇 개 갖다 놓고는 그게 겨울에 쓸 장작이라고 했다. 둘은 그것을 쳐다보며 서로 얼굴을 쳐다보았다. 미소를 짓는 영희의 얼굴에서는 숨 쉴 적마다 콧물이 들락날락했다. 여기저기를 다니며 풀을 뜯어 나르느라고 힘이 들어서 그런 건지 고뿔이 들려서 그런지는 모른다.

지금쯤 그 소꿉친구는 어떻게 살고 있을까? 그것은 향수였다. 그 소꿉친구는 고등학교에 가서 단발머리를 하고 한 빛깔의 교복을 입고 뭇 고등 남학생들의 꿈이 되었었다. 초등학교만 나온 맹물이는 그녀를 쳐다볼 수도 없는 자리에서 헐떡대고 있었다. 콧물을 줄줄 흘리며 옷깃으로 닦아내던 그녀가 선생님이 되었다는 소문을 제대를 하고서 들었다. 그리고 남자 선생님과 결혼을 했다고 한다. 참 보고 싶다. 그것은 사랑이었을까? 그냥 추억일까? 아내를 두고 왜 그런 생각이 날까?

나이 70세가 되자 졸업장의 추억은 술잔에 따라놓은 맥주 알갱이처럼 부서져 내렸다.

내 지난 생애를 그저 흐르는 강물이었다고 말할 수 있을까? 아닙니다. 홍수가 나서 잡아 삼킬 듯 흐르는 물에 휩쓸려가다가 반항을 하고 그 물줄기를 벗어난 겁니다.

찌기미

맹물이와 단짝이었던 찌기미가 초등학교를 졸업 하자, 찌기미 아버지께서는 일본에서 알고 계시다가 함께 귀국한 분의 집으로 찌기미를 데리고 갔다. 가서 보니 가정집인데 모찌와 당고를 만드는 곳이었다. 당고와 모찌는 일본 사람들이 제일 좋아하는 찹쌀떡 종류이다. 정성도 들여서 만들지만, 맛도 참으로 좋다. 아버지는 그분과 몇 마디를 나누시고는 그곳에서 일을 배우라고 하시고는 집으로 가셨다. 그곳에서 먹고 자고 하면서 일을 하는 것이란다. 이제는 여기가 집이라시며 기술을 배우며 살란다. 일하시는 분들은 주인 사장님 내외 빼고도 여자 어른이 세 분이 있다. 단내가 물씬 나는 그곳에서는 처음 왔다며 당고와 모찌를 몇 개 먹으라고 준다. 참으로 맛이 있다. 온종일 일을 하고도 모자라 자정까지 일하기도 한다. 그리고 그 색색의 당고와 색색의 모찌는 찹쌀로 만들고 그 안에 또 팥앙금을 넣는다. 그것을 꼬치에 네 개를 꿰어 만든 것이 한 꼬치이다. 당고 종류도 한두 개가 아니다. 쑥으로 만든 것도 있고 우리나라 송편같이 멥쌀로 만든 것도 있다. 반죽을 만드는 일도 쉽지가 않다. 물 배합을 잘해야 한다. 당고를 밤새워 만드신 주인 사장님도 정오가 되면 당고통 2개를 어깨에 메고 팔러 나가신다. 당고통을 메고 와서 당고를 사다가 파시는 분들이 두 분 계셨다. 온종일 팥을 삶아 가루같이 만들며 색도 입히고 하는 일이 쉬워 보이지를 않는다. 이제 어디로 갈 곳도 없어지고 그곳에서 살 수밖에 없었다. 팥을 고아 자루에 넣어 짜는 일이 참 힘이 든다. 그리고 그물을 두면 고운 가루가 밑으로 깔린다. 그러면 물을 버리고 그것을 설탕과 섞어서 약간 말린다. 일이 어려운 만큼 그 일을 배우려고 하는 사람도 없어서인지, 만드는 사람들이 없어서인지 당고는 만드는 대로 다 팔렸다. 그리고 그릇을 깨끗이 닦는 일도 만만치가 않다. 개미 쳇바퀴 돌듯 매일 하는 일이 똑같다.

온종일 일을 하다 보면 저녁이면 아주 녹초가 된다. 그래도 할 일은 너무나 많다. 한 달이 가도 월급을 줄 생각도 안 한다. 밥만 먹여주는 조건인지도 모르기에 주인아주머니에게 물어보려다가는 그냥 참고 있었다. 나가봤자 어디 들어갈 곳도 없다. 그것을 만들 기술을 배운다 해도 그걸 메고 팔러 다니고 싶지는 않다.

펌프로 푸는 우물물이지만 겨울엔 그래도 물이 차갑다. 찬물에 그릇을 씻는다는 게 너무나 힘들다. 일 년이 넘어도 월급을 줄 생각을 안 한다. 너무 힘들어 그만두기로 하고 집으로 갔다.

집으로 오니 아버지는 그 기술을 배우면 앞으로 우리나라도 일본처럼 단 것을 좋아하고 당고를 좋아할 텐데 집으로 왔다고 한마디 들었다. 그래도 그곳엘 가고 싶지가 않았다. 한 동리에 사는 맹물이를 만났다. 맹물이는 프린트사(인쇄소)에 다니고 있었다. 하는 일은 초등학교 문제지를 등사하여 학교에 배부하는 일을 하고 있었다. 그곳에 가서 맹물이가 일하는 것을 보았다. 자전거를 타고 다니며 문제지를 배분하니 그 일은 그렇게 어렵지 않아 보였다. 등사하는 것은 기술이었다. 손놀림이 정말로 빠르다. 1분에 100장 정도의 문제지를 등사한다. 1년 동안 등사하는 기술을 배웠다는데 그렇게 빨리하다니 깜짝 놀랐다. 어떻게 해서든 돈을 벌겠다고 굳게 다짐을 했지만, 막상 당고집을 나와 보니 어디 취업할 곳이 없다. 그런데 다섯 살 위 누나인 기요꼬가 시집을 간다고 하는데 그 매형 될 분이 타이어 재생공장을 대전에서 한다고 한다. 언니인 마사꼬 누나는 시집도 안 갔는데 기요꼬 누나가 먼저 결혼을 한단다. 내심 그곳엘 들어가고 싶어서 누나인 기요꼬와 상의를 하니 네가 아직 어려서 좀 더 있어야 그 일을 할 수 있다고 한다. 그래도 한번 이야기를 해달라고 하여 그곳에서 심부름하는 일을 하게 됐다. 몇 달 후 기요꼬 누나는 그 매형과 결혼을 했다.

그곳에서는 적지만 월급도 주고 옷도 사주고 먹는 음식도 좋다. 당고집보다는 너무 편했다. 직원들도 여러 명이 있었다. 직원들은 꼬마라고 하며 힘이 적게 드는 일을 시켰다.

군인을 갔다 오고서도 그곳에서 일했다. 누나네 집이니 맘 놓고 살 수가 있었다.

그러다가 군인을 다녀오고 결혼을 하게 되어 맹물이를 찾았다. 맹물이는 월남을 다녀와서 소를 키우고 있었다. 남루한 옷차림이며 너무나 어렵게 사는 것으로 보였다. 그러나 솟값을 따져보니 그게 큰돈이다. 소는 자꾸 늘어날 것이 아닌가? 그가 부자가 될 것이 확실해 보인다. 찌기미가 타는 일 년 치 월급을 다 해도 중송아지 한 마리 값밖에 안 된다. 맹물이는 결혼할 꿈도 안 꾸고 있었다.

맹물이는 소 때문에 결혼식에는 못 온다고 하면서 보통 사람들보다는 축의금을 친구 편에 많이 보내왔다.

그 후 오 년이 지나서 찌기미는 청주에 볼일이 있어서 왔다가 고마웠다는 인사도 할 겸 맹물이집을 찾아갔다. 갑자기 소낙비가 오는 바람에 찌기미는 비를 함빡 맞고 생쥐 꼴을 하고 맹물이네 집을 찾았다.

청주에 와서 보니 소가 열 마리가 넘는 게 아닌가! 참으로 대단해 보인다. 대번에 초등학교 시절의 졸업장도 못 받은 생각이 들고 어떻게든 성공해야 한다는 생각이 들었다.

맹물이는 찌기미를 보며 초등학교 시절 우산이 없어서 비 맞은 생쥐 꼴이 되어 둘이 걷던 생각이 갑자기 떠올랐다. 비 오는 날의 추억 그것은 한두 번이 아니었다.

학교가 끝날 즈음 비가 오는 날은 학부모 또는 집 식구들이 우산을 가지고 학교로 쫓아온다. 그러나 맹물이나 찌기미는 그런 호강은 없다. 그저 비를 흠씬 맞으며 4km 정도 되는 집으로 비 맞은 생쥐 꼴이 되어 걸어가는 수밖에 없다. 비를 맞는 것은 할 수 없다 해도 문제는 책보에 싼 책이 다 젖으니 그게 문제였다. 그럴 때는 맹물이와 찌기미는 함께 학교 쓰레기장으로 갔다. 그러면 그곳엔 뒤집혀 버린 종이우산이나 얇은 비닐우산이 버려진 게 있다. 그러면 그것을 찢어서 책을 감고 그것을 책보로 도시락과 함께 싸서 어깨에 멘다. 그러면 집에 가서 젖은 책을 다림질할 필요는 없었다. 그러나 하늘이 무너진 것 같은 소나기가 올 때는 책이고 옷이고 그냥 다 젖는다. 비를 덜 맞으려고 뛰면 도시락 속의 반찬 종지가 기차 가는 소리같이 덜그럭댔다.

"야. 너 비 맞은 꼴을 보니 초등학교 시절 너와 내가 생각이 난다."

"그려 그때 너나 나에게 우산을 가져다줄 집 식구들은 한 사람도 없었지."

찌기미의 머리에 번개가 쳤다. 그려! 대전 누나네 집에 있어봤자 월급만 타가지고는 큰 희망이 없어 보인다. 돈을 모을 수가 없다는 게 눈으로 보인다. 맹물이 같이 돈을 벌고 싶었다.

"맹물아 소가 많으니 너 혼자는 일하기에 버거워 보인다. 그러니 나를 좀 써주면 안 되니? 그리고 나를 좀 도와주면 안 될까?"

"그래? 잘됐다. 그러잖아도 힘들어서 인부를 한 사람 써야 하는데 네가 온다면 대환영이지."

"정말 말만 들어도 고맙다."

"네가 일하는 조건을 한번 이야기 해봐, 그래야 너에게 어떻게 할 것 아냐?"

"조건은 뭐. 우선 우리 식구 먹을 것만 대줘. 나는 벌써 아이가 둘이야."

맹물이가 5년 동안 소를 키우는 동안 찌기미는 아이를 둘이나 키운 것이다.

'어릴 적 친한 친구인데 도와줘야지.'를 생각한 맹물이는

"우선 네가 일을 하면 월급은 적당하게 줄게. 그러나 인부 월급은 적어 그것 가지고는 돈을 못 벌어, 네가 내 땅에다가 송아지를 두 마리 정도를 사서 그것을 여기서 일하면서 키워. 나도 처음에는 송아지 두 마리 가지고 시작했어. 어미가 되면 그것을 또 팔아서 송아지를 사고"

"네 땅에다? 그렇게만 해준다면 정말 고맙지."

"그래 내가 임대료는 안 달랄 게. 몇 년만 지나면 그게 큰돈이 돼."

"네 말대로만 해 준다면 그보다 고마울 게 없지. 아이들이 벌써 5살 3살인데…."

"내가 소를 키우는 동안 너는 아이들을 키웠구나. 아주 청주 여기로 이사를 와 아이들도 다 데리고 내 집 옆에다 흙벽돌이라도 집을 짓고 살면서 일하면 편할 거야. 나도 얼마 안 있으면 결혼할 거야."

"결혼해?"

"응."

"정말 축하한다. 내가 대전 가서 아내하고 상의할게. 너도 네 식구 될 사람하고도 상의해야 하는 거 아냐?"

"그건 걱정하지 마. 네 식구 될 사람은 내가 하는 일에 크게 관여를 안 할 거야. 어차피 인부도 써야 하는데 너라면 너무나 좋은 거 아녀?"

"그래 고맙다. 결혼하면 신혼여행 갈 거니?"

"여행은 무슨 그냥 수안보 온천에나 다녀오고 싶으니 네가 며칠만 우리 집에 와서 있어 줬으면 좋겠는데."

"그래 그건 어려운 일이 아니지. 언제쯤 갈래? 결혼 날짜 잡히면 연락을 해"

"날짜는 부모님이 잡았어. 결혼식 하고 이틀 후에 갈 생각이니 그때

와 줘."

초등학교 시절 제일 친했던 찌기미가 아니던가. 맹물이는 찌기미를 돕고 싶었다.

맹물이가 결혼을 하자. 찌기미는 틈나는 대로 결혼한 맹물이네 땅에 미리 와서 흙벽돌을 찍기 시작했다. 그리고 흙벽돌이 마르는 대로 방 한 칸을 만들고는 바로 짐을 싸서 청주로 이사를 왔다.

그들은 그렇게 초등학교 졸업 후 또 인연이 됐다. 찌기미는 월급 모은 것을 보태고 누나네 집에서 빚을 조금 얻어 송아지 두 마리를 샀다. 그렇게 시작한 찌기미는 시간이 가자 맹물이 말대로 송아지는 잘 커줬고 새끼도 낳기 시작했다. 힘은 들지만, 송아지가 송아지를 낳는 것만 같아서 신기하고 너무나 기뻤다. 소를 합쳐 다섯 마리가 되자 찌기미도 이제야 동물을 잘만 키우면 큰돈이 된다는 것을 배웠다. 송아지를 키우면서 보니 아이들 중, 고등학교도 보내야 하고 생활비 걱정이 된다. 또한, 송아지를 키울 땅도 없다. 궁리 끝에 적은 돈으로 할 수 있는 병아리 200수만 사서 양계장 꿈을 꿨다. 알을 낳게 해서 달걀을 팔 것을 생각 한 것이다. 병아리 200수래야 얼마 안 되는 돈이다. 시험을 하려고 200마리만 사 왔다. 산에 풀이 천지이니 부지런하기만 하면 닭의 사룟값도 적게 들어가고 금세 닭들이 클 것만 같다. 양계 사를 작게 하나 만들었다. 병아리가 좀 크면 산을 조금 빌려서 망을 치고 놓아먹일 셈이었다. 찌기미의 꿈도 맞아떨어졌다. 200여 마리가 커서 알을 낳기 시작하자. 큰 부자가 된 느낌이었다. 닭들은 계란을 팔아도 될 만큼 알을 낳아줬다. 시험으로 기른 닭은 대성공이었다.

1차 시험에 성공하고 본격적인 2차 시험에 들어갔다. 작은 비닐하우스를 짓고 병아리가 추울까 봐, 바람 한 점 들어오지 못하게 철저히 공사를 했고, 5월이 되어 500여 마리의 병아리를 사다 넣고 관리를 하기 시작했다. 병아리는 잘도 커 줬다. 한 이십 여일이 지나니 병아리는 날

갯짓도 하며 다니고 있다. 물도 언제든지 먹을 수 있게 양계장 안에 함석으로 물이 흐르게 하여 항시 닭이 물을 먹게 해주었다. 이제는 날씨가 따뜻해져 양계장 안의 보온용 전등불을 껐다. 이제는 완전하게 자리가 잡혔다고 생각이 들었는데 어찌 닭 몇 마리가 힘이 없어 보인다. 동물병원엘 가서 진찰을 해보니 모기가 물어서 그렇단다. 그래서 양계장 안에 모기장을 설치하였다. 그리고 방재약을 뿌리고 했어도 모기장 설치 전에 물린 닭이 2백여 마리 죽어 나갔다. 경험을 또 한 번 잘했다.

날씨가 몹시 더워졌다. 소먹이를 주고 오후 3시경 비닐로 지은 양계장 안을 들어가 보니 아침까지도 쌩쌩 하던 닭들이 30마리만 살아남고 다 죽어있다. 기가 막혔다. 도대체 영문을 몰라 양계조합을 쫓아가서 물어보니 병아리가 더우면 10분도 안 돼서 다 죽는단다. 큰 한숨을 쉬고 양계에 관한 책을 사서 와서 읽어보니 닭도 소아마비도 있고 홍역. 또 수두 비슷한 질병도 있단다. 비닐하우스에 키우려면 한 마리 한 마리에게 예방 접종을 해주어야 한단다. 먼저 200여 마리를 가지고 성공했던 것은 환기가 잘되고 넓은 터에 놓아먹여서였다는 것을 잘 배운 것이다, 전기를 끌어다가 온도를 조절하려고 환풍기를 설치했다. 이제 더위 때문에 닭이 죽을 일은 없을 것이다. 다시 500여 마리를 사다가 환기가 잘되게끔 하우스를 고치고 온도계를 설치하고 꼼꼼히 살폈다. 20일만 크면 한 마리마다 예방 접종을 해줬다. 그제야 병아리가 큰 닭이 되고 알을 낳게 시작했다. 좋은 경험을 한 것이다.

그 경험으로 소 한 마리를 팔아서 부근의 땅을 임대하여 비닐하우스 두 동을 지었다. 병아리 5,000수를 사서 기르기 시작했다. 그리고 본격적으로 양계를 시작했다. 이 모든 것이 친구 맹물이 덕이다. 성공이었다.

경험도 했겠다. 본격적으로 하우스를 더 짓고 병아리 2만여 마리를 사다가 기르기 시작했다. 사료 제조기도 사서 직접 사료를 만드니 사룟값도 많이 절약되었다.

그리고는 10여 년을 탄탄대로를 걷는다 싶었는데 어디서 생각지도 못한 조류독감이 유행이라더니 그 바이러스 병균이 양계장에 침투하였다. 닭들이 감당 못 할 정도로 죽기 시작했다. 그 병을 옮긴 범인은 철새들과 사람들이라고 알려졌다. 신고하자 보건소에서 직원이 바로 나오더니 전부 땅에 묻으라고 하였다.

하루아침에 이만여 마리의 닭을 땅에 묻어야 했다. 그 심정은 참담했다. 자식을 땅에 묻는 듯한 느낌이 한 달여를 잠을 못 이루게 했다. 사람들은 그 시기가 지나면 다시 시작하면 된다고 하면서 위로해 주었다. 사실 따지고 보니 모든 시설은 그냥 있으니 언젠가 병아리만 다시 사 넣으면 될 일이 아니던가? 소독을 철저히 하고 행정기관의 허락을 기다렸다. 그리고 다시 시작했다. 조류 독감에 대한 지식을 배웠다. 조류독감은 하도 변이종이 많아서 예방약은 불가능하다고 한다. 오직 철저한 예방 접종과 소독이 약이라는 것을 알았다.

조류독감 예방 차원에서 사람의 출입을 일절 금지하고 차량 소독도 철저히 했다. 그 어려웠던 시기가 넘어가고 다시 웃음을 웃게 됐다. 그리고 몇 년 후에는 임대했던 2천여 평의 토지를 매수까지 하는 행운이 따랐다.

그렇다고 조류 독감을 가볍게 보아서는 안 된다는 것을 찌기미는 절실히 배웠다.

소도 잘 크고 양계장이 잘되는 바람에 아이들 둘을 대학교까지 보냈다. 기요꼬 누나네 집에 있었더라면 아이들의 대학교 학자금을 걱정했었을 것이다. 그러나 아이들 학자금을 걱정도 안 했으니 참으로 맹물이에게 고맙다.

성공은 아무에게나 오는 것이 아니다. 찌기미도 철저하게 쓴맛을 경험했다. 초등학교 어린 시절의 뼈아픈 과거도 잊지 않았다. 연구하고 노력한 것 그것이 바로 성공의 요인이었다.

원생이

맹물이 동창 원생이(김원순))는 맹물이와 같이 초등학교 졸업장도 받지 못한 처지이다. 그는 군대에 있을 때 바로 위 선임자이었던 이 병장과 친했다. 원생이는 중대 1종계(주부식 담당.) 조수였고 그 선배는 사수였다. 원생이는 조수였으나 사수가 자주 휴가를 가는 바람에 거의 사수 노릇을 하였다. 그 선배가 휴가를 가면 그의 감물을 맡아서 관리해주고 선임자 대접을 아주 잘했다. 부산이 고향인 이 병장 그는 군대에서 선임자인데도 그 아래 병들을 괴롭히지 않았다. 천성이 그런지 마음이 아주 착했다. 또 돈도 잘 쓴다.

원생이가 돈이 없어 군인극장도 못 가면 이 병장은 돈을 대주기도 하고 사제 밥과 막걸리도 곧잘 사주었다. 그러니 자연히 친해졌다. 이 병장 그는 할아버지가 돌아가셨다. 할머니가 돌아가셨다. 외할머니가 돌아가셨다. 하여간 집안에 8촌까지도 죽었다며 휴가를 가는데 이야길 듣다 보니 죽은 할아버지가 또 죽었다. 중대장님 앞에서야 입도 뻥끗 못 하지만 아무래도 그는 든든한 백이 있는 게 틀림없어 보였다.

휴가도 다른 사람 한번 갈 때 그는 무슨 명목을 달아서인지 연실 집에 갔다.

그 선배에게 집안을 물어보았다. 아버지가 외항선사의 이사라고 한다. 아! 이사도 종류가 있을 터이니 뭔지는 모르지만 하여간 돈이 많은 이사인 것만 느꼈다. 그가 제대할 때 원생이(김원순)에게 부산 집 주소와 전화번호를 주며 부산에 한번 놀러 오라고 한다. 그래도 좀 친한 처지였는데 헤어진다는 게 서운했다. 원생이는 그에게 줄 것이 하나도 없었다. 다만 제대할 때 같이 근무하던 선후배 동료들이 해주는 앨범집에 "정말 있는 동안 잘해줘서 고마웠고 평생 잊지 않을 것"이라고 써서 싸인 해 준 것이 다이다.

외아들인 원생이는 제대를 하고서 집엘 와보니 아버지는 미장 일하시다가 2층에서 떨어지셔서 다리와 허리를 심하게 다치셨다. 그것은 본인의 실수였다. 일을 하시다가 술을 많이 마신 것이 원인이었다. 그렇게 되었으니 어디 호소할 곳도 없었다. 그 몸을 가지고서는 어디든 일을 하러 다니실 수는 없다. 당장 병원에 입원하여 치료를 받아야 하는데 돈이 없다. 그러자 어머니께서 나서서 채소 노점상을 시작하셨다. 안쓰럽지만 별 뾰족한 수가 없다. 필요한 약값 또 병원비도 없고 먹고 살기도 어렵다. 아들이래도 아버지를 병원에 입원시킬 수도 없는 처지였다. 일주일에 한 번씩 통원 치료를 하시고는 그냥 집에만 누워 계신다. 원생이는 집에서 한 끼 밥을 먹는 것조차 부담스러웠다. 독신인 원생이는 아버지를 병원으로 모시려면 돈인데 어찌할 방법이 없다. 아무리 취업 자리를 찾아봐도 초등학교만 나온 원생이는 마땅한 일자리가 없다. 주물공장에 사람을 뽑는다고 해서 가보니 월급이 정말로 너무나 적다. 또한, 그 일은 너무나 힘들어 보인다. 그 뜨거운 쇳물을 끓여 틀에다 붙는 작업이 힘도 들지만, 희망이 없는 직업이라 보여서 생각을 접었다. 그리고는 일자리를 찾아다니다가 혹시나 하고 부산에 사는 이 병장 선배에게 동내에 전화가 있는 집에 가서 전화를 해봤다. 다이얼식 전화기는 부잣집에나 있었다. 그 선배는 제대했느냐며 무척 반가워했다. 시간이 있으면 놀러 오란다. 놀러 갈 돈도 없다. 그 선배의 아버지가 원양어선사에 이사, 라니 그냥 한 번 부탁 해볼 셈으로

"선배님 부산에 가면 혹시 배에라도 일자리를 구할 수 있을까요?"

하니

"응? 빼에 일짜리? 빼에서 일한다카믄 일자리는 있을 끼다. 내가 아버지께 이야기 해서 알아 봐 주꼬마. 빼일은 엄청 힘들데이 그걸 어찌 할락카나?"

"일자리만 있으면 돼요. 제가 지금 힘들고 안 들고를 가릴 형편이 못 됩니다. 아버지께서 다치셨는데 당장 입원비가 없어요. 좀 도와주세요."

"그렇다면 내가 아버지에게 말씀드리보고 바로 연락 줄 꼬마. 전화 번호와 주소를 알키주라. 그 카문 내가 연락 주꼬마."

그리고 며칠 후 부산에서 연락이 왔다. 주민등록을 해 가지고 그 증명서와 사진 두 장 보통 예금 통장 사본 등을 준비해 가지고 오란다. 그거야 쉬운 일이었다. 1968년도에 주민등록법이 생겼으나 주민등록증은 만들어도 그만 안 만들어도 그 만이였을 때다. 그전에는 도민증이 있었는데 법이 바뀌면서 주민등록제가 시행되었다. 주민등록만 동사무소에서 만들면 준비는 끝난 것이다. 사진이야 찍으면 되고, 통장도 만들면 되고 어려울 게 없었다.

집에서는 군대에서 고생하고 나와서 좀 쉬지 그 힘든 배를 탈거냐며 걱정이 태산 같으셨나 보다. 어머니께서

"얘야. 배를 타면 멀미도 심하고 엄청 힘들다는데 그냥 청주에서 일자리를 알아보면 안 될까?"

"걱정하지 마세요. 내가 이리 건강한데 그까짓 거 뭐 별거겠어요. 청주는 일자리도 없어요. 다른 사람들도 다 배를 타는데요. 어차피 군대에 있다고 생각하세요. 군대에서는 공짜로 복무했지만, 배를 탄다면 월급이 나오잖아요."

"배를 타면 멀미가 심하다는데 그것도 걱정꺼리이고 배 타는 사람들은 억세고 무식하다는데 걱정도 되어서 이야기하는 거다. 오죽하면 뱃놈이라고 하니!"

"지금 제가 이일 저 일을 따질 때가 아니잖아요. 아버지를 병원에 입원시켜야 하는데 돈이 없잖아요."

"그래도 군대에 있을 때도 고생도 많이 했을 터인데 또 고생하러 간다니 너무나 걱정이 된다. 적게 벌어도 그냥 함께 사는 게 어떻겠니?"

"하여간 부산 다녀올 여비나 가지고 한번 갔다 올게요. 가서 그 선배님을 만나보고 배를 탈 것인가 아닌가를 연락드릴게요."

부산엘 도착하여 공중전화에서 선배에게 전화했다. 선배는 부산역까지 바로 쫓아 왔다. 객지에서 보니 참으로 반갑다. 그 선배는 단골집이라며 음식점부터 데려갔다. 고급 음식점이었다. 난생처음 보는 일본식 요리상에 아주 많이 호강했다. 선배는 부산의 명물 국제시장과 자갈치 시장, 영도다리 등을 데리고 다니며 구경시켜도 주었다. 국제시장, 자갈치 시장 그곳을 보고는 청주의 시장 장사 영업수준은 아직 멀었구나. 라는 생각이 들었다. 국제시장, 자갈치 시장은 손님을 붙들고 늘어진다. 아주 손님이 귀찮을 정도로 그러나 청주의 시장은 흘끗 쳐다보고 "사세요." 한 번 하고는 살려면 사고 말라면 말고 같은 그런 영업을 하고 있다는 게 눈으로 보인다.

선배와는 군대에서의 2년 미만의 인연이지만 너무나 고마웠다. 모처럼 보는 부산의 사투리와 첫 만남은 낯설기만 했다. 그래도 선배가 있어서 든든했다. 그리고 그 선배의 집엘 같이 갔다. 가서 보니 으리으리한 궁전 같은 집이었다. 난생처음 보는 말로만 듣던 일제 소니 TV에 대형 냉장고. 집안에 정원수를 보고는 입을 벌리고 할 말을 잊었다. 우리 집은 TV는커녕 라디오도 쓸 만한 게 없지 않은가! 통닭에 맥주가 어떤 여자의 손에 들려 들어왔다. 참으로 다른 세상에 온 느낌이었다. 맥주와 통닭구이가 들어오자. 입안에는 침이 고이고 배속에서는 달라고 난리다. 정말로 그렇게 맛있는 음식을 먹어본 것은 처음이다. 아주 많이 먹었다.

그의 아버지께서는 00 선박회사 대주주이셨고. 국내용 석탄을 실어 나르는 배 또 외항선도 있다고 한다. 원생이는 선배와의 생활 수준은 하늘과 땅 차이만큼이라는 것을 느꼈다.

그래서 그 부자 선배가 군대에 있을 때 그렇게 휴가를 자주 갈 수 있었던 것을 짐작할 수 있었다. 하루가 지났다. 그 선배 아버지 회사에서 나온 사람과 면담을 했다.

"전과가 있나? 몸에 문신이 있나? 군대에서 사고는 안 쳤나? 가족 중에 북한에 있는 사람은 없나?"

"그런 것은 전연 없습니다. 제대 후에 직장도 가져본 적도 없고 어디 가서 싸움질을 한 일도 없습니다. 제가 배를 탈 수 있게만 해주세요."

다 없다고 대답은 해지만 물어보는 것도 그 외도 너무 많아 면담에서 떨어지나 너무 조바심이 났다. 신체검사를 하라고 하여 시키는 대로 병원 가서 검사도 했다.

선배에게 매달리는 수밖에 없었다.

"선배님 나 그냥 배 타게 좀 도와줘요."

"걱정 마라 카이 배 타는 일은 아주 힘이 든다 아이가. 근강하기만 하면 다 배는 탈 수 이쓸 끼다. 일단 기본 상식은 알아야 된데이. 배가 나가기 전에 안내인이 알아서 해줄 것이꼬마."

그리고 선배는 외항선을 선택해 줬다. 너무나 고맙고 그거 최고 좋은 선배였구나! 하며 안심이 된다. 감격하였다. 한번 배를 타면 빠르면 11개월이고 거의 13개월이 걸린단다. 내가 돈이 없는 것을 안 선배는 저녁이면 술도 사주고 배에서 필요한 물품을 사라고 돈도 주었다. 그 배는 부정기선으로 철광석, 옥수수, 시멘트 등을 실어 나르는 배라고 한다.

신체검사는 사흘이 지나자 합격이라고 했다. 마음은 날아갈 것 같이 좋았다. 또 이틀이 지나자. 선배 아버지의 회사 사람이 나와서 여권 만들 사진 2장, 주민등록증, 집으로 송금할 통장 사본 등을 접수했다. 아주 친절히 대해준다. 정말로 눈물 나게 선배가 고맙다. 합숙소엘 안내 받았다. 배를 타고 나간다고 이웃에 전화가 있는 집에 전화하여 집에 연락했다. 배를 탈 사람들 30여 명이 합숙소 식당 겸 강당에 모였다. 서로 인사들을 했다. 갑판장이라는 사람이 함께하며 안내를 했다. 소개하는 사람은 회사 직원이었다.

"이분이 여러분과 일 년여를 같이 하며 여러분은 생명을 지켜 주실 선장님입니다. 박수로 맞아 주세요. 그리고 여기 두 분은 1등~2등-항해사 분이십니다. 배의 방향을 컨트럴 하며 배를 지키는 분입니다. 이 분은 갑판장님 또 옆에 계신 분은 부 갑판장님입니다. 갑판장님은 그 날의 기후라던가 배에서 일어날 수 있는 어떤 상황에도 대처할 수 있는 능력이 있으신 분입니다. 또 이분은 기관사님이고 한 분은 부기관사님이십니다. 이분은 조타수, 이분은 사무장님이시고. 그리고 통신사님, 조리장님, 조리사님, 주방써빙님입니다. 일 년여 동안 서로 협력하며 안전사고 없이 잘 계시다 오시기를 바랍니다."

그리고 배를 타고 갈 큰 배를 보여줬다. 크기가 엄청나다. 갑판 길이가 100m 정도라니 아주 큰 배였다. 중요 직책을 빼놓고 선원들을 보니 여러 직업을 가지고 있던 사람들이었다. 각자 자기소개를 하는데 두 번째 세 번째 배를 탈 사람도 있었다. 처음 만난 환영 인사가 막걸리 파티였다. 얼큰하게들 마셨다. 사람들이 다 좋아 보이는데 부산 사투리 경상도 사투리 전라도 사투리가 합쳐 대니 당체 어떤 말은 무슨 이야기인지 금방 알 수가 없었다.

타고 갈 배의 기본 상식을 배워야 한다며 바로 숙소 옆 건물에 가서 3일간을 교육을 받았다. 배가 위급 시에 보트를 내려 탈출하는 훈련도 받았다. 외항선원이 되어 배를 타면 월급은 월 4만원이라고 한다. 공무원 월급이 1만2천원인데 많은 금액이다. 전쟁터인 월남을 가도 병장

수당이 54불인데 후한 대접을 받는 것 같았다. 배는 중국 상해. 대만 타이중. 필리핀 마닐라. 태국 방콕. 파키스탄 카라치. 인도양 캘커타. 뭄바이. 스리랑카 콜롬보. 사우디아라비아 담맘. 등 동남아시아 또 가끔은 대서양을 가기 위해 수에즈 운하도 지나간다고 한다. 선배가 도와줘서 계약서를 작성했다. 50%는 통장으로 넣어 주고 50%는 귀국하여 배에서 내려서 받는다고 했다.

그 돈을 집에서 찾아서 아버지 병원비를 하시라고 전화를 했다.

부산지방 해운국으로부터 해운국장의 직인이 찍힌 선원수첩을 받았다. 여권이라며 주는데 그게 배도 타는 데 쓰이고 비행기를 타는데도 쓰인단다. 여권은 아주 잘 간직해야 한단다.

회사 직원이라는 분이 수첩 여권을 나누어 주면서 각자에게 말을 했다. 내 차례가 되었다.

"김원순, 일 잘할 수 있지."

"네."

"그저 위에서 시키는 대로만 하면 돼."

"네."

'까짓것 힘들어봤자 얼마나 힘들겠어. 배만 안 고프면 돼! 집에서 보리밥도 배불리 먹지 못하는 지금이 생각났다. 어떻게 해서든 돈을 벌려면 힘이 아무리 많이 들어도 참고 견디면 되겠지!' 자신만만했다.

처음 받아 들은 여권 그 사용처는 전연 몰랐다. 배를 타는데도 꼭 있어야 한단다. 그런 것도 몰랐다. 배가 고장이 나던지 기항한 곳에서 배가 오래 출발을 못 하면 여권을 가지고 비행기를 타고 귀국하는 거란다. 제발 중간에 그냥 귀국하는 일이 없기를 간절히 바랐다. 생활용품을 사라고 주는 선수금을 좀 받았다. 이제 출발하는 배만 타면 되는 거였다. 알아서 하려고 장기간 항해에 필요한 물품을 시내를 다니면서 구입했다. 빤스 10개 난닝구 10개 반바지 치약 칫솔 수건 면도기 등을 잔뜩 샀다. 배를 타면 담배를 살 곳이 없으니 면세 담배이니 여권을 보여주고 일 년 치를 모자라지 않게 많이 사가라고 한다. 담배를 많이 안 피우는 나는 일 년 분 5보루 100갑만 신청했다. 다섯 보루 100갑이면 충분하다 싶었다. 면세용이라 가격이 아주 싸다.

드디어 기다리던 배를 탔다. 배에 올라타자, 도선사가 승선하여 오륙도 외항까지 배를 안전하게 인도한 후 사다리를 타고 배를 내려가서는 작은 통선을 타고 부두 안으로 사라졌다. 이제 배가 떠나는구나! 생전 처음 타보는 엄청나게 큰 철선이지만 집을 떠난다는 초조함이 엄습했다. 각자의 잘 곳을 안내받고 다시 한번 식사 요령 등 배에서 필요한 이야기를 들었다. 비상시에 사이렌이 울리면 전원 갑판 위로 모여 작은 배에 타고 탈출을 해야 한단다. 군대도 아닌데 바로 반말이 뒤범벅되어 30분 만에 교육이 끝났다. 배 타기 전에 본 합숙소와는 사뭇 다른 느낌이다. 군대에서도 그랬지! 훈련소 연병장과 정문 밖과는 천지 차이라는 것을….

겸손히 받아들였다. 그리고는 선원 전원이 갑판에 모여서 제를 올리고 제수를 마시기 시작하면서 술판이 벌어졌다. 막걸리만 먹었는데 소주에 맥주까지 나온다. 그런데 청주에서 보통 먹던 술잔과는 술잔이 너무 크다. 소주를 따라 마시는 작은 잔은 없고 소주를 다 큰 컵에다 술을 따라 마신다. 배라 그런가 보다 했다. 맥주는 쓰기만 했다. 한잔하니 속이 싸하니 기분은 너무나 좋다. 한잔을 더 하니 배속이 얼떨떨하다. 소주까지 컵에다 마셨으니 금세 취기가 올라온다.

처음 타보는 배 너무나 좋다. 그리고 그 큰 배를 타니 안전할 것 같다는 생각도 든다. 몇 시간 후 15,000톤급의 배는 서서히 부산항을 떠났다. 부산항을 벗어나고 바로 대한 해협으로 들어서자. 정식 직원들을 빼고는 선원들을 갑판으로 전부 모이라는 비상 사이렌이 울린다. 술에 취한 것인지 집합하라는 갑판으로 가는데도 몸이 비틀거린다. 부

갑판장으로부터 각 개인에게 일할 임무가 주어졌다. 원생이는 배 속 청소 또 갑판 청소. 그 외 화물 하역일 검사 담당이었다. 온종일 흔들리는 배에서 청소한다는 것도 쉬운 일은 아니겠지만 그렇게 어려워 보이지를 않는다. 아마 외항선원 중에서도 제일 편한 게 그 일만 같다. 모르긴 해도 선배가 그리 하라고 시킨 것만 같다.

어두운 밤 갑판으로 올랐다. 그래도 힘없이 쳐다본 하늘엔 별들이 무수히 떠 있다. 그야말로 장관이다. 부산항 출발 3시간이 넘으니 머릿속이 어지럽다. 배가 제주도를 지나자 파도가 치는데 그 큰 배도 일엽편주였다. 사방은 물만 보인다. 뱃멀미가 시작된 것 같다.

배가 떠나기 전 준비했던 멀미약을 계속 먹는데도 뱃멀미가 멈추지를 않는다. 먹은 것은 다 토해서 토할 것이 없다. 그저 어지럽고 내장이 뒤틀리는 듯한 고통이 엄습했다. 두려움과 공포가 물밀 듯이 밀려왔다. 멋모르고 술을 과하게 먹어 대서 그런지 멀미 때문인지 알 수가 없다. 멀미약 그것은 소용도 없다. 시간이 더 가자. 뱃속에 있는 똥물까지도 다 나왔는지 헛구역질만 하는데 그게 더 죽을 맛이다. 넘어올 게 있으면 넘어오면 그래도 속이 좀 편할 것 같다. 이젠 할 수 없다. 죽어도 어차피 배를 탔으니 죽을 사람은 죽겠지. 며칠 동안 배가 고프면 기어가다시피 식당에 가서 억지로 밥을 먹고 또 멀미에 다 토했다. 신참들은 대부분이 다 뱃멀미에 된통 혼나고 있었다. 선임자들이 화장실 청소를 대신 해주기도 했다. 청소해야 하는데 멀미 때문에 도저히 할 수가 없다. 일이 밀리면 더 힘들 게 뻔하다. 어지러우니 오늘 날짜가 며칠인지도 모르겠다. 배를 몇 번 탄 사람들은 뱃멀미를 안 하는 것 같다. 신참이 뱃멀미를 하는 것을 보고, 한 보름만 있으면 멀미가 끝난다고도 한다. 어떤 사람은 1개월 이상을 가야 멀미가 끝난다고 하기도 한다. 사람마다 다 틀리는가 보다. 원생이는 10여 일을 심한 뱃멀미를 했다. 그러다가 차츰 멀미가 가라앉았다. 먹을 것만이라도 입에 맞으면 좋겠는데 식당에서 먹는 음식은 전부 냉동식품을 다시 녹여서 준다. 그게 참 먹을 만한 게 아니다. 냉동 김치를 녹여서 먹으면 어떤 맛일까? 양파 마늘 파 모두 다 냉동이다. 배가 고프니 그것도 감지덕지다. 식수도 바닷물을 정수해서 먹는다. 참 그 맛 정말로 먹기 싫지만 땀이 비 오듯 하니 안 먹을 수 없다. 배급되는 정수된 바닷물 그것도 아껴야 한단다. 샤워? 가지고 간 비누는 바닷물에 거품도 일지 않으니 쓸 곳도 없다. 전부 바닷물에 샴푸로 머리 감고 세수하고 샤워하고. 갑판은 디딜 수도 없이 뜨겁다. 어디인지는 물밖에 보이는 게 없으니 모른다. 너무나 더워서 밖에서는 5분도 있지 못할 정도였다. 에어컨이 있는 배 안에서도 땀이 나는데 배 갑판은 완전 찜통이다. 숨쉬기조차도 힘든 그런 더위는 처음이다. 그런데 오후가 되자 바람이 부니 좀 시원해진 것 같다. 갑판 위에서 배 아래를 내려다보니 돌고래 떼들 50여 마리가 배와 경주를 하는 듯이 배 앞으로 갔다가 뒤로 갔다가 한다. 사진기가 있으면 좋을 듯한데 빈손이다. 그저 쳐다만 보고 있으니 선원 한 사람이 오더니 저 돌고래 떼는 식당에서 먹다 버린 음식물 찌꺼기를 먹기도 한단다. 그 큰 고기가 저리 빨리 헤엄을 치다니 신기하기도 하다. 배가 항구에 도착했다. 중국 상해란다. 배가 도착하자 그곳의 도선사가 배를 인수하고 안전하게 기항했다. 철광석을 일정량 내리는데도 보름이 걸렸다. 대만 해협을 빠져나오자 적도제를 지낸다며 각종 과일, 바나나. 오린지. 돼지머리와 막걸리가 갑판에 진열하고 선장님이 제주가 되어 제사를 지냈다. 적도제가 무엇인지는 잘은 모르지만, 갑판 위에서 보면 그냥 물밖에 안 보이고 이곳이 어디인지도 감도 안 잡힌다. 막걸리를 몇 잔씩 했다. 적도제를 지내고 싱가포르로 가는데 수령이 한참 지난 낡은 배는 엔진이 멈추었다. 큰일이었다. 큰 파도가 칠 때 배가 멈추면 배는 전복한단다. 배가 물속으로 들어갔다 나오는 것만 같다. 작은 고장인지 1시간도 안 돼 바로 엔진이 돌아갔다. 처음 당해보니 잠시였어도 너무나 겁이 난다. 큰 파도가 칠 때면 배는 꽝꽝 하며 큰소리를 낸다. 배가 부서지는 소리만 같다. 큰 파도가 칠 때면 노련한 선장님의 지시에 따라 일등 항해사가 조타수에게 지시한다. 때에 따라서는 선장님이 직접 조타를 하신다고 한다. 정말로 그 큰 파도를 요리조리 헤치며 다니는 것을 지시하는 선장님은 대단한 분 같아 보인다. 겁도 안 나나 보다. 키가 보통 키보다 작은 선장님은 20년 이상을 배를 타신 베테랑이라고 한다. 월급은 한 달에 삼십만 원이라고 한다. 깜짝 놀랐다. 대단하지 않을 수 없다. 공무원 봉급의 열다섯 배가 넘는 월급을 받다니 놀랍다. 하얀 제복에 모자를 쓴 마도로스 그 이름엔 향수가 있는 것 같지만 같이 생활을 하면서 보니 아니올시다만 같다. 초짜가 보기엔 그것은 바로 목숨을 건 도박인 것만 같다. 그러나 그분들은 많은 월급을 받아 큰돈을 모으고 그분들끼리 합작 투자하여 외항선을 사서 회사를 운영 한단다. 부산을 출발한 지 25일 후에 인도네시아를 들러 싱가포르에 기항했다. 항구에 기항하면 도선사들이 작은 배를 타고 사다리를 타고 배로 올라온다. 보름 이상을 짐을 내리고는 다시 말라카 해협을 향해 다시 출발했다. 그 해협은 해적들이 들끓는 곳이란다. 배를 납치하던지 돈을 긁어내든지 하는 해적들은 무기도 가지고 있기에 아주 조심해야 한단다. 배를 타기 전에는 듣지도 못한 이야기이다.

말라카 해협이 가까워져 오자, 배에는 비상이 걸렸다. 해적들은 갈고리를 던져 배에 걸고 올라온단다. 그것을 방지하기 위해 꼭 필요한 인원만을 배에 남기고 나머지는 갑판에서 그들이 못 올라오게 당직을 서야 했다.

인도양에 들어서자 인도가 가깝단다. 인도든 싱가포르이든 중국이든 항구만 떠나면 바닷물만 보이니 도대체 현재 있는 곳이 어디인지 감이 안 잡힌다. 배가 엔진 고장을 일으켜 표류하기 시작했다. 기관사님 부기관사님이 땀을 뻘뻘 흘리면서 3시간 만에 엔진을 고쳤다. 참으로 다행이었다. 겉으로 보아서는 멀쩡한 배 같은데 수령을 다 한 고물 배란다. 우리나라 사정으로 그 배를 교환할 수가 없단다. 신품 배는 70% 이상을 은행 융자를 받고 정부에서도 지원을 받는단다. 그것은 배가 외화를 벌어들이기에 정부에서 지원해 준단다.

시멘트를 내리러 칼카타 항구에 기항했다. 당시에는 하역하는 기계가 없으므로 시멘트 포대를 일일이 들어 날라야 했다. 인도 사람들을 감시만 하면 됐다. 하역하는 데만도 한 달 이상이 걸린다. 시멘트를 메고 나르는 사람들을 보니 배는 일개미와 병정개미와 같은 곳이라고 생각이 든다. 개미사회에서 병정개미는 일 안 하고 노는 개미를 지휘한다. 배도 그런 곳 같다. 그런 험한 일을 안 하는 나는 병정개미만 같다.

배를 타고 5개월이 되자, 담배를 다 피우고 없는 신참들은 다른 것과 바꾸자며 흥정까지 한다. 그 비싼 라디오와 담배 여섯 갑과 바꾸기도 한다. 담배를 많이 피우지 않는 원생이는 담배가 남아 돌아갔다. 그것을 본 선원들이 서로 자기 물건과 교환 하잔다. 담배 열 갑과 사진기와 교환하자고도 한다. 사진기는 아주 비싼 물건인데 담배 10 값만도 못한가 보다. 사진기는 조그만 일제 소니였다. 배를 타면서 면세점에서 산 물건이다. 담배 열 갑을 주고 사진기와 교환을 했다.

비가 한줄기 오고 난 다음 멀리 보이는 무지개 그것은 고향의 무지개와 별다름이 없다. 아니 무지개는 육지에서만 보이는 게 아닌가? 고향 생각이 난다. 큰 파도가 치면 죽는 것만 같다. 배가 요동을 친다. 물속으로 빨려 들어가는 것만 같다. 망망대해에서 처음 본 무지개는 집으로 빨리 가고픈 생각을 하게 했다. 밥을 먹고 체한 것 같이 가슴이 답답하다. 참자. 참아야 한다. 입술을 깨물었다.

함께 배를 탄 사람들에게 동질감도 느꼈는데 대부분이 나보다 나이가 많다. 나와 나이가 비슷한 사람은 고작 세 명이다. 잡일을 하는 사람들은 살기 어려워서 또 이혼하고 홧김에, 사업 부도나고. 도피 행각에 할 수 없이 외항선을 선택한 사람들 대부분이 다 그런 사람들이다. 그러니까, 배 마도로스만을 빼고는 오합지졸들이 모인 곳이 바로 외항선 선원들만 같다. 배를 타려면 정말 강하지 않고서는 생각하지 말아야 한다.

그러나 배를 세 번째 타는 사람도 있었다. 얼마나 살기가 힘들었으면 세 번씩이나 이런 힘든 배를 탈까. 그들은 경험이 있기에 갑판장님도 웬만한 건 그들만은 봐주는 것 같다.

오늘이 내일 같고 내일이 오늘 같은 무의미한 감이 몸과 마음을 정말 지치게 한다. 그저 빨리 시간이 가서 집에만 가고 싶어진다.

절에 간 색시지만 아무리 어려워도 버틸 수밖에 없다. 집엘 가봤자 나를 도와줄 사람은 없다. 오직 나 혼자 일어서야 한다는 생각만 가득했다. 돈이 없어 초등학교 졸업장도 못 탄 내가 아니었든가! 배는 중국 상해, 대만 타이중, 필리핀 마닐라, 인도네시아, 태국 방콕, 파키스탄 카라치, 인도양 캘커타, 뭄바이, 스리랑카 콜롬보, 중동 사우디아라비아 담맘 등 또 가끔은 대서양을 가기 위해 수에즈 운하도 지나간다고 한다.

그런 코스를 돌고는 한국 부산을 향해 간단다. 항구를 떠나면 다음 항구가 그리워진다. 그것은 일단 항구에 들어가면 안전하기 때문이다. 항구를 떠나면 어디가 어딘지 전연 모른다. 보이는 게 물밖에 없으니까. 배를 수리해야 한다며 인도네시아 항구로 들어갔다. 배가 항구에 정박하고는 일주일 동안 수리를 해야 한다고 한다. 그동안 외출을 할 수 있다고 한다. 배 밖으로 나가려니 사무장이 100달러씩을 주며 여권을 가지고 나가야 한단다. 항구에서 여권을 보이고 입국 심사를 받은 다음 밖으로 나가니 어쩐 여자들이 몰려오는데 그 향수 냄새 정말로 좋다. 맘에 드는 여자를 골라 그 여자를 따라가란다. 100달러면 아주 많은 돈이다. 기간은 배 수리하는 동안 일주일이며 그 여자들을 따라가도 안전하단다. 그리고 그들이 배에까지 다시 데려다준단다. 그건 얼씨구나였다. 몇 달 동안 여자는커녕 일반 다른 사람도 본 적이 없으니 그들은 천사만 같다. 언어의 벽을 실감했지만, 손과 발 그리고 눈치 그걸로 그 여자들과 상통한다. 손가락을 까딱거리며 "캄온 캄온" 한다. 그것은 환영한다는 뜻이 아닌가?

3명이 일조를 이루어 여자들을 따라갔다.

한 여자를 쫓아갔더니 방이 두 개인 작은 집이다. 물부터 욕조에 채워 놓고는 샤워를 하라는 손짓이다. 참으로 좋았다. 바닷물 샤워 그것은 샴푸로 해도 정말 몸이 근질거리는데 육지의 샤워라니 그건 아주 호강이다. 그리고 그 여자와 짝짜꿍 짝짜꿍이 시작됐는데 어라? 이건 아니다 싶다. 여자가 남자 배 위로 올라타는 게 아닌가! 위로 올라가서는 비벼대는데 정말 환장할 기분이다. 장가도 안 간 원생이를 데리고 그 여자들이 논 거지만 하여간 원생이는 남자를 풀었다.

그 숨 막히는 일주일의 쾌락은 황홀했다. 원생이는 그 여인은 보통 사람은 아닌 것 같다는 생각도 들었다. 질탕하게 하루를 보낸 기분은 그 여자의 지독한 향수 냄새 빼고는 다 예쁜 것만 같다. 그래서 여자와 결혼 하나 보다. 그런 맛으로 외항선을 타는 거 아닌가도 생각이 들었다.

그 여자들 집에서 밥도 해주어서 먹고 일주일 동안 아주 호강을 했다. 민물에 샤워라니 그곳은 천국만 같았다. 아! 선원들도 이런 때가 있구나! 새로운 경험을 한 원생이는 그곳에서 살고도 싶다. 그러나 그건 불가능한 생각이고 잠시의 뜬구름일 뿐이다. 그녀에게 100불을 줬다 그 여자는 그저 땡큐 땡큐 하며 아주 좋아한다. 다시 배를 타고 시멘트를 하역하러 칼카타 항구에 기항했다. 당시에는 하역하는 기계가 없으므로 시멘트 포대를 일일이 들어 날라야 했다. 그런 작업을 한 달 이상까지도 한다. 인도 사람들을 감시만 하면 됐다.

파도는 잔잔할 때도 있었지만 바다 날씨는 언제 변할지 모른다. 정말 무서운 파도가 오면 배는 어디인지 모르는 항구 쪽으로 가서 잠시 피항을 한다. 갑판은 뜨거워서 잠시라도 서 있지를 못하게 덥다. 변덕스러운 날씨는 파도를 만들어 나를 잡아먹을 듯이 몰아쳐 댄다. 배 갑판에도 서 있으면 바닷속으로 날아갈 정도로 파도가 몰아친다. 기상이 좋으면 또 출발 그래도 멀미를 안 하니 살 것만 같다. 말로만 듣던 '사우디아라비아'라는데 그곳 항구도 사람은 많이 보이지 않고 시멘트를 내리려는 인부들이 배로 올라왔다. 기계가 없는 때이기에 사람들이 포대를 메어 나른다. 그 인부들은 어느 나라 사람인지 확실히는 모른다. 짐작건대 인도 사람들만 같다. 사우디에서 유리제조용 모래를 싣고 급유를 하고 부산으로 가면 딱 12개월이 걸리는 코스였다. 다행히 해적선 습격도 안 받아 전원이 건강하게 부산으로 향했다. 외항선을 타고 느낀 것은 그저 배를 타고 자기직책을 충실히 이행하면 되는데 파도와 싸우는 일이다. 그것이 가장 어려운 일이다. 항구에 접안하여 하는 일은 힘들지만, 바다에서의 일이 아니므로 견딜만하다. 노련한 부 갑판장님이 지시하는 대로만 하면 된다.

15일 정도면 부산항에 도착한다고 한다. 중국을 벗어나 제주도 쪽으로 들어오니 파도가 잔잔하다. 산더미 같은 태평양 인도양의 파도만 보다가 제주도 쪽으로 들어서니 그것은 파도도 아녔다. 배도 요동치는 것을 멈췄다. 파도와 배가 부딪치는 소리도 아주 작아졌다. 이제 15시간 정도면 부산에 도착한단다. 뱃멀미도 없고 하니 마음이 편하고 집으로 간다고 하니 기분도 좋다.

부산에 부두 도착하니 그렇게 좋을 수가 없다. 부두에 내려 땅을 밟았다. 그런데 어쩐 일인가? 오랫동안 배에 있다가 육지로 내려오니 어지럽다. 그게 육지 멀미란다. 기쁨의 환호성을 지르고 싶었다. 앞을 보니 아니? 생각지도 않던 선배가 마중을 나온 게 아닌가. 원생이는 그를 보자마자 끌어 앉았다. 눈물이 다 났다. 그가 가자는 대로 가니 식사부터 시켜준다. 어지럼 때문에 밥을 먹는 둥 마는 둥 했다. 피곤할 테니 숙소에 가서 편히 쉬라고 하면서 그 선배는 갔다. 원생이는 숙소에서 그 수돗물에 하는 샤워는 정말로 이곳이 우리나라구나 이 좋은 나라라는, 생각도 든다. 이틀이 지나니 육지 멀미는 가셨다. 우리나라가 새삼 고맙다는 생각이 든다. 모처럼 술을 한잔 맘 놓고 마시고는 잠을 푹 잤다. 돈을 계산해서 받아야 하기에 이틀을 더 기다려야 했다. 살아서 돌아온 것만 해도 감사한 데 회사에서 집으로 송금한 돈까지 합쳐보니 그때 벌어온 돈이 약 48만원이었으니까. 많은 돈을 번 거였다. 월남 전 참전자들 병장 목숨 걸고 전쟁에 나간 월 수당이 54불 1년 640불 정도이고 그게 한국 돈으로 10만원 정도인데 1년 만에 많은 돈을 벌어온 셈이다. 회사 배가 돈을 많이 벌었나 보다.

그 고마운 선배를 찾아갔다. 그는 아버지 회사에서 행정을 보고 있었다. 돈을 받고 어떻게 그에게 선물해야 할지 생각이 잘 안 난다. 그에게 선물도 제대로 못 해줬다. 그가 부자이니 웬만한 것은 눈에도 안 찰 것 같다. 선물 이야기를 하니 그는 손사래를 친다.

"니나 잘해가꼬 잘살믄 된다 아이가."

그와 둘이서 술잔을 기울이며 배에서 일어났던 일을 차근차근 이야기했다. 그는 뱃일이 그렇게 힘들 줄은 몰랐다면서 앞으로 배를 타지 말라고 한다. 원양어선이 잡아 오는 고기를 경매할 때 경매사에게 부탁해줄 터이니 그것을 사다가 서울로 가서 팔면 돈이 된다고 가르쳐준다. 정말로 군대에서 은인을 만난 셈이다.

원생이가 그렇게 고생을 할 때 선주사에서는 원생이의 월급을 매달 50%씩 꼭꼭 부모님이 계신 집으로 보냈다. 그것도 적은 돈이 아니었다. 집으로 가자 어머니는 원생이를 붙들고 울음을 터트리셨다. 원생이가 탄 배 지주사가 보내주는 돈으로 아버지는 수술도 하시고 몸도 아주 좋아지셨고 조금만 있으면 건강하실 것 같다고 하신다. 참으로 다행이다. 아버지 수술비 병원비 때문에 배를 타러 간 것이 아니던가.

원생이는 선배의 말을 따르기로 했다. 활어 장사를 하려면은 대형 냉동차가 필요했다. 바로 운전 교습소엘 가서 대형면허를 따기 위하여 등록했다. 대형면허를 따기도 그렇게 쉽지 않았다. 두 번이나 고배를 마시고 세 번째에 면허증을 땄다. 그리고는 그동안 모은 돈 일부를 가지고 부산엘 내려가서 중고 냉동차를 한 대 샀다. 그리고 경매사와 중간상도 소개받았다. 정말로 행운이 찾아온 것이다. 부산에 원양어선이 들어오고 잡아 온 고기를 경매할 때 중간상에게 그 고기를 사다가 서울 등지에 파는 일을 시작했다. 북대서양에서 오는 참치(다랑어)도 있고 삼치. 복어. 생물 광어. 장어. 소금에 절인 연어 등 고기는 종류가 다양했다. 경부 고속도로가 개통된 지 2년도 안 됐기에 부산에서 서울은 6시간 정도 걸렸다. 참으로 싱싱한 해산물을 서울로 직송하니 장사는 아주 완벽히 잘되었다. 서울 · 부산을 오고 가면서 잠도 아예 냉동차에서 잤다. 시간을 맞추려니 그럴 수밖에 없었다. 그것도 힘이 들어서 운전기사를 한 사람을 구했다. 냉동차 운전석 뒤에는 잠을 잘 수 있는 공간이 있으니 둘이서 교대를 해가며 운전을 했다. 혼자 하루 왕복을 하던 것과는 참 편했다. 그에게 월급을 주고도 돈은 많이 벌렸다.

돈을 잘 번다는 소문이 나자 여기저기서 중매가 들어와서 응하고 보니 한 여자가 맘에 든다. 그와 결혼을 하고는 부모님께는 매월 생활비를 충분히 드렸다. 집도 좀 더 좋은 집을 매수하여 드렸다. 아이도 둘이나 낳았다. 경사였다. 원생이네 집은 독자로 내려왔다. 원생이는 4대 독자이다. 고향에서는 원생이를 효자라고 불렀다. 그렇게 10여 년을 했는데 아버지가 먼저 돌아가시고 어머니가 돌아가셨다. 부모님이 다 돌아가시자 집도 아예 부산으로 옮겼다.

그는 한 달에 공무원 월급의 5배 정도를 벌었다. 그 장사를 오래 하여 많은 돈을 벌었다. 고마운 그 선배에게 인사하는 것을 잊지는 않았다. 초등학교 총 동문 모임에서 그 어려운 시절의 동창들을 만났다. 너무나 반가웠었다.

60세가 되었을 때는 아이들도 다 결혼하고서 다 나갔다. 60세나 되니 장거리 운전하기가 힘이 들어 사업을 그만두었다.

부산은 객지이다. 이웃과도 말도 안 하는 아파트 생활 그들의 특성 때문에 살고 싶지가 않았다. 아는 사람은 좀 있지만, 아파트 생활이 싫었다. 부산은 냉정한 세계만 같다. 부산 사투리도 익숙해졌지만 그게 싫다. 고향이 그리웠다. 그래서 청주 고향으로 와서 시내 변두리에 땅을 사서는 초등동창 건축업자가 된 욕쟁이를 만나 단독주택을 지어달라고 했다. 작은 텃밭도 있어서 심심풀이도 되고 농약을 안 한 채소는 먹기에도 기분이 좋다. 그리고 친구들을 만나면서 노후를 보내고 있다.

그는 말한다. 민물에 목욕하는 것은 행복이며 수돗물을 먹는 곳은 천당이라고 했다. 고향은 어머니 품이며 행복한 곳이라고….

초등학교 시절 배고팠던 것은 참을 만했던 추억이라고도 했다. 6학년 때 선생님의 모욕은 자장가이었다고 원생이는 말했다. 그리고 그런 모욕과 냉대를 당했기에 어렵고 힘든 일을 다 이길 수 있었다고 했다.

쓸다리

"쓸다리"라는 별명이 붙은 것은 "쓸데없는 소리"라는 이야기를 어른들은 "쓸다리" 없는 소리라고 하셨다. 그것을 들은 재석(쓸다리)이가 다른 친구들한테 "쓸다리" 없는 소리라고 하자 친구들은 그게 무슨 소리인가 하며 그 쓸다리라는 언어 자체를 이해하지 못했었다. 쓸다리는 "쓸데없는 소리"라는 것을 안 동창들은 정재석이를 쓸다리라고 별명을 지어 줬다.

쓸다리가 태어난 해는 동창 친구들과 같은 1944년이다. 그의 집도 이웃과 마찬가지로 찌들은 가난 속에서 살았다. 그도 초등학교 졸업식에서 월사금이 밀렸다는 이유로 초등학교 졸업장도 못 탔다. 어린 가슴에도 가난이라는 게 무엇인가를 절실하게 느꼈다. 돈이 없어서 졸업장을 못 받았으니 중학교는 입학금 때문에도 못 갔다. 학교 성적은 반에서 5등 안에 들었기에 청주중학교는 당연히 들어갈 수 있는 실력이었다. 그러나 집안 사정은 입학금 때문에 아예 중학교에 원서조차 내지 못하였다. 쓸다리는 중학교엘 꼭 가고 싶었다. 생각 끝에 입학금을 벌기 위해 신문사 지사를 찾아갔다. 자리가 없단다. 한 달 후. 그만두려는 학생이 신문 배달을 하던 구역과 집을 일주일 동안이나 쫓아다니며 개개인의 집에 어디에다 신문을 넣는 것인가를 배웠다.

새벽 3시에 일어나야 신문지사까지 가서 광고지까지 신문에 끼워 넣고서 나면 오전 4시가 된다. 그러면 신문을 허리에 끼고 배달을 나간다. 그게 제일 어려웠다. 늦잠을 자다가 일찍 일어난다는 게 그렇게 쉽지가 않다. 전임자에게 신문 넣는 집을 알기 위해 일주일 동안 온종일 걷다시피 해서인지 몸은 천근만근이다. 그래도 중학교 모자를 쓰고 가는 학생들을 보면 너무나 부럽다. 어떻게 해서든 중학교엘 가고 싶다. 집에서는 입학금조차 기대할 형편이 아니다. 이제 새벽에 일어나서 신문 배달을 하고 신문대가 미납된 집을 찾아다니며 수금을 해야 한다. 그러면 수금 수당도 나온다. 두어 달쯤 되었을 때 사고가 났다. 개들은 대개 새벽에 "신문이요. 신문이요" 하고 신문을 집안으로 던지면 짖기만 하지 달려들어 물지는 않는다. 그런데 한집에서 개가 열린 문으로 쫓아 나와서 달려 들은 것이다. 다리를 물고는 옷자락을 물고 늘어지는데 그놈의 개가 기운이 얼마나 세든지 감당할 수가 없었다. 집주인이 쫓아 나와서 겨우 개를 진압했다. 개 주인은 미안하다며 어쩔 줄을 모르다가 신문 배달이 끝나면 병원엘 같이 가자고 하셨다. 절뚝이면서 신문 배달을 끝내고 신문지사에 들려서 이야기하니 지사장님이 바로 그 집에 같이 가자고 하신다. 그 집을 찾아갔다. 그리고 그 개 주인과 병원엘 가서 보니 상처가 그렇게 깊지는 인하여 주사를 맞고 약을 타가지고 왔다. 주인은 미안하다고 하면서 돈을 오백 원이나 주셨다. 많은 돈이었다. 신문 배달 구역을 인수하였기에 쉴 수는 없다. 절룩거리며 다니니 지사장님이 안 됐는지 타고 다니시던 그 귀한 새 자전거를 빌려주셨다. 한 달여를 그렇게 다니다가 배달 구역을 더 신청하여서 4시에 시작하여 2시간이면 끝날 것을 1시간가량을 일을 더 했다. 그리고 낮에는 수금하러 다녔다. 수금 수당도 있기에 열심히 일했다. 8개월을 일하여 중학교 입학금을 마련했다. '이젠 중학교엘 갈 수 있겠구나.' 생각해보니 초등학교 졸업장이 없다. 또한, 중학교 원서도 초등학교에서 써줘야 하는데….

돈이 조금 여유가 생기자 중학교 중고 교과서를 책방에서 사다가 공부를 하기 시작했다. 그리고 2월에 밀렸던 월사금을 가지고 초등학교에 갔다. 2개월 밀린 월사금을 냈다. 담임선생님은 수업시간이라 교무실에 안 계서셔 서무계로 갔다. 졸업장을 달라고 하니 서무계가 서류뭉치에서 졸업장을 찾아서 주었다. 앨범값도 내고 앨범도 달라고 하였다. 졸업장을 만지며 일 년 전 울먹이며 학교를 떠났던 일이 생각이 났다. 학교 서무실에서 일을 보고 졸업장과 앨범을 들고 2교시가 끝난 교무실로 담임선생님을 찾아갔다. 반가운 표정은 아니셨다. 흘긋 쳐다보시고는

"왜 학교에 왔어?"

"저기- 졸업장과 앨범을 찾으러 왔습니다."

들고 있는 졸업장과 앨범을 보시고는

"그래 중학교는 갈 것이냐?"

"네, 야간 중학교를 지원할 것입니다."

"서무계에 원서를 써 달라고 해라."

1년 동안 냉대를 받고 학교에 다녔던 기억에 선생님의 얼굴을 똑바로 볼 수가 없다. '꼭 중고등학교에 가서 공부하여 나도 선생님이 될 것이야.' 입술을 지그시 깨물었다.

"네. 안녕히 계십시오."

낮에는 신문 배달 또 수금하려니 야간을 신청할 수밖에 없었다. 그렇게 중학교 과정 동안 신문 배달을 하면서 고등학교 입학금까지 마련하였다. 중학교 3학년이 되어 시험을 보아 청주 사범학교에 들어갔다. 친구들보다 1년이 늦은 고등학교였다. 야간 학교에서는 상장과 상패를 주었다. 집에서는 경사라며 동리 사람들을 모아놓고 막걸리 잔치를 벌였다. 수재들이나 들어가는 경쟁률이 심한 청주 사범학교엘 갔다니 동리 분들은 칭찬을 아끼지 않았다. 그때까지도 집안 형편은 나아진 게 하나도 없었다. 고등학교엘 가서는 학비를 벌기 위해 초등학생을 저녁에 가르치는 가정교사를 시작했다. 가정교사를 하랴 내 공부를 하랴

참으로 바쁜 나날이 지나갔다. 졸업 후 중원군 면 단위 초등학교에 발령을 받았다. 그것은 환희였다. 발령장을 가지고 집에 와서 부모님께 보여드렸다. 아버지께서는 "정말 우리 아들이 내 원을 풀어줬구나. 우리 집안에서 선생님이 나다니 경사스러운 일이다."

어머니는 그 발령장을 들고는 참고 있었던 울음을 터트리셨다.

"우리 아들 장하다."

학교 선생이 되다니 쓸다리 마음은 날아갈 것만 같았다. 부모님께서는 이제 너는 월급도 꼬박꼬박 탈 테고 걱정이 없다며 그간 학비 때문에 고생이 너무 많았다며 울먹이셨다. 발령지 학교 학부모 집에서 하숙 생활을 시작했다. 밥도 해줘서 먹고 겨울이 되니 방에 불도 때주고 너무나 편하다. 또 방학이 되면 숙직하는 날만 빼고는 쉬니 참으로 좋았다. 면 단위 초등학교 발령을 받고 보니 청주 시내보다도 학생들의 여건은 더 안 좋다. 초등학교적 생각이 나서 월급을 쪼개어 학용품이 없어 힘들어하는 애들에게 학용품을 사주기도 했다.

바로 만 20세가 되어 군대에 입대했다. 군대에서의 생활은 훈련 중에만 참으로 힘들었다. 논산훈련소에서 제일 참기 힘든 것은 배고픔이었다. 9사단으로 발령을 받았다. 군대에서는 학교 선생이라니까, 9사단 본부중대 서무행정반에 배정되어 사단 차트사를 했다. 연일 군단에서 높은 사람이 오면 보고하려고 사단장님 부관은 항시 상황판을 만들라고 지시하셨다. 군대에 배치되어서도 가장 괴롭히는 것은 일석점호 시간이다. 그 시간이 선임자들이 졸병들을 괴롭히는 시간이다. 무슨 트집을 잡아서든 그저 엉덩이에 몽둥이찜질을 한다. 그걸 알고 있으니 석식만 하면 사령부에 차트 쓸 일이 있다면서 사령부 부관부로 가서는 사무실에서 놀다가 점호시간이 끝나면 본부중대로 슬슬 와서 자면 그만이다. 어떻게든 그 시간을 빠지면 그만이다. 그렇다고 선임자들에게 기합이나 체벌을 전연 안 당했던 것은 아니다. 역시 군대이니까.

제대 후에 음성군 면 소재 초등학교로 발령을 받았다. 그곳은 농촌이라 가난한 학생들이 많은 곳이었다. 초등학교 시절에 월사금 때문에 닦달을 당하던 생각이 나서, 될 수 있으면 월사금 문제는 교감 선생님의 지적이 있어도 그냥 넘어갔다. 나이가 많으신 선생님은 저학년에 배정하고 젊은 선생님은 고학년을 맡겼다. 그래서 6학년 담임을 맡았다. 인연은 따로 있나 보다. 쏠다리는 분에 넘치는 같은 학교 예쁜 여자 선생님과 연애를 하다가 결혼을 했다. 두 사람이 월급을 타니 생활은 단번에 좋아졌다. 교원들의 월 급료는 당시에 1만원 정도를 받았으나 박봉이었다. 쌀 한 가마니 값이 조금 넘는 금액이었다. 월급을 타면 우선 쌀을 반 가마니를 사고 반찬은 뒷전이다. 겨울엔 연탄을 사서 겨울준비를 해야 하고 양가 부모님께도 용돈을 조금씩이라도 보내야 했다. 그래도 부부가 버니 다른 사람들보다는 좀 나은 생활을 하는 편이었다. 아내는 같은 선생님이래도 아침도 식사도 준비해야 하고 도시락도 준비해야 하고 퇴근 후 저녁 식사도 해야 하는 그런 어려운 일을 다 해냈다. 아내는 방학 때나 되어야 그 일에서 좀 벗어날 수가 있었다. 아기를 낳자 바로 문제가 생겼다. 직장 때문에 아이들을 친정에 또는 시댁에 맡겨야 하는데 그게 쉽지 않았다. 할 수 없이 한 사람 월급의 거의 반인 월 4천 원씩을 주기로 하고 식모를 들였다. 식모는 집 청소 아이 키우기 식사 만들어놓기 빨래하기 그도 보통 힘든 일이 아니다.

월급이 오르기 시작한 것은 공기업인 통신공사. 한국전력. 수자원. 철도 등이 공사가 되고부터이다. 공무원과 기업의 급료가 많은 차이가 나자 조금씩 조정을 하다가 공기업의 3분의 2수준까지 올라갔다. 그래도 공부를 열심히 한 덕에 사십여 년을 남들보다 편히 살았다. 학교 퇴직을 하고서 1년여는 그동안 못한 여행도 다니며 잘 지냈으나 이 년이 넘자 집에 있는 것이 너무나 지루하고 친구들과 대낮부터 술 속으로 들어가게 되었다. 아니다 싶었다.

공인중개사 시험을 보아 부동산 사무실을 하려고 시험을 보았다. 그 자격증이 그렇게 어려우리라고는 생각지 않았다. 우습게 보고 시험에 응시했다가 보기 좋게 1차에 낙방을 하였다. 다시 공부를 시작하였다. 1년이 지난 후 시험 날짜가 되어 시험을 보아 공인중개사 자격증을 땄다. 그리고 사무실을 냈다. 아침에 일어나면 할 일이 없었고, 늦잠을 내내 자던 일상에서 벗어났다. 돈을 벌려고 한 일은 아니었다. 연금을 타니 생활비는 부족하지 않았다. 아침에 일찍 일어나 갈 곳이 있다는 것. 그리고 할 일이 있다는 것 그런 시간을 가지려고 위함이었다. 삼식이를 면하니까, 퇴직한 아내에게도 참 좋은 일이었다.

공인중개사를 하면서 오히려 너무나 많은 것을 배웠다. 한 분야 학교에만 있었던 것은 우물 안 개구리이었다. 세상을 모르고 산 것이다. 세상은 돈을 벌기 위한 치열한 경쟁 사회라는 것을 알았다. 또한, 사기꾼들이 노리는 곳이 부동산이기도 했다. 그들의 수법을 모르면 또한 법률공부를 하지 않으면 부동산 사무실을 운영하는 자는 백번 그들에게 당한다. 중개사 시험을 보기 위해 법률공부도 했지만, 실제 법원이 돌아가는 것은 꼭 법대로만은 아니라는 것을 알았다. 같은 법의 해당자래도 법은 융통성이 있다는 사실을 알았다. 좋은 사람들도 많이 만났다. 부동산 사무실을 하자니 건축사도 또 세무사도. 또 행정기관 사람들과도 빈번한 만남이 있었다. 거기에서도 배운 것이 한둘이 아니다. 아이들이나 데리고 공부나 시키며 아이들과 대화만 하는 일상이었으니 사회에 대해 모르는 게 너무나 많았다.

책에서 읽어본 사회와 실제 닥친 사회와는 정말로 많은 차이가 난다. 친구가 중요하고 이웃이 중요하고 신용이 중요하다는 것을 알게 된 것이 바로 부동산 공부를 한 덕이다. 심심풀이로 부동산 사무실을 해보겠다는 생각은 바로 바뀌었다. 큰돈이 오가는 부동산은 같은 토지라도 엄청난 차이가 있다는 것을 알았다. 또한, 규제가 심해 참으로 까다로워 그런 것을 연구하여야 했다. 투자하여 확실히 손해가 없다고 판단되면 각종 자료를 준비하여 손님들에게 투자하라고 했다. 연구하며 투자를 권한 분들이 돈을 벌자, 몇 년 만에 손님들이 아주 많아졌다. 한 달이 아니라 하루에도 공무원 봉급 2배 이상을 번 날도 있었다. 알았던 모든 사람이 쓸다리의 단골손님이 돼 주었다. 돈은 갑자기 불어나기 시작했다. 평생을 학교 선생을 하다가 받은 퇴직금을 합하여 토지에 투자하여 큰 재미를 보았다. 공인중개사 시험을 보고 사회를 경험한 것은 큰 수확이었다. 5층짜리 건물을 지으려고 설계사를 찾았다. 꿈도 못 꾸던 상가 5층 자리 건물을 지을 수 있는 자금이 생겼다. 건축은 당연히 초등동창 욕쟁이에게 맡겼다.

초등학교 졸업장도 못 탄 5명 중 한 사람이지만 다른 네 명도 한 우물만을 파서 성공했다. 소도 언덕이 있어야 비빈다는데 빈털터리 맨손으로 성공을 하여 부자가 되다니 참으로 대단한 친구들이라고 생각이 든다. 4명의 친구는 정말 귀한 친구들이다.

다섯 명 모임에 당연히 들어갔다.

돼지

월남으로 떠났던 이원호 "돼지" 그의 아버지는 남주동 쌀시장에서 품팔이하는 분이셨다. 그저 빈 지게를 지고 다니다가 쌀을 사는 사람이 있으면 그것을 지게에 지고 그분들의 집에까지 배달해주는 것이다. 그게 목돈이 될 리는 없다. 그저 하루 벌어서 하루 먹고 사는 것이다. 일이 없으면 그만큼 먹고살기가 어렵다. 어머니도 생활 전선에 합류하셨다. 어머니는 양푼에 생선을 이고 다니며 파셨다. 여섯 명이나 되는 식구들을 먹여 살리려니 그 일밖에 없었다.

아버지는 한여름엔 매일 놀기가 일수이나 가을 김장철이 되면 배추나 무 또 쌀을 가마니로 사는 사람들은 집으로 가져가기 위해 지게꾼이 필요했다. 일이 많아지는 것이다. 그때 벌어서 겨울 먹을 것을 준비해야 한다. 지게꾼 그들도 한둘이 아니다. 그것도 경쟁이 있어 짐을 먼저 차지해야만 돈을 조금이라도 더 벌 수 있는 것이다. 그런 어려움 속에서 사니 돼지의 초등학교 월사금도 낼 수가 없는 형편이었다. 돼지도 졸업식 날 학교를 떠나면서 몇 번이나 학교를 뒤돌아보았다. 다른 친구들은 중학생이 되어 교복을 입고 다닐 텐데….

그는 생각했다. 자장면이 먹고 싶다. 정말로 먹고 싶었다. 그렇다면 자장면을 만드는 집에 가서 일하면 자장면을 실컷 먹을 것 아닌가?

덩치가 큰 돼지는 보리밥도 실컷 못 먹으니 늘 배가 고팠다. 그에 꿈은 좋은 음식을 실컷 먹는 것이었다.

돼지는 초등학교 졸업 후에 중국집에 심부름꾼으로 들어갔다. 1차

꿈은 이루어진 것 같았다. 처음에는 식당 청소였다. 중국음식점에 처음 들어갔을 때 걸레를 들고 청소를 하니 주방장님이나 선배들은 이름을 부르지 않고 "걸레"라고 불렀다.

"걸레 이리와 이것 좀 닦아."

"야 이걸 청소라고 했어? 다시 닦아."

원호라는 이름은 어디로 가고 걸레가 된 그는 인간 이하의 대접을 받으면서도 돼지는 오직 자장면을 먹기 위해 참고 또 참았다.

일을 하면서도 연실 자장면이 먹고 싶었다. 다 팔지 못하고 남은 퉁퉁 부은 자장면을 실컷 먹었다. 삼 개월 정도는 아주 맛있게 잘 먹었다. 일 년 정도가 지나니 자장면이 최고의 음식은 아니었다. 요리사님에게 잘 보이면 탕수육. 잡채밥. 또 각종 요리 등 맛있는 것을 주셔서 많이 먹어 보았다. 그것은 주인의 눈치를 보아가며 몰래 해야지 주방이나 요리사 마음대로 음식을 만들어 먹으면 주인인 중국인에게 된통 혼이 났다.

중국집 주인님의 식사는 어떤 것을 잡수시나 보았더니 맨 밀가루를 물과 혼합하여 프라이팬에 구워 호떡 같이 만들고는 소금 그릇과 대파 두어 개 그리고 돼지비계를 삶아서 숭숭 쓸어놓고는 호떡을 한 입 뜯어 물고 씹으면서 돼지비계를 썰어 소금에 찍어 먹고 대파도 날것을 그냥 씹어 먹는다. 그 맛이 어떤가 하고 그들이 먹는 대로 해 보니 정말로 그건 먹을 수가 없었다. 우선 아무것도 넣지 않은 밀 호떡은 질겨 잘 씹히지도 않는다. 비계는 도저히 입에서 안 받고 파는 너무 매웠다. 그들은 대단한 민족이며 아끼고 돈을 안 쓰는데 천재들만 같다. 그날 수입된 돈은 다음날 구입할 물건값만을 남기고는 꽁꽁 고무줄로 묶어서는 어디에다 감춘다. 그들은 은행에 저금도 안 한다. 은행을 못 믿는 것이다. 그러니 돼지에게 월급을 줄 사람들이 아니다. 그저 기술만 배우려고 노력했다.

하루 세끼 밥만 먹여줘도 황송한 자리지만 그릇을 번쩍이게 닦는 것은 쉬운 일이 아니었다. 새벽부터 밤늦게까지 일을 하면은 너무나 졸리다. 그릇을 대충 닦아서 놓는다. 어떤 날 검사에서 걸리면 잘못한다고 주방 선배한테 한두 번 혼난 게 아니다. 그래도 점심은 손님들이 다 식사가 끝난 오후 3시경이 되어야 점심을 다 함께 먹는다. 저녁은 주로 손님에게 팔다 남은 자장면을 먹었다. 선임자들로부터 얻어맞아도 배가 부르니 좋았다. 청소하다가는 손님상에 컵에 따뜻한 물을 따라주는 일도 했다. 그렇게 이 년이 지나고서야 밀가루를 반죽하여 이스트를 넣고 발효시키는 법을 배웠다. 그것도 잘못한다고 물 푸는 국자로 머리통을 한두 번 맞은 게 아니다. 국자도 여러 종류이다. 자장을 한 번에 퍼서 그릇에 담은 국자 또 우동 국물을 휘젓는 국자. 뜨겁게 달군 솥에 음식을 젓는 국자. 또는 계란 노른자 뒤집기 스푼 등 어느 일을 하느냐에 따라 잘못하면 그 국자로 또는 스푼으로 얻어맞는다. 제일 아픈 것은 뜨거운 국자로 머리통을 맞으면 머리에 화상을 입어 열흘 이상 약을 발라 치료를 할 때도 있었다. 여름에 그 뜨거운 화덕 앞에서 심부름하는데도 땀이 비 오듯 흐른다. 난닝구를 벗어서 짜면 물이 나온다. 그래도 주방장이 시키는 일은 해야 했다. 머리에 혹이 안 나려면 주방 선배가 어떤 일을 하는지 보고서 옆에서 거들어야 한다. 눈치가 없으면 그저 연일 얻어맞는다. 학교 선생님의 막대기를 한 대, 두어 대 맞는 것은 그건 아무것도 아니다. 눈물이 찔끔 나도 그냥 헤헤 웃어야 한다. 그렇게 당하고도 꼬리를 흔들며 대드는 개가 되어야 했다. 3년이 지나자 밀가루 반죽을 하는 일. 국수 가락을 뽑는 수타 과정을 배우기 시작했다. 그때부터는 걸레라고 하지는 않고 원호라는 이름을 불렀다. 그 일이 녹록하지가 않았다. 연습용 반죽을 연실 땅에 떨어뜨리고 혼이 난 것이 한두 번이 아니다. 그 일을 배우기 위해 저녁에 집에를 가지를 않고 식당 주방에서 의자를 놓고 새우잠을 잤다. 손님이 다 가고 난 후 식당 문을 닫고는 연습용 밀가루 반죽을 가지고 혼자 일 년을 수타 하는 법을 배웠다. 음식을 만드는 것은 모두 하나하나 메모를 하며 배웠다. 기술을 더 필요로 하는 기스면 국수를 수타하는 법을 배우는데 그것은 일 년도 더 걸렸다. 그리고 자장면 자장을 만드는 법을 배우고서야 우동 국물 맛을 내는 법을 배우기 시작했다. 거기까지 가는데도 돼지는 주방장으로부터 무수히 구타도 당하였다. 집으로 그냥 가고 싶을 때가 한두 번이 아니다. 그러나 집으로 가 봤자다. 보리밥도 넉넉하지 않으니. 참고 견디면 그래도 식사 때만 되면 자장면 또는 가끔은 탕수육도 풍족히 먹으니 그게 참 좋았다. 만화에서 눈물 섞인 빵을 안 먹어 본 자는 인생을 모른다. 하지 않았는가. 아무리 힘들어도 배달까지 하면서 겪은 일은 말로 다 하지 못할 만큼 어려웠었다. 중국 음식은 가지수가 하도 많으니 군인 갈 때까지 배웠어도 다 못 배웠다. 주방장님은 정말로 무서운 분이다. 음식을 만들다가 조금이라도 실수가 있으면 얻어맞고 다시 해야 한다.

"중국음식점은 말이야, 우동과 짬뽕에서 국물의 맛을 잘 내는 거야. 자장면은 기본이고 누구도 따라오지 못하는 맛을 내야 한단 말이야. 요리도 마찬가지이지만 요리는 기본을 충실히 배워야 해. 손님에 입에 맞춰야 해."

호랑이 담임선생님보다도 더 무서웠던 사람이다. 그의 밑에서 음식 만드는 법을 배운 것도 5년이 넘었다. 그가 바쁠 때 조금씩 거들면 그는 말은 안 해도 같이 식사를 할 때 고기 한 점을 내 그릇에 말없이 넣어 주기도 했다.

언젠가 맛보는 국자로 가볍게 한 대 얻어맞았다. 나를 지독히도 괴롭히던 주방장인데, 그런데 뜨끔하지가 않다. 그의 얼굴을 쳐다보았다. 언젠가는 선배보다 앞서리라고 생각했던 기억이 난다. 매를 맞는다는 것은 나쁜 일만은 아니라고 생각이 들었다.

그는 나를 가볍게 한 대 때리고는 평소와 달리 미소를 지었다. 그가

왜 그러는지 나는 몰랐다. 매일 연속되는 일이었기에 그런데 그는
“됐다. 이제는 나보다도 더 깔끔한 맛이 난다.”

그것은 선배들이 양념을 넣는 것을 계속 메모를 했기 때문이었다. 같은 재료를 쓰더라도 순서를 어떻게 하느냐에 따라 맛이 달라진다는 것도 스스로 알아냈다. 요리를 배우면서도 과연 해낼 수 있을까? 항시 어린애였다. 군인을 간다고 주방을 떠나던 날, 그는
“제대하고 다시 만나자 난 너와는 달라. 너는 행복한 사람이야. 너는 부모님이나 계시지 나는 아무도 없어 고아야. 너에게 음식 조리하는 법을 잘 가르쳐 주고 싶었다.”

그의 말을 듣는 순간 눈물이 왈칵 났다. 그랬구나! 언제나 말이 없이 그냥 잘못만 지적하며 국자로 때리든 게. 천리만리같이 떨어져 보이든 그가 나에게 가까이 다가왔다.

“감사합니다.”

“네가 군대에 가서 제대할 때쯤이면 나는 지금까지 열심히 모은 돈으로 작은 음식점을 하나 열거야. 제대하면 내가 어디 있는지는 재료상에게 물어보면 알아.”

돼지도 군대 갈 날이 되었다. 매일 메모를 한, 두툼한 종이 보따리가 퇴직금이었다.

제대를 10개월 앞둔 돼지는 집에서 다섯 번째이다. 그는 차후 생계를 생각하지 않을 수 없었다. 중국집 월급은 너무나 적다. 결혼을 한다 해도 먹고살기에도 힘겨울 것을 안다. 뿐만 아니라 주방장이 된다 해도 돈을 번다는 것은 생각도 해 볼 수 없는 직업이다. 일이 끝나면 주방장은 주방원을 불러놓고 주인 몰래 고량주를 연실 마셔댄다. 그리고 술에 취하면 주방원을 집합시켜놓고 구타하기도 했다. 그저 순종하면서 각종 요리법을 배웠다.

공부를 못한 것이 한이 된 돼지는 어떻게 하면 공부를 하여 대학교

를 졸업한 사람보다 더 돈도 많이 벌어서 잘 사는 사람이 될 수 있을까? 그게 소원이었다. 그것은 초등학교 졸업 때 돈 없고 가난한 자들의 생활을 어려서부터 보지 않았던가! 월사금 독촉과 졸업식 날 돈이 없으면 졸업장도 못 타간다는 것을 똑똑히 보았다. 그도 졸업식 날 졸업장도 못 탔다.

돼지는 군대에서 어떻게 하면 독립을 하여 음식점을 할 수 있을까? 노심초사했다.

생각 난 것은 단 한 가지뿐이었다.

목숨을 담보로 월남 참전을 지원하는 것이다. 월급쟁이가 아닌 식당을 차려 가난에서 벗어나고 싶었다. 생각 끝에 1사단 29연대에 본부중대 식당에 있던 "돼지"는 월남전에 교대 병력으로 지원을 했다. 월남이 아무리 덥다 해도 중국집 주방보다 덥지는 않아 보인다. 그곳도 사람 사는 곳이 아닌가! 지원은 즉시 처리되고 0월 0일 춘천 오음리 부대로 들어가라는 발령 통지를 받았다. 오음리 월남 교육대를 가기 전 특별 휴가를 7일간 얻어서 고향엘 왔다. 집에 오자 가족들이 반긴 것은 물론이지만 아버지께서

"너, 휴가 왔구나. 일 년에 한번이라며?"

"네 이번 사단에서 조리대회에서 금상을 타서 포상휴가를 온 것입니다. 휴가 기간은 15일이 아닌 일주일이니 바로 들어가야 해요."

거짓말로 둘러댔다.

"그래? 얼른 제대해야 그 힘든 군대 생활을 면할 텐데 제대할 때까지는 몸조심해라. 우리 동리에 사는 000은 청룡부대로 갔다가 죽었다고 전사 통지를 받았고 또 누구 아들도 월남에서 전사했다 하더라."

"청룡부대가 간지도 얼마 안 됐는데 벌써 전사 통지서가 왔다구요?"

"죽었으니까 전사 통지서가 오지 살아있는 사람을 죽었다고 할까?"

그런 말씀을 하시는데 월남엘 간다고 말씀드릴 수가 없었다.

부모님이 펄쩍 뛸 것이 뻔하기 때문이다. 그저 부대로 귀대하면서
"바로 올 거예요."

하고 집을 떠나면서 몇 번인가를 뒤돌아보며 집엘 다시 올 수 있을까 생각도 해보았다. 춘천 오음리 부대를 향해 가는데 눈물이 앞을 가렸다. 부모 형제를 떠나야 하기에….

그도 춘천에서 오음리를 갔다가 특별열차를 타고 부산으로 갔다. 돼지도 맹물이와 똑같은 길을 밟고 월남전에 투입되었다. 월남에 도착해보니 땅의 열기가 대단하지만, 중국집 주방보다는 덜하다고 느꼈다. 그리고 스콜이라고 하는 하루 한 번씩 오는 소낙비는 시원하다. 땅은 비가 오면 진흙탕이 된다. 그러나 조금 있으면 언제 그랬냐는 둥 땅은 바로 말랐다.

월남에 가고서야 집으로 편지를 부쳤다. 걱정하지 마시라고 월남은 안전하다고 거짓말 편지를 몇 번이나 보냈다. 전선이 없는 월남전은 항시 위험이 도사리고 있고 부대 내에서 총기 사고 안전사고도 몇 번 있었다. 매복 작전에서 다른 분대는 큰 전과를 올려 전원이 특진하기도 했는데 돼지소속의 분대에서는 총기 다섯 자루와 베트콩 3명을 잡은 것이 다이다. 돼지는 귀국 때까지 매복작전만 했다. 매일 한 알씩 먹는 소금과 말라리아 약은 효과가 있어서인지 건강 체질이어서인지 병에 걸리지 않았다.

"돼지"가 있던 백마 29연대 1대대 3중대에서 1년 동안 돼지가 본 매복작전과 안전사고로 죽은 사람은 5명이고 말라리아로 후송된 인원이 10여 명이다. 후송된 사람들은 죽었는지 살았는지 모른다. 다시 원대복귀를 안 했으니까. 귀국하여 소를 기른다며 준비를 하는 맹물이를 만나서는 끌어안고 기쁨을 만끽했다.

돼지는 만화책을 보는 것도 좋아했다. 처음에는 만화에 정신을 빼앗

졌지만, 만화를 보면서 느낀 것도 많았다. 뒤집어 생각한다는 것 또한 연구한다는 것 그런 것을 자주 보았다. 성공의 비결은 틈틈이 삼국지 등 만화소설을 읽은 덕분이었다.

그래서 메모라는 것은 중요하다는 것을 알았다. 연실 주방장님한테 또는 주방원 선배한테 잘못한다고 국자로 머리를 맞아 아픔도 있지만 내가 못 배운 것에 탓을 돌리고 주방장님에게 맞아도 그 이유를 기록했다. 어떤 주방장님이 일을 잘하는 주방원을 때릴 이유가 있겠는가? 그래서 주방장님이 지적하는 데 대하여 일기를 썼다. 그것이 바로 7년 동안의 눈물의 기록인 메모장이었다. 실수할수록 그 메모장은 어디에서 잘못됐는가를 알려주는 바로 선생님이었다.

월남에서 10만여원을 모은 돼지는 식당을 차릴 수 있는 돈이 생겼다. 식당을 하기 위해 보증금 2만원 그리고 월세 2천원 식당 집기 홀 의자 등을 사니 10만원이 다 들어가 버렸다. 그렇게 하여 약 25여평 되는 작은 중국집식당을 개업했다. 주방을 빼면 홀은 20평도 안 되는 작은 식당이었다. 생각해보면 그것은 젊음이 해낸 용기였다. 그리고 지독하게 욕도 잘 하는 지난날의 홀 손님들에게 그저 굽실거리며 살아온 것이 한몫했다. 그리고 식당의 승부는 맛이라는 것을 배웠었다. 좀 외진 곳이었어도 손님은 밀려들기 시작했다. 첫째는 음식의 재료를 싱싱한 것을 써야 하고 두 번째는 음식을 넣는 순서, 또 익히는 속도였다. 그리고 양념을 하는 비결, 그러려면 음식에 따라서 알코올(술)을 뿌려 불을 붙여 순식간에 음식의 겉을 익히는 기술도 필요했다. 그것은 메모해 놓은 것에서도 알았지만 경험에서도 자동으로 그렇게 음식을 만들게 되었다.

자장면을 만드는 재료 중에 식용유를 쓰는데 그것은 맛을 떨어뜨리는 요인이었다. 기름은 돼지비계를 사다가 끓여 순수 기름을 만들어야 한다. 그 돼지기름을 춘장과 섞으면 아주 고소한 맛이 난다. 식용유로 만든 자장면과는 확실히 맛이 틀린다.

돼지는 중국식당 종업원을 하면서 일일이 각종 메뉴에 대하여 식자재 및 손님들의 입맛을 기록하기 시작했다. 성공 안 하려야 안 할 수가 없는 중국음식에 지적인 그런 지식을 갖게 된 것이다.

돼지는 별명 그대로 잘 먹어 대니 중국인같이 몸이 뚱뚱한 편이었다. 돈을 아끼기 위해 처음에는 배달원을 한 사람만 두고 했다. 어머니가 자주 오셔서 주방일을 도와주셨다. 바쁠 때는 돼지가 직접 배달하러 갔다. 손님들 대부분이 반말이다. 한 번에 몇 군데서 주문이 오면 정신이 없이 바쁘다. 자전거에 배달통을 싣고 달려가도 손님들은 항시 늦는다며

"짱꿰 왜 이리 늦게 오는 거야. 너무 늦게 오면 다른 곳에 자장면을 시킬 거야."

그런 이야기는 양반님의 말씀이다. 배달하는 아이들에게는

"야. 이 새끼 말야 언제 시킨 건데 이제 와."

이런 이야기는 평소에 듣는 이야기이다.

"네 다음에 시키면 바로 갖다가 드릴게요."

"꼬랑주는 왜 안 가지고 왔어. 단무지가 요개 뭐야."

중국집 배달원에게 경어를 쓰는 사람은 한 사람도 없다. 바쁘니까 직접 배달을 나갈 때가 많다. 아무리 빨리 갖다 주려 해도 손님들 주문에 즉시 처리할 수가 없는 것이 중국집식당이다. 늘 거짓말을 한다. 전화통이 연실 울어 재끼니 점심시간에는 눈코 뜰 새 없이 바쁘다.

"네 금방 갑니다. 다 됐습니다."

"아 제가 바쁘다 보니 잊어버리고 그냥 왔네요. 죄송합니다. 바로 가져다드릴게요."

설설 기는 수밖에 없다. 음식을 시키는 가지 수가 많으니 정신없이 빨리해도 늦을 수밖에 없다. 손님 주문을 정신없이 쓰다 보니 짬뽕을

시킨 집에 자장면을 들고 갔다가 퇴출당하고 욕도 얻어먹은 적이 한두 번이 아니다. 손님들도 한참 배가 고픈데 엉뚱한 음식이 오면 짜증을 안 부릴 수도 없을 것 같다. 시간이 지나 퉁퉁 부은 자장면을 버리기가 아까워 그냥 먹기도 했다. 화가 난 손님 중에는 일부러 골탕을 먹이려 요리까지 시키고는 안 시켰다고 딱 잡아떼는 사람도 있었다. 그저 손님은 왕이다. 라는 생각을 하며 어떤 일도 참고 지냈다. 배달까지도 하며 자리를 잡아 나갔다. 맛이 있다며 손님이 밀려들기 시작했다. 너무 바쁘니 주방에도 일할 줄 아는 사람을 시험해보고 고용을 했다. 그리고 일일이 감독을 했다. 장사가 잘되어 배달원도 세 명을 늘렸다. 한 달만 영업하면 공무원 3개월분의 돈이 벌렸다. 돈이 모이기 시작했다. 불과 5년 만에 큰돈이 모였다. 현 점포는 작아서 매일 오는 손님을 다 받을 수가 없다. 옆에 상점을 권리금을 주고 홀이 30평이 되게 늘렸다. 주방과 홀에도 사람을 늘렸다.

그렇게 되자 중매가 여러 곳에서 들어왔다. 처음 중국음식점을 개업했을 때는 돼지에게 시집을 오겠다는 사람이 없었다. 어머니가 주방에서 일을 도와주니 돈을 드리지만 참 죄송했다. 집으로 돌아가실 때는 새로 개발한 요리라며 요리를 만들어서 맛을 평가해달라고 했다. 그냥 매일 만드는 음식을 만들어 드리면 자식 걱정을 하시느라 안 가져가시려 할 것이 뻔하다. 일부로 새로운 요리라며 다른 재료를 좀 더 섞어서 넉넉히 만들어 드렸다. 그러면 그것을 가지고 가셔서는 동네방네 다니시며 나누어 드시며 아들이 효자라고 부추겼다. 장사 잘되라고 선전을 하신 것이 아닌가? 되로 주고 말로 받은 격이다.

손님들은 음식점 주인인 돼지를 중국 사람인 줄로 안다. 생기기도 그들과 비슷했으니까. 중국인이냐고 물어보면 아니라고 분명히 이야기했다. 코리아라는 이름은 월남에서는 최고로 치지 않았던가?

잠잘 것 다 자고, 놀 것 다 놀아가면서 일한다면 성공은 없을 것 아닌가? 매일 만드는 음식이라도 연구하며 생각하며 만드는 음식이야말로 손님을 다시 오게 하는 비결인 것이다. 중국집은 자장면을 또 우동, 짬뽕, 만두를 맛있게 만드는 것은 기본이다. 어설피 흉내만 낸다고 맛이 좋을 리는 없다.

돼지가 중국집 주방장에게 연실 얻어맞으며 배운 것이 아주 중요한 역할을 했다. 그리고 그것을 메모한 것이 성공의 초석이 됐다. 음식을 만드는 데 있어 가장 중요한 향신료는 기본인 파나 양파, 마늘, 홍고추 외 아주 중요한 생강, 팔각, 월계수 잎, 계피이고 돼지고기나 닭고기를 부드럽게 하는 법, 요리를 만들며 하는 알코올 사용법. 음식을 튀기거나 볶을 때의 시간과 불 조절 법, 그 외 신선한 음식 재료의 선택은 두말할 필요도 없다. 요리에서 무슨 향신료를 가미하든 그 양의 조절도 필수이다.

그는 참을 수 없을 만큼의 힘든 가난을 이긴 승리자였다. 생각하고 요리에 관한 책을 틈틈이 읽어본다는 것 그것이 바로 성공의 비결이라고 그는 거기에 대못을 팍팍 박았다.

그도 맹물이와 같이 초등학교 졸업장도 못 받았다. 초년의 고생은 돈 주고도 못한다더니 그것이 성공의 발판이 되었다. 초등학교 담임선생님에게 수십 년 내내 서운한 감정이 있었다. 그것은 잊혀지지 않는 추억이었다. 성공한 후에는 주방장님에게 감사한 마음을 가졌다.

20여년 동안 부도 쌓아겠다. 욕쟁이에게 부탁하여 그럴듯한 건물을 짓고 개업식도 그럴듯하게 했다. 돼지의 식당 성공 비결은 백번을 이야기해도 그 기록 메모에 있었다.

경천동지의 날이 된 총 동문 체육대회

요즈음 중, 고등학교 대학교도 마찬가지이지만 초등학교도 1회부터 기별로 동문회를 한다. 체육대회를 겸하여 1년에 한 번씩 기수별로 순서를 정한다. 그리고 선후배 기수를 초청하는 형식으로 가을에 친목 총 동문회를 한다. 운동회 겸 잔치인 동문회는 어린 시절로 다시 들어가 보는 추억을 새기는 날이다.

차례가 온 동기들은 음식을 준비하고 당시의 각반 담임선생님을 초청한다.

초청한 선생님들에게 각종 선물도 마련하여 드린다. 학교에 입장하는 모든 사람에게는 모두 행운권을 한 장씩 드린다. 그리고 반을 잘라서 행운권 추천함에 넣는다. 입장이 다 되었다고 생각되는 13시경부터는 운동회가 진행 중에 시간을 두고 중간중간 행운권 제비뽑기를 하여 선물을 준다.

운동장이 떠나가도록 제비뽑기 번호를 크게 외치고 당첨된 물품을 부르면 씨끌벅끌하던 운동장이 잠시 조용해진다. 그것은 동문들을 행사가 끝날 때까지 붙들어 두기 위한 작전이다.

당시에 담임선생님을 맡았던 분에게도 행운권을 한 장씩 드린다. 그리고 잘 간수하시라는 말씀도 드린다.

함에 들어있는 수많은 당첨권 그게 좋은 상품이 선생님에게 뽑힐 확률이 1,500대 1 정도이다.

제자들은 선생님에게 드린 당첨권을 반을 잘라서 행운 함에다 넣는 척만 하고 자른 쪽 한 면을 호주머니에 넣고 있다가 제비뽑기를 하는 사람의 손에 몰래 쥐어 준다. 그리고 사회를 맡은 사람은 이번에 뽑히는 사람은 행운을 가진 사람 중 한 사람이라며 큰소리로 소개를 한다. 그리고 선물도 준비한 것 중에 좋은 최신형 대형 TV라고 소개한다. 그러면 운동장이 당나귀 귀가 된다. 혹시나 하고 내가 받은 행운권을 꺼내서 본다.

그리고는 타이밍을 맞추기 위해 제자 한 사람이 상을 드릴 선생님이 계신 텐트 안엘 들어간다. 그러면 그 제비뽑기를 할 사람은 선생님에게 드린 그 번호가 쓰인 종이를 손안에 쥐고 있다가 통 안에 손을 넣어 제비뽑기를 하는 것처럼 하고는 그 번호를 큰 소리로 부른다. 한 텐트 안에 있던 제자가

"선생님도 당첨되었나 번호를 한 번 보세요."

아무것도 모르는 선생님은

"어. 지금 부른 번호가 이게 맞는데!"

"그래요? 아이고 축하합니다. 선생님이 좋은 상품이 당첨되셨네요."

제자는 선생님이 당첨되셨다고 소리를 지르며 사회자에게 알린다. 주최 측은 담임선생님들에게 그렇게 선물을 드리는 시간을 가지며 오신 선생님들에게 각종 선물을 드린다. 선생님들은 '내가 행운을 갖다니 참 좋은 날이다.' 정말로 기분 좋아하신다.

그 어려웠던 때 스승과 제자. 담임선생님의 만남.

"선생님 감사했습니다. 그리고 고마웠습니다."

그것은 기별 동문회를 주최하는 측에서 미리 준비하고 암암리에 이어져 온 사은회였다.

집행부는 동문들을 운동회가 끝날 때까지 중간중간 행운권 당첨을 발표한다. 자전거라든지 소소한 것들은 게임에서 이긴 팀에게 나누어 주기도 한다. 동문들을 붙들어 두기 위한 작전으로 대형 냉장고 등

은 끝날 때 추첨한다며 사람들은 붙들어 둔다. 성대한 잔칫상이다. 각 기별로 모여서 소주 막걸리를 그저 막 마셔대며 지난날의 회포를 풀려 하는 사람이 많다.

초등학교에 다닐 적에 기성회비라 일컫는 월사금을 못 내서 담임선생님으로부터 닦달을 안 당해 본 사람은 부잣집 자녀 외에는 거의 없다. 초등동창들은 오랜만에 만나면 초등학교 때를 떠올린다. 어려웠던 그 시절이 그리운 것이다.

1950년대 담임선생님은 누가 뭐래도 가부장적이고 자기중심적이었다. 아이들에게는 군왕과 같다는 생각을 하게 했다. 공부를 시키는 것 중 중요한 것은 문제의 답만 맞히는 것이 아니라 인간을 만드는 선생님이 현명했을 것이라는 생각이 든다. 그것을 못 한 결과는 그에게 어떻게 다가올까? 초등학교 때 월사금을 못 내서 퇴학을 당한 사람도 있었다. 천재수학의 회장인 000도 초등학교 5학년 때 월사금을 못 내 퇴학을 당했다고 한다. 선생님의 월사금 독촉에 시달리다가 참지 못한 아이들은 학교를 그만둔 아이들도 실제로 있었고 보았다. 월사금을 못 내 퇴학을 당하지 않은 것만 해도 다행이라고 생각해야 한다.

요즈음도 아주 적은 인원이지만 TV에 방영되는 나이 많으신 여자분들이 문맹자가 있다. 어려우니 여자들을 학교에 보낸다는 게 그렇게 쉽지 않았다는 것의 증명이다. 그분들은 한글을 이제야 배운다. 80이 넘어서 시도 쓰고 자기 이름도 쓸 줄 안다며 기쁨을 감추지 못하고 계신 분들도 TV에서 여러 번 보았다. 1970년대에 우리나라의 문맹률은 50%가 넘었다. 선거할 때 어려우니 기호를 막대기 수로 표시를 하기도 했다.

새삼스레 기별 총동문회 운동장에서 쳐다본 파아란 가을 하늘, 뭉게구름이 송글송글 땀방울처럼 피어난다. 그리고 어디론가 가고 있다.

정처 없이 어디로인지 가니, 인생 또 한 그렇게 가는 것이 아닌가? 생각이 든다.

가을 하늘은 봄여름 그런 일이 전연 없었든 양 마음을 편안하게도 하며 구름을 그리는 화가의 마음이 구름을 올라타고 함께 그림을 그리는 것만 같다. 날씨는 화창하고 초가을의 전형적인 날씨였다.

앉을 자리는 선배 순서대로 운동장 중앙 교단 바로 옆에 배열이 되었었다. 1~2회 3~4회가 한 텐트 5회 6회 7회 8회가 텐트 하나씩 교단 바로 옆에 배정되었다. 그리고 기별로 한 개, 두 개씩 텐트가 운동장을 뺑 돌려가며 배정되었었다.

오후 4시가 지나서이다. 이제 오후 5시 정도가 되면 동문회는 거의 끝난다.

1년 선배 오륙 명이 그 당시에 본인들 담임선생님을 운동장으로 모시고 가서는 헹가래를 치려고 두 분의 선생님을 모시고 운동장 교단 앞쪽에 모였다. 그 담임선생님은 맹물이의 6학년 때 담임선생님이기도 했다. 선생님을 붙들고 헹가래를 치려고 준비하는 것을 흘끔거리며 쳐다보고 있었다. 선생님은 좋은 상품까지 탔으니 기분이 최고 좋으실 때다. 아주 가까운 거리이기에 그 말소리까지 다 들렸다. 맹물이와 동창 친구들이 한 천막 안에서 술과 음식을 먹어가면서 귀를 기울이며 쳐다보고 있었다. 그것은 맹물이네 반의 6학년 때 담임선생님이 헹가래의 주인공이었기 때문이다. 담임선생님의 헹가래가 끝나고 그분을 땅에 내려 세우고 붙들자, 그 옆에 서 있던 맹물이의 1회 선배인 깍쇠가 갑자기 선생님 앞으로 달려들었다. 6학년 때 자기 담임이었던 80대의 000 선생님의 멱살을 잡고 유도하는 식으로 운동장에 메다꽂았다. 맹물이는 내 눈이 정상인가? 눈을 의심하며 눈을 비비고 다시 쳐다보며 깜짝 놀랐다. 자리에서 벌떡 일어났다. 아니 어떻게 이런 일이! 찌기미, 쓸다리, 돼지, 원생이 그곳에 모여 음식을 먹던 여러 명의 동창이 누가 먼저랄 것도 없이 벌떡 자리를 박차고 일어났다.

유도식으로 업어치기를 당한 선생님은 확실히 바로 맹물이 반의 6학년 때의 담임선생님이셨다. 일어서시지를 못했다. 선생님을 메다꽂은 깍쇠가 소리치기를

"당신 나 초등학교 6학년 때 나에게 어떻게 했어. 18, 돈 없는 게 죄였느냐고?"

입에 담지 못할 욕을 하며 삿대질도 했다.

경천동지할 일을 두 눈으로 똑똑히 보고 두 귀로 똑똑히 들었다.

다음 헹가래 차례를 기다리던 선생님은 그 광경을 보고 슬그머니 뒤로 나가셨다.

여러 선배 동창들이 달려들어 깍쇠를 나무라며 주먹으로 깍쇠를 때린 사람도 있었다.

"너는 인간도 아니다. 어찌 스승의 그림자도 밟지 않는다고 했는데 네가 그럴 수가 있느냐?."

곧바로 사람들이 몰려들었다. 선생님을 일으켜 세웠다. 둘러서서 말을 아끼던 동창들은 깍쇠를 참으로 안 됐다는 표정으로 물끄러미 쳐다보았다.

깍쇠라 불리는 동문도 초등학교를 졸업한 지가 40년이 넘었다. 일년에 한 번 하는 동기별 운동회인데, 얼마나 시달리고 시달린 기억의 한이 있었으면 그랬을까? 깍쇠의 어린 시절의 한이 폭발한 것이다. 그는 맹물이와 같이 가난하여 중학교에 못 간 1회 선배였다. 그는 그날 술에 만취한 상태였다.

깍쇠 그를 주먹으로 갈긴 선배도 있었다. 그러나 일은 벌어진 것이고 수습할 방법이 없는 것이다. 그에 동창들이 깍쇠를 붙들고는

"너 선생님께 당장 사과해. 안 하면 너를 경찰에 넘길 거야."

만취한 깍쇠는 사과는커녕 실성한 사람 같아 보였다. 하하거리며 웃

었다. 다른 사람들도 어찌할 도리가 없었다.

깍쇠. 그는 스승이 잘못 만든 제자인가? 인간이 잘못 만든 Android(인조인간)인가?

행사라고 넥타이까지 매고 온 호랑이 선생님의 체면이 만신창이가 됐다. 절름거리는 선생님을 제자들 몇 명이 정문까지 모셔다드렸다.

그 광경은 교단 위에서 동문 운동회 사회를 보는 동창 신용쟁이(이철수)가 다 보고 있었다. 사회를 보는 그는 잠시 말을 못 하고 서 있었다. 경천동지의 일이 조금 전에 일어났는데도 대다수 동문들은 교단 앞 운동장에서 무슨 일이 일어났는지도 모르고 오랜만에 만나는 동창들과 술과 음식을 먹어대며 화기애애한 이야기를 즐기고 있었다.

선배 동창의 가슴에 못을 박은 것에 대한 한풀이였겠지만 있어서는 안 될 일이 벌어진 것이다.

영원히 떨쳐버려, 잊으려 했던 초등학교 졸업장의 추억. 하필이면 왜 오늘 이런 일이….

맹물이는 눈이 시리도록 푸른 가을 하늘을 쳐다보았다.

만국기 위로 하늘이 펄럭이고 있었다.

〈에필로그〉

얽히고설킨 55명 동창들의 이야기를 다 하지 못한 것이 아쉬움이다.

선생님을 메어꽂은 깍쇠 그는 그날 만취한 채로 타인의 차를 타고 가다가 봉명동대로 사거리에서 교통사고로 사망했다.

그것은 우리 시대의 아픔이 구역질로 넘겨와 뱉어놓은 오물이었다. 그 오물엔 덕지덕지 서른 추억이 묻혀있었다. 모두가 안타까운 일이다.

흘러간 슬픈 추억들은 멀리멀리 가고 고향의 어린 시절의 즐거웠던 동화를 가득 싣고 왔으면 좋겠다.

청주에는 1950년대 당시에 초등학교는 한벌, 주성. 덕성. 중앙. 교동. 청남, 석교 등 열 곳 미만의 초등학교(국민학교)밖에 없었다. 그중에서 한벌초등학교와 청남초등학교. 두 곳을 빼고는 다른 학교는 무심천 안쪽 시내에 있었다. 한벌초등학교는 시내 중심부를 벗어난 가난한 사람들이 많이 있는 곳에 있었다. 무심천을 경계로 서쪽인 시내 변두리 사직동에 있는 학교였다. 지금의 행정구역으로 따지면 사직동 봉명동 송절동 강서2동 사창동 복대동 모충동 운천동 등 흥덕구 거의 전체에 8개 동에 초등학교가 하나뿐이었다.

2021년 현재 청주시는 청원군이 몇 년 전 청주시와 합병되고 현재 초등학교 수는 98개이다. 인구는 1950년 약 5만 명에서 2021년 지금은 약 84만 5천 명이다.

빛나는 졸업장 정진문 장편소설

초판 인쇄 2021년 5월 22일
초판 발행 2021년 5월 31일

지 은 이 정진문
펴 낸 이 노용제

펴 낸 곳 정은출판
출판신고 2004년 10월 27일 제301-2011-008호
주소 (04558) 서울특별시 중구 창경궁로1길 29
전화 02-2272-8807 팩스 02-2277-1350
홈페이지 www.je-books.com

ISBN 978-89-5824-429-5(03810)